Das Vermächtnis
3. Fall

Uwe Rademacher

Impressum

Das Vermächtnis, 3. Fall

Uwe Rademacher

2025

Herausgeber:

www.feuertanz-verlag.de • kontakt@feuertanz-verlag.de

www.va-verlag.de • info@va-verlag.de

Veronika Aretz, Vennstraße 30, 52134 Herzogenrath

Lektorat: Rich Schwab, https://www.lektorat-und-tat.de

Korrektorat: Textshining.com

Bilder Cover, Rückseite & innen: stock.adobe.com,

Urheber: ©Sonja Calovini, ©Amir, ©SimpLine

istockphoto.com, Urheber: ©marimo

Druck: PRINT GROUP, ul. Cukrowa 22, Szczecin (Polen)

ISBN: 978-3-910619-23-4

UWE RADEMACHER

DAS VERMÄCHTNIS

Feuertanz-Verlag

Inhalt

Prolog

Duisburg-Duissern und Innenstadt,
14./15. Oktober 1944

Vollalarm!

Die Sirenen heulen. Es ist schrill, laut, nicht neu, aber immer wieder ein erbärmlich schmerzhafter Stich ins Herz. Sie kommen. Die Bomber der Alliierten, Hunderte, Tausende. Menschen rennen um ihr Leben, versuchen, schnell den nächsten Bunker oder einen Luftschutzkeller zu erreichen.

»Verdammt, so früh kommen die Hunde sonst nie!«

Ein VW-Kübelwagen rattert die Königsberger Allee entlang.

»Schneller, Butsche, schneller!«

Das Dröhnen der Flugzeugmotoren kommt näher, dumpf, Unheil verheißend, die Luft vibriert, die Bäuche der stählernen Ungetüme sind gefüllt mit Tod und Verderben. Sprengbomben, Brandbomben, Stabbomben mit und ohne Zeitzünder.

Viertel vor neun.

»Holen Sie alles raus aus dem verdammten Wagen, Junge. Sie wissen, um was es geht!«

Phosphor fließt von einem grauen Himmel voller Flugzeuge, die Bomben, aufgereiht wie eine Formation von Zugvögeln, stürzen herab. Häuser blähen sich auf, platzen wie überreife Tomaten, dazwischen aufflammende Brände, Schreie von Zurückgebliebenen.

Operation Hurricane.

Duisburg ist, neben Braunschweig und der Sorpe-Talsperre, das Hauptziel des Angriffs. Das Bomberkommando der Royal Air Force.

Eintausenddreizehn Maschinen, Lancaster-Bomber, Halifax und Mosquitos.

»Da sind überall Bombentrichter, Standartenführer. Ich kann nicht schneller fahren.« Verzweifelt kurvt der Gefreite Kurt Kröger, genannt Butsche, um die Löcher in der Straße, während um den Wagen herum die Hölle ausgebrochen ist. »Wir brauchen einen Schutzraum! Da kommen wir niemals ungeschoren durch.«

SS-Standartenführer Wilhelm von Hasselt starrt mit glühenden Augen in den Himmel, die Fäuste geballt.

»Verdammt, warum feuert unsere Flak nicht?« In den Stellungen rund um das Ruhrgebiet leisten fünfzehn-, sechzehnjährige Jungen und rüstige Rentner Dienst als Flakhelfer. Das stolze Dritte Reich wirft die letzten Reserven in die Schlacht. Der Volkssturm! Kriegshilfsdienst, wie harmlos sich das anhört.

»Die haben unsere Stellungen bestimmt mit der ersten Welle plattgemacht«, brüllt Kröger und zwingt den Wagen auf die Hansastraße. »Die Tommys haben jetzt Störgeräte, unser Radar erkennt sie zu spät.« Links neben dem Kübelwagen geht eine Stabbombe nieder. Dreck und kleine Steinbrocken fliegen den beiden ins Gesicht. »Hier kommen wir nicht durch. Wir müssen einen Bunker finden!«, schreit Kröger gegen das Inferno an.

Der Himmel färbt sich blutrot, die Brände greifen um sich. Das schrille Heulen der fallenden Bomben, noch immer ist kein Ende abzusehen. Sirenen kämpfen gegen das Crescendo an. Wind kommt auf, der alles noch schlimmer macht, die Feuer weiter anfacht.

»Die konzentrieren sich auf die Innenstadt, das Industriegelände und die Hafenanlagen.« Rechts und links fallen Häuser in sich zusammen. Welle um Welle schwebt dröhnend über die blutende und brennende Stadt. »Das können die doch nicht machen, das ist zu viel, das ist einfach nicht richtig! Hier treffen die doch nur Zivilisten!« Kröger bremst hart.

Von Hasselt sieht hektisch auf eine Karte des Stadtviertels Duissern. Ein rascher Blick fällt auch auf den Koffer. Der Koffer, der so unglaublich wichtig ist, für das Reich, für den Führer, für den Endsieg.

»Wenden Sie, Kröger! Am Ende der Königsberger Allee befindet sich ein Luftschutzbunker. Nun machen Sie schon! Oder wollen Sie hier verrecken?«

Die Brauerstraße ist nur noch ein Schutthaufen. Kröger steuert den Wagen über den Bürgersteig, kurvt gekonnt zwischen den Bombentrichtern hindurch. Die Prinz-Albrecht-Straße ist noch halbwegs instand geblieben, nicht so die parallel liegende Prinzenstraße, dort wurde kein einziges Haus verschont.

Kurz nach neun Uhr.

Es hört nicht auf. Die größte Luftoperation des Zweiten Weltkrieges ist noch in vollem Gange. Die seit Ende 1943 in den Wäldern des Duisburger Südens eingesetzten moderneren Radaranlagen können den Anflug der feindlichen Bomber nicht rechtzeitig melden, da die neuen Störsender der Alliierten perfekt funktionieren. Abwehrwaffen und geschultes Personal sind nicht mehr ausreichend vorhanden. Die wenigen intakten Fliegerhorste sind zu weit weg, kaum noch Maschinen, noch weniger erfahrene Piloten. Das Ende ist nah.

»Nur noch ein Stück, Kröger.« Der hoch aufragende Bunker kommt in Sicht. Der massive, stahlverstärkte Beton hat den Angriffen standgehalten. Links neben der Straße schlägt eine Bombe ein. Ein Baum wird entwurzelt. Brennend neigt er sich auf die aufgeplatzte Straße. Der Gefreite bremst. Zu spät, um auszuweichen! Der Kübelwagen prallt auf den lodernden Stamm. Flackernde Äste fallen, brennenden Pfeilen gleich, herab. Krögers Uniform fängt Feuer, unglaublich schnell wird er zu einer taumelnden Fackel. Er schreit vor Schmerzen, aber seine Stimme geht im heulenden Inferno fast unter.

SS-Standartenführer Wilhelm von Hasselt klemmt sich den Koffer unter den linken Arm, mit der Rechten zieht er seine Walther P 38. Ohne zu zögern, schießt er Kröger in den Kopf.

»Mehr kann ich nicht für dich tun, Junge.« Da ist kein Mitleid, keine Anteilnahme. Von Hasselt war am 18. Februar 1943 im Berliner

Sportpalast, als Reichsminister Joseph Goebbels seine wegweisende Rede an das deutsche Volk hielt, um den totalen Krieg einzufordern, und hatte seine fanatische Zustimmung laut bekundet. Heiser war er danach. Er hat nie gezweifelt, ist seinen Überzeugungen immer treu geblieben, und jetzt transportiert er einen Koffer, der in diesem schier aussichtslosen Weltenbrand die Wende für das geschlagene Reich bringen soll, durch dieses tödliche Chaos.

Der Eingang des Bunkers wird von zwei jungen Grenadieren bewacht. Eingeschüchtert durch die Rangabzeichen des SS-Mannes und das blitzende Eiserne Kreuz, geben sie den Weg sofort frei.

Von Hasselt rümpft angewidert die Nase. Die Menschen kauern im Inneren dicht an dicht, der Bunker ist vollkommen überfüllt, die Luft geschwängert von Schweiß, Urin und Angst. Es ist fast dunkel. Winzige Gaslampen an den Wänden verbreiten schummriges Licht. Keuchen, leises Jammern, weinende Kinder, furchtbar viele Kleinkinder, die noch keine Milch bekommen haben und frisch gewickelt werden müssten. Draußen regiert die Hölle, drinnen die Hoffnungslosigkeit. Die Menschen weichen vor ihm zurück, so gut es geht. Die Bunkertür aus massivem Stahl bleibt nur einen Spalt geöffnet. Der Offizier presst stumm den Koffer an seine Brust. Was soll er diesen desillusionierten Menschen auch schon verkünden – die Mär vom großen Endsieg?

Aber es ist kein Märchen, noch kann es gelingen. Seine rechte Hand, in einem feinen Lederhandschuh, streicht andächtig über den massiven Metallkoffer. Mit dem Zeigefinger zeichnet er das eingravierte Hakenkreuz nach.

Vierzig Minuten dauert der verheerende Angriff. Über dreitausend Tonnen Sprengbomben und mehr als achthundert Brandbomben verwandeln Duisburg endgültig in eine sterbende Gluthölle.

Dann endlich Entwarnung. Die Menschen verlassen schweigend den Bunker. Geschlagen und verwundet wie ihre brennende Stadt. Obdachlos, auf der Suche nach Angehörigen, Freunden, Nachbarn, einer Notunterkunft, etwas Essbarem.

Von Hasselt verlässt die Verlorenen wortlos. Notgedrungen marschiert er durch das Chaos in Richtung Innenstadt. Im noch halbwegs intakten Rathaus sucht er den Polizeipräsidenten auf, verlangt eine Passage nach Gütersloh. Im dortigen Fliegerhorst wird er erwartet, dort muss er das wertvollste Objekt des Dritten Reiches abliefern. Ein Befehl direkt aus dem Führerhauptquartier, unterzeichnet vom größten Schlachtenlenker aller Zeiten.

Welch eine Ehre ...

»Nichts zu machen vor morgen früh.« Alles Insistieren hilft nicht. Er muss warten. Dann kommt die Nacht, und es beginnt erneut. Die Alliierten überschreiten die Grenze der Menschlichkeit. Duisburg ist längst geschlagen, zerstört, ein tödlich getroffener, brennender Trümmerhaufen, aber in zwei Wellen starten noch einmal mehr als tausend Maschinen. Innerhalb von achtzehn Stunden fallen neuntausend Tonnen Bomben. Die Zivilbevölkerung soll demoralisiert, die Luftüberlegenheit demonstriert werden. Natürlich werden auch militärische Ziele angeflogen. Die August-Thyssen-Hütte, die DEMAG, Gaskraftwerke in Hamborn-Alsum und Homberg, der große Binnenhafen.

Aber der Plan geht nicht auf. Die Menschen verfluchen die Alliierten, doch sie sind noch immer nicht gebrochen. Sie rücken enger zusammen, helfen, wo es geht, sie beten und hoffen.

Am Montag, dem 16. Oktober 1944, macht sich von Hasselt auf den Weg. Er hat einen neuen Fahrer bekommen, der Koffer befindet sich jetzt in einem großen Rucksack. Sein Wagen passiert den Friedhof am Sternbuschweg. Es gibt nicht mehr genug Särge. Auf dem Parkplatz vor dem Haupteingang liegen Berge von Leichen, und es werden immer mehr. Ein Lastwagen nach dem anderen kommt angefahren und entlädt seine Fracht. Junge Frauen versuchen, die Menschen zu identifizieren, suchen nach Papieren an den zerfetzten Körpern, nach Fotos, Hinweisen auf die ausgelöschten Existenzen.

»Warum lässt Gott das zu?« Auf dem Rücksitz des dunkelblauen Mercedes-Benz sitzt neben von Hasselt Pater Gottfried. Der

Standartenführer hat nicht nach einem Familiennamen gefragt, er hält die Kirche für überflüssig, der Nationalsozialismus ist ihm Religion genug. Zähneknirschend hat er der Begleitung zugestimmt. Der Pfaffe soll in Bergkamen aussteigen und dort in einem Lazarett arbeiten. »All die armen Menschen …«

»Wir müssen unser Schicksal eben selbst in die Hand nehmen.« Von Hasselt hasst diese frömmelnde Sprechweise. »Nur den wahrhaft Standhaften wird letztendlich der Sieg gehören. Dazu benötigen wir keinen Gott, sondern Stahl und Waffen.«

Eingeschüchtert faltet der Kirchenmann die Hände. Die unzähligen Toten, die zerstörte Stadt, die brennenden Häuser, die oft zornigen Gesichter der Überlebenden sprechen eine andere Sprache. Zornig nur dann, wenn sie nicht schon leer sind.

»Ich bete für den Frieden«, sagt Gottfried leise. »Es muss aufhören, eine ganze Generation wird ausgelöscht. Was soll nur aus diesem Land werden, wenn alle Männer sterben?«

Ein Blick aus eisgrauen Augen durchbohrt den zweifelnden Mann.

»Sie sollten sich schämen. Wie alt sind Sie?«

»Zweiundvierzig.«

»Sie können ein Gewehr halten, oder nicht?«

»Ich bin ein Mann der Kirche«, begehrt Gottfried auf.

Von Hasselt lacht spöttisch. »Nein, Sie sind ein feiges Arschloch. Verkriechen sich scheinheilig hinter Kreuzen und der Bibel, anstatt Ihren Beitrag für das Vaterland zu leisten. Aber Sie werden noch erleben, wie wir mit Geschmeiß Ihrer Art umgehen, wenn wir diesen Kampf erst entschieden haben.« Der Wagen hält an. Ungeduldig beugt sich von Hasselt nach vorn. »Was ist jetzt wieder los, ich habe es eilig.«

»Die Eisenbahnbrücke ist eingestürzt«, gibt der Fahrer gleichgültig zurück. »Ich kann versuchen, am Wedaustadion vorbeizufahren, vielleicht sieht es auf dem Kalkweg besser aus.«

»Dann tun Sie das gefälligst!«

»Aber da vorn liegen zwei Fliegerbomben am Straßenrand. Noch nicht entsorgt. Viele von den Dingern besitzen Zeitzünder.« Der

Fahrer, sicher noch keine zwanzig Jahre alt, verzieht skeptisch sein Gesicht.

»Fahren! Sofort!«

Der Unteroffizier kuppelt krachend den Gang ein. Der Wagen rollt an. Zehn Sekunden später detoniert erst die eine Bombe, dann, durch die Erschütterungen animiert, die zweite. Der Mercedes ist genau auf Höhe der tödlichen Fallen. Von Hasselt sitzt auf der Beifahrerseite. Die Druckwelle lässt die Fenster platzen, der Wagen wird angehoben, prallt auf die Straße zurück, rutscht mit dem Heck voran in den neuen Bombentrichter. Zwei ausgeschlagene Metallstreben der Beifahrertür bohren sich in von Hasselts Eingeweide. Der Fahrer und der Pater haben Glück gehabt. Die linke Seite des Mercedes ist noch intakt.

Benommen taumeln die beiden durch die verbeulten Türen. Gottfried kriecht auf die andere Seite des Wagens. Von Hasselts Beine ragen in unmöglichen Winkeln aus der aufgeplatzten Beifahrertür. Der Pater nimmt die kalte Hand des Standartenführers. Da ist noch ein schwacher Puls.

»Der Koffer ...« Von Hasselt zittert. Er flüstert angestrengt. Der Rucksack mit dem so wichtigen Koffer liegt keine drei Meter entfernt am Kraterrand. Gottfried sieht die Metallstangen, die sich weit in den Brustkorb des Offiziers geschoben haben. Innere Organe müssen schwer verletzt worden sein. Blutiger Schaum bildet sich auf den Lippen des Offiziers. Mit letzter Kraft packt von Hasselt Gottfrieds Hand. Seine Augen glühen in einem fanatischen Feuer. »Im Rucksack ... ist ein Koffer.«

»Ja?«

»Nach Gütersloh ... zum Fliegerhorst.«

Pater Gottfried spürt, wie das Leben unter seinen Händen schwindet. Er spricht ein lautloses Gebet.

»Bitte ... Gütersloh ... Hauptmann Konrad.« Jetzt ist von Hasselt kaum noch zu verstehen. »Wichtig ... so wichtig.« Keine Minute später ist es vorbei.

»Ist der Drecksack hinüber?« Der junge Fahrer ist aus der Mulde geklettert und blickt gleichmütig auf den Standartenführer. Gottfried sieht auf und nickt. Der Junge spuckt angewidert aus. »Verdammter Edelnazi.« Urplötzlich weint er. »Alles ist kaputt. Kein Haus mehr, gestern Nacht ist meine Verlobte verbrannt. Wir müssen endlich aufgeben. Das hat doch keinen Sinn mehr.« Er wendet sich ab. »Meine große Liebe ist tot, aber ich habe noch meine Mama in Bayern. Ich hau ab. Ich kann einfach nicht mehr. Bitte, verpfeifen Sie mich nicht.«

»Lass dich nicht erwischen, Junge. Die fackeln nicht lange mit Deserteuren.«

»Sie können ja für mich beten, Pater.« Ohne ein weiteres Wort verschwindet der junge Mann.

Gottfrieds Blick fällt auf den Rucksack. »Was kann so wichtig sein?«, murmelt er ratlos. Kopfschüttelnd krabbelt er aus dem Trichter, er ist fast draußen, als er sich anders besinnt. Rutscht die zwei Meter auf seinem Hosenboden zurück und nimmt den Koffer an sich.

Sein Bischof nimmt die Order zurück. Pater Gottfried wird in Duisburg bleiben und helfen, wo er nur kann, und ja, lieber Gott, es gibt so unendlich viel zu tun in dieser sterbenden Stadt.

Kapitel 1

Duisburg, Rathaus am Burgplatz,
Montag, 13. Mai 2019

»Gott, wie ich diese offiziellen beweihräuchernden Veranstaltungen hasse.« Die schwarze Anzughose sitzt verdammt eng, kein gutes Zeichen, eher eine Warnung. »Warum mussten die auch Angies Verabschiedung mit der Einführung des neuen Duisburger Superbullen zusammenlegen? So ein Blödsinn.«

»Du bist selber ein Superbulle, Jonathan Dawson«, schmunzelt Sascha Brinkmann vergnügt neben mir. Der Innenminister legt sich umständlich seine vorbereitete Ansprache auf dem Rednerpult zurecht und legt los. »Außerdem sieht der angehende Chef der Kripo wirklich vorzeigbar aus. Balthazar Müller.« Sascha zieht die Nase kraus. »Wenn schon ein Allerweltsfamilienname, dann wenigstens ein ausgefallener Vorname. Ich finde ihn sexy.«

»Pfft.«

»Zwar barhäuptig, aber möglicherweise blaue Augen, muss ich mal aus der Nähe betrachten, ziemlich durchtrainiert, da kann man nicht meckern. Echt eine smarte Erscheinung. Aber wir sollten jetzt still sein, sonst müssen wir noch an die Tafel oder uns in eine Ecke stellen, mit dem Gesicht zur Wand natürlich.«

»Die übliche Strafe fürs Schwätzen«, vermute ich. Sascha schafft es immer wieder, mich erst aufzuziehen und dann zum Lachen zu bringen.

»Meine Damen und Herren, liebe Kolleginnen und Kollegen, Verwandte, Freunde, Vertreter der Presse, ich hoffe, ich habe niemanden vergessen.« Der Innenminister lächelt jovial in die Runde. Angelika

Haubrich, die gute Seele der Duisburger Kriminalpolizei, sitzt direkt neben Hauptkommissar Müller und fühlt sich sichtlich unwohl in ihrer Ausgehuniform und in so exponierter Position. »Wir haben uns zu diesem Festakt versammelt, um einerseits eine herausragende Kollegin in den wohlverdienten Ruhestand zu verabschieden, und andererseits den neuen Chef der Duisburger Mordkommission willkommen zu heißen.« Angie hätte die Anzugjacke nicht zuknöpfen sollen. Die Gefahr einer explosionsartigen Befreiung des eingezwängten Busens ist akut. Unsere Blicke treffen sich. Ich nicke ihr aufmunternd zu. Sie lächelt verkniffen zurück.

Ich sehe einige bekannte Gesichter, angesichts der vergangenen achtzehn Monate nicht verwunderlich. Ich denke an den Serienmörder Jürgen Hollerbach, der Sascha und mich fast das Leben gekostet hätte, dann an seinen mutmaßlichen Rächer Sören Bröker, unter anderem ein psychopathischer Vatermörder. Meine Heimatstadt hat mir nicht sehr viel Wohlwollen entgegengebracht. Zwei Reihen vor mir sitzt Jessica Wald, meine Jugendliebe, wie üblich in einem perfekten FBI-Outfit: schwarzes Kostüm, weiße Bluse, High Heels. Unsere Begrüßung fiel recht distanziert aus. Ganz das Gegenteil war das Wiedersehen mit der Lokalreporterin Meryem Yildiz. Bröker hatte im letzten Jahr ihre Lebensgefährtin Kerstin ertränkt. Wir mussten ihren Tod live am Handy miterleben. Schrecklich. Ich werde diese Minuten niemals vergessen, selbst wenn ich Johannes Heesters an Jahren überflügeln sollte, wovon ich nicht wirklich ausgehe.

Inzwischen hat Hauptkommissar Müller die Bühne geentert. Ich höre nur halb zu. Das Übliche: Ich freue mich, hier zu sein, eine große Aufgabe, ein neuer Lebensmittelpunkt, eine spannende Herausforderung, ach nee, wie toll Duisburg doch ist, bla bla bla, der übliche Sermon eben.

Adrian Kaczor, irgendwie ein Unglücksrabe, bleibt also weiterhin nur die Nummer zwei im Dezernat. Staatsanwalt Malte von Bönighausen, neben ihm sein maskenhaft lächelnder Vater Kurt, Großunternehmer, Bonze, Lobbyist.

Jetzt ist Angie an der Reihe. Ihre grauen Locken frisch toupiert. Sieht irgendwie falsch aus, künstlich, so ist sie nicht. Tränen fließen. Das Kommissariat wird ohne sie nicht mehr dasselbe sein. Ein riesiger Blumenstrauß, Beifall, trampelnde Füße, der neue Boss umarmt Angie linkisch. Dann ist es überstanden. Die Reihen lösen sich auf.

»Auf zu den Kanapees«, freut sich mein rothaariger Derwisch.

Sascha Brinkmann, seit fast fünf Jahren meine Kollegin in unserer kleinen Sondereinheit des BKA zur Bekämpfung von Kapitalverbrechen. Seit anderthalb Jahren meine Gefährtin, meine Wildlingsbraut, mein besseres Ich. Ich hätte niemals gedacht, dass ich einen Menschen so gernhaben könnte. Gefährlich und in unserer Branche eigentlich ein absolutes No-Go, aber bis jetzt ist es gutgegangen, und Berlin toleriert diese Beziehung.

»Hoffentlich ist was Fischiges dabei.« Sascha, die waschechte Ostfriesin.

Ein uniformierter Kollege kämpft sich durch die schwatzenden Grüppchen bis zu Müller. Aufgeregt redet er auf den neuen Chefermittler ein.

»Kommst du?« Sascha zupft am Ärmel meines Blazers.

»Geh schon vor.«

Sie hakt sich achselzuckend bei Meryem ein und verschwindet im Nebenraum. Müller runzelt die Stirn. Er winkt Kaczor zu sich heran. Ein hitziger Austausch. Plötzlich wirken die Mienen der drei Männer verkniffen. Da muss etwas passiert sein.

Halt dich da raus, Jonathan, ist nicht deine Baustelle ...

Fast alle Gäste tummeln sich inzwischen am Buffet. Wein und frisch gezapftes König Pilsener werden gereicht, Stimmung und Lautstärke steigen. Unsere Blicke kreuzen sich. Müller wirkt einen Moment unentschlossen, dann kommt er, Kaczor im Schlepptau, auf mich zu.

»Kommissar Dawson.«

Fester Händedruck, offener Blick, tatsächlich ziemlich blaue Augen, er mag vielleicht vierzig sein.

»Ich habe schon viel von Ihnen gehört und die Ereignisse in den letzten beiden Jahren mitverfolgt. Kommissarin Brinkmann und Sie haben eine turbulente Zeit hinter sich gebracht.«

»Kann man so sagen. Gehören Sie zu unserem Fanclub oder eher nicht?«

Er lächelt fein. »Sagen wir es mal so, Sie und Ihr Team leisten fantastische Arbeit, da muss man die eine oder andere ... *persönliche Note* tolerieren.«

»Ich denke, damit können wir leben.« Ich finde ihn doch ganz in Ordnung. »Ihr erster Arbeitstag ...« Ich lasse das Ende des Satzes offen. Mal sehen, ob der Herr Hauptkommissar gewillt ist, sich zu offenbaren.

»So ist es. Ich weiß nicht, ob ich das gut finden soll, kaum im Amt, schon geht es los. Obwohl, ein Mord ist natürlich nie gut.« *Bingo! Wusst' ich's doch ...* »Wir haben einen toten Priester in Duisburg-Laar. Der Mann wurde vor einer knappen Stunde in der Sakristei der Sankt-Ewaldi-Kirche tot aufgefunden.«

»Kommissar Dawson ist nicht im Dienst«, schnarrt Kaczor mürrisch. »Wir sollten ihn damit nicht belasten.«

Okay, wir mögen uns nicht wirklich.

»So? Nun, das dürfen Sie getrost mir überlassen«, gibt Müller ruhig, aber bestimmt zurück.

»Bevor ich mich weiter langweile, würde ich gerne hören, was passiert ist.« Ich hebe die linke Augenbraue. Kaczor verzieht genervt das Gesicht. »Wie wurde der gute Hirte denn ins Jenseits befördert?«

»Nach den eben erst mündlich erhaltenen Informationen ist die Todesursache noch ungeklärt. Es scheint etwas pikant zu sein. Pater Hermann wurde offensichtlich gefoltert. Einzelheiten sind mir noch nicht bekannt, aber es sieht so aus, als wäre er an den Folgen der Misshandlungen gestorben.«

»Gefoltert? Das hört sich nicht gut an. Könnte eine üble Geschichte werden.«

»Tja, insbesondere vor dem Hintergrund, dass Pater Hermann kurz vor seinem sechsundachtzigsten Geburtstag stand.«

»Das ist in der Tat eine ungewöhnliche Geschichte.«

»Schon möglich, aber sicher nicht Ihre«, fährt Kaczor dazwischen. »Ich fahre jetzt zum Tatort, wenn Sie nichts dagegen haben, Herr Hauptkommissar.«

»Nur zu, Kollege Kaczor. Ich erwarte Ihren Bericht, dann sehen wir, wie wir weiter vorgehen.« Kaczor gönnt mir einen letzten grummelnden Blick, dann macht er sich auf den Weg. »Jetzt würde ich gern Frau Brinkmann kennenlernen.«

»Unser neuer Chef scheint ja über keinerlei Berührungsängste zu verfügen.« Jessica dreht ihr Weinglas nachdenklich in der Hand. Zur Feier des Tages trägt sie ihre langen blonden Locken ungebändigt.

»Anscheinend eine rechte Frohnatur«, kommentiere ich wenig begeistert. Flirtet der etwa ungeniert mit Sascha? Wahrscheinlich weiß er nicht, dass wir zusammen sind, woher denn auch.

»Eifersüchtig?« Jessica schmunzelt belustigt.

»Ich? Ach was, Sascha ist ein Freigeist. Ich bin schließlich kein Spießer.«

»Du bist ein erstklassiger Ermittler, Jonesy, aber was persönliche Dinge und gekonntes Flunkern angeht, ein Mann mit erheblichen Defiziten. Was dich aber durchaus liebenswert macht.«

Ich sehe ertappt auf meine ausgelatschten schwarzen Schuhe. Da müsste mal was Neues her. Jess und ich haben viel zusammen durchgemacht, gefangen in einem Verlies, einem irren Serienkiller ausgeliefert, dann, knapp ein Jahr später, in meinem eigenen Haus an der Mosel, den Tod vor Augen. Sören Bröker, der Psychopath. Dazu kommt unsere Beziehung aus der Jugendzeit, die erste echte große Liebe, das hakt man niemals ganz ab.

Sie stupst mich an. »Was gab es denn Aufregendes?«

»Ein toter Priester in Laar.«

»Ups.«

»Ja, den bekommst du in den nächsten Stunden auf den Tisch, spätestens morgen. Der Gute war fast sechsundachtzig Jahre alt.«

»Du liebe Güte. Wer bringt denn einen klerikalen Rentner um?«

»Das ist noch nicht alles, laut Müller wurde er zu Tode gefoltert.«

Sascha lacht, und Müller legt, rein zufällig, eine Hand auf ihre Schulter. Ich denke, ich mag ihn doch nicht. So ein aufdringlicher Schwätzer.

»Eine alte Rechnung vielleicht, Jonesy, das Thema Missbrauch ist doch gerade mal wieder topaktuell.«

»Ja, mag sein.«

»Na ja, ist ja nicht dein Fall. Wie lange bleibt ihr noch in Duisburg?« Jetzt legt Jessica mir eine Hand auf die Schulter. Ein guter Konter. »Hallo, Houston, haben wir ein Problem mit der Kommunikation?«

»Entschuldige. Wir werden morgen abreisen. Du weißt doch, Eddie heiratet am Wochenende, also düsen wir nach Nieder-Olm.«

Eduard Klus, früher festes Mitglied unserer Dreiergang, jetzt Winzer. Und, wie er gern stolz verkündet, freischaffender Berater des Bundeskriminalamtes. Ein genialer EDV-Nerd, der uns manchmal noch hilft.

»Ich weiß, ich bin auch eingeladen, ich komme aber erst am Freitag, habe vorher keinen Urlaub bekommen.«

»Das freut mich, Jess, also, äh, ich meine natürlich, dass du auch dabei bist.« Kopfschüttelnd löse ich mich von dem Zwiegespräch zwischen dem neuen Hauptkommissar und meiner Lebensgefährtin. »Was gibt's Neues bei dir?«

»Ich habe niemanden am Start«, gibt die leitende Forensikerin zurück.

»Oh, das wollte ich gar nicht wissen.«

»Doch, genau das wolltest du wissen.«

»Verdammt.«

»Ja, das ist die Sache mit dem offenen Buch, in dem man lesen kann, wenn man den Autor gut kennt.« Ein Kellner reicht Schwarzbrotschnittchen mit Lachs. »Nach der Enttäuschung mit unserem Staatsanwalt tut mir eine Beziehungspause ganz gut.« Malte von

Bönighausen, Duisburger Shooting-Star, Liebling der Medien, aber letztendlich in Jessicas Gunst durchgefallen. »Mal sehen, vielleicht schnappe ich mir bei Eddies Hochzeit einen feschen Winzer.«

»Das klingt nach einem Plan.«

»Nicht wahr?« Sie lächelt hintergründig. »Und wer weiß, womöglich kandidiere ich dann im nächsten Jahr bei der Wahl zur Miss Nieder-Olm.«

»Meine Stimme hast du.«

Kapitel 2

Duisburg Innenstadt,
Hotel Mercure im Averdunk-Centrum

»Ziemlich redseliger Typ.«

»Balthazar?«

»Oh, wir sind schon per du?«

Sascha sieht mich feixend an. Auf MTV läuft gerade Shakira, *Whenever, Wherever*. Die drahtige Ostfriesin tanzt ausgelassen im Stil der Kolumbianerin.

»Oh, du bist so süß, wenn du eifersüchtig bist.«

»Also, so was kannst du dir abschminken, ich und eifersüchtig, sicher nicht.«

Es ist halb sieben, um acht sind wir bei Angelika Haubrich eingeladen. Nur ein kleiner Kreis auserwählter Freunde und Kollegen. Zum Glück ist ausdrücklich keine Kleiderordnung vorgesehen. Zwei schnelle Drehungen, schon schlingen sich Saschas Arme um meinen Nacken. Ihre sprühende Lebensfreude raubt mir den Atem.

»Er ist nicht wie du«, flüstert sie. Ihre Sommersprossen glühen, ihre blauen Augen verschießen süße Blitze. Mehr muss nicht gesagt werden. Ich bemühe mich, halbwegs relaxt zu wirken. Mein Handy brummt aufdringlich. »Erst ein Kuss.« Wer wollte da widersprechen? »Okay, jetzt darfst du rangehen.«

Es ist Jens Berger, unser Vorgesetzter in Berlin. Ich kann kaum glauben, was er mir gerade übermittelt. »Ist das wirklich Ihr Ernst? Moment, ich stelle Sie auf Lautsprecher, dann kann Frau Brinkmann mithören.«

»Hallo, Chef.«

»Ah ja, hallo Frau Brinkmann, nun, dann will ich noch mal kurz zusammenfassen.« Berger ist knapp vierzig Jahre alt. In der Krise im letzten Jahr stand er hundertprozentig hinter uns. »Ich habe gerade eine Anfrage aus Duisburg erhalten. Genauer gesagt eine Bitte des neuen Leiters der Mordkommission, Balthazar Müller. Der Polizeipräsident unterstützt allerdings sein Anliegen. Es hat wohl heute einen nicht ganz alltäglichen Mord an einem sehr alten Priester zu beklagen gegeben.«

»Wir hörten davon«, werfe ich, wenig begeistert, ein.

»Müller ist neu in der Stadt, er ist Franke und kennt sich mit den Gepflogenheiten im Ruhrgebiet noch nicht aus, deshalb die Bitte aus Duisburg, Sie beide, als ausgewiesene Duisburg-Kenner, dazu noch Experten für skurrile Fälle, für diesen Fall abzuordnen.«

»So ein Blödsinn. Das ist ein stinknormaler Mord, das werden die wohl alleine auf die Kette bekommen. Ich sehe wirklich keine Notwendigkeit, uns hier einzusetzen.«

»Im Grunde gebe ich Ihnen recht, Dawson, aber ich darf Sie daran erinnern, dass die Menschen in Duisburg Ihnen allen im letzten Jahr sehr geholfen haben. Sie und die beiden Damen haben einen Serienmörder hingerichtet und sind mit einer Bewährungsstrafe davongekommen. Das haben Sie nicht zuletzt dem überwältigenden Votum der Duisburger Bürgerinnen und Bürger zu verdanken.«

»Ja«, gebe ich kleinlaut zu.

»Na, sehen Sie.«

»Aber …«

»Kein Aber. Ich ordne Sie und Brinkmann bis zur Aufklärung des Mordes an Pater Hermann nach Duisburg ab.«

»Herr im Himmel.«

»Sehen Sie, schon sind Sie voll im theologischen Geschäft«, lacht Berger fröhlich. »Außerdem habe ich keinen dringenderen Fall für Sie beide.«

»Aber …«

»Ende der Durchsage, Dawson. Im Übrigen nervt dieses andauernde *aber.* Ich erwarte, über die Ermittlungen auf dem Laufenden gehalten zu werden. Einen schönen Abend noch.«

»Schon wieder Duisburg.« Genervt lasse ich mich aufs Hotelbett fallen. »Langsam kommt mir das vor wie die Jahre von Harry Potter in Hogwarts. Nur ist es bei uns in jedem Schuljahr ein neuer Mordfall.«

»Aber am Ende bringen sie Voldemort mit vereinten Kräften zur Strecke. Ist doch gut.«

»Nur, bei uns gibt es jedes Mal einen neuen Voldemort. Das ist total ätzend.«

»Ich finde, ich gebe eine verdammt gute Hermine Granger ab.«

Wird der Tag kommen, an dem Sascha mal keine passende Antwort parat hat?

Kapitel 3

Duisburg Buchholz,
im Garten der Familie Haubrich

Jede Menge Menschen. Das kleine Gartengrundstück, das zum Reihenhaus der Familie Walter und Angelika Haubrich gehört, ist rappelvoll. Der Hausherr hat seine geliebten Arcus-Boxen auf der Fensterbank platziert. Der King schmalzt *Are You Lonesome Tonight*, danach folgt der *Jailhouse Rock*. Einige Hüften zucken verschämt im Takt der Musik.

»Wow, tolle Stimmung hier«, freut sich Sascha. »*Old school*, da stehe ich drauf.« Sie wirft mir einen verschwörerischen Blick zu. »Du ja auch, wie wir alle wissen.« Perry Como löst Elvis ab. *Catch A Falling Star*. Ich atme auf, keine Schlager, es könnte doch ein halbwegs netter Abend werden …

Angelika kommt auf uns zu gerauscht. Sie trägt eine weit geschnittene Tunika mit bunten Ornamenten, einen verwegenen violetten Schal locker um den Hals geschlungen, spiralförmige goldene Ohrringe. Zunächst wird Sascha geherzt, dann bin ich dran. Wie gut, dass das Wetter mitspielt.

»Ach, ich bin so glücklich und gleichzeitig unendlich traurig. Beides zugleich, geht das eigentlich?« Walter kommt mit einem Tablett voller Sektgläser.

»Prösterchen, ihr Lieben. Oh, die Platte ist gleich zu Ende. Muss schnell drehen. Amüsiert euch.« Schon ist er wieder weg. Walter steht auf Vinyl, die einzig wahre Art, Musik zu genießen, behauptet er. Wir stoßen an.

»Und? Was ist der Plan Numero Eins?«, will Sascha wissen. Walter ist knapp zehn Jahre älter als Angelika und bereits seit geraumer Zeit im Ruhestand.

»Ach, ich weiß nich so recht, vielleicht 'n paar Tage anne Mosel. Muss mich erst mal an die viele Freizeit gewöhnen.« Angelika seufzt herzerweichend. »Dat is ja ganz übel mit dem Pater Hermann.«

»Du kanntest den Mann?«, wundere ich mich. Immerhin ist Duisburg-Laar ziemlich weit weg von Buchholz.

»Nee, na ja, nich so richtig. Ich war mal auf einem seiner Vorträge. Da hat er von seiner Jugendzeit erzählt. Ihr wisst schon, Zeitzeugen und so. Die sterben ja irgendwann aus. War verdammt spannend. Mensch, wat die alles mitgemacht haben im Krieg.« Angie leert ihr Glas in einem Zug. »So, jetzt aber weg mit der Brause. Wollt ihr 'n Köpi?«

»Ich dachte schon, du fragst nie«, stimme ich grinsend zu.

»Dafür ist der Karl zuständig.« Angelika deutet auf einen grauhaarigen, schlanken Endsechziger, der gekonnt das Duisburger Pilsener in schräg gehaltene Gläser laufen lässt.

»Sag mal, das ist doch nicht etwa Karl Geiger?«

»Sicher doch.«

»Liebe Güte. Mein Geschichtslehrer am Landfermann-Gymnasium.«

»Und, hattet ihr ein gutes Verhältnis?« Da ist wieder Saschas hintergründiges, verschmitztes Lächeln. »Sicher warst du ein Musterschüler.«

»Na ja. Ich geh mal rüber und besorge uns eine Gerstenkaltschale.«

»Nur Mut, du musst höchstens ein bisschen nachsitzen.« Ihr Gesicht hellt sich auf, als sie den qualmenden Grill entdeckt. »Du das Pils, ich die Würstchen.«

»Deal.«

Ich kämpfe mich durch die Trauben schwatzender Menschen. Geiger schaut kurz auf, dreht wieder am Zapfhahn, runzelt die Stirn und sieht mir mit hochgezogenen Augenbrauen ins Gesicht.

»Dawson?« Mist, er hat mich erkannt. »Jonathan Dawson?«

»Herr Geiger?« Ich tue mal erst wie Tulpe, also total überrascht. »Schön, Sie nach all den Jahren wiederzusehen.«

»Sie haben in der Klausur über die Weimarer Republik geschummelt.« Himmel, das weiß er noch? »Sie haben dem faulen Siggi Kaminski einen Zettel zugeschoben.«

»Ich erinnere mich gar nicht«, verteidige ich mich lahm.

»Ich hab's durchgehen lassen.« Sein Blick ist immer noch respekteinflößend. »Weil der blöde Sack sonst durchgefallen wäre. Der war ja nicht von Hause aus dumm, nur faul.«

»Ja, das war verdammt nett von Ihnen, so hat der Siggi wenigstens die Mittlere Reife bekommen.«

»Jetzt hat er seine eigene Kfz-Werkstatt.«

»Sehen Sie, gute Taten zahlen sich aus.«

»Wie dem auch sei, Ihr Aufsatz über die Rolle der Kirchen in der NS-Zeit war ein Licht in der Dunkelheit des erschreckend schwachen Leistungskurses.« Plötzlich grinst er und reicht mir ein Glas mit einer phänomenalen Tulpe. Er hat's echt drauf. »Und nun jagen Sie Schwerverbrecher.« Er hält einen Moment inne. »Kein leichter Job, oder?«

»Nein, kann man nicht sagen. Zum Wohl.« Geiger zischt das Null-Komma-Zwei-Glas in einem Zug weg. Genießerisch wischt er sich mit dem Handrücken den Schaum aus seinem Oberlippenbart. Ich brauche einen zweiten Ansatz.

»Ich habe die beiden vorangegangenen Fälle, so gut es ging, mitverfolgt.« Er nimmt zwei frische Gläser in Angriff. »Mein lieber Scholli, das waren harte Nummern, soweit ich das aus der Distanz beurteilen kann.«

»Kann man so sagen.«

»Und ich dachte immer, Sie würden auch mal Lehrer werden.« Ich zucke lächelnd mit den Schultern. »Na ja, das ist immerhin ein artverwandter Beruf. Man ist als Lehrkraft auch ständig in diverse ... *Fälle* verwickelt.«

»Ja, kann ich mir denken.«

»Was treibt Sie denn ins schöne Duisburg?« Geiger stellt fünf gezapfte Biere auf den Tisch neben der Zapfanlage, die sofort Abnehmer finden.

»Eigentlich wollten meine Partnerin und ich, das ist übrigens die rothaarige Hexe dort drüben am Grill, Sascha Brinkmann, nur zu Angelikas Verabschiedung kommen, aber jetzt hat Duisburg einen neuen Leiter der Mordkommission bekommen, Balthazar Müller, ein Franke, und dieser Mensch hat nichts Besseres zu tun, als in Berlin um unsere Unterstützung zu bitten.«

»Ach, was ist denn passiert, dass man die Hilfe eines Sonderermittlers anfordert?« Geiger scheint wirklich interessiert zu sein.

»Ein sechsundachtzigjähriger Priester in Laar wurde ermordet.« Ich schlürfe den Schaum meines zweiten Bieres ab. »Das an sich ist schon nicht alltäglich. Anscheinend wurde der arme Mann aber auch noch zu Tode gefoltert.«

»Oh Gott!« Geiger ist sichtlich betroffen. »Doch nicht etwa Pater Hermann?«

Ich runzele die Stirn. Der Mann scheint recht bekannt gewesen zu sein.

»Leider doch.« Das Gesicht meines ehemaligen Geschichtslehrers wird aschfahl. »Sie kannten ihn persönlich?«

»Ein guter, aufrechter Mann.« Seine Hände zittern, er vergisst den geöffneten Zapfhahn. Der Gerstensaft fließt in die Auffangschale. Ich nehme mir die Freiheit und schließe den Hahn.

»Herr Geiger, geht es Ihnen nicht gut?« Die Nachricht hat ihn anscheinend schwer getroffen.

»Nein, alles in Ordnung. Er war Mitglied meines Buchclubs. Also, eher ein gern gesehener Gast. Ich habe ihn immer mal wieder eingeladen, vor allen Dingen, wenn es um Literatur im Zusammenhang mit dem Dritten Reich ging.«

»Okay.« Hinter mir wächst die Schlange der Durstigen beträchtlich an. »Wie wäre es, wenn ich Sie mal kurz ablöse?«

Walter wechselt die Schallplatte. Mick Jagger röhrt *Sympathy For The Devil.* Geiger setzt sich auf einen Klappstuhl. Sein Blick geht in den Himmel. Ich mühe mich mit dem Bierzapfen ab. Nach einer Weile habe ich den Bogen raus. Sascha kommt mit zwei duftenden Bratwürsten, Kartoffelsalat und einem halbierten Schweinesteak zu mir.

»Es geht schon wieder.« Geiger nimmt seinen Platz an der Zapfanlage wieder ein. »Nun mampfen Sie mal in aller Ruhe. Oh, Verzeihung, ich bin unhöflich. Einen schönen guten Abend, Kommissarin Brinkmann.«

»Hu, nun mal nicht so förmlich«, erwidert sie, bestens gelaunt. »Wie war er denn so auf dem Gymnasium? Seien Sie ruhig ehrlich.«

»Ach, eigentlich war er ganz okay.« Er lächelt müde. »Kein Überflieger, aber sehr sozial eingestellt, und wenn es um neuere Geschichte ging, richtig gut.«

»Hört sich doch passabel an.« Sie reicht mir den Teller. »Ich bin auch ganz zufrieden mit ihm. Die meiste Zeit ist er ein recht lieber Kerl.« Sie drückt mir einen Kuss auf die Wange.

»Sie sind ... ein Paar?«, staunt der ergraute Lehrer. »Geht das denn? Ich meine, so rein beruflich.«

»Meistens sehr gut. Mögen Sie ein Stück vom Steak?«

Er schmunzelt. Die tiefe Betroffenheit fällt von ihm ab. »Sehr gern.« Sascha spießt ein Stück auf und reicht ihm die Gabel.

»Ich hoffe, Sie finden das Schwein schnell«, sagt er.

»Wie bitte?«

»Herr Geiger ist, ähm ..., war mit Pater Hermann ... befreundet? Oder ist das zu viel in einen Buchclub hineininterpretiert?«

»Nein, das kann man ruhig so sagen. Hermann und mich verband die Liebe zur Geschichte, insbesondere die des Ruhrgebietes. Ich werde ihn vermissen, den alten Haudegen.«

Aus den Augenwinkeln erspähe ich Jessica, die Chefpathologin der Duisburger Kripo. Ihre langen blonden Haare fallen überall auf. »Wenn ihr mich entschuldigt, ich will kurz mit Jessica über die Obduktionsergebnisse sprechen.«

»Nur zu, ich gehe Herrn Geiger ein bisschen zur Hand und spüle die angesabberten Gläser. Hau mal schnell noch die halbe Wurst weg.«

Ich gebe mein Bestes und kämpfe mich anschließend durch die ausgelassene Meute. Jessicas stechend blaue Augen taxieren mich aufmerksam.

»Na, sieh mal einer an, kaum in Duisburg zu Besuch und schon wieder einen neuen Fall an den Hals gehängt bekommen.«

»Dein neuer Chef hat in Berlin gebettelt«, entschuldige ich mich. »Sekt, Bier oder Wein?«

»Alles, sehr gern in dieser Reihenfolge. Mir ist noch immer ganz schummrig vom aktuellen Fall. Ich habe ja im Laufe der Jahre schon viel gesehen, aber was diese Verbrecher mit dem alten Mann angestellt haben, verschlägt mir die Sprache.« Ich schnappe mir schnell zwei Gläser Rotwein. Jessica kippt den Wein wie eine Apfelschorle. »Die haben ihm die Fingernägel rausgezogen und Salz in die Wunden gestreut.«

»Scheiße ...«

»Überall Brandflecken, auf dem ganzen Körper.«

»Kippen?«

»Nein, schlimmer, ich vermute eine Art Brenner oder Lötkolben.« Sie atmet schwer, schließt kurz die Augen. »Besorg mir noch ein Glas, bitte.«

»Hier, nimm meines, ich trinke heute lieber Bier.«

»Danke.« Diesmal leert sie nur das halbe Glas. »Aber an diesen Folterungen ist Pater Hermann nicht gestorben, Jonathan.«

»Nein? Woran dann? Herzversagen, Schlaganfall?«

»Durch eine Kopfverletzung, die er sich meiner Meinung nach selbst beigebracht hat. Die Stirnpartie ist komplett eingedrückt. Er muss mit einer Urgewalt den Schädel auf eine Kante geschlagen haben. Wahrscheinlich in einem unbeobachteten Moment oder als ihn sein Peiniger mal verlassen hat.«

»Eine Tischkante?«

»Gut möglich. Ich kann nicht sagen, ob er sofort tot war, aber sicher danach zu keiner sinnvollen Äußerung mehr fähig. Er wollte sich weiteren Folterungen entziehen.«

Ein Schauer läuft mir den Rücken herunter. »Er hat sich selbst gerichtet?«

»So schaut es aus.« Sascha kommt mit zwei frisch gezapften Gläsern zu uns herüber. Ich informiere sie schnell über Jessicas Ergebnisse.

»Er wollte sich wohl weitere Folter ersparen«, resümiert auch meine Partnerin. Ich wünsche mich nach Moselkern, in unser beschauliches Häuschen, mehr eine Hütte, in einem fast vergessenen Tal. »Die Kardinalfrage lautet jedoch: Warum wurde ein sechsundachtzigjähriger katholischer Priester so schrecklich misshandelt?«

»Da fallen mir spontan genau zwei Motive ein. Erstens aus Rache, verbunden mit Selbstjustiz, weil der gute Pater womöglich nicht so fromm daherkam, wie er es eigentlich hätte sein sollen. Die eigentlichen Verfehlungen liegen womöglich weit in der Vergangenheit, als der Gute noch im Vollbesitz seiner körperlichen Kräfte und Säfte war.«

»Deshalb hat das Opfer oder ein Angehöriger das Recht in die Hand genommen?« Jessica schüttelt skeptisch den Kopf. »Ich weiß nicht. Warum erst jetzt im hohen Alter?«

»Auch dafür gäbe es Gründe. Vielleicht wurde jetzt erst entlarvt.«

»Tja.« Beide Frauen sind wenig überzeugt.

»Okay, Variante zwei: Er trug ein Geheimnis mit sich herum, welches der oder die Entführer aus ihm herauspressen wollten.« Sie sehen mich immer noch skeptisch an. »Na schön, haben die Damen bessere Ideen anzubieten?«

Sascha zieht die Nase kraus. »Geheimnisse, die in seinem hohen Alter erst ans Tageslicht gezerrt werden sollen?«

»Wie auch immer, das ist euer Bier, ihr Sonderermittler von einem anderen Stern«, gibt Jessica müde zum Besten. »Apropos Bier, wo stehen denn hier die Weinflaschen?« Schon leicht schwankend strebt sie auf Angelika zu.

»Geht es ihr gut?«, fragt Sascha zweifelnd.

»Das war wohl 'ne verdammt harte Nummer, selbst für eine so erfahrene Pathologin wie Jess.« Der unvergleichliche Freddie Mercury singt: *I Want To Break Free.* Ich werde das Gefühl nicht los, dass wir auf eine wirklich üble Sache gestoßen sind.

»Brauchen wir Eddie?« Sascha flüstert fast.

»Wir werden sehen, was wir morgen in Sachen Zeugenbefragungen bewegt bekommen, außerdem heiratet er am Samstag, da wird er andere Sorgen haben.«

»Meryem, wie schön, dich hier wiederzusehen.«

Die türkischstämmige Lokaljournalistin drückt mir zwei herzhafte Küsse auf die Wangen. »Ich freue mich auch, Jonathan. Fast ein Jahr ist seit den furchtbaren Ereignissen mit Bröker Junior vergangen.« Sie ist gut einen Kopf kleiner als ich, aber ein unglaubliches Energiebündel. Sie hat live am Telefon miterleben müssen, wie ihre Lebenspartnerin ertränkt wurde.

»Wie geht es dir?«

»Das Leben geht weiter, irgendwie, aber ich bin ein anderer Mensch, Jonathan. Es fällt mir schwer, loszulassen und Freude zu empfinden. Lachen ist eine selten genutzte Fähigkeit, aber es wird besser.« Sie lächelt warmherzig. »Ich vermisse Kerstin noch immer ganz furchtbar.«

In mir krampft sich alles zusammen, wenn ich an die schrecklichen Geräusche am Telefon zurückdenke. Die furchtbar entschlossene Stimme des Mörders, die letzten Worte der sterbenden Journalistin. Die Ohnmacht, die Verzweiflung, der unbändige Hass auf den Täter.

»Und jetzt?« Meryem lächelt ironisch. Ihre unglaubliche schwarze Mähne hat sie kunstvoll zu einem Pferdeschwanz geflochten, durch den sich ein goldener Faden windet. »Im Mittelalter wärest du wohl als Hexenmeister durchgegangen. Kaum in Duisburg angekommen, passiert der nächste Mord.«

»Ja, wirklich kaum zu glauben, aber noch schlimmer ist die Tatsache, dass mein Chef in Berlin uns zur Unterstützung abkommandiert hat.«

»Oh, wie schön«, freut sich Meryem.

»Wie man's nimmt«, gebe ich säuerlich zurück.

»Dann kann ich euch endlich mal zu mir nach Hause einladen. Ich mache Kuru Fasulye Pilav, das ist weißer Bohneneintopf mit Reis. Als Vorspeise gibt es Kuttelsuppe, ist eine Spezialität von mir.«

»Kutteln, äh ... Pansen?«

Sie lacht herzlich. »Keine Bange, mein Lieber, das wird euch schmecken. Du isst doch auch dieses schreckliche Labskaus in Ostfriesland. Hab Vertrauen.« Sascha palavert derweil mit dem Hausherrn. Wahrscheinlich wünscht sie sich einen besonderen Song. »Was ist das für eine Sache mit diesem alten Priester?«

»Hm? Duisburg scheint ja ein Dorf zu sein, so schnell, wie sich Neuigkeiten herumsprechen. Aber ja, das ist übel. Bitte veröffentliche zunächst mal keine Einzelheiten, geht das?«

»Ich kenne ja gar keine«, bekennt sie achselzuckend.

»Du erfährst alles, aber ich muss dich bitten, dich an meine Vorgaben zu halten.«

»Ay, Kapitän«, frotzelt Meryem. »Morgen geht ihr auf die Pirsch?«

»Sieht so aus. Ich weiß noch nicht, wo wir ansetzen werden. Mal sehen, was Kaczor schon an Arbeit vorgeleistet hat.«

Sascha winkt mir ausgelassen zu.

»Ich schätze, du musst tanzen, Kommissar.«

Sascha hat sich Eric Clapton gewünscht. *Wonderful Tonight.*

»Zum Glück ein Blues«, stelle ich erleichtert fest. Sekunden darauf legt sie die Arme um meinen Nacken. Gemächlich wiegen wir uns im Takt der Musik.

»Das gönnen wir uns noch«, wispert sie mir ins Ohr. »Wer weiß, was ab morgen auf uns zukommt.«

Es ist immer noch angenehm warm. Der Duisburger Mond ist fast voll. Der Garten verwandelt sich in eine Tanzfläche. Angelika entzündet Fackeln. Eine wundervoll entspannte Atmosphäre macht sich breit. Karl Geiger telefoniert. Jessica tanzt mit Meryem. Was für ein schönes Bild.

Kapitel 4

DUISBURG, SALVATORKIRCHE,
18. OKTOBER 1944

Aus dem geschlossenen dunklen Wagen steigen zwei in schwarze Ledermäntel gehüllte Männer.

»Gestapo.«

Das Wort allein verbreitet Angst und Schrecken. Der junge Messdiener Hermann und sein Freund Gustav rennen die Stufen hinab in den Keller. Die Atmosphäre ist gespenstisch. In einer Ecke des provisorisch hergerichteten Andachtsraumes unter der großen Kirche brennt eine schlichte weiße Kerze auf einem kleinen Altar. Drei ältere Frauen knien mit gesenkten Köpfen davor. An der Stirnwand hängt ein Kruzifix, das im flackernden Licht eher beklemmend als Mut spendend wirkt.

»Vater, da oben sind zwei Männer in einem blank geputzten Auto angekommen. Die sehen ziemlich fies aus.«

Pater Gottfried schmunzelt. Er mag es, wenn ihn seine Schutzbefohlenen *Vater* nennen, und er liebt den unverfälschten Kindermund. Die Frauen sehen ihn erschrocken an, Misstrauen im Blick. Unausgesprochene Fragen. Hat er etwas Verbotenes getan? Wird es auf sie abfärben? Kommen die Schergen ihn holen?

Gottfried nimmt eine Bibel zur Hand.

Oben hört man Stimmen, dann Schritte von Stiefeln, die die Treppe herabkommen. Das Leder der langen Mäntel knirscht, als die Männer den Raum betreten. Die Mienen überlegen, die Augen erfassen jedes Detail.

»Gottfried Lange?« Die Stimme des Größeren ist emotionslos.

»Pater Gottfried ist vollkommen ausreichend.« Der Mann Gottes ist nicht so leicht einzuschüchtern. Er sieht die beiden Mitglieder der Geheimen Staatspolizei so gelassen wie möglich an. Die drei Frauen bekreuzigen sich und schleichen förmlich an den Besuchern vorbei. Nur schnell weg! Wer weiß, was als Nächstes geschehen wird.

»Wir haben einige äußerst wichtige Dinge zu klären.« Die Stimme des zweiten, gedrungenen Polizisten ist voller, umgänglicher.

»Ich stehe den Herren zur Verfügung. Können die Jungen gehen? Die Burschen haben ihren Dienst für den heutigen Tag bereits verrichtet.«

Der große, kantige Mann nickt gnädig.

»Gut, Hermann, wir sehen uns morgen früh um acht. Vielen Dank für deine Hilfe, grüß mir deine Mutter.« Gottfried streicht den beiden Jungen über die kurz geschorenen Haare, dann rennen die Knaben die Stufen hinauf.

»Sie waren vor drei Tagen Beifahrer im Wagen von SS-Standartenführer Wilhelm von Hasselt.« Gottfried nickt. »Der Kamerad ist vor dem Feind geblieben und hat das Reich treu bis zum letzten Atemzug verteidigt.« Der Geistliche überlegt, ob der hochrangige Offizier jemals echte Feindberührung erlebt hat. Diese vor ihm stehenden Büttel Hitlers jedenfalls nicht. »Von Hasselt war in einer Mission der höchsten Priorität unterwegs. Seine Order bekam er direkt aus dem Führerhauptquartier.« Der Große redet, der Kleinere beobachtet Gottfried. Die zwei sind ein eingespieltes Team.

»Aha. Sein Ableben ist sicherlich tragisch und ein großer Verlust für das Reich, aber was hat das mit mir zu tun?«

»Der Herr Standartenführer führte einen Koffer mit sich.«

»Ja, ich erinnere mich«, bekennt Gottfried. Es hätte keinen Sinn, die Existenz dieses anscheinend so wichtigen Gegenstandes zu leugnen.

»Dieser Koffer ist von existenzieller Bedeutung für das Reich«, schnarrt der Offizier. Seine Hände ballen sich kurz zu Fäusten. »Konnten Sie ihn bergen?«

»Ich? Nein.«

»Was ist dann damit geschehen?«

Gottfrieds Knie werden weich. Jedes falsche Wort kann jetzt Verhaftung, Folter und unsagbares Leid bedeuten. Nur nicht umdrehen, der Koffer steht unangetastet in dem kleinen Schränkchen unter dem Altar. Dort bewahrt Pater Gottfried die Hostien auf, eine kleine Flasche Messwein und ein verschlissenes Käppi. Nur nicht unsicher wirken, schnell antworten, jedes Zögern kann negativ ausgelegt werden. Aber was antworten?

»Der Fahrer hat ihn an sich genommen.« Augenblicklich kommt er sich schäbig vor, wie Petrus, der Jesus dreimal verleugnete. Nun wälzt er die Last auf einen Unschuldigen ab, von dem er hofft, dass er unversehrt bei seiner Familie in Bayern angekommen ist. »Der Koffer wurde auf den Gehsteig geschleudert.«

»Weiter!«, fordert der Erste ungeduldig.

»Ich blieb bei dem Herrn Standartenführer.«

»Er war doch längst tot«, zischt der Zweite.

»Nein, er lebte noch. Ich blieb bei ihm, hielt seine Hand und spendete ihm die Sterbesakramente.«

»Unsinn, ich kannte von Hasselt persönlich. Er hat nie etwas mit euch Pfaffen zu tun haben wollen«, sprudelt es aus dem kleineren Mann heraus. Sie haben sich nicht einmal mit Namen vorgestellt.

»Sie würden sich wundern, wie sich die Ansichten von Menschen im Angesicht des Todes ändern.« *Herr, bitte stehe mir bei ...*

»Was geschah dann, nun reden Sie schon!«

»Ich sah nur aus den Augenwinkeln, wie der Fahrer den Koffer an sich nahm und in Richtung Stadion verschwand. Mehr kann ich Ihnen nicht berichten. Er hat wohl gehofft, etwas Brauchbares darin zu finden. Vielleicht etwas Essbares. Viele Menschen in Duisburg hungern, wissen Sie das eigentlich?«

»Wie heißt der Kerl?«

»Keine Ahnung. Karl mit Vornamen, glaube ich, oder Karlheinz vielleicht. Ich kam erst kurzfristig dazu. Ich sollte nach ...«

»Das interessiert niemanden.« Die beiden Nazi-Schergen sehen sich an.

Wenn sie den Schrank untersuchen, bin ich ein toter Mann!

»Wir werden uns ein wenig umsehen.«

Vorbei, es ist vorbei!

»Wo ist Ihre Wohnung?«

»Meine Wohnung?«

»Meine Güte, sind Sie schwer von Begriff?«, bellt der Größere. »Wo betten Sie Ihren feigen Arsch zur Ruhe?«

»Ach so, ich schlafe in einer Kammer des Gemeindehauses. Das steht noch, nun, zumindest bis heute Morgen.«

»Dann los, Marsch, voran.«

Sie schieben ihn vor sich her, durchwühlen sein kleines Zimmer, dann das ganze Haus. Sie finden nichts Verdächtiges, beschließen, bei der hiesigen Kommandantur nach dem Fahrer zu fahnden.

Der Kleinere spuckt ihm vor die Füße. »Wenn Sie uns belogen haben, Pfaffe, dann buchen Sie bei Ihrem lieben Gott schon mal ein Plätzchen in der ersten Reihe.« Dann fahren sie davon.

Pater Gottfried ist schlecht, seine Hände zittern und seine Knie sind weich. Er spricht ein Gebet für den jungen Fahrer, dann kehrt er in die Notkirche zurück.

Der Koffer ... er muss verschwinden!

Kapitel 5

POLIZEIPRÄSIDIUM DUISBURG, DÜSSELDORFER STRASSE
DIENSTAG, 14. MAI 2019

»Oh Mann, was ist denn hier los?« Sascha kneift die Augen skeptisch zusammen. »Hektik pur, ist ja wie in einem Bienenschwarm.«

»Fragt sich nur, wer die Königin ist.« Mein Kopf fühlt sich an wie eine Kirchenglocke, die permanent geschlagen wird. »Ich hätte doch ein zweites Aspirin nehmen sollen.«

»Ach, komm schon, das war ein cooler Abend. Ich wusste gar nicht, dass du so gut tanzen kannst.«

»Tja, ist doch schön, wenn man immer noch was Neues entdecken kann.« Warum nur ist sie so unglaublich fit und frisch, die Ostfriesin hat keine Runde ausgelassen, egal ob Bier, Wein oder Korn.

»Und singen kannst du auch noch ganz passabel.«

»Singen?« Verdammt, ich kann mich gar nicht entsinnen ...

»*Marmor, Stein und Eisen bricht.*« Sie strahlt mich an. »Mensch, du und Wolfgang habt den Garten zum Beben gebracht. Eindrucksvolle Show, echt.«

»Oh Mann, ich vertrage einfach nichts mehr.«

»Wir müssen mal ins Trainingslager.«

»Besser nicht.« Schlimm, wenn jedes Wort zu viel wird.

Wir betreten das Gebäude durch den Personaleingang. Zwei jüngere Kollegen hasten an uns vorbei. In der ersten Etage treffen wir direkt auf Adrian Kaczor, dessen Gesicht hektische Flecken aufweist.

»Adrian, was ist los?«, frage ich irritiert.

»Sind Sie so was wie ein schwarzer Engel, Dawson?« Der schlaksige Ermittler sieht mich durchdringend an. Irgendwie erinnert mich

Kaczor heute an eine jüngere Version von Monk. »Ein Todesbringer auf Rekordjagd? Wie hießen die noch bei Harry Potter? Todesser!«

»He, nun mal halblang«, interveniert Sascha. »Wir wissen ja nicht mal, was überhaupt Sache ist.«

»Ich sage nur Friedhof Fiskusstraße.«

»Was wird das, eine Ratestunde?«, fährt sie den einen Kopf Größeren an. »Wir haben uns den Mist nicht ausgesucht. So schön ist Duisburg auch wieder nicht. Ihr neuer Chef hat uns angefordert, also verhalten Sie sich gefälligst professionell und kooperativ.« Ich nicke beifällig, während er seinen inneren Schweinehund unterdrückt. »Also, wir sind ganz Ohr, Herr Kommissar.«

»Es gibt einen weiteren Toten. Ein Friedhofsgärtner, wenn ich das richtig verstanden habe, im Duisburger Norden.« Kaczor atmet tief durch. Trotz der bereits recht ordentlichen Temperaturen Mitte Mai trägt er immer noch seinen obligatorischen schwarzen Rollkragenpulli unter einer grauen Anzugjacke. »Ein Kopfschuss.«

»Das ist scheiße, aber ganz sicher nicht meine Schuld«, erinnere ich ihn trocken. »Adrian, hören Sie, lassen Sie uns einfach den Mord an diesem Priester schnell aufklären, dann sind Sie uns los, darauf gebe ich Ihnen mein Wort.«

»Meinetwegen, ich fahre jetzt zum Tatort«, brummt er. »Wollen Sie mit?«

»Das klingt nach einem Plan«, stimmt Sascha sofort zu. »Frische Luft wird diesem älteren Herrn guttun.«

Ich verdrehe die Augen gen Himmel. Wir fahren auf die A 59 in Richtung Dinslaken. Ich habe mich auf die Rückbank verdrückt. Der Verkehr in die Gegenrichtung nach Düsseldorf ist, wie an jedem Morgen zwischen sieben und neun Uhr, mörderisch. Langsam klärt sich mein Geist. Ich könnte jetzt eine eiskalte Cola vertragen.

»Wer hat das Opfer denn gefunden?« Die Ostfriesin ist bereits voll im Ermittlungsmodus.

»Die Ehefrau, das muss ziemlich heftig gewesen sein. Heute Morgen um halb acht, die zehnjährige Tochter ist ab zur Schule, und

Muttern stellt fest, dass ihr Ehemann weg ist, beziehungsweise nicht in seinem Bettchen schlummert.«

»Das hat sie erst morgens gemerkt?«, wundert sich Sascha. »Seltsam, oder?«

»Vielleicht auch nicht, der Mann war nicht nur Friedhofsgärtner, sondern auch so eine Art Verwalter und Hausmeister in Personalunion. Die Familie bewohnt ein kleines Häuschen auf dem Gelände, in der Nähe der Kapelle.«

»Puh, das ist ja gar nicht gruselig.«

»Glauben Sie an Geister, Frau Brinkmann?« Kaczor produziert ein winziges Lächeln. »The Walking Dead? Vielleicht an den Klabautermann?«

»Oh Mann, was haben wir gelacht«, stöhnt sie. »Rücken Sie lieber mit vernünftigen Infos raus, bevor Sie hier den zweitklassigen Comedian geben.«

Verärgert dreht er das Radio lauter. Irgendein hirnloser Plastik-Hit aus den Charts, an den sich in einem Jahr kein Mensch mehr erinnern wird. »Ich weiß auch nicht mehr«, gibt Kaczor unwirsch zurück. »Humorloser Kopfschuss, Ende der Durchsage.«

Fiskus-Friedhof, Duisburg-Neumühl

Der Weg kommt mir endlos vor. Hier könnte ich mich verirren, die Gänge sehen alle ziemlich gleich aus; nur wenn ich auf die Grabsteine sehe und mir die Sterbedaten vor Augen führe, erkenne ich, dass wir uns in den älteren Teil des Friedhofes vorarbeiten. Kaczor hingegen scheint sich auszukennen. Zielstrebig nimmt er eine Abzweigung nach der anderen. Sascha ist seltsam still und in sich gekehrt. So kenne ich sie eigentlich nur, wenn sie sich nicht wohlfühlt.

»Alles okay?«, frage ich leise.

»Friedhöfe sind nix für mich«, gesteht sie halblaut. »Immer wenn ich durch diese Reihen von Grabsteinen laufe, sehne ich mich nach dem Meer, nach salziger Luft und einem weiten Himmel. Ich möchte dann nur schnell weg.« Für einen kurzen Moment nimmt sie meine Hand. »Ziemlich dämlich, oder?«

»Ach was, das ist halt dein persönliches Befinden.«

Am Ende des Weges biegen wir ein letztes Mal links ab. Ein abseits gelegenes Areal. Hier haben sich Stille und Besinnlichkeit verflüchtigt. Mindestens ein Dutzend Beamte sowie die Spurensicherung sind eifrig am Werk. Wir schieben uns unter dem Flatterband, das den Tatort absperrt, hindurch. Ich erspähe fünf alte, zum Teil schon verwitterte Grabsteine. Mächtige Buchen säumen die kleine Lichtung.

Jessica ist schon vor Ort. Wenn ich das richtig sehe, steht sie in einem ausgehobenen Grab. Wir gehen über einen gepflegten Rasen bis zu der Grabstelle, und wahrhaftig, die Ruhestätte wurde aufgebuddelt.

»Liebe Güte, das ist nichts für mich«, seufzt Sascha betroffen. »Was ist denn hier abgegangen?«

Das Bild, das sich uns darbietet, wirkt tatsächlich extrem verstörend. Am Fußende des offenen Grabes liegt das Opfer, ein geschätzt Mittdreißiger, lange Beine, die Füße berühren den Abschluss des Sarges. Die Kugel ist fast in der Mitte der Stirn eingedrungen, der Mund des Mannes ist halb geöffnet, wie zu einem stummen Schrei. Die Augenlider hat wahrscheinlich jemand geschlossen.

»Guten Morgen, ihr zwei.« Jessicas blaue Augen funkeln im Sonnenlicht. »Kein schöner Anblick.«

»Nee, kann man nicht sagen.« Sascha wagt sich einen Schritt näher heran. »Scheiße, die haben den Sarg aufgemacht! Das ist Leichenschändung!«

Der Sargdeckel liegt weit hinter dem Grabstein. Mein Blick fällt auf die Inschrift: Pater Gottfried, 1909 – 1979. Im Inneren des teilweise vermoderten Holzsarges sind zwischen einem aufgerissenen, porösen Talar bleiche Knochen zu sehen, allerdings nicht mehr in ihrer angestammten Formation. Das Skelett wurde anscheinend auseinandergepflückt, möglicherweise ganz aus dem Sarg gehoben und dann einfach wieder hineingeworfen.

»Jess …«

»Ja, mein Lieber, die Täter haben keinen Stein auf dem anderen gelassen, oder besser gesagt keinen Knochen dort belassen, wo er eigentlich hingehört. Der Schädel wurde wahrhaftig auseinandergenommen, zertrümmert, ich schätze mal mit einem Hammer oder einer schweren Zange.«

Kaczor umrundet die Grabstätte. Sein Gesicht ist verschlossen, wie die Miene meiner Partnerin, die nur ungläubig den Kopf schüttelt und hektisch atmet.

»Wir haben es offensichtlich mit zwei Straftatbeständen zu tun. Hilfst du mir mal aus der Grube, bitte?« Jess reicht mir ihre in einem blauen Einweghandschuh steckende Hand. »Zum einen die Grabschändung, inklusive der vollständigen Zerstörung des Skeletts, zum anderen ein Mord.«

»Sie meinen, die beiden Sachen stehen möglicherweise in gar keinem kausalen Zusammenhang?« Kaczor sieht sie und mich abwechselnd fragend an.

»Das würde ich vermuten.« Jessica, die in einem Ganzkörperschutzanzug steckt, entledigt sich ihrer Kopfhaube. »Ich denke, das primäre Ziel der Verbrecher war das Grab, beziehungsweise dessen Inhalt.«

»Der alte Kirchenmann?«, stöhnt Sascha ungläubig. »Kaum zu glauben. Der hat doch keine Reichtümer mitgenommen.«

»Hat die Spurensicherung etwas gefunden?«, frage ich, ohne große Hoffnung.

Jessica streift jetzt den Plastikanzug komplett ab. Darunter verbirgt sich ihr unnachahmliches FBI-Outfit. Nur die klobigen Gummistiefel passen nicht ins Gesamtbild.

»Nichts Verwertbares. Sieh dir nur das Chaos an, der oder die Täter haben hier zwar mächtig gewütet, aber keinerlei Spuren hinterlassen. Nun, zumindest können wir von zwei Personen ausgehen, das lässt sich anhand der unspezifischen Fußabdrücke nachweisen. Mehr aber auch nicht, die Täter haben wahrscheinlich Gummiüberzieher über den Schuhen getragen.«

»Also Profis«, vermutet Kaczor.

»Sieht so aus.«

»Das Primärziel war also das Grab von Pater Gottfried, der im Juni neunundsiebzig von uns gegangen ist.« Nachdenklich lasse ich den Ort noch einmal auf mich wirken. »Was ist das überhaupt für eine sonderbare Parzelle?«

»Dieser Flecken gehört den katholischen Gemeinden Neumühl und Beeck.« Kaczor hat sich offenbar bereits schlau gemacht. Eigentlich ein echt guter Kriminalist, leider steht er sich mit seiner schroffen, wenig medienfreundlichen Art oft selbst im Weg, was wieder dazu geführt hat, dass ihm ein neuer Chef vor die Nase gesetzt wurde. »Hier werden nur die verstorbenen Priester dieser beiden Gemeinden beigesetzt.« Ich nicke anerkennend. »Hier wird beizeiten dann auch der ermordete Pater Hermann zur Ruhe gebettet.«

Schon läuten bei mir die Alarmglocken. Saschas und mein Blick treffen sich. Manchmal verstehen wir uns ohne Worte. Das ist schön.

»Kann da ein Zusammenhang zwischen der Grabschändung und dem Mord gestern bestehen?« Sascha sieht Kaczor fragend an.

»Keine Ahnung, Sie beide sind doch die Chefermittler. Wenn Sie weniger Party gemacht hätten, dann wären Sie womöglich auch besser informiert.«

»Gott, Adrian, was sind Sie denn so bärbeißig?«, wundert sich Jessica. »Wir können schließlich nichts dafür, dass Sie nicht bei Angelika eingeladen waren.«

Ein fetter Rabe landet auf den Resten von Pater Gottfrieds Schädel. »Weg da, Mistvieh!«, brüllt Sascha. »Elender Totenvogel, hier gibt es für dich nichts mehr zu holen.« Sie fuchtelt wild mit den Armen. Der Vogel wendet sich verächtlich krächzend ab.

»Mir doch wurscht«, brummt Kaczor. »Also, wie geht es weiter? Soll ich die Angehörigen übernehmen?«

»Nee, lassen Sie mal, das machen Frau Brinkmann und ich«, wehre ich ab. Seine wenig feinfühlige Art hat schon so manchen Zeugen verschreckt. »Wenn Sie uns mal eben auf Ballhöhe bringen.«

»Der Tote heißt Bastian Köllner, achtunddreißig Jahre alt, geboren in Sundern im Sauerland, wohnt und arbeitet seit drei Jahren hier in Duisburg. Verheiratet, Ehefrau Melanie ist zehn Jahre jünger, eine Tochter, Marie, zehn Jahre alt. Die Familie bewohnt ein kleines Häuschen nahe am Haupteingang. Die Hütte ist Bestandteil des Arbeitsvertrages, zahlt wohl keine Miete. Mehr habe ich in der Kürze der Zeit auch nicht anzubieten.«

»Danke, gute Arbeit, Adrian.«

Saschas Blick ist noch immer auf das Konglomerat aus Stofffetzen und Knochen gerichtet. »Ich werde mich um Pater Hermanns Haushälterin kümmern, wenn's recht ist.«

»Sehr gut, wir sehen uns im Präsidium.«

»Wird sich wohl nicht vermeiden lassen.« Ohne ein weiteres Wort macht sich Kommissar Kaczor auf den Weg.

»Puh, der ist aber mal durch und durch gefrustet«, stellt die Forensikerin fest. »Ist ja auch wirklich nicht in Ordnung. Warum gibt man ihm nicht eine Chance? Ein fähiger Polizist und jetzt seit fast fünfzehn Jahren in der Mordkommission.«

Ich zucke nur mit den Schultern. »Er kommt leider nicht wirklich sympathisch rüber.«

»Sein Vorgänger auch nicht, der war, je nach Tagesform, oft ein richtiges Ekelpaket, und trotzdem haben ihn alle respektiert.«

Zwei von Jessicas Mitarbeitern betten die Leiche in einen Plastiksack. Die Chefin der Pathologie nickt zustimmend. Bastian Köllner tritt seinen vorletzten Weg an.

»Du meinst also, dass der Friedhofsmensch nur ein Kollateralschaden ist«, nimmt Sascha den Ermittlungsfaden wieder auf.

»Ja, ich glaube, der arme Kerl war nur zur falschen Zeit am falschen Ort.« Wir verlassen gemeinsam den Tatort. »Womöglich hat er eine abendliche Runde gedreht, wollte auf seinem Friedhof nach dem Rechten sehen, dann bemerkt er die Täter, die ein Grab freischaufeln.«

»Und statt sinnvollerweise die Polizei zu rufen, will er die Sache selber regeln«, übernehme ich. »Er geht näher ran, um zu sehen, welche Banausen dort am Werk sind. Vielleicht denkt er an jugendliche Vandalen, jedenfalls geht er wohl kaum davon aus, sich selbst in Gefahr zu begeben.«

»Was sich dann als fataler Irrtum herausstellt.« Jessica bläst eine ihrer blonden Strähnen aus dem Gesicht. »Ich habe deutliche Schmauchspuren an Köllners Stirn feststellen können, das heißt, der Mörder steht ihm direkt gegenüber, hebt die Waffe auf Augenhöhe und drückt ab. Keine Gegenwehr, eiskalt. He, Junge, du störst hier, Pech gehabt … und Peng!«

»Ein Schuss, den vermutlich niemand gehört hat. Vielleicht wurde ein Schalldämpfer benutzt.« Sascha breitet die Arme aus. »Ein riesiges Gelände.«

»Wir werden trotzdem die angrenzenden Bewohner befragen müssen«, seufze ich kläglich angesichts meines Brummschädels. »Könnte ja sein, dass irgendjemandem was Außergewöhnliches aufgefallen ist.«

»Halleluja, wir brauchen Verstärkung«, befürchtet meine Partnerin. »Warum buddelt man eine vierzig Jahre alte Leiche aus?«

»Ja, das ist die Kardinalfrage«, murmele ich nachdenklich. Schon komisch, wieder neben den beiden einzigen Frauen herzutrotten, die mein Leben bis hierher geprägt haben. Jessica in meinen jungen Jahren und jetzt Sascha, ein total anderer Typ, sowohl was das Aussehen als auch die Einstellung zum Leben betrifft. »Pater Hermann wurde gefoltert«, sinniere ich.

»Und zwar mehr als übel«, bekräftigt Jessica.

»Das heißt, die Täter wollten eine Information von ihm herauspressen.«

»Die sie dann auch bekommen haben?«

»Ich denke, nicht. Denk an deine Expertise, Jess, du vermutest, dass sich der gute Pater selbst gerichtet hat, indem er seinen Kopf auf eine Tischkante geknallt hat. Das würde er doch nicht machen, wenn er die gewünschte Information herausgerückt hat.«

»Vielleicht hat er sich so sehr geschämt, doch eingeknickt zu sein, dass er keinen anderen Ausweg mehr sah, als sich das Leben zu nehmen.« Saschas Gedankengang ist nicht von der Hand zu weisen. »Oder er wusste, dass die ihn sowieso nicht lebend vom Haken lassen würden.«

»Auch möglich. Das hieße dann also, egal welche Annahme die richtige ist, der erpresste Hinweis hat sie hierher auf den Friedhof geführt.«

Wir nähern uns dem Hauptausgang. Erst jetzt bemerke ich das Hexenhäuschen, das leicht versetzt vom Weg hinter einer hohen Hecke liegt.

»Man schaufelt so ein Grab nur aus, wenn man etwas sucht«, bekräftigt Jessica. »Sonst hätten sie den Sarg und den Leichnam nicht akribisch auseinandergenommen. Denkbar, dass Bruder Hermann die Bande wissentlich auf eine falsche Fährte gelockt hat, dann nimmt er sich das Leben, weil er in der Gewissheit sterben kann, die Täter in die Irre geführt zu haben.«

»Tja, das sind alles sehr schöne Ansätze.« Ich muss einen Moment die Augen schließen. »Warst du eigentlich noch da, als ich *Marmor, Stein und Eisen bricht* geschmettert habe?«

»Na sicher, ein goldener Moment des deutschen Schlagers. Wir sollten dich bei *The Voice of Germany* anmelden.« Sascha kichert.

»Verdammt, ich habe einen echten Filmriss«, muss ich zugeben. »Was den Fall – oder die Fälle – betrifft, da sehe ich, ehrlich gesagt, noch keinerlei Zusammenhänge.«

»Er neigt derweil zu unerwarteten Gedankensprüngen«, erklärt Sascha grinsend. »Es ist nicht immer leicht, dem großen Ermittler gedanklich zu folgen.« Erstaunlich, wie gut sich die beiden Frauen inzwischen verstehen.

Jessica betätigt die Türklingel. Erst passiert gar nichts, dann öffnet uns ein stupsnasiges Mädchen mit dunkelbraunen Zöpfen.

»Ich darf niemanden reinlassen.«

»Oh, das ist in Ordnung.« Sascha geht in die Hocke. »Du heißt Marie, oder?« Die Kleine nickt, sie hat den Verlust ihres Vaters sicher noch nicht realisiert. »Wir müssen mal mit deiner Mama sprechen.«

Im Rücken des Mädchens taucht eine unserer Psychologinnen auf, Beatrix van der Weege, eine gebürtige Holländerin, die ich vor Urzeiten auf einer Fortbildung zum Thema *Psychologisches Management in Krisensituationen* als Referentin kennengelernt habe. Die gut Fünfzigjährige ist ein mütterlicher, warmherziger Typ mit messerscharfem Verstand. Man kann diese Frau leicht unterschätzen, was allerdings ein schwerwiegender Fehler wäre.

»Hallo, kleiner Schatz, das ist in Ordnung, das sind nette Menschen.« Sie blinzelt uns aufmunternd zu. »Komm, gehen wir rein.«

Sie nimmt Marie an die Hand. Eine winzige Diele, an der Wand ein Setzkasten mit Automodellen, ein kleines, urgemütliches Wohnzimmer. Über der Dreiercouch ein großes Foto der glücklichen Familie an irgendeinem Strand, blaues Meer im Hintergrund, eine lachende Marie zwischen Mama und Papa.

Melanie Köllner sitzt stumm auf dem gegenüberliegenden Sessel und starrt auf das Bild. Eine Welt, die sie nicht zurückbekommen wird. Sie hat noch keine Tränen gefunden, die Wirklichkeit ist noch zu schrecklich, um sie bereits akzeptieren zu können.

»Frau Köllner ...« Sie wendet uns ihr Gesicht zu. Sie ist hübsch, keine dreißig Jahre alt, schwarze Haare umrahmen ein aufgeschlossenes Gesicht. »Die Herrschaften sind von der Kriminalpolizei.« Frau Köllner nickt, gleichzeitig streckt sie ihre Arme aus. Marie kuschelt sich bei ihrer Mutter an.

»Entschuldigung, dass wir Sie jetzt mit Fragen belästigen«, beginnt Sascha sanft. »Ich weiß, dass Worte jetzt nicht viel bewirken können, aber ich versichere Ihnen, Sie und Ihre bezaubernde Tochter haben unser tiefstes Mitgefühl.«

»Wir haben im letzten Frühjahr einen kleinen Garten angelegt.« Köllners Stimme ist weit weg. »Adrian liebt diesen Job, und wir sind sehr glücklich hier. Was soll jetzt werden?« Ihre Emotionslosigkeit verursacht mir eine Gänsehaut. »Jetzt sind wir allein, Marie und ich. Das ist nicht richtig.«

»Nein, das ist es nicht«, nicke ich. Worte können manchmal so schal und sinnentleert sein. »Frau Köllner, hatte Ihr Mann vielleicht Feinde, irgendjemand, der ihm nicht wohlgesonnen war?«

»Adrian?« Sie schüttelt den Kopf. »Nein, niemand.«

»Ein Konkurrent, der womöglich ganz versessen auf diese Arbeitsstelle war?«, hakt Sascha nach.

Melanie Köllner lacht kurz auf. »Nee, den Job hier wollte kein Mensch. Wer will schon unter Toten zu Hause sein?«

»Gab es Vorfälle auf dem Friedhof? Vandalismus, Schmierereien auf Grabsteinen, Jugendliche, die hier obskure Partys veranstaltet haben?«

»Halloween haben sich ein paar Teenager hierher verirrt. Die müssen über die Mauer geklettert sein. Wollten wohl ihre Mädels beeindrucken.«

»Das ist alles?«

»Ja, aber seitdem dreht Adrian abends immer noch eine Runde.« Unvermittelt bricht sie in Tränen aus.

»Ich denke, das reicht fürs Erste, Herr Kommissar.« Beatrix gibt uns unmissverständlich zu verstehen, dass die Befragung jetzt beendet ist. »Alles hat seine Zeit. Ich melde mich bei Ihnen.«

»Natürlich.« Ich reiche der Psychologin meine Karte.

Wir gehen schweigend.

»Da ist nichts zu holen«, prophezeit Sascha achselzuckend. »Ihr habt beide recht. Bastian Köllner hat keinerlei Bezug zu der eigentlichen Straftat. Das macht seinen Tod nur umso schlimmer. Hätte er doch nur auf seine abendliche Runde verzichtet. Das Leben ist manchmal beschissen ungerecht.«

»Mein Bauchgefühl sagt mir, dass wir es mit einer ganz üblen Sache zu tun haben.« Ich neige eigentlich nicht dazu, als düsterer Prophet durch die Welt zu schreiten, aber ich bin mir sicher, dass wir bislang nur die winzige Spitze des Eisbergs zu Gesicht bekommen haben. Ein toter Geistlicher und ein ausgegrabener Priester. Wie soll das zusammenpassen?

Kapitel 6

Duisburg Innenstadt,
City Palais

»Ne Currywurst und ein paar goldgelbe Kartoffelstäbchen sind jetzt das einzig Wahre.«

»Weil das Fett den Alkohol bindet, oder was?« Sascha hat sich in der Fritten-Schmiede natürlich einen knackigen Salat bestellt.

»Ach, der Vormittag ist mir mächtig auf den Magen geschlagen.«

»Wirklich? Davon merkt man aber nix.« Sie lächelt mich diabolisch an und klaut mir eine besonders lange Pommes. »Mmh, echt gut, die Sauce.«

»Siehst du«, triumphiere ich. »Viel Spaß auch mit deiner Rohkost.«

»Wir machen halbe-halbe.«

»Was? Kommt nicht in Frage.«

»Ist besser für unsere Beziehung.«

»Wieso das denn?«

»Du wirst nicht so fett und ich bin nicht so eine dürre Hippe. Das ist doch mal ein ausgefeilter Plan, oder? Hier, probier doch mal die rote Beete.«

»Du bist ein ganz durchtriebenes Luder«, schimpfe ich halbherzig. »Schieb schon rüber, deinen öden Gesundheitsteller.«

»Kommissarin Brinkmann, Kommissar Dawson.«

Gleichzeitig drehen wir uns um. Vor uns steht ein schlanker, durchtrainierter Mittvierziger, komplett in Schwarz gekleidet. Der hochstehende weiße Kragen weist ihn als Mann der Kirche aus.

»Siehst du, jetzt kannst du all deine Sünden beichten«, meint Sascha grinsend. Die Hälfte der Currywurst ist bereits weg. »Mit wem haben wir denn das geistliche Vergnügen?«

»Monsignore Giacomo Maldini.« Er neigt lächelnd den Kopf.

»Aha, klangvoller Name.« Was Besseres fällt mir gerade nicht ein. »Und Sie wollen gerade ein Currywurst-Menü bestellen?«

Jetzt lacht der Monsignore herzlich. »Nein, eigentlich nicht. Wissen Sie, ich unterstehe direkt Kardinal Paolo Manfredi, dem Großmeister unseres Ordens, dem Ritterorden vom Heiligen Grab zu Jerusalem, welcher wiederum nur unserem Heiligen Vater Rechenschaft abzulegen hat.«

»Krass«, bemerkt Sascha, genüsslich kauend. »Von dem Verein habe ich noch nie gehört.«

»Vielleicht ist der Begriff Grabesritter schon geläufiger.«

»Da muss ich passen.«

»Und der Herr Kommissar?«

»Habe ich wohl schon mal gehört«, gebe ich zu. Wenn wir jetzt nicht die Teller tauschen, bleibe ich auf dem Haufen Rohkost sitzen. »Ich weiß aber nicht mehr, in welchem Zusammenhang. Was genau ist das denn für eine Truppe?«

»Nun, wir sind eine Gemeinschaft von Laien und geweihten Priestern, die die weltweiten Aktivitäten der katholischen Kirche, unter anderem natürlich auch im Heiligen Land, unterstützt. Darf ich mich einen Moment zu Ihnen setzen?«

»Nur zu, das ist ein freies Land«, erwidere ich misstrauisch. Er setzt sich auf die Bank neben Sascha. »Was machen Sie denn so den lieben langen Tag?«

»Unser Leitmotiv lautet: Deus Io Vult.«

»Gott will es.« Ich lasse die vorletzten Pommes in der Currysauce baden. »Wurde mit diesem Satz nicht seinerzeit zum ersten Kreuzzug aufgerufen?«

»Ah, ein historisch interessierter Kriminalist.« Maldini nickt anerkennend. »Sehr gut.« Sascha sieht mich mit großen Augen an.

»Wissen Sie, Kommissar Dawson, in unserer Gemeinschaft leben weltweit knapp dreißigtausend Menschen, übrigens gut zwanzig Prozent davon weiblich, Frau Brinkmann.«

»So? Schönen Dank auch, kein Bedarf.«

Der Kirchenmann lacht gewinnend. Ich stufe ihn als höchst gefährlich ein. Dieser Geistliche ist ein knallharter Typ, da bin ich mir sicher.

»Und was genau sind die Aufgaben Ihrer tapferen Ritter?«

»Primär verteidigen wir die Rechte der Kirche.«

»Das ist mir zu schwammig.«

»Wir setzen uns ein für Frieden und Freiheit. In Deutschland ist die ehemalige Stiftskirche St. Andreas in Köln Sitz der Statthalterei, dort befindet sich übrigens das Grab des Heiligen Albertus Magnus.«

»Nette Infos, aber was Ihre Ziele angeht, wird das ja immer fadenscheiniger, mein lieber Monsignore.« Seine aufgesetzt fröhliche Miene bekommt ein paar Falten. »Wenn Sie uns schon den Sinn und Zweck Ihres Ordens nicht glaubwürdig vermitteln können, dann wüsste ich schon gern, woher Sie unsere Namen kennen und offensichtlich ja auch wissen, wie wir aussehen.« Ich sehe ihn offen an. Giacomo Maldini dreht einen Siegelring, der das fünffache Jerusalemkreuz zeigt, an seinem rechten Ringfinger hin und her.

»Informationen sind in diesen Zeiten alles, Kommissar Dawson. Ich bin heute früh mit der ersten Maschine aus Rom nach Düsseldorf geflogen, weil ich eine Order aus dem Büro unseres Heiligen Vaters bekommen habe. Der Vatikan hatte soeben von dem unrühmlichen Ableben unseres Bruders Hermann erfahren.«

»Donnerwetter, das grenzt ja an ein Wunder.«

»Für Wunder ist eine andere Abteilung zuständig.« Maldini faltet seine Hände. »Wie wir hörten, wurde der Arme schändlich hochnotpeinlich befragt.«

»So würde ich das aber nicht nennen«, schaltet sich Sascha ein. »Pater Hermann wurde übel gefoltert.«

»Das sagte ich ja gerade«, antwortet er von oben herab.

»So? Das klang aber niedlich umschrieben, aber das können Leute Ihrer Profession ja hervorragend. Schwafeln ohne Ende und eigentlich kein Wort zum Thema preisgeben.«

»Frau Brinkmann …«

»*Kommissarin* Brinkmann, Monsignore«, korrigiert Sascha ruhig. »Gut, das hätten wir geklärt. Stellt sich jetzt die prickelnde Frage: Warum beordert der Vatikan Hals über Kopf einen Grabesritter nach Duisburg?«

»Dies ist kein alltäglicher Vorgang, meinen Sie nicht auch?«

»Oh, es ist sogar ein ziemlich außergewöhnliches Verbrechen, aber letztendlich geht es nur, ich bitte dies nicht abwertend aufzunehmen, um *einen* ermordeten Priester. Das ruft sofort den Heiligen Stuhl auf den Plan?« Sascha spießt Rucola auf ihre Gabel. »Klingt für mich nicht sehr überzeugend.«

»Wir hatten in letzter Zeit, wie Sie sich wahrscheinlich vorstellen können, keine gute Publicity. Diese unsäglichen Missbrauchsfälle, einige finanzielle Ungereimtheiten und dergleichen mehr. Der Vatikan möchte weitere negative Schlagzeilen vermeiden.«

»Und schickt deshalb unverzüglich eine Eingreiftruppe nach Duisburg?« Ich schüttele ungläubig den Kopf. »Denn das sind Sie doch, oder irre ich mich da? So eine Art Mossad oder MI6, ein Bundesnachrichtendienst des Vatikans.«

»So drastisch sehen wir uns nicht, aber Sie haben nicht ganz unrecht, Kommissar Dawson. Ich sagte ja bereits, dass es eine unserer Hauptaufgaben ist, die Werte der Mutter Kirche in Ehren zu halten.«

»Da werden sich die missbrauchten Ministranten aber freuen«, provoziert Sascha gelassen. »Sie sollten mal lieber an den verstaubten Werten arbeiten, anstatt die ganzen Skandale möglichst unter den Teppich zu kehren.«

»Ich vermute, Sie gehören nicht der katholischen Glaubensgemeinschaft an«, gibt er kühl zurück.

»Nein, wir Ostfriesen brauchen keinen Vertreter Gottes auf Erden, das können wir alleine regeln.«

»Eine höchst einfältige Sichtweise.« Maldini ist offensichtlich persönlich beleidigt. »Wie dem auch sei, ich möchte Sie beide bitten, mich über den Stand der Ermittlungen auf dem Laufenden zu halten.«

»Ganz sicher nicht.«

»Wie bitte?«

»Das ist eine Angelegenheit der Mordkommission Duisburg und nicht eines obskuren Grabritters.« Sascha hat sichtlich Freude an dem Disput mit dem Kirchenmann. »Sie gehören ja nicht mal zur Tafelrunde.«

»Das ist ...« Maldinis Smartphone hupt vibrierend über den Tisch. Mit ärgerlich verzogenem Gesicht drückt er auf das Display. Es scheint eine SMS oder eine WhatsApp-Nachricht zu sein. Für Sekunden schließt der Geistliche die Augen. »Das Grab eines Priesters wurde geschändet.« Seine Stimme klingt plötzlich merkwürdig zittrig. »Auf einem Ihrer Duisburger Friedhöfe.«

»Das ist uns bekannt«, gebe ich trocken zurück.

»Es handelt sich um die Grabstätte von Bruder Gottfried.«

»Sie sind ja bestens vernetzt«, stelle ich fest.

»Hören Sie, wir müssen in dieser ... *Sache* zusammenarbeiten, das ist von äußerster Wichtigkeit.«

»Ach, ich denke nicht, Monsignore. Warum steigen Sie nicht in den nächsten Flieger nach Rom und lassen uns unsere Arbeit machen?«

»Sie wissen nicht, worauf Sie beide sich da einlassen.« Warum klingt seine Stimme plötzlich so verschwörerisch und eindringlich?

»Dann erhellen Sie uns, Monsignore«, verlangt Sascha. »Sie wissen doch offensichtlich eine Menge mehr über die Hintergründe als wir.«

»Dazu fehlt mir die Befugnis.«

»Tolle Zusammenarbeit. Es hat übrigens einen weiteren Toten gegeben.«

»Ach ja, das wurde am Rande erwähnt, dieser Friedhofsaufseher.«

»Das scheint Sie ja wirklich tief zu treffen.«

»Es geht um weitaus wichtigere Dinge, Kommissarin Brinkmann. Das können Sie eben nicht nachvollziehen.«

»Dieser Friedhofsangestellte hinterlässt eine junge Frau und eine kleine Tochter.«

»Ja, das ist traurig, aber ...«

»Wissen Sie was? Sie gehen mir gehörig auf den Sack, Sie scheinheiliger Heiliger.« Oha, den Tod Bastian Köllners hätte Monsignore Maldini besser nicht so einfach abgetan, jetzt ist Sascha richtig wütend. Sie schmeißt ihre Gabel auf den Teller und steht auf. Ich schließe mich kurzerhand an.

»Einen guten Rat meinerseits: Pfuschen Sie uns nicht ins Handwerk.«

Wir marschieren über die Königstraße und kaufen uns einen Latte to go im Spezialitätenrestaurant McDonald's.

»Gott, was gehen mir diese Pfaffen auf den Keks.« Saschas Wut ist noch nicht verraucht. »Der weiß doch was.«

»Jede Menge.«

»Wir haben ein Problem, Herr Kommissar.«

»Nämlich?«

»Ich habe keine Klamotten mehr zum Wechseln. Wir waren schließlich nicht auf einen Daueraufenthalt in deiner schönen City eingestellt.«

»Da ist was dran«, muss ich zugeben.

»Also bleiben uns zwei Möglichkeiten. Entweder wir starten eine spontane Shoppingtour, das wird allerdings ein paar Taler kosten.«

»Oh, bitte nicht. Was ist die Alternative?«

»Wir eruieren, was im Präsidium los ist, stecken unsere weitere Vorgehensweise ab und düsen nach Feierabend nach Hause.« Nach Hause heißt meine Hütte in einem Tal bei Cochem. »Wir packen unseren Kram ein, übernachten dort und sind morgen Vormittag hier wieder am Start.«

»Das klingt nach einem besseren Plan«, freue ich mich. »Ich werde schauen, ob wir, wie im letzten Jahr, wieder ein Appartement bekommen können. Ist mir lieber als womöglich wochenlang in einem Hotel.« Sascha nickt zustimmend. »Was hältst du von diesem Ritter?«

»Ein Soldat des Popen. Eiskalter Typ. Wir müssen vorsichtig sein. Die Kirche hat verdammt viel Einfluss.«

»Ja, da hast du vermutlich recht. Bin gespannt, ob Kaczor was anzubieten hat.«

Kapitel 7

Polizeipräsidium Duisburg, Hauptkommissar Müllers Büro

»Ah, da sind Sie ja.« Balthazar Müller macht einen aufgeregten Eindruck. »Bitte, nehmen Sie doch Platz.« Kaczor, Jessica und zwei jüngere Kollegen sitzen bereits an einem runden Tisch. Zu meiner Freude erkenne ich Finya Jacobsen, die ehemalige Streifenpolizistin, die zusammen mit Wolle Gärtner vor drei Jahren Sascha, Jessica und mir das Leben gerettet hat. Ohne zu zögern springt sie auf, schon liegen sich Sascha und Finya in den Armen.

Tja, dem Tod in die Augen sehen verbindet. Manchmal, oft bei Vollmond, wache ich mitten in der Nacht auf und sehe das Gesicht des Serienmörders, wie er mich kalt lächelnd auffordert zu entscheiden, wer weiterleben darf, Jessica oder Sascha. Ich atme tief durch, jetzt bin ich dran. Finya und ich lächeln uns an. Ich wünschte, ich könnte mich irgendwann revanchieren, aber das hieße dann ja auch, dass die blonde Polizistin sich in großer Gefahr befinden müsste.

»Du siehst fantastisch aus«, flüstere ich ihr ins Ohr. Müller beobachtet uns wohlwollend. »Die längeren Haare stehen dir ausnehmend gut, und bitte ... was hast du mit deinem Körper veranstaltet?«

»Jede Menge Training, Jonathan.«

»Ähem, ich kann verstehen, dass Sie sich freuen, einander wiederzusehen, aber wir wollen doch nicht vergessen, dass wir zwei Morde und eine Grabschändung aufzuklären haben«, erinnert Müller.

»Entschuldigung, Herr Hauptkommissar.«

»Nun, ein harmonisches Betriebsklima ist allemal förderlich, nicht wahr, zudem kenne ich ja die Hintergründe Ihrer Freundschaft. Dies war schließlich auch der Grund, Hauptwachtmeisterin Jacobsen anzufordern.«

»Oh, du bist schon fertig mit der Akademie?«, wundert sich Sascha.

»Ich konnte verkürzen.« Finya bekommt eine leicht rötliche Gesichtsfarbe.

»Nun seien Sie mal nicht so bescheiden, liebe Kollegin.« Unser Interimschef lächelt jovial. »Frau Jacobsen war Jahrgangsbeste. Bei der Gelegenheit wollen wir Wachtmeister Jens Klaasen nicht vergessen, der ebenfalls Ihrem Team zugeteilt wird, das damit erst einmal vollständig ist.« Der Mittzwanziger, der seine braunen Haare extrem kurz geschnitten trägt, nickt uns sichtlich nervös zu.

Nicht schlecht, der Müller, muss ich anerkennen, zügig gehandelt, direkt eine brauchbare Arbeitsatmosphäre geschaffen und Verstärkung herbeigeordert.

»Frau Wald, vielleicht beginnen Sie.«

»Sehr gern.« Jessica schlägt eine Mappe auf und setzt eine randlose Brille auf. »Also, über Pater Hermann habe ich ja bereits referiert. Ich bleibe bei meiner Einschätzung, dass der Priester sich letztendlich selbst gerichtet hat. Die Kopfverletzung lässt eigentlich keinen anderen Schluss zu. Über die Misshandlungen habe ich einen ausführlichen Bericht erfasst.« Sie blättert um. »Kommen wir zu Mord Nummer zwei. Der tödliche Schuss auf Bastian Köllner erfolgte aus kürzester Distanz. Todeszeitpunkt zwischen dreiundzwanzig und null Uhr, plus minus eine halbe Stunde. Was die Spurensicherung angeht, komplette Fehlanzeige, bis auf die Feststellung, dass es mit an Sicherheit grenzender Wahrscheinlichkeit zwei, möglicherweise sogar drei Täter waren. Die Auswertung der Fußabdrücke läuft noch.«

»Klar, für einen allein wäre das eine ziemliche Plackerei«, bekräftigt Sascha.

»Das wäre es schon von meiner Seite.« Jessica klappt ihre Kladde zu.

»Gut, dann wollen wir hören, was die Kommissare Brinkmann und Dawson in Erfahrung gebracht haben.«

Ich nicke Sascha aufmunternd zu.

»Das Gespräch mit Frau Köllner hat unseren Verdacht bestätigt, dass der Ermordete einfach nur Pech gehabt hat. Er war sicher nicht als Opfer auserkoren. Köllner hatte keine Feinde, liebte seinen Job und wollte einfach nur sehen, was auf seinem Friedhof abgeht, und hat dafür mit dem Leben bezahlt. Eine Verkettung schrecklicher Umstände. Das Primärziel war somit das Grab von Pater Gottfried.«

Müller nickt nachdenklich. »Ja, danke, Frau Brinkmann, ich sehe das genauso wie Sie beide. Kommissar Kaczor, bitte.«

»Ich habe lange mit Pater Hermanns Haushälterin, Frau Erna Bottrich, sprechen können.« Kaczor tippt auf einem Tablet herum. Offensichtlich speichert er neuerdings seine Notizen digital. »Sie ist am Boden zerstört, kein Wunder, denn sie wurde, kurz bevor er die Pfarrei übernommen hatte, angestellt. Die Verbindung zwischen den beiden Geistlichen ist offensichtlich. Pater Hermann hat die Pfarrstelle von Pater Gottfried übernommen. Als sein Vorgänger Anfang der Siebzigerjahre schwer erkrankte, wurde Hermann, auf Wunsch Gottfrieds übrigens, von Celle nach Duisburg versetzt.«

»Das ist aber doch merkwürdig«, bemerkt Finya stirnrunzelnd. »Celle liegt nicht gerade um die Ecke.«

»Sicher nicht, aber die beiden kannten sich seit einer Ewigkeit.«

»Nun lassen Sie die Katze mal aus dem Sack«, verlangt Müller.

»Im Krieg leitete Gottfried die Pfarrei der Duisburger Innenstadt. Hermann war einer der Messdiener.« Kaczor genoss sichtlich unsere ungeteilte Aufmerksamkeit. »Und damit nicht genug. Gottfried war auch nach dem Krieg sein Mentor.«

»Nur sein Mentor?«, fragt Jessica skeptisch nach.

»Laut Frau Bottrich war es eine Art Vater-und-Sohn-Verhältnis, absolut sauber und von tiefer ehrlicher Zuneigung geprägt.«

»Das wollen wir mal so hinnehmen.«

»Ende der Sechziger übertrug man Hermann seine erste hauptverantwortliche Pfarrstelle in Celle, was die beiden Männer aber nicht davon abhielt, sich, wann immer möglich, zu treffen. Eine innige Freundschaft.« Kaczor ruft eine neue Seite auf. »Zweiundsiebzig erhält Gottfried eine schlimme Diagnose, Lungenkrebs. Er scheint in der Diözese einen guten Stand gehabt zu haben, denn auf seinen Wunsch wird Hermann nach Duisburg versetzt. Der Übergang in der Gemeinde erfolgt fließend. Noch zu Lebzeiten Gottfrieds, Anfang Fünfundsiebzig, wird Erna Bottrich eingestellt. Sie und Hermann pflegen Pater Gottfried bis zu seinem Tod daheim.« Kaczor presst einen Daumen auf das Display seines Tablets, der Bildschirm wird dunkel. »Jetzt kennen wir also die Verbindung zwischen den beiden Priestern.«

Nachdenkliches Schweigen in Müllers Büro. Mein Handy vibriert. Jens Keller, unser Boss in Berlin. Ich entschuldige mich und verlasse Müllers Büro.

»Ich grüße Sie, Dawson, ich wollte Ihnen nur mitteilen, dass ich für Sie beide Karten für das nächste Heimspiel der Hertha ergattert habe.«

Die inneren Alarmglocken schrillen. »Okay, danke für die Info, wir werden sehen, wie lange wir hier in der Provinz festsitzen.«

»Alles klar, viel Erfolg, Jonathan.«

Donnerwetter, mein Vorname. Das ist eine Premiere. Keller legt auf. Ich atme tief durch und gehe zurück in Müllers Büro. Sascha sieht mich aufmerksam an. Ich deute mit einer leichten Kopfbewegung an, dass wir möglichst schnell hier verschwinden müssen.

»Gut.« Müller trommelt auf die Tischplatte. »Wie machen wir weiter?«

»Die Befragungen der Anwohner, sowohl in Laar als auch um den Friedhof herum, sind angelaufen, bisher allerdings ohne Ergebnis«, referiert Kaczor. »Ich habe von Frau Bottrich Namen und Adressen von Pater Hermanns Schwester Luzie Schüssler und seinem wohl besten Freund Gustav Momsen bekommen. Frau Schüssler wohnt im Röttgersbach und Herr Momsen in einem Altenheim in Wanheimerort.«

»Tja, vielleicht bringen uns diese Vertrauten der Kardinalfrage ein wenig näher.« Müller sieht uns der Reihe nach an. »Was, um Himmels willen, suchen die Verbrecher überhaupt? Na schön, verteilen wir die Aufgaben. Kommissar Kaczor, Sie werten mit den Kolleginnen und Kollegen die Befragungsaktionen in Laar und Neudorf aus.« Kaczor produziert eine säuerliche Miene. Mal wieder nur die lästige Strafarbeit für ihn. »Wir bilden kurzzeitig zwei Zweierteams. Kommissarin Brinkmann, Sie übernehmen mit der Kollegin Jacobsen Frau Schüssler, Kommissar Dawson und Kollege Klaasen kümmern sich um den Freund im Altenheim.«

»Frau Brinkmann und ich müssten, natürlich nach getaner Arbeit, kurz in mein Domizil nach Moselkern. Wir waren nicht auf einen längeren Aufenthalt in Duisburg eingestellt und benötigen ein paar Sachen. Wir wären dann morgen im Laufe des Vormittages wieder einsatzbereit.«

»Sicher, kein Problem. Dann sehen wir uns morgen um sechzehn Uhr zu einer weiteren Lagebesprechung. Ich danke Ihnen, liebe Kolleginnen und Kollegen. So, nun an die Arbeit.«

»Karten für die Hertha?« Sascha und ich haben es sehr eilig. »Da ist was im Busch, Jonesy, das hatten wir noch nie.«

»Allerdings.« Bei Kellers Anruf handelt es sich um einen Code, den unser Chef nur einsetzt, wenn er befürchten muss, abgehört zu werden. »Ich habe ein verdammt mulmiges Gefühl bei dieser

Angelegenheit, spätestens seit dieser italienische Grabesbruder aufgetaucht ist.«

Zum Glück ist es bis zum Hotel nicht weit. Jessica hat uns ein Appartement besorgt, direkt im Herzen von Duissern. Dort haben wir bereits im letzten Jahr logiert. Wenn wir morgen aus Moselkern zurückkehren, quartieren wir uns sofort dort ein.

Im Hotelzimmer nehme ich das Prepaid-Handy aus der Nachttischschublade und wähle die einzige vorbelegte Nummer. Es klingelt einmal, dann habe ich unseren Chef in der Leitung. Ich stelle auf laut, damit Sascha mithören kann.

»Prima, das ging ja flugs. Ich nehme an, Frau Brinkmann hört mit.«

»So ist es.«

»Okay, hören Sie beide mir jetzt gut zu. In die Sache mit den beiden Priestern ist inzwischen auch der BND involviert. Ich habe einen Tipp aus dem Innenministerium bekommen, da rotieren anscheinend einige Herrschaften wie wild. Deshalb unsere abhörsichere Lösung.«

»Worum genau geht es denn überhaupt?«, frage ich.

»Wenn ich das mal wüsste«, seufzt Keller. »Ich kann Ihnen nur berichten, dass Teile des Nachrichtendienstes mit der Priorität vier angewiesen wurden zu recherchieren. Das ist die zweithöchste Warnstufe in dem Laden.«

»Fast so schlimm wie ein ausgefallener Leuchtturm.«

»Ihre Vergleiche sind wirklich köstlich, Frau Brinkmann, aber wir haben es hier anscheinend mit einer übergeordneten Gefährdungsstufe zu tun.«

»Was hat ein altgedienter Priester mit der nationalen Sicherheit am Hut?« Eine Verbindung will sich mir nicht erschließen. »Dann das geöffnete Grab. Was kann so wichtig sein, dass man eiskalt Folter und Mord einsetzt, um ans Ziel zu gelangen?«

»Hören Sie, Dawson, ich gelange fast zu der Einsicht, dass diese Nummer für uns zu groß ist. Sie beide sind ja auch nur durch einen dummen Zufall in die Sache hineingeschlittert. Wenn Sie wollen, ziehe ich Sie von dem Fall ab.«

»Ach, nun sind wir ja einmal hier.« Sascha sieht mich kopfschüttelnd, aber schmunzelnd, an. Ich berichte Keller von der merkwürdigen Begegnung mit Monsignore Maldini.

»Sieh an, der Vatikan mischt also auch mit. Höchst interessant, womöglich öffnet mir diese Info ein paar Türen. Na schön, dann bleiben Sie erstmal vor Ort, aber passen Sie gut auf sich auf. Der BND schickt nach meinen Informationen ebenfalls ein Zweierteam in den Ruhrpott. Das sind im Regelfall keine Kinder von Traurigkeit, die haben einen deutlich erweiterten Handlungsspielraum, wenn es um die Sicherheit unserer Nation geht. Wenn Sie denen in die Quere kommen, könnte das im besten Falle unschön werden.«

»Die kochen auch nur mit Wasser«, meint Sascha gelassen.

»Das sind knallharte Typen, Frau Brinkmann, bitte unterschätzen Sie diese Leute nicht. Ich werde versuchen herauszubekommen, welches Team die nach Duisburg geschickt haben. Wenn es um solch relevante Infos geht, sollten wir nur über diese Wegwerfhandys kommunizieren.«

»Sind Sie sicher, dass Sie keine Gespenster sehen, Chef?«

»Ich denke, nicht.«

»Na schön, dann fahren wir also zweigleisig«, fasse ich zusammen. »Wir nutzen weiterhin die offiziellen Kanäle, um unsere Geheimdienstler nicht misstrauisch zu machen, und diese Verbindung, wenn's ans Eingemachte geht.«

»So machen wir es. Ich wünsche Ihnen ein glückliches Händchen. Bis dann.«

»Wow, das ist doch mal was.« Sascha grinst schelmisch. »Agent Dawson, darf ich Sie heute Abend auf einen Drink einladen?«

»Nun, Agentin Brinkmann, ich wüsste nicht, was dagegenspricht, Hauptsache, es ist kein Wodka Martini, egal ob geschüttelt oder gerührt.«

»Lässt sich einrichten.«

Gott, wie ich mich auf die Hütte an der Mosel freue. Eine Insel im Meer des alltäglichen Wahnsinns.

Kapitel 8

Duisburg-Wanheimerort,
Seniorenheim der Arbeiterwohlfahrt

»Wie lange gehören Sie denn schon zu unserer Trachtengruppe?«

Jens Klaasen sieht mich ob meines legeren Tons ein wenig verstört an.

»Ist jetzt mein siebtes Jahr. Erst auf der Wache in Hamborn, Junge, das war echt krass dort, kaum deutsche Mitbürger, dann zwei Jahre Hundertschaft, dann nochmal auf 'ner Wache im Süden, das war recht entspannt, und jetzt seit zwei Jahren Streife. Der übliche Werdegang.« Sein Gesicht glüht vor Aufregung. »Jetzt mit Ihnen an einem Mordfall zu arbeiten, ist ein echtes Highlight.«

»Ist auch nur viel Kleinkram, mein Lieber, aber sicher spannender als ein gemeldeter Einbruch, ein Verkehrsunfall oder 'ne entlaufene Katze.«

»Sie haben ja hier in Duisburg schon ganz schön was mitgemacht.«

»Muss ich nicht nochmals haben. So nah dran am Tod war ich niemals zuvor.« Wir zockeln über die Düsseldorfer Straße in Richtung Süden.

»Das glaube ich. Da vorn geht's links rein, die haben einen Parkplatz für Besucher auf dem Hof.« Ich rangiere meinen fünfzehn Jahre alten roten Astra in eine Parklücke. »Entschuldigung, wenn ich das frage, aber Kommissarin Brinkmann und Sie – wie funktioniert das denn?«

»Vollkommen stressfrei«, erwidere ich schmunzelnd.

»Echt? Ich hatte mal was mit einer Kollegin, das ist nicht wirklich gut gelaufen. Der Schichtdienst und dann immer nur das eine Thema, die Bullerei. Nee, das war nicht der Hit.«

»Na ja, Sascha und ich haben zumindest den Vorteil, dass wir im Regelfall gemeinsam agieren können, und nach Feierabend ist der Job tabu, obwohl sich diese goldene Regel nicht immer einhalten lässt.«

Wir melden uns an der Pforte an. Ein roter Klinkerbau, ganz einladend. Frische Blumen in der Halle, das Ambiente wirkt fast wie ein Hotel. Eine füllige Mitarbeiterin in einem weißen Kittel weist uns den Weg. Erste Etage, farbenfrohe Drucke von Monet und van Gogh in den Fluren.

Gustav Momsen erwartet uns schon. Er steht, auf einen alten Wanderstock mit unzähligen darauf genagelten Abzeichen gestützt, im Türrahmen.

»Ach Gottchen, auch dat noch, zwei Kerle.« Er zieht seine gewaltige Nase kraus. Die wenigen weißen Haare sind elegant zu einem Seitenscheitel gekämmt, Hände und Gesicht mit Altersflecken übersät. »Na, man muss nehmen, wat kommt. Herein in die gute Stube.«

»Ich bitte um Verzeihung, Herr Momsen, das nächste Mal bringen wir eine Kollegin mit.«

»Aber ’ne junge, nich so ’ne alte aufmüpfige Schabracke, davon eiern hier genuch rum.« Klaasen und ich können uns ein Lächeln nicht verkneifen. Die Wände sind mit Familienfotos zugekleistert, über der Couch ein idyllisches Gemälde, viel Wald, ein röhrender Hirsch. »Also, wat is et denn? Wegen dem Hermann, oder?« Wir nicken artig. »Dat is ’ne verdammte Sauerei.« Ohne Vorwarnung kullern dem alten Mann Tränen über die runzligen Wangen. »Wir waren schon von Anfang an zusammen, der Hermann und ich, sein Spitzname war übrigens *Krake*, weil der im Tor bei Hamborn Nullsieben alles rausgefischt hat, wat ging. Ich war dat Wiesel, wegen meine Schnelligkeit auf Rechtsaußen.«

»Sie waren beide bestimmt gute Fußballer.«

»Jawoll.« Momsens Blick taucht in die Vergangenheit ein. »Selbst im Krieg haben wir gespielt, aber da waren wir noch Pimpfe.«

»Herr Momsen ...«

»Eigentlich ist dat nich mein richtiger Name.«

»Äh, nicht?« Was Intelligenteres fällt mir gerade nicht ein.

»Nee, Ihnen kann ich dat ja verraten, eigentlich heiße ich Vladic, Andrej Vladic.« Klaasen und ich sehen uns irritiert an. »Als der Krieg vorbei war, da hat mein Vatter gedacht, et wäre wohl besser, wenn wir uns anders nennen. Dat ging damals ohne Probleme, wenn man wat einzutauschen hatte, also, wat zu futtern oder Gold. Na ja, mein Alter hatte Gold.«

»Aber warum denn?«, fragt Klaasen unbedarft.

»Mein Alter war Kapo hier im KZ.« Momsen fingert ein altmodisches Taschentuch aus seiner Hosentasche und schnäuzt sich umständlich die Nase. »Nich gerade 'ne gute Visitenkarte für nach 'm Krieg.«

»Was ist denn ein Kapo?« Das Gesicht meines jungen Mitstreiters ist ein einziges Fragezeichen. »Den Begriff habe ich noch nie gehört.«

»Dann musste im Geschichtsunterricht wohl gepennt haben, Jungchen.«

»Kapos waren sogenannte Funktionshäftlinge in den Konzentrationslagern der Nationalsozialisten«, erkläre ich. »Die hatten privilegierte Sonderstellungen innerhalb der Lager, sie mussten die anderen Häftlinge beaufsichtigen. Oft suchten die SS-Schergen die brutalsten und hemmungslosesten Personen aus, die dafür Sorge zu tragen hatten, dass das Lager reibungslos lief.«

»Scheiße, oh … Entschuldigung.«

»Schon gut.« Momsen schlurft in seine Küche. »Vielleicht 'n Weinbrand? Is ja schon fast dunkel.«

»Wir haben gerade mal halb drei.«

»Sag ich doch, gleich geht die Sonne unter. Also, wat is jetzt?«

»Nein, danke, wir sind ja noch im Dienst«, wehre ich dankend ab. »Ihr Vater war also so ein Kapo.«

»Bin nich stolz drauf, aber so war et. Scheiß Zeiten, damals.«

»Ich frage mal lieber nicht, woher er das Gold hatte.«

Er lacht trocken. »Woher denn wohl, in Hamborn war 'ne große jüdische Gemeinde.« In meiner Kehle bildet sich ein Kloß. »Wir haben nich gehungert, dat steht jedenfalls fest.« Seine Miene verdüstert sich. »Der Hermann auch nich, dem hab ich immer wat von meiner Ration zugesteckt.«

»Dass es in Duisburg ein Konzentrationslager gab, ist mir, ehrlich zugegeben, neu«, gestehe ich ein. »Wo soll das denn gewesen sein?«

»Na, in Meiderich, Ratingsee. War nich groß, immer so um die vierhundert Insassen. Oktober 42 haben die dat Ding eröffnet. Vatter war ja Kommunist, da haben die den schon 41 weggesperrt, dann kam er auch in dat Lager, und ... na ja, bald war er halt so'n Kapo. Da waren zehn große Baracken und nur ein Waschraum. Wat 'ne Schweinerei, kann man sich vorstellen. Drum rum hohe Stacheldrahtzäune und SS-Patrouillen mit scharfen Wachhunden.«

»Irre«, stöhnt Klaasen, er hängt geradezu an Momsens Lippen.

»Dat waren Politische, wie mein Alter, zuerst sogar noch ein paar kräftige Juden, später sind die dann abtransportiert worden; widerspenstige SA-Leute, vielleicht auch der eine oder andere Schwule, halt billige Arbeitskräfte. Die konnten für 'n paar Reichsmark ausgeliehen werden. Franzmänner, Russkis und Käsköppe – Kriegsgefangene eben.« Momsen füllt ein Wasserglas mit Weinbrand und nimmt einen kräftigen Schluck. »Als dat dann losging mit den Bomben, da mussten die die Blindgänger wegräumen. Dat hat nich selten gerumst, dann waren die platt. War nich schlimm, gab ja Nachschub.«

Der Bericht ist so fesselnd, dass ich für einen Moment Pater Hermann vergesse.

»Im April 43 haben die Tommys versehentlich dat Lager bombardiert, da gab et viele Tote, aber die zählten ja nich. Dat waren ja sowieso nur lebende Tote.«

»Und Ihr Vater hat überlebt?«

Momsen nickt. »Ja, sicher, der war nach 'ner Weile sogar Heimschläfer, der hat echt Schwein gehabt. Gab auch später keinen Ärger von oben, die ganzen SS-Leute sind so davongekommen, also nach der Kapitulation. Kleine Lichter, keine Bestrafung, gar nix. Vatter meinte aber trotzdem, wir sollten uns mal umbenennen, wer weiß, wer sich an ihn erinnern tut.« Zweiter Ansatz – das Glas ist leer. Momsen schüttelt sich behaglich. »Is wohl 'n paarmal über die Stränge geschlagen, hatte Schiss, dat ihn einer erkennt und anne Wäsche will.«

»Keine abwegige Idee«, muss ich zugeben.

»Auf 'm Vorplatz beim MSV-Trainingsgelände is 'ne Gedenktafel im Boden, und dann noch eine an der Mauer von Sankt Michael.« Momsen faltet die Hände und sieht durch uns hindurch. »Da steht drauf: *Kinder widersetzten sich den Befehlen der Nazis und gaben den Gefangenen Brot.* Der Hermann und ich, wir waren auch dabei. Mensch, dat ging doch nich. Diese klapprigen Gestelle, die waren doch am Verhungern dran. Vatter hat immer geschimpft, wir sollten denen nix abgeben, aber dat war uns egal. Da war einer dabei, der hieß Mattes oder so ähnlich, dat war 'n Holländer, der war gerade mal zehn, der war so wat wie unser Freund. Dem ham wir immer extra wat durch 'n Zaun geschoben, manchmal sogar 'n Stück Wurst.«

»Wie alt sind Sie denn, Herr Momsen?«

»Na, auch sechsundachtzig, wie der Hermann. Wir sind ein Jahrgang, schon immer beste Freunde, seit der Grundschule.« Bekümmert sieht mich der Pensionär an. »Und jetzt is er tot, umgebracht, ich kann dat immer noch nich glauben. Nich doch 'n Schlücksken?«

»Nein danke, wirklich nicht. Herr Momsen, wir setzen alles daran, diesen Mord aufzuklären. Womöglich können Sie uns helfen.«

»Ich? Wie dat denn?«

»Fällt Ihnen irgendeine Person ein, die Pater Hermann nicht wohlgesonnen war?«

»Ach, woher denn. Der Hermann, der war doch zu jut für diese Welt.«

»Trotzdem, vielleicht nehmen Sie sich einen Moment Zeit, überlegen Sie in aller Ruhe.« Im Hinblick auf das zweite Glas schwindet bei mir die Hoffnung, dass wir hier und heute etwas erreichen. »Womöglich eine Begebenheit aus der Vergangenheit, die schon etliche Jahre oder Jahrzehnte zurückliegt.«

»Vergangenheit?« Momsen runzelt seine ohnehin faltige Stirn. »Ich muss mal kurz die Augen zumachen.« Klaasen bläst seine Backen auf. Ich zucke mit den Schultern. »Ach, wissen Sie, Herr Kommissar, dat Schlimmste überhaupt in meinem Leben war der Krieg.« Momsens Augen sind noch immer geschlossen. »Wir waren ja noch Steppkes, als dat richtig losging... mitte Bomben, so meine ich dat. Der Hermann und ich, wir sind oft zum Pater Gottfried inne Kirche, dat schien sicher zu sein.«

Klaasen gestikuliert genervt und plädiert eindeutig dafür, das fruchtlose Gespräch zu beenden. Ich schüttele energisch den Kopf und schicke ihm ein paar strafende Blicke.

»Aber dat war nich alles, da war auch noch die Gestapo, wissen Se. Man musste so wat von aufpassen, wat man wem sagt. Und dann die bekloppten Nachbarn, keiner wusste nich, wer wen denunziert. Dat war auch schrecklich.«

»Kann ich mir vorstellen«, bestätige ich ruhig.

»Ich weiß noch, wie et auf einmal hieß: Der Pater Gottfried, der muss weg, inne andere Stadt, Menschenskind, dat fanden wir alle richtig scheiße, aber dann kam dat doch nich dazu. Auf'm Weg dahin ist die Karre hochgegangen, Fliegerbombe, Blindgänger, hieß es überall. Is dem Düvel vonne Schüppe gesprungen, durfte dann in Duisburg bleiben, aber von dem Tach an war der Gottfried nich mehr so ruhig. Der hat ständig Angst gehabt und sich umgeschaut.«

»Warum denn und vor wem?«

»Na, vor wem wohl?« Momsens Augen klappen wieder auf, und er genehmigt sich einen ordentlichen Schluck. »Vor den Säcken in den schwarzen Ledermänteln. Sie können sich dat nich vorstellen, wat die für 'ne Angst verbreitet haben.«

»Aber warum sollte die Gestapo hinter einem Geistlichen her sein?«, wundere ich mich. »Oder war Pater Gottfried im Widerstand?«

»Nee, der war schon Patriot, aber der Gottfried war wohl mit so einem hohen Nazi-Schergen unterwegs, und der is hopps gegangen.«

»Aber das war doch sicher nicht Pater Gottfrieds Schuld.«

»Nee, dat nich, aber kurz nach dem Unfall kamen zwei von den Kerlen inne Kirche runter, in den provisorischen Altarraum, wo Messen abgehalten wurden.«

»Das bringt uns aber wirklich nicht weiter«, wirft mein junger Kollege ungeduldig ein. Ich gebiete ihm mit einer zornigen Handbewegung, ruhig zu sein.

»Bitte, fahren Sie fort.« Ich hoffe, dass Momsen nicht den Faden verloren hat.

»Hermann und ich, äh, wir waren ja Messdiener, hatte ich dat schon erwähnt? Egal, wir waren zufällig da, und wie junge Burschen so sind, haben wir auf der Treppe gelauscht, obwohl der Pater uns sofort nach Hause geschickt hatte.« Ich nicke verständnisvoll. »Die elenden Brutalos fragten nach einem Koffer, den der Obernazi wohl dabeihatte. Da kann ich mich noch jut dran erinnern.«

»Ein Koffer, tatsächlich?«, stöhnt Klaasen.

Ich nehme mir vor, den jungen Kollegen bei nächster Gelegenheit über zielführende Gesprächstaktiken aufzuklären. Zum Glück entgeht Momsen anscheinend Klaasens ironischer Unterton.

»Jawoll, ein Koffer. Muss wohl wat Wichtiges drin gewesen sein, sonst hätten die nich direkt mal zwei von der Sorte geschickt.«

»Und haben Sie eine Ahnung, ob Pater Gottfried diesen Koffer an sich genommen hat?«

»Ach, ich weiß nich, kann schon sein, aber wir waren ja noch Kinder.«

»Sie haben nie mit ihm darüber gesprochen?«

»Ich?« Momsen reißt die Augen auf. »Nee, war doch nich interessant.«

»Aber später, als Sie und Hermann älter wurden ... War das nach dem Krieg vielleicht einmal Thema?«

Der Alte schüttelt traurig lächelnd den Kopf. »Da müssten Se den Hermann fragen, der war doch viel enger dran am Pater, schon, weil er doch selber Kuttenträger werden wollte. Kann sein, dat da mal wat war.« Seine Hände zittern. »Im Sommer, bevor Gottfried zu seinem Chef im Himmel abberufen wurde, der Hermann war jetzt auch schon so ein richtiger Pfaffe und wurde nach Duisburg abkommandiert, da erinnere ich mich, dat der eines Abends inne Kneipe reinkam und ganz schön neben der Spur war.« Klaasen hört nun doch wieder aufmerksam zu. »Die Krake bestellte direkt mal ’n doppelten Wacholder, dat machte der sons nie. War auch reichlich blass umme Nase rum.« Momsen kichert, füllt sein Glas noch einmal. »Wat is ’n los, hab ich gefragt. Darf ich dir nich sagen, antwortete Hermann bedröppelt. Dat is wie ’n Beichtgeheimnis.«

»Er wirkte aber ziemlich betroffen?«, hake ich nach.

»Kann man wohl so sagen.«

»Ja, und weiter?« Klaasen scheint über den Verlauf des Gespräches reichlich enttäuscht zu sein.

»Nix weiter, Jungchen, der Gottfried hat dem Hermann irgendwat erzählt, der war ganz fertich, und dat war et auch schon. Kurz danach ist der Pater dann, Gott hab ihn selig, verstorben, und der Hermann hat den Laden samt Weihrauchschwengel übernommen.«

»Okay.« Ich nicke dem alten Haudegen aufmunternd zu. »Vielen Dank für Ihre Zeit, Herr Momsen.«

»Davon hab ich genug«, verrät der Rentner glucksend. Ich reiche ihm meine Karte. »Ah ja, dat kenn ich vom Tatort. Ich soll mich melden, wenn mir noch wat einfällt.«

»Genau.«

»Wenn Se dat nächste Mal vorbeikommen, dann …«

»Ich weiß schon«, winke ich lachend ab. »Dann bringe ich meine Kollegin mit.«

»Is dat ’ne nette, nich so alt?«

»Supernett, eine Ostfriesin, nicht gerade auf den Mund gefallen.«

»Klasse, freue mich schon.« Momsen zwinkert mir vertraulich zu. Wir verlassen den altengerechten Wohnblock.

»Oh Mann, das war ja mal ein Satz mit X, nämlich gar nix«, beschwert sich Klaasen.

»Das sehe ich nicht so.« Ich ärgere mich ein wenig über die Schnellschüsse meines jungen Kollegen. Ich spüre seinen fragenden Blick, während ich in den Verkehr einfädele. »Wir haben durchaus einige Infos bekommen.«

»Der ominöse Koffer?« Ich nicke gnädig. »Du liebe Güte, was soll schon damit sein? Das war vor mehr als siebzig Jahren. Der Inhalt müsste ja irre wertvoll sein. Ein Schmuckstück, Gold, vielleicht 'ne Schatzkarte.«

»Tja.« Klaasen hat ja nicht ganz unrecht. Meine Gedanken drehen sich ohne Landemöglichkeit im Kreis. »Das herauszufinden ist wohl unsere vordringlichste Aufgabe.«

Kapitel 9

Jonathan Dawsons Haus (in einem Tal nahe Moselkern)

»Schmeiß mal bitte die CD vom Boss rein.«

Sascha sucht im Handschuhfach. »*Born In The U.S.A.* oder *The River?*«

»The River, CD eins. Mal was Vernünftiges auf die Ohren, nicht diese Retortenkacke aus dem Radio.« Ich sehe es nicht, aber ich weiß, dass Sascha gutmütig lächelt. Bruce Springsteen legt los. *The Ties That Bind.* Ich seufze zufrieden. »Die Befragung der Schwester hat nichts ergeben?«

»Leider nicht.« Die Ostfriesin hat sich, wie üblich bei einer längeren Fahrt, ihrer Schuhe entledigt und die Füße auf das Armaturenbrett gehievt. Blau-, rot- und gelbgeringelte Socken leuchten in der

Nachmittagssonne. »Luzie Schüssler, ein Unikat oder Original, wie auch immer. Sie war dagegen, dass ihr Bruder Priester wird, eine reine Verschwendung, behauptet sie, Hermann wäre ein so schmucker Kerl gewesen, verloren für die Frauenwelt. Keinerlei verwertbare Hinweise auf ein mögliches Motiv. Nach seiner Ordination ist der Kontakt weniger geworden. Luzie hat es nicht so mit der Kirche, der katholischen schon gar nicht. War ein netter Plausch, mehr aber auch nicht.«

»Hm.« Wir passieren die Moselbrücke in Treis-Karden. In gut zehn Minuten sind wir zu Hause. »Hat sie vielleicht einen Koffer erwähnt, den Hermann womöglich von Pater Gottfried übernommen hat?«

»Nichts dergleichen.« Sascha wackelt mit den Zehen. Ein tiefliegendes Tankschiff schiebt sich gemächlich stromaufwärts. Die Sonne taucht die Kronen der sanften Wellen in goldenes Licht. »Du, kann ich dich mal was fragen?«

Oha, denke ich, diesen ernsten Ton schlägt sie nur selten an ...

»Immer, das weißt du doch.«

»Wir beide, wir sind echt locker drauf, oder?«

»Ähm, ja, ich denke schon.« Mir wird ein wenig mulmig.

»Etwas hat sich verändert.« Sie lehnt den Kopf an meine Schulter. »Zumindest bei mir.«

Ich weiß nicht, was ich sagen soll, also sage ich einfach nichts. Hilft manchmal.

»Wir waren beide zweimal in absoluter Lebensgefahr. Das war der Hammer, aber ... na ja. Dann wurde ich angeschossen. Als niemand mehr eine Sprotte für mich in die Waagschale werfen wollte, da hast du mich ins Leben zurückgeholt.«

»Das war das Beste, was ich je in meinem Leben getan habe.«

»Bis dahin war das alles noch in Ordnung.«

»Du machst mir Angst«, gebe ich unumwunden zu.

»Du musst abbiegen, Großer.«

»Aber ja doch.« Beim Campingplatz Burg Eltz fahre ich links ab. Jetzt ist es nicht mehr weit. »Nun aber raus damit. Was hat sich denn verändert?«

»Bis zu unserer Wanderung auf dem Cami de Ronda war alles gut, also, sagen wir mal *normal*, aber dann, während dieser vierzehn Tage, die wir dort allein verbracht haben, nur du und ich, das Meer, der blaue Himmel, das Salz auf unseren Körpern, die unendliche Gelassenheit, nicht zuletzt diese herrliche, allumfassende Stille. Manchmal haben wir eine ganze Stunde oder noch länger kein Wort gesagt, aber das war gut so, ich wusste in jeder Sekunde, dass du bei mir bist, dass alles gut ist, so wie es ist. Weißt du noch, wie wir oben auf den Klippen getanzt haben?«

»Wie könnte ich das jemals vergessen, einer der wundervollsten Augenblicke meines Lebens«, bekräftige ich mit belegter Stimme. Worauf soll das hinauslaufen? Am Wanderparkplatz biegen wir rechts in einen kaum erkennbaren Waldweg ein, der in einer kleinen Senke mündet. Dort, am Fuße der Burg Eltz, liegt mein verträumtes Knusperhäuschen, das ich vor gut zehn Jahren für, wie sagt man so treffend: 'nen Appel und 'n Ei erstanden habe.

»Ich mochte dich schon immer, das weißt du sicher, sonst würde ich schließlich nicht mit dir in die Kiste steigen, aber in diesen Tagen ist etwas passiert, was sicher nicht hätte passieren sollen, aber man kann nicht jedem Sturm ausweichen, sagt mein Opa Fietje immer, und er hat verdammt noch eins recht. Und wenn die Winde wehen, dann soll man hineinsegeln in das Auge des Sturms und hoffen, dass man dort sicher ist.« Unten im Tal hat die Dämmerung schon Einzug gehalten, ein kleiner Nachteil, wenn man wie ein Troll haust. »Ich trage das jetzt Wochen und Monate mit mir rum, aber heute muss damit Schluss sein, sonst ersticke ich irgendwann an dem schleimigen Krabbensud.«

»Warte!« Ich jage den Astra das restliche Stück den Hang hinab und bremse actionmäßig ab. »Komm, steig aus, ich möchte dir gern in die Augen sehen, wenn du mir deine Offenbarung enthüllst.«

»Oh ... okay.«

Wir stehen uns gegenüber. Ich fühle mich ziemlich belämmert. Sie verschränkt ihre Hände in meinem Nacken, das ist schon einmal nicht so übel. Die blauen Augen glitzern vertraut.

»Ich mache es kurz, Feuer frei, volle Breitseite. Angriff ist die beste Verteidigung, das sagt man doch so.« Sie atmet tief durch. »In diesen zwei Wochen auf dem Küstenwanderweg habe ich mich rettungslos in dich verliebt, Jonathan Dawson.« Um ihre Mundwinkel herum zuckt es verdächtig. Ihre Augen sind ganz groß, fragend, zweifelnd. »Ich weiß, das wollten wir nie zulassen, wir haben uns versprochen, dass das nicht geschehen wird, aber ich kann es nicht ändern.«

»Sascha ...«

»Ich weiß, das geht gar nicht, aber was soll ich sagen? Ich bin ein einfaches Mädchen aus Halbemond bei Aurich. Ich habe immer noch keine Ahnung, was Liebe eigentlich ist, aber ich weiß, was ich fühle, und ich denke, mehr kann man nicht für einen anderen Menschen empfinden. Warum das erst passiert, nachdem wir fast zwei Jahre zusammen sind? Keine Ahnung. Es gibt Fragen, die kann man nicht beantworten.« Sie bettet ihren Kopf an meiner Brust. Wir halten uns fest umfangen. »Nun ist es raus.«

»Du bist alles andere als ein einfaches Mädchen«, flüstere ich. »Du kannst dir nicht vorstellen, wie glücklich ich bin, dass du so empfindest.«

»Ach, wirklich?«

»Ich kann mir ein Leben ohne dich einfach nicht mehr vorstellen. Wir haben es immer vermieden, es laut auszusprechen, nicht wahr? Ich habe mich auch nie getraut, weil es schließlich unser Abkommen gibt und ich Angst hatte, dich zu verschrecken.«

»Ich weiß nicht, was du meinst.«

»Du bist ein scheinheiliges Luder, Sascha Brinkmann, aber ich gebe mich geschlagen. Ich finde, wir sollten es tun, es einfach laut aussprechen, das haben wir uns nach dieser langen Probezeit womöglich verdient.« Ein sanftes, zustimmendes Lächeln. »Gemeinsam, auf drei?«

»Okay.«

»Drei, zwei ...«

»Ich liebe dich.« Sascha lacht mich entwaffnend an. Ihre Stimme hallt laut durch das Tal. »Ich war schneller.«

»Verdammtes Biest.«

»Na los, sag es schon.«

»Ich liebe dich, Sascha, mit Haut und Haaren.« Tatsächlich fühlt es sich gut an, gut und richtig. Der Kuss ist von grenzenlosem Vertrauen geprägt, besinnlich, Kraft spendend. Wir ruhen ineinander.

»Scheiße, oder?«

»Et is, wie et is«, bringe ich einen meiner Lieblingssprüche an.

»Verdammter Ruhrpötter ...«

»Komm schon, das ist doch inzwischen deine zweite Heimat.«

»Hochöfen statt Deichschafe?« Ihre Finger streifen sanft über meinen Dreitagebart. »Du wirst dich anstrengen müssen, das ist nicht leicht zu toppen.« Hand in Hand schlendern wir auf unsere Hütte zu. »Wird das funktionieren?«

Ich zucke mit den Schultern. »Keine Ahnung, Sascha, ganz ehrlich.« Ich schließe auf. Es riecht ein wenig muffig, wir müssen lüften und dann den Kamin entfachen. »Eines weiß ich allerdings mit absoluter Sicherheit.«

»Hm?« Sascha versucht, mein berühmtes Brummen zu imitieren.

»Ich will dich nicht verlieren, unter keinen Umständen.«

Ich öffne eine Flasche Monastrell und lasse den Wein einen Moment in der Flasche atmen. Sascha hantiert in der kleinen Küche mit Töpfen und Nudelsieb.

»Was meinst du, sollten wir nicht doch Eddie hinzuziehen?«, frage ich nachdenklich. Auf meinen Knien balanciere ich meinen altersschwachen Laptop. Recherchen über die schweren Luftangriffe auf Duisburg 1944. Interessant, aber nicht zielführend. »Was ich hier veranstalte, bringt gar nichts. Wenn jemand was ausgraben kann über die beiden Priester, dann unser Nerd.«

»Wir müssen Oregano nachkaufen.«

»He, hörst du mir überhaupt zu?«

»Ich hänge geradezu an deinen Lippen, aber Eddie heiratet in drei Tagen, das kannst du also vergessen.« Ihre rote Mähne verschwindet hinter dampfenden Schwaden. »Deck mal lieber den Tisch, statt auf dem Schrottteil rumzudaddeln.«

»Ich ermittle«, gebe ich grinsend zurück.

»Teller, Wasser und Wein!«

Drei Minuten später sind die Spaghetti Bolognese fertig. Köstlich. Wir sitzen uns an einem kleinen Tisch gegenüber. Dies ist wieder so ein besonderer Moment. Wir stoßen schweigend an. Der Wein ist schwer, vollmundig, dunkle Früchte, ein Hauch Lakritz. Sascha nimmt meine Hand, wir blinzeln einander zu. Alles ist gut. Die Welt ist im Gleichgewicht. Noch ...

Dürfen wir das? Beziehungen unter Kollegen sind schwierig, nicht verboten, zumindest steht das nirgendwo schwarz auf weiß, aber doch verpönt. Ein ungeschriebenes Gesetz. Unter zwei Profilern gänzlich unüblich. Zu viel Ablenkung, zu wenig Objektivität, was falsche Entscheidungen herbeiführen kann und nicht selten Leben gefährdet.

»Fassen wir mal zusammen.« Sascha dreht die nächste Fuhre Nudeln zu einem kunstvollen Dutt zusammen. »Wir haben es bei diesem Fall mit mindestens drei Fraktionen zu tun. Da sind zunächst mal die Täter, möglicherweise sogar eine ganze Organisation, die dahintersteckt. Sie foltern Pater Hermann, sie buddeln Pater Gottfrieds Grab auf und liquidieren den unglückseligen Friedhofsgärtner.« Ich nicke zustimmend. »Dann haben wir den BND am Hals, der, laut Keller, ein Zweierteam nach Duisburg entsendet, was angesichts der Tatumstände recht seltsam anmutet, und letztendlich ist die geballte Macht der katholischen Kirche im Rennen, die wohl mindestens einen Spitzenagenten an den Start gebracht hat. Ich habe das dumpfe Gefühl, als wäre das noch nicht alles. Die vom BND müssen doch mehr wissen. Ein toter Priester ist sicher kein Grund, den nationalen Notstand auszurufen.«

»Da könntest du recht haben«, stimme ich zu.

»Wir beide mittendrin.«

»Verliebt wie zwei Pennäler.«

»Das ist nicht gut, oder?« Sascha schiebt ihr leeres Glas zu mir herüber.

»Es darf unsere Arbeit nicht beeinträchtigen.« Ich gieße nach. »Aber das wird es nicht, du bist ein großes, kluges Mädchen und ich ein halbwegs vernünftiger Mittvierziger. Außerdem schlägt im Zweifelfalle das Herz den Verstand.«

»Ja, aber das ist auch nicht immer gut. Meine Tante Josefine sagte immer: Kind, wenn du die Wahl hast zwischen einer Luxusjacht und einem ollen Kutter, dann denk immer dran, dass der Lack bei der Protzkiste schnell ab ist, wohingegen so ein Fischerboot Jahrzehnte überdauern kann.«

»Eine weise Frau. Wobei ich in diesem Gleichnis dann den ollen Kutter geben würde, oder?« Sascha wird wahrhaftig rot. »Schon gut, damit kann ich leben.«

»Wie machen wir weiter?«, fragt sie nach einer Weile.

»Na, ich werde dich gleich ins Bett tragen, und dann schauen wir mal, was passiert«, erwidere ich anzüglich grinsend.

»Ach, du ... Ich meine in unserem Fall.«

»Ach so.« Ich mime den Enttäuschten. »Nun, ich denke, wir sollten den BND-Fuzzis gehörig auf die Füße treten, sobald die in Duisburg aufschlagen, und uns den Monsignore mal richtig zur Brust nehmen, denn der weiß ganz sicher auch mehr, als er bislang zugeben will. *Das Image der Kirche retten* ... Wer's glaubt, wird selig.«

Sascha nickt. »Trotzdem müssen wir uns um die Werdegänge der beiden Priester kümmern. Vielleicht treiben wir noch weitere Weggefährten auf.«

»Mir geht dieses Konzentrationslager nicht aus dem Sinn.«

»Was könnte es denn da für Zusammenhänge geben?«, fragt sie skeptisch.

»Ist nur ein Bauchgefühl.«

»Genauso wie der ominöse Koffer.«

»Ja, das ist ein ganz schön verzwicktes Puzzle. Leider fehlen uns noch jede Menge Teile.«

Sascha gähnt ausgiebig. Ich schaue auf die Wanduhr. Viertel nach neun. Das Handy klingelt. Die Nummer im Display ist mir unbekannt.

»Dawson.«

»Guten Abend, entschuldigen Sie die Störung, Karl Geiger am Apparat.« Mein Geschichtslehrer. Ich stelle auf laut. Sascha zieht überrascht eine Augenbraue hoch. »Ich habe Ihre Nummer von Kommissar Kaczor erhalten.«

»Ja, kein Problem, was kann ich denn für Sie tun?«

»Es geht um den ermordeten Pater Hermann und auch um das geöffnete Grab des alten Priesters.« Seine Stimme klingt angespannt. »Sie sind doch mit dem Fall betraut, oder?«

»So ist es.«

»Gut, also ... Ich verfüge über Informationen, die Ihnen womöglich weiterhelfen könnten.«

»Okay, das ist großartig. Ich höre.«

»Nein, das sollten wir unter vier, ähm, respektive sechs Augen besprechen.«

»Tja, also gut, wir sind ja morgen Vormittag wieder in Duisburg.«

»Wunderbar, dann melde ich mich bei Ihnen. Ich muss das auch erst mit den anderen absprechen, aber das wird in Ordnung gehen.«

»Den anderen?«

»Ich wünsche Ihnen und Ihrer bezaubernden Kollegin noch einen angenehmen Abend.« *Klack*. Aufgelegt. Sascha schüttelt stirnrunzelnd den Kopf.

»Was war das denn? Der klang aber reichlich nervös.«

»Das kannst du wohl laut sagen. Der gute Geiger scheint auch Hintergrundinformationen zu haben. Der Fall beginnt jetzt schon zu nerven. Alle möglichen Leute wissen was, nur wir tappen im Dunkeln.«

»Das wird sich vielleicht morgen ändern«, hofft Sascha.

»Wer, bitteschön, sind denn *die Anderen*?«

»Rätsel über Rätsel«, meint sie, erstaunlich gut gelaunt. »Gehen wir noch ein Stück am Bach lang? Ein wenig Durchschnaufen wird uns frisch Verliebten guttun. Komm, mein oller Kutter, setz die Segel und halt deine Nase in den Wind.«

Kapitel 10

Irgendwo in Duisburg

»Ich habe es prophezeit, mein General, dieser verdammte Pfaffe hat uns angelogen, bevor er sich feige aus seinem elenden Leben geschlichen hat. Das Grab war leer, nun, bis auf Gottfrieds vermoderte Knochen.«

»Ein Verräter unseres geliebten Vaterlandes.«

»Sicher, aber ...«

»Es war zumindest einen Versuch wert.«

»Der einem Unschuldigen das Leben gekostet hat.«

Ein trockenes Lachen. »Seit wann sind Sie denn so menschenfreundlich, Leutnant? Das sind eben Kollateralschäden.«

»Die Kirche hat das Spielfeld betreten.«

»Na und?«

»Es ist Maldini aus Rom, soll ein scharfer Hund sein.«

»Er weiß nicht, worum es geht.«

»Vielleicht doch, mein General. Der Vatikan hatte schon immer exzellente Verbindungen und Quellen.«

Schweigen. Man hört Schritte auf einem knirschenden Parkettboden. Ein Feuerzeug wird entzündet. Tiefes Inhalieren.

»Müssen wir ihn ausschalten?«

»Dazu würde ich aktuell nicht raten, mein General. Wenn wir Maldini jetzt verschwinden lassen, wird der Heilige Stuhl noch misstrauischer werden und weitere Assassinen schicken.«

»Was schlagen Sie also vor, Leutnant?«

»Wir behalten ihn im Auge, das sollte vorerst genügen.«

»Na schön.«

»Wir haben noch ein weiteres Problem.«

Husten, leises Fluchen. »Was denn noch?«

»Der Herr Hauptmann bekommt womöglich kalte Füße.«

»Das heißt im Klartext?« Die Stimme ist beißend, herrisch.

»Unsere Methoden erscheinen ihm teilweise unangemessen.«

»Weil wir den alten Sack gefoltert haben?«

»Ich denke, das wird es gewesen sein, und wie gesagt … dieser neugierige Mensch auf dem Friedhof hinterlässt eine Frau und eine kleine Tochter.« Eine Faust knallt auf eine Schreibtischplatte. »Mein General, ich befürchte, der Hauptmann ist kurz davor, uns und unsere heilige Mission zu verraten.«

»Verdammt …«

»Ich werde mich selbst darum kümmern. Ich weiß nicht mehr, auf wen wir uns verlassen können.«

»Sehr gut, im Zweifelsfall müssen wir hart durchgreifen.«

»Natürlich, mein General.«

»Was ist mit den beiden Polizisten aus Berlin? Ich hörte, der neue Polizeichef hat ihnen den Fall übertragen.«

Ein Kichern. »Brinkmann und Dawson. Die tappen völlig im Dunkeln, mein General, die sind kein Problem.«

»Wenigstens etwas.« Gläser klirren, eine Flasche wird aufgeschraubt. Gluckernde Geräusche. »Prost.« Ein Seufzen. »Ah, wirklich gut, dieser Cognac. Wie sieht es mit unserer neuen Quelle aus?«

»Sehr gut, mein General. Zwei unserer Majore sind bereits auf dem Weg.«

Kapitel 11

Duisburg-Baerl, Karl Geigers Wohnsitz, Mittwoch, 14. Mai 2019

»Schnuckelige Hütte, Vorgarten ohne Gartenzwerge, sehr gepflegt, das ganze Ambiente.« Sascha ist sichtlich beeindruckt von Geigers Haus, das direkt neben einem bewirtschafteten Bauernhof in Baerl liegt. Auf der anderen Seite grenzt ein Hof an die schmale Straße. Drei große Traktoren stehen neben einem Turmbau aus alten Autoreifen. »Soll man nicht meinen, dass dieser Flecken auch noch zu Duisburg gehört. Sogar Wasser in der Nähe.«

»Da siehst du mal, alles Vorurteile aus grauer Schimanski-Zeit. Duisburg ist eben cool, genauso wie Schimmi übrigens auch.«

»Na ja, gib mal nicht so an, der Rhein ist wohl kaum die Nordsee, und wenn ich richtig gesehen habe, dampft und qualmt es flussaufwärts ganz ordentlich. Nicht gerade eine anheimelnde Kulisse.«

Schon fliegt die Tür auf. Geiger muss uns praktisch aufgelauert haben. Seine grauen Haare bilden eine Art wirres Vogelnest.

»Kommen Sie, kommen Sie, nur herein.« Er sieht sich hektisch um, als befürchtete er, beobachtet zu werden. »Gehen Sie bitte durch bis in die Küche.«

Wir durchqueren ein mit Bücherregalen vollgestopftes Wohnzimmer. Ich wundere mich, warum wir nicht hierbleiben, der Raum ist urgemütlich und die Couchen einladend. Große Fenster zur Straße hin tauchen den Raum in helles Sonnenlicht.

Die Küche ist ebenfalls großzügig, ein rechteckiger Tisch, an dem bequem acht Personen Platz nehmen können.

»Kaffee, Tee?«

»Sehr gern einen schwarzen Tee, Herr Geiger, vorzugsweise Earl Grey, muss aber nicht sein«, gebe ich zurück.

»Kein Problem.«

»Ich würde lieber einen Kaffee nehmen.« Sascha schenkt dem in Ehren ergrauten Geschichtslehrer ein umwerfendes Lächeln.

»Schön.« Er füllt zwei Becher mit einer tiefschwarzen, wenig Vertrauen erweckenden Mischung. Zucker und Milch stehen auf dem Tisch, daneben ein Teller mit Waffelröllchen. »Setzen Sie sich doch, bitte, greifen Sie nur zu.«

»Herr Geiger, Sie deuteten gestern Abend an, womöglich Informationen zu besitzen, die uns dienlich sein könnten.« Sascha grinst, weil ich anscheinend in die alte Schüler-Lehrer-Rolle zurückgefallen bin. Der Wasserkocher brodelt. Geiger hängt einen Teebeutel in eine Tasse. »Wir sind für jede Hilfe dankbar, denn ich muss zugeben, dass wir noch ziemlich im Dunkeln tappen.«

»Ja, das kann ich mir denken.« Er rauft sich die Haare. Jedes Wort scheint eine Überwindung zu sein. »Es ist verdammt kompliziert und ... gefährlich.«

»Bei bereits zwei Todesfällen wohl nicht zu leugnen«, wirft Sascha trocken ein. Nach einem ersten Schluck verzieht sie das Gesicht und kippt einen ordentlichen Schuss Milch in das Gebräu. »Bitte, weihen Sie uns ein.«

»Sagen Ihnen die Namen Gerda Christian, Traudl Junge, Johanna Wolf und Christa Schroeder etwas?«

Sascha denkt einen Moment nach, schüttelt dann stirnrunzelnd den Kopf.

»Nee, ehrlich gesagt nicht, sollten sie?« Sie sieht mich fragend an.

»Ich glaube, einen der Namen schon einmal gehört zu haben.«

»Na, immerhin«, spottet Geiger gutmütig. Er ist in seinen Lehrerjargon verfallen. »Und? Was klingelt da bei Ihnen, mein Junge?«

Na super, jetzt hat er mich endgültig wieder zum Schüler degradiert.

»Ich glaube, Traudl Junge war Hitlers Sekretärin.«

»Bravo!«

»Wenn ich mich nicht irre, ist sie bis zu seinem und Eva Brauns Suizid in Berlin im Führerbunker geblieben. Ich habe den Film *Der Untergang* gesehen, daher rührt meine Weisheit, gebe ich zu. Bruno Ganz spielte dort Adolf Hitler. Jedenfalls spielte diese Traudl Junge dort eine nicht unwichtige Rolle.«

»Ja, tatsächlich ist der Film gar nicht mal übel, obwohl man seine historischen Erkenntnisse nicht unbedingt durch den Konsum von Leinwandspektakeln erwerben sollte. Alle vier Damen gehörten zum Stab der Sekretärinnen und sind damit wertvolle Augenzeuginnen gewesen. In seinen letzten Monaten hat Hitler seinen Militärs kaum noch vertraut, daher pflegte er sein Frühstück mit seinem Sekretärinnen-Quartett einzunehmen.«

»Verzeihung, Herr Geiger, das ist sicher ein interessantes Thema, aber wir sind hier, um zwei Mordfälle aufzuklären«, wirft Sascha vorsichtig ein. »Wir sollten vielleicht nicht allzu sehr in der Vergangenheit wühlen.«

»Ach, das Vorrecht der Jugend, die Ungeduld. Können Sie sich nicht vorstellen, dass all diese Ereignisse zusammenhängen?« Er schaufelt fünf Löffel Zucker in seinen Kaffeebecher. Vielleicht besser so. »Wir kommen gleich auf den Punkt, aber ohne Hintergrundwissen wird das nichts, junge Dame.«

Ich lehne mich amüsiert zurück und schlürfe meinen Tee. So ist er halt, der gute Karl Geiger.

»Wie ich bei der Feier von Frau Haubrich andeutete, bin ich Mitglied eines recht erlesenen Buchclubs.« Sascha verdreht die Augen gen Himmel. »Wir beschäftigen uns natürlich mit den Werken alter Meister, aber auch neuerer zeitgenössischer Literatur, im Speziellen eben auch mit Dokumenten aus der Zeit des Nationalsozialismus. Auch dieses dunkle Kapitel unserer Geschichte muss beleuchtet werden.«

Meine Gefährtin bläst die Backen auf und gießt Milch nach. Das schwarze Gold scheint recht ungenießbar zu sein. Geiger beugt sich halb über den Tisch.

»Vor drei Monaten sind wir über unseren Vorsitzenden in den Besitz einiger überaus wertvoller Artefakte gekommen. Und zwar handelt es sich um bislang unveröffentlichte Briefe von Gerda Christian an ihren Mann, ein Oberst, später Generalmajor der Luftwaffe, Eckhart Christian. Ein hochdekorierter Offizier.«

»Auf die Gefahr hin, dass ich mich zur Strafe in die Ecke stellen oder ein Gedicht aufsagen muss ...« Kommissarin Brinkmann produziert ein hilfloses Gesicht. »Was, bitte, hat das denn mit unseren Fällen zu tun?«

Er schmunzelt vergnügt. »Nun, meine Liebe, jetzt kommt der Moment, wo der Zauberer das Kaninchen aus dem Zylinder zieht.« Geiger ist jetzt in seinem Element. Generös sieht er über Saschas unqualifizierten Einwurf hinweg und greift nach einer Mappe, die neben der Mikrowelle liegt.

»Ich lese Ihnen jetzt, in Auszügen, einen Brief vor, den Gerda Christian ihrem Mann am 4. September 1944 schrieb. Schon aus Rücksicht auf Frau Brinkmann lasse ich die unwichtigen Passagen weg.«

Mein geliebter Ecki,

ich hoffe, du bist wohlauf. (...) Wir sind nun schon seit einer Woche wieder in der Wolfsschanze untergebracht. Bis gestern herrschte hier eine sehr gedrückte, angespannte Stimmung. Wie du weißt, werden die Luftangriffe immer schlimmer, und obwohl unsere tapferen Volksdeutschen wie ein Mann zu unserem geliebten Führer stehen, ist die Lage ernst. (...)

Heute nun traf eine wichtige Depesche aus dem Westen des Reiches ein. Mehr darf ich natürlich nicht dazu ausführen, das weißt du ja, mein Lieber. Alles ist plötzlich ganz anders. Der Führer hat heute Morgen beim Frühstück uns sogar einen Witz erzählt. Das stelle man sich einmal vor. Wir haben herzhaft gelacht, das hatten wir lange nicht mehr.

Ist das nicht wunderbar? (...)

Nicht nur der Führer, nein, der ganze Stab ist plötzlich von neuer Zu-

versicht durchdrungen. Aus jedem Büro hört man immer wieder das erlösende Wort vom Endsieg, an dem wir ja sowieso nie gezweifelt haben, der aber nun womöglich in greifbare Nähe rückt. (...)

Wir alle können es kaum erwarten zu erfahren, wie unser geliebter Führer das Blatt nun wenden wird. Es ist so furchtbar aufregend! Ich bin so glücklich, hier zu sein, bei den Männern, die unser tapferes und unbeugsames Land sicher durch diesen Weltenbrand führen. (...)

»Na na na, jetzt noch keine Zwischenfragen, werter Kommissar. Lassen Sie mich noch kurz aus einem zweiten Brief zitieren.« Ich nicke ergeben. »Dieses zweite Schreiben datiert vom achten Oktober. Hören Sie bitte gut zu.«

»Es scheint vollbracht zu sein. Ecki, mein Lieber, du kannst dir nicht vorstellen, was hier los ist. Die Wolfsschanze gleicht einem Bienenstock, seit der Führer gestern Abend ein langes Telefonat mit dem Stützpunkt in N. geführt hat. (...)

Etwas ungeheuer Wichtiges ist in Gang gesetzt worden. Ein Vertrauter unseres geliebten Führers ist bereits auf dem Weg in den Westen. Mehr kann ich aus Gründen der Geheimhaltung nicht berichten. Man kann nach dem feigen Attentat vom zwanzigsten Juli ja niemandem mehr trauen. (...)

Im festen Glauben daran, dass sich alles zum Guten wenden wird, freue ich mich darauf, dich bald wieder in die Arme schließen zu dürfen.

Karl Geiger sieht uns erwartungsvoll an.

»Tja, das sind sicher hochinteressante Dokumente, die Historiker begeistern werden, nichts fängt Zeitgeist eindrucksvoller ein als solche persönlichen Briefe, aber ich sehe da noch keinerlei Zusammenhänge.«

»Mein lieber Dawson.« Er hebt dozierend den Zeigefinger. »Dann müssen wir wohl den dritten und auch letzten Brief noch zum Zuge kommen lassen.«

»So bringt uns das jedenfalls nix«, bestätigt Sascha unlustig. Der

Kaffee scheint ihr nicht zu bekommen.

Geiger fischt ein drittes, eng beschriebenes Blatt aus seiner Kladde. »Dieser letzte uns überlassene Brief datiert vom sechzehnten Oktober, das ist der Tag nach den zwei verheerenden Luftangriffen der Alliierten auf Duisburg.«

Eckhart, mein Guter, es ist furchtbar!

Der Führer tobt, er ist außer sich vor Wut! Nachdem ich ihm ein Telegramm aus D. vorgelegt habe, ist plötzlich alles anders. Die wunderbar hoffnungsvolle Stimmung dahin. Der ausgesandte Vertraute, ein Standartenführer der SS, ist gefallen. Es heißt, er sei ehrenvoll vor dem Feind geblieben. (...)

Der – Passage geschwärzt – ist verloren gegangen, womöglich schändlich gestohlen! Die Gestapo sucht fieberhaft danach. Mein Gott, Ecki, wer tut denn so etwas? Es geht doch ums Vaterland, um den Endsieg. Es können nur hundsgemeine Verräter sein ...

Ich muss diese Informationen erst einmal sacken lassen, versuche sie mit unseren bereits eruierten Details zu kombinieren, aber über den Abgrund von siebzig Jahren fällt es mir schwer, an Zusammenhänge zu glauben.

»Hitler war zu diesem Zeitpunkt bereits ziemlich durch den Wind«, eröffnet Sascha die Debatte. »Er hat an alle möglichen Wunderwaffen geglaubt, litt nach neuesten Erkenntnissen wahrscheinlich unter Parkinson. Manche Historiker sehen bei ihm und seinem Umfeld sogar mystische Züge.«

»Ah, Sie meinen die Sehnsucht nach der ominösen Bundeslade oder dem Heiligen Gral.« Geiger lacht gutmütig. »Ja, so waren sie, die Edelnazis, ganz verrückt danach, irgendetwas Arisches zu finden, das ihren Führungsanspruch untermauern könnte.«

»Das ist Bullshit«, resümiert Sascha trocken.

»Und wenn ich Ihnen sage, dass wir ein bisschen mehr herausgefunden haben, Frau Brinkmann, einige Fakten, die nicht nach Bullshit riechen?«

»Wer ist denn überhaupt mit *wir* gemeint?«, hake ich ein. Geigers Blick wird unstet. Offensichtlich scheut er eine Antwort. »Sie meinen die Mitglieder Ihres Buchclubs.«

»Das habe ich nicht gesagt«, weicht er aus. »Lassen wir die Personalien zunächst beiseite. Ich dürfte eigentlich gar nicht mit Ihnen sprechen.«

»Jetzt wird es langsam haarig, Herr Geiger. Worüber reden wir denn hier überhaupt?« Sascha hat beschlossen, das Tempo anzuziehen. »Eine Art Geheimloge, oder was? Rosenkreuzer, Freimaurer?«

»Das könnte man womöglich so bezeichnen.«

»Heilige Krabbe.« Sie schüttelt den Kopf. »Offensichtlich reden Sie aber mit uns, also, dann holen Sie den Fisch mal aus dem Teich.«

»Sie sind aber ein echtes Nordlicht.«

»Ganz recht, und langsam ein sehr ungeduldiges Exemplar.«

»Dieses D. in dem Brief«, überlege ich laut. »Sie gehen also davon aus, dass das D. für Duisburg steht?«

»Ganz genau.«

»Hm, nun gut, was haben Sie noch herausgefunden?«

»Wir haben den Namen von Hitlers Vertrauensmann.«

»Tatsächlich?«

»Es handelt sich um SS-Standartenführer Wilhelm von Hasselt.«

»Kommen Sie, geben Sie Ihrem ehemaligen Lieblingsschüler noch ein bisschen Futter«, bitte ich. »Das kann ja nicht alles gewesen sein.«

»Lieblingsschüler, na ja. Von Hasselt war anscheinend im Besitz dieser kriegsentscheidenden, sagen wir mangels genauerer Kenntnisse einfach mal: *Waffe.*« Geiger macht eine verschwörerische Miene. »Nach unseren Erkenntnissen sollte er diesen Prototyp nach Gütersloh schaffen. Gütersloh verfügte noch über einen intakten, recht gut ausgestatteten Fliegerhorst.«

»Diese Waffe X sollte also von dort weitertransportiert werden«, vermute ich. »Wohin auch immer.«

»Davon ist auszugehen. Aber dazu ist es wohl nicht gekommen.

Wenn man weiß, wie man die Wehrmachtsberichte zu lesen hat, dann ist zwischen den Zeilen zu erkennen, dass von Hasselts Fahrer Opfer des ersten Angriffes am 14. Oktober geworden ist. Der SS-Scherge requiriert sofort einen neuen Wagen von der Stadtverwaltung und einen neuen Chauffeur. Es handelt sich eindeutig um Duisburg, das konnten wir in den Archiven der Stadt nachweisen. Am nächsten Tag setzt er seine Fahrt in Richtung Gütersloh fort, aber er kommt nicht weit. Noch auf Duisburger Gebiet fahren sie auf einen Blindgänger. Aus den Aufzeichnungen der Stadtverwaltung geht hervor, dass der SS-Mann einen Mitfahrer zugewiesen bekommen hat, der auf dem Weg nach Gütersloh abgesetzt werden sollte.«

So langsam setzt sich in meinem Kopf ein Teil des Puzzles zusammen. »Dieser Beifahrer war Pater Gottfried, nicht wahr?«

»Ganz recht, Dawson. Pater Gottfried, der Herr sei ihm und seiner armen Seele wohlgesonnen.«

»Er hat überlebt!«

»Oh ja, ganz eindeutig.«

»Von Hasselt nicht.«

»Ganz genau.«

»Er könnte den Gegenstand X an sich genommen haben.«

»Er oder der Fahrer.«

»Der Fahrer hat auch überlebt?«

»Mit ziemlicher Sicherheit.« Geiger trinkt einen Schluck seiner Mörderbrühe. »Im weiteren Verlauf tauchen immer wieder Nachfragen nach einem Wehrmachtskoffer auf. Selbst als Hitler in den Führerbunker nach Berlin umzieht, laufen die Ermittlungen der Gestapo auf Hochtouren weiter. Allerdings macht der fortschreitend katastrophale Kriegsverlauf diese immer schwieriger.«

»Hat Ihre famose Loge auch den Namen des zweiten Fahrers ermitteln können?«

»Josef Steinbichler. Die Familie stammt aus Nittenau bei Regensburg.«

»Respekt, Ihr Verein scheint ja erstaunliche Verbindungen zu haben, wenn Sie all diese Fakten herausfinden konnten.«

»Man tut, was man kann.«

»Nun mal langsam, Herr Geiger. Sie wollen uns allen Ernstes weismachen, dass der Mord an Pater Hermann, die Grabschändung Pater Gottfrieds und der unglückliche Tod des Friedhofsgärtners Köllner auf diesen mindestens siebzig Jahre alten Krempel zurückzuführen sind? Auf diesen mirakulösen Koffer, der verschwunden ist?«

»So ist es.«

»Es geht also um diese ... Waffe? Jemand jagt jetzt, etliche Jahrzehnte später, diesem Mysterium hinterher, verfolgt uralte Spuren? Das ist wirklich kaum zu glauben.« Ich sehe ihn durchdringend an. »Was ist es?«

»Wie bitte?«

»Ich will wissen, womit wir es hier zu tun haben. Was war in diesem Koffer?«

»Das weiß ich nicht.«

»Sie sind ein furchtbar schlechter Lügner, Karl.«

»Ich kann es nicht sagen, ich habe ohnehin schon viel zu viel gesagt.«

»Herr Geiger, warum sind wir hier?«, schießt Sascha den nächsten Pfeil ab. »Was immer in diesem Koffer gewesen sein mag, dürfte heute wohl keinen besonderen Wert mehr haben.«

»Sie haben ja keine Ahnung.«

»Dann helfen Sie uns gefälligst, *Sie* haben um dieses Treffen gebeten ...«

»Weil ... so wie das alles abläuft, das geht mir zu weit.« Seine Hände verkrampfen sich. »Menschen sind gestorben.«

»Sie ... Sie und Ihre feinen Freunde ...« Ich beuge mich weit über den Tisch. Geiger weicht erschrocken zurück. »Sie wollen diesen Gegenstand, dieses Machtmittel, was immer es sein mag, richtig?«

»Ich gebe zu, wir hegen ein gewisses Interesse daran.«

»Und der Vatikan? Die wollen es auch?«

»Wahrscheinlich.«

»Wissen die mehr?«

»Kann ich nicht sagen. Wer weiß, was in deren geheimen Archiven alles schlummert. Wäre zumindest möglich.«

»Und der BND?«

»Ich verstehe nicht.«

»Da tauchen sehr bald zwei Profis aus Berlin auf. Wissen die etwa auch, um was es geht? Wird das so eine Art Schnitzeljagd?«

»Ach, du liebe Güte, keine Ahnung.« Er wirkt zerknirscht. »Verdammt ...«

»Haben Ihre Leute Pater Hermann zu Tode gefoltert?« Ich bemühe mich, ruhig zu bleiben. »Herr Geiger? Karl ...« Er sieht schuldbewusst auf seine Hände. »Wurde der alte Priester von Ihrer Loge entführt und gefoltert?«

»Ich war es nicht, ich wusste auch nicht, was genau da abläuft, ich hätte da niemals mitgemacht.«

»Das macht es nicht besser.«

»Es tut mir so furchtbar leid.«

»Wer ist der Drahtzieher, Ihr Vorsitzender, der Zeremonienmeister?«

»Also, ich weiß nicht ...« Es klingelt an der Haustür. Geiger kommt die Unterbrechung offensichtlich nicht ungelegen.

»Ah, die Post. Ich habe Briefmarken bestellt, wissen Sie, ich bin leidenschaftlicher Philatelist. Moment, bin gleich wieder da.« Er steht auf und hastet zur Eingangstür.

»Jonesy, das ist ein schlechter Film, oder? Indiana Jones für Arme, oder was soll das werden?«

»Auch B-Movies werden geschaut«, gebe ich düster zurück. »Der Fall stinkt zum Himmel.« Sascha schüttet den Rest ihres Kaffees in den Ausguss.

»Ungenießbar, diese Plörre. Das gibt Magengeschwüre oder Schlimmeres.«

»Wir müssen unbedingt Namen aus ihm herausbekommen. Seine feinen Logenbrüder ...«

»Oder auch -schwestern ...«

»... haben Pater Hermann gefoltert, um ihm Informationen über diesen Koffer zu entlocken.«

»Unglaublich!«

Ich entsorge den Teebeutel und trinke einen Schluck Kranenberger. Sascha mümmelt nachdenklich an einem Waffelröllchen.

»Wir müssen ihn gehörig in die Mangel nehmen, Jonesy, das ist dir hoffentlich klar. Alter Lehrer hin oder her.«

»Schon klar.«

»Wo bleibt er denn überhaupt?«

»Also, der wird doch nicht abgehauen sein«, brumme ich ungeduldig. »Sehen wir mal nach, was da los ist.«

Wir durchqueren das Wohnzimmer. Ein Windhauch weht durch den Raum.

»Oh Mann!« Sascha geht vor mir. Die letzten Meter rennt sie. Karl Geiger liegt lang auf dem Bauch im Türrahmen. Im Nu knien wir neben ihm. Sascha legt zwei Finger an seine Halsschlagader.

»Kein Puls.« Wir drehen ihn auf den Rücken. »Scheiße.« Seine faltige Stirn ziert ein Einschussloch, Schmauchspuren rund um die Wunde. Ein Schuss aus kürzester Distanz. »Er ist tot.«

Hastig sehe ich mich um. Der Täter kann noch nicht weit sein. Ich renne auf die Straße. Weit und breit kein Mensch zu sehen. Ein dunkelblauer Kleinwagen entfernt sich schnell. Ich kann weder Modell noch Kennzeichen erkennen. Vielleicht ein Opel Corsa oder eine japanische Reisschüssel. Schon verschwindet das Fahrzeug.

»Los, schnapp ihn dir!«, ruft Sascha. »Ich rufe ein Team her.«

Ich zögere einen Moment. Kann ich sie jetzt hier allein lassen? Natürlich kann ich das. Sie ist ein Profi, und Geiger ist tot. *Aber wenn das in dem Wagen nicht der Täter ist und der Mörder hier noch irgendwo lauert?*

»Jonesy, worauf wartest du denn?«

Sie hat natürlich recht, aber da bleibt dieses ungute Gefühl im Magen, welches wahrscheinlich nicht so ausgeprägt wäre, wenn da nicht die Hormone involviert wären.

»Okay, pass auf dich auf.«

Sie runzelt nur die Stirn. Ich spurte zu meinem Wagen. Mit quietschenden Reifen wende ich und trete das Gaspedal durch. Die Stichstraße hinauf. Ein Rentner mit seinem Hund schwingt drohend einen Krückstock. Was jetzt, rechts oder links? Ich sehe das Fluchtfahrzeug nicht mehr. Nach links, in Richtung Autobahn. Nichts zu sehen. Autobahnauffahrt. Die nächste Fifty-fifty-Entscheidung. Ich beschließe, auf der Straße zu bleiben. Ein Traktor vor mir. Gegenverkehr. Keine Chance zum Überholen. Ich fluche unflätig, hupe, Lichthupe. Der Treckerfahrer zeigt mir den Mittelfinger.

Das Präsidium informieren, Fahndung einleiten? Ich kann nicht einmal den Fahrzeugtyp identifizieren, geschweige denn ein Nummernschild durchgeben. Endlich biegt das Nutzfahrzeug in einen Feldweg ab.

Vor mir ... nichts! Entweder ist der blaue Wagen doch rechts abgebogen oder auf die Autobahn gefahren. Sinnlos, hier weiterzufahren. Ich drehe schweren Herzens um.

Sascha steht neben dem leblosen Körper Karl Geigers und telefoniert. In der Ferne höre ich bereits Sirenen näherkommen. Ich fühle mich hilflos, wie ein Statist, dem man nur die absolut notwendigen Infos zukommen lässt. Laufen Sie von links nach rechts über den Fußgängerweg. Nicht rennen! Machen Sie Platz für die Hauptdarsteller und sehen Sie nicht andauernd in die Kamera ...

Kapitel 12

Duisburg-Baerl,
Karl Geigers Haus

»Mensch, das ist richtig schön hier. Vielleicht sollte ich mich mal nach einer Bleibe hier im Ort umsehen.« Jessica hat soeben Geigers Leiche zum Abtransport freigegeben. »Ist ja wie in einer anderen Welt.«

»Tja, echt nett, wenn einem nicht gerade ein Mord die Stimmung vermiest.«

»Eine verdammt dreiste Nummer«, meint die Forensikerin kopfschüttelnd. »An der Haustür eiskalt abgeknallt. Und du konntest nichts Verwertbares erkennen?«

»Nee, wir waren vielleicht eine halbe Minute zu spät dran.«

»Kismet.«

»Die Spurensicherung ist fertig, sehen wir uns im Haus mal genauer um. Wir müssen vor allen Dingen herausbekommen, wer zu Geigers merkwürdigem Zirkel gehört.«

»Gruselige Geschichte. Der ganze Fall ist absolut außergewöhnlich. Wo hast du Sascha gelassen?«

»Bringt unsere Klamotten ins Appartement nach Duissern.«

»Du meinst, das hier wird dauern? Na, dann lass uns mal loslegen.« Wir kehren zurück ins Wohnzimmer. »Puh, das sieht nach gepflegter Handarbeit aus. Bücher ohne Ende, da könnte überall was drinstecken. Fangen wir hier an?«

»Würde ich vorschlagen, oben ist allerdings auch noch ein Arbeits- und ein Schlafzimmer, abgesehen vom Dachboden.«

»Soll ich Verstärkung anfordern?«

»Sascha kommt gleich wieder. Falls wir wirklich etwas finden, möchte ich den Kreis der Eingeweihten möglichst klein halten.«

»Muss ich mir Sorgen machen?«

»Nun ja, bei drei Toten innerhalb von achtundvierzig Stunden ist sicher Vorsicht geboten. Wenn ich dann noch berücksichtige, welche Parteien zusätzlich am Start sind, denke ich, es könnte verdammt brenzlig werden.«

Systematisch durchforsten wir die Buchreihen, blättern jedes einzelne auf, beobachten, ob Verdächtiges herausfällt, greifen das nächste Werk. Sehr viel Literatur über das Dritte Reich, aber das war schon vor gut zwanzig Jahren Geigers Steckenpferd gewesen. Manche Bücher entpuppen sich als Briefmarkenalben. Auch hier überwiegend Marken aus der Zeit der Weimarer Republik, dem Dritten Reich, den Besatzungsgebieten bis zum Kriegsende.

»Hier ist nichts Brauchbares, gehen wir nach oben.«

Wir betreten das Arbeitszimmer im oberen Stockwerk. Ein ausladender Schreibtisch, auf einem Beistelltisch ein Drucker, weitere Bücherregale, ein verstaubter Ficus, neben dem Fenster ein alter Röhrenfernseher. Wir arbeiten uns durch die unzähligen Bücher, dann stoßen wir endlich auf einige Fotoalben.

»Geigers Frau«, murmele ich. »Keine Kinder, Urlaube, Fotos mit den Schülerinnen und Schülern seiner Leistungskurse.«

»Oh ja, schau mal den feschen Burschen da links außen.« Ein Foto von mir, Bermudashorts, ein schreiend blumiges Shirt, ein ziemlich dämliches Grinsen, lustig, aber keine Spur von Erwachsenen in größerer Anzahl. »Wenn das so eine Geheimtruppe ist, dann werden sie sicher keine Gruppenfotos geschossen haben. Ich fürchte, das wird hier ein Schuss in den Ofen.«

»Ja, wahrscheinlich, aber ich kenne doch meinen alten Pauker, da muss irgendwo was sein.« Ich blättere um, dann das letzte Album. »Sieh mal an – Zeitungsausschnitte.« Ich habe mich auf den bequemen Bürostuhl gesetzt. Jessica steht hinter mir, lehnt sich mit verschränkten Armen auf meine Schultern und beugt sich nach vorn, um besser sehen zu können. Diese Nähe löst auch nach zwanzig Jahren einen wohligen Schauer aus.

»Berichte über Sponsoren des Gymnasiums.«

Sie nutzt noch immer dasselbe Parfum. Für Sekunden schließe ich die Augen. Die Abschlussfahrt, Barcelona, Arm in Arm auf den Ramblas, die Sagrada Familia, noch immer nicht vollendet, der Park Güell, die Seilbahn über dem Hafen, die Wasserspiele um Mitternacht, Freddie Mercury und Montserrat Caballé singen das Lied der Stadt. Schwerer Rotwein und heiße Schwüre von ewiger Liebe.

Nichts ist für immer ...

»Sieh mal einer an, ein alter Bekannter.« Ich erwache aus meinem Tagtraum. »Kurt von Bönighausen, ein Mäzen der Schule.« Der Vater von Jessicas ehemaligem Lebenspartner. Ein arroganter Geldmensch, genauso ein Ekelpaket wie sein feiner Sprössling. »Dem traue ich wirklich jede Schandtat zu.«

»Er taucht zumindest einige Male auf den Fotos auf«, stimme ich zu. »Genau wie diese Dame hier. Verdammt, ist die Schrift klein.«

»Auch noch halb blind. Lass mal sehen.« Jessica kneift die Augen zusammen. »Caroline Wegmeister, nie gehört, ganz schön dürr. Tja, das war's dann auch schon.« Jessica löst die vertraute Nähe auf. »Laptop, PC und eine externe Festplatte hat die Spusi eingesackt. Werden wir im Präsidium auswerten.«

»Bleibt noch der Dachboden.«

»Oh, bitte nicht, ich habe eine Stauballergie.«

Sascha kommt unten zur Tür rein. »He, ihr zwei, wie schaut's aus?«

Jessica deutet in Richtung Decke und zieht eine säuerliche Schnute.

»Okay, das können Jonesy und ich auch allein erledigen.«

»Danke, du bist ein Schatz.« Jessica lächelt erfreut. »Ich würde mich dann verabschieden, ich habe heute Abend noch ein Date.«

»Na klar, viel Spaß.« Wie schön. Da ist keine Rivalität oder gar Feindschaft zu spüren. Das würde unsere Arbeit zusätzlich belasten. Jessica verabschiedet sich mit einem aufmunternden Lächeln.

»Ein Date, wie cool. Ich hoffe, Jess hat diesmal mehr Glück. Dieser Malte von Bönighausen war ja ein Totalreinfall. Habt ihr was gefunden?«

»Einen Ordner mit Zeitungsausschnitten, den nehmen wir nachher mit. Bleibt noch der Dachboden. Vielleicht ist da oben gar nix, dann sind wir schnell fertig. Wie spät ist es überhaupt?«

»Halb fünf.«

»Na, dann mal los, ich habe nämlich einen Bärenhunger.«

In der Diele führt eine schmale, ausziehbare Treppe nach oben. Zum Glück finde ich einen Lichtschalter. Indirekte Lichtquellen spenden ein warmes gelbes Licht. »Das ist ja wie in einem Museum.«

Der Raum ist größer und höher, als ich dachte. Man kann bequem aufrecht stehen. Unter den Schrägen stehen Glasvitrinen, am Kopfende ein Aktenschrank. Ich weiß nicht, warum, aber mir läuft ein Schauer den Rücken herunter. Neugierig begutachten wir die mannigfaltigen Ausstellungsstücke hinter dem Glas.

»Alles alter Wehrmachtskram, oder?«, vermutet Sascha. Ich nicke sprachlos. »Orden, Messer, Schulterstücke, Zeitungen, *Der Völkische Beobachter, Der Panzerbär, Der Stürmer,* du meine Güte! Briefumschläge, Postkarten von verschiedenen Frontabschnitten, ein Feuerzeug mit eingraviertem Hakenkreuz, Landkarten, Flugblätter, Wahlplakate. Hoffen wir mal, dass diese Sammlung rein geschichtlichen Interessen gedient hat.«

»Eine handsignierte Ausgabe von *Mein Kampf.*« Ich muss tief durchatmen. »Hier sogar eine französische Ausgabe: *Mon Combat.* Ich wusste gar nicht, dass dieses Machwerk ins Französische übersetzt worden ist.«

»Jonesy ... was ist das hier?«

Ich steuere auf den Aktenschrank zu, schiebe die Lamellenflügel beiseite. Hängeordner, akkurat nach Monaten und Jahreszahlen sortiert, beginnend mit dem Oktober 1942. Ich schlage die erste Akte auf. Namen, Geburtsdaten, ich blättere zurück auf das Deckblatt.

»Mein lieber Herr Gesangsverein, das sind Unterlagen, die sicher nicht für die Öffentlichkeit bestimmt sind.« Ich lese halblaut vor:

SS – Konzentrations-Außenlager Duisburg-Ratingsee
Fertigstellung durch SS – Baubrigade I
Kapazität: max. 400

»Verdammter Hühnermist, wie kommt Geiger an diese Akten?« Wir sehen uns betroffen an. »Und was, in Gottes Namen, hat er damit vorgehabt?«

»Weißt du was?«, flüstert Sascha. Wir stehen dicht beieinander und begutachten Seite für Seite diese erste Mappe. »Das ist nicht unser Ding, Jonathan, ich hatte von Anfang an ein furchtbar schlechtes Gefühl bei diesem Fall, und es wird immer schlimmer. Wer foltert denn einen alten Mann, noch dazu einen Priester, das müssen doch ein paar irre Fanatiker sein. Und jetzt dieses kranke Mausoleum hier.«

»Vielleicht war Geiger einer großen Schweinerei auf der Spur.«

»Das glaubst du wirklich?«

»Eigentlich nicht.« So viele Namen, hauptsächlich Deutsche, wahrscheinlich politische Gefangene, aber auch Holländer, Franzosen, Belgier. Ein Eingangsdatum, Alter, Verwendbarkeit, was immer das heißen mag, hinter den meisten Namen ein Kreuz und ein zweiter Termin, der Todestag. »Sieh mal, das ist merkwürdig. Hinter einigen Namen ist kein Kreuz, sondern so eine Art Kringel, ein Kreis.«

»Sind vielleicht die wenigen Überlebenden.«

»Aber Ende 42? Diese Menschen wurden wieder entlassen? Nie im Leben. Nehmen wir mal diesen Eintrag: Piet Winders, aufgenommen am einunddreißigsten Oktober. Im Feld Bemerkungen steht: holländischer Widerstand. Den haben die doch nicht fünf Monate später gehen lassen. Hier, dreizehnter März, kein Kommentar, nur dieser Kringel.«

»Das ist allerdings seltsam.«

»Ich lasse alle diese Akten ins Büro bringen.«

»Lieber Himmel.«

»Sascha, wir sind einer verdammt großen Sache auf der Spur.«

»Du legst einen furchterregenden Enthusiasmus an den Tag. Ich weiß nicht, ob mir das gefällt«, beschwert sie sich. »Indiana Jones ist nix dagegen.«

»Wir brauchen Eddie, unbedingt.«

»Hallo … Hochzeit am Samstag?«

»Ich weiß, ich weiß, ich rufe ihn trotzdem heute Abend an, vielleicht kann er ein bisschen nebenher recherchieren.« Mein Magen knurrt. »Na gut, lass uns die Hütte versiegeln, dann überlege ich mir, wohin ich dich ausführen kann.«

»Endlich mal ein vernünftiges Wort.«

Kapitel 13

Duisburg-Innenstadt,
auf dem Sonnenwall, Konditorei Heinemann
Donnerstag, 16. Mai 2019

»Diese Matratzen sind ja wie Bretter, viel zu hart«, maule ich gestresst. »Ich habe so gut wie gar nicht geschlafen und kann mich kaum bewegen.« Es ist tatsächlich so warm, dass wir unser Frühstück draußen in der Fußgängerzone einnehmen können. Sonnenschirme sind bereits aufgespannt.

»Oh, mein Armer.« Sascha fährt mir durchs Haar. »Dafür, dass du nicht geschlafen hast, war es aber ziemlich laut. Der halbe Stadtwald ist deiner Sägerei zum Opfer gefallen. Das kommt wohl vom Primitivo, werter Herr.«

»Ich entschuldige mich hochoffiziell.«

»Nicht nötig, allerdings beanspruche ich dein Croissant.«

Dieses warmherzige Lächeln ist umwerfend, wie könnte man da widersprechen?

»He, sieh mal, da sind Jessica und Meryem.« Schon ist sie aufgesprungen und winkt den beiden zu. Meine Ex und die Reporterin steuern auf unseren Tisch zu. »Habt ihr schon gefrühstückt? Hier ist noch Platz.«

»Danke, aber im Gegensatz zu freischaffenden Ermittlern muss ich ins Präsidium, da wartet eine Leiche auf mich.«

»Hübsches Date«, versuche ich einen Scherz. »Was ist mit dir, Meryem?«

»Keine Zeit, bin auf dem Weg in die Redaktion.«

»Hm. Was treibt ihr eigentlich so früh in der City?«

»Ich wohne hier auf dem Sonnenwall, nur ein Stück die Straße runter.« Sie deutet in Richtung König-Galerie.

»Sehr zentral.« Ich sehe die Pathologin fragend an.

»Oh, ich war zum Frühstück da.« Ist da ein Hauch von Verlegenheit? »Durch die schrecklichen Ereignisse des Vorjahres sind wir Freundinnen geworden. Jetzt muss ich aber los. Wir sehen uns im Präsidium?«

Ein blonder und ein rabenschwarzer Schopf wehen davon.

»Was war das denn?«, frage ich irritiert.

»Was meinst du?«

»Findest du nicht, dass die beiden irgendwie komisch reagiert haben? Als hätte man sie beim Schule schwänzen erwischt.« Sascha füllt das aufgeschnittene Hörnchen mit Butter und Kirschmarmelade. »Meryem hat im letzten Jahr ihre Partnerin verloren.« Ich höre noch immer ihre herzzerreißende Stimme durch das Handy, ihr verzweifeltes Ringen um Luft, das erstickte Stöhnen. »Sie wollten heiraten, Kerstin und sie.« Ich rühre gedankenverloren in meinem Earl Grey. »Wenn ich es nicht besser wüsste ...«

»Kommissar Dawson?« Eine Stimme in meinem Rücken. Ich drehe mich halb um. Ein mir unbekanntes Paar steht direkt hinter meinem Stuhl. Sascha kaut ungerührt weiter.

»Wer will das wissen?«

»Mein Name ist Matthias Kraft, das ist meine Partnerin Melissa Nguyen. Wir gehören zur Abteilung Zwei Punkt Zwei des Bundesnachrichtendienstes, Internationaler Terrorismus und Organisierte Kriminalität. Hauptkommissar Müller hat uns geraten, Sie beide hier zu suchen.« Er erinnert mich ein wenig an einen jüngeren Daniel Craig, allerdings mit deutlich kleineren Ohren, und die Frau hat eindeutig asiatische Wurzeln, ist mehr als einen Kopf kleiner als er. »Dürfen wir uns einen Moment zu Ihnen setzen?«

»Wow, so früh am Morgen ein Doppeldate.«

»Kommissarin Brinkmann, nehme ich an.«

»Sie sind ja blendend informiert«, meint Sascha sarkastisch. »Finger weg von dem Körnerbrötchen.«

Der BND-Agent verzieht keine Miene, während seine Partnerin sanft grinst. Ich deute achselzuckend auf die freien Stühle. Schon ist eine Kellnerin da.

»Einen doppelten Espresso und ein Glas Leitungswasser.«

»Krass, fehlt nur noch eine Gauloises ohne Filter.«

»Für mich einen schwarzen Tee mit Zitrone und sehr gerne auch zwei dieser köstlich aussehenden Croissants mit Butter und Marmelade«, bestellt Melissa Nguyen. »Bevor Sie wild herumspekulieren, mein Vater ist ein deutscher Kfz-Mechaniker und meine Mutter eine ehemalige Diplomatin aus Vietnam.«

Die geschätzt dreißig Jahre alte Agentin ist mir auf Anhieb sympathisch, wobei mir während meiner Ausbildung eingebläut wurde, nicht zu leichtgläubig auf das eigene Bauchgefühl zu hören. Kraft hingegen vermag ich noch nicht einzuschätzen, er verbreitet eine Aura von Souveränität und Unnahbarkeit.

»Komisch, dass wir immer beim Essen angequatscht werden, findest du nicht auch, Jonesy?«

»Ja, das ist ein wenig nervig.«

»Wir können das sehr zügig zu einem Ende bringen«, stellt Kraft in Aussicht.

»Na, da bin ich aber gespannt.«

»Kommissar Dawson, Sie werden es vielleicht nicht glauben, aber dieser Mord an dem alten Priester kann sich zu einem Problem für die nationale Sicherheit auswachsen.«

»Tja, wie Sie so treffend bemerkten ... kaum zu glauben.« Ich überlege, wer von den beiden wohl den Hut aufhat. Vordergründig scheint es ja der James-Bond-Verschnitt zu sein.

»Ich möchte Sie wirklich inständig bitten, die Sache ernst zu nehmen, Herr Kommissar. Ich weiß, Sie sind es gewohnt, außerhalb der üblichen Dienstaufsicht zu arbeiten, aber in diesem Fall sind keine Alleingänge angezeigt.« Nguyen hebt eine Augenbraue an, immerhin.

»Dann werden Sie uns jetzt sicher in die Geheimnisse einweihen, die innerhalb von knapp drei Tagen drei Menschen das Leben gekostet haben«, vermute ich sehr direkt. Die Kellnerin bringt die gewünschte Bestellung.

»Ich würde Ihnen beiden gerne einen anderen Vorschlag unterbreiten.«

Sascha und ich wechseln einen schnellen Blick. Wir ahnen, was jetzt kommen wird. »Nur zu ... Agent Kraft. Ist das eigentlich die zutreffende Anrede? Agent? Das klingt so FBI-mäßig«, sage ich.

Der BND-Mann wirkt einen Moment irritiert. »Das ist durchaus korrekt.«

»Na schön, Agent Kraft, dann lassen Sie die Katze mal aus dem Sack.«

»Wir können Ihnen anbieten, und zwar mit sofortiger Wirkung, sich aus dem Fall zurückzuziehen. Das ist mit Ihrer vorgesetzten Dienststelle in Berlin abgesprochen.« Sascha nickt mir grinsend zu. Wir lagen richtig mit unserer Vermutung. »Das wäre beileibe keine Schande. Sie sind ja tatsächlich nur zufällig in diese Angelegenheit involviert worden.«

»Wir sollen einfach die Segel streichen? Weil ja jetzt die großen Jungs und Mädels Marke Freibeuter am Start sind?«, ergänzt mein rothaariger Teufel.

»So würde ich das nicht sehen. Wir haben es nicht mit einem ganz normalen Mordfall zu tun, auch nicht mit einem Serienkiller, das ist ja wohl Ihr Spezialgebiet.«

»So, stattdessen geht es hier um ... was?« Sascha lächelt ihn entwaffnend an.

»Das darf ich Ihnen nicht sagen.«

Nguyen beißt herzhaft in ihr Hörnchen. Man könnte meinen, dass sie mit der ganzen Sache nichts zu tun hat. Eine Weile herrscht ein taxierendes Schweigen.

»Sie haben also mit unserem Chef konferiert«, fasse ich zusammen.

»Das ist richtig.«

»Und er zieht uns, ganz offiziell, von dem Fall ab.«

»Das ist so nicht ganz richtig.«

»Nein?« Ich stelle mich mal dumm. »Wat is denn nun Ambach?«

»Wie bitte?«

»Kommissar Dawson möchte wissen, was genau denn nun beschlossen wurde«, übersetzt Sascha hilfsbereit. »So sprechen die Leute hier. Cool, oder?«

»Sie sollten hier keine Ego-Show abziehen.«

»Wer führt denn hier einen Null-Null-Sieben-Schwank auf?«

»Herrschaften.« Die mandelförmigen Augen der Agentin blitzen vergnügt auf. »Bringen wir diese fruchtlose Reiberei doch schnell zu einem Ende. Ihr Chef in Berlin stellt es Ihnen frei, selbst zu entscheiden. Sie können uns den Fall hauptverantwortlich übertragen und am Wochenende fröhlich mit Ihrem Kumpel Eddie seine Hochzeit genießen, Sie sehen, wir sind bestens informiert. Oder Sie arbeiten weiter mit, allerdings ab jetzt nach unseren Vorgaben. Es wird keine Alleingänge geben, und jede noch so unwichtig erscheinende Information landet unverzüglich bei mir.«

Sieh mal einer an, denke ich. Sie hat *bei mir* gesagt und nicht *bei uns*.

»Hauptkommissar Müller, der neue Duisburger Kripochef, hat um unsere Hilfe nachgesucht.«

»Das ist uns bekannt, allerdings war zu dieser Zeit noch nicht das Ausmaß der sich anbahnenden Krisensituation abzusehen.« Nguyen sieht uns gelassen an. So schnell kann dieses Persönchen sicher nichts aus der Bahn werfen. »Ich will offen zu Ihnen sein. Wahrscheinlich machen wir uns hier Sorgen um taube Nüsse. Die Wahrscheinlichkeit, dass hinter dieser Geschichte mehr steckt als der Aufmarsch einiger unverbesserlicher Gestriger, ist äußerst gering, aber dennoch müssen wir einigen höchst beunruhigenden Hinweisen nachgehen.«

»Das ist mir immer noch viel zu nebulös«, entgegne ich.

»Kann ich mir vorstellen.« Sie schlägt die Beine übereinander und lehnt sich entspannt zurück. »Zunächst aber müssen Sie beide eine Entscheidung treffen. Wenn Sie aus der Nummer aussteigen, gibt es selbstverständlich auch keine weiteren Infos.«

»Macht Sinn.«

»Schön. Also? Vielleicht benötigen Sie ein wenig Bedenkzeit.«

»Ich denke nicht«, erklärt Sascha forsch. »Man hat uns um Hilfe gebeten, also werden wir jetzt nicht einfach Urlaub machen.«

»Sie sprechen auch für Kommissar Dawson?«

»Aber sicher doch. Frau Brinkmann verfügt sozusagen über eine Generalvollmacht«, erkläre ich nickend. »Das ist der Preis dafür, dass sie bei mir bleiben wird, wenn ich alt und gebrechlich daherkomme.«

Die BND-Agentin lacht herzhaft. Ihr Partner verzieht keine Miene.

»Sie sind ein lustiges Pärchen, Sie gefallen mir.«

»Wie schön«, kommt es parallel von Sascha und mir.

»Melissa, ich weiß nicht …«

»Aber ich, Matthias, das ist in Ordnung. Die beiden kennen sich hier in Duisburg gut aus, Kommissar Dawson war gar ein Schüler des ermordeten Lehrers. Das wird funktionieren.«

»Ich arbeite lieber allein mit dir.«

»Lass es gut sein. Sie sind mit von der Partie.« Er zuckt resignierend mit den Schultern. Also war meine Vermutung wohl richtig. Sie ist das Alphatier. Im Zweifelsfall gilt ihre Entscheidung. Gut zu wissen.

»Jetzt, da wir beinahe schon gute Freunde geworden sind, werden wir doch sicher ein paar notwendige Hintergrundinfos erhalten«, stellt Sascha nüchtern fest. »Ich bestelle mal ein Gläschen Brause, so als Einstand.«

»Brause, was soll das nun wieder sein?«

»Sekt, Agent Kraft, ein belebendes Getränk, vorzugsweise recht trocken, damit es nicht die Birne vernebelt.«

»Wir sind im Dienst!«

»Und das noch den lieben, langen Tag. Nun lassen Sie mal den Aal im Aspik. Bedienung!«

Kapitel 14

DUISBURG-DUISSERN
APPARTEMENT DER KRIPO DUISBURG
FÜR AUSWÄRTIGE EINSATZKRÄFTE

»Sie haben es doch gemütlich hier in diesem Appartement.« Die Halbasiatin seufzt bemitleidenswert. »Von einem Hotel zum anderen, das geht mir ganz gehörig auf den Keks. Man ist nie richtig zu Hause.«

»Tja, das Los einer mobilen Einheit. Wo wohnen Sie denn, oder ist das auch geheim?«

»Eigentlich schon, Jonathan, aber ich denke, bei Ihnen kann ich eine Ausnahme machen. Ich habe mein Domizil in Kippenhausen aufgeschlagen.«

»Klingt nicht gerade nach einer Weltstadt.«

»Das ist ein winziges Nest, nahe dem Bodensee, ganz in der Nähe von Meersburg. Ich habe mir dort ein ehemaliges Bauernhaus gekauft.«

»Schöne Gegend.«

»Ja, sehr ruhig, vom Touri-Lärm bekommt man dort wenig mit.« Für einen Moment wirkt sie geistesabwesend, fast verträumt. »Ich lebe dort mit meinem Vater, zwei Golden Retrievern, acht Hühnern und einem Hahn.«

»Hört sich beschaulich an. Und immer frische Eier.«

»Ich bin nur viel zu selten dort.« Melissa Nguyen lächelt müde. »Manchmal befürchte ich, dass unser Job uns auffrisst, innerlich auslaugt, dass das normale Leben an mir vorbeizieht.«

»Das kann ich nur bestätigen.«

»Na ja, niemand hat uns gezwungen, nicht wahr?«

»Stimmt auch wieder. Jeden Tag im Büro, das wäre nichts für mich.« Ich steuere kurz meine, oder neuerdings besser gesagt *unsere* Lebenssituation bei. Schwärme von unserem Domizil in Moselkern.

»Sieh mal an, wir scheinen die gleichen Vorlieben zu hegen. Es geht doch nichts über einen kuscheligen Platz am offenen Kamin.«

Ich freue mich innerlich über den lockeren Umgangston, den Nguyen anschlägt. Ihren Partner hat sie als Quartiermeister losgeschickt. Wir sitzen bei einem Glas Mineralwasser auf dem kleinen Balkon. Ich kurbele die Markise heraus. Die Sonne ist schon verdammt intensiv.

»Wie sind Sie an diesen Eisenschädel geraten?«, will Sascha wissen. »Der geht doch zum Lachen in den Keller.«

»Matthias, oh, der ist ganz okay. Lassen Sie sich durch sein überhebliches Gehabe nicht täuschen. Der Mann verfügt über einen messerscharfen analytischen Verstand. Leider ist er absolut karrieregeil, dabei steht er sich oft selbst im Weg.«

»Tja, viele Probleme löst man durch Wegbefördern«, gebe ich zu. »Nun wäre es aber an der Zeit …«

»Okay.« Die Agentin lächelt verstehend. »Sie sind beide Menschen, die wissen wollen, woran sie sind. Das geht mir genauso. Also …« Sie entledigt sich ihres Blazers und wendet ihr Gesicht der

Sonne zu, die gerade noch unter dem Rand der Markise hervorlugt. »Vor knapp drei Wochen erhielten wir einen anonymen Hinweis in Form eines Pakets, ein etwas größerer Schuhkarton, kein Absender, keine Fingerabdrücke, clean. Obenauf befand sich ein Foto, recht grobkörnig, nicht wirklich scharf, aber doch eindeutig.« Nguyen reicht uns ihr Smartphone. Das schwarz-weiße Bild zeigt einen rechteckigen, stabilen Koffer mit vier Verschlüssen. Auf der breiten Vorderseite prangt ein Hakenkreuz.

»Ein Nazikoffer.« Tausend Gedanken schwirren durch meinen Kopf.

»Ganz recht.«

»Davon gab es sicher Tausende«, analysiert Sascha ruhig. »Das war doch sicher noch nicht alles. So ein Ding kann man womöglich in jedem zweiten Antiquitätenladen erstehen.«

Nguyen nickt bekräftigend. »Blättern Sie mal weiter, Frau Brinkmann. Ich hoffe, Sie haben einen stabilen Magen.« Sascha schiebt den Koffer beiseite. Ein nackter, vollkommen entstellter Körper, überall Löcher, offene Wunden, Beulen, Flecken, die Nase existiert nur noch zur Hälfte. Ich muss für einen Moment die Augen schließen. Das nächste Foto. Eine junge Frau. Um ihren Hals hängt ein Schild: Stadium zwei. Sie ist auf einer Bahre fixiert, ihre Augäpfel ragen unnatürlich weit aus den Höhlen. »Es folgen noch fünf weitere Horrorszenarien. Sie müssen nicht alle ansehen.«

»Doch«, flüstert Sascha. »Das müssen wir.«

Auf dem letzten Foto sieht man drei in sich zusammengefallene Menschen, deren Geschlecht auf den ersten Blick nicht auszumachen ist. Da es sich nicht um Farbaufnahmen handelt, kann man nur vermuten, dass die Haut, die die skelettartigen Körper noch überzieht, fleckig und teilweise aufgesprungen ist.

»Scrollen Sie noch einmal weiter. Wir haben den winzigen Zettel, der auf Foto Nummer vier nur zu erahnen ist, vergrößern und rekonstruieren können.« Saschas Finger schiebt die Leichen beiseite.

»31. Juli 44, vorletzte Lieferung, Stadium fünf, Klammer zu, Endstadium.« Ich reiche ihr das Handy betroffen zurück. »Das ist verdammt üble Kost, Agent Nguyen.«

»Wenn Sie beide einverstanden sind, können wir uns gern mit unseren Vornamen anreden, dieses ewige Agent hier und Kommissar da ist auf Dauer doch recht nervig.«

»Gute Idee«, stimme ich zu.

»Schön, kommen wir zum nächsten Programmpunkt. Des Weiteren befand sich ein zweiseitiges Dossier in dem Paket. Es handelt sich um die Vita eines gewissen Marius van Cleef, Jahrgang achtzehnhundertachtzig, ein gebürtiger Holländer, der allerdings direkt nach dem Ersten Weltkrieg in die neu ausgerufene Weimarer Republik ausgewandert ist. Ein mit der Note ausreichend minus abgeschlossenes Medizinstudium an der Universitätsklinik in Amsterdam, nach nur zwei Jahren in der Onkologie ausgeschieden. Weiterer Werdegang unübersichtlich, immer mal wieder kurzzeitig in verschiedenen Krankenhäusern angestellt. Im Sommer 1919 taucht er nachweislich das erste Mal in Duisburg auf. Er erhält eine Anstellung im Marien-Hospital, arbeitet dort in der Abteilung für Kriegsversehrte, hauptsächlich Amputationsfälle. Muss sich einundzwanzig einem Untersuchungsausschuss stellen, da überproportional viele seiner Patienten an spontaner Lungenembolie sterben. Wird von der Kommission aus Mangel an Beweisen aber entlastet. Trotzdem entlässt ihn die Krankenhausleitung. Zwei Jahre arbeitslos, schließt sich einer rechtsnational ausgerichteten Volksfront an, ehe er fünfundzwanzig das Parteibuch der NSDAP erhält. In den nächsten Jahren wird van Cleef offensichtlich als parteiinterner Feuerwehrmann eingesetzt. Er flickt SA-Leute und Schlägertrupps zusammen, die sich auf der Straße blutige Nasen von den Sozialisten und Kommunisten geholt haben. Er fällt einigen Nazi-Schergen wohl positiv auf, denn nach der Machtübernahme wird er aus heiterem Himmel im März fünfunddreißig zum Chefarzt der Inneren Medizin am Marien-Hospital ernannt. Seine ehemaligen Vorgesetzten verschwinden urplötzlich von der Bildfläche.«

»Nicht selten in diesen dunklen Zeiten.«

Melissa nickt. »Dort bleibt van Cleef bis November 41. Der letzte

Vermerk lautet: Dr. Marius van Cleef wird auf unbestimmte Zeit in das Forschungs- und Entwicklungszentrum Dreizehn abgeordnet.« Sascha und ich sehen sie fragend an. »In diesen Einrichtungen, die über das ganze Reich verteilt waren, wurde an möglichst effizienter Waffentechnologie gearbeitet.«

»Hitlers Wunderwaffen.«

»Richtig. Wernher von Braun, seine Vergeltungswaffe V Zwei genauer, dreitausend Raketen, die meisten davon in Richtung London gestartet. Sicher der bekannteste Vertreter eines solchen Forschungszentrums, in diesem Fall in Peenemünde.«

»Und dieses Zentrum Dreizehn?«, fragt Sascha.

»Nach den letzten in dem Karton enthaltenen Informationen muss diese Einrichtung hier im Westen gewesen sein.« Ich erinnere mich an die Briefe von Hitlers Sekretärin. *Die Wolfsschanze gleicht einem Bienenstock, seit der Führer gestern Abend ein langes Telefonat mit dem Stützpunkt in N. geführt hat.* Weiß Nguyen von diesen Briefen? Ich vermute mal, nicht.

»Gibt es Anhaltspunkte, wo dieses Labor, oder was immer sich dahinter verbarg, sein könnte?« Ich formuliere die Frage bewusst vorsichtig.

»Nach Recherchen unserer Analytiker kommen eigentlich nur zwei Ortschaften infrage. Süchteln und Nettetal, dort gibt es Hinweise auf geheime Einrichtungen der Nazis. Das lässt sich durch Zeitungs- und Augenzeugenberichte nachweisen.«

»Hm.« *N gleich Nettetal?*

Sascha steht auf und holt eine Tüte Chips aus dem Küchenschrank. Sie ist großartig. Erst mal Zeit gewinnen, mal sehen, was da noch an Infos kommt.

»Chakalakas, die sind großartig, natürlich total ungesund, aber sowas von lecker. Probieren Sie mal, Melissa.«

»Danke, etwas Salziges kann wirklich nicht schaden, der Sekt, auf halbwegs nüchternem Magen, zeigt ganz schön Wirkung.«

Wir knuspern einen Moment vor uns hin. Wie weit geht unsere

Vertrautheit? Sollen wir sie direkt in unsere Funde einweihen, die Briefe, das Register des Konzentrationslagers auf Geigers Dachboden? Ich beschließe für mich, den Ball erst einmal flach zu halten. Sascha scheint es genauso zu sehen.

»Das war es jetzt?«

»Noch nicht ganz. Verdammt, die sind echt gut!« Melissa greift erneut in die Tüte. »Es lag abschließend eine Art Bekennerbrief in dem Paket, darin macht der Verfasser sehr deutlich, dass er fest davon überzeugt ist, dass in diesem Labor Nummer Dreizehn eine Waffe entwickelt worden ist, die auch nach gut siebzig Jahren in den falschen Händen eine verheerende Wirkung haben wird.«

»Das wage ich zu bezweifeln. Selbst wenn diese Irren damals die Pläne für den Bau einer Atombombe vor den Amerikanern gefunden hätten, wären diese Unterlagen heutzutage nur kalter Kaffee«, wende ich ein. »Außerdem, was passt schon in so einen Koffer hinein? Es können eigentlich nur Pläne zur Herstellung einer Waffe sein.«

»Die Vermutung liegt nahe.«

»Wie passt das Auftauchen der vatikanischen Feuerwehr in das Bild?«, will Sascha wissen.

»Das hat uns ebenfalls sehr überrascht, aber auch alarmiert. Monsignore Maldini ist für uns tatsächlich kein Unbekannter. Ein ehemaliger Freiwilliger der französischen Fremdenlegion.«

»Ist nicht Ihr Ernst.«

»Oh doch, ein eisenharter Bursche. Rom hat ihn vor fünf Jahren angeworben.«

»Er ist aber doch ein Priester«, wundert sich die Ostfriesin.

»Wenn man will, dann geht vieles, insbesondere in der Kirche. Maldini ist direkt dem Vorsitzenden der Glaubenskongregation unterstellt, dem zweimächtigsten Mann im Kirchenstaat. Warum sie ihn hergeschickt haben, ist allerdings unklar.«

»Aber warum schickt jemand dieses Paket, das eine eindeutige Warnung darstellt, dem BND?«, überlege ich laut. »Das macht doch nur Sinn, wenn demjenigen der Arsch auf Grundeis geht, also, es muss ein Eingeweihter sein, dem die Nummer zu heikel wird.«

»Das ist auch unsere Überlegung«, bestätigt Melissa Nguyen. »Wir müssen dringend herausfinden, wer dahintersteckt.«

Sascha und ich verständigen uns wortlos. Die BND-Agentin ist uns beiden überaus sympathisch, außerdem ergibt es keinen Sinn, zu mauern und ein eigenes Süppchen zu kochen.

»Wussten Sie, dass es in Duisburg ein Konzentrationslager gab?«

Irgendwo in Duisburg

»Es kam, wie es kommen musste, mein General, der Herr Hauptmann wurde liquidiert.«

»War das wirklich notwendig, Leutnant?«

»Leider ja, er hatte bereits die zwei BKA-Ermittler in sein Haus eingeladen.«

»Wie viel hat er verraten?« Die Stimme klingt nervös.

»Das wissen wir nicht genau, er war ja zum Glück nicht in alle Einzelheiten eingeweiht.«

»Trotzdem, das darf einfach nicht passieren.« Heftiges Atmen, ein leicht rasselnder Ton. »Wer hat die Exekution durchgeführt?«

»Das habe ich, wie angekündigt, persönlich erledigt.«

»Herrgott, ich wünschte, alle unsere Parteigänger wären so selbstlos und loyal eingestellt.«

»Tja, das wäre schön, mein General.«

»Sind die Majore von ihrer Mission zurückgekehrt?«

»Vor gut einer Stunde.«

»Ah gut, berichten Sie.« Papierrascheln.

»Die Befragung der observierten Familie hat unseren Verdacht eindeutig bestätigt. Der Koffer ist, nach allem, was wir in Erfahrung bringen konnten, in Duisburg verblieben.« Ein Räuspern. »Natürlich kann der Fahrer damals gegenüber seiner Mutter gelogen haben, das ist nicht auszuschließen, aber unwahrscheinlich.«

»Also hat der Priester den Koffer an sich genommen.« Ein Feuerzeug

flammt auf. Tiefes Inhalieren. »Irgendwann wird er ihn geöffnet haben.«

»Womöglich konnte er mit dem Inhalt nichts anfangen.«

»Unsinn, diese Pfaffen sind zwar weltfremd, aber nicht dumm, Leutnant. Gehen wir einmal davon aus, dass er zumindest geahnt hat, welche Bedeutung der Inhalt haben könnte. Was hat er damit gemacht?«

»Verbrannt?«

»Nein, das glaube ich nicht. Wir kennen seine Gesinnung nicht zur Genüge, aber ich vermute, er war nicht gerade ein Befürworter des Krieges.« Ein Hustenanfall. »Nein, nein, Leutnant, er hat den Koffer samt Inhalt versteckt, vielleicht sogar darauf gehofft, sie dem Widerstand übergeben zu können.«

»Aber wo, mein General, welches Versteck hat die Jahrzehnte überdauert?«

»Das, mein lieber Leutnant, ist die Frage aller Fragen. Wir werden Pater Hermanns soziales Umfeld diskret, aber notfalls mit aller gebotenen Härte, befragen müssen. Irgendjemandem muss er sich anvertraut haben.«

»Wir gehen also weiterhin davon aus, dass Gottfried den Koffer an sich genommen hat, als von Hasselt starb, und das Geheimnis an seinen Nachfolger Hermann weitergegeben hat. Aber warum hat Gottfried es nach Kriegsende nicht an eine offizielle Stelle gemeldet? Ich fände das nur logisch.«

»Womöglich hat er die damit verbundene ungeheure Macht erkennen können und der damaligen Regierung keinen verantwortungsvollen Umgang zugetraut. Vielen unserer Volksgenossen ist es gelungen, in bedeutenden Stellungen zu verbleiben.«

»Nun, das wäre eine denkbare Erklärung.« Ein dezentes Schniefen. »Wer soll zuerst, ähm, befragt werden?«

»Beginnen wir mit der Schwester, Leutnant.«

Kurzes Zögern. »Wie soll verfahren werden?«

»Verbrannte Erde, Leutnant … letztendlich zählt nur das Ergebnis.«

Kapitel 15

DUISBURG-UNGELSHEIM, AM GRÜNEN HANG
DONNERSTAG, 16. MAI 2019, 17:30 UHR

Das zweistöckige Sechs-Familien-Reihenhaus, Marke Plattenbau, ist aus den sechziger Jahren übriggeblieben. Die Fassaden abwechselnd grün, blau und dunkelrot, die Balkone zur Südseite nüchtern und winzig. Melissa Nguyen und ihr Partner versuchen, über das Kollegium meines ehemaligen Gymnasiums an Informationen über Karl Geigers Buchclub zu gelangen. Sascha und ich klingeln bei Caroline Wegmeister, die uns bei der Auswertung der Zeitungsausschnitte mehrfach aufgefallen ist.

»Ja, bitte?«, krächzt es aus der altersschwachen Gegensprechanlage.

»Kriminalpolizei, wir haben nur ein paar Fragen, Frau Wegmeister.« Sascha schlägt einen verbindlichen, recht freundlichen Ton an.

»Das passt mir gerade gar nicht.«

»Gut, kein Problem, dann fülle ich schnell eine Vorladung für morgen früh aus. Wir sehen uns dann um sieben Uhr dreißig im Präsidium an der Düsseldorfer Straße. Bitte seien Sie sehr pünktlich, sonst …«

»Na schön.« Der Türöffner summt schwindsüchtig. »Zweiter Stock.«

Das Treppenhaus, frisch geputzt, riecht nach Essig und Meister Propper. An den Wänden hängen Fotos aus besseren Zeiten des MSV Duisburg, UEFA-Pokal-Halbfinale, jubelnde Fans, volles Stadion. Im Aufgang zur zweiten Etage bunte Bilder, von Kindern gemalt, dazwischen ein einsames Holzkreuz.

Frau Wegmeister empfängt uns in einem hautengen, dunkelgrünen Joggingoutfit. Ihre Figur kann problemlos mit einer Zwanzigjährigen mithalten. Ihr wahres Alter kann man an den Jahresfalten ihres Gesichts ablesen. Ich schätze sie auf Mitte sechzig.

»Zeigen Sie mal Ihre Ausweise«, fordert sie. Sie beäugt unsere Papiere skeptisch. »Sie sind ja gar nicht von der Kripo Duisburg.«

»Bundeskriminalamt, Frau Wegmeister, das ist noch 'ne Nummer drüber«, erklärt Sascha freundlich. »Dürfen wir kurz hereinkommen?« Aus der Nachbarwohnung tönt laut aggressiver Deutsch-Rap. Schrecklich.

»Meinetwegen.« Eine winzige Diele, ein mit schweren Möbeln überladenes Wohnzimmer. Altdeutsch. Nun ja, wer's mag. »Um was geht es denn? Brauche ich einen Anwalt?«

»Also, nein, ich denke nicht.« Wie inzwischen eingespielt, übernimmt Sascha zunächst die Gesprächsführung. Ich lasse die Eindrücke der Wohnung auf mich einwirken. Die schwarz-weißen Bilder an den Wänden sind irritierend. Ausgebrannte Häuser, zerbombte Straßenzüge, brennende Autos, die Gesichter verzweifelter Menschen, die wahrscheinlich gerade Angehörige oder Freunde, ihr ganzes Hab und Gut verloren haben.

»Frau Wegmeister, wir untersuchen den Mord an Karl Geiger.«

»So?«

»Sie wissen, dass er ermordet wurde?«

»Nein, woher denn? War das in der Zeitung? Ich lese keine Zeitungen, schon lange nicht mehr, das ist Lügenpresse, linke Propaganda.«

»Aber Sie kannten Herrn Geiger.«

»Flüchtig.«

»Woher denn?«

»Er gehört auch dem Förderkreis an, der das Landfermann-Gymnasium unterstützt. Das war es auch schon. Ich glaube, der Mann ist ein Schwätzer.«

»Aha.« Sascha zückt ihren Notizblock. »Wie kommen Sie zu dieser Einschätzung?«

»Seine Redebeiträge waren durchsetzt von stinkendem Eigenlob. Nur weil er mal Lehrer an der Schule war, dachte er wohl, er sei was Besseres.«

»Sie mochten ihn also nicht besonders?«

»Nicht wirklich, andererseits gab es wenig Berührungspunkte, also kann man eher sagen, er war mir schnurzpiepegal.« Wegmeisters blond gefärbte Haare sind zu einem lustigen Dutt toupiert, der sich langsam auflöst. »Gleichwohl ist es natürlich tragisch, wenn jemand gewaltsam aus dem Leben gerissen wird.«

»Zweifellos«, stimmt Sascha zu. »Aus Ihren Aussagen entnehme ich, dass Sie nicht zu Geigers Buchclub gehören.«

Die Joggerin sieht Sascha mitleidig an. »Ich lese auch keine Bücher, das ist dumm und nur verschenkte Zeit. Ein Buchclub ist so ziemlich das Letzte, was mich reizt. Alles eingebildete Dummschwätzer, Pseudo-Intellektuelle, die sich gegenseitig was in die Tasche lügen, einfach nur widerlich.«

»Das ist eine ziemlich radikale Einstellung.«

»Ansichtssache.«

»Frau Wegmeister, Sie werden es mir nachsehen«, schalte ich mich ein. »Die Bilder an den Wänden sind ein wenig ... verstörend, um es vorsichtig auszudrücken. Es handelt sich nicht gerade um Motive, die fröhlich stimmen.«

»Nein, aber es sind Bilder, die uns daran erinnern, welches Unrecht den Menschen in Deutschland widerfahren ist, welchem furchtbaren Terror sie durch die Luftangriffe der Tommys tagtäglich ausgesetzt waren. Demoralisierung der Zivilbevölkerung war das Ziel, Kommissar Dawson.« Sie spricht meinen englisch klingenden Namen giftig und abwertend aus. »Der Tod war allgegenwärtig. Das, was damals geschehen ist, waren Kriegsverbrechen, die bis heute nicht gesühnt wurden.« Auf ihrem Gesicht bilden sich Wutflecken. »Das will keiner hören, nicht wahr? Die tapferen Alliierten mit ihrer Schokolade, den Marshmallows und ihrem Bohnenkaffee.«

»Sie haben Angehörige verloren?«

»Das geht Sie nichts an!« Die Stimme ist schrill, aufgebracht. »Außerdem, was hat das mit dem Mord an diesem Geiger zu tun? Wenn Sie keine weiteren Fragen haben, sollten Sie beide jetzt gehen. Ich würde gerne duschen.«

»Nein, das war es erst einmal.« Sascha blinzelt mir zu. Eine weitere Befragung hat jetzt keinen Sinn. »Vielen Dank, Frau Wegmeister. Kann sein, dass wir noch mal auf Sie zukommen müssen.«

»Tun Sie sich keinen Zwang an.«

»Ach, eine Frage noch. Was für einen Wagen fahren Sie?«, will ich noch wissen. Ich habe noch den dunklen Kleinwagen vor Augen, der sich schnell vom Haus meines Ex-Lehrers entfernt.

»Ich habe zwar einen Führerschein, besitze aber kein Auto.«

Wir verlassen die Wohnung.

»Heilige Krabbe, was war das denn?« Sascha sieht mich ratlos an. »Man lernt nie aus. So einen verbitterten Menschen habe ich lange nicht mehr kennenlernen müssen.« Wir steigen in meinen Astra. »Da steckt mehr dahinter, oder?«

»Oh ja, ich denke, sie kannte Geiger sehr viel besser, als sie zugegeben hat. Ich sehe nur noch keine Verbindung zu den Priestermorden.«

»Und sie besitzt kein Auto.«

»War nur ein Schuss ins Blaue. Aber es hilft nichts, wir müssen diese Dame genauer unter die Lupe nehmen. Wir sollten herausfinden, wen sie im Krieg verloren hat. Vielleicht lässt sich so eine Verbindung herstellen. Ach, wenn wir nur Eddie am Start hätten.«

»Nun hör auf zu jammern, wir setzen Finya darauf an.«

»Gute Idee.«

»Halb sieben.« Wir bewegen uns über die B 8 in Richtung City. »Müssen wir noch ins Präsidium? Wahrscheinlich ist das BND-Dreamteam inzwischen auch dort aufgeschlagen.«

»Eigentlich schon, aber ehrlich gesagt fehlt mir der innere Antrieb. Soll Müller sich mit denen rumschlagen.«

»Schön formuliert.« Sascha grinst. »Also, was ist dein Plan, Chefe?«

»Ruf bitte Finya und Klaasen an. Sie sollen zu uns ins Appartement kommen. Wir besorgen noch schnell Wasser, Wein und Whisky, dazu ein paar Tapas.«

»Die drei großen W.« Sie nickt schmunzelnd. »Du willst also doch einen eigenen inneren Zirkel einrichten. Das könnte Ärger nach sich ziehen, das ist dir hoffentlich bewusst. Das wird den Cracks vom BND nicht gefallen.«

»Ärger ist mein zweiter Vorname.«

Sascha ruft die Kollegin an. Wir verabreden uns für zwanzig Uhr dreißig. Mein Blick fällt zum wiederholten Male auf den Rückspiegel.

»Kann sein, dass wir beschattet werden.«

»Okay, welcher Wagen?«

»Ich vermute, der schwarze Alfa, zwei Autos hinter uns. Leider kann ich nicht mit Gewissheit sagen, dass er uns schon seit Ungelsheim verfolgt.«

»Vielleicht will er auch einfach nur in die Innenstadt.«

»Möglich.«

»Da kommt 'ne Tanke.«

»Alles klar.« Ich schere mit quietschenden Reifen aus und fahre im letzten Moment auf das Gelände der Jet-Tankstelle. Der verdächtige Wagen fährt vorbei. Ich tanke den Astra voll. Wir kehren zurück auf die Straße.

»Nix zu sehen«, murmelt Sascha, die vorsorglich ihre Handy-Kamera aktiviert hat.

»Womöglich sehe ich schon Gespenster.« Vorbei am Friedhof, die große Kreuzung Sternbuschweg/Koloniestraße. »Feinkost Aldi?«

Sascha nickt, beobachtet weiter den Verkehr. Rechts rauf auf den Parkplatz. Grüne und schwarze Oliven, Peperoni, gefüllte Paprika, getrocknete Tomaten, katalanische Hartwurst, Knabberzeug, Baguettes, Kräuterbutter, ein Karton Tempranillo, sechs Flaschen Mineralwasser. Zurück auf die Straße. Gleich sind wir zu Hause. Wie merkwürdig sich das anhört – so ein unpersönliches Appartement ein

Zuhause, und doch, jetzt, da wir dort bereits zum zweiten Male logieren, ist es wie ein kleines Fleckchen Heimat.

»Da ist er wieder!«

Ich schaue in den Rückspiegel. Tatsächlich! Der schwarze Alfa Romeo, ein nicht besonders häufig gefahrener Wagentyp in Deutschland. Zwei Personen, soweit ich das erkennen kann. Sascha zieht ihre HK P30 aus dem Halfter. Ich bin noch immer Old School unterwegs und vertraue meiner eigentlich längst ausgedienten Walther PPK. Wir fahren auf die nächste Ampelkreuzung zu.

»Fahr langsamer, Großer. Gleich springt die Ampel auf Rot, dann müssen unsere Verfolger ebenfalls anhalten. Die schnappen wir uns.«

»Okay.«

»Rot!« Ich mache den Astra aus, Handbremse, raus aus dem Wagen. Der Alfa ist das dritte Auto nach uns. Wir sprinten an einem Berlingo und einem Focus vorbei. Zwei Männer, schwarze Kleidung, verdutzte Gesichter, als sie uns kommen sehen. Der Fahrer setzt zurück, leider hat der Hintermann reichlich Abstand gehalten. Der Romeo schert aus, der Motor brüllt protestierend auf.

»Anhalten!«, brülle ich hinterher. Schon rast er auf die Kreuzung zu. Sascha hat ihre Waffe im Anschlag. Zwei Radfahrer kreuzen die Straße.

»Weg da!«, schimpft die Ostfriesin.

Vor lauter Schreck gerät das vordere Fahrrad ins Schlingern, ein rothaariger Bengel von vielleicht zehn oder zwölf Jahren landet unsanft auf der Kühlerhaube des Focus. Eine stämmige Blondine steigt zeternd aus, ihr Gesicht hochrot. Eine Schimpftirade ergießt sich über den Jungen, dessen Freund vorsichtshalber das Weite sucht. Schöner Kumpel. Unsere Verfolger schießen bei Rot über die Ampel, können gerade noch einer Straßenbahn ausweichen. Weitere Fahrer verlassen ihre Wagen. Ein heilloses Durcheinander entsteht.

»Verdammter Hühnermist!«, schimpft Sascha, nimmt aber ihre Pistole herunter. »Die sind weg, Jonesy.«

»Ey hallo, wat soll dat hier werden, Bonnie und Clyde für Arme, oder wat?« Eine rüstige Silberlocke steigt aus einem Dacia Duster.

»Steigen Sie in Ihr Fahrzeug«, weise ich den Mann genervt an.

»Ja, dat könnte euch Rowdies so passen. Wat soll dat Chaos denn? Dat ist doch hier nich Neff York. Soll ich mal die Sheriffs rufen?«

»Die sind schon hier, guter Mann.« Sascha hält ihm ihren Dienstausweis unter die Nase. Inzwischen hat sich ein formidabler Rückstau gebildet. Fenster haben sich geöffnet, Schaulustige holen sich bereits bequeme Kissen für die Fensterbank, Handys werden gezückt.

»Hey, Opi, lass dir nix gefallen«, feixt ein Jugendlicher aus dem dritten Stock. »Misch die auf, du kannst dat.«

»Sie da, sind Sie von der Bullerei?« Die Blondine aus dem Ford. »Nehmen Se mal sofort den Burschen hier fest, der is mir voll inne Karre gerauscht. Dat ist 'ne Megabeule, dat kostet, dat muss doch lackiert werden.«

»Ich hätte in Halbemond bleiben sollen, mit Opa Fietje und den Hühnern.«

»Aua, die reißt mir dat Ohr ab!«, kreischt der rothaarige Kamikaze-Radler.

»Lassen Sie den Jungen los!«, verlangt Sascha.

»Damit der stiften geht? Wat is mit 'm Protokoll, hä?«

Die weiter hinten stehenden Autos beginnen ein fröhliches Hupkonzert. Ich überlege ernsthaft, ob der Wein ausreicht.

»Ruf im Revier an, die sollen einen Streifenwagen schicken«, bitte ich Sascha.

»Auffe Fresse, Opi, hau ihm doch was auffe Fresse«, stichelt der Halbstarke aus dem dritten Stock.

»Wat is jetz?«, fragt der. »Die sind doch sowieso über alle Berge. Mein Magen tut knurren, wir essen zeitig, die Elsbeth und ich.«

»Steigen Sie in Ihren Wagen, Sie behindern Bundesbeamte bei ihrer Arbeit.«

»Arbeit, Sie tun doch gar nix, Herr Wachtmeister.«

»Noch ein Wort und ich nehme Sie fest«, fährt Sascha resolut dazwischen. »Haben wir uns verstanden?«

Schmollend verzieht sich der Mann in seinen Duster. »Zicke.«

»Lahmarsch, Weichei!«, tönt es aus dem dritten Stock.

»Mein Fahrrad, ich will mein Fahrrad wiederhaben!«

Endlich kurvt ein Streifenwagen um die Ecke. Ich erkläre schnell die Situation. Die beiden Beamten strahlen eine unglaubliche Ruhe aus.

»Wir regeln das, Herr Kommissar. Einen schönen Tag noch.«

Ächzend falle ich auf den Fahrersitz und lasse den Motor an. Langsam lassen wir das Chaos hinter uns.

»Verdammt, das war ein Schuss in den Ofen.«

»Ich fand's eher lustig«, gibt Sascha lächelnd zurück. »Die sind schon witzig, deine Kohlenpötter, so hautnah, live und in Farbe.«

»Das ganze Theater für die Katz'. Wir waren nicht schnell und nicht konsequent genug.«

»Nicht ganz. Hier, MO-RG-337.« Saschas Notizblock. »Das Kennzeichen.«

»Wow, alle Achtung, du bist die Beste.«

»Ich weiß, Jonesy, ich weiß.«

Kapitel 16

Nittenau, nahe bei Regensburg
23. Oktober 1944

»Guten Tag, Frau Jung.«

»Grüß Gott.« Die schmale Frau trägt, wie inzwischen unzählige Menschen im Reich, Schwarz, Trauerkleidung.

»Karlheinz Jung, der wohnt doch hier?« Der große, kantige Mann, stattlich in einen Ledermantel gehüllt, lässt seinen Blick über den kleinen Bauernhof schweifen. Sein Kompagnon ist deutlich kleiner und eher quadratisch. Man sieht beiden die Geheime Staatspolizei sofort an.

Die Frau fängt unvermittelt an zu weinen.

»Dies ist nicht die Zeit für Tränen«, schnarrt der Große kalt. »Jeder Volksdeutsche muss sich bis zum Letzten aufopfern und für den Endsieg kämpfen.«

»Der Kalle, der is doch hi.«

»Wie bitte?«

»Na, aufg'hängt hams ihn, mein' armen Burschen.« Die beiden Gestapo-Männer sehen sich verkniffen an. »Er wollt nur mal die Mama oschaun.«

»Das ist Fahnenflucht, Frau Jung!«

»I scheiß auf dera Fahnen.«

»Passen Sie gut auf, was Sie sagen, gute Frau.«

Der Kleinere packt mit seinen Pranken ihre schmale Schulter.

»Ihr Sohn, der Karlheinz, hat er einen Koffer dabeigehabt?«

»Nix, goar nix. Mei kloana Bua …«

»Wann fand die Exekution statt?«

»Zwei Toag is her, da ham's ihn auf'knüpft, die Nochboarn ham ihn denunziert, depperte Schweine.«

»Frau Jung, es ist äußerst wichtig, deshalb frage ich Sie noch einmal.« Er schlägt einen verschwörerischen, vertraulichen Ton an. »Hat Ihr Sohn einen Koffer mitgebracht oder sonstige Gegenstände, die Ihnen aufgefallen sind?«

»I schwör's, beim Herrgott.« Sie schüttelt schluchzend den Kopf. »Da hat's nix.«

Einen Moment verharren die Schergen schweigend. In ihren Köpfen rattern braune Rädchen. Mitnehmen, verhören, foltern, entsorgen?

Der Kleinere nickt kaum sichtbar. Nein, sie sagt die Wahrheit. Der Deserteur Karlheinz Jung hat den Koffer nicht in den Süden des Reichs getragen. Er war einfach kriegsmüde, wollte seine Mutter wiedersehen. Die Nachbarn haben ihn gesehen und gemeldet. Spitzel überall. So funktioniert es. Keiner traut keinem, ein perfekt ausgeklügeltes System.

In der Kommandantur in Regensburg sehen sie den Bericht ein.

Karlheinz Jung, wegen Feigheit vor dem Feind, verbunden mit Fahnenflucht, vom Standgericht zum Tod durch den Strang verurteilt. Urteilsvollstreckung: 21. Oktober 1944. Heil Hitler.

»Wir müssen zurück nach Duisburg«, bestimmt der Große verärgert. »Der verdammte Pfaffe hat uns angelogen.«

Kapitel 17

Duisburg-Duissern
Appartement der Kripo Duisburg

»Der Alfa ist auf eine Autovermietung in Moers zugelassen.« Finya sitzt auf dem Boden, an eine Couch gelehnt, die langen Beine unter dem Tisch ausgestreckt, in der rechten Hand ein Glas Rotwein, in der linken ihr Smartphone. »Wurde für zwei Wochen gebucht. Mieter Luigi Bertozzi, kein fester Wohnsitz angegeben, logiert angeblich bei seiner Mutter in Velbert.«

»Wohnt in Velbert und leiht einen Wagen in Moers?« Sascha schüttelt zweifelnd den Kopf. »Wer's glaubt, wird Krabbenfischer.«

»Jede Wette, dass der Ausweis gefälscht ist«, stimme ich ihr zu. »Gibst du mir mal die Oliven rüber, bitte.«

Der Primitivo ist für fünf Euro wirklich sehr ordentlich, der Tempranillo aus dem Schlauch ebenfalls. Unser junger Kollege Jens Klaasen fühlt sich in dieser Viererrunde offensichtlich unwohl. Er sitzt ein wenig abseits im einzigen Sessel, während wir drei den Boden um den niedrigen Tisch herum bevölkern, um besser an die Tapas ranzukommen.

»Dennoch könnte der Name aufschlussreich sein«, überlegt Finya. »Bertozzi. Klingt doch sehr italienisch.«

»Du meinst, unsere Freunde vom Vatikan könnten dahinterstecken?« Sascha öffnet die zweite Flasche. »Ein bisschen offensichtlich und somit dumm, wenn es so wäre. Könnte auch eine falsche Fährte sein.«

»Tja, beides ist denkbar.« Ich kaue nachdenklich eine Scheibe Fuet Catalan, einer köstlichen spanischen Salami. »Fassen wir mal zusammen. Was haben wir, die drei Mordopfer mal außen vor gelassen? Gesucht wird ein gut siebzig Jahre alter Koffer, besser gesagt, dessen Inhalt, der, den vertraulichen Briefen einer Sekretärin Adolf Hitlers nach, von immenser Bedeutung gewesen sein muss.«

»Und dessen Bedeutung bis in unsere Zeit hineinwirkt«, ergänzt Sascha. »Mindestens drei Parteien sind hinter dem braunen Gral her.«

»Wow, coole Wortschöpfung«, meint Finya anerkennend. »Die Mörderbande, der Vatikan und der BND, dazwischen hängen wir normal sterblichen Ermittler, allerdings informationstechnisch nicht gerade auf Ballhöhe.«

»So ist es«, sage ich. »BND und Vatikan mauern, aber wir haben Infos, die beide, zumindest Stand heute, noch nicht haben. Da wären zunächst die Briefe von Gerda Christian.«

»Kein großes Pfund«, befürchtet sie. »Man kann den Zeitgeist nachvollziehen, offensichtlich haben die Nazis auf irgendeine Wunderwaffe gehofft, aber was bringt uns diese Erkenntnis aktuell? Was haben wir denn noch im Ärmel?«

»Geigers Archiv. Das KZ in Ratingsee. Es muss Zusammenhänge geben. Geiger war Mitglied in einem ominösen Buchclub, der wahrscheinlich ganz andere Ziele hatte, als jeden Monat ein neues Werk zu diskutieren.«

»Sie meinen, diese Loge, die sich als Buchclub tarnt, könnte hinter den Morden stecken?«, fragt Klaasen. Er hat noch keinen Schluck Wein getrunken.

»Der Verdacht liegt nahe.« Finya nickt. »Ich habe das Fahrzeug zur Fahndung ausgeschrieben.«

»Prima.« Ich probiere die Oliven. Die schwarzen sind großartig, die grünen nur Mittelklasse. »Kommen wir zum Knackpunkt der Geschichte. Wie gestalten wir die Zusammenarbeit mit dem schmucken Pärchen vom BND?«

»Verzeihung, Herr Kommissar, aber ich verstehe die Frage nicht.«

»Wenn ich mal übersetzen darf, Jens.« Sascha zwinkert. »Der BND hält uns an der kurzen Leine, obwohl wir unsere Bereitschaft zur Zusammenarbeit erklärt haben, haben wir haben keine Hintergrundinformationen bekommen. Für uns stellt sich jetzt die Frage, was geben wir von unseren Ermittlungen preis.«

»Aber das geht doch nicht, das sind doch praktisch unsere Vorgesetzten.«

»Nicht direkt. Wir sind offiziell dem Duisburger Präsidium unterstellt, der BND agiert faktisch außerhalb unserer Hierarchie. Ist schwierig.«

»Sollten wir nicht alle gemeinsam daran arbeiten, diese Fälle aufzuklären?«

»Das werden wir auch«, beruhige ich den jungen Kollegen. »Aber wir werden nicht als Handlanger zweiter Klasse agieren. Das haben wir nicht nötig.«

Finyas Handy summt.

»Das Revier.« Sie nimmt den Anruf an. »Okay, verstanden, danke euch.« Sie legt auf. »Eine Streife hat den Alfa gefunden. Steht auf dem Parkplatz am Mercator-Center im Hagenshof. Die Kollegen beobachten den Wagen seit gut einer Stunde, aber niemand taucht auf.«

»Da wird auch niemand auftauchen«, prophezeit Sascha nüchtern. »Die Karre wurde einfach dort abgestellt. Basta. Im Center ist ein großer Einkaufsmarkt, dazu ein Möbelhaus und so ein Spielzeugdiscounter. Da kann man unauffällig ein Auto stehen lassen.«

»Also wieder eine Sackgasse.« Langsam taut Klaasen auf. Er schielt zur Rotweinflasche, zögert noch. »Wie machen wir weiter?«

»Tja, eigentlich wollten wir morgen Richtung Hessen aufbrechen. Unser Freund Eddie heiratet am Samstag, morgen ist Junggesellenabschied.« Sascha sieht mich an. »Was meinst du, Jonesy, können wir uns drei Tage verdrücken?«

»Hm.«

»Wir sind ja vor Ort«, wirft Finya ein.

»Und wir zwei Hübschen sind immer erreichbar.«

»Gut, also dann auf nach Nieder-Olm. Eddie würde uns ein Fortbleiben niemals verzeihen. Außerdem ...«

»Oh nein, Jonesy, du wirst unseren Nerd nicht mit unserem Fall belasten.« Sascha hebt drohend beide Augenbrauen. Das ist immer gefährlich. »Du weißt, wie Eddie drauf ist. Wenn der erst einmal Lunte gerochen hat und sich in eine Recherche verbeißt, dann verpennt der noch den Termin in der Kirche.«

»Hast ja recht«, gestehe ich ein.

»Was können wir derweil tun?«, will Klaasen wissen.

»Ihr nehmt euch Pater Hermanns Schwester noch mal zur Brust. Bei dem engen Verhältnis, das die beiden hatten, muss doch was hängengeblieben sein. Vielleicht erinnert sie sich doch noch an irgendetwas.« Finya und er nicken brav. »Wenn die Zeit ausreicht, ich will euch das Wochenende nicht vermiesen, dann stattet dem guten Gustav Momsen ebenfalls einen Besuch ab. Er wird sich sicher freuen, dich zu sehen, Finya. Er hat sich letztes Mal beschwert, dass keine hübsche junge Frau anwesend war.« Ich kann mir ein Schmunzeln nicht verkneifen. »Wenn du ihm nicht mehr Infos entlocken kannst, wer dann?«

»Danke für die Blumen, Chef«, erwidert sie mit leicht geröteten Wangen.

»Lasst ihn einfach reden, womöglich weiß er Dinge, die er selbst für unwichtig hält, die uns aber weiterhelfen können.«

»Alles klar.«

»Geht den BND-Fuzzis am besten aus dem Weg. Darum kümmern wir uns ab Montag gemeinsam.«

Gemeinschaftliches Nicken.

»Ach ja, es wäre gut, wenn ihr Geigers Kartei erst mal unter Verschluss haltet. Ich habe die Akten in die Asservatenkammer bringen lassen und sie als unwichtig deklariert. Da können sie unbeachtet vor sich hinschlummern.«

»Okay.«

»Na gut, dann düsen wir morgen Vormittag nach Nieder-Olm und bringen unseren John Lennon unter die Haube.«

»Halleluja«, bekräftigt Sascha.

Kapitel 18

NIEDER-OLM, LANDKREIS MAINZ-BINGEN,
WEINGUT WOLFSMÜHLE; FREITAG, DER 17. MAI 2019

Nieder-Olm, was für ein schrecklicher Name, erinnert mich irgendwie an Orks und andere fiese Kreaturen aus dem Herrn der Ringe. Dabei liegt das Weingut der Familie Brands ganz idyllisch am Ufer der Selz, einem linken Nebenfluss des Rheins, ist Teil des rheinhessischen Hügellandes im Mainzer Becken. Die Landschaft ist stark geprägt durch den Wein- und Obstanbau. Nicht zu vergleichen mit meiner Heimatstadt Duisburg.

»Schön hier, nicht so steil wie an der Mosel.« Sascha fährt. Sie hat eine CD ihrer Lieblingsband Nightwish eingelegt. Satter Sound, darüber Tarja Turunens magische Stimme. »Das hat auch was, aber dein Nest im Tal ist unschlagbar.«

»Unser Nest«, verbessere ich gähnend. Ich spüre ihren warmen Blick, der für Sekunden die Zeit stillstehen lässt. Schön, diese Vertrautheit.

Das verdammte KZ geht mir nicht aus dem Kopf. Ein Konzentrationslager in Duisburg Ratingsee. Wahnsinn. Die Haken hinter den Namen, vereinzelte Kringel. Was hat das alles zu bedeuten?

Die Gebäude des Weinguts sind wie bei einer alten römischen Festungsanlage im Karree angeordnet, allerdings fehlt das schwere Tor, das bei Herannahen von Feinden heruntergelassen werden kann. Sascha parkt neben einem Trecker.

»Yo, Leute, da seid ihr ja endlich!« Eddie Klus stürmt aus einem Wirtschaftsgebäude. Seine schulterlangen braunen Haare gleichen einer Fahne im Wind. Die unvermeidliche runde Nickelbrille sitzt ein wenig schief auf der Nase. Dunkelblaue Jeans mit einem enorm weiten Schlag, ein nicht ganz blütenreines weißes Hemd, weit geschnitten, Flipflops an den Füßen. Schon rauscht er an mir vorbei und drückt Sascha an sich.

»He, du verrückter Neu-Winzer, willst du mich umbringen?« Sascha lacht fröhlich. »Ich freue mich so, hier zu sein.«

»Ja, nicht wahr? Das ist alles ein unglaubliches Märchen, fast wie in einem Traum. Manchmal, wenn ich morgens aufwache, denke ich, okay, wie cool kann denn dieses Leben noch werden?«

»Du darfst mich jetzt wieder loslassen, bitte.«

»Ungern.« Erst jetzt beachtet mich unser ehemaliges Task-Force-Mitglied. »Tach, Chef.«

»Eddie.« Wir umarmen uns kurz. »Du musst mir verraten, wo man solche Hosen heutzutage noch herbekommt.«

»Mega, oder? Die fantastischen Siebziger. Wir haben drüben in Harxheim einen Laden, der hat den ganzen krassen Kram am Start. Hemden mit Kragen, da brauchst du kein Taschentuch mehr, in allen Farben, geringelte Pullover, Westernstiefel, gehäkelte Klopapier-Überzieher, Ahoi-Brause, Wackeldackel, Vinylplatten von den Bay City Rollers bis zu Bonnie Tyler. Videokassetten haben die da auch noch.« Eddie strahlt über das ganze Gesicht. »Kommt, wir schauen mal, wo Isabell ist.«

»Sag mal, ist das nicht der Mazda von Jessica?«, wundere ich mich.

»Aber ja doch, die zwei sind bereits gestern Abend eingetrudelt. Wir haben schon eine Weinprobe hinter uns gebracht. War ein echt schöner Abend. Wir haben erst das Weiße Album komplett durchgehört und dann noch Sergeant Pepper.« Eddie ist richtiggehend aufgekratzt. »Ich durfte sogar mitsingen.«

»Die zwei ...?«

»Klar, Jess und Meryem, ihr wisst schon, die Lokalreporterin.«

»Die habt ihr auch eingeladen?«

»Nee, aber jeder darf schließlich noch jemanden mitbringen.«

Wir betreten eine gigantische Diele. Isabell Brands winkt uns aus einem Türrahmen zu.

»Heiliger Strohsack.«

»Mach den Mund zu, Jonesy«, kichert Sascha begeistert. Isabell trägt einen ultrakurzen schwarzen Rock, ein blumiges Shirt und silberne Stiefel. Ein Model von der Titelseite der Bravo, eben aus den Siebzigern.

»Der Hammer, oder?«, freut sich Eddie. »Yoko Ono hat auch oft so ein Outfit getragen. Das ist für den heutigen Junggesellenabschied. Habe ich mir gewünscht. Für euch habe ich auch Klamotten ausgeliehen. Oh Mann, das wird so was von klassisch.«

»Liebe Güte«, stöhne ich geschockt. Damit habe ich natürlich nicht gerechnet. Ein Abend mitten in einer schrillen Epoche.

»Keine Bange, wir hören nicht nur die Fab Four, alles ist erlaubt. T. Rex, Slade, Sweet, alles aus der Glitter-and-Glamour-Epoche.«

»Da bin ich ja beruhigt.«

Isabells Begrüßung fällt herzlich aus. Ich mag ihre lachenden Augen, ein Grübchen, das sich immer inmitten ihres Kinns bildet, wenn sie schmunzelt.

»Ich entführe Sascha.« Sie blinzelt mir verschwörerisch zu. »Wir sehen uns heute Nacht.« Und schon sind sie weg.

Eddie lotst mich ins erste Stockwerk. Eine halbe Stunde später erkenne ich mich kaum wieder. Ich trage jetzt ein hellblaues Rüschenhemd, eine viel zu enge graue Hose mit eingenähtem schwarzem Keil, sodass man die Spitzen der Turnschuhe nur mehr erahnen kann.

»Die Hose ist zu eng«, beschwere ich mich schnaufend. »Da kriegt man ja Atemnot. Hast du nicht was Bequemeres für mich am Start?«

»Ach, komm schon, Alter. Du siehst klasse aus. In der Hose kommt dein Hintern richtig knackig zur Geltung.«

»Lieber Himmel, Eddie. Du hättest mich zumindest vorwarnen können.«

»Dann wäre es ja keine Überraschung mehr gewesen. Also, nun mach dir mal nicht in den Slip, das wird eine großartige Fete.« Der

Gedanke daran, diese Mörderhose noch Stunden tragen zu müssen, stimmt mich nicht gerade positiv. »So, jetzt noch das Jackett.«

»Es ist fast feuerrot.«

»Nee, das ist karminrot. Lass den Knopf einfach auf, sonst spannt das etwas. Jetzt noch ein bisschen Gel in die Haare. Junge, Jupp Travolta ist ein Dreck gegen dich.«

»*Staying Alive*«, stöhne ich. »Warum kann ich nicht Paul McCartney sein oder George Harrison? Der hat immer weite Klamotten getragen.«

»Nee, das passt nicht zu dir.«

»Vielen Dank auch.«

»Was treibt ihr eigentlich gerade? Ich hörte von Jess, ihr seid mal wieder in Duisburg angelandet. Neuer Fall.«

»Äh, ja, ein toter Priester und mein ebenso toter ehemaliger Geschichtslehrer.«

»Hört sich spannend an.« In Eddies Stimme erkenne ich mühsam unterdrücktes Interesse. »Ach, das waren noch Zeiten, was? Wir drei waren schon ein tolles Team.« Ich beschließe zu schweigen. Er nimmt die Brille von der Nase und haucht auf die Gläser. »Und? Kommt ihr zurecht?« Er wischt angestrengt mit einem Papiertaschentuch auf dem schlierigen Glas herum.

»Du meinst, ohne dich?« Ein schiefes Lächeln. »Na ja, Finya ist jetzt in unserem Team, nicht auf Dauer, aber wer weiß. Mittelfristig werden wir einen dritten Mann oder eben eine dritte Frau brauchen.«

»Oh, das ist cool. Finya fest in eurer Truppe. Das würde sicher gut passen.«

»Ja, aber das steht noch in den Sternen.«

Ein tiefer Seufzer. Soll ich oder soll ich nicht? Sascha wird mir den schwer nach Gel und Haarspray riechenden Kopf waschen.

»Sieht so aus, als würden die Wurzeln dieses Falles bis ins Dritte Reich zurückreichen. Leider erkenne ich noch keinerlei Zusammenhänge, eine verdammt verzwickte Nummer, aber das wird schon. Jetzt gibt es Wichtigeres, deine Weinkönigin sieht übrigens fantastisch aus.«

»Die Nazizeit ist hochinteressant, hat mich schon immer auf eine gewisse Weise fasziniert. Vielleicht …«

»Nein, Eddie. Du wirst morgen heiraten und dann doch sicherlich in die Flitterwochen abtauchen.«

»Tja, nun ja, sicher werde ich morgen heiraten. Isabell ist einfach der helle Wahnsinn, ich liebe sie total.« Er schiebt die Brille zurück auf den Nasenhügel. »Für die Flitterwochen ist die Teilnahme an diversen Weinfesten geplant. Geht wohl nicht anders. Die Macht des Faktischen.«

»Hm.«

»Ja, nicht so richtig prickelnd. Weißt du, das ganze Drumherum mit den Trauben ist schon nicht so prickelnd, deshalb … wie soll ich es ausdrücken?«

»Ist eben was anderes als eine Ermittlung in einem Mordfall«, helfe ich. »Grauburgunder oder Kopfschuss. Das sind schon gewisse Unterschiede. Du wirst dich doch nicht um diese Promotion-Wein-Reise drücken wollen?«

»Nein, nein, Junge, da würde mir Isabell aber was anderes erzählen.«

»Das klang, ehrlich gesagt, wenig überzeugend, mein Lieber.«

Überführt richtet sich sein Blick auf seine Schuhspitzen. »Herrgott, ja, so richtig füllt mich das Winzerdasein nicht aus. Ich muss tausend Kurse absolvieren, andauernd Praktika und Prüfungen. Ich komme kaum noch dazu, mal was im Internet zu erledigen.«

»Du fühlst dich unterfordert«, stelle ich nüchtern fest.

»Könnte man so sagen.« Er lächelt gequält. »Eine Stunde *World of Warcraft* am Tag ist mir auch zu wenig.«

»Man muss schon den einen oder anderen Kompromiss im Leben eingehen. Ich finde, du hast es verdammt gut getroffen hier.«

»Ja, sicher, aber …« Sein Blick ist wirklich herzzerreißend. »Du könntest mich doch ab und an mal anfordern, oder? Das ist ja mit Isi auch abgesprochen.«

»Das werde ich auch, aber doch nicht jetzt.«

»Aber eigentlich könntet ihr Hilfe gebrauchen, oder sehe ich das falsch?« Ich produziere eine undurchdringliche Miene. »Mir machst du nichts vor. Ich könnte doch zumindest für euch recherchieren.« Ich ziehe die Nase kraus. »Jonathan … bitte. Mein Hirn verkümmert.« Mal das linke Auge zukneifen. »Meine Wein-Tour muss ich ja deswegen nicht absagen.« Denkerstirn. Nachdenklich wirken. »Hab ein Erbarmen, schon allein wegen der alten Zeiten.«

»Na schön.«

»Bei Bacchus, ich liebe dich.«

»Unter einer Bedingung.«

»Ach je.«

»Ich will eine bequemere Hose.«

Eddies Plan sieht vor, dass die Herren, genauso wie die Damen, etwa bis elf Uhr ihr eigenes Ding durchziehen, um sich dann zur gemeinschaftlichen Junggesellenparty im stilvoll geschmückten Dornfelder-Lagerraum zu treffen.

Es gelang mir nur noch, einen kurzen Blick auf Sascha, Jessica und Meryem zu werfen. Meine Ex und Sascha füllen problemlos ihre Rollen als Agneta und Anni-Frid von ABBA aus, während die junge Journalistin als der dunkelhaarige Part des spanischen Duos BACCARA durchgeht.

Eddie lotst mich in eine sensationell überfüllte Kneipe, in der man die Luft mit einer Machete schneiden könnte. Eine unüberschaubare Menge junger und alter Winzer wartet bereits weinselig. Begrüßt von einem stimmgewaltigen Chor reicht mich Eddie einmal durch die Reihen. Ich bemühe mich, meinen halbwegs nüchternen Zustand zu erhalten. Die Runden mit einem teuflisch süßen Kräuterschnaps lasse ich geflissentlich aus.

Um halb elf macht sich ein johlender Haufen auf den Weg in Richtung Weingut. Nicht alle Helden sind noch in der Lage, ohne fremde Hilfe zu gehen, aber so ist das wohl in einem Dorf, man hilft sich und seinem Nächsten.

Die Amazonen sind bereits vor Ort. Aus der Scheune dröhnt *Dancing Queen.* Die wilde Meute fällt ein. Im Nu ist die Tanzfläche voll.

Die Siebziger. Herrgott, das war wohl eine coole Zeit.

»Wow, schnieke, der Herr.« Jessica dreht verspielt ein Sektglas in der Hand. »Rüschenhemd und Zuhälter-Jackett. Respekt.«

»Dafür brauchst du für dein Outfit einen Waffenschein.«

»Tja, das meiste Material ging wohl für die Stiefel drauf. Bier, Wein oder Schampus? Oh, es gibt übrigens auch eine stilechte Pfirsichbowle und Persico, tödlich, sage ich dir. War wohl ein Kultgesöff in den Siebzigern.«

Meryem versucht, Sascha anscheinend gerade einen Standardtanz beizubringen. Dann Status Quo. *Rocking All Over The World.* Nix mehr mit Standard – Headbanging ist angesagt. Die Hütte ist kurz vor dem Einsturz. Sascha winkt mir ausgelassen zu. Mal all den Scheiß für ein paar Stunden vergessen. Herrje, warum auch nicht.

»Erinnerst du dich an unseren Abiball? Mai fünfundneunzig?«

»Wie könnte ich diese Nacht vergessen?«

»*Cotton Eye Joe*, Rednex, Take That und Madonna.« Jessica schwelgt versonnen in Erinnerungen. »War auch 'ne schöne Zeit.«

»Zweifellos.«

»Unser letzter Tanz?«

»*Nights In White Satin* von den Moody Blues. Ich hatte den DJ bestochen.«

»Du hast es nicht vergessen.«

Ich nehme ein gut gekühltes Glas Grauburgunder. Wir stoßen an. Für einen Augenblick sind wir wieder J & J, das Traumpaar der Oberstufe am Landfermann-Gymnasium. Wir werden immer irgendwie miteinander verbunden sein. »Cheers.«

Sun Of Jamaica. Der DJ fährt einen Gang runter. Sascha und Meryem machen eine Pause und gesellen sich zu uns. Die Stimmung ist fröhlich, unbeschwert. Das hatten wir lange nicht mehr.

»Also ehrlich.« Sascha scheint schon das eine oder andere Gläschen getrunken zu haben. »Wer hätte das gedacht, siebziger Jahre und so eine Mega-Party. Meryem hat mir Discofox beigebracht, ist gar nicht so schwer. Bei uns in Halbemond tanzen und hüpfen die Leute immer nur im Kreis herum.«

»Man lernt nie aus.« Sie hakt sich bei mir ein und lehnt den Kopf an meine Schulter. »Schön, dich hier zu sehen, Meryem.«

»Jess hat mich erwählt.« Eine altmodische Lichtorgel verschießt blaue, rote und gelbe Strahlen. Meryems Augen bekommen so einen bernsteinfarbenen Effekt. »Ich glaube, das ist das erste Mal seit Kerstins Ermordung, dass ich wieder das Gefühl habe, zu leben, und das verdanke ich ganz allein Jessica.«

»Gut so. Wir werden deine wunderbare Frau nie vergessen, aber du solltest nach vorn blicken. Auch wenn es abgedroschen ist: Das Leben geht weiter.«

»Und du hast Freunde, Meryem. Jonathan und ich sind immer für dich da, auch wenn wir nicht in Duisburg leben. In Moselkern seid ihr beide immer willkommen.« Die Gläser klingen hell. »Wie war's denn mit Eddie?«

»Er wird für uns recherchieren.« Besser die Neuigkeiten wohl dosiert unters Volk bringen. »Das kann er auch während seiner Hochzeitsreise.«

»Gute Idee«, unterstützt Jess mich. »Eddie ist nicht zu ersetzen. Deine Idee?«

»Nee, wirklich nicht. Eddie fühlt sich ein wenig, ähm, unterfordert. Das müssen wir ja nicht rausposaunen.« Das Damentrio nickt. Glück gehabt.

»He, *Night Fever,* cool!« Schon hat mich Sascha auf die Tanzfläche gezerrt. Die guten alten Bee Gees, von denen nur noch der Älteste, Barry Gibb, unter den Lebenden weilt. Isabell, die so glücklich über die Tanzfläche schwebt. Eine Runde Bier-Pong mit Eddie und Kumpanen. Pink Floyd, Kiss, Deep Purple, die Stones und natürlich die fantastischen Vier aus Liverpool. *Penny Lane.*

Die Stunden fliegen dahin. Ab drei Uhr lichten sich die Reihen. Einige Herren, die der Muttersprache verlustig gegangen sind, werden dezent abtransportiert. Alles bleibt im Rahmen, feuchtfröhlich, aber friedlich.

»Boah, Jonesy, ich kann nicht mehr«, stöhnt Sascha, die ihre Discostiefel schon lange ausgezogen hat. »Ich wärm' schon mal das Bett an.«

»Ich bin auch durch«, gesteht Meryem gähnend. Rod Stewart, *Sailing.* Ein gemischter Chor ist doch noch übrig geblieben. Schräg, aber voller Inbrunst.

»Dann also ab in die Kojen«, stimme ich zu, komplett durchgeschwitzt.

»Noch einen gemeinsamen Absacker?«, schlägt Jessica vor.

»Sorry, ich bin raus.« Sascha kann kaum noch die Augen aufhalten. »Noch ein Glas, und ich falle ins Koma.«

»Geht mir genauso«, stimmt Meryem schnaufend zu. »Aber nur Mut, ihr zwei Helden. Wir sehen uns gleich im Standesamt.«

»Genau. Moin, moin.« Sascha hakt sich bei ihr ein. Schwankend verschwinden sie in Richtung Notunterkünfte.

»Ich kann auch allein noch einen Drink nehmen«, beeilt sich Jessica zu versichern.

»Alleine trinken macht keinen Spaß.«

Sie lächelt fein. »Was hättest du denn gern als Schlummertrunk?«

»'ne Cola?«

Jessica lacht herzhaft. »Wir werden alt, oder?«

Ich muss unwillkürlich mitlachen. »Nicht alt, Jess, nur weiser.«

»Na, da bleibt bei mir noch viel Luft nach oben.«

»Okay, Leute, der letzte Song für heute.« Der DJ genießt den Applaus der übrig gebliebenen Gäste. »Das war ein fantastischer Abend. Macht's gut und hoffentlich bis bald. Ich bin euer Ernie, und hier kommt die letzte Scheibe: *When I Need You* von Leo Sayer. Wer noch aufrecht stehen kann, möge sich jetzt auf die Tanzfläche begeben.«

»Das ist ein schönes Stück. Tauschst du den Drink gegen einen letzten Tanz? Eigentlich muss ich wirklich nichts mehr trinken.«

»Oh, okay.«

»Na, komm schon, ich werde dich auch nicht unsittlich berühren.«

Auf der Tanzfläche erwartet uns ein Gemisch aus Wein, Bier, klebrigen Softdrinks und Schweiß. Alles in allem eine tolle Mischung.

»Wie damals?«, flüstert Jessica. Sie legt einen Arm um meine Hüfte, den anderen auf die Schulter. »Drei Minuten Klammer-Blues ist in Ordnung, oder?«

Die Nähe ist ungewohnt und doch so vertraut, daran ändern zwanzig Jahre offensichtlich nichts. Es ist wie eine Reise in die goldene Vergangenheit unserer Teenagerzeit. Jessicas blonde Mähne an meinem hellblauen Rüschenhemd.

»Na los, trau dich.«

»Was denn?«

»Weißt du nicht mehr, wohin deine Hände seinerzeit gewandert sind?«

Ich spüre ihr ironisches Lächeln an meiner Brust, und natürlich erinnere ich mich.

»Wir waren legendär, oder?«

»Das waren wir.«

»Na also, geht doch.«

Meine Hände haben den Weg zu Jessicas phänomenalem Po gefunden. »Was ist das mit Meryem?«

»Ah, der Herr beobachtet aufmerksam, ganz der professionelle Ermittler.«

»Und?«

»Weiß ich noch nicht.«

»Okay.«

»Irgendwie habe ich mit Männern kein Glück in diesem Leben.«

»Sei bitte vorsichtig, Jess. Meryem hat Kerstins Tod noch nicht überwunden.«

»Ja, Papa Bär.« Sie atmet tief durch. Der Song ist fast zu Ende. »Ich spüre nur, dass wir einander guttun. Da ist noch nichts zwischen uns passiert. Es ist schön, mit ihr zusammen zu sein, friedlich, lustig, harmonisch. Wir werden sehen, was daraus wird.«

Der Saal leert sich. Eddie und Isabell winken uns glücklich zu. Erstaunlicherweise kann er noch geradestehen.

»Danke dir, das war schön.« Jessica pustet eine Strähne aus ihrem Gesicht.

»Jess ...«

»Psst.« Sie legt mir einen Finger auf die Lippen. Ihre blauen Augen leuchten.

Kapitel 19

Duisburg-Meiderich, Spessartstrasse

Freitag, 18. Mai 2019

8:30 Uhr

Der Mann und die Frau tragen graue Arbeitsmonturen, Einteiler, wie die Jungs von der Müllabfuhr. Die Stufen bis in den zweiten Stock bewältigen sie schnell. Schon stehen sie vor der Tür.

»Frau Schüssler?« Die Stimme des Mannes klingt freundlich. »Entschuldigen Sie die frühe Störung. Sie nutzen einen Gasherd, nicht wahr?«

»Ähm, ja.«

»Wir kommen von den Stadtwerken und müssen kurz Ihre Anschlüsse checken.« Die Frau lächelt. »Im Nachbargebäude sind zwei Leitungen geplatzt, das kann gefährlich werden, das können Sie sich bestimmt vorstellen.«

»Ach, Gottchen.«

»Das ist eine schleichende Gefahr. Oft kommt Hilfe zu spät. Wenn man erst einmal bewusstlos ist, dann hat man verloren.«

»Ich lüfte immer gut.«

Die Frau nickt. »Das ist prima, Frau Schüssler, ich koche selbst auch viel lieber mit Gas als mit Strom, aber wir müssen auf Nummer sicher gehen.«

»Ich weiß nicht. Wildfremde Leute in der Wohnung. Ich kenne Sie ja gar nicht.« Luzie Schüsslers Hände knautschen verlegen den altmodischen Kittel. »Haben Sie denn so was wie 'nen Ausweis?«

»Aber sicher doch«, der Mann zieht eine eingeschweißte Scheckkarte mit einem Foto aus der Tasche. »Geht auch ruckzuck, in zwei Minuten sind wir wieder weg, wir müssen noch an die sechzig Wohnungen kontrollieren.«

»Ach je, na, dann kommen Se mal rein.«

»Vielen Dank, Frau Schüssler.«

Die knapp achtzig Jahre alte Dame entriegelt die Sicherheitskette und tritt beiseite. »Die Küche is da gleich links.« Die Frau schließt die Wohnungstür. Der Mann nickt ihr zu. »Aber keinen Dreck reintratschen.«

Der Mann lacht. Luzie ist irritiert. Das klingt jetzt gar nicht mehr freundlich. Die Frau zieht ein Tuch aus einem Plastikbeutel. Der Mann packt die dürren Arme der alten Frau und dreht sie schmerzhaft auf den Rücken. Pater Hermanns Schwester ist so geschockt, dass sie nicht einmal versucht zu schreien. Schon presst ihr die Frau, die wie der Mann Handschuhe trägt, das Wolltuch aufs Gesicht. Drei Atemzüge später ist Luzie Schüssler sediert.

»Dämliche alte Schachtel.« Sie legen Luzie auf den Boden, vorsichtig, sie wird schließlich noch gebraucht, vorerst. Im Nu schlüpfen sie aus ihren weiten Arbeitsmonturen. Darunter tragen sie Uniformen von Rettungssanitätern. Die Frau verstaut die gebrauchte Kleidung in einem blauen Müllsack.

»Beeil dich.« Sie nickt, hastet hinunter zum Wagen. Genauso schnell trägt sie einen faltbaren Rollstuhl hinauf in Luzies Wohnung. Luzie wird fixiert, in die Mitte genommen und hinuntergetragen.

In der ersten Etage schließt sich gerade eine Tür. Womöglich wurden sie gesehen, aber das ist kein Problem. Der Mann trägt einen angeklebten

Bart, die Frau eine rothaarige Perücke. Beide Gesichter sind durch Kappen gut getarnt. Niemand hält sie auf. Der Krankenwagen ist ein ausrangiertes Modell, aber wer weiß das schon, das Nummernschild gefälscht. Das Fahrzeug verschwindet im späten Berufsverkehr eines Freitagmorgens.

10:13 Uhr

Der Geistliche klingelt mehrfach, aber niemand öffnet.

»Zu wem woll'n Se denn?« Ein misstrauischer Rentner mit einer Zigarre im Mundwinkel.

»Ich wollte gern zu Frau Schüssler.«

»Und wer will dat?«

»Ich bin Monsignore Giacomo Maldini, guter Mann, ich wollte Frau Schüssler in dieser schweren Stunde beistehen.«

»Ein Pfaffe?«

»So sagt man.«

»Da kommen Se zu spät, dat steht mal fest.«

»Wie darf ich das verstehen?«

»Der Luzie ging et wohl nich jut, die ham se vor 'ner Stunde abjeholt.«

»Abgeholt?« Der Priester klingt alarmiert. »Wer hat sie abgeholt?«

»Na, Sanitäter halt. Ham se innen Rollstuhl jepackt und dann ab die Chose. War aber kein Blaulicht, kann also nich so arg sein.«

»In welches Krankenhaus wurde sie denn gebracht?«

»Bin ich Jesus, oder wat? Kann ich über Wasser latschen? Nee, leider auch nich aus Wasser Wein machen, Junge, dat wäre mal 'n Ding, oder?«

»Welche Krankenhäuser sind denn in der Nähe?«

»Kaiser Wilhelm oder auch Helios, wat weiß ich denn.«

Giacomo Maldini atmet tief durch.

10:50 Uhr

Matthias Kraft und Melissa Nguyen klopfen zum wiederholten Male an die Tür. Im Treppenhaus unter ihnen öffnet sich eine Tür, und ein vielleicht fünfzehnjähriger Junge arabischer Abstammung sieht neugierig nach oben.

»Was geht ab?«

»Gar nichts geht ab, wir müssen mit Frau Schüssler sprechen. Weißt du vielleicht, wo sie sein könnte?«

»Nope.«

»Wieso bist du eigentlich nicht in der Schule?«, fragt der BND-Agent.

»He, seid ihr Bullen, oder sowas?«

»Eher sowas«, erwidert Nguyen grinsend.

»Heute frei, Lehrerausflug. Echt faule Bande.«

»Na gut.«

»Ach, da fällt mir ein. Die Nervensäge ist abgeholt worden. Musste runtergetragen werden, in so 'nem Tragestuhl.«

»Das weißt du, weil ...?«

»Hab zufällig grad mal rausgeguckt.«

»Okay, und warum ist Frau Schüssler eine Nervensäge?«

»Meckert immer, wenn ich mal laute Mucke höre.«

Die beiden BND-Agenten sehen sich verkniffen an. Kraft drückt dem Jungen eine Visitenkarte in die Hand.

»Du meldest dich, falls Frau Schüssler auftauchen sollte. Es ist wichtig.«

Der Junge grient fröhlich. »Cool, jetzt bin ich ein Undercover-Agent.«

11:11 Uhr

»Liebe Güte, is die Olle jetzt 'n Filmstar, oder wat?« Der Rentner mit der Zigarre, es ist noch immer derselbe Stumpen, baut sich vor Finya Jacobsen und Jens Klaasen auf. »Wat wollt ihr denn alle vonne Luzie?«

»Alle?«, staunt Finya.

»Na, da war dieser Pfaffe, und dann hab ich so zwei Geschniegelte gesehen, sahen aus wie die im Fernsehen beim Eff-bi-ei. Hat der Hasan gesagt, die wollten auch nach de Luzie.«

»Scheiße!«, flucht Klaasen inbrünstig. »Wir sind zu spät.«

»Viel zu spät«, lacht der Rentner. »Da war die Luzie doch längst weg.«

»Wohin denn?«

»Boah, ihr geht mir auf die Nüsse. Wie viele kommen denn heute noch angedackelt?«

»Herr …?«

»Nagel, Freddie Nagel. Freddie, wie der Quinn, sie wissen schon. La Paloma, der Junge aus Sankt Pauli, der nie zur See gefahren ist.«

»Wo bitte ist Frau Schüssler jetzt?«

»Krankenhaus. Die Sanitäter haben se abjeholt. So einfach is dat. Und jetzt muss ich. Meine Fische warten. Tach auch.«

»Die verdammte BND-Bande hat heute Morgen keinen Ton gesagt. Von wegen Briefing.« Klaasen ist sauer. »Ab ins Kaiser-Wilhelm-Krankenhaus?«

»Ist die beste Option«, stimmt Finya zu. »Ich fürchte, wir sind wirklich zu spät dran.«

Kapitel 20

An Bord einer Junkers Ju 252
25. Oktober 1944, 8:40 Uhr, Flughöhe 4000 Meter

Das Dreiblatt-Propeller-Flugzeug der Wehrmacht gerät in eine kräftige Turbulenz. Der größere der beiden einzigen Fluggäste hält krampfhaft eine braune Kotztüte in den Händen. Das dicke Packpapier knistert. Der SS-Untersturmführer zweifelt daran, dass das Behältnis seinem Mageninhalt gerecht werden wird.

»Fang bloß nicht an zu reihern, Manfred«, murrt sein Partner Ernst. »Wenn ich Kotze rieche, geht's bei mir auch los.«

»Was kann ich dazu?«

»Du musstest heute Morgen ja nicht den ganzen Tisch leerfressen. Die Leute hatten eh kaum was für sich.« Der gedrungene Ernst Maler bekleidet den Rang eines SS-Hauptsturmführers und ist damit Vorgesetzter von Manfred Keusen.

»Verflucht, können die Idioten nicht mal einfach geradeaus fliegen?«, stöhnt Keusen.

»Du bist und bleibst eine Lusche«, meint Maler resignierend. »Dir täte mal ein richtiger Fronteinsatz gut.«

»Bloß das nicht. Ich habe keine Lust, verheizt zu werden.«

»Deshalb bist du ja auch zur Gestapo gegangen, nicht wahr? Tarnen, täuschen und verpissen.«

»He, was ist los mit dir?« Keusen unterdrückt einen Würgereiz. »Du bist doch sonst nicht so.«

»Siehst du denn gar nicht, was um uns herum geschieht, Manfred?« Maler schüttelt den Kopf. Sein Blick richtet sich auf die blanken Fußspitzen seiner Stiefel. »Der Krieg ist verloren, das ist los.« Die letzten Worte sind geflüstert. Wer weiß schon, was die Piloten hören können.

»Wie kannst du so einen Blödsinn reden?« Keusen vergisst für einen Moment den Brechreiz. »Der Führer spricht jeden Tag vom großen Endsieg. Der muss es doch wissen, der geniale Schlachtenlenker.«

»Schwachsinn.«

»Warte ab, bis die Wunderwaffen zum Einsatz kommen, dann wird sich das Blatt wenden.«

»Wunderwaffen!« Maler verdreht die Augen. »Wie dämlich bist du eigentlich? Die Alliierten lachen sich doch kaputt über die armseligen Raketen, die von Peenemünde aus Richtung London und Antwerpen geschickt werden. Gott, Manfred, wach auf!«

»Aber ... aber was machen wir denn dann? Ich meine, wenn wir verlieren, dann kommen doch die Russen, die Amis, die Franzosen und die Tommys. Was wird denn dann aus uns?« Die Stimme des SS-Mannes ist schrill, aufgewühlt. »Die stecken uns in den Knast ... oder Schlimmeres.«

»Mag schon sein«, gibt Maler düster zu. »Im Gegensatz zu dir habe ich immer an unsere Sache geglaubt, auch wenn wir manchmal hart durchgreifen mussten.«

»Befehl ist eben Befehl.«

»So einfach ist das aber nicht.«

»Doch, so einfach ist das. Wir sind keine Vordenker, du und ich, wir machen alles, was man uns sagt, und das machen wir gut.«

»Ja.« Plötzlich ist Malers Miene von Trauer und bitterer Erkenntnis gezeichnet. »Genauso funktioniert es.«

»Wie denn auch sonst?« Die Maschine liegt jetzt ruhiger in der Luft. Köln breitet unter ihnen aus, schwer gezeichnet, wie so viele deutsche Großstädte. »Glaubst du den Gerüchten, Ernst?«

»Welche meinst du denn?«

»Na, die Sache mit den Juden.«

»Quatsch, so was können sich bloß unsere Feinde ausdenken. Einfach Tausende oder noch mehr von denen umbringen. Das ist Propaganda. Schließlich sprechen wir hier von Menschen. Das sind doch billige Arbeitskräfte, die bringt man nicht einfach um. Die sind halt in Arbeitslagern, und basta.«

»Wenn da aber doch was dran sein sollte, Mensch, Ernst, dann haben die uns aber mächtig bei den Eiern.« Keusen knetet nervös die Papiertüte. »Gerade wir von der Geheimpolizei. Ich lass mich nicht einsperren. Lieber mach ich mich davon.« Sein Vorgesetzter hüllt sich in dunkles Schweigen. »Was soll denn bloß in diesem beschissenen Koffer drin sein, dass die ganze Führung Kopf steht?«

»Was weiß ich, vielleicht Pläne für eine Superbombe. Die Amis sollen an so was arbeiten, die Russkis ebenso. Muss irgendwas mit Atomen zu tun haben. Da kannst du mit einem solchen Örmel 'ne ganze Stadt ausradieren.«

»Wahnsinn.«

»Ja, Wahnsinn.«

Keusen lugt durch das schmale Fenster. Der Rhein, der Dom steht noch, die Promenaden. Die Junker fliegt jetzt niedriger. Die Menschen wie Ameisen.

Blitzt da nicht etwas?

Sekunden später explodiert nicht weit entfernt vom linken Propeller eine Granate. Die Maschine sackt kurz durch.

»Sind die total bescheuert?«, brüllt einer der Piloten. »Das ist unsere eigene Flak!« Der letzte Schlenker ist zu viel. Keusen erbricht sich in die Tüte. Die Verstrebungen der Maschine ächzen, als der Transporter versucht, eine Schleife zu fliegen. »Das sind diese sechzehnjährigen Blagen vom Volkssturm«, schimpft der Co-Pilot. »Die können nicht mal Freund von Feind unterscheiden. Wie sollen wir so den Krieg gewinnen? Mit Kindern!«

Die nächste Salve erwischt den linken Flügel. Einzelne Teile brechen ab, der Motor stellt seinen Betrieb ein. Schwarzer, dicker Qualm strömt aus der offenen Wunde des Flügels.

»Wir schmieren ab!« Der Pilot schaltet den rechten Flügelmotor ab, um die Flugbahn zu stabilisieren. »Ich versuche eine Notlandung.«

Das Flugzeug bockt. Keusen verliert seinen Kotzbeutel, der an der gegenüberliegenden Wand zerplatzt. Die beiden SS-Offiziere werden in ihren Sitzen hin- und hergeschleudert. Ernst Maler betet. Manfred Keusen schreit.

Die Flugabwehr stellt ihr Feuer ein. Neben und auf den Geschützen jubeln vier junge Burschen in viel zu großen Uniformen. Klaus Schädlich ist gerade fünfzehn Jahre alt. Er hat bei der Rekrutierung geschummelt, und der Leutnant hat es geflissentlich übersehen. Schließlich muss das Vaterland verteidigt werden. Die anderen drei beglückwünschen Klaus zu seinem ersten Abschuss. Gebannt verfolgen sie den Absturz der brennenden Maschine. Aus dem nahen Unterstand rennen zwei ältere Soldaten auf die jubelnden Jugendlichen zu.

»Gut gemacht, Männer«, lobt der Unteroffizier. »Denen werden wir's schon noch zeigen. Am helllichten Tag hier rumzukurven ...!«

Kapitel 21

EVANGELISCHE GUSTAV-ADOLF-KIRCHE IN NIEDER-OLM
SAMSTAG, 19. MAI 2019

Zum Glück ist die Trauung erst für sechzehn Uhr angesetzt. Bis dahin sind alle wieder halbwegs ausgenüchtert und aufnahmefähig. Die Pfarrerin gestaltet den Gottesdienst erfreulich locker. Es werden natürlich Beatles-Songs gesungen. Der Chor hat sichtlich Spaß dabei. *And I Love Her, Yesterday, Let It Be* und zum Abschluss *When I'm 64.* Fröhlich das Ganze, beschwingt. Eddie ist glücklich, Isabell verbreitet eine tief empfundene Freude.

Perfekt.

Danach geht es zu einem netten Gartenlokal. Das Wetter spielt mit, blauer Himmel, gut zwanzig Grad. Alles fügt sich wunderbar zusammen, bis mein Handy klingelt. Da ich fahre, nimmt Sascha das Gespräch an.

»Moin moin, Finya. Sind gerade auf dem Weg zum Hochzeitsdiner. Was gibt's Neues?«

Das Handy ist auf Lautsprecher geschaltet. »Luzie Schüssler wurde anscheinend gestern Vormittag entführt.«

»Was heißt denn anscheinend?«, will Sascha wissen.

»Wir waren kurz nach elf bei ihrer Wohnung, aber da war sie schon weg. Nachbarn bestätigen, dass sie von zwei Rettungssanitätern abgeholt wurde, aber sie ist in keinem der umliegenden Krankenhäuser eingeliefert worden.«

»Verdammt, das hört sich nicht gut an. Warum meldest du dich jetzt erst?«

»Wir wollten euch und Eddie den Abend nicht verderben. Müller hat bereits gestern Nachmittag eine Fahndung veranlasst. War das nicht okay?«

»Schon in Ordnung. Mehr hätten wir schließlich auch nicht tun können. Sollten wir noch etwas wissen?«

»Nachdem Frau Schüssler, wie auch immer, abtransportiert wurde, sind sowohl unsere Freunde vom BND als auch ein schwarz gekleideter Mann dort aufgetaucht. Auch sie wollten, nach Aussagen diverser Nachbarn, zu ihr.«

»Wir waren schlichtweg zu langsam«, brumme ich verkniffen. »Fahrt zu Gustav Momsen, Finya. So schnell wie möglich. Einmal zu spät kommen ist übel, aber zweimal geht gar nicht.«

»Okay, sind schon so gut wie unterwegs.«

»Wie läuft es mit dem neuen Kollegen?«, fragt Sascha möglichst beiläufig.

»Jens ist so weit in Ordnung.«

»Was heißt denn *so weit*?«

»Na ja, sagen wir es mal so: Er wartet darauf, dass man ihm sagt, was er zu tun hat. Die Eigeninitiative tendiert gegen null, aber das wird sicher noch.«

»Gib ihm 'ne faire Chance, Finya.«

»Klar, ist ja 'n netter Kerl. Ich sammle ihn im Revier ein, und dann düsen wir ins Altenheim. Ich melde mich, sobald wir bei Momsen sind.«

»Können eigentlich alle Frauen Gedanken lesen?«, wundere ich mich.

»Sicher, aber wir lassen es nicht raushängen, sonst bekommt ihr noch Minderwertigkeitskomplexe.« Sascha schmunzelt und taxiert mich von der Seite. »Wir fahren heute noch zurück, oder?«

»Jetzt wird's langsam unheimlich«, erwidere ich.

»Ade, langsamer Walzer, goodbye, Rock'n'Roll«, seufzt sie. »Wow, guck mal, Großer. Käseigel, Weintrauben und Salzstangen, das nenne ich mal eine gelungene Deko.«

Um siebzehn Uhr meldet sich Finya erneut. Gustav Momsen ist ebenfalls verschwunden. Eine Nachbarin hat ihn, fröhlich pfeifend, zum Fahrstuhl hinlaufen sehen. Nein, er wirkte überhaupt nicht besorgt oder gehetzt, versichert die rüstige Dame. Der Gustav sei halt ein eigenständiger Mensch, der sich nichts vorschreiben lasse und gern mal über die Stränge schlage.

»Das läuft nicht gut«, bemerkt meine Partnerin trocken. »Meinst du, Momsen wurde auch gekascht? Von wem auch immer.«

»Kann sein, muss aber nicht. Wenn der alte Herr wirklich manchmal allein auf Streifzug geht, dann haben wir noch eine Chance.«

»Wir fahren aber nicht vor dem Hauptgang, oder? Schnitzel, Heilbutt und vegetarisches Grünfutter, sieht aus wie Algen.«

»Oder Spinat. Fahren wir nach dem Essen, okay?«

»Das ist doch mal ein Wort. Apropos ... Ich gehe doch davon aus, dass du die Rückfahrt übernimmst.« Sie lächelt mich entwaffnend an und ich nicke gnädig. »Herr Ober, kann ich mal ein Bier bekommen?«

»Wir haben einen mehrfach prämierten Riesling im Angebot, junge Dame.«

»Ich nehme trotzdem ein Bier ohne Prädikat, wenn's recht ist.« Der Kellner verzieht, ein wenig beleidigt, wie mir scheint, sein Gesicht. »Und he, nicht diese Kinderbiere in den winzigen Gläschen. Es darf schon ein halber Liter sein.«

»Sehr wohl, Madame.«

Vor dem Nachtisch gelingt es mir, Eddie kurz allein zu sprechen.

»Was für ein Tag, alles ist genauso, wie ich es mir vorgestellt habe. Die Kirche, das traumhafte Kleid, die Musik.« Seine Haare duften nach Zitrone. Hinter der Nickelbrille leuchten graue Augen. »Ist alles super, oder?«

»Oh ja, tolle Hochzeit, mein Freund, ein wundervoller Tag, alles perfekt.«

»Aber dennoch müsst ihr fahren.«

»Tut mir leid, aber mir fehlt die innere Ruhe bei dem, was gerade in Duisburg abgeht.«

»Kann ich verstehen. Ich freue mich so, dass ihr hier seid, aber ich kenne dich gut genug, um zu wissen, dass dieser Fall deine ganze Aufmerksamkeit erfordert.« Eddie tippt mir auf die Nase. »Aber du hast hoffentlich ein bisschen was an Arbeit für den armen kleinen Eduard übriggelassen.«

Ich gebe mich geschlagen. »Na gut, aber eines sage ich dir: Wenn sich Isabell beschwert, weil du nur vor einem PC hockst, anstatt für sie da zu sein, dann werde ich alles ableugnen.«

Eddie grinst. »Wie bei *Kobra übernehmen Sie.*«

»Ach, wie cool, das war diese Serie, in der sich das Tonband mit dem Auftrag immer selbst vernichtete.«

»Ich werd's schon nicht vergeigen mit meiner Weinkönigin. Also, lass mal hören.« Eddie aktiviert sein Smartphone, in das er fleißig Notizen eingibt. Nicht ohne ein schlechtes Gewissen referiere ich mein Anliegen.

»Ich möchte, dass du folgende Personen für uns durchleuchtest, soweit das möglich ist. Es geht um jede scheinbar unwichtige Kleinigkeit im Leben dieser Männer.« Eddie winkt ab. Er weiß, worauf es ankommt. »Gut, da wären zunächst die beiden toten Priester. Gottfried Lang und Hermann Korte, der eine, nach unseren Erkenntnissen, eines natürlichen Todes gestorben, und zwar 1976, der andere vor ein paar Tagen gefoltert und ermordet.«

»Notiert.«

»Wichtig wäre vor allen Dingen, Zusammenhänge mit Ereignissen aus dem Oktober 1944 herauszubekommen.« Ich berichte von den Briefen Christa Schröders an ihren Mann, von einem geheimnisvollen Koffer und dessen unbekanntem Inhalt, der anscheinend auch siebzig Jahre später noch von enormer Bedeutung zu sein scheint. »Dann geht es um das Konzentrationslager Duisburg-Ratingsee, da sind unsere Informationen doch recht oberflächlich. Wir haben bei meinem alten, inzwischen auch ermordeten Geschichtslehrer Karl Geiger eine verstörende Sammlung von NS-Reliquien entdeckt, dazu ein Register aller Insassen des KZ.«

»Hammer, spannende Geschichte, Jonathan.« Eddies Augen glühen bereits vor Eifer und Forscherdrang.

»Nun ja, wie man's nimmt. Da wäre noch einer, den du überprüfen könntest. Marius van Cleef, ein holländischer Arzt aus besagter Zeit.«

»Was hat der mit der ganzen Chose zu tun?«

»Wenn ich das auch nur erahnen könnte.«

»Na ja.« Eddie tätschelt beruhigend meine Schulter. »Jetzt hast du ja mich, Chef. Vertrau mir, das Internet vergisst nichts.«

»Übertreib es nicht, okay?« Jetzt tippe ich ihm auf die Nasenspitze. »Denk immer daran, das größte Mysterium auf diesem Planeten nennt man Frau.«

»Ist angekommen.«

»Ich werde dafür sorgen, dass du einen Beratervertrag bekommst.«

»Ach, lass mal, ich freue mich doch, wenn ich was Sinnvolles zu tun habe.«

»Kommt nicht in Frage, damit kannst du auch gegenüber Isabell punkten.«

»Auch wieder wahr.«

»Prima, dann werde ich jetzt noch eine Portion Waldmeister in einem See aus Vanillesauce schwimmen lassen, und dann machen wir uns auf den Weg. Ach, da fällt mir noch ein Name ein: Schau doch mal, was du über einen gewissen Monsignore Giacomo Maldini herausbekommen kannst.«

»Wie lange ist der schon hinüber?«

Ich muss unwillkürlich schmunzeln. »Gar nicht, der Bursche ist quicklebendig. Rom hat ihn nach dem Priestermord nach Duisburg entsandt.«

»Das wird ja immer besser – jetzt mischt auch noch der Vatikan mit! Komm, ich habe einen Weinberg-Pfirsich-Brand kreiert, was ganz Edles, den musst du noch probieren, bevor ihr euch auf die Socken macht.«

Gegen halb neun begibt sich die Hochzeitsgesellschaft zurück zu den Wagen, um in die alteingesessene Tanzschule Bartsch in Nieder-Olm zu wechseln.

»Müssen wir wirklich zurück?« Sascha scheint nicht begeistert zu sein. »Die Fahndung läuft. Wir können doch eh nichts tun, oder?« Ihre blauen Augen sind gefährlich, aber jetzt können sie mich nicht umstimmen. »Na schön, des großen Meisters Bauchgefühl, nehme ich an. Ich verabschiede mich vom Brautpaar und den Mädels, denn die bleiben noch.«

»Jessica und Meryem.«

»Jawoll, Herr Generalfeldwebel. Melde mich gleich zum Appell zurück.«

»Wie viele ...«

»Also wirklich, die moderne Frau von heute zählt so was nicht.«

Kapitel 22

In einem Keller irgendwo in Duisburg
19. Mai 2019

»Die verdammte alte Schachtel will einfach nicht reden.« Der Leutnant stampft wütend auf. »Wir müssen ein paar Daumenschrauben anlegen, mein Lieber, und zwar im wahrsten Sinne des Wortes.«

»Meinst du nicht, sie wird reden, wenn wir sie einfach noch ein oder zwei Tage da im Dunklen sitzen lassen? Ohne Essen, ohne Wasser, ohne Toilette. Das wird sie zermürben, die ist schließlich keine zwanzig mehr.«

Der Leutnant wirft seine Skimaske achtlos auf den niedrigen Couchtisch. »Das kostet alles nur unnötig Zeit.«

»Was, wenn sie gar nichts weiß?«

»Dann hätten wir uns gleich die ganze Entführung sparen können. Sie weiß etwas, davon bin ich überzeugt. Sie und Hermann pflegten ein inniges Verhältnis. Da soll er nie über den Koffer gesprochen haben? Das glaube ich einfach nicht. Auch Priester sind nur Menschen, die sich jemandem anvertrauen müssen, und wer wäre da naheliegender als seine geliebte Schwester.«

»Die er vielleicht einfach nicht in Gefahr bringen wollte.«

»Gott, nein. Da ist was, ich spüre das.«

»Was schlägst du also vor? Du willst ihr wehtun?«

»Wenn es denn sein muss, warum nicht.«

»Ihr Bruder hat nichts verraten.«

»Hättet ihr mich mal machen lassen, wären wir jetzt einen großen Schritt weiter, und er hätte niemals die Chance bekommen, sich selbst die Birne einzuschlagen. Du solltest mir freie Hand zugestehen.«

»Nun gut. Aber bring sie nicht um.«

Die schwere Stahltür quietscht. Luzie Schüssler ist noch immer ganz benommen von dem Betäubungsmittel. Sie liegt auf einer Pritsche – oder ist es eine Bahre, ein Tisch? Hände und Füße sind fest mit dem Metallgestell verbunden. Da gibt es keine Bewegungsfreiheit. Nur den Kopf kann sie leicht drehen.

Sie hört die näherkommenden Schritte. Es ist wieder diese androgyne Gestalt, deren Stimme so gefühllos und rau klingt. Ein Mann, oder doch eine Frau? Grelles Licht blendet sie. Neonröhren an der Decke, direkt über ihrem Kopf.

»Ich hoffe, Sie haben es bequem.« Worte wie süßes Gift. »Das alles können wir sehr schnell beenden. Sie könnten schon in der nächsten Stunde in Ihr altes Leben zurückkehren, Luzie. Darf ich Luzie sagen?« Der Leutnant mit der Maske legt eine Hand auf ihre Schulter. »In Fernsehkrimis taucht am Ende immer irgendein Retter auf, genauso in den Millionen Büchern.« Plötzlich ist das verhüllte Gesicht ganz nah.

Lavendel. Ist das Lavendel? »Aber das hier, Luzie ..., das ist kein Buch und auch kein Film.«

»Was wollen Sie von mir? Ich bin eine alte Frau, ich habe kein Geld.«

»Also, ich muss schon sagen, das ist jetzt aber enttäuschend.« Die gepflegten Finger tätscheln ihre Wange. »Haben Sie mir nicht zugehört?« Ein Klatschen. Eine kräftige Ohrfeige. Luzies Wange färbt sich rosa. Tränen rinnen über ihr runzliges Gesicht. »Sie sollten schon zuhören, Luzie, sonst kann das hier sehr schnell sehr unschön werden. Denken Sie an Ihren armen Bruder. Meine Güte, er hätte noch so viele gute Jahre vor sich gehabt.«

»Sie sind ein Monster und feige dazu.«

»Wollen Sie etwa mein Gesicht sehen, Luzie, möchten Sie das wirklich? Sie wissen doch, dass wir Sie dann nicht mehr lebend entlassen können, also ...«

»Fahren Sie doch zur Hölle.« In Luzie Schüssler erwacht heißer Widerstandswille. »Ich habe mein Leben gelebt. Ich bin bereit zu gehen.«

»Ja, das glaube ich Ihnen sogar.« Das Kichern unter der Maske klingt seltsam fröhlich. »Aber das mit dem Gehen ist nicht so einfach, Luzie. Es gibt Tausende von Möglichkeiten, aus diesem Leben zu scheiden, und, das dürfen Sie mir glauben, es gibt Varianten, die nicht erstrebenswert sind.«

»Da krabbelt etwas auf meiner rechten Hand.« Luzie bewegt hektisch ihre Finger. »Was ist das?«

»Eine kleine Spinne, Luzie, nichts Dramatisches.«

»Weg damit, tun Sie die weg!« Die alte Frau zappelt erregt.

»Aber sicher doch, Luzie.« Der Leutnant schnippt das winzige Tier auf den Boden. »Sehen Sie, schon erledigt.« Pater Hermanns Schwester atmet auf. »Wissen Sie, Luzie, ich habe mir spontan etwas überlegt. Ich lasse Sie jetzt ein bisschen nachdenken, und dann sehen wir uns gleich wieder zu einer ausgiebigen Fragerunde.«

»Ich habe nichts zu sagen.«

»Das werden wir gemeinsam herausfinden.« Luzie wundert sich über den zuversichtlichen Ton ihres Peinigers. »Irgendwie habe ich das

Gefühl, als wenn Ihre Kooperationsbereitschaft sprunghaft ansteigen wird.« Das Licht verlischt. Eine schreckliche Stille macht sich breit. Luzie schließt die Augen. Sie denkt an die schönen Dinge, die das Leben für sie bereitgehalten hat.

Gut neunzig Minuten später.

Das grelle Neonlicht wird wieder angeschaltet. Luzie schreckt aus einem Halbschlaf auf. Nein, es ist kein Traum, sie liegt fixiert auf dieser Liege. Was ist es eigentlich? Ein Operationstisch?

»Hallo, meine Liebe, entschuldigen Sie bitte, dass es länger gedauert hat als geplant, aber es mangelt heutzutage wirklich an Fachpersonal.«

Luzie hebt den Kopf so hoch es geht, aber das ist nicht viel.

»Ich habe Ihnen etwas mitgebracht, Luzie ..., ein hoffentlich anregendes Präsent. Sehen Sie mal her.« Der Maskierte hält ein Einmachglas direkt vor Luzies Gesicht. »Das hier ist eine Große Höhlenspinne, lateinisch Meta menardi, falls es Sie interessiert.«

»Lieber Gott ...!«

»Schick, oder? Wie sie glänzt, so rotbraun, also, ich finde, das ist ein ganz reizendes Exemplar. Ein Weibchen übrigens, die werden etwas größer als die Kerle.«

Luzies Augen sind riesig, haltlose Panik spiegelt sich wider.

»Ich habe sie Franziska getauft. Das passt, oder? Was meinen Sie?«

Luzie gibt gurgelnde Laute von sich. Ihr Körper gleicht einem steifen Brett. Sie kann den Blick nicht von dem Spinnentier abwenden. Sie hasst diese Tiere, obwohl sie doch so nützlich sein sollen. Wahrscheinlich, denkt sie in einem klaren Moment, leide ich unter einer Arachnophobie.

»2012 war sie Spinne des Jahres, lustig, nicht wahr? Die süße, kleine Franzi.«

»Nehmen Sie das weg, bitte«, flüstert Luzie bebend.

»Ach, wissen Sie, eigentlich braucht die kleine Franzi mal ein bisschen Auslauf. Den ganzen lieben langen Tag in so einem kleinen Terrarium, das ist doch nicht das Richtige. Außerdem ist sie ja eine Höhlenspinne, die sich so im Freien gar nicht wohlfühlt.«

»Bitte nicht.«

»Wenn ich das niedliche Tierchen jetzt laufen lasse, dann wird sie schnell nach einem sicheren Unterschlupf suchen.«

»Herr im Himmel …«

»Da, wo es warm, dunkel und ein bisschen feucht ist, Luzie, na, was denken Sie? So eine Ohrmuschel bietet sich geradezu an.«

»Das können Sie doch nicht machen!«

Der Leutnant schraubt an dem Deckel.

»Nein. Oh Gott, nein!«

»Ach, Luzie, wenn Ihnen doch nur einfallen würde, was Ihr werter Herr Bruder zu dem Koffer gesagt hat.«

»Nicht aufmachen!«

»Tja, sehen Sie, Luzie, auch ich stehe unter Druck. Man erwartet Ergebnisse von mir, Resultate, damit wir vorankommen. Oh, sehen Sie mal, wie unruhig Franzi ist. Das arme Tier merkt wahrscheinlich, dass es nach draußen geht.«

»Nicht, nicht freilassen, ich sage alles, was ich weiß!«, kreischt Luzie.

»Wirklich? Also, dann mal los, ich bin ganz Ohr.«

»Hermann hat mir von dem Koffer erzählt.« Ihr Blick bleibt starr auf den Behälter mit der Spinne gerichtet. »Sie waren zu dritt im Wagen.«

»Das wissen wir schon.« Der Maskierte tippt an das Glas. Die Spinne gebärdet sich wie verrückt. »Weiter.«

»Ein Blindgänger vom letzten Luftangriff hat sie erwischt. Der Nazi war schwer verletzt, tödlich verletzt. Dem Fahrer und Hermann ist nichts passiert.«

»Sie beginnen mich zu langweilen, Luzie, und das ist nicht gut, das macht mich und Franzi ganz nervös.«

»Der Offizier starb kurz darauf, der Fahrer machte sich einfach davon und Hermann … Hermann nahm den Koffer mit dem Hakenkreuz an sich. Er hat ihn versteckt, er ahnte, dass da nichts Gutes drin war, weil der Koffer für die Nazis doch anscheinend so unglaublich wichtig war.«

Der Maskierte seufzt. »Auch das haben wir zumindest geahnt. Was genau war in dem Koffer, Luzie, und wo ist er jetzt, beziehungsweise sein Inhalt?«

»Den Koffer hat Hermann recht bald vergraben. Darin befand sich eine dunkelrote Kladde mit Papieren. Was es war, hat mir Hermann nicht erzählt, ich konnte nur kurz einen Blick darauf erhaschen.«

»Was noch?«

»Ein ... Etui.«

»Ein Etui?«

»Ja, es war schwarz mit einem Reißverschluss, eine kleine Tasche aus Leder, in der man ein oder zwei Pfeifen aufbewahren kann, dazu vielleicht ein wenig Tabak, ein Feuerzeug und einen Stopfer. So groß etwa war das Etui.«

»Aha, und wo ist es jetzt?«

»Das weiß ich nicht, bitte, das müssen Sie mir glauben, ich würde es sagen, ganz bestimmt. So nehmen Sie doch dieses schreckliche Tier weg. Bitte ...«

»Was hat Ihr Bruder zu dem Inhalt gesagt?«

»Er meinte nur, dass die Sachen niemals in falsche Hände gelangen dürften.«

»Hat er die Papiere und diesen Behälter womöglich auch verbrannt? Luzie, wagen Sie es nicht, mich zu belügen, ich spüre das sofort!«

»Nein, er sagte, er würde es lieber sicher verstecken.«

»Sehr gut. Wo also ist der Inhalt dieses Etuis?« Franzi, die Spinne, klopft energisch an die Unterseite des Deckels. Luzie weint, aber ihr Widerstandswille ist längst gebrochen. »Wo ... ist ... das ... Versteck? Luzie ...?«

»Die Papiere sind in meiner Wohnung.«

»Ach, du Scheiße.«

»Wo der Inhalt des Etuis ist, weiß ich nicht, wirklich nicht!«

Der Leutnant weiß, dass die Gefangene die Wahrheit sagt.

»Hermann sagte nur immer: Ich verstecke dieses schreckliche Werkzeug des Teufels ganz nah bei unserem Herrn. Er wird darauf achten

und es behüten.« Die alte Frau schluchzt verzweifelt. »Mehr weiß ich nicht, ganz ehrlich, ich weiß nicht mehr. Hermann hat sein Geheimnis mit ins Grab genommen.«

»Wo sind die Papiere?«

»In einem braunen Fotoalbum, im Wohnzimmerschrank, die linke untere Schublade.«

»Was könnte Ihr Bruder damit gemeint haben, ganz nah bei unserem Herrn?«

»Ich weiß es nicht. Wirklich nicht.«

»Nun gut.« Der Maskierte schraubt den Deckel auf. Franzi krabbelt auf ihre Hand. Luzie schließt die Augen und beginnt zu beten.

Ein ekelhaft schmatzendes Geräusch, so als würde man eine faulige Apfelsine in einer Hand zerquetschen. Luzie kann kaum noch atmen. Etwas platscht auf den Boden. Eine Schuhsohle schabt hin und her. Die arme Franzi ist tot.

»Sehen Sie, Luzie, wir sind keine Unmenschen. Wir halten, was wir versprechen. Ich weiß, Sie werden das nicht verstehen, aber wir stehen kurz vor gewaltigen Veränderungen, die dringend notwendig sind, wenn wir in dieser Welt den uns zustehenden Platz einnehmen wollen.«

»Ich verstehe nicht«, schluchzt Luzie. »Kann ich jetzt gehen, bitte?«

»Wenn wir den Inhalt des Koffers gefunden haben, Luzie.«

Kapitel 23

Polizeipräsidium Duisburg, Düsseldorfer Strasse
Sonntag, 20. Mai 2019

»Keine Spur von Gustav Momsen und Luzie Schüssler.« Adrian Kaczor wirkt mürrisch, unausgeglichen. »Wie vom Erdboden verschluckt.«

»Bei der offensichtlich entführten Schwester von Pater Hermann kann ich das ja noch verstehen«, murmelt Balthazar Müller. »Aber bei dem alten Momsen? Vielleicht doch auch entführt, nur von einer anderen Partei?«

»Da bliebe nur der Vatikan in Person von Monsignore Maldini und seinen Grabesrittern.« Melissa Nguyen scheint ebenfalls mit dem falschen Fuß aufgestanden zu sein. »Glaube ich aber nicht. Fakt ist, wir eiern im Trüben herum, das ist nicht gut.«

Ihr Partner, Matthias Kraft, sitzt regungslos wie eine Mumie neben ihr.

Im Besprechungsraum 3 hat Müller eine durchsichtige Wand aus Plexiglas aufbauen lassen. Darauf pappen Fotos von Pater Hermann, Adrian Köllner, dem unglückseligen Friedhofangestellten, Luzie Schüssler und Gustav Momsen. Etwas abseits klebt Karl Geiger. Vorbei sind die guten alten Zeiten der Flipcharts und Pinnwände. Verbindende Pfeile gibt es noch nicht.

»Wie weit sind wir mit diesem ominösen Buchclub?«, will Müller wissen. Sein Blick richtet sich erneut auf seinen Stellvertreter Kaczor.

»So wie es aussieht, besteht der Verein nur aus sechs Personen.« Kaczor aktiviert sein Tablet. »Die Informationen stammen vom derzeitigen Rektor des Landfermann-Gymnasiums, Gernot Weghorst. Er selber gehört nicht dazu. Nach seiner Angabe handelt es sich um vier Männer und zwei Frauen.« Ein kurzes Räuspern. »Heribert Carlsen, Unternehmer, Abriss- und Sanierungsgewerbe, achtundvierzig Jahre alt, verheiratet, fünf Kinder. Franz Hoppe, Inhaber der gleichnamigen Reederei, Binnenschiffer natürlich, zweiundsiebzig, verwitwet, keine Kinder. Baron Ferdinand von Selz, vernebelter Erbadel, sechsundsechzig Jahre alt, hat wohl Zeit seines Lebens nie gearbeitet. Ein Lebemann, fehlt auf keiner Charité-Party, verwitwet, eine Tochter. Dann haben wir noch Kurt von Bönighausen ... den meisten Anwesenden hinlänglich bekannt.«

»Himmel, nicht schon wieder dieser aufgeblasene Popanz«, stöhnt Finya. Sein feiner Sohn, der Herr Staatsanwalt, war in den letzten Fall verwickelt und kurzzeitig mit Jessica liiert.

»Kommen wir zu den beiden Frauen. Bea Fiedler, gerade vierzig geworden, ledig, war fünfzehn Jahre bei der Bundeswehr, jetzt Privatdetektivin.«

»Nicht gerade eine Kandidatin für einen elitären Buchclub«, wirft Melissa ein.

»Bleibt noch Caroline Wegmeister, achtundfünfzig, war mal eine ewige Studentin, Geschichte und Sport fürs Lehramt, Studium nicht beendet, hat dann in Freiburg bei einer obskuren Fachhochschule Parapsychologie studiert. Arbeitslos, aber nicht beim Amt gemeldet. Wie die anderen auch eine Ehemalige des Landfermann-Gymnasiums.«

»Sieh mal an, uns gegenüber hat sie behauptet, nicht zu dem Verein zu gehören«, wirft Sascha ein.

»Und Karl Geiger war das siebte Mitglied«, stelle ich fest. »Er scheint mehr ein ständiger Gast gewesen zu sein, kein originäres Mitglied.«

»Ist diese Aufzählung abschließend?«, fragt Finya.

»Da ist sich der Herr Rektor nicht sicher.«

»Woher weiß er denn überhaupt von diesem illustren Kreis?«

»Die Bande hat sich wohl eine Zeit lang in der Schule getroffen. Geiger hatte das initiiert. Laut Rektor Weghorst war ihnen dann ein popeliger Klassenraum zu ungemütlich, und sie haben sich woanders getroffen.«

»Tja, vielen Dank, Kollege Kaczor, das war sehr gute Arbeit in so kurzer Zeit«, lobt Müller seinen Untergebenen. »Wir sollten hier ansetzen und die sechs Mitglieder des Clubs persönlich befragen.« Müller sieht die beiden BND-Agenten an. »Oder haben Sie einen anderen Ansatz?«

Wie üblich übernimmt Melissa. »Nein, das ist vollkommen in Ordnung. Teilen wir uns die Arbeit auf, um schneller zu Ergebnissen zu gelangen. Darüber hinaus sollten wir die klerikale Spur nicht aus den Augen verlieren.«

»Die klerikale Spur?« Ich kann mir ein Schmunzeln nicht verkneifen. »Das klingt ausgesprochen kreativ.«

Die Halbasiatin lacht herzlich. Ihr Partner verzieht noch immer keine Miene.

»Was ich damit meine, ist, dass wir dem Monsignore mal kräftig auf die Jesuslatschen treten sollten.«

»Da sind wir ganz bei Ihnen«, bekräftigt Sascha.

»Schön.« Müller sieht auf seine Armbanduhr. »Ich habe gleich ein Date mit unserem Oberbürgermeister. Sie teilen sich die Aufgaben untereinander auf?«

Allgemeines Kopfnicken.

»Bleibt allerdings noch Gustav Momsen«, erinnert Matthias Kraft.

»Oh, sieh an, es spricht.« Er straft Sascha mit einem bösen Blick. »Nichts für ungut.«

»Sie haben natürlich recht, Kollege«, beeilt sich Müller zu schlichten. »Ich habe allerdings eine stadtweite Fahndung herausgegeben. Die Kolleginnen und Kollegen vom Streifendienst sind informiert. Ich muss jetzt leider los. Wenn ich nichts Weltbewegendes höre, sehen wir uns morgen früh zur gleichen Zeit zur Einsatzbesprechung. Nun, Ihnen allen viel Erfolg.«

Er verlässt den Besprechungsraum. Alle machen große Augen. Wer übernimmt jetzt den Staffelstab? Melissa nickt auffordernd in meine Richtung.

»Na schön«, seufze ich. »Mit Frau Wegmeister hatten Kollegin Brinkmann und ich schon das Vergnügen, nehmen wir uns also den Rest vor. Finya und Kollege Klaasen ... ihr kümmert euch um die Privatdetektivin und um diesen Edelmann von Selz, okay?« Beide nicken. »Adrian, haben Sie eine Präferenz?«

»Ist mir im Grunde egal. Ich kann mich um die Abrissbirne kümmern.«

»Heribert Carlsen. Danke.«

»Nicht nötig, ich bin hier beschäftigt.« Kleinere Spitzen kann sich Kaczor einfach nicht verkneifen, aber damit kann ich leben.

Agentin Nguyen hebt wie eine Schülerin die Hand.

»Bevor sich alle in dieser Task-Force weiter in verbalen Klimmzügen versuchen, schlage ich vor, dass wir zwar bei dem *Sie* bleiben, uns aber ansonsten mit unseren Vornamen anreden.«

»Gute Idee«, stimmt Sascha zu. »Sehen Sie, wir werden noch echt gute Kumpel, Mattes.« Matthias Kraft produziert eine säuerliche Miene, ergibt sich aber in sein Schicksal.

»Fahren Sie doch bitte fort, Jonathan.«

»Gut. Melissa, ich würde Sie und Ihren Kollegen bitten, sich um Kurt von Bönighausen zu kümmern. Unser Verhältnis ist durch die Ereignisse des letzten Jahres reichlich vorbelastet. Ich könnte mir auch vorstellen, dass Ihre Zugehörigkeit zum Bundesnachrichtendienst Eindruck auf ihn macht.«

»In Ordnung, kein Problem.«

»Bleibt für uns noch dieser olle Binnenschiffer«, resümiert Sascha. »Franz Hoppe. Sie haben alle Anschriften, Adrian?«

»Sicher.«

»Die Suche nach Gustav Momsen und dem Ritter vom Heiligen Grab läuft im Hintergrund weiter«, fasse ich zusammen. »Danke und an die Arbeit.«

Das Türschloss meines altersschwachen Astra hakt schon wieder. Erst nach einigen unflätigen Flüchen und Drohungen in Sachen Schrottplatz öffnet sich die Fahrertür.

»Du bist niedlich, wenn du wütend bist.«

»Ach, wirklich?« Wenigstens springt der Wagen sofort an. »Wo müssen wir eigentlich genau hin?«

»Alt-Homberg, Königstraße 13.«

Wir fahren über Ruhrort, dann über die Brücke. Mächtig viel Verkehr auf dem Rhein. Riesige Schubschiffe pflügen durch das Wasser, Tankschiffe, kleinere Partikuliere, beladen mit Kohle und Schrott.

»Du bist so ruhig. Ist was?«, frage ich.

»Sie steht auf dich.«

»Hm?«

»Na, Lady Mandelblüte.«

»Was? Wie kommst du denn auf den Trichter?«

»Frauen spüren so was, Jonesy.«

»Also, ich denke, du irrst dich.«

»Ich sehe es in ihren Augen, wie sie dich beobachtet.«

»Quatsch mit Soße.« Kann das sein? Melissa? Mir ist nichts dergleichen aufgefallen, aber ich bin in der Beziehung auch kein Maßstab.

»Leider nein, befürchte ich. Man kennt das doch. Immer unterwegs, die Herrschaften, bloß keine feste Beziehung, da hält man nach brauchbarem Material Ausschau. Mal eben Dampf ablassen und tschüs.«

»Also wirklich ... Aber wenn es denn so wäre – scheiß drauf!«

»Scheiß drauf?« Sascha sieht mich belustigt, aber auch warmherzig an.

»Na sicher. Ich stehe auf rote Haare, auf eine freche Göre, schlagfertig und bodenständig.« Sie kichert leise. »Und auf die ich mich hundertprozentig verlassen kann, selbst wenn ich mal Unsinn von mir gebe oder Mist baue.«

»Was ja so gut wie nie passiert.« Sie rutscht zu mir herüber und lehnt ihren Kopf an meine Schulter. »Das war sehr lieb von dir.«

»Nur die Wahrheit.«

»Bisschen Mucke? Hast du dir verdient.«

»Immer.«

»Was darf's denn sein?«

»Was Ruhiges.«

Sie greift zum CD-Wallet und blättert, dann schiebt sie einen Silberling in den Player. Sally Oldfield, *Mandala* …

Das Leben ist schön.

Kapitel 24

Alt-Hamborn, Königstrasse
Sonntag, 23. Mai 2019

Eingebettet zwischen titanischen ThyssenKrupp-Industrieanlagen und der Sachtleben-Chemie behaupten sich viele schöne Hausfassaden und im Krieg verschonte Gebäude, die einen direkten Blick auf den großen Fluss erlauben. Die Bergwerkslore an der Dammstraße erinnert an den alten Kohlehafen der Zeche Rheinpreußen. In einer kleinen Bucht liegt das Schulschiff RHEIN, Ausbildungsort für angehende Binnenschiffer.

Hausnummer Dreizehn, ein frisch gestrichener Altbau, Terrakotta, hohe rechteckige Fenster, drei Stockwerke, schick anzuschauen.

»Hoffentlich stören wir den alten Herrn nicht, ist immerhin Sonntag, gerade mal zwölf Uhr, wenn er Kirchgänger sein sollte, werden wir ihn wohl nicht antreffen«, befürchtet Sascha.

Reederei Hoppe – Vertrauen ist unsere Stärke! Ein blank poliertes Messingschild. Ein Raddampfer ist eingraviert, daneben die Jahreszahl 1877. Ich nicke beeindruckt. Anscheinend ein alteingesessenes Unternehmen.

Ein kiesbedeckter Pfad, der zu der zurückgesetzten Eingangstür führt, links und rechts Rosenbüsche, ein auf alt getrimmter Postkasten aus Metall. Anstelle einer Schelle erwartet uns ein Türklopfer in Form eines Ankers.

»Tja, der Mann hat Stil.« Sascha klopft anerkennend dreimal kräftig auf die Tür. Nach einer geraumen Weile öffnet ein weißhaariger, leicht gebeugter Mann in der Livree eines Kammerdieners die Tür.

»Guten Tag, was kann ich für die Herrschaften tun?« Unglaublich buschige Augenbrauen. »Wenn Sie Vertreter für Staubsauger oder Ähnliches sind, muss ich Sie enttäuschen. Wir kaufen nichts an der Tür.« Die Stimme ist kräftig, sein Habitus recht gestelzt. »Die Herrschaft ist auch an keiner Erleuchtung durch obskure Glaubensgemeinschaften interessiert. Falls Sie einen Abort suchen – in der Einkaufsstraße befinden sich öffentliche Toiletten.«

»Wow, Sie erinnern mich an den Butler aus *Dinner for One*«, scherzt Sascha.

»Wir sprechen hier Deutsch, gnädige Frau.« Herrschaftlicher Tadel, meine Güte, dass es so etwas heute noch gibt.

»Ich bitte um Vergebung.« Sascha neigt begütigend ihr Haupt. »Wir würden gern mit Herrn Hoppe sprechen, es wird auch nicht lange dauern.«

»Wen darf ich melden und in welcher Angelegenheit?«

Wir zeigen unsere Dienstmarken. »Die Kommissare Brinkmann und Dawson. Es geht um das Ableben von Karl Geiger, der, wie Ihr … ähem … Dienstherr, einem Buchclub angehörte.« Unwillkürlich versuche ich, eine angemessene Redensart anzuschlagen. Dieser Hausdiener ist wirklich erstaunlich respekteinflößend.

»Wenn Sie bitte hier warten möchten. Ich will sehen, was ich für Sie tun kann.« Zack, die Tür ist wieder geschlossen.

»Heilige Fregatte, was ist das denn für ein Relikt aus vergangenen Zeiten?«, wundert sich Sascha. »Hoffentlich bekommen wir eine Audienz. Hast du gesehen, wie eine Augenbraue hochging, als du deinen Namen erwähnt hast?«

Die Tür wird knarzend wieder geöffnet. »Herr Hoppe hätte etwa zwölf Minuten für Sie, dann wird die Suppe serviert. Wenn Sie mir bitte folgen wollen. Ich hoffe, Ihre Schuhe sind sauber. Bitte heben Sie die Füße ordentlich an, es wird nicht über das Parkett geschlurft, das gibt Striemen.« Wir nicken artig. »Wir begeben uns in den kleinen Salon im ersten Stock. Achten Sie auf den Teppich auf der Treppe, eine vortreffliche Arbeit aus dem neunzehnten Jahrhundert.«

Oben treffen wir auf einen hoch gewachsenen, drahtigen Reeder mit grauem Igelschnitt. Franz Hoppe trägt eine dunkelblaue Hose mit exakter Bügelfalte, ein Jackett in gleicher Farbe mit goldenen Knöpfen, eine noch dunklere Krawatte auf einem blütenweißen Hemd. Fehlt eigentlich nur die Kapitänsmütze.

»Die Kommissare Dawson und Brinkmann in Sachen Ableben des Herrn Geiger, gnädiger Herr.« Wir stehen ein wenig perplex noch im Türrahmen, schließlich wurden wir noch nicht hereingebeten.

»Es ist gut, Hannes, die Herrschaften mögen eintreten.« Eine raue Stimme, die es gewohnt ist, Anweisungen zu erteilen.

»Herr Hoppe lässt bitten.«

Der Diener entschwindet. Durch hohe Fenster fällt warmes Licht in den Raum. Hohe Decken, mindestens drei Meter. Ein langer Tisch, Platz für gut zehn Personen. Wie mag dann wohl der große Salon aussehen? Stahlgraue Augen mustern uns. Ein sezierender Blick, unangenehm. Er bietet uns keinen Platz an. Wir sind nicht willkommen. Die zweiundsiebzig Jahre sieht man ihm nicht an.

»Karl ist also tot.« Eine nüchterne Feststellung. »Das ist tragisch, wenn auch kein großer Verlust.«

»Wie bitte?«, stoße ich irritiert hervor.

»Wissen Sie, ich halte nicht viel von der Lehrerschaft. Nach meiner Meinung alles Drückeberger, viele Dummschwätzer darunter, die meisten zudem extrem unfähig in ihrer Profession.« Hoppe wendet uns den Rücken zu und sieht aus dem Fenster. »Wenn Sie etwas zu fragen haben, dann tun Sie das bitte. Ich esse um Punkt zwölf und wünsche, dabei nicht gestört zu werden.«

»Wann haben Sie von Karl Geigers Ermordung erfahren?«, beginne ich. Ich empfinde es als höchst unhöflich, uns nicht einmal anzusehen.

»Gestern in der Frühe. Kurt hat mich informiert.«

»Kurt von Bönighausen?«

»Ganz recht.« Seine auf dem Rücken verschränkten Hände verkrampfen plötzlich. »Nun sehen Sie sich das an. Das sind doch keine Schiffe mehr, das sind schwimmende Lagerhallen. Grässlich.« Er deutet auf einen Schubschiffverband. »So etwas hat es bei mir nie gegeben und wird es auch in Zukunft nicht.«

»Herr Hoppe, Sie scheinen keine besonders hohe Meinung von Herrn Geiger zu haben, dennoch haben Sie im Buchclub regelmäßig Zeit mit ihm verbracht.« Sascha schlägt einen möglichst neutralen Ton an. »Wie passt das zusammen?«

Ruckartig wendet er sich zu uns um. »Er war kein festes Mitglied, nur häufig eingeladen. Man kann sich die Gesellschaft nicht immer aussuchen. Es sind auch helle Köpfe in unserem Club, da muss man eine Niete eben verkraften.«

»Harte Worte für einen wirklich guten Lehrer, dem man kaltblütig in den Kopf geschossen hat.« Mir reicht diese hochherrschaftliche Aufgeblasenheit langsam.

»Sehen Sie, Herr Kommissar Dawson …« Ich bin mir sicher, er spricht meinen Namen absichtlich falsch aus. »Ich muss auch mit dieser Regierung, die ich für absolut unfähig halte, leben.«

»Es gibt zum Glück freie Wahlen in diesem Land.«

»Das mit dem Glück bleibt dahingestellt, aber letztendlich habe ich nur die Wahl zwischen Pest und Cholera.« Er lacht kalt. »Ja, schauen Sie nicht so verdattert aus der Wäsche. Ich habe nie einen Hehl aus meinen politischen Ansichten gemacht. Ich stehe zu meinen nationalen Überzeugungen.«

»Ich würde dieses Thema ungern vertiefen«, gebe ich ebenso kalt zurück. »Politik steht heute nicht auf dem Programm.«

»Das ist auch besser so, sonst verderben Sie mir noch mein Mittagessen.«

»Hatte Herr Geiger Feinde? Können Sie sich Personen vorstellen, die ihn gern tot sehen würden?«, schaltet Sascha sich ein.

»Jeder Mensch hat Feinde.«

»Das ist keine Antwort auf meine Frage.«

Hoppe zuckt mit den Schultern. »Vielleicht einer seiner ehemaligen Schüler, den er zu Tode gelangweilt hat.«

»Also fällt Ihnen niemand ein.« Ich sehe schon, wie es in Sascha brodelt. »Wo waren Sie denn am Mittwoch, den vierzehnten Mai, vormittags?«

»Sie wollen ernsthaft mein Alibi überprüfen?« Sein Gesicht verzieht sich zu einer herablassenden Grimasse.

»Wir machen unseren Job gut«, gibt sie liebenswürdig zurück.

»Da muss ich erst in meinen Kalender schauen.«

»Oh ja, das kenne ich von meinem Opa Fietje, im Alter lässt das Kurzzeitgedächtnis nach.«

»Vorsicht, Fräulein.«

»Sie wollen mir doch nicht etwa drohen?« Sascha hält seinem vernichtenden Blick mühelos stand. »Der Kalender, Herr Hoppe, nun machen Sie mal hin, wir essen auch zeitig.«

Der Reeder läuft leicht rot an. Wortlos macht er kehrt und verschwindet durch eine rückwärtige Tür. Als er zurückkommt, hat er einen ledergebundenen Taschenkalender in der Hand.

»Ich war Mittwoch um zehn Uhr außer Haus verabredet.«

»Aha, mit wem und wo haben Sie sich getroffen?«

»Die Verabredung ist kurzfristig storniert worden.«

»Na, dann kann doch sicher Ihr Chauffeur bestätigen, von wann bis wann genau Sie unterwegs waren.«

»Ich fahre selbst, was denken Sie denn?«

»Wann genau waren Sie denn wieder daheim?«

»Kurz vor zwölf.«

»Pünktlich zur Suppe.«

»Sie können sich Ihren proletarischen Sarkasmus in die Haare schmieren.«

Sie lächelt entwaffnend. »Ich notiere dann mal: Franz Hoppe verfügt für die Tatzeit über keinerlei Alibi, hält den ermordeten Karl Geiger für entbehrlich.«

Er lacht verächtlich. »Wissen Sie, was Ihnen fehlt? Nein? Woher denn auch. Sie und Ihre ganze orientierungslose Generation haben keine Vision.«

»Aber Sie haben eine?«, frage ich ruhig.

»Allerdings, aber die werde ich Ihnen nicht auf die Nase binden, weil Sie es sowieso nicht verstehen würden.«

»Das ist wahrscheinlich auch besser so.« Ich hoffe, ich klinge richtig ätzend.

»Hannes!« Der Diener erscheint dienstbeflissen. »Die Polizei möchte gehen.«

»Sehr wohl.«

Hoppe sieht schon wieder aus dem Fenster, würdigt uns keines Blickes. Die Treppe, die blank gewienerte Diele, die schwere Tür.

»Wie ist Ihr Name?«

»Verzeihung?«

»Ihr vollständiger Name«, verlange ich ungeduldig. »Oder sind Sie so abgerichtet, dass Sie nur auf Hannes hören?«

»Ich muss doch sehr bitten. Mein Name ist Hans-Georg Essling.«

»Danke.«

Wenig später sitzen wir, ein wenig ratlos, im Astra. »Was war das denn für eine Vorstellung?« Sascha schüttelt den Kopf.

»Du hast eben keine Visionen.«

Sie sieht mich einen Moment verblüfft an, wie schön, dass ich das erleben darf, dann prustet sie los. »Ich habe die Vision von einem Zweihundert-Gramm-Steak, knusprigen Ofenkartoffeln, einer gediegenen Pfeffersauce mit bunten Körnern und einem knackigen Salat, dazu ein frisch gezapftes Köpi.«

»Da soll der alte Sack noch einmal behaupten, deine Generation hätte keine Ziele.« Ich starte den Wagen.

»Der steht ziemlich weit rechts, der Herr Reeder, oder?«

»Ja, ich bin gespannt, ob unsere Mitstreiter ähnliche Erfahrungen mit den restlichen Clubmitgliedern machen.«

»Eine braune Zelle?«

»Abwarten. Den Knilch müssen wir auf jeden Fall im Auge behalten.«

»Was ist jetzt mit meiner Vision?«

»Wir sind auf dem Weg …«

Kapitel 25

Zoo Duisburg

Sonntag, 23. Mai 2019, später Nachmittag

Mein Handy klingelt.

»Gehst du ran, bitte?« Nach dem ausgiebigen Mittagsmahl in einem Steakhaus in der Innenstadt sind wir auf dem Weg zu unserem Appartement.

»Brinkmann, Apparat Dawson.« Sascha macht plötzlich große Augen. »Herr Momsen, wo beim Klabautermann stecken Sie denn, die komplette Duisburger Kripo sucht Sie seit gestern.«

»Na, so was aber auch. Ich sitze hier im Chinesischen Garten und gucke auf den Teich. Is ganz schön zu mit Algen, woll.«

»Chinesischer Garten, wo soll das denn sein?«

»Na, im Zoo natürlich. Ich habe ja 'ne Jahreskarte. Ich bin oft hier.«

»Wow, da hat natürlich keiner gesucht. Und gestern Nacht, Sie waren nicht zu Hause, oder?«

»Nee, da war ich bei ’nem Freund. Bin reichlich versackt. Haben alte Schlager gehört. Dat is immer schön, da kannste echt wegdösen und allet vergessen.«

»Okay, Herr Momsen, wir wollten gern noch einmal mit Ihnen sprechen.«

»Dann kommen Se mal zügig innen Zoo rein, ich glaub nämlich, da is einer hinter mir her.«

»Was?«

»Nu mal keine Panik, den hab ich abgehängt.« Momsen kichert. »So’n schwarz gekleideter Doofmann.«

»Alles klar, wir sind unterwegs.«

Reichlich Verkehr um diese Zeit. Ungeduldig trommeln meine Finger auf dem Lenkrad. Die Fußgängerampel springt auf Rot. Warnblinklicht aufs Dach? Nicht nötig. Endlich eine Lücke. Nächste Ampel, natürlich wieder Rot. Verdammter Feierabendverkehr. Endlich geht es weiter, so gerade noch in die Mülheimer Straße eingebogen.

»War schon Dunkelgelb«, bemerkt Sascha.

»Ich habe ein ungutes Gefühl.«

»Du meinst, da hat jemand den alten Momsen entdeckt.«

»Ist zu befürchten. Luzie Schüssler ist schon verschwunden.« Da kommt der Haupteingang des Zoos in Sicht. Parkplätze sind hier rar, aber endlich haben wir mal Glück, um diese Uhrzeit verlassen viele Familien bereits den Tierpark. So schnell es geht, rennen wir auf den Eingang zu.

»Zwei Erwachsene?«

Hastig zeige ich meine Dienstmarke. »Wir sind im Einsatz!«

»Ja sicher, und im Hühnerstall fährt unsere Oma Motorrad. Macht fünfunddreißig Euro.«

»Hören Sie …«

»Zahlen oder inne Röhre gucken. Die Tiere müssen auch wat zu futtern haben.« Die Dame im Schalterhäuschen kennt kein Erbarmen. Ich schiebe eine Fünfzig-Euro-Note durch den Schlitz aus Plexiglas.

»Na bitte, geht doch«, brummt sie zufrieden. Wir bekommen zwei Tickets.

»Zum Chinesischen Garten, der kürzeste Weg?«, fragt Sascha.

»Ich bin doch kein wandelnder Zooführer, Fräulein, immer den Schildern nach, dann wird dat schon.«

Wir schlängeln uns durch das Drehkreuz. Links Flamingos, rechts erst Giraffen, dann Elefanten. »Da geht's lang.« Der Zoo ist durch die immer stark befahrene Autobahn zweigeteilt. Wir rennen über die Brücke, ungläubig beäugt von Besuchern. Endlich sind wir am Garten, ein Geschenk der Partnerstadt Wuhan, angekommen.

»Meine Güte, das ist ja richtig toll hier«, staunt Sascha. Über eine gebogene Steinbrücke, verziert mit Löwenköpfen, gelangen wir in den eigentlichen Bereich der Schenkung aus China. Ein großer Teich, winzige Wege, dicht bewachsen mit Bambus und niedrigen Bäumen, die rote Blätter tragen. Dazwischen Büsche und hohe Pflanzen, die vergessen lassen, dass man sich im Herzen des Ruhrgebietes befindet. Am anderen Ufer eine große Pagode, die geschlossenen Türen in dunklem Orange lackiert, das geschwungene Dach besteht aus grünblauen Schindeln, davor eine Terrasse und zwei weiße Bänke. Auf einer sitzt Gustav Momsen, eine graue Schlägermütze tief ins Gesicht gezogen. Er winkt mit seinem Stock. Außer uns ist niemand hier. Es geht auf fünf Uhr zu, der Zoo schließt in gut zwei Stunden.

Ein wenig kurzatmig, zumindest ich, erreichen wir den rüstigen Rentner.

»Mensch, Herr Momsen, Sie halten uns aber mächtig auf Trab«, schnaufe ich und setze mich zu ihm auf die Bank. Sascha sondiert misstrauisch das Gelände.

»Ich bin gern hier. Zu dieser Stunde verirrt sich selten noch jemand hierher. Is wie 'ne andere Welt, so ruhig, so besinnlich.«

»Sie sagten, Sie fühlen sich verfolgt.«

»Dachte ich zumindest, da war so'n junger Kerl, der immer da war, wo ich hingegangen bin. Im Aquarium, im Affenhaus, bei den Zwergnilpferden ... Ich hab 'n paar Meter zwischen uns gebracht und bin wieder auf die Brücke. Der war weit hinter mir, da bin ich hinter die Büsche gehechtet, und der Typ is vorbeigeeiert. Gut, oder?«

»Das haben Sie prima hinbekommen.«

»Aber wer is da hinter mir her, und warum? Ich weiß doch nix.«

»Das wissen aber Ihre Verfolger nicht.«

»Na ja, vielleicht weiß ich ja doch wat.« Momsen grinst listig.

»Jede Kleinigkeit kann uns helfen«, ermutige ich Bruder Hermanns Freund.

»Jonesy, lass uns gehen«, flüstert Sascha. »Wir befinden uns hier regelrecht auf einem Präsentierteller.« Ein Reiher überquert den Garten, beäugt auf der Suche nach einem Abendessen sehnsüchtig die Wasseroberfläche. Sascha hat den Sicherheitsverschluss ihres Holsters geöffnet. Ihre Hand liegt auf dem Griff ihrer Waffe.

»Dat sieht aber gefährlich aus.«

»Meine Kollegin hat recht, Herr Momsen, wir sollten gehen.«

»Die is aber hübsch, Ihre Kollegin, so richtig schnuckelig.«

Sascha lächelt den Alten freundlich an. Im selben Augenblick erkenne ich einen Schatten auf der Brücke. Hinter dem Geländer, das von marmornen Löwenköpfen gesäumt wird, bewegt sich jemand geduckt.

»Runter!«

Sascha reagiert sofort. Sie duckt sich, beugt ein Knie und schützt ihren Kopf hinter der Balustrade, die die Terrasse begrenzt. Im Nu bringt sie ihre Waffe in Anschlag. Ich packe Momsen an den Ärmeln seiner Windjacke, schiebe ihn hinter die Bank und folge ihm. Ein unzulänglicher Schutz.

Ein hoher singender Ton. Ein Stück Holz splittert von der Bank ab.

»Ich hab's geahnt«, presst Sascha wütend hervor.

»Schalldämpfer, großes Kaliber«, vermute ich. »Kannst du den Schützen sehen? Er muss auf der Brücke sein.«

»Links, direkt am Aufgang.« Wir halten kurz Blickkontakt. »Ich gebe euch Sperrfeuer, Jonesy. Seht zu, dass ihr in die Hütte kommt.«

»Die hat aber wahrscheinlich nur diesen einen Zugang. Da sitzen wir schön in der Falle.«

»Schon, aber hier sind wir kaum geschützt.«

»Okay.«

Zwei, nein: drei Schüsse. Eine Kugel fährt durch eine Spalte der Rückenlehne in die mittlere der drei Holztüren. Das war knapp!

Sascha feuert konzentriert einen Schuss nach dem anderen Richtung Brücke. Es hallt laut über den stillen See. Den Krach muss man weithin hören. Hoffentlich werden keine unschuldigen Zivilisten oder Zoobedienstete Opfer dieses Gefechts.

»Los geht's!« Momsen, der sich für sein Alter erstaunlich behände bewegt, und ich rennen geduckt die drei Schritte bis zur Tür, reißen sie auf und sind erst einmal in Sicherheit. Durch diese Wände dringt keine Kugel.

»Mann, dat ich so wat noch erleben darf.«

»Unten bleiben!« Ich robbe zur Tür. Sascha hat den Beschuss eingestellt. »Okay, jetzt du. Ich gebe dir Feuerschutz.« Ich bringe mich in eine stabile Lage und visiere eine Lücke zwischen den Steinstreben der Brücke an. Zwischen den einzelnen Schüssen warte ich immer eine gute Sekunde. Nach dem dritten sprintet Sascha los. Nachdem ich das fünfte Mal abgedrückt habe, ist sie unverletzt in der Pagode angekommen.

»Wat nu?« Momsen ist ganz aufgedreht.

»Abwarten, wir haben ja genug Lärm gemacht. Ich hoffe, der Schütze verzieht sich.«

»Seid mal ruhig!«, verlangt Sascha. Sie lehnt am Türrahmen. »Hörst du das, Jonesy?« Jetzt, da wieder Ruhe eingekehrt ist, hört man das Rauschen der Blätter im Wind – und ein unterdrücktes Stöhnen. Ich lausche angestrengt. Ja, tatsächlich, ein schmerzvolles Stöhnen weht über den Teich. »Einer von uns hat einen Zufallstreffer gelandet.«

»Ich hör' et auch«, bekräftigt Momsen. »Da jammert einer.«

Ich höre aufgeregte Stimmen näherkommen.

»Wir müssen zur Brücke, Jonesy. Wenn der Kerl verletzt ist, schießt er womöglich wild um sich.« Sie hat recht. Es könnten Unschuldige Schaden erleiden. Auf dem Bauch robbe ich zurück hinter die

Parkbank. Keine Reaktion. Oberhalb des kleinen Pavillons kommen zwei Teenager den Weg herunter.

»Heda, ihr zwei. Umkehren, sofort!«, brülle ich. Verdutzt bleiben die beiden stehen. Sascha ist neben mir. Ihre Waffe zielt wieder in Richtung Brücke.

»Da kommen noch mehr Leute, wir müssen es riskieren. Das läuft sonst aus dem Ruder.« Geduckt sprintet sie los. Noch immer kein neuer Beschuss. Ich schöpfe Hoffnung und folge ihr.

»Sie bleiben in der Hütte«, rufe ich Momsen noch zu. So schnell es geht, folge ich meiner Gefährtin, die den Teich fast umrundet hat. Sie erreicht das andere Ende der Brücke, lässt sich fallen und robbt auf den Scheitelpunkt zu. Wenn sich noch jemand auf der anderen Brückenhälfte aufhält, kann er nichts sehen. Ich bleibe auf halbem Weg stehen und nehme, so gut es geht, den vermuteten Standort des Schützen ins Visier.

»Pass bloß auf, Kleine«, murmele ich. Auf der Terrasse der Pagode erscheinen jetzt mehrere Personen. Besucher, aber auch Zoomitarbeiter. Ich fluche still vor mich hin. Der alte Momsen ist natürlich nicht in der Hütte geblieben, sondern schwadroniert gestenreich auf die Neuankömmlinge ein.

Ich kneife die Augen zusammen. Sonnenstrahlen, die bisher hinter den hohen Bäumen verborgen waren, fallen jetzt hell auf den Abschnitt des Gartens. Ich kann keine Bewegung erkennen. Sascha späht kurz über den Scheitelpunkt, dann richtet sie sich ganz auf, die Waffe im Anschlag.

Was ist da los? So schnell es geht, folge ich ihr. Das Bild, das sich mir bietet, ist unerwartet. Über eine auf dem Rücken am Boden liegende Person beugt sich ein zweiter Mann.

»Aufstehen und die Hände hinter dem Kopf verschränken, sofort!«, befiehlt Sascha. Zögernd befolgt er ihre Anweisungen. »Zu uns umdrehen!«

»Na so was, so sieht man sich wieder. Monsignore Maldini, ein Tierfreund, wie mir scheint.«

»Nicht alles ist so, wie es den Anschein hat«, antwortet er gelassen.

»Gehen Sie von dem Schützen weg«, gebe ich kühl zurück.

»Da wir uns ja kennen ... dürfte ich meine Arme wieder in Normalposition bringen? Das ist etwas ungemütlich.« Ein aufgesetztes Lächeln. »Vielleicht könnten Sie beide auch die Waffen wegstecken.«

»Ich denke nicht«, meint Sascha trocken. »Jonesy, behalt ihn im Auge, ich sehe nach dem Verletzten.«

Immer mehr Menschen finden sich im Chinesischen Garten ein. Das gefällt mir gar nicht. Ich dirigiere Maldini in den Schatten einer Trauerweide.

»Er ist tot«, höre ich Saschas Stimme. In ihrer Stimme schwingt eindeutig Verwunderung mit. »Eine Kugel hat ihn getroffen ... in die rechte Schulter.«

»Sie kennen den Mann«, stelle ich fest.

»Nicht, dass ich wüsste.«

»Wollen Sie mich verarschen? Sie tragen schwarze Klamotten, genau wie er. Einer Ihrer feinen Brüder, nehme ich an. Ein Grabesritter auf Abwegen.«

»Falls das so sein sollte, habe ich ihn noch nie persönlich getroffen. Unsere Schwestern und Brüder sind über den ganzen Erdball verteilt.«

»Wie haben Sie ihn umgebracht?«, fragt Sascha direkt. »Die Kugel in der Schulter war es jedenfalls nicht.«

»Oh, meine Liebe, womöglich hatte der Gute ein schwaches Herz. Der Herr hat ihn zu sich genommen, und wie hinlänglich bekannt, sind die Wege unseres Herrn unergründlich. Ich werde für die arme Seele beten.«

»Hände auf den Rücken.«

»Das ist ja albern.«

»Ich sage es nicht noch einmal.« Wirklich überzeugend, mein rothaariger Derwisch. Die Handschellen schnappen zu. »Giacomo Maldini, ich verhafte Sie wegen dringenden Mordverdachts.«

Kapitel 26

Polizeipräsidium Duisburg, Verhörraum 1
Sonntag, 23. Mai 2019, 20:30 Uhr

Monsignore Maldini, Ritter vom Heiligen Grab in Jerusalem, sitzt entspannt auf einem Plastikstuhl und trinkt Kaffee. Hinter der Spiegelwand beobachten Kaczor, die beiden BND-Agenten, Sascha und ich den drahtigen Mann, der sich anscheinend keinerlei Sorgen macht.

»Ganz schön coole Socke«, bemerkt Matthias Kraft.

»Abwarten«, brumme ich verärgert. Die Tür in unserem Rücken fliegt auf. Balthazar Müller wirkt genervt.

»Ich habe gerade einen Anruf von Erzbischof Weinand erhalten. Die Kirche besteht darauf, dass wir den Leichnam des Verstorbenen sofort in deren Obhut übergeben.« Müller schnaubt wie ein verweigerndes Springpferd vor dem Oxer. »Ein Leichenwagen ist angeblich bereits unterwegs. Dieser Mensch hat mir, unter Androhung diverser Höllenqualen nach meinem Dahinscheiden, untersagt, eine Obduktion vornehmen zu lassen.«

»Oh, aber warum nur?«

»Warum lächeln Sie so triumphierend, Kommissar Dawson?«

»Na ja, sagen wir mal so: Manchmal habe ich sowas wie ein zweites Gesicht.«

»Stimmt«, souffliert Sascha. »Noch gestern Abend prophezeite Jonathan, dass ich womöglich noch ein drittes Glas Wein trinken würde und, was soll ich sagen, er hatte recht.«

»Das ist nicht witzig, Frau Kommissarin. Was soll das ganze Theater?«

»Unsere Pathologin ist schon zugange«, erkläre ich. »Ich habe Frau Wald unmittelbar nach der Schießerei im Zoo gebeten, die Obduktion an unserem Grabesritter unverzüglich vorzunehmen.«

Müller nickt beeindruckt. »Eine sehr kluge Entscheidung.« Auch Melissa und ihr Partner zollen Respekt. »Sie gehen ergo von einem Mord aus?«

»Ich kann mir nicht vorstellen, dass Pietro Soldi, falls das überhaupt sein richtiger Name ist, an Kommissarin Brinkmanns Kugel gestorben ist. Nur eine leichte Schulterverletzung.«

»Nun.« Müller reibt sich aufgeräumt die Hände. »Dann werde ich den guten Weihbischof mal ins Benehmen setzen. Er kann seinen toten Ritter gerne nach Abschluss der Obduktion mitnehmen.«

Wie nach einem geheimen Drehbuch rauscht die Forensikerin in die Runde.

»Wie passend«, bemerkt Müller. »Was haben Sie denn für uns, Frau Wald?«

»Jonathans Verdacht hat sich bestätigt. Soldi starb nicht an den Folgen der Schussverletzung, sondern an einer Vergiftung durch Strychnin.«

»Wunderbar«, freue ich mich. »Dann haben wir den Monsignore aber so richtig bei den Eiern.«

»Langsam, Cowboy«, bremst sie meinen Elan. »Es dürfte schwer bis unmöglich sein, Maldini nachzuweisen, dass er dafür verantwortlich ist. Das Gift befand sich in einem präparierten Backenzahn.«

»Himmel, das ist ja wie in einem schlechten Geheimagenten-Film«, stöhnt Kaczor. »Ich dachte nicht, dass es diese Uraltnummer noch gibt.«

»Und doch ist es so, Adrian. Außerdem war der Trick sehr effektiv.«

»Wie wird das Gift freigesetzt?«, will Sascha wissen.

»Indem man den Zahn kräftig nach hinten wegdrückt. Dazu muss man schon einen Finger, oder besser noch den Daumen zu Hilfe nehmen, schließlich soll sicher nicht jeder Grabesbruder dahinscheiden, nur weil er zufällig auf einen Knochen gebissen hat.«

»Das kann trotzdem Maldini gewesen sein«, verteidige ich meinen Standpunkt.

»Na klar, aber das bleibt zu beweisen.«

»Wir müssen seine Hände untersuchen!«

»Zu spät.« Kaczor blickt betreten in die Runde. »Er musste dringend zur Toilette, als er hier eintraf. Ich habe das, natürlich unter Bewachung, erlaubt. Er wird sich seine Pfoten ordentlich geschrubbt haben.«

»Scheiße hoch zehn«, fluche ich verkniffen.

»Womöglich hat er dem armen Soldi auch nur befohlen, es selbst zu tun«, spekuliert Melissa. »Ich vermute mal, dass dieser Orden streng hierarchisch organisiert ist.«

»Gehorsam bis in den Tod«, murmelt Sascha. »Das ist sicher eine Option.«

»Wir haben also nichts in der Hand, um ihn länger hier zu behalten«, resümiert Müller. »Das ist ärgerlich, aber nicht zu ändern.«

»Ich würde ihm trotzdem gerne auf den Zahn fühlen.«

»Was für eine lustige Anspielung. Versuchen Sie es, Kommissar Dawson. Ich verspreche mir nicht viel davon, aber bitte, nur zu.« Er zuckt mit den Schultern. »Wenn nichts dabei herauskommt, wovon ich leider ausgehe, dann lassen Sie ihn gehen. Vielleicht sollten Sie dabei sein, Agentin Nguyen.«

»Sehr gern.«

»Morgen früh bitte ich alle Anwesenden zu einer Lagebesprechung, auch Sie, Frau Wald, in den großen Konferenzraum, bitte pünktlich um acht. Es ist an der Zeit, dass wir in diesem Wirrwarr endlich vorankommen. Der Innenminister des Landes sitzt mir bereits im Nacken, ebenso die Kirche und Berlin.«

»Haben Sie es selbst getan oder nur die Anweisung gegeben?«, frage ich nüchtern.

Maldini sieht mich herausfordernd an. Um seine Mundwinkel herum ein verspieltes Lächeln. »Commissario?«

»Das Gift. Tun Sie doch nicht so scheinheilig.«

»Ah, das Gift.« Er schließt kurz die Augen, faltet die Hände wie zum Gebet.

»Haben Sie auch so einen Wackelzahn integriert, oder ist das nur für das Fußvolk vorgesehen?«

»Ihre negative Einstellung gegenüber meiner Bruderschaft tut weh, mein lieber Kommissar Dawson.«

Melissa beugt sich ein wenig zu ihm herüber. »Warum spielen wir nicht mit offenen Karten, Monsignore? Menschen sterben, Menschen werden vermisst, das alles wegen des Inhalts eines Koffers, der vor siebzig Jahren verlorenging.« Ihre Aura ist beeindruckend. »Sie wissen natürlich sehr viel mehr als wir.«

»Ist das so?«

»Natürlich.« Sie lehnt sich zurück und schlägt ihre langen Beine übereinander wie zu einer Plauderstunde zur Teezeit. »Womöglich können beide Seiten von einer Zusammenarbeit profitieren.«

»Das erscheint mir eher unwahrscheinlich.« Nun beugt sich Maldini halb über den trennenden Tisch. »Ich wüsste nicht, was Sie mir anbieten könnten.«

»Wie wäre es zum Beispiel mit Ihrer Freilassung?«

Er lacht herzlich. »Kommen Sie, das ist nicht Ihr Ernst, Sie müssen mich doch sowieso gehen lassen. Sie haben rein gar nichts gegen mich in der Hand.«

»Wir werden Sie bis auf die nackte Haut ausziehen und jede Faser Ihres Körpers und Ihrer Kleidung untersuchen.«

»Werden Sie diese Prozedur selbst durchführen, Verehrteste?« Maldini grinst anzüglich. »Das könnte interessant werden.«

»Nicht für Sie«, gibt sie kalt zurück.

»Agent, hören Sie. Selbst wenn Sie irgendwo ein paar Partikel des Giftes feststellen sollten, das beweist doch gar nichts. Natürlich habe ich mich um den armen Ordensbruder gekümmert, da ist es nur logisch, dass ich möglicherweise auch mit dieser Substanz in Berührung gekommen bin.«

Melissa sucht Blickkontakt zu mir. Ist das etwa ein vergnügtes Blinzeln? »Trotzdem bietet uns der Anfangsverdacht die Möglichkeit, Sie erst einmal achtundvierzig Stunden aus dem Verkehr zu ziehen. Wie sehen Sie das, Jonathan?«

»Da bin ich ganz bei Ihnen. Ich werde sehen, wann die Kollegin Wald Zeit findet, Monsignores Kleidung zu untersuchen. Und dann benötigen wir ja noch einen männlichen Forensiker für die körpernahe Untersuchung. Den muss ich erst aus Düsseldorf anfordern, das kann ein oder zwei Tage dauern. Bis zur Auswertung fließt noch ordentlich Wasser den Rhein runter.«

»Lassen Sie den Blödsinn!«, fährt Maldini dazwischen. »Dieses Possenspiel kostet nur unnötig Zeit und womöglich weitere Opfer. Denken Sie nur an Bruder Hermanns Schwester.«

»Sie haben Luzie Schüssler also nicht.«

»Natürlich nicht. Wir waren zu spät, genau wie Ihre Leute.« Er atmet schwer, strafft dann seinen schlanken Körper. »Was wollen Sie?«

»Antworten. Worum geht es hier eigentlich? Vor dem zeitlichen Hintergrund, oder besser gesagt *Abgrund,* von über siebzig Jahren – was war in diesem verfluchten Nazi-Koffer? Der heilige Gral wird es wohl kaum gewesen sein.«

Ich ahne, wie es hinter seiner Stirn arbeitet. Wahrscheinlich überlegt er, wie viel er von seinen Kenntnissen preisgeben kann und darf.

»Nun, wollen Sie einen Deal oder nicht, Maldini?«

»Herr im Himmel, auch mir sind die Hände gebunden.«

»Sehr theatralisch, wirkt aber auf uns nicht sonderlich beeindruckend«, stellt Melissa sachlich fest. »Was wohl der Chef im Vatikan sagen wird, wenn er feststellen muss, dass seine Kavallerie im Kerker hockt.«

Maldini presst verbissen die Lippen aufeinander. »Also schön, ich kann Ihnen einige Informationen geben, auch wenn ich dafür sicher einen üblen Anschiss bekommen werde. Wie Sie vielleicht wissen, versuchte der Heilige Stuhl, die Christen in Deutschland so gut es eben ging zu schützen.«

»Die Katholiken wohlgemerkt«, kann ich mir nicht verkneifen.

»Wie auch immer. Bereits Ende 43 erreichten Rom bestürzende Berichte unserer Informanten. Es war uns bekannt, dass die Nazis an verschiedenen Orten im Reich mit sogenannten Wunderwaffen experimentierten. Der Krieg war verloren, das musste auch Hitler und seinen Schergen bewusst sein, also setzten sie ihre Hoffnung auf neue Waffen.«

»So weit, so gut, aber das ist keine wirklich neue Information, Monsignore.«

»Unsere Experten waren sich bis dahin sicher, dass die Bemühungen der Nazis keinen durchschlagenden Erfolg zeigen würden. Der Industrie fehlte es an Materialnachschub. Was nützen die besten Konstruktionspläne für Flugzeuge und Panzer, wenn man keine Ressourcen mehr hat, um diese in größeren Stückzahlen zu produzieren? Plötzlich aber, Anfang 44, schien ein vielversprechender Ansatz gefunden worden zu sein.«

»Eine atomare Waffe?«, vermute ich.

»Nein, nach unseren Erkenntnissen nicht. Nach den Berichten unserer Leute vor Ort war es etwas weitaus Schlimmeres.«

Maldinis Antwort löst ein kollektives Kopfschütteln aus.

Kapitel 27

Konzentrationslager Duisburg-Ratingsee
März 1944

»Mensch, ich danke euch. Ich habe so einen Hunger, das glaubt ihr nicht.« Hermann schiebt noch einen Kanten Brot durch den Maschendrahtzaun. Gustav und er haben sich von daheim weggeschlichen. Es ist kurz nach zweiundzwanzig Uhr, schon richtig dunkel im Ruhrpott. »Die Fleischwurst ist das Leckerste, was ich seit Ewigkeiten gegessen habe.« Matti Sniders schließt genießerisch die Augen und kaut andächtig.

»Wir würden dich gern hier rausholen«, flüstert Hermann. Die Wachen haben ihre Routine. Die beiden Duisburger Schüler haben etwa zehn Minuten Zeit, die sie mit dem zehnjährigen Jungen aus den Niederlanden verbringen können. Der Abendappell in den Baracken ist auch schon vorbei. Ebenso die Speisung der Gefangenen mit einer dünnen Suppe und schimmeligem Brot.

Ohne Vorwarnung rollen dicke Tränen über die blassen, eingefallenen Wangen des Inhaftierten.

»He, Matti, wat is'n los?«, fragt Gustav.

»Morgen werde ich verlegt«, schluchzt Matti verzweifelt. »Die sagen, da, wo ich hinkomme, da würde es mir gutgehen, viel besser als hier.«

»Scheiße«, entfährt es Hermann. »Wo soll dat denn sein?«

»Ich weiß nicht. Die holen immer wieder Leute hier raus und bringen sie weg. Die kommen nie wieder.«

»Pst, nicht so laut! Wenn die uns erwischen, geht es uns auch an den Kragen.«

»Im Lager sagen sie, dass die uns irgendwo hinbringen, wo sie uns dann umbringen. Das ist echt Kacke hier, aber ich will nicht weg.«

»Ach, das ist doch Blödsinn, umbringen könnten die euch doch auch gleich hier«, versucht Gustav ihn zu beruhigen. »Wozu erst der Aufwand? Vielleicht lassen sie dich auch einfach gehen, du bist doch Holländer und kein Jude, oder?«

»Nee, aber ich habe Flugblätter in Venlo verteilt. Da wurde zum Widerstand gegen die Nazis aufgerufen. Am Matjesstand auf dem Marktplatz haben sie mich erwischt. Verdammte Verräter.«

»Deine eigenen Leute haben dich verraten? Das ist nicht richtig.«

»Einige bekloppte Holländer finden die Nazis gut.« Matti schnieft leise und beißt in das Brot. »Ich bin doch erst zehn. Das können die doch nicht machen, ich habe noch so viel Leben vor mir.«

Hermann zerreißt es das Herz. Wie gern würde er dem ausgemergelten Jungen, der im Laufe der Monate zu einem Freund geworden ist, helfen. Ohne nachzudenken schiebt er seine Hand durch den Zaun. Matti nimmt sie dankbar und drückt sie fest. In seinen Augen spiegeln sich unendliches Leid und namenlose Angst. Jetzt weinen auch die beiden jüngeren Duisburger Kinder.

»Wir werden uns nie mehr wiedersehen«, flüstert Matti. »Ich werde euch nicht vergessen, niemals.«

»Wir dich auch nicht«, beteuert Hermann traurig.

»Bestimmt nicht«, bekräftigt Gustav.

»Vielleicht kann dein Vater was machen.« Hermann sieht Gustav durchdringend an. »Der ist doch so was wie ein Vorsteher.«

»Der wird mich windelweich prügeln, wenn er erfährt, was wir hier veranstalten. Man weiß auch nie, wer von den Nachbarn einen an die Gestapo verrät. Es tut mir leid, Matti, es tut mir so leid.«

»Schon gut, Gustav, ist doch nicht deine Schuld. Ohne euch wäre ich längst tot. Ich danke euch für alles.«

Die drei schweigen betreten. Hermann fragt sich, in was für einer Welt sie leben, wann diese Hölle endlich ein Ende finden – und ob danach alles besser sein wird.

»Vielleicht ist es ja dort wirklich besser als hier, Matti. Du darfst die Hoffnung nicht aufgeben. Es gibt auch ein paar gute Deutsche.« Hermann versucht, zuversichtlich zu wirken. »Wie gesagt, abmurksen könnten die euch auch hier.«

»Ja, wer weiß?« Matti lächelt müde zurück. »Wahrscheinlich werde ich morgen schon mit Erdbeerkuchen empfangen, und am Abend gibt es Schweinebraten mit Rotkohl und Klößen.«

Die Jungen kichern leise. Matti erzählt von einem Urlaub, den er vor dem Krieg mit seinen Eltern in Bergen am Meer verbringen konnte. Hermann und Gustav haben das Meer noch nie gesehen. Matti berichtet von hohen Dünen, von deren Spitze man sich im warmen Sand herunterrollen kann. Sand in den Haaren, am ganzen Körper und sogar zwischen den Zähnen, wenn man nicht aufpasst. Er erinnert sich an die bunten Sonnenschirme, an das Glitzern der Schaumkronen auf den Wellen, das tanzende Licht auf dem Wasser, das Vanilleeis, das man ganz schnell schlecken musste, weil es so wundervoll heiß war. Jetzt sind alle drei weit weg, nicht an diesem tristen, lebensfeindlichen Ort. Sie schwimmen in der herrlich erfrischenden Nordsee, bauen Sandburgen und erzählen sich Witze, kichern albern und ausgelassen. Nichts und niemand fängt den menschlichen Geist ein. Die Gedanken fliegen über die Grenzen, die zerstörten Häuser, weit weg, dorthin, wo ein Leben noch etwas zählt.

»Ihr müsst gehen.«

Die Lichtbahnen der schweren Stablampen der Wachen züngeln bereits um Block C herum. In drei Minuten sind sie an Ort und Stelle.

Hermann zieht seine Hand zurück, ratscht mit einem Finger an einer spitzen Ecke entlang. Es blutet ein wenig, aber er spürt den Schmerz nicht. Tief im Inneren weiß er, dass Matti verloren ist, dass dies ein Abschied für immer ist.

»Komm schon.« Gustav zieht an Hermanns geflickter Jacke. Sie huschen in die nahen Büsche. Matti Sniders steht, so lange es geht, am Zaun, er winkt. Die Jungen winken ein letztes Mal zurück, die Herzen schwer vor Trauer und Wut.

In den nebligen Morgenstunden des neuen Tages fährt ein Laster in den Innenhof des Lagers. Unter den Augen des Kommandanten verliest Gustavs Vater die Namen der Insassen, die verlegt werden. Ein Leutnant malt hinter jedem Namen einen kleinen Kringel. Es muss alles seine Ordnung haben. Auch der Tod will bürokratisch korrekt verwaltet werden.

Kapitel 28

Polizeipräsidium Duisburg, Verhörraum 1
Sonntag, 23. Mai 2019, 21:20 Uhr

»Ein Virus?« Balthazar Müller schüttelt ungläubig sein kahles Haupt. »Wollen Sie uns verarschen, Maldini? Das kann ja wohl nicht Ihr Ernst sein. In Zeiten von Ebola, der Schweinegrippe und was es noch alles an Seuchen gibt, kommen Sie mit so einem Scheiß um die Ecke?«

Donnerwetter, denke ich, der gelassene Herr Hauptkommissar kann ja richtig aus den Pantinen steigen. Maldini hingegen bleibt erstaunlich ruhig.

»Nation wird sich gegen Nation erheben und Königreich gegen Königreich, und Hungersnöte und Seuchen und Erdbeben werden an verschiedenen Orten sein. Dies alles aber ist der Anfang der Wehen.« Der Grabesritter lächelt feinsinnig. »Matthäus vierundzwanzig, Vers acht und neun.«

»Das ist hier keine Bibelstunde!«, donnert *Müller aufgebracht.*

»Und doch steckt oft so viel Wahrheit in diesen alten Texten, Herr Hauptkommissar.«

»Monsignore …« Ich nehme mir die Freiheit, in den Disput einzugreifen. »Sie wollen uns wirklich weismachen, dass es bei inzwischen mindestens drei Morden um eine Art Gift geht, das die Nazis in irgendeinem Labor zusammengepantscht haben? Das ist, gelinde gesagt, Bullshit.«

»Der vierte apokalyptische Reiter steigt auf sein fahles Pferd«, rezitiert Maldini. »Und den vier Reitern wurde Macht gegeben über den vierten Teil der Erde, zu töten mit Schwert und Hunger und Pest und durch die wilden Tiere auf Erden. Offenbarung sechs, Vers acht.« Er lehnt sich gähnend zurück. »Wissen Sie, die Nazis hätten am liebsten die ganze Kirche abgeschafft und durch eine eigene, nationalistisch verbrämte Pseudoreligion ersetzt. Andererseits suchten sie tatsächlich nach Hinweisen, unter anderem in der Bibel, die ihre verqueren Vorstellungen untermauern konnten. Letztendlich aber ging es darum, einem verloren gehenden Krieg eine Wendung zu geben. Dazu war ihnen jedes Mittel recht. Schließlich gab es in der Geschichte schon genug Beispiele. Die Mongolen sollen von Seuchenbazillen befallene Leichen über die Mauern belagerter Städte katapultiert haben, um die eingeschlossenen Bewohner einer tödlichen Seuche auszusetzen.«

»Das interessiert doch niemanden«, meldet sich jetzt auch Kaczor zu Wort.

»Die Japaner haben im Zweiten Weltkrieg Keramikflaschen mit pestverseuchten Flöhen gefüllt und über chinesischen Städten abgeworfen.«

Jetzt reden alle durcheinander, ein babylonisches Chaos.

»Herrschaften, nicht alle gleichzeitig!« Melissa nimmt das Heft in die Hand. »Ich fasse zusammen, und Sie korrigieren mich, Monsignore, wenn ich falsch liege.« Maldini nickt hoheitsvoll. »Es geht nach Ihren Erkenntnissen um ein Virus, das die Nazis 44 in einem Geheimlabor perfektioniert haben. Eine biologische Waffe also, die dem Krieg eine entscheidende Wende geben sollte. Von diesem … *Projekt* erfuhr der Vatikan durch Informanten im Reich.«

»So ist es. Himmler war übrigens ein großer Befürworter der sogenannten B-Waffen, Hitler war zunächst skeptisch, aber wenn man mit dem Rücken zur Wand steht …«

»Aber diese Waffe kam nicht mehr zum Einsatz?«

»Zum Glück nicht.«

»Warum nicht?«

»Hier muss ich mich teilweise auf Vermutungen stützen. Das Labor wurde wahrscheinlich bei einem Luftangriff zerstört, möglicherweise auch die wissenschaftlichen Verbrecher, die das Virus entwickelt hatten. Eine waffenfähige Probe, möglicherweise auch die Formel dahinter, war aber bereits auf dem Weg nach Berlin oder zu einem Einsatzort, vielleicht an der Ostfront.«

»Hm.«

»Kommissar Dawson?« Melissa sieht mich aufmunternd an.

»Tatsächlich fügen sich die Ausführungen des Monsignore logisch in die uns bislang bekannten Erkenntnisse ein. Der ominöse Koffer könnte genau diesen Inhalt beherbergt haben. Eine Probe des Virus und die dazugehörigen Aufzeichnungen zur Herstellung. Nehmen wir einfach mal an, es ist tatsächlich so abgelaufen. Mir drängen sich da ein paar brennende Fragen auf.«

»Darf ich mal raten?«, fragt Sascha. »Erstens: Forschung und Technik haben im Laufe der Jahrzehnte Quantensprünge gemacht. Warum also sollte man jetzt einem uralten Virus hinterherjagen, das, wenn wahrhaftig noch eine Probe existieren sollte, wahrscheinlich längst kalter Kaffee ist?«

Allgemeines zustimmendes Nicken.

»Zweitens: Warum erst jetzt? Es muss ein auslösendes Element oder Ereignis gegeben haben, das kriminelle Kräfte auf den Plan gerufen hat, die jetzt in den Besitz des Virus gelangen wollen.« Ich freue mich über Saschas kristallklaren Sachverstand. »Was uns drittens zu der letzten Frage führt: Was will denn der Heilige Stuhl eigentlich mit einer biologischen Waffe?« Sie lächelt den Grabesritter liebenswürdig an.

»An dieser Stelle muss ich leider passen, Frau Kommissarin.« Maldini gibt den Hilflosen. »Genau wie Sie bin ich nur ein kleiner Befehlsempfänger.«

»Tatsächlich? Kaum vorstellbar.«

»Oh ja, Sie können sich nicht vorstellen, wie hierarchisch es in Rom zugeht. Da heißt es einfach: Giacomo, flieg nach Deutschland und wahre unsere Interessen. Vielleicht handelt es sich tatsächlich um das Instrument des vierten apokalyptischen Reiters, dann erheben wir natürlich Anspruch auf den Besitz.«

»Wer's glaubt, wird selig.«

»Ach, Sie sind ja doch religiös angehaucht.« Maldini grinst maliziös.

»Sie kennen wohl unseren friesischen Wahlspruch nicht, verehrter Monsignore: *Lever dood al Slav.*« Saschas Augen verschießen blaue Blitze. »Lieber tot als ein Sklave. Niemals würde ich mich Ihrem Verein anschließen.«

»Äh, gut, Frau Brinkmann, dabei wollen wir es belassen.« Der Polizeichef beschließt, schlichtend einzugreifen. »Gleichwohl die Frage berechtigt ist. Wieso sind Sie hier, Monsignore?«

»Um den Mord an Vater Hermann zu untersuchen.«

»Aha, woher dann die fundierten Kenntnisse über das Virus?«

»Weil möglicherweise ein Zusammenhang zwischen den Ereignissen von 1944 und dem Tod unseres Glaubensbruders besteht. Nur deshalb wurde ich eingeweiht.«

»Sie lügen«, stellt Melissa emotionslos fest. »Ich denke mal, es geht schlicht und ergreifend darum, dass diese Probe ein gewaltiges Machtmittel sein könnte, und da möchte der Vatikan nur allzu gern mitmischen.« Die Agentin fixiert den Abgesandten Roms. »Sie können gehen.«

»Wie bitte?«, stöhnt Müller überrascht.

»Haben Sie noch weitere Informationen für uns?« Melissa lächelt kalt. Maldini schüttelt den Kopf. »Dachte ich mir. Sie finden sicher allein hinaus.«

Er grüßt einmal augenzwinkernd in die Runde und verlässt den Verhörraum.

»Also wirklich, was soll denn das?«, beschwert sich Hauptkommissar Müller.

»Er wird nicht mehr sagen.«

»Maldini ist ein Mordverdächtiger.«

»Wir können ihm nichts beweisen, oder sehen Sie das anders, Frau Wald?«

»Leider nicht«, bestätigt Jessica.

»Trotzdem verbitte ich mir, Entscheidungen über meinen Kopf hinweg zu treffen.«

»Hauptkommissar Müller, glauben Sie mir, Sie möchten nicht, dass ich jetzt die Karte *Ober sticht Unter* ausspiele«, seufzt Melissa. Sie wirkt abgespannt, müde, genervt. »Ein Anruf im Innenministerium, und Sie sind raus aus der Nummer. Lassen wir also das sinnlose Kompetenzgerangel. Ich bin bereit, ab jetzt mit offenen Karten zu spielen.« Ihr Blick wandert zu Sascha und meiner Wenigkeit. »Ab wann lassen Sie beide denn die Hosen runter?«

»Äh, wir verstehen nicht ...«, erwidert Sascha lahm.

Melissa atmet tief durch. »Aber sicher verstehen Sie. Wann wollten Sie mir denn von den Unterlagen über das KZ Ratingsee berichten, die Sie klammheimlich in die Asservatenkammer geschafft haben?«

Müller und Kaczor machen große Augen, Jessica lächelt nur wissend.

»Ach, das olle Ding.« Sascha zuckt mit den Schultern. »Haben wir in dem ganzen Trubel glatt vergessen, oder, Jonesy?«

»Sascha, Sie sind ganz sicher eine aufrechte und kampfeswillige Ostfriesin, und das finde ich bewundernswert, aber eine gute Lügnerin sind Sie nicht.«

»Na schön«, lenke ich ein. »Wir waren und sind uns nicht sicher, ob diese Unterlagen uns wirklich weiterhelfen können, ergo haben wir sie erst einmal in Sicherheit gebracht. Eine Auswertung steht noch aus.«

»Sie haben Beweismaterial hinterzogen«, beschwert sich Agent Kraft. »Das ist ganz und gar nicht in Ordnung.«

»Aber das wird nicht wieder vorkommen, nicht wahr?« Melissa funkelt mich belustigt an. »Oder, Kommissar Dawson?«

»Offene Karten und heruntergelassene Hosen«, bestätige ich.

»Gibt es noch was, das Sie womöglich *vorsorglich* für sich behalten haben?«

Verdammt, sie ist wirklich gut. Ich berichte von Hitlers Sekretärin und ihren Briefen, die uns Karl Geiger zukommen ließ. Melissa hört aufmerksam zu. »Gut, langsam ergibt sich zumindest ein nachvollziehbares Motiv.« Für eine Weile herrscht nachdenkliches Schweigen im Konferenzraum.

»Das ist doch alles Schwachsinn.« Kaczor sieht fragend in die Runde. »Das Zeug ist siebzig Jahre alt und wahrscheinlich längst eingetrocknet. Wozu der ganze Zinnober?«

Müller malt mit schwarzem Stift eine Spritze auf die Plexiglaswand.

»Anscheinend gibt es Menschen, die an die Wirksamkeit der Nazi-Waffe glauben, und die bereit sind zu töten, um sie in die Hände zu bekommen.«

»Um was damit anzufangen?« Jessicas Frage ist berechtigt.

»Wenn das Virus tatsächlich wirksam sein und es aktuell kein Gegenmittel geben sollte, dann könnte man uns damit oder gar den Rest der Welt erpressen«, prophezeit die BND-Agentin düster.

»Ich glaube das einfach nicht«, wiederholt Kaczor verdrossen. »Wir jagen einem Hirngespinst nach.«

»Eines, das schon drei Menschen auf dem Gewissen hat.«

»Nicht zu vergessen, dass Luzie Schüssler noch immer vermisst wird«, erinnere ich.

»Richtig«, stimmt Melissa zu. »Wo ist Gustav Momsen untergebracht?«

»In einem Safe House im Röttgersbach.«

»Okay.« Sie erhebt sich. »Es ist bereits nach elf. Wir sind alle müde. Vertagen wir uns also auf morgen früh neun Uhr.«

Kapitel 29

Irgendwo in Duisburg

Sonntag, 23. Mai 2019, 22 Uhr

»Es tut mir schrecklich leid, mein General.«

»Sie können ja nichts dafür, Leutnant, dass die verdammten Aufzeichnungen unvollständig sind.« Ein anhaltender Hustenanfall. »Die Zeit drängt. Wir liegen hinter unserem Plan.«

»Ich weiß.«

»Was ist mit dieser Schüssler?«

»Sie hat uns alles gesagt, was sie weiß. Wie soll ich weiter mit ihr verfahren?«

»Sie ist nicht mehr von Nutzen für uns.«

»Das sehe ich genauso.«

»Nun, dann wissen Sie, was zu tun ist. Die Audienz ist beendet. Sie können gehen. Rufen Sie für morgen Abend den inneren Zirkel zusammen, Leutnant.«

Kapitel 30

Apartment Duissernstrasse
Sonntag, 23. Mai 2019, 23:35 Uhr

»Kannst du auch nicht schlafen?« Sascha hüpft unvermittelt aus dem Bett und gießt uns zwei doppelstöckige Glenmorangie ein. »Cheers.«

Es ist warm und leicht stickig. Die Bude ist nicht gut durchzulüften, da alle Räume und Fenster auf der Rückseite des Hauses liegen.

»Denkst du noch an den Chinesischen Garten?« Das goldgelbe Lebenselixier bahnt sich seinen Weg in meinem Körper. »Es hätte uns leicht erwischen können.« Ein tiefer Seufzer. »Mal wieder.«

»Ist noch nicht so richtig bei mir angekommen. Ziemlich verrückte Nummer.«

»Kannst du wohl sagen.« Wir sitzen auf dem Bett, sie hat den Kopf an meine Schulter gelehnt. »Eine richtige Schießerei hatten wir allerdings noch nicht.«

»Irgendwas passt da nicht, Jonesy. Irgendwelche Spinner wollen dieses Virus haben, okay, bescheuert, aber noch nachvollziehbar. Aber der Grabesritter wird aus Rom entsandt? Berlin schickt direkt zwei Supercops, obwohl wir beide vor Ort sind? Auch totaler Quark. Deine schlitzäugige Verehrerin behauptet zwar, mit offenen Karten zu spielen, das nehme ich ihr aber nicht ab. Die weiß mehr, als sie rauslässt.«

»Hm, nun ja.«

»Also, dein verbales Repertoire ist aber mächtig eingeschränkt.« Sascha kichert und leert ihr Glas. »Trink aus.« Dieses frivole Glitzern in ihren Augen ist mir inzwischen vertraut. »Es sind noch ein paar Minuten bis Mitternacht.« Ich bekomme einen langen, innigen Kuss. »Du musst auch nicht reden.«

Um 7:30 Uhr brummt mein Handy. Eddie. Gähnend nehme ich das Gespräch an.

»Moin Moin, ihr Turteltäubchen, nun aber mal raus aus den Federn!«

»War ein harter Tag gestern, mein Lieber. So gar nicht mit *Peace, Love and Understanding.*«

»Wie auch immer, schmeiß mal deinen Laptop an.«

»Das Elend willst du nicht sehen.«

»Kann schon sein, aber ich muss euch was zeigen, und das geht nun mal nicht am Telefon.«

Wenig später sitzen Sascha und ich ungewaschen, ungekämmt und ziemlich zerknautscht vor dem kleinen Bildschirm. Der hessische John Lennon hingegen macht einen ekelhaft frischen und ausgeruhten Eindruck.

»Hi, Sascha. Ich gebe euch mal eine Wasserstandsmeldung zu meinen Recherchen. Also ... Zu den beiden Priestern habe ich nichts Auffälliges finden können. Hermann war bei Pater Gottfried schon Ministrant, später pflegt er dann seinen Mentor bis zu dessen Tod und übernimmt dann die Gemeinde. Alles tutti.« Eddie tippt parallel auf einem Tablet herum. »Ich schalte mich mal auf euren PC, bitte bestätigen. Okay, prima.«

Auf unserem Bildschirm präsentiert er Fotos der beiden Geistlichen.

»Weiter im Text. Zu 1944, im Besonderen Duisburg. Es existiert eine nicht frei zugängliche Datenbank, eine Art Kriegstagebuch der Nazis. Dort sind Millionen von Meldungen aus dem Reich, aber auch von allen Kriegsschauplätzen inzwischen digitalisiert und eingespeist worden.«

»Du hast dich natürlich eingehackt«, mutmaße ich.

»Jawoll, Deckname *Yellow Submarine.*« Er grinst begeistert. »Das sind enorm viele Daten, da muss ich erst ein Suchprogramm schreiben und einspeisen. Das haben die Trottel von der Behörde natürlich nicht gemacht. Ich habe aber, gedankt sei Bruder Zufall, folgende Meldung entdeckt.«

Auf dem Bildschirm erscheint ein handgeschriebener Text.

KZ Ratingsee, Januar 1943.

Der Verlegung von Insassen aus o. g. Einrichtung in die Anstalt Nettetal wird hiermit zugestimmt. Die Deportation erfolgt nach Bedarf und Meldung durch die Leitung der Anstalt.

Gez. Reichsführer SS, Heinrich Himmler.

»Ist nicht viel, aber immerhin hoch aufgehängt.«

»Das passt in unser Puzzle, Eddie. Verdammt gute Arbeit.«

»Na, danke. In Sachen Geheimarchiv bleibe ich noch am Ball.«

»Pass bloß auf, Eddie. Wenn man dich erwischt, wird Isabell dir und mir den Kopf abreißen.«

»Yo, wird schon. Ich mach mal weiter, muss gleich zum Frühschoppen. Karl Geiger, dein Lehrer, war bis 2002 Mitglied der NPD, hat das aber wohl nie nach außen getragen. Rechtsnationale Gesinnung kann man wohl unterstellen. Ist aber nie irgendwie auffällig geworden.«

»Donnerwetter, das hätte ich nicht für möglich gehalten.« Immerhin bin ich jetzt richtig wach. »Man kann halt den Menschen nur vor den Kopf gucken.«

»Ja, irre. Übrigens habe ich mir das Weiße Album remastert gekauft. Das lohnt sich echt, die Bassläufe kommen echt knackiger rüber.«

»Eddie ...«

»Okay. Euer Freund, der Grabesritter. Ehemaliger Fremdenlegionär, knallharter Bursche, wurde vom Vatikan eingekauft, ist nicht mal katholisch.« Ein Foto in Khakiuniform ploppt auf, endlose Wüste im Hintergrund. »Seit 2010 in Diensten des Heiligen Stuhls. Wurde mit diversen Mafiamorden in Verbindung gebracht, aber niemals angeklagt. Lästige Zeugen verschwanden oft spurlos.« Eddies Gesicht ist jetzt ernsthaft besorgt. »Passt bloß auf, Leute, der Kerl ist Dynamit.«

»Danke für die Warnung, wir hatten bereits gestern das Vergnügen mit einem seiner Stammesbrüder.«

»Oha, dann wisst ihr ja Bescheid. Bleibt noch dieser verrückte Holländer.«

»Marius van Cleef.«

»Genau. Hat in seinem Heimatland Medizin studiert, Promotion ging dann in die Hose, vertrat aus niederländischer Sicht ethisch fragwürdige Theorien, deshalb konnte er wohl bei den Nazis gut landen. Aber jetzt kommt der Kracher: Der Spinner hat in Holland ein Buch veröffentlicht, übrigens im Eigenverlag, weil wahrscheinlich kein Verlag sich mit seinen abstrusen Ideen anfreunden konnte. Titel: Vom schwarzen Tod ins ewige Licht.«

»Hört sich nach Fantasy an«, meint Sascha.

»Leider nein. Ich habe mir eine Zusammenfassung besorgen können. Van Cleef geht davon aus, dass neunundneunzig Prozent der Menschheit sterben müssen, damit das eine Prozent zum ewigen Leben finden kann.«

»Irre!«

»Nicht wahr? Er stellt sich ganz in den Dienst der Forschung, um genau diesen Zustand herbeiführen zu können.«

»Deshalb ermöglichten ihm die Nazis eine Anstalt, in der van Cleef fröhlich seinen Hirngespinsten nachgehen kann«, vermute ich. »Der Verrückte bastelte an einem tödlichen Virus.«

»Ein Virus?« Eddies Stirn legt sich in Falten.

»Lange Geschichte, erzähle ich dir später.«

»Okay. Oha, Isabell ruft schon. Ich muss jetzt los.«

»Danke Eddie, du bist der Beste.«

Der Bildschirm wird kurz dunkel.

»Langsam bekommt die Sache Struktur.« Ich reibe mir den Schlaf aus den Augen. »Van Cleef stellt den Nazis seine Theorien vor, die halten ihn wahrscheinlich auch für einen Spinner, zumindest was die Sache mit dem ewigen Leben angeht, aber wer weiß, vielleicht pantscht der Holländer ihnen ja eine biologische Waffe gegen die Alliierten zusammen.«

»Und aus dem KZ in Ratingsee ... bekommt van Cleef Versuchspersonen?«

»N gleich Nettetal, davon können wir jetzt wohl sicher ausgehen.« Wir sehen uns einen langen Moment in die Augen. »Menschenversuche, Sascha.«

»Scheiße.«

»Im Herbst 44 war er wohl erfolgreich.«

Sie macht ein wild entschlossenes Gesicht. »Auch wenn die Wahrscheinlichkeit gering ist, dass diese Kacke noch Schaden anrichten kann – wir werden nicht zulassen, dass dieses Zeug in die falschen Hände gerät.«

Kapitel 31

Duisburg-Hamborn
Montag, 24. Mai 2019

Gerade als wir auf den Parkplatz am Präsidium einbiegen, summt mein Handy.

»Melissa?«, melde ich mich.

»Guten Morgen, Jonathan.« Im Hintergrund laute Stimmen, die in fremden Zungen schwadronieren, vermutlich türkisch.

»Wo stecken Sie denn, die Besprechung mit Müller geht gleich los.«

»Ich bin hier im Stadtteil, ähm ... Hamborn oder Marxloh, denke ich.«

»Jede Menge Brautmodengeschäfte, Reisebüros, Döner-Buden und Juweliere? Das alles in türkischer Hand?«

»So sieht es aus.«

»Dann sind Sie tatsächlich in Marxloh, der größten Brautmodenmeile nach Istanbul.« Ich kann mir ein Grinsen nicht verkneifen. »Spannend, oder?«

»So könnte man es auch nennen. Ich bin mir nicht sicher, ob ich mich noch in Deutschland befinde, aber ja, es ist eine interessante Erfahrung.«

»Was, um Himmels Willen, treiben Sie denn da?«

»Ich suche Bea Fiedler, diese Privatdetektivin, die auch zum Buchclub gehört. Gestern war sie nicht anzutreffen. Leider hat sich Kollege Kraft heute Morgen krankgemeldet, sein Darm hat wohl das chinesische Essen von gestern Abend nicht verpackt.«

»Zu viel Glutamat«, vermute ich.

»Wie auch immer. Ich bin zwar schon ein großes Mädchen, aber ich könnte Verstärkung gebrauchen. Solo-Vernehmungen machen keinen Sinn.«

»Wo genau stecken Sie denn jetzt?«

»Das ist hier so ein Einkaufszentrum. *Im Brahm* nennt sich das. Die Fiedler hat ein Büro in einem Gebäude direkt gegenüber der Auffahrt zum Media-Markt, dritte Etage. Sie scheint da zu sein, jedenfalls gingen gerade die Fenster ihrer Detektei auf. Sie wissen ja, dass Befragungen immer zu zweit durchgeführt werden müssen.«

»Warum haben Sie nicht direkt einen Kollegen mitgenommen?«

»Ich hatte eigentlich nicht damit gerechnet, die Dame so früh am Morgen anzutreffen. Ich wollte nur schon mal das Terrain sondieren.«

»Blöde Ausrede«, murmelt Sascha leise.

»Okay, Moment.« Ich lege meine Hand über das Handy-Mikro. »Bis wir das oben Müller erklärt haben, geht jede Menge Zeit ins Land, also ... du oder ich?«

»Nee, fahr du mal, ich kenne mich da nicht aus und müsste erst dein uraltes Navi anwerfen. Ich kläre das mit Müller und dem Rest der Truppe.« Ich nicke zustimmend. »Du meldest dich, wenn ihr fertig seid.«

»Okay ... Melissa, ich bin unterwegs. Wird aber 'ne Viertelstunde dauern.«

»Alles klar. Dahlmann-Ecke Roonstraße, ich sitze im Wagen. Bis gleich.«

»Das gefällt mir nicht, Jonesy«, murrt Sascha. »Was soll dieser bescheuerte Alleingang?« Ich zucke nur mit den Schultern. »Pass bloß auf dich auf.«

Melissa Nguyen erfüllt alle Klischees einer filmreifen Agentin. Dunkler Hosenanzug, weiße Bluse, schicke Sonnenbrille, ziemlich hohe Hacken, die schwarzen Haare zu einem Pferdeschwanz zusammengebunden. Das komplette Ensemble schön verpackt in einem dunkelblauen BMW.

Ich parke meinen Astra direkt daneben. Wir steigen beide aus.

»Alles klar, ich weiß, es war dämlich, allein hierher zu fahren, aber wenn ich ehrlich sein darf: Ich hatte absolut keinen Bock auf eine Runde mit Müller.« Sie lächelt mich fröhlich an, das hat sie verdammt gut drauf. Ich muss an Saschas Warnung denken, schüttele aber innerlich den Kopf. »Danke, dass Sie so schnell kommen konnten, Jonathan.«

»Na ja, ich stehe auch nicht wirklich auf diese Einsatzbesprechungen, insbesondere wenn so viele Personen beteiligt sind. Das ufert oft aus.« Es ist fast halb zehn. »Also, schauen wir uns die Dame mal genauer an.«

In dem Bürogebäude sind noch die Verwaltung einer Gebäudereinigung und ein Callcenter untergebracht. Bea Fiedler hat ein Messingschild anbringen lassen, das sie als Privatdetektivin ausweist. Wir nehmen die Treppe. Die dritte Etage scheint, bis auf Fiedlers Büro am Ende des Flurs, leer zu stehen.

»Nicht gerade vertrauenerweckend«, stellt Melissa fest.

Unsere Schritte hallen durch den verwaisten Gang. Noch bevor ich anklopfen kann, öffnet sich die Bürotür, und eine durchtrainierte, wasserstoffblonde Frau in Jeans, Turnschuhen und hautengem gelben T-Shirt sieht uns fragend an.

»Frau Fiedler?« Ich versuche mal ein unverbindliches Lächeln.

»Wer will das wissen?« Eine strenge, befehlsgewohnte Stimme. Fünfzehn Jahre Bundeswehr kann man halt nicht so leicht abschütteln.

»Kommissar Dawson«, stelle ich mich vor. »Und das hier …«

»Melissa Nguyen, ich bin noch in der Ausbildung, Praktikantin, sozusagen.« Okay, sie will wohl nicht direkt schwere Geschütze auffahren. »Ich hospitiere bei meinem erfahrenen Kollegen, ich hoffe, das ist in Ordnung für Sie.«

»Das ist mir ehrlich gesagt schnurzpiepegal.« Die Privatdetektivin zieht die Tür ins Schloss. »Worum geht es denn? Ich habe einen auswärtigen Termin, also eigentlich keine Zeit.«

»Nur ein paar kurze Fragen, Frau Fiedler.« Ich sehe sie eindringlich an.» Es geht um Karl Geiger, Ihren Freund aus dem Buchclub.«

»Aha, ich hörte, jemand hat ihn weggepustet. Tja, das ist tragisch. Können wir vielleicht im Gehen weitersprechen? Ich habe es wirklich eilig.«

»Sicher.« Diesmal nehmen wir den Aufzug. »Wie gut kannten Sie Geiger?«

»Na, von diesen Buchtreffen halt. Er war nicht immer dabei. War nur Gast, glaube ich.«

»Sie lesen also gern?«, fragt Melissa liebenswürdig.

»Was? Ach so, na klar, sonst wäre ich ja nicht in diesem Verein.« Fiedler scheint wirklich unter Druck zu stehen. Nervös schaut sie immer wieder auf ihre Armbanduhr.

»Hatte Geiger Feinde, womöglich innerhalb Ihrer Lesergemeinschaft?«

»Nee, kann ich mir nicht vorstellen. Karl war zwar manchmal eine Nervensäge, aber deswegen bringt man ja niemanden um.«

»Nervensäge? Wie ist das zu verstehen?«

»Na ja, er neigte dazu, außer seiner eigenen Meinung keine zweite zu akzeptieren. Echt rechthaberischer alter Sack. Das war oft halt ätzend.« Wir sind wieder an der frischen Luft. Fiedler atmet tief durch. »Hören Sie, ich habe jetzt wirklich keine Zeit mehr für dieses Frage- und Antwortspiel. Kommen Sie am späten Nachmittag wieder – oder noch besser morgen früh.«

Ich zupfe eine meiner Karten aus meinem Portemonnaie. »Ich denke, das wird nicht nötig sein. Was meinen Sie, Anwärterin Nguyen?«

Die BND-Agentin schmunzelt. »Nein, Sie haben natürlich wie immer recht, Herr Kommissar. Vielen Dank, Frau Fiedler. Wir melden uns, sollten wir noch weitere Fragen haben, oder Sie melden sich, falls Ihnen doch noch etwas einfällt, was uns helfen könnte, den Mörder ... oder die Mörderin von Herrn Geiger zu fassen.«

»Okay, kann ich jetzt ...«

»Natürlich, fahren Sie vorsichtig.«

Bea Fiedler verschwindet durch eine Toreinfahrt. Wahrscheinlich ein Parkplatz im Hinterhof.

»Warum haben Sie die so schnell vom Haken gelassen?«, fragt Melissa.

»Weil sie uns sowieso nichts gesagt hätte.« Ich dirigiere sie zum Astra. »Einsteigen.«

»Hallo?«

»Nun machen Sie schon. Praktikantinnen haben gefälligst den Anweisungen des Meisters unverzüglich Folge zu leisten.« Mit aufgeblasenen Backen setzt sie sich auf den Beifahrersitz.

»Was soll das werden, Jonathan?«

»Nur die Ruhe. Na bitte.« Ein weißer Mercedes Sprinter schiebt sich auf die Straße in Richtung B 8. Eine blonde Frau sitzt hinter dem Lenkrad. »Nicht gerade ein Auto, das man bei einer Privatdetektivin vermutet, oder?«

»Vielleicht hilft sie Freunden beim Umzug.« Ich lasse den Motor an. Augenblicklich erfüllt stechender Benzingeruch den Innenraum.

»Liebe Güte, was verbraucht dieser Schrotthaufen denn an Öl, einen Liter auf hundert Kilometer?«

»So in etwa.« Nachdem zwei weitere Pkw vorbeigefahren sind, fahre ich aus der Parkbucht.

»Wir verfolgen die Fiedler?« Melissa lacht trocken. »Krass. Ist das Ihr berühmtes Bauchgefühl? Brinkmann erwähnte mal was in dieser Richtung.«

»Sie hat es verdammt eilig, und sie fährt einen Kleintransporter.«

»Wow, das macht sie natürlich zu einer Hauptverdächtigen.«

Die feine Klinge der Ironie, meisterhaft geschwungen.

Melissa beäugt meinen CD-Player. »Modernes Antiquariat, funktioniert das Teil noch?«

»Aber so was von.« Ich drücke die Play-Taste und drehe ordentlich auf – *Tie Your Mother Down*. Es geht doch nichts über Freddie Mercury. »Machen Sie es ruhig leiser, wenn es Ihnen zu heftig ist.«

»Alles gut, ich stehe auf Queen.«

Donnerwetter, das kann man als weiteren Pluspunkt verbuchen. Ich konzentriere mich auf den Verkehr. Bea Fiedler biegt auf die B 8 Richtung Norden ab. Die Musik wird ruhiger. *Take My Breath Away,* eine faszinierende Ballade.

»Sind Sie mit dem Job zufrieden, Jonathan?« Ich drehe mich kurz zu ihr um. Die Frage ist ernst gemeint. »Ich meine dieses Leben, das wir führen. Heute hier, morgen dort, unpersönliche Hotelzimmer, keine geregelten Arbeitszeiten, immer auf heißer Spur. Serienmörder, Terroristen, Bandenkriminalität, zuletzt die Jagd auf die Drahtzieher eines Kinderpornorings. Kranker Abschaum.«

»Ist nicht immer einfach.« Ich regele die Lautstärke herunter. »Wünschen Sie sich ein anderes Leben? Einen Ehemann, Kinder, ein hübsches Häuschen im Grünen, samstags ein Barbecue mit Gleichgesinnten?«

»Was ist so schlimm daran?«

»Gar nichts. Ohne meine Einsiedelei in Moselkern würde ich durchdrehen. Das ist unser Rückzugsort, unsere Oase zum Auftanken. Eigentlich wechseln wir ständig zwischen zwei Welten.«

»Sie leben in Ihrer Freizeit dort … mit Frau Brinkmann?«

»Ja, warum nicht?«

»Sie sehen sich doch sowieso schon jeden Tag, und trotzdem funktioniert diese Beziehung?«

»Tadellos.«

»Beneidenswert. Ich drücke Ihnen die Daumen, dass das bleibt.«

»Was ist mit Ihrem Partner? Macht doch einen netten Eindruck.«

»Matthias?« Sie winkt lächelnd ab. »Ein großer Junge, gut in seinem Job, gar keine Frage, loyal, zuverlässig, hilfsbereit, strebt nach höheren Weihen.«

»Aber?«

»Kein Rückgrat, keine eigene Meinung, kein Interesse an Musik, Kultur im Allgemeinen, liest nicht, steht auf deutsche Schlager und sieht gerne das Dschungelcamp oder Big Brother.«

»Ups.«

»Tja, nun ja, jedem das Seine. Wo sind wir hier?«

»Walsum, gleich Stadtgrenze Dinslaken.« Der Transporter setzt den Blinker und biegt links ab. Jetzt ist nur noch ein Auto zwischen uns. Ich fahre langsam, um den Abstand zu vergrößern. »Wir fahren auf den Rhein zu. Der Nordhafen, das muss das Ziel sein.«

»Weil …?« Melissa ist jetzt hochkonzentriert.

»Weil es da sonst nichts gibt. Ist heute Hafen eines Steinkohlekraftwerkes. Die Blöcke Neun und Zehn der Anlage sind, soweit ich weiß, noch in Betrieb. Drumherum diverse Hallen und stillgelegte Fabrikgebäude. Die große Zeit der Kohle neigt sich dem Ende zu.«

»Was will sie hier?«

»Mist.« Der Wagen vor uns biegt rechts ab. Ich lasse uns noch weiter zurückfallen. »Hoffentlich hat sie noch nicht Lunte gerochen.«

»Sie wird langsamer.« In unserem Rücken braut sich ein Gewitter zusammen. Schwülwarme, feuchte Luft weht durch die Fenster ins Auto. »Da … der Sprinter biegt rechts ab.«

»Ich fahre langsam an der Einfahrt zum Gelände vorbei.«

»Okay.« Wir passieren die Zufahrt zu einer Art Schrottplatz. Jedenfalls sieht man auf den ersten Blick Wracks alter Laster, Pkw und Omnibusse.

»Carlsen & Winter, Sanierungen aller Art«, entziffert Melissa ein verbeultes, rostiges Schild. »Scheint ein weitläufiges Gelände zu sein. Ich kann den Transporter schon nicht mehr sehen.«

Jagdfieber erfasst mich. Da stimmt doch etwas nicht, das spüre ich deutlich. Ihr scheint es ähnlich zu gehen. Ich wende und parke am Ufer des Stichkanals.

»Carlsen ... heißt nicht einer dieser Buchclub-Mitglieder so?«

»Stimmt. Finya und Jens hatten gestern das Vergnügen. Die Firma ist aber in Bergheim angesiedelt, wenn ich das richtig im Kopf habe.«

»Na ja, merkwürdiger Zufall, oder?«

»Allerdings.« Ich fische mein Handy heraus und wähle Saschas Nummer.

»Mailbox.« Klar, Einsatzbesprechung, da sollte das Handy nicht andauernd klingeln. »Hallo Sascha, kurze Info, Melissa und ich stehen praktisch vor dem Tor einer Firma namens Carlsen & Winter, Sanierungen. Wir sind in Walsum am Nordhafen, die Straße heißt, äh, warte mal ... Theißelmannstraße, eine Hausnummer kann ich nicht erkennen. Wir haben Bea Fiedler bis hierher verfolgt und sehen uns den Laden mal an. Okay, dann bis später.«

»Kennen Sie diesen alten Western *High Noon*?« Melissa sieht mich fragend von der Seite an. Wir gehen gerade durch den gemauerten Torbogen. »Mit Gary Cooper in der Hauptrolle.« Der Innenhof ist erstaunlich ausladend, rechts von uns eine große Lagerhalle, links türmen sich verrostete und ausgeschlachtete Gerippe von Fahrzeugen aller Art zu einem futuristischen Berg auf.

»Ja, kenne ich, Schwarzweiß-Film, echt gut gemacht. Ziemlich patriotisch. Wie kommen Sie jetzt darauf?«

»Die Atmosphäre hier erinnert mich an die berühmte Szene, als die Revolvermänner in die Stadt einreiten und kein Mensch zu sehen ist.«

»Das wäre nicht gut, denn wenn ich mich recht erinnere, geht das für die Eindringlinge nicht gut aus, außerdem sind wir ja wohl die Guten. Wo ist der verdammte Sprinter? Kann eigentlich nur in der Halle verschwunden sein.«

Melissa löst den Druckknopf von ihrem Halfter.

»Links ist ein Durchgang zwischen dem ganzen Metallmüll, da könnte er auch durchgefahren sein. Wer weiß, wohin diese hohle Gasse führt.«

»Kein Mensch zu sehen.«

»Wir sollten Verstärkung anfordern«, schlage ich halbherzig vor.

»Da vorn ist eine Hütte, sieht aus wie eine Baubude. Könnte das Büro sein. Sehen wir mal nach.« Sie geht gar nicht auf meinen Einwand ein. Schnurstracks marschiert sie auf das flache Gebäude zu. »Wagen und Detektivin können sich ja nicht weggebeamt haben.«

Die beiden Fenster sind blind vor Dreck, die Tür steht einen Spalt breit auf.

»Hallo, ist hier jemand?«

Sascha rutscht auf ihrem Stuhl herum. Die Besprechung dauert schon über eine Stunde. Müller will alles haarklein referiert haben. Allein Kaczors Bericht über die Befragung Karl von Bönighausens zieht sich endlos hin, wobei er sich in der Rolle des Alleinunterhalters zu gefallen scheint. Sascha und Finya tauschen genervte Blicke. Auch Jessica sieht immer häufiger auf die Uhr.

»Also keine neuen Anhaltspunkte«, stellt Müller enttäuscht fest.

»Leider nein, Herr Hauptkommissar.«

»Gott, und für die Übermittlung dieser Nullnummer brauchen Sie eine Dreiviertelstunde?« Saschas Einwand erregt allgemeine Heiterkeit.

»Ich arbeite eben gründlich, Kommissarin Brinkmann.« Kaczor ist beleidigt. »Was man sicher nicht von allen hier Anwesenden behaupten kann.«

»Nun lassen Sie es mal gut sein«, beschwichtigt Müller.

Sascha überlegt, ob er seine Glatze poliert hat, oder ob es sich um eine Spiegelung der grellen Beleuchtung handelt.

»Nachdem wir ja bereits wissen, dass die Befragung des Reeders Hoppe auch nichts erbracht hat, bitte ich nun Frau Jacobsen und Herrn Klaasen um ihren Bericht zur Vernehmung des Herrn Ferdinand von Selz.«

Der Minutenzeiger der schmucklosen Wanduhr wandert auf fünf nach zehn.

Melissa öffnet die Tür, während ich den Innenhof im Auge behalte.

»Hallo!«, wiederholt sie laut. Sie verschwindet im Inneren der Baracke. »Keiner da, Jonathan.«

»Melissa, kommen Sie da raus. Hier stimmt was nicht.«

»Moment, wenn ich schon mal hier drin bin, kann ich mich auch ein wenig umsehen.«

Ich presse die Lippen aufeinander. Mein Gefahrenradar sagt mir, dass Alarmstufe Rot angezeigt ist. In der Ferne grollt es vernehmlich. Die Sonne ist längst hinter dicken schwarzen Wolken verschwunden. Unwillkürlich lege ich eine Hand auf den Griff meiner Walther PK. Mein Blick geht von der großen Halle hinüber zu den Wracks verschiedener Gattungen und wieder zurück. Ich kann keine Bewegung ausmachen.

»Wow, das müssen Sie sehen, Jonathan.«

»Was denn?«

»Ein äußerst aufschlussreiches Foto. Nun machen Sie schon, gleich gibt es ein Gewitter, und dann möchte ich wieder in Ihrem Oldtimer sitzen und nicht im Schlamm herumwaten. Wissen Sie, was meine Schuhe gekostet haben?«

»Sicher mehr als meine.« Schweren Herzens begebe ich mich in die Hütte. Melissa deutet auf ein gerahmtes, bereits reichlich vergilbtes Foto an der Wand hinter dem Schreibtisch. »Ein Haufen Männer und eine Frau«, stelle ich lapidar fest. »Moment, da ist mein Geschichtslehrer auch drauf.« Erst jetzt erkenne ich Karl Geiger in jüngeren Jahren, vielleicht Mitte vierzig.

»Ja, dazu kommen Kurt, Ferdinand, Franz, Gernot, Caroline und Heribert.«

»Der Buchclub.«

»Nur ohne Bea Fiedler.«

»Die war zur Zeit der Aufnahme wahrscheinlich noch ein Kleinkind.«

»Richtig, aber sehen Sie mal genau hin, da links außen, da steht noch jemand.« Ich rücke näher an das Foto heran. »Scheiße ... das ist doch ...«

»Pater Hermann. Zumindest steht der Vorname unter der Aufnahme.« Melissa studiert das Bild eingehend. »Wo könnte das Foto entstanden sein?«

»Keine Ahnung. Sieht aus wie ein Kanal.«

»Kein Fluss?«

»Nein, sehen Sie doch, wie begradigt das Ufer ist. Nein, das ist ganz sicher ein schiffbarer Kanal. Ach, verdammt.«

»Was ist denn?«

»Ich habe mein Handy im Wagen liegen lassen. Machen Sie doch bitte ein Foto, meine eingebaute Kamera ist sowieso nicht besonders gut.«

»Älteres Modell, passend zum Auto?« Sie lächelt verschmitzt.

»Passend zum Besitzer«, gebe ich augenzwinkernd zu. Sie zieht ihr Smartphone aus der Tasche und macht drei Aufnahmen. Der automatische Blitz wird ausgelöst. »Rätsel über Rätsel. Hermann kannte also alle Mitglieder des Buchclubs, und das nicht erst seit vorgestern.«

»Womöglich gehörte er dazu, zumindest für eine gewisse Zeit.«

»Tja, wer weiß. Noch was Interessantes entdeckt?«

»Nein, hier ist auch eine ordentliche Staubschicht auf der Schreibtischablage, die Schubladen sind leer, bis auf eine vergammelte Tüte Hustenbonbons. Wir sollten uns auf die Suche nach dem Mercedes und unserer Detektivin machen.«

»Da bleibt dann nur die große Halle.« Und da ist es schon wieder, das innere Alarmsignal. Melissa zieht ihre Waffe.

»Anscheinend sind wir vom selben Stern«, stelle ich zufrieden fest. Komisch, dass man sich sicherer fühlt, wenn man eine Waffe in der Hand hat. Eine trügerische Sicherheit, denn ein hervorragendes Ziel ohne jegliche Deckung bieten wir auf jeden Fall.

»Scheiße, die haben dich verfolgt, jetzt schnüffeln zwei Bullen da draußen rum.« Der kräftige, hoch gewachsene Mann ist wütend. Seine Hände, groß wie Schaufeln, ballen sich zu Fäusten. »Wie dämlich kann man eigentlich sein?«

»Vorsicht, Gregor.«

»Willst du mir drohen, Zuckerpuppe?«

Der Mann hat erstaunlich kleine Augen, findet die schlanke Frau. Gelassen zieht sie ihre Beretta 9 mm.

»Noch ein falsches Wort und ich stanze dir ein hübsches Loch in deinen hohlen Schädel. Mach deinen Job, ich kümmere mich um den Rest.«

»Schon gut, verflucht.« Gregor Kaczinski widert sie an. Ein einfältiger Klotz, ein Handlanger, eine Marionette, die bewegt werden will. Immerhin verlässlich.

»Beweg deinen Arsch und sei leise. Sind die Tore abgeschlossen?«

»Auf jeden Fall.« Diese plötzliche Unterwürfigkeit ist nur schwer zu ertragen. »Ich leg sofort los.« Die Fahrerin des Sprinters blickt hinauf zu einer Art Empore, die sich an der Stirnwand der Halle entlangzieht. »He, Gregor, ist da oben unter dem Dach irgendwo ein Fenster?«

»Ja, wenn du raufkletterst, drei Schritte nach links. Da ist eine Öffnung, ist aber eigentlich nur zur Belüftung gedacht. Wenn du raussehen willst, musst du nur das Blech nach oben schieben.«

Wir versuchen es ohne Erfolg an beiden Toren. Fest verschlossen, keine Chance. Melissa zuckt ratlos mit den Schultern. Über dem Rhein blitzt es kräftig. Da zieht ein ordentliches Gewitter auf.

»Verdammt«, flucht sie leise. »Sie hat genug Zeit gehabt, den Wagen in die Halle zu fahren, um die dann zu verbarrikadieren. Womöglich hat sie sogar Hilfe vor Ort.«

»Aber sie muss doch davon ausgehen, dass wir das Gelände notfalls umstellen.« Ich sehe zweifelnd in den immer schwärzer werdenden Himmel. »Was will sie überhaupt hier? Das Ganze ist mir ein Rätsel. Ich bin gewiss kein Schisser, aber ich würde sagen, wir rufen die Kavallerie.«

»Ja, alles andere hat ja wohl keinen Sinn«, stimmt sie verärgert zu und zieht ihr Smartphone aus der Tasche. »Wir müssen den Laden bis zum Eintreffen unserer Leute aber auf jeden Fall im Auge behalten. Ich möchte nicht, dass uns diese feine Dame durch die Lappen geht. Puh, was für ein Dreck hier, da rieselt der Rost schon vom Dach.«

Woher soll denn das Zeug kommen, es ist doch praktisch windstill? Ich sehe nach oben. Da öffnet sich eine Luke. Daher kommen die rostigen Flusen! »Scheiße, weg hier!«

»Was?« Melissa ist irritiert. »Aber …«

Ein Schuss kracht durch die vollkommene Stille vor dem Sturm. Ich stoße die Agentin zur Seite. Der feine Kies spritzt auf. Gott sei Dank, knapp daneben. Aber vor einer Sekunde hat Melissa noch dort gestanden.

Feuer erwidern oder flüchten? In Sekundenbruchteilen wäge ich unsere Optionen ab. Nein, zurückschießen macht keinen Sinn. Wir stehen ohne Schutz vor der Halle und der bestens gesicherte Schütze praktisch über uns. Die Öffnung ist klein, unser Winkel denkbar schlecht.

»Laufen Sie!«

Aber Melissa Nguyen hat einen eigenen Plan. Sie rollt sich auf dem Boden ab, zwei Umdrehungen, wie ein gefoulter Fußballspieler. Mit einer fließenden Bewegung zieht sie ihre Waffe und feuert Richtung Luke.

»Melissa, nein!«, schreie ich.

Ein näherkommender Donner übertönt ihre Schüsse. Flugs entledigt sie sich ihrer Designerschuhe. Eine weitere Rolle rückwärts. Ich gebe Feuerschutz.

»Wir müssen Deckung suchen!« Ich packe ihren Arm. »Wir sind wandelnde Zielscheiben!«

»Zurück in die Bude.« Ihre Stimme ist so beherrscht, das ist unglaublich. »Na los, rennen Sie, Jonathan, ich werde der da oben noch ein bisschen einheizen.«

Sie hat recht. Wenn wir beide gleichzeitig loslaufen, kann der Schütze in Ruhe zielen. Ohne Vorwarnung öffnet der Himmel gerade seine Schleusen. Es gießt wie aus Kübeln. Melissa wechselt das Magazin. Ich spurte los. Im Nu verwandelt sich der Boden in ein matschiges Feld. In meinem Rücken feuert die Agentin Schuss für Schuss ab, lässt immer ein oder zwei Sekunden dazwischen verstreichen. Mit dem Fuß stoße ich die Tür zur Bürobaracke auf.

»Alles klar!«, rufe ich und nutze die halboffene Tür als Deckung. »Verdammt, wo ist das beschissene Fenster überhaupt?« Regenschwaden treiben wie fliegende Teppiche durch den Hof. Ich wische mir über die Augen.

Da ist es! Kurz blitzt Mündungsfeuer auf. Ich lege an und ziehe den Abzug durch. Durchatmen, kurz neu ausrichten, feuern.

»Melissa! Wo bleiben Sie denn?« Noch drei Patronen. Endlich sehe ich sie näherkommen. »Schneller!«

»Scheiße, ich habe mir den Fuß aufgeratscht!«

Der letzte Schuss, ich muss das Magazin wechseln. Das dauert ein paar Sekunden. Mein letztes. Normalerweise bin ich schon zu faul, die vorgeschriebene Reserve einzustecken. An diesem Tag zum Glück nicht. Ehe ich wieder einsatzbereit bin, fallen drei weitere Schüsse.

»Boah, ich dachte schon, das geht nie zu Ende.« Sascha und Finya gönnen sich in der Küche einen Kaffee. »Was für ein Geschwafel, und wofür? Kein neuer Aspekt, wir treten auf der Stelle.«

»Ich hoffe auf Eddie. Der gräbt bestimmt was aus, das uns weiterbringt.«

»Dein Wort in John Lennons Gehörgang«, seufzt Sascha.

»Hast du eigentlich was von Jonathan und der heißen BND-Braut gehört? Die wollte doch diese Privatdetektivin aufsuchen.«

»Nee, ich hatte das Handy drinnen ausgeschaltet.« Sascha schaltet es an. »Jonathan auf der Mailbox.« Gemeinsam hören sie Dawsons Botschaft.

»Walsumer Nordhafen, na sowas.« Finya runzelt die Stirn. »Was treibt eine Privatdetektivin in diese Gegend?«

»Die Nachricht ist schon fast zwei Stunden alt. Ich rufe Jonesy mal an, vielleicht können wir helfen.« Das Handy hupt in einem gleichmäßigen Rhythmus, bis die unpersönliche Stimme der Mailbox anspringt. Die beiden Frauen sehen sich verunsichert an. »Da stimmt was nicht.«

»Vielleicht vernehmen die zwei gerade die Fiedler.«

»Nein, da ist was ganz und gar nicht in Ordnung, das spüre ich. Wir müssen los, Finya. Sofort!«

»Also, ich weiß nicht, es gießt in Strömen. Die beiden sind Profis, Sascha, die lassen sich nicht so leicht überraschen. Wahrscheinlich sitzen die in irgendeinem Café und schlürfen einen Tee.«

»Nein, ich habe keine ruhige Minute mehr. Ich kann nicht einfach hier rumsitzen.« Sascha wählt erneut Dawsons Nummer. Verbissen schüttelt sie den Kopf. »Hast du deine Waffe parat?«

»Hängt im Büro.«

»Dann los, du kennst die Strecke.«

Jetzt doch von Saschas Unruhe angesteckt, rennen sie erst in das Büro, dann spurten sie die Treppe hinunter auf den Parkplatz.

»Wir nehmen einen Streifenwagen, dann können wir mit Blaulicht fahren«, schlägt Finya vor. »Scheiße, das regnet ja Hunde und Katzen. Hoffentlich kein Unfall auf der Nordsüd-Achse, der fehlte noch.«

»Wow, du fährst einen heißen Reifen«, stellt Sascha anerkennend fest. Immer wieder wählt sie vergeblich Jonathans Nummer. Wenig später rasen sie, so schnell es der Verkehr zulässt, über die Stadtautobahn Richtung Norden.

»Was kann da nur passiert sein?«, murmelt Sascha.

»Weg da, du Straßenfluse!«, schimpft Finya erbost, als ein Audi knapp vor ihr ausschert. Sie schaltet kurz die Sirene ein. Prompt macht der Wagen die linke Spur wieder frei. Sascha starrt hinaus in den dunklen Duisburger Himmel.

»Du liebst ihn so richtig, oder?«, fragt ihre Kollegin behutsam. »Falls ich dich das fragen darf.«

»Ja, hätte ich niemals für möglich gehalten, aber ja. Es macht mir auch nichts mehr aus, das offen und laut auszusprechen.«

»Das ist schön, ich freue mich wirklich für euch beide.«

»Das darf nicht schon vorbei sein.«

»He, mach mal halblang. Ihr habt noch jede Menge Kuscheleinheiten vor euch.« Finya lächelt aufmunternd. »Ich bin neidisch.«

»Ich habe ein ganz beschissenes Gefühl, Finya.« Wie zur Bestätigung donnert es schrecklich laut. Strohgelbe Blitze wabern vor ihnen Richtung Erde.

Melissa bleibt plötzlich stocksteif stehen.

Getroffen! Sie hat mindestens eine Kugel abbekommen!

Ihre Augen weiten sich entsetzt, dann taumelt sie die letzten drei Meter in Richtung Hütte. Kurz bevor sie mich erreicht, fällt sie vornüber in eine Schlammpfütze.

»Verfluchter Mist!«

Ein kurzer Blick durch den Regen auf das kaum zu erkennende Rechteck in der Wand der Lagerhalle. Zwei schnelle Schüsse, dann bin ich bei der Agentin, die Walther im Hosenbund. Geduckt packe ich Melissa und ziehe sie schnell über die Türschwelle ins Innere der Baubude. Schon kracht es wieder. Holz splittert von der Eingangstür ab.

»Melissa ...« Ich drehe sie behutsam auf den Rücken.

»Mich hat's erwischt«, keucht sie, beide Hände auf den flachen Bauch gepresst. Durch die weiße Bluse und ihre Finger sickert Blut. »Oh Gott, tut das beschissen weh. Ist wahrscheinlich passiert, als ich mich noch einmal kurz umgedreht habe.«

»Lass mal sehen.«

»Bleib bei mir, Jonathan, bitte.«

»Natürlich, nur die Ruhe, das kriegen wir schon wieder hin.« Vorsichtig schiebe ich ihre zitternden Hände beiseite. Sofort verstärkt sich der Blutstrom. »Okay, das sieht gar nicht so übel aus. Bleib ganz still liegen, ich muss kurz nachsehen, ob es ein Durchschuss ist.«

»Das ... wäre nicht gut, oder?«

»Kommt drauf an, wie groß das Projektil ist.«

Auf ihrer Stirn haben sich Schweißperlen gebildet. Ihre Hände sind eiskalt. Ich versuche ein aufmunterndes Lächeln. Meine Hand schiebt sich in ihren Rücken. Melissa stöhnt gepeinigt auf.

»Alles klar. Keine Austrittswunde, das verbuchen wir erst einmal positiv.«

Aber das viele Blut ...! Ich muss die Blutung stoppen, aber wie? Gehetzt schaue ich mich um. Gibt es hier irgendetwas, was uns helfen kann? Kann ich vergessen, das ist ein alter Dreckschuppen. Mein Hemd!

»Oh Mann, da muss ich erst angeschossen werden, damit du dich für mich ausziehst.« Ihre Stimme ist erschreckend kraftlos. Ich falte das Hemd so gut es geht zusammen und schiebe es unter ihre eiskalten Hände.

»Fest auf die Wunde drücken.« Ich springe zur Tür. Ein Blick in das Unwetter. Niemand zu sehen. Schon blitzt es aber wieder in dem Fenster auf. Die Kugel bleibt in der Holztür stecken. Ich schieße nicht zurück, das bringt sowieso nichts. In der Suppe da draußen kann ich nichts erkennen, geschweige denn vernünftig zielen.

»Okay, die haben uns immer noch im Visier. Ich hole jetzt Hilfe, du musst nur noch ein bisschen durchhalten. Wo ist dein Handy?«

»Jackentasche ...« Sie schließt die Augen und hält einen Moment die Luft an. Eine Welle aus Schmerzen fegt durch ihren Körper. Mein Hemd färbt sich schon leicht rot.

»Da ist nichts«, stelle ich betroffen fest. »Weder links noch rechts.«

»Scheiße, ich muss es beim Sturz verloren haben.« Ich fasse es nicht. Auch das noch. »Wir sind im Arsch, Jonathan.« Melissa atmet ganz flach und unregelmäßig. »Das ist eine Mausefalle. Hier komme ich nicht mehr raus.«

»Ach, Quatsch, gib mir einen Moment, mir fällt schon was ein.« Ich kontrolliere ihre Waffe. Noch drei Kugeln, bei mir müssten es sechs sein, wenn ich in der Hektik richtig mitgezählt habe.

Das Handy, verflucht, warum bin ich auch so ein Schussel? Meines liegt im Auto und Melissas irgendwo da draußen im Matsch. Ich schiebe die Tür einen Spalt weiter auf. Da liegt das verdammte Ding! Entfernung etwa vier bis fünf Meter. Wenn mir Melissa Feuerschutz geben könnte ... Aber das ist utopisch. Wie lange kann sie überhaupt durchhalten? Der Blutverlust hält sich noch in Grenzen, aber wer weiß, was das Geschoss in ihrem Körper beschädigt hat.

»He, nicht einschlafen, Melissa, hörst du?« Ich trockne mit einem Papiertaschentuch ihre feuchte Stirn. »Ich sehe dein Handy, liegt praktisch vor der Haustür. Ich hole es jetzt.«

»Trag mich zur Tür und gib mir eine Waffe.«

»Kommt nicht infrage.«

»Willst du einfach da rausspazieren, ohne Deckung? Du bist ja bescheuert, Jonathan Dawson.«

Leider hat sie recht.

»Ich bin schneller wieder hier, als du bis zehn zählen kannst.«

»Lieber Gott, lass es Vernunft regnen.« Stöhnend versucht sie sich aufzurichten, muss aber sofort aufgeben.

»Wir haben keine andere Wahl, Melissa. Ich habe noch sechs Schuss übrig, damit werde ich mir selbst die nötige Zeit verschaffen.«

»Irgendwann werden sie nach uns suchen, du hast doch Sascha eine Nachricht geschickt.«

»*Irgendwann* ist aber zu spät für dich, Melissa.« Ich streiche behutsam über ihre Wange. »Du verlierst permanent Blut. Ich kann dir nicht helfen in diesem elenden Loch. Du musst so schnell wie möglich ins Krankenhaus.«

»Ich habe Angst, Jonathan.«

»Kann ich verstehen.«

»Keine Angst vor dem Sterben.« Melissa lächelt unendlich müde. »Nur Angst davor, allein zu sein, wenn es so weit ist. Also, Cowboy …« Sie hustet angestrengt. »Komm gefälligst zurück zu mir.«

»Versprochen.«

Endlich erreichen Finya und Sascha die Ausfahrt Duisburg-Fahrn. Zum Glück ist der Verkehr nur in Gegenrichtung richtig heftig.

»Wie lange noch?«, fragt Dawsons Gefährtin zappelig.

»Keine zehn Minuten mehr.«

Es hört nicht auf zu regnen. Das Polizeiauto quert die Bundesstraße. Eine Seenlandschaft, der Belag ist gruselig schlecht. Schlaglöcher, die man nicht erkennen kann. Finya steuert auf eine rote Ampel zu, schaltet die Sirene an. Sie fährt hochkonzentriert. Sascha kontrolliert zum wiederholten Male ihre Waffe. Auf ihrem Gesicht spiegelt sich eine wilde Entschlossenheit.

»Bist du endlich fertig?«

»Ja doch. Alles im grünen Bereich. Alles erledigt.«

»Wurde auch Zeit. Du hältst dich an den Plan, verstanden?«

»Na klar, bin doch nicht blöd.«

Ach, wirklich?, *denkt die blonde Schützin.* Nun ja, es muss halt auch Fußvolk geben.

Ich feuere meine Waffe zweimal schnell hintereinander ab. Geduckt renne ich die wenigen Schritte bis zu Melissas Handy, das mit der Displayseite auf dem nassen Kiesboden liegt. Noch ein Schuss, es bleibt ruhig. Das Telefon in der linken Hand laufe ich rückwärts zurück, die Waffe in Richtung Lagerhalle ausgerichtet. Ich erwarte jede Sekunde, einen Schuss zu hören, aber ich erreiche die schützende Hütte unbeschadet.

»Ich hab's, Melissa!«

Keine Antwort! Ich stürze zu ihrem provisorischen Lager. Ihr Kopf ist zur Seite gekippt, die Hände verrutscht. Mein Hemd färbt sich rot mit ihrem Blut.

»Nein, nein! Aufwachen, Melissa!« Ich suche ihre Halsschlagader. Gott sei Dank, da ist noch ein Puls, aber schwach und unregelmäßig.

»Jonathan ...« Ihre Augenlider flattern.

»Bleib bei mir, ich habe das verdammte Handy.«

»So müde.«

»Ja, ich weiß, aber halt jetzt durch. Da hat niemand auf mich geschossen, vielleicht ist die Fiedler schon abgehauen.« Ihre Augen schließen sich wieder. »He, nicht aufgeben!« Ich wische das Display sauber und schalte das Smartphone ein. Es erscheint ein Nummernblock.

PIN eingeben! Natürlich.

»Melissa, ich brauche deine PIN!« Das kann doch nur ein böser Traum sein. Jetzt habe ich diesen verdammten sprechenden Knochen und kann ihn nicht nutzen. »Melissa, bitte, ich muss das Handy entsperren.«

»Sieben, drei, acht ...«

»Ja, weiter, die vierte Ziffer!«

Ein tiefer Seufzer, ihr Kopf sackt schwer gegen mein Knie. Sie hat erneut das Bewusstsein verloren.

Denk nach, Junge, denk nach. Diese Codes sind doch im Regelfall vierstellig, oder nicht? Keine Ahnung, so ist das nun mal, wenn man ein Handymuffel ist. Aber ja. Es sind wahrscheinlich vier Zahlen. Drei habe ich ja, also einfach ausprobieren. Aber gibt es eine automatische Sperre, wenn ich zu viele Fehlversuche habe? Womöglich nur drei Versuche?

Egal! Ich tippe die ersten drei Ziffern ein. Steckt da irgendeine erkennbare Logik dahinter? Sieben, drei, acht ... Ich versuche die Eins. Ein Textfeld ploppt auf. *Die PIN stimmt nicht überein. Bitte erneut eingeben.*

Mist, Mist, Mist!

Dann eben die Zwei am Ende.

Die PIN stimmt nicht überein. Bitte erneut eingeben.

»Scheiße hoch zehn! Melissa, bitte, aufwachen!« Der Regen trommelt auf das flache Dach der Bauhütte. Zwei leichte Schläge auf ihre Wangen. Keine Reaktion. Sie atmet ganz flach. Ich schiebe ihren Kopf auf meine Oberschenkel. »Also gut, der nächste Versuch.«

Irgendwo habe ich mal gelesen, dass Menschen in extremen Stresssituationen beginnen, laut zu sprechen, obwohl sie niemand hören kann. Das hilft angeblich, die Situation besser meistern zu können, beziehungsweise nicht in Panik oder Resignation zu verfallen. Anscheinend bin ich auch so weit.

Sieben, drei, acht, und die … Sechs.

Die PIN stimmt nicht überein. Bitte fordern Sie zur Entsperrung Ihres Endgerätes einen neuen Pincode von Ihrem Anbieter an.

»Ich fasse es nicht!« Enttäuscht werfe ich das Handy gegen die Wand. »Ruhe bewahren, reiß dich zusammen, Jonathan Dawson, welche Optionen bleiben?«

Wenn ich nur klarer denken könnte, alles verschwimmt in meinem Kopf.

»Krankenhaus, sie muss ärztlich versorgt werden, die Kugel muss raus, die Blutung gestoppt werden.« Ich atme ein paarmal tief durch. »Wir können nicht auf Hilfe warten. Alles klar.« Ich nicke verbissen. Komisch, wie ruhig man wird, wenn man eine Entscheidung getroffen hat. Vorsichtig lege ich Melissas Kopf zurück auf den Boden und stehe auf. Ein paar schnelle Dehnübungen, der linke Fuß ist eingeschlafen.

»Okay, ich trage dich jetzt zum Wagen, dann rufen wir einen Krankenwagen.« Sie stöhnt leise. Behutsam hebe ich sie auf meine Arme. Gott, wie leicht sie ist.

»Jonathan, was …«

»Alles im Lot.« Die wenigen Sekunden reichen noch, um ihren rechten Arm um meinen Hals zu legen. Schon ist sie wieder weg. Wenigstens hängt ihr Kopf nicht herunter, sondern ruht in meiner Halsbeuge. Mit dem wiedererwachten Fuß stoße ich die Tür ganz auf. Zweifelnd schaue ich in Richtung Lagerhalle. Als ich das Handy geholt habe, hat niemand geschossen, aber das muss nichts heißen. Der Regen ist jetzt zu einem feinen, wabernden Vorhang mutiert. Die Sicht ist dadurch nicht besser geworden, aber ich mache mir nichts vor. Ich kann mit der Agentin auf dem Arm nicht rennen oder zickzack laufen.

Ich denke an Sascha und an unsere Zuflucht in Moselkern.

»Sekt oder Selters.«

»Da vorn steht Jonathans Astra.« Finya parkt den Einsatzwagen direkt dahinter. Die beiden steigen aus. Sie deutet auf den Eingang zum Firmengelände.

»Das muss es sein, Sascha.«

»Okay, dann los.«

Das Unwetter treibt düstere Schwaden durch die Luft. Die beiden bleiben kurz im Torbogen stehen. Links die aufgetürmten Schrottberge, rechts eine Lagerhalle, düster wie ein verwunschenes Schloss in einem blutigen Märchen.

Sascha und Finya ziehen ihre Waffen.

»Du sicherst nach links, ich nach rechts.« Die Ostfriesin verzieht zweifelnd ihr Gesicht. »Sofern man überhaupt was erkennen kann.«

»Meine Güte, das ist ja wie in einem drittklassigen Horrorfilm.«

»Halt, Finya, da bewegt sich was.«

»Wo denn, ich kann kaum was sehen.«

»Geradeaus.«

Ich schließe geschlagen die Augen. Man muss wissen, wann man verloren hat. Im nebligen Regendunst vor mir erkenne ich zwei Personen, die, wenn ich nicht total danebenliege, Waffen in den Anschlag gebracht haben.

»Tut mir leid, Melissa«, flüstere ich. »Tut mir so leid.« Ich erwarte jede Sekunde, Mündungsfeuer aufblitzen zu sehen. Nicht weit entfernt liegen ihre teuren Designerschuhe. Was für ein Witz.

»Jonathan …« Melissa findet kurz vor dem Ende in die reale Welt zurück. Was für ein melodramatisches Drehbuch. »Was … tust du denn?«

»Ich dachte, wir zwei Hübschen machen einen kleinen Ausflug. Mairegen soll doch bekanntlich schön machen.«

»Es ist so furchtbar kalt.«

»Wird gleich besser.« Ich gehe einfach weiter. »Wir haben es gleich geschafft«, lüge ich.

»Stehenbleiben!«, ruft eine energische Stimme. »Sofort!«

Sascha? Ist das Sascha? Das kann doch nicht sein!

Am liebsten würde ich laut jubeln, aber jetzt gilt es, schnell zu sein. Ich trage eine schwerverletzte Kollegin auf meinen Armen.

»Sascha, wir brauchen Hilfe!«, rufe ich, so laut ich kann.

»Jonesy!« Sie rennt uns entgegen.

»Nicht, geht zurück, verschwindet von dem Gelände!« So schnell meine Füße es zulassen, laufe ich in Richtung Ausgang. Natürlich hört dieser verdammte rote Teufel nicht auf mich. Schon ist sie bei mir.

»Himmel, was ist …«

»Später, los, weg hier!« Die Gefahr eines Beschusses besteht noch immer, obwohl ich mir inzwischen ziemlich sicher bin, dass Bea Fiedler nicht mehr hinter dem Fenster in der Lagerhalle hockt, denn dann hätte sie längst zugeschlagen. »Ruf einen Krankenwagen!«

»Oh Gott, das viele Blut.«

»Lasst das Gelände abriegeln.« Sascha telefoniert bereits. Wir durchschreiten den Torbogen. Betten Melissa auf die Rückbank des Einsatzwagens. Finya reißt Verpackungen aus dem Erste-Hilfe-Set und presst Mullbinden auf die Wunde.

»Wie lange?«, frage ich Sascha ängstlich.

»Vielleicht fünf Minuten bei dem Kackwetter.«

»Halt durch«, bete ich. Erst jetzt registriere ich ansatzweise, wie kaputt ich bin. »Wo bleibt der verdammte Krankenwagen?« Sascha legt mir eine Hand auf die Schulter. Ich drehe mich zu ihr um. »Sie darf nicht sterben.«

Finya beordert frische Einsatzkräfte an den Tatort. Die Uhr tickt unerbittlich weiter. Endlich höre ich Sirenen näherkommen. Ein Notarzt und zwei Rettungssanitäter springen aus dem Fahrzeug. Im Nu liegt Melissa auf einer Trage, die in den Krankenwagen geschoben wird.

»Infusion anhängen, sie braucht dringend Flüssigkeit«, höre ich nur. Die Mannschaft arbeitet Hand in Hand.

»Wird sie durchkommen?« Der Arzt, vielleicht gerade dreißig Jahre alt, sieht mich nur kurz an. Optimismus sieht anders aus.

»Wir müssen sie erst mal stabilisieren, dann ab in den OP. Sie hat sehr viel Blut verloren. Wir werden sehen, wo die Kugel sitzt und was sie angerichtet hat. Wir fahren ins Fahrner Krankenhaus.« Er zögert. »Kommissar Dawson, oder?«

»Ja.«

Er nickt nur. »Wir tun, was wir können, das verspreche ich Ihnen.«

Die Türen schließen sich, der Wagen fährt mit Blaulicht und Sirenengeheul ab. Endlich ist es an der Zeit, Sascha zu umarmen. Ich halte mich an ihr fest wie ein Ertrinkender an einem Baumstamm.

Kapitel 32

Nordhafen Duisburg-Walsum

Gelände der Firma Carlsen & Winter

Endlich hat der Himmel seine Schleusen geschlossen. Obwohl es fast zwanzig Grad warm ist, schüttelt es mich frostig durch. Überhaupt biete ich derzeit sicher kein respektables Erscheinungsbild. Ein schlechtsitzender, total durchnässter Pullover auf nackter Haut. Ein ziemlich ekliges Gefühl.

Inzwischen sind zwanzig Kolleginnen und Kollegen im Einsatz. Gerade wird eine der Türen zur Lagerhalle aufgebrochen. Natürlich wird dort niemand mehr sein, dennoch geht Sicherheit vor. Schwer bewaffnete, durch Kampfmonturen geschützte Einsatzkräfte dringen in das Gebäude vor. Ich höre immer wieder die typische Ansage, wenn eine Sektion überprüft wurde: *gesichert*.

»Du musst dir dringend was Trockenes anziehen«, verlangt Sascha vehement.

»Ja, gleich, erst mal sehen, ob wir was Brauchbares finden.«

»Dummer Dickkopf, du wirst dir ’ne fette Erkältung einhandeln. Unsere Leute finden auch ohne dich was, wenn es denn überhaupt was zu finden gibt.«

»Es muss einen Hinterausgang geben«, beharre ich. Meine Gedanken sind bei Melissa. »Dieses verdammte Miststück hat uns beinahe beide erwischt.«

»War sie es denn ganz sicher?« Ich sehe Sascha grollend an. »Schon gut, ich meine ja nur.«

»Da steht der verdammte Sprinter, dem wir gefolgt sind.«

»Die Spurensicherung ist schon dran«, meint Finya. Endlich hat jemand einen Lichtschalter gefunden. Grelles Neonlicht flammt auf und taucht die Halle in klinisches Licht. Werkbänke, Kanister mit Öl, ein alter Grill, Berge von Autoreifen, Sackkarren, große Vorschlaghämmer, ein Schweißgerät.

»Von da oben hat sie uns unter Beschuss genommen.« Ich weise auf die Leiter und die Empore. Das Schiebefenster ist noch geöffnet.

Wie es wohl Melissa geht?

»Du denkst an die Agentin«, stellt Sascha nüchtern fest.

»Sie muss überleben«, antworte ich verkniffen.

»Weil du sonst dir die Schuld geben wirst.« Sie schüttelt den Kopf. »Was natürlich absoluter Blödsinn ist, aber ich kenne dich inzwischen, mein Lieber.«

»Wir waren zu blauäugig.«

»Ja, und ich darf bemerken, die Betonung liegt auf dem Wörtchen *wir.*«

»Hm.« Ich puste beide Backen auf. Sie hat ja recht, aber so einfach ist das nicht. Ich spüre immer noch das warme Blut durch meine Finger rinnen und sehe den traurigen Blick, der sich nach Abschied anfühlt.

»Herr Kommissar, können Sie mal kommen?« Der Truppführer der Einsatzkräfte. Ein Hüne von einem Mann. »Das könnte Sie interessieren.« Der menschliche Kleiderschrank deutet auf ein massives, mannshohes metallenes Gebilde, das sich in den Schatten hinein fortsetzt.

»Was soll das darstellen?«, fragt Finya stirnrunzelnd.

»Es ist ein Ofen. Legen Sie mal eine Hand auf das Gehäuse.«

»Tja, der ist warm«, stelle ich erstaunt fest. Erst jetzt erkenne ich eine recht große Klappe. »Das wird wohl kaum zum Brotbacken genutzt.«

»Ich habe da so eine Idee, die mir gar nicht gefallen will«, schnauft Sascha. Energisch drückt sie den Griff der Klappe herunter und öffnet die schwere Tür. »Leuchten Sie mal hinein«, bittet sie den Truppführer. Neugierig stecken wir die Köpfe zusammen.

»Scheiße, das sind …«

»Asche und Reste von Knochen«, vollendet Sascha. »Zum Glück ist nicht nur Asche übriggeblieben. Vielleicht kann Jessica damit etwas anfangen.«

»Das ist doch kein Krematorium.« Finyas Stimme klingt belegt.

»Jedenfalls kein offizielles«, gebe ich düster zurück.

»Dann sind das menschliche Überreste?«

»Ich fürchte, ja. Jetzt macht das Ganze langsam Sinn. Warum fährt eine Privatdetektivin mit einem Transporter durch die Gegend, und warum landet sie am Arsch der Welt auf diesem alten Schrottplatz?«

»Weil sie etwas oder *jemanden* transportiert, der vom Antlitz dieser Welt verschwinden soll.« Sascha hat, wie so oft, die gleichen Gedanken wie ich. »Ich befürchte, das sind die sterblichen Überreste von Luzie Schüssler.«

»Also, wat geht denn hier ab?« Wir haben meinen Astra fast erreicht, als ich eine aufgebrachte Stimme in meinem Rücken vernehme. »Ich glaub et ja nich, so viel Bullerei auf einem Haufen.«

»Und Sie sind?« Sascha wirkt neben dem Mann in der ölverschmierten, ehemals blauen Arbeitsmontur wie eine zerbrechliche Elfe. »Hallo?« Jedenfalls hat sie keinerlei Respekt vor dem Halbriesen. »Die Sprache verloren?«

»Wer, ich? Nee, ach wat. Wollen se'n Lakritz, Fräulein, dat is echter, nich so wat Süßes, is jut für 'n Magen.«

»Nein, danke, ich hätte lieber eine Antwort.«

»Ach so, ich bin Gregor Kaczinski. Wollte mal eben nach dem Rechten sehen.« Er deutet, reichlich dümmlich grinsend, wie ich finde, auf das Gelände der Firma Carlsen. »Ich hoffe mal, die machen nix kaputt.«

»Was sollte man dort kaputtmachen können?«, frage ich.

»Auch wieder wahr. Sind Sie auch 'n Bulle?« Er mustert mich unverhohlen. »Wat auffe Mappe jekricht, oder wat?«

»Was haben Sie auf dem Gelände zu suchen?«, hakt Sascha nach.

»Na, ich arbeite dort, dat heißt, nur, wenn ich 'n Auftrag reinbekomme, also, wenn einer wat verschrotten will.«

»Wann waren Sie das letzte Mal auf dem Gelände?«

»Ich? Gestern am Nachmittach, so gegen vier.«

»Heute nicht?«

»Nee, gar nich.« Er schüttelt den Kopf, so dass seine schulterlangen, fettigen Haare hin und her wirbeln.

»Herr Kaczinski ... In der großen Halle befindet sich so eine Art Ofen.«

»Jawoll.«

»Der dient wozu?«

»Na, um Sachen zu verbrennen.«

»Was für Sachen?«

»Na, den ganzen Plunder, den keine Sau mehr braucht und der nix einbringt.«

»Zum Beispiel?«

Er zuckt mit den Schultern. »Polster von den alten Karren, Wackeldackel, umhäkelte Klorollen, so wat halt, all den Scheiß, den die Leute in den Karren liegen lassen und der sich nich verticken lässt.«

»Schon mal einen Menschen verbrannt?«

»Wat? Wie sind Sie denn drauf?«

»Herr Kaczinski, ist das graue Pulver da auf Ihrem rechten Ärmel Asche?« Ich winke zwei Kollegen von der Spurensicherung heran.

»Hä? Nee, weiß auch nicht, wat dat für 'n Dreck is.«

»Das können wir problemlos herausfinden. Bitte nehmen Sie eine Probe von den grauen Partikeln«, weise ich unsere Spezialisten an.

»Dürfen die dat?«, zweifelt Kaczinski.

»Ja, dat dürfen die«, antworte ich im feinsten Ruhrpott-Jargon. »Weil da in eurem Ofen jemand abgefackelt wurde.«

»Mach Sachen!«

»Herr Kommissar, Telefon für Sie«, ruft eine Beamtin aus einem Einsatzfahrzeug.

»Geh nur, ich kümmere mich um den Herrn hier«, verspricht Sascha grimmig.

Im Wagen angekommen, reicht man mir einen Hörer. »Dawson.«

»Kommissar Dawson, nehme ich doch an.«

Eine Frauenstimme, kommt mir irgendwie bekannt vor, aber zuordnen kann ich sie nicht. »Ja, bitte?«

»Tut mir leid, dass ich heute Morgen so wenig Zeit für Sie und Ihre Kollegin hatte. Ich hatte ja versprochen, mich zu melden.« Bea Fiedler! Ich bin sprachlos. »Wir können uns gerne gegen Abend treffen. So gegen sieben Uhr wäre ich frei.« Ein leises Lachen. »Hallo, sind Sie noch da?«

»Wo sind Sie jetzt?« Meine Stimme muss ratlos und verwirrt klingen. Vor knapp einer Stunde hat sie noch versucht, uns umzubringen!

»Oh, ich bin bei Herrn Carlsen. Wir hatten einiges zu bereden, denn auf einem seiner Gelände wird in letzter Zeit häufig eingebrochen. Ich weiß noch nicht, ob ich diesen Auftrag übernehme, Objektschutz ist nun wirklich nicht mein Ding, andererseits sind wir Freunde durch den Buchclub.«

»Um welches Objekt handelt es sich?«

»Ach, ein alter Schrottplatz im Duisburger Norden. Das werden Sie kaum kennen.« Da ist wieder dieses spöttische, kaum wahrnehmbare Lachen. »Carlsen & Winter. Heribert will verkaufen.«

In meinem Kopf tobt eine chaotische Schlacht. Ist das einfach nur unfasslich dreist – oder war es tatsächlich nicht Bea Fiedler in dem Sprinter? Ich habe eine blonde Frau am Steuer gesehen, ganz sicher, aber ich könnte nicht beschwören, dass sie es war.

»Also, es scheint ja doch nicht so dringend zu sein.«

»Sieben Uhr im Innenhafen. Wir treffen uns am U-Boot.«

»Sehr gerne. Bringen Sie doch Ihre nette Kollegin mit ...«

Kapitel 33

Duisburg Innenstadt, Salvatorkirche
April 1945

»Die Amis haben Schokolade verteilt.« Hermann ist ganz aufgeregt. »Wollen Se auch 'n Stückchen, Vater?« Das Gesicht des Jungen ist ordentlich verschmiert. So eine Köstlichkeit gab es lange nicht mehr.

Pater Gottfried lächelt gerührt. »Nein danke, mein Junge, aber das ist sehr lieb von dir. Du kannst mir helfen, ein paar Sachen zusammenzupacken, oder musst du in die Schule?«

»Nee, Schule is nich, die Lehrer sind fast alle tot, und die Lehrerinnen müssen erstmal 'n Haus finden für den Unterricht. Is doch alles kaputt.«

»Ja, da hast du recht, also.« Gottfried schiebt einen Pappkarton zu Hermann herüber, der auf einer alten schiefen Kirchenbank hockt. »Wenn du mit deiner Schokolade fertig bist und dir die Hände gewaschen hast, dann könntest du die Bibeln in die Kiste packen.«

»Klar, mache ich gern.«

»Du bist ein guter Junge, Hermann.«

»Ich will nich, dass Sie weggehen.«

»Ist nur eine andere Gemeinde, du kannst mich jederzeit besuchen. Außerdem bin ich zu den Gottesdiensten sowieso hier, bis ein neuer Pfarrer gefunden ist.«

»Ich hoffe, die finden keinen.« Hermann grinst spitzbübisch.

»Wir werden sehen. Auf jeden Fall steht heute der Umzug an.«

»Ich will auch mal so was werden wie Sie.« Hermanns Augen leuchten. »Ich will da auf so einer Kanzel stehen und für die Menschen da sein. Über wichtige Sachen reden und so, damit nicht nochmal so ein Krieg kommt.«

»Das … ist aber ein seltsamer Wunsch für einen Jungen in deinem Alter.«

»Ich find's schön in der Kirche. Es ist immer so feierlich und ruhig. Keiner streitet sich, keiner brüllt rum, nich mal die eigenen Eltern. Das finde ich gut.« Hermann runzelt kurz die Stirn. »Aber wenn das nicht klappt, dann werde ich halt Fußballer.«

Gottfried schmunzelt und denkt: Wären doch alle Menschen so wie der kleine Hermann. Der Junge ist ihm wirklich ans Herz gewachsen. Gottfried sieht sich ein letztes Mal in dem behelfsmäßigen Refugium um. Dieser schlichte Raum im Keller unter der Kirche, in dem er in den letzten Jahren so gut es ging Trost und Zuversicht gespendet hat. Jetzt ist der Krieg vorbei, zumindest im Ruhrgebiet. Die Amerikaner sind da, aber es fallen keine Bomben mehr. Das ist gut. In Berlin wird wohl noch gekämpft. Das ist nicht gut. Die Durchhalteparolen klingen schal und lächerlich. Vorbei der Traum vom nationalsozialistischen Endsieg. Ab sofort gelten neue Regeln für die, die eine Arbeit haben. Es soll nur noch von acht bis vierzehn Uhr gearbeitet werden, die restliche Zeit sollen die Menschen sich um den Anbau von Nahrungsmitteln kümmern, wo immer das geht. Auf den Feldern außerhalb der Stadt, in den kleinen Gärten hinter den Zechenhäusern. Alle munkeln, dass der nächste Winter furchtbar werden wird.

Hermann wundert sich in seiner kindlichen Naivität. Amerika, das ist doch das Land, wo Milch und Honig im Überfluss fließen, in dem alles möglich ist, wo jeder Millionär werden kann. Die werden doch wohl genug zu essen haben, auch für die armen Deutschen, denen sie so viele Bomben und Granaten auf die Köpfe geworfen haben. Da können die doch wohl mal was zu futtern schicken.

»Ihnen ist da was aus der Tasche gefallen.« Der Messdiener deutet auf eine Art Röhrchen. So was Ähnliches hat Lehrer Möller mal mit in den Unterricht gebracht. Darin konnte man Flüssigkeiten aufbewahren.

»Oh Gott, Hermann, bloß nicht anfassen!«

Der Junge wundert sich, warum der Geistliche urplötzlich dermaßen aufgebracht ist. Mit großen Augen beobachtet er, wie Gottfried den Gegenstand mit spitzen Fingern aufhebt und in ein Tuch aus Samt wickelt. Dann steckt er es wieder in die Innentasche seines geflickten Talars.

»Ist das was Heiliges?«, vermutet Hermann neugierig. »So ein paar Knochen von Jesus oder der Jungfrau Maria?«

Der Pater schüttelt den Kopf. »Nein, gewiss nicht, mein Junge. Es ist etwas sehr Gefährliches, und es ist meine Aufgabe, es zu schützen und zu verbergen.« Er legt eine Hand auf Hermanns schmale Schulter. »Hör mir jetzt gut zu, das ist sehr wichtig.« Hermann nickt ergriffen. »Du darfst niemandem davon erzählen, niemandem, nicht einmal deinen Eltern oder einem Freund.«

»Ja, Vater.«

»Egal, wer dich fragt, und mag es der Papst in Rom selber sein oder die Polizei. Auch wenn die Amerikaner dir hundert Tafeln Schokolade versprechen, musst du standhaft bleiben. Wenn man dich fragt, ob du so einen gläsernen Behälter schon einmal gesehen hast, dann sagst du am besten gar nichts, schüttelst einfach nur den Kopf.«

»Ja, Vater.« Hermanns Herz klopft wie wild. Das scheint wirklich wichtig zu sein. Irgendwie ist er auch stolz, denn jetzt ist er der Träger eines Geheimnisses.

»Hast du das verstanden, Hermann?«

»Habe ich. Ganz bestimmt.«

»Gut, mein Junge. Ich weiß, auf dich kann ich mich verlassen. Nun lauf und sieh nach, ob der Kübelwagen schon da ist, der unseren Kram nach Beeck in meine neue Kirche bringen soll.«

»Kann ich vielleicht mitfahren?«

»Aber ja, wenn deine Eltern nichts einzuwenden haben.«

»Ich frag mal schnell.«

Schon rennt der kleine Hermann die Stufen hinauf in sein zerstörtes Duisburg.

Kapitel 34

EVANGELISCHES KRANKENHAUS DUISBURG-FAHRN
MONTAG, 24. MAI 2019

Die heiße Dusche hat gutgetan. Langsam fühle ich mich wieder wie ein Mensch. Sascha und ich betreten das Krankenhaus und bekommen am Empfang die Station und das Zimmer mitgeteilt. Davor erwartet uns Melissas Partner.

»Was wollen Sie denn hier?«, fährt Kraft mich aggressiv an.

»Hallo, mal immer piano«, kontert Sascha ruhig.

»Das ist alles seine Schuld. Verdammte Amateure!« In seinen Augen glimmt ein gefährliches Feuer. »*Sie* sollten mit einem Loch im Bauch da drin liegen, nicht meine Partnerin.«

Ich bin wirklich sprachlos, und das ist relativ selten der Fall.

»Haben Sie den Schuss nicht gehört?« Sascha versprüht einen gerechten Zorn. »Ohne Jonathans Wahnsinnsaktion wäre Melissa längst tot. Er hat sie auf seinen Armen getragen, obwohl er befürchten musste, dass der oder die Schützen noch in der Lagerhalle lauern. Wenn Sie sich nicht am Abend vorher am chinesischen Buffet überfressen hätten, wäre er gar nicht zum Einsatz gekommen. Dämlack! Was bilden Sie sich eigentlich ein?«

»Er hätte Melissa beschützen müssen.«

»Das würde sie anders sehen.« Ich versuche, möglichst sachlich zu bleiben. »Wenn Sie Melissa mit so einem dummen Macho-Spruch gekommen wären, hätte sie Ihnen einen Tritt in den Hintern verpasst.«

»Ich werde dafür sorgen, dass Sie beide von diesem Fall abgezogen werden.«

»Nur zu, dann müssen wir Ihr dämliches Gelaber nicht mehr ertragen«, giftet Sascha zurück. »Bin gespannt, wie Sie diesen Fall im Alleingang lösen werden.«

»Sie haben ja keine Ahnung.«

»Aber davon jede Menge. Und jetzt gehen Sie beiseite. Wir haben einen Termin mit dem Chefarzt.«

»Wie bitte? Der ist angeblich unabkömmlich.«

»Für uns nicht, nur für Dummschwätzer.« Ohne Kraft eines weiteren Blicks zu würdigen, gehen wir. Eine Pflegekraft geleitet uns auf die Intensivstation. Wir tragen Mund- und Nasenschutz und Einmalhandschuhe.

Da liegt Melissa Nguyen inmitten einer futuristischen Ausstattung modernster Apparatemedizin. Ein schlanker Arzt kommt uns entgegen.

»Professor Jakobi«, stellt ihn die Pflegekraft vor.

»Wie sieht es aus, Herr Professor?«, presche ich sofort vor. Warum auch lange um den heißen Brei herumreden? »Sie wird doch durchkommen?«

»Das werden die nächsten vierundzwanzig Stunden zeigen.« Seine Stimme ist angenehm ruhig und sachlich. Man hat sofort das Gefühl von Kompetenz und Professionalität. »Die Patientin hat sehr viel Blut verloren. Das ist aber tatsächlich unser geringeres Problem, vielmehr besteht die Gefahr einer Sepsis. Wir konnten die Kugel relativ problemlos entfernen, aber die Wunde war eine geraume Zeit einer wenig zuträglichen Umgebung ausgesetzt. Verstehen Sie mich bitte nicht falsch, Kommissar Dawson, Sie haben unter den gegebenen Umständen hervorragend reagiert, aber weder die Papiertaschentücher noch Ihr Hemd waren geeignete Mittel, um die Blutung möglichst keimfrei zu stoppen.«

»Ich hatte keine andere Wahl.«

»Natürlich nicht, und ohne diese Maßnahme wäre Frau Nguyen längst verstorben. Wie gesagt, Sie haben alles richtig gemacht, Herr Kommissar. Bitte keine Selbstvorwürfe.«

»Was geschieht jetzt?« Sascha nimmt meine Hand.

»Wir müssen hoffen, dass das Antibiotikum anschlägt und einen schweren Verlauf verhindert. Wir werden zusätzlich Hydrocortison und notfalls auch Sauerstoff verabreichen. Wir haben Ihre Kollegin vorsorglich in ein künstliches Koma versetzt, das entlastet den Körper. Mehr können wir im Moment nicht tun.«

»Aber Sie haben doch bestimmt eine Tendenz. Allein Ihre Erfahrung ...«

»Kommissar Dawson«, unterbricht er mich. »Ich habe ja Verständnis dafür, dass Sie möglichst bald wissen wollen, wie es um Frau Nguyen steht, aber das ist hier kein Ratespiel. Sie werden keine Einschätzung meinerseits bekommen. Wenn sie die kommende Nacht übersteht, sind wir einen guten Schritt weiter.«

»Okay, danke – und entschuldigen Sie.«

Wir verlassen die Intensivstation. Die dort herrschende klinische Kälte wirkt auf mich immer extrem bedrückend.

Matthias Kraft ist weg. Na, umso besser. Mein Handy brummt.

»*Give Peace A Chance*«, meldet Eddie sich stilecht mit einem John-Lennon-Titel. »Wie ist die Lage im Ruhrpott?«

»Wenig erbaulich, ich hoffe, du hast was für uns.«

»Oh ja, jede Menge Infos. Seid ihr in der Nähe eines Laptops?«

»Nee, gerade nicht.«

»Okay, dann meldet euch, wenn ihr in eurem Fuchsbau angekommen seid.«

»Kann aber was später werden.«

»Dann besser morgen früh. Wir haben heute mal einen freien Abend. Ich habe für Isabell und mich ein Candlelight-Dinner gebucht. Was richtig Romantisches mit fünf Gängen, und soll ich euch was sagen? Ich werde Bier trinken.«

»Kann ich nachvollziehen.« Sascha feixt. Die Ostfriesin würde ein gut gezapftes Jever Pilsener jedem hochklassigen Merlot vorziehen. »Grüß Isabell.«

Ich schließe mich an und lege auf. »Scheint ja nicht so dringend zu sein.«

Sascha seufzt herzerweichend. »Ich möchte mit dir auch mal wieder ein paar Tage in Ruhe und Abgeschiedenheit verbringen. Ich vermisse Moselkern.«

»Wenn das hier überstanden ist, nehmen wir uns eine mächtige Auszeit.«

»Definiere bitte mächtig.«

»Mindestens vier Wochen, besser sechs.«

»Klingt gut.« Sie hakt sich bei mir ein. »Ich werde dich beim Wort nehmen.«

Irgendwo in Duisburg

Papiere klatschen auf eine Tischplatte. »Damit können wir nichts anfangen, Leutnant. Formeln über Formeln. Ich bin kein Chemiker.«

»Ich leider auch nicht. Leider haben wir keinen geeigneten Experten in unseren Reihen. Wir werden rekrutieren müssen.«

»Was neue Risiken heraufbeschwört. Wir hängen mit unserem Zeitplan sowieso schon hinterher.«

»Es wird uns leider nichts anderes übrigbleiben, mein General. Wir haben jetzt so lange gewartet, da wird uns diese unwesentliche neuerliche Verzögerung nicht aus der Bahn werfen.«

»Ich habe es satt, zu warten. Die Zeit ist ein unberechenbarer Geselle, launisch, unerbittlich. Wer weiß, ob uns dieses Gekrakel überhaupt weiterhilft, vielleicht ist es das Rezept für einen besonderen Käsekuchen. Womöglich sind die Aufzeichnungen unvollständig. Warum wusste die alte Schachtel nicht, wo dieser verdammte Schwarzrock die Probe versteckt hat?«

»Pater Hermann hat es seiner Schwester nicht verraten.«

»Das weiß ich selber!« Plötzlich wird der General laut und ungehalten. »Und wo steckt der andere alte Sack?«

»Die Polizei hat ihn, nach dem missglückten Mordversuch der Italiener, in ein sogenanntes Safe House verfrachtet.«

»Ich hasse diese verfluchten Anglizismen. Finden Sie heraus, wo er steckt. Und besorgen Sie uns einen Chemiker oder Virologen, der dieses Kauderwelsch hier entziffern kann.«

»Wieviel …«

»Geld spielt keine Rolle. Apropos … haben wir diese klerikale Bande unter Kontrolle?«

»Nun, wir beobachten ihre Aktivitäten, mein General.«

»Warum wollten die Idioten den alten Momsen umbringen? Womöglich die einzige Quelle, die uns dem erhofften Fund noch näherbringen kann.«

»Vielleicht hatten sie aus Rom die Order, genau dies zu verhindern.«

»Unter dem Motto: Wenn wir es nicht bekommen, soll es keiner haben?«

»Das wäre zumindest denkbar.«

Der General schnaubt. »Wie sagte schon meine Großmutter, Gott habe sie selig? Junge, weißt du, wo sich der Teufel am besten verstecken kann? Auf dem Heiligen Stuhl in Rom.«

Kapitel 35

Duisburg Innenhafen
Montag, den 24. Mai 2019, 19 Uhr

Der Tag ist einfach zu lang. Es ist zu viel passiert. Mein Kopf sehnt sich nach Ruhe und einem doppelten Glenmorangie. Wir sitzen auf einer Bank direkt vor dem Kunst-U-Boot, 16,6 Meter lang, 7,3 Meter breit, ein 6,3 Meter hoher Turm. Seit 2013 liegt dieses Objekt im Duisburger Innenhafen.

»Ziemlich hässlich«, bemerkt Sascha schläfrig. »Was soll das überhaupt darstellen?«

»Für die Künstler ein Symbol bildlich kodierten Wissens, das zuweilen sichtbar ist, aber auch durch Abtauchen unsichtbar werden kann«, erinnere ich mich an einen Artikel, den ich mal gelesen habe.

»Was du nicht sagst. Klingt für mich wie pseudo-intellektuelles Geschwafel.«

Ich muss unwillkürlich lächeln. Sascha hat es mal wieder auf den Punkt gebracht. Aus meinem unberufenen Mund klingt das ziemlich dämlich. »Keine Ahnung, was uns die Kunstschaffenden damit sagen wollen.«

»Auf dem Nachbarhof daheim in Halbemond gab es einen U-Boot-Fahrer im Zweiten Weltkrieg. Pidder Josten. Opa Fietje erzählte mal von dem armen Kerl.«

»Abgesoffen, vermute ich mal.«

»Bereits im Februar 42. Pidder fuhr als Koch auf dem Boot U-Zweiundachtzig. Bei einem Angriff auf einen Konvoi im Nordatlantik wurde es von einer britischen Korvette versenkt. Keine Überlebenden.«

»Oh Mann, so eine enge Sardinenbüchse wäre nichts für mich.«

Sascha stupst mich an. »Da kommt unser Date.«

Bea Fiedler hat ihr Outfit gegenüber dem Vormittag grundlegend geändert, nur die weißen Turnschuhe sind geblieben. Statt der engen Jeans trägt sie jetzt eine graue Hose, eine mintgrüne Bluse und eine dünne schwarze Jacke im Bolero-Stil. Ich kann es kaum fassen. Ist das die Frau, die vor ein paar Stunden versucht hat, mich zu erschießen? Haben wir uns wirklich geirrt, oder ist sie eine unfasslich abgebrühte Killerin? Sie lächelt gewinnend.

»Kommissar Dawson, tut mir wirklich leid, aber ich war heute Morgen sowieso schon so spät dran. Herr Carlsen hasst Unpünktlichkeit.« Sie mustert Sascha. »Wo haben Sie denn Ihre nette Praktikantin gelassen?« Ich bemerke ein belustigtes Funkeln in ihren Augen. Spielt sie mit uns? »Und Sie sind?«

»Kommissarin Sascha Brinkmann.«

»Aha. Nun, ich hoffe doch, dass es Ihrer Kollegin, wie hieß sie doch gleich, ach Gott, ich habe wirklich kein gutes Namensgedächtnis, dass es ihr gut geht.«

»Sicher, sie ist gerade auf dem Weg zu Ihrem Klienten«, lüge ich, hoffentlich überzeugend. Sascha hebt erstaunt eine Augenbraue. Fiedler wirkt für einen Moment irritiert. »Heribert Carlsen ist doch einer Ihrer Kunden.«

»Oh ja, natürlich ist er das.«

»Eine wirklich schöne Uhr, die Sie da tragen«, stellt Sascha anerkennend fest.

»Gefällt sie Ihnen?« Fiedler strahlt über das ganze markante Gesicht. »Eine Ebel Wave Lady. Ein Prachtstück.«

»Sicher nicht vom Wühltisch.«

»Qualität hat ihren Preis, Frau Kommissarin.«

»Ihre Detektei scheint ja gut zu laufen.«

»Ich kann nicht klagen.«

»Sie sind also direkt nach unserem Besuch in Marxloh zu Herrn Carlsen gefahren?«, frage ich geradeheraus.

»So ist es.«

»In einem weißen Mercedes-Sprinter?«

Sie lacht amüsiert. »Nein, wie kommen Sie denn darauf? Also wirklich. Ich fahre einen Porsche 911 S Targa, selbstverständlich in Rot. Baujahr 1975. Ein Traum, Herr Kommissar. Wir können gerne mal eine Runde drehen, wenn Sie möchten.« Ein vielversprechendes Lächeln. »Polizisten haben sicher auch mal Feierabend.«

»Herr Carlsen kann also bezeugen, dass Sie die ganze Zeit bei ihm waren.«

»Aber sicher.«

»Was für ein perfektes Alibi«, murmelt Sascha halblaut.

»Wozu benötige ich ein Alibi? Wurde noch jemand ermordet?«

»Sie meinen außer Pater Hermann, einem unglückseligen Friedhofswärter, Karl Geiger und ... Luzie Schüssler?« Für einen langen Moment treffen sich unsere Blicke. Ein professionelles Taxieren. Sie hält problemlos stand.

»Ich habe von diesen Morden in der Zeitung gelesen. Ehrlich gesagt, kenne ich – besser gesagt *kannte ich* – nur Herrn Geiger.«

»Aus dem Buchclub.«

»Genau.«

»Wie sind Sie eigentlich zu diesem illustren Kreis gekommen?«, fragt Sascha.

»Man hat mich angeworben.«

»Angeworben? Das klingt etwas merkwürdig.«

»Tja, aber so war es. Baron von Selz stand eines schönen Tages vor der Tür meines Büros.« Sie zuckt leicht mit den Schultern. »Sagen wir es einmal so: Wir benötigten keine langen Verhandlungen.«

»Sie arbeiten also für die Damen und Herren des Clubs«, stelle ich fest. »Und werden für ihre Dienste fürstlich entlohnt.«

»Aber Herr Kommissar, das ist doch alles relativ. Sehen Sie«, sie schmunzelt maliziös, »ich denke, dass ich am Ende eines Monates ein paar mehr Euros auf meinem Konto habe als Sie beide zusammen. Ich arbeite in der freien Wirtschaft und Sie für Vater Staat. So einfach ist das.«

»Welcher Art sind denn Ihre Aufträge?«, will Sascha wissen.

»Sie glauben doch nicht, dass ich Ihnen Details meiner Tätigkeiten offenlege, geschweige denn, wer die Auftraggeber sind. So naiv können Sie doch nicht sein. Auch wenn Sie noch jung an Jahren sind.« Auf Saschas Wangen bilden sich leichte rote Flecken. »Überhaupt ist es hier draußen recht ungemütlich. Darf ich Sie beide auf einen Drink einladen? Ist eine nette Location hier. Ich bin zwar verabredet, hätte aber noch eine halbe Stunde Zeit.«

»Nein danke, wir hatten einen anstrengenden Tag«, lehne ich ab.

»Das mag wohl sein.« Wieder dieses stille, in sich gekehrte Lächeln. »Schade, aber okay. Hier, meine Karte.« Sie reicht mir eine kunstvoll gestaltete Hochglanz-Visitenkarte. »Wer weiß, womöglich benötigen Sie irgendwann einen Vollprofi an Ihrer Seite.« Sie blinzelt vertraulich. »Ich mache Ihnen auch einen guten Preis.«

»Sie trauen sich aber was«, bemerkt Sascha, die jetzt einem Vulkan kurz vor dem Ausbruch gleicht.

Bea Fiedler atmet tief durch. »Ich sollte das eigentlich tunlichst vermeiden, aber ich möchte Ihnen einen gut gemeinten Rat geben.«

»Ich kann es kaum erwarten.«

»Es gibt Situationen, da kreuzt der Zug des Lebens eine fremde Bahnlinie. Auf dieser Trasse befindet sich eine Lokomotive, mit der Ihre eigene unmöglich mithalten kann. Sie ist größer, kräftiger und gepanzert, und für diese Maschine gelten keine Stopp-Signale. Sie kennt nur eine Richtung und rast zielstrebig auf den Endbahnhof zu. Tatsächlich haben Sie und Ihr dahinzockelnder Regionalexpress nun die Wahl – Sie können auf der Hauptstrecke bleiben und riskieren, überrollt zu werden, oder Sie stellen die Weiche rechtzeitig um und dampfen gemütlich in ein warmes Nest an der Mosel.«

»Ich übersetze mal für minderbemittelte Lokführer«, ätzt Sascha. »Haltet euch raus, oder es wird übel für euch enden.«

»Manchmal ist es einfach klüger, zurückzustecken, wenn man überleben will.«

»Soll das eine Drohung sein?«

»Aber nicht doch, nur ein gut gemeinter Rat.«

»Das klingt, als wären Sie sehr wohl in diese Mordfälle verstrickt, Frau Fiedler«, analysiere ich sachlich.

»Ach nein, das war nur eine alte russische Weisheit.«

»Dann will ich mich mal mit einer ostfriesischen Weisheit revanchieren.« Sascha lächelt zuckersüß. »Sturm ist dat ers, wenn die Schafe keine Locken mehr haben.«

Bea Fiedler lacht herzlich. »Sie sind witzig. Ich mag Sie beide. War nur gut gemeint. Einen schönen Abend noch.«

Endlich sind wir in unserem Übergangsappartement angekommen. Sascha hat die ganze Zeit mit ihrem Handy im Internet recherchiert.

»Krass, die Uhr der feinen Fiedler kostet locker drei Scheine.«

»Dreihundert? Geht doch.«

»Dreitausend, du Schnarchnase.«

»Ups.«

»Und die Karre, je nach Zustand, so um die siebzig Riesen.«

»Tja, die Dame hat zahlungskräftige Auftraggeber.«

»Sie macht die Drecksarbeit für unsere Buchwürmer?«

»Möglich. Vielleicht steckt auch ein gehöriges Maß an Eigeninteresse dahinter.«

»Die Bande will die Hinterlassenschaft dieses Nazi-Typen an sich bringen, was immer sich dahinter auch verbergen mag.« Sascha füllt die Rotweingläser mit einem köstlich duftenden Primitivo. »Um dieses Ziel zu erreichen, gehen sie buchstäblich über Leichen.«

»Das war eine ziemlich eindeutige Warnung, oder?«

»Habe ich auch so empfunden.« Sascha fliegt ohne Vorwarnung in meine Arme. »Du hättest heute draufgehen können.« In ihren Augen glitzert es verdächtig. Ich kann ihren Herzschlag spüren, wild und ungestüm. »Vielleicht ist diese Sache wirklich eine Nummer zu groß für uns, Jonesy.«

»Sollen wir aussteigen?«

»Der BND hängt doch sowieso schon mit drin. Lassen wir Kraft und seine Gang den Mist hier ins Reine bringen. Wir sind doch ohnehin an diesen Fall gekommen wie die Jungfrau zum Kind.«

»Also werfen wir das Handtuch?«

»Ich liebe dich, Jonesy.«

»Das ist großartig, aber keine Antwort.« Sie reibt ihre Stirn an meiner Nase.

»Ich habe ein verdammt beschissenes Gefühl dabei. Niemand kann uns einen Vorwurf machen, wenn wir uns aus dem Fall zurückziehen.«

»Das ist richtig. Nur wir selbst.«

»Ach, Mensch, warum bist du nicht was Anderes geworden. Ein Autoverkäufer, oder ein Lehrer oder ein Imker.«

»Imker?« Wir müssen beide kichern. »Und du, was wäre der richtige Job für dich? Lass mal überlegen ... Kindergärtnerin? Nein, Quatsch, eine Reporterin, die permanent um die Welt reist, auf der Jagd nach der ganz großen Story.«

»Nicht schlecht.«

»Oder Hausfrau und Mutter.«

»Oha, so stellst du dir also unseren weiteren Werdegang vor. Der Herr erlebt die Abenteuer, und Madame steht am Herd und versorgt die Dawson-Brut. Das kannst du dir abschminken, das ziehen wir, wenn schon, gemeinsam durch.«

»War nur ein Scherz.«

»Schade.«

»Hm?«

»Na, wegen der Kinder.«

»Du willst Kinder?«

»Na klar.«

»Von, ähm ... ich meine, mit mir?«

»Ich habe grad keinen Besseren zur Hand.«

»Das ist …« Ich bin mal wieder sprachlos.

»Okay – das ist okay, wolltest du doch sagen, oder? Wir bauen an. In Moselkern, meine ich. Einen Anbau für die Kinder, mit Hundehütte, Spielplatz und Baumhaus.«

»Das klingt nach Mehrzahl.«

»Nur eines ist doof.« Aus Saschas Handy tönt *Thunderstruck* von AC/DC. Sie sieht auf das Display. »Das Krankenhaus, da sollte ich drangehen.« Seufzend gibt sie mich frei. Es ist Professor Jakobi. »Okay, danke für den Anruf.« Sie legt auf.

»Alles okay?«, frage ich alarmiert.

Sascha sieht mich betroffen an. »Es haben sich Blutgerinnsel gebildet. Melissa ist vor einer Viertelstunde gestorben. Sie konnten sie nicht retten.«

Ich spüre Tränen über meine Wangen fließen. Mein Herz krampft sich zusammen. Sascha schließt die Augen und nimmt mich in den Arm.

»Okay, vergiss das mit dem Aufgeben. Wir finden ihren Mörder!« Eine kurze Pause, dann: »Und wenn es das Letzte ist, was wir in diesem Leben tun.«

Kapitel 36

Polizeipräsidium Duisburg
Dienstag, 25. Mai 2019, 9:00 Uhr

Das ganze Präsidium befindet sich im Ausnahmezustand. Das ist bei einem Mordfall nichts Ungewöhnliches, aber wenn es einen Kollegen oder wie in diesem Fall eine Kollegin des BND trifft, bekommt der Fall eine besondere Qualität. Das ist sicher nicht richtig, denn jedes Leben sollte den gleichen Wert haben, aber dennoch menschlich. Matthias Kraft rennt wie ein aufgescheuchtes Huhn von einem Büro zum nächsten, ohne Sinn und Verstand.

Sascha wird die Sonderkommission auf den neuesten Stand bringen, die Informationen, die wir noch in der Nacht von Eddie bekommen haben, wohldosiert weitergeben. Ich begebe mich in die Pathologie. Jessica nimmt mich stumm in den Arm.

»Ich bin so froh, dass du nichts abbekommen hast.« Ihre blauen Augen fixieren mich. »Jedenfalls nichts Physisches. Wie es in dir drin aussieht, kann ich nur erahnen. Das läuft alles aus dem Ruder. Furchtbar.«

Ich versuche, mich zu sammeln. »Konntest du mit den Resten der Asche und Knochen was anfangen?«

»Allerdings. Ein kleiner Finger war noch fast perfekt erhalten. Ich konnte die DNA mit einer Haarprobe aus Luzie Schüsslers Wohnung abgleichen. Sie ist es. Sie haben Pater Hermanns Schwester entführt, verhört, wahrscheinlich gefoltert und dann einfach verbrannt. Zumindest war das sicher der Plan, der aufgegangen wäre, wenn ihr nicht dazwischengefunkt hättet. So ist das nur schlampig ausgeführt worden. Vielleicht war der Ofen nicht lange genug vorgeheizt oder nur zu kurz im Einsatz.«

»Praktisch, wenn man sein eigenes Krematorium unterhalten kann. So kann man unliebsame Zeitgenossen perfekt verschwinden lassen. Der Rhein direkt vor der Haustür.«

»Aber wozu das Ganze?«

»Weiß ich noch nicht, aber ich werde es herausfinden, und ich werde Melissas Mörder finden.«

»Du machst mir Angst, Jonathan. Wir haben ein Mal das Gesetz missachtet und sind mit einem blauen Auge davongekommen. Das wird kein zweites Mal funktionieren. Versprich mir, dass du besonnen bleibst. Trotz allem sind wir noch immer Hüter des Gesetzes.«

»Fünf Tote, Jess, fünf!«

»Du musst deinen verständlichen Zorn bändigen.« Sie streicht sanft über meine Bartstoppeln. »Bitte.«

»Was ist mit der Asche auf dem Overall von Kaczinski?«

»Tja, es handelt sich halt um Asche. Es ist so wenig und so unspezifisch, dass ich da keine haltbare Verbindung nachweisen kann. Daraus wirst du dem Burschen keinen Strick drehen können.«

»Hm. Aber das weiß er ja nicht.«

Zehn Stunden zuvor …

»Wow, Alter, du siehst ja total fertig aus, selbst über die Gurkenkamera in deinem Laptop.« Eddie streicht sich die langen Haare aus dem Gesicht. »Hi, Sascha, du sollst doch den alten Mann nicht so hart rannehmen.«

»Unsere Kollegin vom BND ist erschossen worden«, erklärt Sascha nüchtern.

»Au, Scheiße, sorry, Leute.«

»Schon gut, kannst du ja nicht wissen.«

»Hast du was für uns?« Meine Stimme ist rau, außerdem bin ich so müde, dass ich gleich wahrscheinlich nicht einschlafen kann. Ein widersinniger Effekt, den ich schon zu oft erleben musste. »Eddie …«

»Oh ja, Entschuldigung, ich bin auch total geschockt, obwohl ich die Kollegin nicht kannte. Bist du überhaupt aufnahmefähig, Jonathan?«

»Was ich nicht mitbekomme, wird Sascha registrieren.«

»Na schön.« Ich höre Papier rascheln. Eddie ist nicht der Ordentlichste. »Wo habe ich es denn? Ah ja. Okay, zunächst einmal zu eurem ominösen Buchclub. Kurt von Bönighausen, Caroline Wegmeister, Heribert Carlsen, Franz Hoppe, Baron Ferdinand von Selz und Bea Fiedler. Dein ermordeter Geschichtslehrer Karl Geiger gehörte auch dazu, eigentlich nur so halb. Wenn wir ihn und diese Privatdetektivin mal beiseiteschieben, dann lassen sich für die fünf anderen Herrschaften einige interessante Gemeinsamkeiten feststellen.« Ich nicke aufmunternd. »Alle fünf, das gilt dann auch für deinen Pauker, darf man getrost als stockkonservativ einsortieren. Wohlwollend formuliert. Geiger ist vermutlich noch im Rahmen demokratischer Spielregeln anzusiedeln, aber der Rest ...«

»Das ist jetzt nicht so überraschend.«

»Na ja, Selz, Hoppe und die Wegmeister gehörten der inzwischen verbotenen NPD an. Bönighausen hat die braune Truppe ordentlich mit Spenden versorgt, war aber selbst kein eingeschriebenes Mitglied. Carlsen und Geiger gehören, oder gehörten, dem sogenannten Ring der historischen Wahrheit an. Ein ebenfalls tendenziell rechter Verein, der alle möglichen geschichtlichen Ereignisse so lange zurechtbiegt, bis es in deren Weltanschauung passt.«

»Du meinst, der Club könnte aus rein historischen Gründen und rechter Gesinnung Interesse an dieser Nazi-Reliquie haben?«, wundert sich Sascha. »Dafür bringt man doch keine Menschen um.«

»Wer weiß schon, wohin oder wie weit verquere Ideologien führen können.« Eddie macht ein wichtiges Gesicht – er hat noch mehr in der Hinterhand. »Es gibt womöglich eine weitere Gemeinsamkeit. Sie sind pleite, und zwar alle durch die Bank.« Er lächelt zufrieden.

»Was? Das kann ich kaum glauben«, erwidert Sascha. »Wir waren bei diesem Reeder Hoppe, der unterhält sogar einen antiquierten

Butler, und dann die Hütte, direkt am Rhein. Das riecht nach altem Geld. Bist du dir sicher, Eddie?«

»Zumindest was die inländischen Kontobewegungen angeht. Hoppe hat die Zeichen der Zeit verkannt, viel zu lang an seinen kleinen Schiffen und den Partikulieren festgehalten. Die Reederei steht kurz vor der Insolvenz.«

»Wollen wir wissen, woher du die Informationen hast?«, frage ich stöhnend.

»Besser nicht.«

»Was ist mit den anderen?«, hakt Sascha nach.

»Der feine Baron ist ein Zocker, und zwar ein hundsmiserabler. Roulette, Poker, Black Jack, alles, was geht. Hat, wie sagt man so treffend, Haus und Hof verspielt. Alles nur noch Fassade. Carlsens Abbruchunternehmen läuft so gerade am Limit. Er muss aber Unterhalt für Frau und drei Kinder zahlen, außerdem hat er ein Faible für Edelnutten.«

»Wahnsinn.«

»Nicht wahr?« Eddie ist voll in seinem Element. Ich möchte wirklich nicht wissen, welche Konten und Quellen er angezapft hat. »Die Wegmeister ist ein anderes Kaliber. Die ganze Sippschaft mütterlicherseits ist 44 bei den Luftangriffen auf Duisburg ums Leben gekommen.«

»Deshalb diese gruselige Wohnung mit all den Fotos aus der Zeit«, murmelt Sascha.

»Hat eine Erbschaft gemacht und ist nie in ihrem Leben arbeiten gegangen. War erst bei den Kommunisten und hat dann eine radikale Kehrtwendung vollzogen. Keine Ausbildung, kein Job, hat immer großzügig für das Gymnasium gespendet, aber jetzt geht die Kohle zur Neige. In einem halben Jahr ist der letzte Euro aufgebraucht.«

»Okay, aber bei einem hast du dich sicher geirrt, Eddie.«

»Ach, ja?«

»Kurt von Bönighausen, der schwimmt doch im Geld, oder ...?«

»Ich sage nur: Windkraft. Der hat unfasslich viel in die Firma Senvion investiert, Windanlagen-Hersteller aus Hamburg, die aber haben die Aufträge für neue Windparks nicht bekommen. Der Trottel hat alles auf eine Karte, beziehungsweise Aktie, gesetzt. Insolvenz. Das Papier war zum Schluss noch elf Cent wert. Bönighausen hat Millionen verbrannt. Hat wohl bis zum Schluss gehofft, dass die Aktie den Arsch nochmal hochbekommt.«

»Mein lieber Scholli.«

»So isses. Damit hast du also eine Gang aus rechtslastigen Versagern zusammen, die nach außen hin wie die Crème de la Crème aus Duisburg auftreten. Aber die Fassade bröckelt bei allen.«

»Was war mit Karl Geiger?«

»Ach, der war eher eine arme Wurst in diesem Gruselkabinett. Hatte halt seine üppige Lehrer-Pension und die anderen Loser nach Kräften unterstützt.«

»Das ist hochinteressant, Eddie. Du hast dich mal wieder selbst übertroffen, aber ich sehe noch nicht, wie das mit unserem Fall zusammenhängen kann.«

»Tja, das ist natürlich euer Bier, aber wenn ich da noch einen Hinweis platzieren darf …«

»Nur zu.«

»Ich habe mich im Darknet – das habt ihr jetzt nicht gehört, okay? – ein wenig schlau gemacht. Wisst ihr, womit man erstaunlicherweise heutzutage richtig Kohle machen kann, außer natürlich dem üblichen Dreck wie Waffenschieberei, Menschen- und Drogenhandel?«

»Nee.«

»Mit biologischen Kampfstoffen. Die liegen voll im Trend.«

»Du meinst, wenn es den Nazis seinerzeit gelungen sein sollte, eine bis dahin unbekannte Bio-Waffe herzustellen, dann könnte dies auch siebzig Jahre danach noch interessant sein? Wäre zumindest ein Ansatz«, gebe ich zu. »Der Buchclub will sich mit dem Zeug von Anno Tobak sanieren.«

Sascha schüttelt skeptisch den Kopf. »Das ist mir zu weit hergeholt.«

»Es würde aber einiges erklären. Denk nur an die Briefe von Hitlers Sekretärin. Die Nazis hofften vielleicht, das todbringende Zeug sehr bald gegen die Alliierten einsetzen zu können.«

»Das will ich ja noch durchgehen lassen, aber damit heute Geld machen? Kann ich nicht glauben, dass man auf so ein Pferd setzt.«

»Wie auch immer, ich besorge die Infos, ihr macht was draus. Jetzt noch kurz was zu eurem Grabeskrieger und der Rolle der Kirche im Allgemeinen. Tatsächlich konnte ich nur wenig Verwertbares eruieren. Maldini ist, bis auf seine Jahre in der Fremdenlegion, ein Gespenst. Wie vom Himmel gefallen, übrigens eine schöne Metapher, ist er auf einmal da, wird kurzerhand zum Boss des Ritterordens vom Heiligen Grab zu Jerusalem ernannt. Ich habe versucht, Zugriff auf Archive des Vatikans zu bekommen.« Eddie macht ein ratloses Gesicht. »Ich bin sicher nicht der schlechteste Hacker auf dem Markt, aber an der Firewall habe ich mir die digitalen Zähne ausgebissen.«

»Donnerwetter.«

»Allerdings vermute ich noch einen anderen Grund, warum ich so gut wie nichts über das Engagement Roms in Erfahrung bringen konnte.« Er verzieht säuerlich seine Mundwinkel. »Die haben ihren alten Krempel nicht eingescannt und aufbereitet. Die Papiere aus der Zeit des Zweiten Weltkrieges lagern wahrscheinlich in einer Katakombe unter dem Petersdom, gesichert wie das Gold der Amerikaner in Fort Knox.«

»Okay, das war wieder einmal großartige Arbeit, Eddie«, lobt Sascha. »Wie läuft eure Hochzeitstour?«

»Ganz gut, Isabell ist einfach umwerfend. Ich sag euch aber mal was. Wenn wir euch an der Mosel besuchen kommen, dann erwarte ich ein gut gekühltes Bier, Spätlese hin oder her.«

»Ist notiert«, antworte ich schmunzelnd.

»Ich bleibe dran.«

»Du denkst noch an diesen holländischen Arzt und an das Duisburger Konzentrationslager?«

»Klar, dazu bin ich noch nicht gekommen. Morgen wird jede Menge Spätburgunder verkostet, anschließend Ringelpiez auf dem Dorfplatz, das Ganze garniert mit grässlicher Mucke.« Eddie grinst unverschämt. »Na ja, ich werde es überleben. Und jetzt ab in die Kiste, ihr zwei.«

Kapitel 37

Duisburg-Neuenkamp

Dienstag, 25. Mai 2019, 13:00 Uhr

»Mir reicht dat hier langsam. Dat is ja trostlos hier.« Gustav Momsen schmollt wie ein Kleinkind. »Hier will man nich begraben sein. Ich will zurück in meine Hütte. Hier spielt auch keiner Schach mit mir, und dat Fernsehprogramm is Kappes. Nich mal Internet haben die hier.«

»Aber Sie können jetzt nicht nach Hause.« Sascha beweist wirklich Langmut. »Dort würden Sie permanent in Lebensgefahr schweben.«

»Hier besteht auch Lebensgefahr, nämlich, dat ich vor Langeweile eingehe.«

»Herr Momsen ...« Meine Geduld ist weniger strapazierfähig. »Hermanns Schwester wurde entführt, gefoltert und dann verbrannt. Wir wollten Ihnen eigentlich ein solches Schicksal ersparen.«

»Schön, dann schickt mich doch nach Las Vegas.« Der Alte grinst vergnügt. »Da suchen die bestimmt nich.« Sascha lacht herzlich. Er lächelt sie warmherzig an. »Mann, wenn ich 'n paar Jährchen weniger auffem Buckel hätte, dann könnten Sie sich aber warm anziehen, Herr Kommissar.«

»Woher wissen Sie denn …«

»Dat sieht doch ’n Blinder ohne Krückstock, dat Sie beide, na ja, Sie wissen schon.«

Ich versuche, meine Verwunderung mit einem Räuspern zu überspielen.

»Also, Herr Momsen, wir sind noch einmal hergekommen, um Sie inständig zu bitten, über Ihre gemeinsame Zeit mit Ihrem Freund Hermann nachzudenken. Es geht insbesondere um die Jahre nach Pater Gottfrieds Tod.«

»Jede noch so unwichtig erscheinende Kleinigkeit könnte uns weiterhelfen.« Sascha nimmt die Hände des rüstigen Rentners. »Gibt es irgendeinen Hinweis darauf, wo Hermann die Hinterlassenschaft Gottfrieds versteckt haben könnte? Das zu erfahren wäre so wahnsinnig wichtig für uns.«

»Warum eigentlich?«

»Verschiedene Gruppierungen suchen danach, Herr Momsen. Menschen, die über Leichen gehen, um an ihr Ziel zu gelangen.«

»Ach, sagen Sie doch Gustav zu mir.«

»Sehr gern, aber bleiben wir doch bitte beim Thema, Gustav. Überlegen Sie mal in aller Ruhe. In all den Jahren muss Hermann doch mal eine Andeutung gemacht haben, womöglich als Scherz verpackt, oder wenn Sie beide mal einen über den Durst getrunken haben, das ist doch sicher auch mal vorgekommen.«

Momsen legt seine Stirn in Falten. Man kann förmlich sehen, wie es in seinem Kopf arbeitet. Vor meinem geistigen Auge sehe ich immer wieder Melissa. Ihr banger Blick, ihre fein geschnittenen Gesichtszüge, ihr gewinnendes Lächeln. Sie ist tot, einfach weg. Ich mag es nicht wahrhaben.

»Tja, also, Hermann deutete immer mal wat an, von wegen, dat der Herr ihm eine Bürde aufgeladen habe. Immer, wenn ich nachgefragt habe, dann zierte der sich wie ein Schulbub, der mal dringend aufs Klo muss.« Momsen malträtiert sein linkes Ohrläppchen. »Einmal ist ihm womöglich was rausgerutscht.«

»Was denn?«

»Hermann fragte mich: Du, Gustav, wenn du wat ganz sicher verstecken willst, wo tuse dat dann hin? Also, dat kam mir komisch vor.«

»Wozu haben Sie Hermann denn geraten, Gustav?«

»Also, ich hab gesagt: Hermann, die besten Verstecke sind die, die man direkt vor Augen hat, aber nich als solche erkennt.«

»Zum Beispiel?«

»Sagen wir mal, Sie wollen ein paar Euro-Scheine verstecken. Dann nehme ich ein Fotoalbum, lege dat Ding direkt auf 'n Wohnzimmertisch, am besten aufgeschlagen. Die Scheine klemm ich schön fest hinter ein paar Bilder, dat die nich rausrutschen können. Die Einbrecher gucken, wenn überhaupt, mal auf die ollen Familienfotos, dat war et aber auch schon.«

»Guter Trick«, stimmt Sascha nachdenklich zu. »Und, hatten Sie den Eindruck, dass Hermann Ihre Idee auch gut fand?«

»Kann schon sein. Ich weiß nur noch, dat ich wissen wollte, wie groß denn wohl is, wat versteckt werden soll, aber da hat er nur den Kopp geschüttelt.«

»Jonesy, vielleicht sollten wir noch einmal zu Pater Hermanns Wohnung fahren und dort alles auf den Kopf stellen.«

»Ich glaube nicht, dass das was bringt.«

»Hast du eine bessere Idee?«

»Etwas an einem für alle sichtbaren Ort verbergen«, überlege ich laut. »Das hat was, Herr Momsen, das hat echt was.«

»So? Na ja, ich weiß nich, war ja nur 'ne Idee von mir.«

»Lass uns nach Laar fahren, Sascha.«

»Du meinst, zurück in seine Kirche, Sankt Ewaldi?« Sie nickt verstehend. »Das ist einen Versuch wert.«

»Kann ich nich mitkommen?«, bettelt Momsen. »Oder schicken Sie mir wenigstens einen anderen Aufpasser. Der Kumpel da vor der Tür spricht kaum drei Worte.«

»Wir werden sehen, was sich machen lässt, Herr Momsen.«

»Hoffentlich is dat bald alles wieder auffe Reihe.«

Ja, denke ich, das wäre schön. Es ist an der Zeit, diesen Alptraum zu beenden. Wir müssen uns diesen bankrotten Buchclub richtig vornehmen. Einzeln. Irgendwer wird kalte Füße bekommen, irgendjemand wird reden.

Duisburg Laar, Katholische Kirche St. Ewaldi, 15:15 Uhr

Wir müssen fünfmal klingeln, ehe ein missmutig dreinschauender Mann die Tür zum Pfarrgebäude öffnet. Die Kirche selbst ist verschlossen. Wir zeigen unsere Dienstmarken vor, die einer peinlich genauen Untersuchung standhalten müssen.

»Schon wieder Polizei.«

»Und Sie sind?«

»Jochen Michalski. Ich bin der Küster hier, ich kümmere mich um alles, jetzt, wo der Vater Hermann von uns genommen wurde. Ich hoffe, Sie haben den Mörder bald.«

»Wir bemühen uns, Herr Michalski, wir …«

»Brennen soll das Schwein, auf einem Scheiterhaufen brennen.« Ich schätze ihn auf gut fünfzig Jahre. Seine Augen wirken hinter einer antiquierten Hornbrille mit enorm dicken Gläsern riesig. »Aber da passiert ja heutzutage nix mehr. Da kommt im Zweifelsfalle noch so ein beschissener Psycho-Onkel daher und bescheinigt dem Drecksack eine schlimme Kindheit, und wat dann? Dann wandert der Sausack in irgendeine Fünf-Sterne-Klapse mit Himmelbett und Drei-Sterne-Koch. Nee, Leute, so geht dat nich.«

»Herr Michalski, wir müssen in die Kirche«, unterbricht Sascha die Tirade.

»Warum dat denn? Da waren doch schon hundert Leute wegen Spuren und so.«

»Darüber dürfen wir keine Auskunft geben, das verstehen Sie doch.«

»Also wie beim Tatort inne Flimmerkiste. Laufende Ermittlungen und so.«

»Genau.« Wir lächeln unisono.

»Na, dann schließ ich mal auf.«

»Dankeschön.« Wir gehen die wenigen Schritte bis zur Pforte, dann wird uns geöffnet. »Wenn Sie nur noch das Licht anschalten könnten«, flötet Sascha, »dann kommen wir allein zurecht, denke ich.«

»Na jut, die Türen zur Sakristei und zur Krypta sind auf. Vorsicht, wenn Sie runtergehen, die Stufen sind nich gleichmäßig.«

»Danke für die Warnung. Wir melden uns nach unserem Rundgang. Vielen Dank nochmal, Sie sind sehr kooperativ.« Der Küster schlurft gebauchpinselt von dannen.

»Liebe Güte, was war das denn?«

»Man muss sich auf seine Mitmenschen einstellen, Kommissar Dawson, das nennt man Empathie, so kommt man schneller zum Ziel.«

»Respekt.«

Wir gehen langsam durch den Mittelgang. Die Kirche ist für ein katholisches Bauwerk recht schlicht. Durch bunte, bogenförmige Seitenfenster fällt Licht in strahlenden Bahnen auf die Bankreihen. Die Stille ist angenehm. Ein Hauch von Weihrauch lässt mich flach atmen. Sascha nimmt meine Hand. Ich muss unwillkürlich lächeln. Vor uns der Altar. Blumen schmücken ein Bild von Pater Hermann, der seine Arme segnend über seine Gemeinde erhebt. In einer geschlossenen Laterne brennt eine große weiße Kerze. Unsere Schritte hallen.

Ein leises Quietschen! Wir bleiben stehen. Eine Türangel? Ich drehe mich kurz um, aber die Eingangspforte ist geschlossen. Sascha zieht ihre Waffe.

Nicht schon wieder!, schießt es mir durch den Kopf. Ich ziehe meine Walther. War das nur ein nicht geschlossenes Fenster? Hastig sehe ich mich um, aber alle Kirchenfenster sind zu. Sascha deutet nach rechts außen auf eine Tür, durch die wahrscheinlich der Pfarrer und seine Messdiener schreiten, wenn die Messe beginnt. Ich nicke. Sascha legt einen Finger auf meine Lippen und bedeutet mir, dass wir die Bankreihen als Deckung nutzen sollen.

Ein Schatten huscht an der geöffneten Tür vorbei. Es ist auf jeden Fall jemand in der Sakristei. Ich fluche lautlos. Derjenige hat uns wahrscheinlich gehört, als wir die Kirche betreten haben. Wir kauern hinter der vordersten Bankreihe.

Keine gute Deckung! Wie gehen wir weiter vor?

Meine kongeniale Partnerin nimmt mir die Entscheidung ab: »Hier spricht die Polizei! Wer auch immer sich im Nebenraum befindet ... kommen Sie mit erhobenen Händen heraus.« Etwas poltert blechern zu Boden.

»Nicht schießen, bitte!«

»Das werden wir nicht. Kommen Sie langsam heraus. Wir wollen Ihre Hände sehen.«

»Okay.« Im Türrahmen erscheint ein Mann, ironisch lächelnd, die Hände nur halb über dem Kopf erhoben.

»Monsignore Maldini.« Wir geben unsere gebückte Haltung auf. Ich schiebe meine Waffe zurück ins Holster. Sascha visiert den ganz in Schwarz gewandeten Italiener weiterhin an. »Schon wieder. Das werden Sie erklären müssen«, verlange ich. »Was treiben Sie hier?«

»Die Stimme unseres Herrn hat mich hierhergeführt.«

»Aber sicher. Der Heilige Geist hat Ihnen geraten, in diese Kirche einzubrechen.« Ich schüttele verärgert den Kopf. »Wissen Sie, Monsignore, Sie sollten diesen Scheiß einfach lassen.«

»Kommissar Dawson, Sie befinden sich auf geheiligtem Boden.«

»Und Sie ganz schnell in einer wenig heiligen Zelle, wenn Sie nicht augenblicklich mit der Wahrheit herausrücken. Maldini, ich meine es ernst. Entweder Sie spielen ab jetzt mit offenen Karten, oder ich buchte Sie wegen Hausfriedensbruch und Diebstahl ein.«

»Das wagen Sie nicht!«

Ich ziehe meine Waffe wieder. »Kommissarin Brinkmann, legst du dem Herrn Grabesritter bitte Handschellen an.«

»Mit dem größten Vergnügen, Kommissar Dawson.«

»Schon gut, schon gut.« Er hebt abwehrend die Hände. »Sie sind wirklich ein unangenehmer Mensch.«

»Eine Kollegin ist gestern erschossen worden, beziehungsweise an den Folgen eines Schusses gestorben. Meine Toleranzgrenze tendiert gegen null.«

»Ich hörte davon, das tut mir aufrichtig leid, Herr Kommissar. Ich werde für sie beten.«

»Das macht sie nicht wieder lebendig.«

»Nein, aber es hilft womöglich ihrer armen Seele, sich zurechtzufinden.«

Sascha legt mir eine Hand auf den Arm. »Meinen Sie nicht, Monsignore, dass es an der Zeit ist, mit uns zu kooperieren?« Sie bleibt erstaunlich sachlich. »Es sei denn, Sie und Ihre ... *Organisation* stecken hinter all diesem Wahnsinn.«

»Das ist nicht der Fall.« Maldini setzt sich auf die Kirchenbank. Für einen Moment scheint er mit sich selbst zu ringen. »Also schön, warum nehmen Sie beide nicht auch Platz?« Zögernd steckt jetzt auch Sascha ihre Pistole weg. Wir setzen uns in die Reihe hinter ihm. »Ich gebe zu, ich habe hier etwas gesucht. Sie gestatten, dass ich ein wenig aushole.«

»Nur zu, wir haben keine weiteren Termine heute.«

Er seufzt resignierend. »Im Mai 44 erreichten Rom Gerüchte, es könnte den Nazis gelungen sein, ein verheerendes Virus zu generieren. Eine biologische Waffe mit nicht für möglich gehaltener tödlicher Wirkung und rasend schneller Verbreitung. Der Krieg war für die Achsenmächte eigentlich verloren, das Ende absehbar, Mussolini längst entmachtet, aber es war eben noch nicht vorbei. Es waren unsichere Zeiten in Italien. Im Vatikan herrschte gepflegte Unruhe. Papst Pius der Zwölfte, der sich weitestgehend aus jeglicher politischer Bewertung zurückgehalten hatte, befürchtete zumindest eine Verlängerung der Kämpfe. Sein Ansehen war nach der Deportation italienischer Juden im Oktober 44 ohnehin angeschlagen, da man ihm vorwarf, nicht interveniert zu haben. Im Juni wurde Rom dann befreit und der Apostolische Stuhl ein wenig entscheidungsfreudiger. Der Vertreter Gottes auf Erden schaltete seinen Nuntius in Berlin, Cesare Orsenigo, ein.«

Maldini gönnt sich eine Pause. Aus der Innentasche seines Jacketts fördert er einen silbernen Flachmann zutage.

»Ist nur geweihtes Wasser aus den schottischen Highlands.« Er nimmt einen Schluck und fährt fort. »Orsenigo wiederum aktiviert sein Netzwerk. Im September gelangt er in den Besitz einer Abschrift der geheimen Formel zur Herstellung des besagten Virus. Fragen Sie mich nicht, wie er das angestellt hat. Wahrscheinlich wurde ein Labormitarbeiter geschmiert. Fakt ist jedenfalls, dass man den guten Cesare hereingelegt hat.«

»Die Formel war ein Fake«, vermutet Sascha.

»Nein, sie stammte direkt aus der Giftküche eines Nazi-Labors irgendwo in Westdeutschland. Sie war nicht falsch, aber unvollständig. Um genau zu sein, fehlte die zweite Hälfte der anscheinend insgesamt vier Seiten. Der Verkäufer wollte wohl mehr Geld und rückte zunächst nur die halben Unterlagen heraus.«

»Und zur Übergabe der vollständigen Formel ist es dann in den Wirren der Endphase des Krieges nicht mehr gekommen.«

»So ist es, Kommissar Dawson. In den Archiven des Vatikans lagern, natürlich gut gesichert, die Aufzeichnungen der ersten Hälfte.«

»Und jetzt suchen Sie den Rest, in der Hoffnung, dass Gottfried nicht nur eine Probe, sondern womöglich die kompletten Unterlagen an Pater Hermann weitergegeben hat, der sie seinerseits irgendwo versteckt hat.«

»D'accord.«

»Ich kann das einfach nicht glauben. In den Giftküchen dieser Welt werden inzwischen doch wahrscheinlich viel effektivere Viren gezüchtet.«

»Sie dürfen einen Aspekt nicht außer Acht lassen.« Maldini schraubt seinen geistigen Beistand wieder zu. »Für die Nazi-Forscher, wenn diese Pfuscher den Titel überhaupt verdient haben, galten damals keine medizinischen oder ethischen Schranken. Sie haben mit lebendigen Menschen experimentiert. Womöglich hat das den Ausschlag gegeben, und es wurde tatsächlich ein sich schnell verbreitendes, tödliches Virus entwickelt.«

»Das mag alles richtig sein«, erwidert Sascha gedehnt. »Aber warum ist Rom so wild darauf, die zwei fehlenden Seiten in die Finger zu bekommen?«

»Es gibt keinen besseren Ort für diese gefährlichen Papiere als die vatikanischen Archive, Frau Kommissarin.«

»Aha, das alles dient also nur dem Schutze der Menschheit, oder wie? Deshalb hat Ihr Scherge auch versucht, Gustav Momsen zu erschießen, und als Kollateralschäden auch einfach zwei Sonderermittler des BKA?«

»Das tut mir wirklich unendlich leid, das müssen Sie mir glauben. Besagter Bruder war leider extrem übermotiviert.« Maldini macht ein bestens eingeübtes unschuldiges Gesicht.

»Weshalb dann auch der gerechte Zorn Gottes unverzüglich über ihn kam.«

»Nun, ich konnte nicht verhindern, dass er sich selbst gerichtet hat. Ein Streiter des Herrn weniger in unseren ausgedünnten Reihen. Auch das ist traurig genug.«

»Ja, mir kommen auch gleich die Tränen.«

Ich sehe ihn herausfordernd an. »Mich würde interessieren, ob Sie etwas gefunden haben, werter Grabesritter. Also, wo wir doch so dicke Kumpels geworden sind, würden Sie doch sicher Ihre Weisheiten mit uns teilen.«

Er hebt bedauernd die Schultern. »Das würde ich, Herr Kommissar, aber leider habe ich nichts gefunden. Das können Sie mir glauben oder auch nicht.«

»Dann können Sie ja jetzt diese heilige Stätte verlassen. Womöglich braucht man Sie in Rom oder sonst wo auf Gottes weiten Feldern.«

»Ich fürchte, der Herr hat mich noch nicht abberufen. Ich werde wohl noch eine Weile in Ihrer schönen Stadt aushalten müssen.« Er atmet tief durch und erhebt sich. »Viel Erfolg bei der Suche. Wir sehen uns.«

Ich sehe ihm mit gemischten Gefühlen hinterher.

»Ich mag ihn nicht«, brummt Sascha.

»Dann sind wir schon zu zweit. Meinst du, er hat wirklich nichts gefunden?«

»Ich denke, nicht, aber wenn ja, ist es jetzt ein bisschen zu spät, um noch zu insistieren. Wir hätten den Saftsack mal richtig in die Mangel nehmen können.«

»Hm.«

»Sehen wir uns trotzdem mal um? Vielleicht haben wir einen anderen Blickwinkel als er.«

In der Sakristei stehen auf einem rechteckigen Tisch ein reich verzierter Kelch, eine Hostienschale, ein Leuchter ohne Kerzen und ein aufgeschlagenes liturgisches Buch. An einem Kleiderständer zwischen zwei Wandschränken hängt eine schlichte Priesterrobe. Sascha untersucht die Schränke. Flaschen mit Messwein, Kerzen, Hostien, eine angefangene Rolle Pfefferminzbonbons.

»Also, ich finde hier nichts Auffälliges. Wäre ja auch zu einfach.«

»Erinnere dich an Momsens Tipp. Etwas für jeden sichtbar verstecken.«

»Ja, aber hier ist nichts. Keine Aufzeichnungen, keine Röhrchen mit geheimnisvollen Flüssigkeiten.«

»Vielleicht sollten wir den Messwein analysieren.«

Sascha zuckt mit den Schultern und nimmt eine Flasche an sich. Ich blättere durch das Buch, schüttele es, aber da fällt nichts heraus. Aber womöglich hat jemand etwas hineingeschrieben? Ich packe es einfach mal ein.

Zurück in die Kirche. Links neben dem Altar, kaum zu erkennen hinter einer großen Marienstatue, führen Stufen hinab in eine Krypta, die mehr an eine Gruft erinnert, vielleicht zehn oder zwölf Quadratmeter groß. Das spärliche, indirekte Licht ist milchig, fast als hätten sich feine Nebelschwaden hinabgeschlichen.

Auf einem steinernen Tisch drei Monstranzen. In der Mitte eine etwa fünfzig Zentimeter große, mit versilberten Ähren rund um die Lunula, die kreisförmige Aussparung zur Aufbewahrung einer geweihten Hostie oder einer Reliquie. Links und rechts daneben kleinere Ausgaben mit ausladenden Armen. Goldene Sonnenstrahlen umrunden den eigentlichen Körper.

»Von welchem Heiligen haben sie denn hier ein Knöchelchen aufbewahrt?«, fragt Sascha schaudernd.

»Keine Ahnung, muss ja auch nicht sein.« Ich schalte die Taschenlampe meines Handys ein. »In den Glasbehältern ist nichts drin.«

»Keine Knochen aus dem Schlussverkauf?« Sascha ist sichtlich unwohl in der kleinen Kammer. »Mal gut, dass diese Kemenate keine Tür hat, die man abschließen kann.«

»Hm.« Ich beäuge die drei golden schimmernden Objekte, aber da ist nichts.

»Jonesy, können wir bitte gehen? Das ist hier echt zu gruselig für mich.«

»Klar, die Aktion ist sowieso ein Schuss in den Ofen.«

Irgendwo in Duisburg

»Bei allen guten Geistern, das ist wirklich hochinteressant.«

»Professor Wammer, könnten Sie sich bitte etwas genauer ausdrücken, so, dass Normalsterbliche auch einen Einblick bekommen.«

»Der Ansatz ist phänomenal, wie konnte der Verfasser nur zu diesen Ergebnissen gelangen, das ist ja Wahnsinn. Das kann man doch nur eruieren, wenn man es an einem lebendigen Menschen ausprobiert. Aber das ist ja unmöglich, kein Proband würde sich diesem entsetzlichen Risiko aussetzen, und doch …«

»Können Sie etwas damit anfangen?«, fragt der General lauernd.

»Wie bitte?«

»Womit haben wir es zu tun, Herr Professor? Können Sie aus diesen Unterlagen eine Substanz herstellen?«

»Nein, kann ich nicht.«

»Aber ... Sie sprachen doch von einem sensationellen Ansatz.«

»Richtig, aber die Aufzeichnungen sind unvollständig, es fehlen die entscheidenden Sequenzen. Wo ist der Rest der Papiere?«

»Der Rest? Es ist ... nicht vollständig?«

»Keinesfalls. Diese zwei Seiten beschreiben eindringlich die Grundlagenforschung. Aber jetzt geht es sozusagen ans Eingemachte. Das ist wirklich irre. Verstehen Sie mich nicht falsch, die Rezeptur könnte im wahrsten Sinne des Wortes tödlich sein, es ist eine Gratwanderung zwischen Genie und absolutem Wahnsinn.«

»Wären Sie in der Lage, die Formel zu vollenden?«

»Was, ich? Nie und nimmer, schon aus ethischen Gründen nicht. Viel zu gefährlich. Ich rate Ihnen: Vernichten Sie diese Aufzeichnungen und alle Kopien, die möglicherweise noch existieren. Das klingt jetzt vielleicht wenig wissenschaftlich, aber das hier ..., das ist Hexenwerk, mein Herr, das ist toxisch, böse, unendlich zynisch ... und doch auch unglaublich faszinierend.«

»Aber Sie könnten es theoretisch vollenden«, beharrt der General.

»Ja, vielleicht, möglich, was weiß ich, aber darüber müssen wir nicht sprechen. Das würde ich niemals tun.«

»Ach, Herr Professor ... Man sollte niemals nie sagen. Sie sind verheiratet, nicht wahr, zwei Kinder, wohlgeraten.«

»Was soll das werden?«

»Nun, womöglich überdenken Sie Ihre ablehnende Haltung noch einmal.«

»Ganz sicher nicht!«, entgegnet der Virologe entrüstet.

»Leutnant, wie denken Sie über eine Motivationshilfe?«

»Wird nicht schaden, mein General.«

Kapitel 38

Polizeipräsidium Duisburg, grosser Konferenzsaal
Mittwoch, 26. Mai 2019, 9:30 Uhr

Hauptkommissar Müller holt zu einem Rundumschlag aus. Zu unserer Überraschung hat er für den Morgen den gesamten Buchclub vorgeladen.

»Was verspricht er sich von der Aktion?« Meine Lieblings-Ostfriesin schlüpft in eine schwarze Jeans. Jetzt steht sie unentschlossen vor dem Kleiderschrank.

»Gute Frage. Wenn überhaupt, würden Einzelbefragungen Sinn machen, vielleicht verhaspelt sich einer der Herren.«

»Oder Damen«, ergänzt sie beiläufig. »Ich nehme das geringelte Shirt.«

»Tja, wir werden sehen. Offensichtlich bekommt Müller ordentlich Druck von oben, also muss er was tun. Fünf Tote, da steigt die Nervosität.«

»Oder ist das nicht seriös genug?«

»Hm?«

»Na, das Shirt. Bisschen flippig womöglich. Ich meine nur, bei so viel geballter Prominenz.«

»Wovon die meisten kurz vor der Insolvenz stehen.« Ich setze mein unverschämtestes Grinsen auf. »Ich mag das Shirt, das ist so schön hauteng.«

»Du bist unmöglich.« Sie wird tatsächlich ein bisschen rot.

»Und du verdammt sexy.«

Halbwegs ausgeschlafen erreichen wir pünktlich das Präsidium. Auf dem Parkplatz treffen wir auf Jessica. Sie macht einen angeschlagenen Eindruck.

»Holla, hast du eine Nachtschicht eingelegt?«, frage ich.

»So was in der Art. Gott, ich bin echt nichts mehr gewöhnt. Wir haben in Meryems Geburtstag reingefeiert.«

»Wie schön, große Party, nehme ich an.«

»Ähm, eher nicht.« Erstaunt stelle ich fest, dass ich wohl ein Talent entwickelt habe, Frauen eine gewisse Röte ins Gesicht zu treiben.

»Nun sei gefälligst nicht so neugierig«, tadelt mich Sascha.

»Schon gut«, winkt meine Jugendliebe ab. »Wir haben im ganz engen Kreis gefeiert, sonst wäret ihr zwei ja auch dabei gewesen.«

»Aha.«

»Na, dann wollen wir mal«, Sascha schiebt mich energisch Richtung Eingang.

»Ich muss noch schnell in die Pathologie, meine Unterlagen zusammenkramen. Bis gleich.« Jessica nimmt die Treppe in den ersten Stock.

»Was war das denn?« Irgendwie bin ich irritiert.

»Also wirklich, Jonesy, manchmal bist du echt vernagelt im Hirn, dabei sagt man doch den Ostfriesen nach, wir wären recht einfältig und weltfremd.«

»Was natürlich nicht stimmt.«

»Natürlich nicht. Nur ein Beispiel: Ich weiß von Vetter Magnus, dass er mal einem Österreicher bei Ebbe ein Stück Land verkauft hat.«

»Echt jetzt?«

Sascha schüttet sich aus vor Lachen.

Die Atmosphäre im Sitzungssaal ist spürbar aufgeladen. Ein unter der Decke hängender Beamer projiziert Portraits der ermordeten Personen auf eine große Leinwand: Pater Hermann, der Friedhofswärter Adrian Köllner, Karl Geiger, Luzie Schüssler und Melissa Nguyen. Mein Herz verkrampft sich.

»Guten Morgen allerseits.« Balthazar Müller macht einen entschlossenen Eindruck. Rechts neben ihm hat sich Matthias Kraft aufgebaut. Der BND-Agent wirkt ungeduldig, nervös. Da ist ein unstetes Flackern in seinen Augen. Er ist aktuell der Typ Mann, dem man nicht allein im Dunkeln begegnen möchte. Adrian Kaczor hält sich wie meistens im Hintergrund. »Nehmen Sie alle doch bitte Platz.«

Zwei Tischreihen sind einander gegenüber aufgebaut, dazwischen drei Meter Niemandsland. Zwei Schützengräben, in einem die Staatsmacht, im anderen die Mitglieder eines Buchclubs. Auf den letzten Drücker rauscht Jessica in den Saal. Wir setzen uns, Müller und Kraft bleiben stehen.

Auf der anderen Seite Kurt von Bönighausen, Caroline Wegmeister, der Abrissunternehmer Heribert Carlsen, der Reeder Franz Hoppe, Baron Ferdinand von Selz, den wir persönlich noch nicht kennengelernt haben, und die findige Privatdetektivin Bea Fiedler. Melissa Nguyens Mörderin? Finya und Jens haben es anscheinend nicht in die erlauchte Veranstaltung geschafft, was mich ärgert. Sie gehören schließlich zu unserem Team.

»Bevor wir hier den Vormittag verplempern ...« Hoppe sieht sich grimmig um. »Warum stehlen Sie uns unsere Zeit?«

»Herr Hoppe, vielleicht lassen Sie mich einfach erklären ...«

»Franz hat absolut recht«, fällt Carlsen dem Hauptkommissar ins Wort. »Unsere Firmen laufen nicht von alleine. Zeit ist Geld, und – mit dem nötigen Respekt, Herr Kommissar – Sie kennen die Menschen im Ruhrpott nicht, Sie wissen gar nicht, wie wir ticken.«

»Ganz genau«, flötet Caroline Wegmeister.

»Das reicht!« Müllers Stimme hallt schneidend durch den großen Raum. Ich lehne mich amüsiert zurück. Da hat er sich eine feine Bagage eingeladen, der Herr Hauptkommissar. »Sind Sie eigentlich blind oder einfach nur ignorant?« Er deutet auf die Fotos der Verstorbenen. »Fünf Menschen wurden ermordet.«

»Das ist schrecklich.« Zum ersten Mal meldet sich von Selz zu Wort. Der Adlige ist spindeldürr, trägt einen schlichten grauen

Anzug, eine scharlachrote Krawatte auf seinem weißen Hemd. Der Mann erinnert mich an einen Geier. »Aber was haben wir damit zu schaffen?«

»Karl Geiger war Mitglied Ihres Buchclubs, die Agentin Nguyen wurde auf dem Gelände von Herrn Carlsen erschossen. Luzie Schüssler in einem Ofen dort verbrannt.«

»Ist das alles, was Sie vorzubringen haben?«, spottet von Bönighausen. »Sie machen sich ja lächerlich. Außerdem war Geiger nur häufiger Gast.«

»Was soll der Blödsinn?«, flüstert mir Jessica zu. »So ein Affentheater habe ich noch nie erlebt.« Tatsächlich habe auch ich keine Idee, was Müller mit dieser großen Runde bezwecken will.

Er gibt Kaczor ein Zeichen. Die Bilder der Ermordeten verschwinden, dafür erscheint die reichlich verpixelte Ansicht eines schlecht beleuchteten Raumes.

»Das ist ja ... ist das etwa ...?«, stottert Sascha überrascht.

»Geigers Dachboden«, stelle ich nicht minder erstaunt fest. Die Kamera wackelt, fährt über die Vitrinen und Ausstellungsstücke. Zuletzt friert das Bild ein. Anscheinend wurde die Kamera fest positioniert. Mein ehemaliger Gesichtslehrer huscht vorbei. Geräusche im Hintergrund. Stimmen. Das Knarren einer Treppe. Ich erinnere mich an den Aufgang.

»Jetzt wird es doch noch spannend«, flüstert Jessica.

Nacheinander marschiert der gesamte Buchclub auf, nur Bea Fiedler fehlt. Im Hintergrund ein satter Ton, dann ein beständiges Knistern, wie von einer statischen Aufladung. Sofort assoziiert mein Gehirn einen Plattenarm, der sich auf eine Schallplatte senkt, die sicher nicht zum ersten Mal abgespielt wird. Die fünf Männer und Caroline Wegmeister versteifen sich, als nähmen sie Haltung an. Durch den Saal geht ein Aufstöhnen. Die ersten Töne, eine Bläsereinleitung, blechern, aber doch eindrucksvoll, dann wird ergriffen mitgesungen.

»Wow, das Deutschlandlied«, stellt Jessica fest. »Aber die erste Strophe.«

Eine kurze Pause. Die sechs Personen sind weiterhin wie eingefroren, erstarrt in trutziger Einheit. Erneut erheben sie ihre Stimmen.

»Was soll das sein?« Sascha schüttelt den Kopf.

»Das ist das Horst-Wessel-Lied. Beliebtes Stück in Hitlers SA, avancierte bald zur Parteihymne der Nationalsozialisten. Insbesondere in den Schulen musste das Lied regelmäßig gesungen werden, jeweils unmittelbar nach der ersten Strophe des Deutschlandliedes.«

»Krass.«

»Allerdings«, stimme ich zu. »Wurde nach der Niederlage vom Alliierten Kontrollrat verboten, und meines Wissens gilt dieses Verbot auch heute noch.«

Der Bildschirm wird schwarz. Für einen Moment herrscht ungewisses Schweigen im Konferenzraum Eins des Duisburger Polizeipräsidiums. Baron von Selz erhebt sich. »Woher stammt diese infame Aufnahme?«

»Das werde ich Ihnen sicher nicht auf die Nase binden«, erwidert Müller beherrscht. »Fakt ist, dass Sie alle sich strafbar gemacht haben. Nach Paragraph sechsundachtzig a des Strafgesetzbuches ist das Absingen dieses Liedes verboten und somit ein Straftatbestand.«

»Machen Sie sich doch nicht noch lächerlicher«, höhnt von Bönighausen.

»Wollen Sie etwa abstreiten, beteiligt gewesen zu sein?«

»Natürlich nicht. Es handelte sich aber, wie Sie sicher wissen, um ein privates, nicht öffentliches Zusammentreffen. Da wird auch schon mal ein Judenwitz erzählt, Herr Kommissar, und darüber lachen wir sehr herzlich. Das können Sie und Ihre kleinkarierten Schergen ja gern verurteilen, aber wollen Sie uns deswegen etwa verhaften?«

»Das wird ein lustiges Spektakel vor Gericht«, ergänzt Carlsen grinsend. »Ich bin jetzt schon gespannt, wie die Medien reagieren werden. Fünf Morde in Duisburg, und die Kripo knastet angesehene Bürger wegen des Absingens einer alten Volksweise ein.«

Ich spüre förmlich, wie Müller an Boden verliert.

»Oder steht hier etwa unsere Gesinnung am Pranger?« Hoppe erhebt sich jetzt ebenfalls. »Jawohl, ich stehe dazu. In diesem Land geht es drunter und drüber, keine Ordnung, keine Moral, besonders bei der Jugend. Wir stehen für unerschütterliche Werte wie Ehre, Anstand und Freundschaft. Wenn Sie uns daraus einen Strick drehen wollen ... Nur zu.«

»Warum musste Karl Geiger sterben?« Die Blicke des Buchclubs richten sich auf mich. Ich versuche, Müller aus der Schusslinie zu nehmen.

»Dieses Possenspiel ist jetzt beendet«, verkündet Bea Fiedler, die sich bisher komplett zurückgehalten hat. »Caroline, meine Herren, ich schlage vor, unverzüglich aufzubrechen und Ihre Anwälte einzuschalten.«

»Eine vorzügliche Idee, meine Liebe«, bekräftigt der spindeldürre Baron.

»Wir sind noch nicht fertig!«, donnert Müller, aber ohne Überzeugungskraft.

»Aber Herr Hauptkommissar, ich bin zwar nur eine kleine Privatdetektivin, kenne mich mit Gesetzen und Regeln dennoch ziemlich gut aus. Entweder Sie klagen jeden Einzelnen der anwesenden Herrschaften an, oder diese Farce ist augenblicklich beendet.«

»Wir haben den Beweis einer Straftat gerade live erlebt.«

»Dieses mittelmäßig gruselige Video?« Sie lacht herzlich. »Von wann ist die Aufnahme denn, wer hat sie gemacht, ist daran herumgepfuscht worden? Wie haben Sie dieses vermeintliche Beweismittel überhaupt erhalten? Das ist doch Bullshit, das hat vor keinem Gericht der Welt Bestand.«

»Bravo, Frau Fiedler. Bravo!« von Bönighausen klatscht Beifall. Müllers Zähneknirschen kann nicht gesund sein.

Plötzlich springt Matthias Kraft auf.

»Einer von euch braunen Säcken hat meine Partnerin erschossen!«, brüllt er. »Vielleicht war es ja auch eine von euch beiden Hitlerjungfern.« Immer, wenn man denkt, es könnte nicht mehr schlimmer kommen, tut sich eine neue Katastrophe auf. »Wenn ihr glaubt, dass ihr damit durchkommt, dann habt ihr euch geschnitten.«

»Agent Kraft!«, versucht Müller zu beschwichtigen.

»Ich werde mir jeden Einzelnen von euch vornehmen. Ihr werdet dafür bezahlen, das schwöre ich. Ich werde eure braunen Naziknochen so lange in heißem Sud kochen, bis ihr die Wahrheit ausspuckt.«

»Vielen Dank auch für die phänomenale Vorstellung, Agent Kraft.« Fiedler schwenkt ihr Handy einmal durch den Saal. »Da gewinnt man doch direkt das Vertrauen in unsere Polizeimacht zurück.«

»Scheiße«, stöhnt Sascha neben mir. »Das mutiert zu einer Vollkatastrophe.« Kaczor und Müller halten den außer Kontrolle geratenen BND-Agenten zurück.

»Sie hören von uns.« Baron von Selz lächelt diabolisch. Eigentlich fehlt jetzt nur noch der Hitlergruß.

»Sagen Sie nichts.« Müller sitzt zusammengesunken auf seinem Stuhl. Sascha, Jessica und ich stehen stumm vor ihm. »Das war ein totales Desaster.«

»Und das ist noch die harmloseste Einschätzung«, bekräftigt meine Ostfriesin kopfschüttelnd. »Mal ganz ehrlich – was sollte das denn werden, was haben Sie sich von dieser Massenkonfrontation versprochen?«

Eine verdammt gute Frage, finde ich.

»Ich hatte gehofft, dass einer oder eine einfach die Nerven verliert, dass sie sich uneins sind und verplappern, dass einfach eine Person aussteigen will.«

»Schwachsinn«, brummt Kraft aus dem Hintergrund. »Wir stehen da wie Volltrottel.«

»Ich werde das auf meine Kappe nehmen«, verkündet Müller resignierend.

»Darum geht es nicht, Herr Hauptkommissar. Außerdem trifft Sie die wenigste Schuld an diesem Desaster«, versuche ich zu vermitteln. »Die Bagage wird sich hüten, damit groß an die Presse zu gehen, denn dann müssen sie damit rechnen, dass wir das Video publik machen.« Ich atme tief durch. »Warum keine Einzelgespräche, das hätte womöglich eine Chance gehabt, aber so …?«

»Mein Fehler.«

»Allerdings.« Kraft verlässt den Konferenzraum ohne ein weiteres Wort.

»Der wird noch mehr Scheiße bauen«, befürchtet Sascha. »Wahrscheinlich war er in Melissa verliebt. Er nimmt die Sache extrem persönlich. Sie sollten ihm gehörig ins Gewissen reden, Herr Hauptkommissar.«

»Auch das noch«, stöhnt Müller. Geschlagen vergräbt er sein Gesicht in den Händen. »Kommissar Kaczor?«

»Schon gut, ich mache den Babysitter.« Mit verschlossenem Gesicht verlässt auch Müllers Stellvertreter den Saal. »Irgendwie ziehe ich immer die Arschkarte«, hören wir ihn noch murmeln.

»Woher kommt das Video?«, fragt Jessica.

»Das kam anonym mit der Post.«

»Auch das noch. Das können wir nicht verwenden. Wurde es bereits kriminaltechnisch untersucht?«

»Keine Fingerabdrücke, nichts.«

»War ja klar.« Ich lasse mich auf einen Stuhl fallen. »Was ist mit der Asche auf Kaczinskis Overall? Können wir die nicht doch als Druckmittel nutzen?«

»Die ist aus dem Brennofen vom Schrottplatz«, erklärt Jessica, »lässt sich aber keinesfalls als Beweismittel verwenden. Kaczinski behauptet, darin vor ein paar Tagen Ratten verbrannt zu haben. Asche ist halt Asche, Jonathan. Durch den Regen ist außerdem alles auf seiner Kleidung verschmiert.«

»Na, das weiß er aber nicht.«

»Ich warne dich. Wenn du ihn bescheißt und behauptest, wir könnten nachweisen, dass die Asche auf seinen Klamotten von Luzie Schüssler stammt, und er standhaft bleibt, haben wir den nächsten Ärger am Hals.«

»Und zwar nicht zu knapp.« Müller schüttelt den Kopf. »Das machen wir nicht, Kommissar Dawson. Nehmen Sie ihn meinetwegen in die Mangel, aber bleiben Sie sauber. Es reicht, dass ich Mist gebaut habe.«

»Wir drehen uns im Kreis«, murmelt Sascha. »Da beißt ein Hangschaf keinen Klee ab.« Nachdenklich trommelt sie auf die Tischplatte. »Was denkt ihr, wer ist das labilste Mitglied dieser gruseligen Truppe?«

»Du meinst, wer eventuell umkippen könnte?«, vermute ich. »Die Wegmeister vielleicht?«

»Nee, die ist straight und abgezockt, und von der Nazi-Scheiße überzeugt.«

»Der alte Reeder?« Müller sieht uns erwartungsvoll an.

»Wohl eher nicht«, befürchtet Sascha. »Wenn ich an unser Vorgespräch in seiner Villa denke, dann hege ich da keine Hoffnung.«

»Ich würde es mit dieser Privatdetektivin versuchen«, schlägt Jessica vor. »Sie gehört offensichtlich nicht zum inneren Kreis dieser Zelle.«

»Sie ist eine Söldnerin.«

»Genau, Sascha.«

»Aber sie wird doch die Gans, die die goldenen Eier legt, nicht hintergehen.«

»Wer weiß, sie hat jedenfalls keinen emotionalen Bezug, vertritt keine ideologische Weltanschauung.«

»Und sie weiß womöglich gar nicht, um was es tatsächlich geht und wie es um die finanzielle Situation ihrer Geldgeber steht«, stimme ich Jessica zu. »Das ist einen Versuch wert, würde ich sagen. Hat jemand eine bessere Idee?« Ich schaue fragend in die Runde. »Na schön, dann warten wir mal ab, was John Lennon heute Abend noch zu berichten hat, und sehen morgen weiter.«

»John Lennon?«, wundert sich Müller. »Sie pflegen hoffentlich keinen Kontakt zu Geistern, Kommissar Dawson.«

»Nur, wenn sie uns helfen können«, erwidert Sascha grinsend. »Aber Jonesy ... wenn die Fiedler wirklich die Mörderin von Melissa ist, dann hat sie auch auf dich geschossen, dann wird sie niemals umkippen.«

»Tja, wir werden sehen.«

»Gut, lösen wir die Runde auf.« Müllers Glatze schimmert feucht. »Ich werde heute meine Abstinenz brechen und einen dreifachen Bourbon trinken.«

Kapitel 39

NETTETAL, VERSUCHSSTATION »KRIMHILD«
ANFANG OKTOBER 1944

»Das ist es, das ist der Durchbruch!« Marius van Cleef schießen Tränen des Triumphes in die Augen. »Das muss es einfach sein.«

Major Konstantin Wegener mag den holländischen Arzt nicht, wobei *nicht mögen* den Kern seiner Antipathie nicht annähernd beschreibt. Er mag nicht seine fettigen, strähnigen Haare, die hohe Stirn, die hervorquellenden Augen, den diabolischen Gesichtsausdruck, wenn seine Versuchspersonen erbärmlich krepieren, die ganze ungepflegte Erscheinung des flatterhaften Arztes.

Van Cleefs zittrige Hände halten mal wieder eine Spritze bereit. Der verrückte Giftmischer, wie ihn der Offizier im Geheimen nennt, hat einen neuen Cocktail zusammengepantscht. Wegener ist diese ganze sogenannte *Versuchsanstalt* ein Gräuel. Eigentlich kein Ort für einen ehrbaren Soldaten, aber das Oberkommando der Wehrmacht hat ihn hierher beordert, an den Arsch der Welt, den der gebürtige

Nürnberger inzwischen genauso hasst wie den leitenden Arzt, der sich gern mit Herr Doktor anreden lässt.

»Sind die frischen Probanden eingetroffen?«

»Sicher. Neues Schlachtvieh aus Duisburg-Ratingsee.«

»Wie viele?«

»Fünf.«

»Gut, das sollte reichen.« Van Cleef legt die aufgezogene Spritze vorsichtig beiseite und reibt sich die Spinnenhände. »Ich benötige zunächst drei. Nummer eins schicken Sie in den Behandlungsraum eins, die anderen beiden setzen Sie einfach in das Beobachtungszimmer.«

Raum eins ist eine hermetisch abgeschlossene Spezialkonstruktion. In den Wänden verborgen sind unzählige Düsen, aus denen Flammen schießen, wenn die Prozedur zu Ende ist. Eigentlich ist es ein großer Ofen, ein Krematorium, schließlich soll nichts von den teuflischen Viren den Raum verlassen.

»Männlein oder Weiblein?«

»Bei Proband Nummer eins ist es egal, die anderen beiden gemischt.«

»Gemischt?« Wegener schüttelt angewidert den Kopf. »Gemischte Todeskandidaten ... Hören Sie sich eigentlich selbst mal zu, Cleef?«

»Van Cleef!«, erwidert der Arzt zornig. »Doktor van Cleef!«

»Wo haben Sie denn Ihren Doktor gemacht? Ich vermute mal, in der Hölle.« Manchmal kann sich der Offizier einfach nicht zurückhalten. Dieser Mann ist ihm zutiefst zuwider.

Biologische Kriegsführung. Ein Terminus, mit dem der gerade sechzig gewordene Wegener nichts anfangen kann. Schon im Ersten Weltkrieg hatte er den Einsatz von Senfgas als unehrenhaft und verwerflich gegeißelt, nun aber nahm die sogenannte *Forschung* Dimensionen an, die jenseits aller bisher geltenden Konventionen angesiedelt waren.

»Wird das nun was, oder wollen wir den Rest des Krieges hier vertrödeln?«, keift van Cleef. Wenn er aufgeregt ist, wird seine Stimme schrill und piepsig. »Nun machen Sie schon, die Russkis warten nicht, ebenso wenig wie die verdammten Inselaffen.«

Wegener wendet sich ab und betritt den Wachraum, in dem zwei Frauen und zwei Männer mittleren Alters und ein junger Bursche verschüchtert auf einer Bank zusammengekauert sitzen. Zwei Wachen stehen neben der Tür.

Die Prozedur läuft eigentlich immer gleich ab. Proband Nummer eins erhält von van Cleef eine Injektion, die sein neu zusammengestelltes Virus enthält. Der Giftmischer schützt sich natürlich mit einer Atemmaske. Diese Person wird im Regelfall sterben, mal schneller, mal erschreckend langsam, immer verbunden mit unsäglichen Schmerzen und Qualen. Die Verbrennung des Opfers wird unverzüglich eingeleitet, die Kammer zusätzlich desinfiziert und ausgekühlt.

Wenn der Todesdoktor mit dem Ergebnis zufrieden ist, erhält Nummer zwei die nächste Injektion und wird anschließend zu zwei unbehandelten Versuchspersonen in die luftdicht abgeschlossene Kammer gesperrt. Dies ist dann der eigentliche Test, die »Forschungsarbeit«, wie van Cleef es kosmetisch umschreibt. Infiziert der Wirt die beiden gesunden Menschen? Und wenn ja, wie schnell geht der Prozess vonstatten, und wie sind die Auswirkungen auf die Unbehandelten? Zeigen sie die gleichen schrecklichen Symptome, sterben sie schnell oder vielleicht gar nicht? Dann war auch diese »Versuchsreihe« ein Fehlschlag.

Seit anderthalb Jahren mischt er seine Giftcocktails zusammen, bislang war kein Ergebnis zufriedenstellend, aber man lässt ihn gewähren. Das tausendjährige Reich steht mit dem Rücken zur Wand. Die Alliierten sind in der Normandie gelandet, im Osten muss sich die Wehrmacht unter furchtbaren Verlusten immer weiter zurückziehen, tausende Tonnen Bomben fallen auf die wehrlosen Städte. In Berlin klammert man sich an die letzten Strohhalme: die große Wende, vielleicht ein Separatfrieden mit den Westmächten – oder ein tödliches Virus, das die Feinde nur so dahinraffen wird.

Was ist mit unseren Leuten?, fragt sich Wegener zweifelnd, aber van Cleef soll auch ein Gegenmittel herstellen, das ist angeblich ganz einfach, wenn man erst einmal den Kampfstoff gefunden hat.

Wegener lässt seinen Blick über die ängstlichen Menschen schweifen. Wen soll er dem sicheren Tod überantworten?

»Du da.« Er zeigt auf einen ausgemergelten, grauhaarigen Mann. »Mitkommen.« Er nickt einer Wache zu, die den vor Angst schlotternden Mann grob am Arm packt und mit sich zieht. Die Kammer des Schreckens ist bereit, genauso wie ihr nicht minder abartiger Verwalter.

Wegeners Blick bleibt bei dem Jungen hängen, dessen Haare, wie im Konzentrationslager üblich, extrem kurz geschoren sind. Nur ein brauner Flaum.

»Wie heißt du, mein Junge?« Wegener hat selber drei Kinder. Sein Sohn kämpft an der Westfront, seine Töchter sind mit ihrer Mutter auf einem Bauernhof in Niederbayern untergebracht. Da fallen zumindest keine Bomben.

»Ich bin Matti, Matti Sniders.« Die Stimme des Jungen ist dünn und weinerlich, von namenloser Angst geprägt.

»Bist du ein Holländer?«

»Ja, bin ich. Ist das schlimm?« Die Augen des Jungen sind feucht. Er zittert.

»Was hast du angestellt, Bursche?« Der Junge erinnert Wegener an seinen eigenen Sohn, der in seinem Alter ein ähnliches Klappergestell dargestellt hat.

»Flugblätter verteilt in Venlo. Ich bin kein schlechter Mensch, Herr Oberst, bestimmt nicht. Ich wollte nur, dass alles wieder gut wird. So wie früher.«

Wegener muss lächeln. Oberst. Nein, das ist er nicht.

Die Tür fliegt auf. Van Cleef stürmt mit hochrotem Gesicht in den Raum.

»Einer zur Spritze zu mir in den Behandlungsraum, zwei Probanden in Kammer zwei! Sofort! Ich bin endlich am Ziel. In Berlin wird man mich feiern, das Eiserne Kreuz ist mir so gut wie sicher. Nun machen Sie schon!«

Die Wachen warten auf Wegeners Befehl. Er bestimmt, eine der beiden Frauen in van Cleefs Labor zu bringen, die anderen beiden Erwachsenen werden in Versuchskammer zwei gesperrt. Der Major sieht es in ihren Gesichtern: Sie wissen, dass sie sterben werden. Stumm lassen sie sich abführen.

Matti sieht Wegener durchdringend an. Etwas in dem altgedienten Offizier zerbricht. Das alles ist nicht richtig, aber was soll er tun? Zu der Anstalt oder Einrichtung, wie immer man diese Hölle auf Erden nennen mag, gehört auch eine Abteilung der Waffen-SS. Ausgewiesene Fanatiker, die keinerlei Unregelmäßigkeiten dulden werden. Er selbst steht unter ständiger Beobachtung. Er sieht keinen Ausweg aus diesem Dilemma.

Der Junge weint leise. Aber ihn kann ich vielleicht retten, denkt Wegener. Wenn van Cleef wirklich am Ziel seiner grauenvollen Versuche angekommen ist, dann braucht er womöglich keine weiteren Probanden.

»Fähnrich, stellen Sie den Jungen unter die Dusche, geben Sie ihm was Vernünftiges zu futtern und besorgen Sie ihm ein paar brauchbare Klamotten. Ich brauche einen Laufburschen und Mundschenk. In meinem Quartier müsste mal gründlich gefeudelt werden.«

»Jawoll, Herr Major.«

Kapitel 40

REGATTABAHN DUISBURG

MITTWOCH, 26. MAI 2019, 13:30 UHR

»Tja, schon ganz nett hier, aber bei uns am Deich ist es zirka eine Million Mal besser.« Sascha und ich sitzen auf einer Bank und genießen die Sonne. »Aber wir wollen mal nicht meckern.«

»Ich find's schön hier«, murmele ich müde. Diese idiotische Konfrontation im Präsidium hat mich geschafft. Wir treten auf der Stelle. Fünf Tote, und es geht einfach nicht voran. Auf dem Wasserspielplatz am gegenüberliegenden Ufer tummeln sich jede Menge Kids in Bade- und Unterhosen.

»Welcher Derwisch ist nur in Müller gefahren? So ein Blödsinn, die ganze Bande aufs Revier zu zitieren.«

»Keine Ahnung, auf jeden Fall hat er die Herrschaften erst recht misstrauisch gemacht.« Ich schließe seufzend die Augen. »Ich habe noch keine rechte Idee, wie wir weitermachen sollen.«

»Du könntest dich langmachen und deinen Kopf in meinen Schoß legen.«

»Ach, danke. Vielleicht fließen die Gedanken dann schneller und vor allem zielgerichteter.« Ihre Hände streifen sanft durch mein Haar. Sie beugt sich herab und versiegelt meinen Mund mit einem Kuss.

»Aber hallo, wenn das mal nicht Deutschlands schärfstes Ermittlerduo ist.« Gott, diese Stimme kenne ich doch! »Ich sage nur *All You Need Is Love*. Schau dir das gut an, Schatz, so werden heutzutage Mörder gejagt. Wild rumknutschend auf einer Parkbank.«

»Eddie …«

»Yes, Sir.« Unser Winzer, Schrägstrich ehemaliger IT-Spezialist, Eduard Klus, steht grinsend vor uns, seine bezaubernde Gattin Isabell am Arm.

»Was treibt ihr denn hier? Ich denke, ihr seid auf Hochzeits-Winzer-Tour.«

»Die uns auch ins schöne Duisburg führt«, erklärt die Weinkönigin von Nieder-Olm fröhlich. »Am ersten Augustwochenende steigt in der Innenstadt doch das große Weinfest, und in diesem Jahr werden wir zum ersten Mal auch mit einem Stand am Start sein.«

»Wie schön, euch zu sehen!« Sascha springt auf und umarmt Isabell herzlich. Ich kann gerade noch verhindern, dass mein Kopf auf die Parkbank knallt. Die beiden Frauen haben sich vom ersten Moment an großartig verstanden.

»Dieser Quälgeist hier ...«, Isabell deutet schmunzelnd auf ihren Ehegatten, »nervt seit Tagen, er müsse unbedingt nach Duisburg, weil ein Händler ihm hier, ähm, was nochmal besorgen kann?«

»Eine nigelnagelneue japanische Pressung des Sergeant-Pepper-Albums mit Goldauflage für unter hundert Euro.« Eddie strahlt. »Eine echte Rarität.«

»Och, und ich dachte, du wolltest uns sehen«, schmollt Sascha zwinkernd.

»Aber sicher doch. Mensch, ihr fehlt uns total. Das ist so kotzig, dass wir uns so selten sehen können. Oder, Liebling?« Isabell nickt gutmütig. Die beiden haben sich wirklich gesucht und gefunden. »Aber ich habe auch Infos für euch.«

»Ähm, ja ...«

»Keine Bange, Isi weiß, dass ich für euch recherchiere, Jonathan. Wir haben uns geschworen, immer ehrlich zueinander zu sein. Keine Geheimnisse.«

»Wow, das finde ich richtig und cool«, bekräftigt Sascha. Eddie strahlt mit der Sonne um die Wette. Seine käsigen Storchenbeine in den Bermudas können allerdings jede Hilfe von Mutter Sonne gebrauchen. »Was habt ihr jetzt vor?«

»Wir melden uns beim Stadtkontor für das Weinfest an, und dann haben wir frei, also schlagt was vor. Oder observiert ihr hier einen potenziellen Täter?«

»Nee, nur eine kurze Auszeit. Wir hatten einen wenig erfreulichen Vormittag. Wie wäre es mit einem gemeinsamen Abendessen? Jonesy?«

»Sehr gerne. Wonach ist euch denn?«

Isi und Eddie sehen sich schmunzelnd an. »Also, so 'ne richtige Ruhrpott-Schlachtplatte wäre genial. Am liebsten mit 'ner Currywurst und 'ner Friko. Plus der dazugehörigen Gerstenkaltschale natürlich.«

»Alles klar, dann dinieren wir am besten in unserer Übergangshütte und nutzen einen Lieferservice. Sechs Uhr?«

»Ist notiert. Habt ihr genug …«

»Ich kaufe noch 'ne Kiste Köpi«, beruhige ich ihn.

Erstens kommt es anders, und zweitens als man denkt. Kurz nachdem sie sich Richtung Innenstadt aufgemacht haben, klingelt mein Handy. Jessica berichtet, Meryem und sie hätten eine gute Idee und wollten diese gern mit uns besprechen. Deswegen lade ich die beiden auch für den Abend zu uns ein. Parallel hat Sascha Finya am Telefon. Sie fragt nach unserer weiteren Strategie. Die Quintessenz: samt Jens Klaasen ebenfalls einbestellt.

Im Getränkemarkt plädiert meine Begleitung dafür, lieber zwei Kästen einzupacken.

Jessica und die Journalistin sind die ersten, eine halbe Stunde vor der Zeit.

»Sorry, dass wir zu früh sind, aber wir wollten kurz noch unter acht Augen mit euch reden.« Meine Ex wirkt ein wenig nervös, oder bilde ich mir das nur ein? Meryem dagegen ist ein Ausbund an souveräner Gelassenheit.

»Kein Ding, kommt rein.« Sascha wedelt einladend und nimmt zwei Flaschen Rosé in Empfang. »Packe ich gleich mal in die Kühle.«

»Warte, Sascha, bitte. Ich, besser gesagt, wir beide wollten euch was sagen, und zwar nicht unbedingt vor versammelter Mannschaft, auch wenn es kein Geheimnis bleiben soll. Wahrscheinlich habt ihr es sowieso schon vermutet.«

»Ähm, nein.« Ich zucke unbedarft mit den Achseln.

Sascha kichert belustigt. »Der ältere Herr nicht, aber ich schon.«

Ich hasse es, wenn anscheinend alle Bescheid wissen, nur ich nicht. Die Ostfriesin nickt Jessica aufmunternd zu.

»Also, Meryem und ich ... wir zwei sind zusammen.«

»Ja, das sehe ich, ihr seid zusammengekommen ... und?«

»Heiliger Klabautermann, bei diesem alten Perlenfischer musst du jede Gräte einzeln aus der Sprotte ziehen.«

»Ich mache es mal ein bisschen einfacher für den Herrn Kommissar.« Meryem stellt sich auf die Zehenspitzen und küsst die fast einen Kopf größere Forensikerin ausgiebig.

»Mund zu, Jonesy, sonst fliegt dir noch Möwenschiet in den Rachen.«

»Okay, ich bin ein Trottel.«

Die beiden Frauen lösen sich voneinander.

»Wir wissen nicht, wohin uns dieser Weg führen wird«, bekennt die junge Türkin lächelnd. »Aber nach Kerstins Ermordung war ich zwei Jahre lang kalt wie ein Stein. In meinem Herzen war nur Hass und Dunkelheit.« Sie nimmt Jessicas Hand, sieht sie warmherzig an. »Diese wunderbare Frau hat das Licht zurück in mein Leben gebracht.«

»Das ist ... großartig.« Mir fehlen mal wieder die Worte. »Jess, Meryem ... ich wünsche euch alles Glück dieser Welt.«

»Das wird funktionieren. Ihr zwei seid altersmäßig fast genauso weit auseinander wie der Freibeuter hier und ich, und *et voilà*, alles ist tipptopp«, verkündet Sascha euphorisch. »Ihr seid ein so faszinierendes Paar. Da reicht kein Bier. Jonesy, haben wir nicht noch 'ne Pulle Cava im Kühlschrank?«

Eine Viertelstunde später ist unser Einsatzteam, ich zähle die Lokalreporterin einfach mal dazu, vollständig. Alle haben etwas mitgebracht. Auf dem Tisch türmen sich Chips- und Erdnusstüten, Becher mit Salzstangen, Nachos mit Dip und sogar ein großer Teller mit verschiedenen Käsewürfeln, die Eddie und Isabell beigesteuert haben. Die Köpiflaschen klirren stimmungsvoll.

»Wie wäre es denn, wenn wir uns so nebenbei dem Fall widmen würden?«

»Alter Sklaventreiber, du könntest auch gut als Trommler auf einer Galeere anheuern«, beschwert sich Sascha grinsend. »Jessica, du sagtest doch am Telefon, ihr hättet eine Idee.«

»So ist es. Darf ich?«, fragt die Reporterin. »Okay, Jess hat mir von dem unseligen Treffen heute Morgen im Präsidium berichtet. Ich meinerseits habe mir die journalistische Freiheit genommen, in den letzten Tagen ein wenig über die Mitglieder dieses Buchclubs zu recherchieren. Jess hat mich über die Hintergründe in Kenntnis gesetzt, ich hoffe, das war in Ordnung.«

Ich zucke nur mit den Schultern.

»Ich bin mir ziemlich sicher, dass wir es mit einer Gruppe am extremen rechten Rand des politischen Spektrums zu tun haben. Die Männer und auch Carolin Wegmeister sind Anhänger einer rechtsradikalen, um es deutlich zu sagen, nationalsozialistischen Weltanschauung. Ich vermute stark, dass ein ebenso strenger Ehrenkodex damit einhergeht. Das heißt für mich, dass es praktisch unmöglich sein wird, eine dieser Personen zu knacken, beziehungsweise so unter Druck zu setzen, dass Geheimnisse offenbart werden.«

»Das deckt sich mit unseren Überlegungen«, stimme ich zu.

»Es gibt nur eine Person, die aus dem Raster herausfällt.«

»Bea Fiedler«, vermutet Eddie.

»Genau. Sie arbeitet für die Gruppe, weil sie bezahlt wird. Sie ist ideologisch nicht involviert, vermuten wir zumindest, eben eine Privatdetektivin, nicht zu vergessen ehemalige Berufssoldatin. Bei ihr sollten wir ansetzen.«

»Moment. Was heißt denn *wir*?«, frage ich stirnrunzelnd.

Meryem lächelt mild, zückt ihr Handy und macht ein Foto auf. Auf dem Bild ist Bea Fiedler in inniger Umarmung mit einer anderen jüngeren Frau zu sehen.

»Tja, sie steht anscheinend auf Frauen«, bemerkt Finya zögernd. »Ich wüsste aber nicht, wie uns das helfen kann.«

»Es würde womöglich Sinn machen, sich auf ein Date zu verabreden.«

»Nein!« Alle Augen richten sich auf mich. »Das kommt nicht in Frage.«

»Jonathan, bleib mal sachlich«, verlangt Jessica. »Meryem will nur helfen.«

»Ich sagte nein!«

»Sascha und mich kennt die Fiedler, Meryem aber nicht.«

»Ihr seid ja total irre. Diese Frau hat wahrscheinlich Melissa erschossen. Mit dieser Killerin willst du anbändeln, Meryem? Bist du lebensmüde? Das werde ich nicht zulassen, basta!«

»Vielleicht war sie es gar nicht auf diesem Schrottplatz«, murmelt Sascha. »Bist du dir absolut sicher, Jonesy?«

Die Bilder tauchen vor meinem geistigen Auge auf. Der weiße Sprinter, die Person hinter dem Lenkrad, blonde Haare. Verdammt, wer soll es denn sonst gewesen sein? Es ging alles ziemlich schnell, stimmt schon, aber trotzdem …

»Die Fiedler hat ein wasserdichtes Alibi«, meint Jessica.

»Lächerlich, das ist doch ein Fake. Die decken sich gegenseitig.«

»Du bist also nicht hundertprozentig sicher«, seufzt Sascha. Wie gut sie mich doch inzwischen kennt. Leugnen ist zwecklos, ich bin mir tatsächlich nicht mehr ganz sicher.

»Wie dem auch sei, die Idee ist bescheuert.«

Eddie räuspert sich. »Finde ich, ehrlich gesagt, nicht. Wenn wir alle Fakten betrachten, scheint mir das tatsächlich ein vielversprechender Ansatz zu sein. Ich war übrigens auch nicht untätig.«

»Lieber Himmel, was kommt jetzt?«, stöhne ich.

»Die Fiedler hat einen florierenden Account auf einer Lesben-Dating-App. Dort heißt sie *Tamara 45*. Jemand, ich sage ausdrücklich *jemand* und nicht Meryem, könnte darüber Kontakt mit ihr aufnehmen.«

»Was für Drogen habt ihr denn alle geschluckt? Meryem, willst du etwa mit der Fiedler ins Bett steigen, um ihr ein paar Infos zu entlocken?«

»So weit werde ich es sicher nicht kommen lassen. Du solltest mir vertrauen, Jonathan, ich werde ihr auch auf weniger intime Art und Weise die Zunge lockern.«

»So? Das mag ich mir gerade nicht bildlich vorstellen. Du und diese Söldnerin.« Allgemeines Schmunzeln. »Was sagst du dazu, Jess?«

»Machen wir uns nichts vor, die Ermittlungen laufen ins Leere. Ein Nazi-Virus, siebzig Jahre alt? Dafür müssen fünf Menschen sterben? Das erscheint unmöglich, und dennoch ist es Realität. Vielleicht ist das alles ja nur ein Hirngespinst, aber diese Morde, Jonathan, die sind echt. Willst du nicht auch wissen, wer Melissa erschossen hat, und den armen Friedhofsgärtner, der mit der ganzen Sache überhaupt nichts zu tun hatte?«

»Wir suchen nach einem anderen Weg.« Ich glaube, ich klinge nicht wirklich überzeugend.

»Das machen wir sicher parallel.«

Sieben Augenpaare sehen mich durchdringend an. »Das ist eine verdammte Verschwörung, oder?« Ich hole mir ein frisches Köpi aus der Küche. »Scheiße, verfluchte, wie seid ihr eigentlich alle drauf? Das ist kein Spiel, Leute.«

»Vielleicht kann ich, derweil du dich ein wenig sammelst, alter Freund, noch ein paar Infos zu diesem ominösen holländischen Arzt einbringen. Marius van Cleef.« Eddie schaut mich über den Rand seiner Nickelbrille forschend an. »Dass er in den Niederlanden nach seiner Promotion von einer Klinik zur nächsten getingelt ist, wussten wir ja schon, aber ich habe noch einen umfangreichen Eintrag in einem alten Strafregister gefunden, das vor Kurzem erst digitalisiert wurde. Er wurde aufgrund zahlreicher Anzeigen 1932 in Groningen kurzzeitig inhaftiert. Im dortigen Krankenhaus verstarben innerhalb kürzester Zeit überdurchschnittlich viele Patienten an Herzinfarkten. Einige Angehörige verlangten eine Obduktion. Es stellte sich heraus, dass die Menschen an einem nicht zugelassenen Präparat starben. Unterzeichner der Totenbriefe war immer Doktor van Cleef.«

»Sieh mal einer an, der Kurpfuscher war also schon in Holland aktiv.«

»Anscheinend konnte man ihm nichts nachweisen, denn nach nur zwei Wochen Untersuchungshaft wurde er wieder auf freien Fuß gesetzt, aber …« Eddie legt eine dramatische Pause ein. »Er hinterlässt ein Pamphlet, das er wohl in der U-Haft verfasst hat. Darin kündigt der Irre zwei Dinge an: Er will den größten Teil der Menschheit durch ein von ihm geschaffenes Gift liquidieren, und zweitens will er wenigen Auserwählten zur Unsterblichkeit verhelfen.«

»Amen«, platzt es aus Finya heraus. »Der Typ war komplett meschugge.«

»Den Rest kennen wir. Er taucht irgendwann im Dunstkreis der Nazis auf und wird dann Arzt in Duisburg, bis er endgültig von der Bildfläche verschwindet.«

»Na schön, jetzt haben wir es amtlich, dass ein Giftmischer erster Güte in einem geheimen Labor der Nazis möglicherweise ein beschissen gefährliches Virus erschaffen hat«, fasse ich unleidlich zusammen. »Der Buchclub will es haben, um es an den Meistbietenden zu verhökern und damit die allgemeine finanzielle Misere abzuwenden. Der Vatikan will es angeblich aus reiner Menschenfreundlichkeit aus dem Verkehr ziehen und in seinen Katakomben vergraben, und der BND? Keine Ahnung, vielleicht sind die gar nicht auf Ballhöhe.«

»Okay.« Sascha öffnet eine weitere Flasche. »Wunderbar zusammengefasst.«

»Dankeschön auch.«

»Was ist jetzt mit Meryem?« Sie sieht mich ernst an. Ein Gesichtsausdruck, der mir nicht sonderlich gefällt. »Ich finde, wenn wir sie gut überwachen, ist es einen Versuch wert. Jedenfalls habe ich keine bessere Idee.« Der Rest der Bande nickt zustimmend. »Aber du bist der Chef. Werfen wir das Netz aus oder nicht?«

Ich schließe kurz die Augen. Sascha hat ja recht. Ich habe keinen besseren Ansatz zu bieten. Sicher, wir werden alle noch einmal einzeln vernehmen, angefangen mit Kaczinski, dem Verwalter des Schrottplatzes, der ebenfalls nur ein Handlanger zu sein scheint, aber es scheint fraglich, ob wir erfolgreich sein werden. Keine Indizien, keine verwertbaren Spuren, nur fünf Leichen.

»Ich gebe mich geschlagen.« Ich hoffe, alle sehen meine Leichenbittermiene. »Hast du noch etwas in petto, Eddie?«

»Na ja, die Rolle deines ehemaligen Geschichtspaukers ist mir immer noch ein Rätsel. Mal ist er auf Fotos dabei, dann wieder nicht. Er scheint mir, trotz seiner beeindruckenden Sammlung an Nazi-Devotionalien, eher ein Wackelkandidat gewesen zu sein. Vielleicht kein echter Hardliner.«

»Dem die Folter an dem alten Priester und der sinnlose Mord an dem Gärtner womöglich zu weit gingen«, ergänzt Jessica nachdenklich.

»Weshalb er dann liquidiert werden musste«, schließt Sascha den Gedankengang ab. »Das macht Sinn.«

»Jetzt legen wir Meryem erstmal ein scharfes Profil an.« Jessica hat ganz rote Wangen bekommen. »Mal sehen, ob die Dame anbeißt.«

Ich schüttele zweifelnd den Kopf. Mein inneres Alarmsystem sagt mir, dass die Aktion nicht gut ausgehen wird.

Irgendwo in einem Keller in Duisburg

Jochen Wammer rauft sich verzweifelt die Haare. Der Virologe macht sich Sorgen um seine Familie. Seine Frau und seine Kinder werden ihn sicher schon vermissen. Ein Anruf wurde ihm zugestanden, eine geladene Pistole an der Schläfe. Eine lahme Ausrede, eine wichtige Konferenz, und ja, er kommt so schnell es geht wieder heim. Natürlich sorgt er sich auch um sich selbst. Diese Leute, die ihn mit Geld geködert haben, erscheinen ihm total verrückt. Und dann diese halbe Formel! Sicher, der Ansatz ist vielversprechend, gewagt, zeugt von einer gewissen perversen Genialität, aber wie soll er diese Arbeit vollenden?

»Was ist nun, kommen Sie voran?«

Der Mann, der sich selbst General nennt, ist Wammer unheimlich. Diese verstörende Stimme, die gefährlich blitzenden Augen. Wie ein hungriger Wolf, denkt Wammer, oder ein tollwütiger Hund.

»Hören Sie, Herr General, ich kann diese Formel nicht weiter ausarbeiten.«

»Das will ich nicht hören!«

»Besorgen Sie mir den Rest der Aufzeichnungen, dann braue ich Ihnen das Zeug zusammen.«

»Das kann doch wohl nicht so schwer sein. Experimentieren Sie einfach. Ich denke, Sie sind ein Professor, also müssen Sie so etwas können.«

Wammer lacht, ängstlich und verächtlich zugleich. »Dazu müssten Sie mir entsprechendes Material beschaffen.«

»Ja doch. Sagen Sie mir einfach, was Sie brauchen.«

»Das geht aber nicht!« Der Virologe hat auch seine Stimme erhoben.

»Und warum nicht?«

»Ach Gott, Sie haben doch keine Ahnung! Ich müsste Versuche an Menschen durchführen. Verstehen Sie jetzt endlich, warum wir hier an einem toten Punkt angelangt sind?«

»Menschen ... Sie brauchen lebende Menschen.«

»Das sagte ich doch. Jetzt lassen Sie mich endlich gehen.«

»Wie viele?«

»Was?«

»Wie viele Testpersonen benötigen Sie?«

»Sind Sie total plemplem? Ich führe doch mit diesem giftigen Zeug keine Versuche an Menschen durch.«

»Wie viele?« Die Hände des Mannes krampfen, sein Atem geht schneller. Er wirkt kurz krank und verzweifelt. »Ich habe Sie was gefragt!« Er schreit. Wammer zuckt erschrocken zusammen.

»Ich mache das nicht! Sie sind doch irre!«

Ohne Vorwarnung klatscht die Hand des Mannes in Wammers Gesicht. »Wie viele, habe ich gefragt!«

Der Virologe erstarrt. Er kann nicht glauben, was gerade passiert, aber seine Wangen brennen. Das ist kein Traum! Er wurde geschlagen. In einem düsteren Keller, zusammen mit diesem furchtbaren Mann und einer schweigenden, aber nicht minder bedrohlichen Person, die sich dezent im Hintergrund hält.

»Nun reden Sie schon, Wammer!«

»Das ist doch Wahnsinn. Es können Hunderte Versuche nötig sein. Verstehen Sie das denn nicht? Vielleicht finde ich die Lösung nie. Sie können doch hier kein Schlachthaus einrichten. Das ist schierer Wahnsinn!«

»Oh, Sie werden diese Arbeit vollenden.«

Eiskalt läuft es Wammer den Rücken hinunter. Das kann man doch unmöglich von ihm verlangen. Was soll denn das Ergebnis sein? Wenn er den Ansatz richtig beurteilt, dann geht es darum, ein unglaublich schnell wirkendes tödliches Virus herzustellen. Eine heimtückische Mixtur, die, einmal entfesselt, sich rasend schnell verbreitet.

»Sie wollen doch Ihre geliebten Kinder wiedersehen, oder schätze ich Sie da falsch ein? In einer Stunde erwarte ich eine vollständige Liste der Reagenzien, die Sie für die Herstellung benötigen. Um das menschliche Material kümmern wir uns ebenfalls.«

»Monstrum«, flüstert Wammer. Er hat Angst, wieder geschlagen zu werden.

»An die Arbeit, Herr Professor. An die Arbeit.«

Kapitel 41

Duisburg-Hamborn
Mittwoch, 26. Mai 2019, 17:30 Uhr

»Mein lieber Herr Gesangverein, hier gibt es ja mehr Satellitenschüsseln als Balkonkästen«, meint Sascha kopfschüttelnd.

»Das mag daran liegen, dass es keine Balkone gibt«, erwidere ich lapidar. Die grauen Häuserfassaden wirken erdrückend. Wir sind auf dem Weg zu Gregor Kaczinski. Wie so oft, wenn wir mitten in einem Fall stecken, verschwimmt das Zeitgefühl.

»Okay, du bist angepisst, wegen Meryem.«

»Unter anderem.«

»Jonesy, wir kommen nicht übern Deich. Wir stecken fest.«

»Deshalb müssen wir trotzdem keine Zivilistin in einen unkontrollierbaren Einsatz schicken.«

»So, aha, und weil ich dir nicht vehement beigesprungen bin, bist du jetzt sauer auf mich.« Sascha hebt ihre Augenbrauen. »Oder?«

»Nicht mehr lange«, stelle ich in Aussicht.

»Ein Licht am Ende des Tunnels.« Sie schmunzelt. »Kann ich den Prozess womöglich beschleunigen?«

»Du kannst mir nachher 'ne Currywurst und 'n Bier ausgeben.«

»Ach, das ist ja einfach.«

»Ich bin ein einfacher Mann.«

Sie lacht herzlich. »Nein, mein Lieber, das bist du ganz sicher nicht, aber ...« Sie nimmt meine Hände, stellt sich auf die Zehenspitzen und küsst mich auf offener Straße. Eine vierköpfige Bande Jugendlicher klatscht feixend Beifall. »Deshalb habe ich mich ja in dich verliebt.«

»Lass uns weitergehen, bevor wir noch mehr Publikum anlocken.« Verdammt, dabei wollte ich doch noch eine Weile brummen und schmollen. Kopfschüttelnd betätige ich den Klingelknopf. Keine Gegensprechanlage, nur kaum lesbare, teilweise aufgeklebte Türschilder. Die Haustür öffnet sich. Eine junge Farbige mit einem hochgetürmten Kopfschmuck.

»Herr Kaczinski?«, fragt Sascha.

»Dritter Stock, aber ein Herr ist das nicht, ich würde eher sagen, ein Stinker.« Die Hausbewohnerin spricht perfekt Deutsch. »Na dann, ich muss zur Schule.«

»Schule?«, wundere ich mich.

»Abendgymnasium.«

»Oh, klasse. Viel Erfolg!«

»Wird schon. Ich will mal Anwältin werden, da muss man halt Gas geben.« Schon entschwindet der sympathische Teenager.

Wir arbeiten uns durch ein enges Treppenhaus. Jede Etage beschert einen eigenen Duft: Knoblauch, Fisch, orientalische Gewürze. Kaczinskis Wohnungstür steht einen Spalt breit auf. Wir klopfen und treten ein.

»Sie schon wieder.« Der feiste Mann wankt in ein winziges Wohnzimmer, das von einem gigantischen Fernsehsessel, einem 65-Zoll-Flachbildschirm und einem mit leeren Flaschen übersäten Tisch beherrscht wird.

»Könnten Sie bitte den Fernseher ausschalten, wir haben ein paar Fragen.«

»Da kommt aber gleich 'n Vorbericht für dat Dschungelcamp.«

»Das ist Volksverdummung hoch zehn. Irgendwelche B- oder C-Promis, die keine Sau kennt und möglichst knapp bekleidet durch den Dschungel eiern.«

»Ich find dat geil, wenn die Schwachmaten sich inne Kacke wälzen oder Spinnen und Käfer fressen«, entgegnet er aufgebracht. »Oder wenn die Mädels mal ihre Titten zeigen. Wie bekloppt muss man sein, um da mitzumachen?«

Und wie bekloppt muss man sein, um sich den Schwachsinn anzusehen?, frage ich mich, halte mich aber zurück.

»Herr Kaczinski, wir haben im Ofen in der Lagerhalle Asche gefunden. Auf Ihrem Overall ebenfalls.« Sascha fixiert ihn mit ihren stahlblauen Blicken. »Wir konnten nachweisen, dass die Asche von Luzie Schüssler stammt.«

»Kenn ich nich.«

»Wer auch immer die arme Frau in den Ofen geschoben hat, war nicht gründlich genug. Die Rückstände reichten für eine eindeutige DNA-Analyse.« Sascha macht einen Schritt auf den Koloss zu, der sichtlich beeindruckt ist. Auf seiner Stirn bilden sich winzige Schweißperlen. »Wozu braucht man auf einem Schrottplatz ein kleines Krematorium?«

»Dat ist wegen der Ratten und Maulwürfe und anderem Kram. Hab' ich doch schon gesagt.«

»Das klingt nicht überzeugend, Herr Kaczinski. So ein Riesending für ein paar Ratten und 'ne Klorolle.« Sascha lächelt schmallippig. »Oder meinten Sie womöglich Ratten auf zwei Beinen?«

»Herr Kaczinski, ich nehme an, dass Sie nicht der Schütze waren.« Jetzt nehmen wir ihn in die Zange. »Und auch Frau Schüssler haben Sie wahrscheinlich nicht auf dem Gewissen.« Sein Blick fliegt permanent hin und her. »Aber die Leiche haben Sie in den Ofen geschoben, nicht wahr?«

»Ich sag nix mehr.«

»Dazu würde ich Ihnen nicht raten.« Sascha schlägt einen verständnisvollen Ton an, also bin ich mal wieder der böse Cop. »Im Moment sind Sie unser Hauptverdächtiger, Herr Kaczinski, ich würde Sie ungern in U-Haft stecken.«

»Wat, ich innen Knast rein? Dat können Se nich machen.«

»Aber sicher können wir.« Ich hoffe, ich wirke knallhart.

»Aber ich war dat nich.«

»Das mag ja sein, aber Sie kennen die Hintermänner, und Sie wissen, wer geschossen hat. Wollen Sie wirklich in den Bau für eine Bande alter Nazis? Wissentlich einen Mörder zu decken ist ein schwerwiegendes Verbrechen, Herr Kaczinski. Und wir haben es hier mit nicht nur einem Mord zu tun. Was denkst du, Jonesy? Wie viele Jahre springen dabei raus?«

»Oh, kommt ein bisschen auf den Richter an, ich denke, zehn, eher zwölf Jahre sind für Beihilfe zum Mord schon drin.«

»Sie verstehen das nicht.« Er verbirgt sein Gesicht in seinen mächtigen Pranken. »Nehmen wir mal an, ich wüsste wat, wat aber nich der Fall is, und ich würde wat sagen, dann wäre ich ein toter Mann. So wat von tot.«

»Wir können Sie schützen, Herr Kaczinski«, verspricht Sascha. Er lacht und schüttelt den Kopf. »Notfalls gibt es ein Zeugenschutzprogramm.«

»Dat ist ja 'ne Lachnummer. Sie wissen ja gar nich, mit wem Se sich da anlegen. Die Kleine mit den Schlitzaugen is schon hinüber. Nee, Freunde, ich sag nix mehr, kein Wort.« Auffordernd hält er uns seine ausgestreckten Arme hin. »Da geh ich lieber inne Kiste.«

Ich schnaufe tief durch. Langjährige Erfahrung lehrt mich, dass wir aus diesem Mann nichts Vernünftiges herausbekommen werden. Er hat zu viel Angst. Sascha und ich wechseln einen Blick. Sie schüttelt unmerklich den Kopf.

»Wir kommen wieder, Herr Kaczinski. Überlegen Sie sich gut, wen Sie da schützen. In jedem Leben kommt einmal der Punkt, an dem man sein eigenes Wohl hintenanstellen muss, wenn man abwägen muss, ob es sich lohnt, weiter ein erbärmlicher Feigling zu sein, oder ob man über den eigenen Schatten springt und der Gerechtigkeit zum Sieg verhilft. Wir werden nicht eher ruhen, bis diese Morde aufgeklärt sind und die Verbrecher für den Rest ihres Lebens hinter Gitter sitzen. Noch haben Sie die Chance, etwas Gutes zu tun.« Kaczinski senkt beschämt den Kopf, aber reden wird er trotzdem nicht. »Einen schönen Tag noch. Ach, nicht vergessen ...«

»Wat denn?«

»Ihr Dschungelcamp.«

Wir kehren bei Peter Pomm ein, eine Kult-Imbissstube, die von sich selbst behauptet, die erste ihrer Art im Ruhrpott gewesen zu sein. *Currywurst seit 1936* steht auf dem Eingangsschild. Verdammt lang her. In Hochzeiten gab es mehrere Filialen, geblieben ist die Stammhütte am August-Bebel-Platz.

»Boah, nicht gerade gemütlich«, meckert Sascha. Eine lange Theke, Stehtische, an der Wand ein blinkender Spielautomat, der undefinierbare Töne von sich gibt. An den Wänden gerahmte Zeitungsausschnitte von Schimanski, alias Götz George, der in den achtziger Jahren hier zu Gast war. Alles ziemlich retro, aber auch mächtig altbacken. Im hinteren Teil lümmeln zwei Teenager-Pärchen auf den hohen Stühlen, gönnen sich ein Köpi zu ihrem Menü. Hinter der Theke eine schlanke Frittenschmiedin mit schwarzen Haaren, die bei näherer Betrachtung auf die Sechzig zugehen dürfte. Die Schürze über der ehemals weißen Bluse hat bereits einige Treffer abbekommen.

»Also, ich nehme klassisch eine Currywurst mit Fritten«, verkünde ich hungrig.

»Gibt dat hier nich.«

»Keine Currywurst?« Ich kann es nicht fassen, angesichts der gut zwanzig Würste, die in ihrem Rücken fröhlich vor sich hin schmurgeln. »Aber da liegen doch welche.«

»Dat sind keine Currywürste, dat sind Curryletten«, werde ich belehrt.

»Okay.« Ich ahne Sascha neben mir belustigt grinsen.

»Dann sind das auch keine Frikos, da in der Kühltheke?«

»Nee, natürlich nich, dat sind Pusztetten, dat weiß doch jedes Kind.« Die Dame schwebt zu einem Regal über dem Dunstabzug und reicht mir eine Dose. »Die kannze auch mit nach Hause nehmen. Wir haben die auch in Dosen.«

»Wahnsinn.«

»Is 'n Hammer, oder?« Sie lächelt milde. »Ihr seid nich von hier.«

»Der Große hier ist ein waschechter Duisburger, ist aber vor zwanzig Jahren ausgewandert, deshalb ist er nicht mehr ganz auf der

Schiene«, erklärt Sascha, die die Situation mal wieder in vollen Zügen genießt.

»Ach, selbst schuld.«

»Ich komme aus Halbemond, das ist bei Aurich in Ostfriesland.«

»Lieber Himmel, von so weit wech. Na, dann werd ich euch mal 'ne ordentliche Portion in dat Fett schmeißen, seht ja aus wie zwei Hungerhaken, die gerade vonne Schicht kommen. Ich mach mal 'n Spezialteller.«

»Prima«, freue ich mich. »Ähm, die Pommes heißen dann wahrscheinlich auch nicht so, vielleicht Pommletten?«

»Hä, nee, warum dat denn?«

»War nur so ein Gedanke.« Wir setzen uns auf zwei Hocker. Fünf Minuten später bekommen wir eine extra große Portion. Der Teller ist jeweils mit einer Pusztette und einer Currylette bestückt, darüber eine pikante Tomatensauce, ergänzt durch einen Berg goldgelber Pommes und einem Klatsch Mayonnaise. Wirklich lecker, muss man zugeben.

»Duisburg hat seinen sehr eigenen Charme«, bekennt mein Wildling zwischen zwei Bissen. »Unterm Strich ... gefällt mir.« Ich besorge uns ein zweites Bier.

Unsere Handys summen.

»Puh, Meryem hat ihr Profil bei dieser Dating-Plattform für Mädels gepostet.«

»Und? Wechselst du jetzt die Fronten?«

»Muss ich mir bei den Fotos ernsthaft überlegen.« Neugierig geworden, öffne ich ebenfalls Meryems Nachricht. Sie spart wahrlich nicht mit ihren Reizen. Offen für jede Schandtat, ein verführerisches Lächeln. Und da ist auch schon wieder dieses Bauchgefühl, etwas total falsch gemacht zu haben.

»Ich nehm noch ein paar Dosen von den Pusztetten mit«, verkündet Sascha. »Das glaubt mir sonst daheim kein Mensch.«

Kapitel 42

PFARRKIRCHE ST. SEBASTIAN IN NETTETAL-LOBBERICH
OKTOBER 1944

»Major Wegener, auf ein Wort.«

Der Leiter der Versuchsstation »Krimhild« sieht Pastor Wilfried erstaunt an. Der Rest der Kirchengemeinde trabt langsam gen Ausgang. Die Messe war schön, ungestört, kein Fliegeralarm, keine heulenden Maschinen gen Ruhrgebiet unterwegs, um ihre Bombenlast abzuwerfen.

Der Priester deutet auf die Tür zur Sakristei. Fast ein wenig misstrauisch folgt der Offizier dem Geistlichen, der sofort die Tür schließt, nachdem sie das Kirchengewölbe verlassen haben.

»Darf ich vorstellen, Monsignore Canelotti, Herr Major. Mein Bruder kommt heute extra aus Berlin im Auftrag von Nuntius Cesare Orsenigo, der wiederum dem Heiligen Stuhl direkt berichtet.«

»Was kann ich für Sie tun, meine Herren?«

»Papst Pius ist äußerst beunruhigt. Im Vatikan kursieren Berichte darüber, dass hier in Ihrer sorgsam als Arbeitslager getarnten Forschungseinrichtung schreckliche Dinge vollzogen werden. Versuche an lebenden Menschen, unter anderem auch an braven, gottesfürchtigen Katholiken.« Der Bote aus Berlin wirkt unscheinbar, klein, drahtig, aber Wegener hat ein Gespür für Menschen, und dieser Geistliche ist nicht zu unterschätzen.

»Ich kann dazu keine Aussagen machen.«

»Sie selbst sind doch praktizierender Katholik, ein gläubiger Christ, oder sehen wir das falsch?« Listige graue Augen funkeln den Offizier an. »Ich appelliere an Ihre unsterbliche Seele, Herr Major.«

»Ich könnte Sie beide auf der Stelle verhaften und standrechtlich erschießen lassen.«

»Das Tausendjährige Reich ist am Ende, Herr Major, das wissen Sie doch genauso gut wie wir. Lassen Sie nicht zu, dass womöglich weitere Millionen Menschen sterben müssen.«

»Was glauben Sie zu wissen?«

»Genug, um entsetzt zu sein, genug, um Sie im Namen unseres Herrn Jesus Christus inständig um Hilfe anzuflehen.«

Wegener nimmt einen unruhigen Marsch durch den kleinen Raum auf. »Was wollen Sie, was denken Sie, könnte ich tun?«

»Vernichten Sie diese teuflische Waffe.« Der Monsignore fasst Wegeners Arm. »Und übergeben Sie uns die Aufzeichnungen dieses Wahnsinnigen.«

Wegener lacht verächtlich. »Warum sollte ich das tun? Damit die Kirche in den Besitz dieser furchtbaren Formel gelangt? Das klingt verdächtig nach dem Werk des Teufels!«

»Nein, damit unsere Experten in Rom ein Gegenmittel entwickeln können. Das ist unser einziger Beweggrund. Wer weiß, in welche Hände dieses teuflische Werk gelangt oder bereits gelangt ist. Nur wenn wir die Ursprungsformel erlangen, kann es gelingen, rechtzeitig ein Gegenmittel zu erzeugen. Danach werden die Aufzeichnungen dem Feuer überantwortet.«

»Das soll ich glauben?«

»Ich schwöre es, bei allem, was mir heilig ist. Hier, sehen Sie nur. Ein Brief mit dem päpstlichen Siegel, in dem die Bitte eindringlich formuliert ist.«

»Ich verstehe kein Italienisch.«

»Dann vertrauen Sie mir«, schaltet sich Pater Wilfried ein. »Wir beobachten die Aktivitäten in Ihrer Anstalt schon, seit Sie sich hier angesiedelt haben. Die Transporte von Menschen, die hinter den Mauern verschwinden und nie mehr auftauchen. Der Rauch und der

Gestank von Verbrennungen. Helfen Sie uns, Herr Major, helfen Sie Deutschland, Ihrer eigenen Familie, damit dieser Wahnsinn aufhört. Je eher der Krieg zu Ende geht, desto besser für uns alle.«

Schwer atmend sinkt der Offizier auf einen Stuhl. »Was genau erwarten Sie von mir?«

»Wie viele Personen wissen genau Bescheid über die Versuche?«

»Van Cleef ist der leitende ... Forscher. Seine zwei Assistenten wissen sicher, um was es geht, haben aber keinen Einblick in seine Ergebnisse. Der Holländer will den ganzen Ruhm für sich allein beanspruchen.«

»Gut, wer noch?«

»Höchstens noch Sturmbannführer Brockmann, der Oberkommandierende der SS-Einheit.«

»Kennt er die Aufzeichnungen van Cleefs?«

»Wahrscheinlich nicht, und wenn doch, dann kann er sicher nichts damit anfangen.«

»Was ist mit Ihnen?«

»Mit mir? Ich verstehe nicht.«

»Können Sie mit den Ergebnissen van Cleefs etwas anfangen?«

Wegener lacht kurz auf. »Natürlich nicht, ich bin Soldat, kein Giftmischer.«

»Dann ist es einfach.« Canelotti faltet fromm die Hände. »Bringen Sie uns alle vorhandenen Niederschriften van Cleefs, und ...«

»Als wenn das so einfach wäre.« Wegener presst die Lippen aufeinander. »Und was noch?«

»Töten Sie den Teufel in Menschengestalt!«

»Donnerwetter. Sehr christlich«, spottet der Offizier. »Ich soll einen Mord begehen?«

»Für den wir bereits jetzt die Absolution erteilen, Herr Major. Sie handeln als Diener des einzig wahren Gottes und seines Sohnes. Eliminieren Sie diesen Dämonen in seinem Namen.«

»Ja, wirklich praktisch, wenn man sich das Recht so passend herleiten kann. Aber wissen Sie was?« Wegener macht einen

Moment Pause. »Ich werde es tun, zumindest werde ich es versuchen.«

»Wir sind Ihnen zu unendlichem Dank verpflichtet.«

»Aber auch bei mir gibt es ein *und* …«

»Ich höre.« Der Bote des Vatikans zieht seine Stirn kraus.

»Es gibt da einen jungen Gefangenen aus dem Konzentrationslager Ratingsee. Seltsamerweise auch ein Holländer. Matti Sniders ist sein Name, er ist zehn Jahre alt.«

»Ja?«

»Ich wünsche, dass Sie ihn retten. Bringen Sie ihn raus aus Deutschland, nehmen Sie ihn mit nach Italien. Oder irgendwohin, wo das Kind sicher ist.«

»Das wird sich arrangieren lassen. Bringen Sie den Jungen zum nächsten Gottesdienst mit in die Kirche.«

»Gut.«

»Darf ich fragen …«

»Ich habe zu viele Menschen in diesen Kammern sterben sehen, Monsignore. Ich weiß, ein Leben zu retten, kann meine Sünde nicht auslöschen, aber dennoch …«

»Es ist abgemacht, Konstantin Wegener, erfüllen Sie Ihren Teil der Übereinkunft, dann werden wir dieses Kind retten.«

Kapitel 43

POLIZEIPRÄSIDIUM DUISBURG
DONNERSTAG, 27. MAI 2019, 8:30 UHR

»Dürfen wir im Dienst eigentlich kurze Hosen tragen?«, fragt mich Sascha und ich sehe sie erstaunt an. Gemeinsam schleppen wir uns über die Treppe in den ersten Stock. »Es sind heute Morgen tatsächlich bereits gut fünfundzwanzig Grad. Ein Häppchen zu viel des Guten für Ende Mai.« Die Ostfriesin schnaubt wie ein altes Walross. »Das wäre alles leichter zu ertragen, wenn wir an der Küste herumlaufen würden und nicht in diesem Großstadtkessel.«

»Okay, du bist nicht gut drauf«, stelle ich fest. »Kann ich was für dich tun?«

»Bring mich ans Meer. Ich brauche dringend blauen, weiten Himmel und eine steife Brise.«

»Das ist leider keine Option.«

»Ach nee, und warum nicht? Müller macht doch sowieso nur Mist. Außerdem sind wir nur eingeladene Gäste. Das ist nicht mal unser Fall.«

»Doch, Sascha, spätestens seit Melissas Tod ist das unser Fall.«

»Du weißt, dass persönliche Rachefeldzüge oft schlimm enden, oder?«

»Ich werde ihren Mörder finden und höchstpersönlich hinter Gitter bringen.«

»Ja, das hatte ich befürchtet.«

Wir erreichen das Büro des neuen Duisburger Polizeichefs. Die Tür steht halb auf. Müller winkt uns herein.

»Das gestern tut mir leid, das war eine komplette Fehleinschätzung meinerseits.« Wir sparen uns einen Kommentar. »Ich hatte mir von der Konfrontation wirklich einen Durchbruch erhofft, lag aber wohl daneben.« Er lächelt gezwungen. »Ist nicht immer alles Gold, was man in der Theorie erlernt. Ich könnte verstehen, wenn Sie beide jetzt die Brocken hinschmeißen.«

»Das ist nicht unser Ding«, entgegnet Sascha ruhig.

»Wir müssen die ganze Bande überwachen, engmaschig und am besten seit gestern«, ergänze ich, ohne auf Müllers Entschuldigung einzugehen.

»Lieber Himmel, Kommissar Dawson, woher soll ich denn die Leute nehmen?« Seine Stirn runzelt sich unansehnlich. »Sie haben doch schon ein großes Team. Frau Jacobsen, Kollege Klaasen, nicht zu vergessen Agent Kraft vom BND. Das ist nun wirklich sehr üppig.«

»Falls es Ihnen entgangen sein sollte, Herr Hauptkommissar, ist unser Team heimtückisch dezimiert worden.« Für einen Moment kreuzen sich unsere Blicke wie scharfe Klingen. Sascha streift sacht mit ihrem Handrücken über meinen Arm. »Wo steckt Kraft eigentlich?«

»Ähm, das kann ich Ihnen gerade nicht genau sagen.« Müller atmet tief durch. »Hören Sie, ich weiß, ich bin hier noch nicht richtig angekommen, sonst hätte ich nicht in Berlin um Ihre Hilfe nachgesucht, aber wir sollten jetzt an einem Strang ziehen und uns nicht gegenseitig Vorwürfe machen. Ich werde sehen, ob ich noch jemanden loseisen kann.«

Wir nicken schulterzuckend. Irgendwann ist vielleicht zu spät, denke ich, sehe aber, dass ich mit weiteren Argumenten nichts bewirken kann. Mein Handy vibriert. Ich schaue auf das Display.

»Das ist Finya, da sollte ich drangehen.« Müller winkt gnädig. »Hi, du. Sekunde, ich stelle dich auf laut. Sascha und ich sind gerade im Büro von Hauptkommissar Müller.«

»Jonathan, ich bin in unserem Safe House bei Herrn Momsen. Hier stimmt was nicht.« Ihre Stimme klingt beherrscht, aber alarmierend.

»Wir glauben, im Garten mindestens eine fremde Person gesehen zu haben.«

»Alles klar, bleib wachsam, wir sind unterwegs!«

»Okay. Macht schnell.«

Müller nickt. »Was ist da nur wieder los? Unser Versteck ist doch geheim. Wie ist es möglich, dass jemand den Alten dort aufgespürt hat?«

»Weiß der Henker.«

Wir hasten aus dem Büro, spurten die Treppe hinunter. Zum Glück springt mein Astra mal problemlos an.

»Warum nur habe ich das Gefühl, dass wir immer einen Schritt hinterherhinken?«, murmele ich verbissen. »Das müssen wir dringend ändern.«

Saschas Handy spielt den imperialen Marsch. »Ja, Jessica?«

»Ihr werdet es nicht glauben«, höre ich die aufgeregte Stimme der Pathologin. »Bea Fiedler will sich mit mir treffen.«

»Mit dir?«, wundere ich mich. »Hast du etwa auch ein Profil auf dieser Mädels-Seite eingestellt?«

»Nee, keine Ahnung, warum sie ausgerechnet mich anruft. Könnt ihr nicht dazukommen? In einer halben Stunde am Lebensretter-Brunnen auf der Kö?«

»Jess, wir sind auf dem Weg zu Gustav Momsen, Finya hat Wachdienst und gerade Alarm geschlagen.«

»Okay, ist nicht schlimm. Mal hören, was die Dame zu vermelden hat. Ich bekomme das schon hin.«

»Ruf doch Meryem an«, schlägt Sascha vor.

»Die ist bei ihrem kranken Vater in Recklinghausen. Ich schaffe das schon allein.«

»Ich könnte dir Kaczor schicken.«

»Oh, bitte nicht. Der geht mir auf die Nerven. Er hat noch nicht weggesteckt, dass man ihn wieder übergangen hat. Was ist mit Klaasen?«

»Lehrgang in Münster, ausgerechnet jetzt«, schimpfe ich. »Hat Müller genehmigt, unfassbar. Haben wir eigentlich 'ne Nummer von unserem BND-Fuzzi?« Sascha schüttelt verneinend den Kopf. »Scheiße hoch zehn, das darf doch alles nicht wahr sein.«

»Wir telefonieren, ihr zwei. Ich muss jetzt los.« Jessica legt auf.

»Es kommt Bewegung ins Spiel«, seufzt Sascha.

»Und wir haben keine vernünftig besetzte Reservebank.«

Finya Jacobsen lugt vorsichtig aus dem Küchenfenster, von dem aus man in den schmalen, lang gezogenen Garten blicken kann. Rechts und links grenzen hohe Koniferen das Grundstück von den Nachbarn ab.

»Langsam fängt die Sache an, mir Spaß zu machen.« Gustav Momsen kauert neben der Polizistin. »Kann ich auch 'ne Knarre haben?«

»Nein, natürlich nicht.«

»Aber ich bin dat Opfer, oder nich?«

»Sie bekommen trotzdem keine Waffe. Ich bin ja hier, um Sie zu beschützen. Kopf runter, verdammt nochmal!«

»Jawoll, Frau General.« Momsen grinst fröhlich. »Is ja schon gut.«

»Haben Sie denn gar keine Angst?«

»Hab ich schon lange nich mehr. Wenn die Zeit reif is für zum Gehen, dann isset halt so weit. Wissen Sie, Mädchen, wer wie ich im Dritten Reich groß geworden is, dem is die Angst abhandengekommen.«

»Da hockt jemand im Gebüsch.« Unwillkürlich flüstert sie. »Aber ich kann niemanden erkennen. Scheiß Sonne, die blendet total.«

»Der Hermann, Mensch, wat war dat 'n netter Kerl. So schade, dat der nich mal geheiratet hat.« Der Alte streckt ächzend seine knochigen Beine aus. »Ihr Partner, is dat einer für länger oder nur für ab und an inne Kiste hüpfen?«

»Herr Momsen, wir haben gerade andere Probleme als mein Liebesleben. Außerdem läuft da nichts mit dem Kollegen Klaasen. Ist sowieso immer problematisch mit einem Bullen.«

»Na ja, aber ...«

»Der haut ab!« Finya richtet sich auf und öffnet das Fenster, sieht aber nur noch einen Schatten im grünen Gebüsch verschwinden. »Er weiß, dass wir ihn gesehen haben. Mist!«

Der Lifesaver-Brunnen von Niki de Saint Phalle ist schrill bunt, gleicht fast einem Stammestotem mit Vogelkopf. Rund um das Wasserbecken haben sich bereits einige Mütter mit kleineren Kindern eingefunden, die quietschend und kreischend im nur knöcheltiefen Wasser herumtollen. Gummibärchen und Muffins werden großzügig verteilt.

Jessica Wald trägt eine bequeme, weit geschnittene weiße Hose, eine himmelblaue Bluse, Sneakers und eine große Sonnenbrille. Sie ist ein wenig nervös. So direkt in eine Ermittlung einbezogen zu sein, ist eigentlich für eine Pathologin nicht üblich, schon gar nicht ein Gespräch mit einer potentiell verdächtigen Mörderin.

Bea Fiedler taucht aus dem U-Bahn-Schacht auf. Sie ist schnelle Schritte gewöhnt, fünfzehn Jahre Bundeswehr haben sie geprägt. Auch sie trägt eine Sonnenbrille, schwarze Jeans, ein T-Shirt in Tarnfarben. Wie Jessica hat sie ihre Haare zu einem Zopf gebunden. Die Pathologin geht ihr ein paar Schritte entgegen. Die beiden mustern sich einen Moment schweigend.

»Cappuccino, Latte oder Eis?« Die Detektivin deutet auf das Café gegenüber. Tische, Stühle und Sonnenschirme sind bereits um kurz nach zehn gefragt.

»Ein Kaffee Crème kann nicht schaden.«

»Fühlen Sie sich eingeladen.« Fiedlers Stimme ist ruhig und einfühlsam. Sie bestellt den gewünschten Kaffee und für sich fünf Kugeln Nougateis, dazu einen doppelten Espresso. »Sie wundern sich wahrscheinlich, dass ich ausgerechnet mit Ihnen Kontakt aufgenommen habe.«

»Könnte man so sagen.« Fast gleichzeitig setzen sie ihre Sonnenbrillen ab. »Sie haben meine ungeteilte Aufmerksamkeit, Frau Fiedler. Also, warum ich?«

»Erstens habe ich kein Vertrauen zu Männern, schon gar nicht zu Polizisten, und zweitens hoffe ich darauf, dass Sie als Wissenschaftlerin einen neutralen Blick auf die Geschehnisse pflegen.«

»Meine Neutralität hält sich bei den vielen Todesopfern in sehr engen Grenzen, das kann ich Ihnen versichern.«

»Verständlich, und dennoch …«

Der Kellner serviert vorab den Kaffee.

»… fühle ich mich deutlich wohler mit Ihnen an diesem Tisch, als wenn mir Kommissar Dawson gegenübersäße.«

»Tja, Jonathan kann manchmal furchteinflößend sein.«

»Sie kennen sich näher.«

»Oh, das ist lange her, aber wir waren mal zusammen.« Jessica nippt verträumt an ihrem Kaffee. »Aber das ist heute nicht unser Thema, denke ich.«

Fiedler schüttelt den Kopf. »Sicher nicht, trotzdem nicht uninteressant.«

Der Eisbecher wird serviert. Die ersten beiden Kugeln Eis sind in rekordverdächtiger Zeit gelöffelt.

»Alles, was ich jetzt sagen werde, ist zunächst einmal rein hypothetisch. Haben Sie ein Aufzeichnungsgerät dabei?«

»Was?« Jessica lacht kopfschüttelnd. »Nein, habe ich nicht, auch mein Handy ist abgeschaltet.«

»Na schön, wie gesagt, wir reden praktisch über eine fiktive Geschichte.«

»Na, dann lassen Sie mal hören.«

»Und du konntest niemanden erkennen?« stöhne ich.

»Keine Chance, leider«, gibt Finya zerknirscht zu. »Ich bin mir ziemlich sicher, dass es ein Mann war, recht groß, vielleicht ein Meter neunzig, schlank, aber das ist auch schon alles. Dunkle Klamotten, das Oberteil könnte so ein Hoodie gewesen sein, mit Kapuze.«

»Vielleicht nur ein Nachbarsjunge«, vermutet Sascha.

»Ich hätte euch nicht rufen sollen. Unnötige Panik.«

»Unsinn, du hast alles richtig gemacht«, wiegele ich ab. »Ich frage mich nur, wo die undichte Stelle sein soll. Wer wusste von der Unterbringung?«

»Frag dich lieber, wer grundsätzlich von diesem Safe House wissen konnte«, meint Sascha. »Ich denke mal, das halbe Kommissariat.«

»Du hast recht, das bringt uns nicht weiter.«

»Wir sollten trotzdem mal runter in den Garten. Vielleicht hat der Strauchdieb irgendeinen Hinweis hinterlassen.«

»Geht nur, ihr zwei. Finya kann die Stelle am besten identifizieren.« Mein Blick richtet sich auf Momsen, der es sich auf der Couch gemütlich gemacht hat. »Ich fürchte, wir werden Sie erneut verlegen müssen.«

»Egal, hier is doch eh tote Hose.« Er knautscht ein Kissen zurecht und schiebt es sich unter den Kopf. »Wissen Sie, Herr Kommissar, der Hermann hatte schwer an dem Ballast zu tragen, den ihm der gute Gottfried aufgeladen hat.«

»Tja, so ein Massenvernichtungsmittel ist nicht gerade ein Lutschbonbon.« Ich lasse mich in einen Sessel fallen. »Ich kann einfach nicht verstehen, warum Hermann damit nicht zur Polizei gegangen ist. Er hätte es womöglich auch einfach vernichten können, in einem Feuer, einem Brennofen, wie auch immer.«

»Das ist 'ne gute Frage, aber dafür sind Se ja auch 'n Kriminaler.«

»Keine Idee, Herr Momsen?«

»Ach, nun sagen Se doch endlich Gustav für mir.«

Ich muss schmunzeln.

»Ich habe ihn dat auch mal gefragt. Ich sach: Hermi, Mensch, mach dat doch kaputt, dann bisse den Scheiß ein für alle Mal los. Aber nee, wollte er auch nich. Hat gesagt: Ich kann dat nicht, Gustl, ich muss doch drauf aufpassen.«

Finya und Sascha kommen von ihrer Inspektion zurück. Mein roter Derwisch schwenkt triumphierend eine durchsichtige Spurensicherungstüte. Ich kann allerdings beim besten Willen keinen Inhalt erkennen.

»Du hast die ausgeatmete Luft des Verdächtigen eingefangen. Gratulation.«

»Scherzkeks. Du brauchst 'ne Brille, ist eben so, wenn man auf die Fünfzig zugeht. Hier, sieh mal genau hin, Käpt'n Ahab.« Sie hält mir den Beutel unter die Nase, und tatsächlich, da sind zwei oder drei Flusen. »Ein Fall für Jessica.«

»Dat is die heiße Blonde, oder?«, lässt sich Momsen vernehmen. »Mein lieber Scholli, die hat vielleicht 'nen Hintern, dat is der blanke Wahnsinn.«

»Ist mir noch gar nicht aufgefallen«, kommentiere ich säuerlich. »Packen Sie Ihre Siebensachen, Herr Momsen. Wir bringen Sie jetzt in ein anderes Etablissement. Kannst du euren Fund ins Präsidium bringen, Finya?«

»Kein Ding. Ich hoffe, Jessica ist am Start, dann haben wir sicher schnell ein Ergebnis.«

»Hm, ja.« Wie wohl das Gespräch mit Bea Fiedler läuft?

Wie ich es auch drehe und wende, ich finde einfach keinen roten Faden, in meinem Kopf entsteht keine Strategie. Ich habe mich selten so hilflos gefühlt.

»Nehmen wir mal an, es gäbe eine Person, die über die meisten Hintergründe dieses Dramas Bescheid wüsste.« Bea Fiedler balanciert einen Schwung Nougateis auf dem langstieligen Löffel. »Gehen wir weiter davon aus, dass diese Person inzwischen zu der Erkenntnis gelangt ist, dass Grenzen überschritten wurden, die man nicht hätte überschreiten dürfen. Wenn, nur mal so dahingesagt, diese Person nun den Ordnungskräften alle Informationen und Personalien mitteilen würde, die letztendlich zur Auflösung des Falls und zur Festnahme der Verantwortlichen führten ... Könnte sie dann womöglich einen Deal in Richtung Straffreiheit aushandeln?«

Jessica beugt sich halb über den Tisch und fährt mit ihrem Löffel durch Fiedlers Eis. »Ich sage es mal so ... Sollte diese Person einen Mord begangen haben, dann wird es ganz sicher keinen Deal geben.

Ich spreche natürlich nicht für unsere Ermittler, aber das wäre wohl ein absolutes Ausschlusskriterium.«

»Wir können definitiv davon ausgehen, dass die besagte Person keinen Mord begangen hat. Wenn aber diese Person, sagen wir mal, nur bei einem tödlichen Delikt anwesend war und auch nicht davon ausgehen konnte, dass es dazu kommen wird, wenn sie geradezu überrascht und entsetzt war über diese Tat ...«

»Dann müsste sie sich fragen, warum sie erst jetzt auf die Polizei zugeht.« Jessica sieht ihr Gegenüber durchdringend an. »Das wird ein Staatsanwalt sicher als Beihilfe auslegen.«

»Vielleicht hat dieser Mensch Angst davor, so zu enden wie ...«

»... wie zum Beispiel Karl Geiger? Ein Mitglied des Buchclubs, der womöglich aussteigen wollte aus einem Ringen um vermeintliche Macht.«

»Wie gesagt, das alles ist nur ein Gedankenspiel.«

»Natürlich.«

»Aber die Informationen unserer, nennen wir sie einfach Lady X, sind womöglich so umfassend, dass die ganze Mordserie und deren Hintergründe schnell aufgeklärt werden könnten. Wäre das nicht einen Deal wert?«

»Tja, ich kann dazu wirklich keine qualifizierte Aussage treffen. Womöglich wäre ein Treffen mit einem der leitenden Ermittler dann doch hilfreich.«

»Welches Sie arrangieren könnten?«

»Möglicherweise, aber Sie, beziehungsweise die betroffene Person, sollte mir etwas anbieten, womit ich, zum Beispiel, Kommissar Dawson zu einem informellen Gespräch mit ihr bewegen könnte.« Jessica lacht kopfschüttelnd. »Wollen Sie das Theater weiterspielen, Bea, oder können wir Tacheles reden?«

Die Privatdetektivin atmet tief durch. »Die Zeit bei der Bundeswehr war kein Zuckerschlecken.« Sie schiebt den Eisbecher beiseite. »Ich habe viele Dinge gesehen und miterleben müssen, die nicht in Ordnung waren. Es war nicht leicht, meine homosexuelle Neigung zu verbergen, aber lassen wir das. Nach den Jahren Kommiss stand ich ziemlich in den Graupen. Es hat eine Weile und unzählige Flaschen Scotch gedauert, ehe ich mein Leben wieder in den Griff bekam. Ich habe die Prüfung zur Privatschnüfflerin gemacht, dazu einen Waffenschein, diverse Qualifikationen, dann war meine Abfindung vom Bund aufgebraucht. Da saß ich nun in meinem Büro, ohne Kohle, ohne Aufträge, ohne Perspektive.« Sie winkt den Kellner heran. »Einen trockenen Martini, haben Sie hier so was?«

»Natürlich, Madame.«

»Sehr gut, wie schaut es mit Ihnen?«

»Ist noch ein bisschen früh für mich«, gibt Jessica lächelnd zurück. »Ich würde noch einen Kaffee nehmen.«

»Kommt sofort.«

»Wenn ich mal einen Auftrag bekam«, fährt Fiedler fort, »war es meistens die Bespitzelung von Ehebrechern. Krasse Scheiße, nachts in Gebüschen rumzuliegen und Fotos zu schießen, wie Mister X gerade Lady Y vögelt, oder umgekehrt. Noch dazu schlecht bezahlt. Eines Tages steht ein neuer Kunde vor meiner Agenturtür. Er bietet mir einen Job an, der unglaublich klingt. Ein monatliches Festgehalt, das allein reicht, um ein sorgenfreies Leben zu führen. Ich bin natürlich misstrauisch, das hört sich einfach zu gut an. Meine Aufgaben? Menschen observieren, Botendienste, Objektbewachung und Personenschutz. Nichts Anstößiges, ich muss nur immer Gewehr bei Fuß stehen.«

»Sie haben akzeptiert.«

»Oh ja, ich stand mit dem Rücken zur Wand.« Bea Fiedler lacht trocken, bekommt ihren Drink und nimmt einen Schluck. »Und fünftausend Euro netto im Monat sind nicht zu verachten, oder?«

»Allerdings.«

»Man verlangte von mir den offiziellen Beitritt zu einem Buchclub, der letztlich nur ein Forum ist, um sich ungestört und in aller Öffentlichkeit austauschen zu können. Ein Mitglied hatte wohl eine bahnbrechende Entdeckung gemacht. Alle waren wie aufgedreht, geradezu euphorisiert. Ich bekam den Auftrag, eine bestimmte Person zu beschatten, seinen Tagesablauf zu dokumentieren, sein Umfeld, seine Gewohnheiten.«

»Wer war es?«

»Dazu sage ich erst etwas, wenn ich einen Deal ausgehandelt habe, Jessica. Ich bin nicht bereit, meine besten Jahre, falls die überhaupt noch kommen, im Knast zu verbringen. Ich will eine Kronzeugenregelung und die Chance auf ein neues Leben, irgendwo weit weg von Duisburg, eine neue Identität, einen Neustart, meinetwegen im Ausland, ich spreche leidlich Spanisch. Ich möchte noch einmal von vorn anfangen, und auch wenn sich das jetzt anhört wie eine ausgelutschte Schallplatte, ich möchte ein guter Mensch sein, jemand, der morgens ohne Probleme in den Spiegel schauen kann.« Bea Fiedler lächelt gequält. »Meinen Sie, das kriegen wir hin?«

»Sind Sie bereit, mit Kommissar Dawson zu reden?«

»Wird sich wohl nicht vermeiden lassen.« Bea leert ihr Glas. »Sie hatten mal was mit ihm?«

»Wie gesagt: lange her.«

»Mag sein, aber ich sehe es immer noch in Ihren Augen, in einem feinen Lächeln, wenn Sie von ihm reden.«

»Wirklich? Na ja, die erste große Liebe halt. Da bleibt was hängen.«

»Können Sie mir – wie sagt man so schön – freies Geleit zusichern? Ich möchte nach dem Plausch nicht in Handschellen enden.«

»Ich denke, das kann ich zusagen.«

»Gut, dann machen wir möglichst schnell ein Date, und Jessica … Ich hätte Sie gern dabei.«

»Okay, aber warum? Ich gehöre gar nicht zum eigentlichen Ermittlungsteam. Ich weiß nicht, ob unser neuer Chef das genehmigen wird.«

»Noch mal: Ich vertraue Männern grundsätzlich nicht.«

»Okay, ich werde dabei sein.«

Kapitel 44

Nettetal, Versuchsanstalt »Krimhild«
Oktober 1944

»Mein lieber Mijnheer van Cleef …« Konstantin Wegener hat sein gewinnendstes Lächeln aufgesetzt. Er hat an der Tür des Projektleiters geklopft, der jetzt stirnrunzelnd im Türrahmen steht und den Offizier misstrauisch betrachtet. »Angesichts Ihres triumphalen Erfolges sollten wir unser Kriegsbeil begraben.« Wegener präsentiert eine Flasche feinsten französischen Cognacs. »Ich finde, wir sollten den Durchbruch gebührend feiern. Na, was sagen Sie?«

»Nun, woher kommt Ihr plötzlicher Sinneswandel?«, fragt van Cleef distanziert zurück. »Wir sind nicht gerade beste Freunde.«

»Was soll ich sagen?« Wegener breitet die Arme aus. »Berlin ist begeistert, der Führer hat sogar gelacht, und wer will schon auf Seiten der Verlierer stehen? Ich sehe ein – darf ich Marius sagen? –, dass Sie dem Reich einen unschätzbaren Dienst erwiesen haben. Mit Ihrer Hilfe können wir das Blatt noch einmal wenden.«

»Und Sie wollen sich ein wenig in meinem Glanz sonnen, habe ich recht?« Van Cleef grinst überheblich. »Na schön, Konstantin, dann immer herein in die gute Stube.«

»Ich habe auch noch ein wenig Käse und Schinken aus den Ardennen mitgebracht.« Der Holländer stellt zwei Gläser auf den Tisch, die Wegener großzügig füllt. »Auf Ihren Erfolg, mein Lieber, und auf das Tausendjährige Reich, das jetzt, dank Ihnen, wieder in greifbare Nähe rückt. Prost! Ich verbeuge mich vor Ihrer Genialität.«

Van Cleef glüht vor Stolz.

Eine halbe Stunde später ist die Flasche fast geleert.

»Ah, das ist ärgerlich. Weißt du was, Marius? Ich hole Nachschub.«

»Ich weiß nicht, ich merke schon ganz schön was.«

»Aber so schnell kommen wir zwei Hübschen nicht wieder zusammen.« Wegener gießt den Rest der Flasche in van Cleefs Glas. »Bin gleich zurück. Bei der Gelegenheit ...« Der Oberst blinzelt vertraulich. »Ich darf es ja eigentlich nicht verraten, aber ich sehe schon das Eiserne Kreuz um deinen Hals baumeln.«

»Was, wirklich?«

»Aber ja. Es wird eine verdammt großartige Verleihung werden. Prösterchen. Bin gleich wieder da.«

»Wahnsinn!«

»Ja, nicht wahr. Deine Unterlagen und die beiden Proben werden übrigens morgen früh abgeholt.«

»Ach ja? Davon weiß ich gar nichts.«

»Der Führer selbst will deine Arbeit begutachten. Welche Ehre!«

»Oh ja, das ist ... fantastisch.« Van Cleef leert das Glas in einem Zug und schüttelt sich. Wegener kehrt mit einer zweiten Flasche zurück und gießt nach.

»Auf neue Freunde, Marius!«

»Jawoll.« Van Cleef versucht albern zu salutieren. Er verliert sein Gleichgewicht, aber Wegener kommt zu Hilfe, bevor er umkippt. »Heiliges Meisje, das ist ...«, er rülpst ungeniert, »verdammt guter Stoff.«

»Na klar, für dich nur das Beste, du bist jetzt ein Held.«

»Ein Held ...«, lallt der Holländer.

»Oh ja, wo hast du denn deine Aufzeichnungen?«

»Äh, wieso?«

»Na, wenn morgen der Obersturmbannführer kommt, wird er die Sachen mitnehmen wollen, und er wird es eilig haben. Der Feind schläft nicht. Ich kann das erledigen, dann kannst du in Ruhe ausschlafen. Prost übrigens!« Van Cleef kann kaum noch die Augen aufhalten. Die Hälfte des teuren Cognacs landet auf seinem Hemd.

»Ah, ja, das ist gut.« Er kichert betrunken. »Es sind nur vier Seiten, weißt du? Vier Seiten, die die Welt verändern, auf den Kopf stellen.«

Er wankt zu seinem Schreibtisch und zieht eine schwarze Kladde aus dem obersten Schubfach. »Tod und Leben, Leben und Tod, so nah beieinander. Ups, ich muss mich setzen.«

Wegener kippt zum wiederholten Male seinen Alkohol in einen Blumentopf. Er hofft, dass der Holländer sich nicht übergeben muss.

»Ist das die einzige Niederschrift?«

»Ja, sicher, bin doch nicht blöd. Wenn die verloren geht, ist die Formel nur hier drin.« Van Cleef tippt mit dem Zeigefinger an seine Schläfe. »Das ist meine Rückversicherung.«

»Das ist klug, Marius, wirklich, man kann ja nie wissen.«

»Du sagst es, mein Freund. Ich glaube, ich mache jetzt ein Schläfchen. Eisernes Kreuz, bestimmt ein Empfang beim Führer.«

»Die beiden Proben, Marius?«

»Im Safe, im Labor.«

»Gut, dann lass uns noch einen Absacker nehmen.«

»Gute Idee.« Die Augen des Giftmischers sind bereits geschlossen. Wegener schüttet weißes Pulver in den braunen Cognac.

»Auf dein Wohl, Marius. Na komm, trink aus. Die Pulle kostet auf dem Schwarzmarkt hundert Reichsmark.« Der Holländer gehorcht lallend. »Und jetzt wünsche ich dir einen langen, qualvollen Aufenthalt in der Hölle, du elendiges Dreckschwein.«

»Hä?«

»Gute Nacht, Marius.«

Konstantin Wegener nimmt die Mappe mit van Cleefs Aufzeichnungen, begibt sich direkt in das Labor und holt die zwei Ampullen aus dem Tresor. Vier handschriftliche Seiten Papier, eng beschrieben. Zahlen, Schrägstriche, chemische Verbindungen.

Er beeilt sich. Der Hinweis auf die Abholung durch einen Gesandten Berlins war kein Hirngespinst. Er nimmt einen der vorbereiteten Koffer aus dem Regal. Zwei der Blätter schiebt er in ein eingelassenes Futteral aus Leder, eine Ampulle platziert er vorsichtig in einer Aussparung, dann verschließt er den Koffer. Genauso bestückt er einen zweiten, den er mit in sein privates Quartier nimmt.

Kapitel 45

Uhlenhorst, Mülheim an der Ruhr
Donnerstag, 27. Mai 2019, 15:30 Uhr

»Wow, nicht schlecht, der Schuppen.« Sascha verzieht beeindruckt das Gesicht. Der Wohnsitz von Baron Ferdinand von Selz ist ein imponierendes Gebäude, fast wie eine alte Südstaaten-Villa, mit einem von hohen Säulen umrahmten Entree, umgeben von einem Park, mitten im Wald, dem Grenzgebiet zwischen Duisburg und Mülheim. »Man sollte nicht glauben, dass der gute Mann Geldprobleme hat.«

»Tja, mehr Schein als Sein.«

»Oh, der Herr Philosoph hat heute Ausgang.«

Vor der mächtigen Eingangstür parken drei Wagen. Eine fette weiße Mercedes-Limousine, ein roter Porsche und ein grauer, in die Jahre gekommener Seat. Wir klingeln. Eine vielleicht dreißigjährige rotblonde Frau öffnet. Ihre grünen Augen schimmern feucht in einem makellos gebräunten Gesicht. Die schlanke Figur erinnert an eine durchtrainierte Tennisspielerin. »Ja, bitte?«

Ich stelle uns vor und zeige artig meine Marke.

»Was wollen Sie denn von meinem Vater?«

»Wir ermitteln in mehreren Mordfällen.«

»So? Ich wüsste zwar nicht, was mein Vater damit zu tun haben sollte, aber gut, kommen Sie herein und machen Sie es kurz. Der Arzt ist gerade da.«

»Sie sind die Tochter des Herrn Baron?«, fragt Sascha nach.

»Anna von Selz.« Sie lächelt kurz säuerlich. »Geschiedene Reiter, falls Sie das interessiert. Ich habe meinen Mädchennamen wieder angenommen.« In ihren blauen Bermudashorts und einer weißen Bluse sieht sie aus, als wäre sie auf dem Sprung in irgendeinen exklusiven Club. Wir marschieren über eine gewundene Treppe in den ersten Stock.

»Was fehlt Ihrem Vater denn?«, will Sascha wissen.

»Oh, nichts Besonderes. Er wird sterben«, gibt sie emotionslos zurück. »Wohl nicht heute und auch nicht morgen, aber in absehbarer Zeit. Die Ärzte geben ihm noch ein halbes, maximal ein Jahr.« Sie sieht uns achselzuckend an. »Wenn es gut läuft. An den meisten Tagen sieht man ihm den Tumor nicht an, heute ist es wohl ziemlich übel.«

»Das scheint Sie nicht gerade hart zu treffen.«

»Gut beobachtet, Herr Kommissar.« Ihre Hand liegt auf der Türklinke zum, wie ich vermute, Schlafzimmer. »Mein Vater war und ist ein Tyrann, ein egoistisches Arschloch, ein Ausbeuter, ein Kapitalist erster Güte. Onkel Dagobert ist ein Wohltäter dagegen, außerdem hat die Ente ja ein gutes Herz, ganz im Gegensatz zu meinem Erzeuger.«

»Und doch sind Sie hier.«

»Vielleicht habe ich Spaß daran, ihm beim Sterben zuzusehen.« Sie lächelt schelmisch.

»Das ist ... ein wenig verstörend«, gibt Sascha zu.

Anna von Selz lacht amüsiert. »Die Wahrheit kann manchmal unvermutet hart sein. Nun denn, hereinspaziert.« Sie öffnet schwungvoll die Tür.

Der grauhaarige Arzt schließt gerade seinen Koffer. »Fräulein von Selz.«

»Sie müssen nicht salutieren, Doktor Reichwein.«

Er schaut indigniert auf uns Neuankömmlinge. Ferdinand von Selz sitzt aufrecht in einem riesigen Bett. Seine Augen funkeln lebhaft in einem gefurchten Gesicht. Ein verbittertes Antlitz, geprägt von Hochmut und Macht. »Fahren Sie vorsichtig, alter Mann. Das Reich braucht Sie womöglich noch.«

Der Angesprochene verlässt, ohne sich zu verabschieden, den Raum.

»Du benimmst dich wie eine billige Nutte aus der Gosse.« Von Selz' Stimme ist schneidend, bestimmend, unangenehm.

»Oh, danke, Papi. Ich hoffe doch, der Tumor wächst ordentlich.« Ich komme mir vor wie in einem zynischen Kammerspiel. »Musst du weiter jammern, oder kannst du den Herrschaften Rede und Antwort stehen?«

»Warum schleppst du die Polizei an?« Der Adelige mustert uns feindselig. »Gehen Sie weg, ich bin krank.«

»Aber nicht zu krank, um Ihre Tochter zu beleidigen«, erwidert Sascha kampflustig. »Wenn Sie unsere Fragen zügig beantworten, sind wir schnell wieder weg, und Sie können weiter Ihre Tochter runtermachen.« Von Selz lacht verächtlich. »Wie steht es um Ihre Finanzen, Herr Baron? Wie wir ermitteln konnten, nicht gerade zum Besten?«

»Machen Sie sich nicht lächerlich. Allein dieses Anwesen ist gut drei Millionen wert.«

Sascha lächelt gewinnend. »Ja, aber nach unserem Erkenntnisstand haben Sie Haus und Grundstück bereits mehrfach beliehen. Diese Quelle ist ausgeschöpft.«

»Ja, Daddy, und deine letzten Investitionen endeten in einer Katastrophe, wenn ich mich nicht irre. Wie kann man in diesen Zeiten noch Knete in ein Kohlekraftwerk pumpen? Da haben dir deine braunen Kumpel einen Bärendienst erwiesen.«

»Hauptsache, du kannst das Geld wie Bonbons beim Karneval unters Volk bringen.« Er verzieht schmerzhaft sein Gesicht. »Von mir wirst du keinen Pfennig mehr bekommen.«

»Als wenn ich dein Blutgeld annehmen würde, alter Mann. In seinen Transportfirmen hat mein lieber Herr Vater die Leute ausgebeutet, das können Sie sich gar nicht vorstellen. Hungerlöhne, Zwanzig-Stunden-Schichten, wer nicht spurt, fliegt raus, illegal Beschäftigte, geschmierte Beamte, das meiste am Finanzamt vorbei, alles furchtbar legal. Hat seine Leute hauptsächlich für den anderen Schmierlapp Carlsen malochen lassen.«

»Halt dein Schandmaul.«

»Ja, das willst du nicht hören, oder?«

Wir beobachten den Disput schweigend. Erstaunlich, wie sehr sich Vater und Tochter hassen gelernt haben. »Ich stehe zum Glück auf eigenen Beinen«, erklärt sie. »Ich betreibe eine gut florierende Weinhandlung in der City.«

»Interessant, da schauen wir gerne mal vorbei.«

»Sehr gern, Herr Kommissar. Wir können eine kleine Weinprobe veranstalten. Vielleicht können wir auch schon auf das Ableben dieses Ausbeuters trinken.« Sie greift in ihre winzige Handtasche. »Hier ist meine Karte.«

»Verdammtes Luder!«

»Wie steht es denn mit der Zusammenarbeit mit Herrn Carlsen?«

»Ich sage kein Wort mehr ohne meinen Anwalt«, presst der Baron, von Schmerz gezeichnet, hervor. »Verschwindet, raus hier, alle!«

»Kommen Sie, lassen wir das Scheusal mit seinem inoperablen Gehirntumor allein. Deine Geisha kommt sicher gleich. Wissen Sie, er hat sich so eine arme asiatische Maus engagiert, die ihm für zwei Euro die Stunde den Arsch abwischt.«

Wir verlassen, sprachlos und ziemlich irritiert, das Schlafzimmer.

»Frau von Selz …«

»Ich hätte ein Junge werden sollen, natürlich, was denn sonst? Tut mir leid, dass ich Sie mit diesem beschissenen Familienzwist behellige. Kann ich irgendwie helfen? Was hat er verbrochen, der verkappte scheiß Nazi?«

»Sie scheinen Ihrem Vater einiges zuzutrauen«, stelle ich nüchtern fest.

»Einiges?« Sie lacht leise. »Nicht Einiges … alles. Er ist immer über Leichen gegangen. Ein Menschenleben ist nur so viel wert, wie es an Profit einbringt. Einer seiner Leitsätze. Genauso wollte er mich erziehen.«

»Aber das haben Sie nicht zugelassen.«

»Als ich alt genug war, um ihn zu durchschauen, habe ich mich innerlich Stück für Stück abgenabelt. Ich konnte leider nicht verhindern, dass er meine Mutter zugrunde gerichtet hat. Sie konnte – oder wollte, das weiß ich bis heute nicht – nach mir keine Kinder mehr bekommen, ergo war sie für meinen Vater totes Kapital. Er hat sie systematisch in den Selbstmord getrieben. Also, wenn ich irgendwie dafür sorgen kann, dass dieser Zyniker noch vor seinem Ableben in den Knast kommt, dann nur zu. Es wäre mir ein innerer Reichsparteitag.«

»Sie haben vielleicht von der Mordserie in Duisburg gehört.«

»Klar, geht ja täglich durch die Presse.«

»Der Verdacht liegt nahe, dass die Mitglieder dieses Buchclubs, zu dem auch Ihr Vater gehört, zumindest damit zu tun haben.«

»Tja, zuzutrauen ist den alten Säcken das sicher, aber ich sehe nicht, wohin das führen könnte. Es geht meistens um Geld, oder nicht? Da wurde doch ein alter Mann umgebracht, oder? Der Priester hatte womöglich einen Goldschatz oder einen Splitter vom Kreuz Jesu, den man verticken kann? Mehr kann ich Ihnen leider nicht bieten.«

Ich muss schmunzeln. Die junge Frau gefällt mir, diese gradlinige Art, kein Blatt vor den Mund zu nehmen, ist genau mein Ding. Wir haben unsere Autos erreicht. Ich reiche ihr meine Karte.

»Falls Ihnen doch noch irgendetwas einfällt, was uns weiterhelfen kann, rufen Sie uns bitte an.«

»Mache ich.«

»Und das mit der Weinprobe vergessen wir nicht.«

»Anruf genügt, dann machen wir ein Date aus.«

Sie verlässt das Grundstück. Wir gehen grübelnd zu meinem Wagen zurück.

»Smartes Mädel«, kommentiert Sascha süffisant. »Gefällt dir, oder?«

»Mir gefällt ihre direkte, unverblümte Art. Kein Grund, eifersüchtig zu sein.«

»Ich weiß nicht mal, wie man das schreibt.«

»Das Verhältnis zu ihrem Vater ist schon außergewöhnlich«, überlege ich. »Aber gut, wenn dieser Tyrann wirklich ihre Mutter in den Selbstmord getrieben hat, dann ist dieser Hass verständlich.«

»Ja, das sehe ich genauso. Das war zwar eine spannende Geschichte, aber sie bringt uns leider nicht weiter.« Sascha schaut auf ihr Handy. »Halb fünf. Was machen wir jetzt, Jonesy? Kaczinski haben wir erst mal abgehakt. Oder sollen wir den noch mal in die Mangel nehmen?«

»Der sagt nichts, hat zu viel Schiss.«

»Carlsen? Immerhin ist er unter anderem Fiedlers Alibi für den Mord an Melissa.« Ich schnaufe unentschlossen vor mich hin. »Hallo, Erde an Dawson?«

»Wir brauchen 'ne kurze Auszeit. Nachdenken, was Gutes essen und trinken.«

»Ein bisschen Kuscheln?« Sie zieht die Nase kraus. »Ist nicht falsch, oder? Morgen ist auch noch ein Tag.«

»Da bin ich ganz bei dir, und he – heute ist ein guter Tag, wir hatten keine neue Leiche. Das muss gefeiert werden.«

Irgendwo in Duisburg

»Hören Sie, bitte, ich habe die halbe Nacht an dieser verdammten Formel gearbeitet.« Jochen Wammer reibt sich seine müden Augen. In das Kellergewölbe fällt kein Lichtstrahl. Helle Neonlampen verbreiten ein klinisches, unangenehmes Licht.

»Ich hoffe, Sie sind weitergekommen.« Die Stimme ist rau und ungeduldig.

»Ja … und nein.«

»Was soll das heißen?«

»Sie haben doch gesagt, dass es sich um ein schnell ansteckendes Virus handelt, eine Komposition eines holländischen Wissenschaftlers aus den vierziger Jahren.«

»Na und?«

»Ich habe die Komponenten einzeln analysiert, so gut das bei dieser bescheidenen Ausstattung möglich war, und das Ergebnis ist ziemlich eindeutig.«

»Spucken Sie es aus, Wammer.« Der Atem des Mannes geht keuchend. Der Mensch im Hintergrund bewegt sich nicht, ist wie eine Statue, die sich nur im Schatten wohlfühlt, ungesehen, lauernd, eine tödliche Gefahr.

»Die Wirkstoffkombination erinnert stark an einen zellregenerierenden Impfstoff. Wenn man ihn schnell genug verabreicht, kann er die Ausbreitung von wuchernden Mutationen verhindern und somit den endgültigen Verfall, aber auch die Verbreitung des eigentlichen Kampfstoffes verhindern.« Der Virologe lässt sich auf einen billigen Plastikstuhl fallen. »Ich habe so etwas schon einmal im Rahmen eines Ebola-Forschungsprojektes gesehen.«

»Wollen Sie damit andeuten, dass wir es gar nicht mit einem aggressiven Virus zu tun haben?«

»Eher mit dem genauen Gegenteil.«

»Herr im Himmel ...«

»Somit können Sie sich die verdammten Menschenversuche sparen!« Wammer ist erbost, wütend, müde. Er will nur nach Hause zu seiner Familie. »Wenn ich Ihnen diese Mischung zusammenstelle, passiert gar nichts, hören Sie mir überhaupt zu?«

»Was heißt das ... gar nichts?«

Wammer lacht unkontrolliert, er ist aufgedreht und gleichzeitig vollkommen erschlagen. »Das Zeug können Sie höchstens als Wundermittel für straffe Haut verscherbeln. Es ist ein hundertprozentiges Placebo, es sei denn, irgendein Irrer bringt genau dieses eine Virus in den Umlauf, für das diese Mixtur geschaffen wurde, um die Gefahr einzudämmen.«

»Es ist die Formel für das Gegenmittel?«, staunt der Mann ungläubig. Dann strafft sich seine hagere Gestalt. »Das kann nicht sein, Sie wollen uns verarschen. Auf diesen zwei Seiten muss mehr stehen als die Anleitung für das verdammte Heilmittel!«

»Tut es nicht!«

Wammer springt von seinem Stuhl auf und will den Mann packen, ihn rütteln, dem Wahnsinn ein Ende bereiten. Lautlos gleitend ist der schwarze Schatten da, greift sich routiniert Wammers linken Arm und dreht ihn schmerzhaft auf den Rücken. Der Virologe stöhnt gepeinigt auf. Ein Tritt in die Kniekehle. Wammer sackt zusammen.

»Bitte … ich sage die Wahrheit, lassen Sie es doch von jemand anderem prüfen. Da ist nichts, wirklich nicht, ich flehe Sie an, lassen Sie mich gehen.«

Der Leutnant sieht den Mann kalt an. »Ich befürchte, er sagt die Wahrheit.«

»Ja, ja, das tue ich!« Wammer schöpft neue Hoffnung. Sein Arm schmerzt und seine Knie sind lädiert. Dieser furchtbare Dämon scheint ihm zu glauben. »Vielleicht kann man da was Kosmetisches draus machen. Das lässt sich unter Umständen gewinnbringend vermarkten.«

»Wir können ihn nicht gehen lassen«, stellt der Leutnant emotionslos fest. »Er hat uns gesehen, er kann uns identifizieren.«

»Ja doch, das war sowieso nie vorgesehen«, gibt der General unwirsch zurück.

»Was … was soll das bedeuten? Ich habe zwei Kinder, meine Frau ist vielleicht wieder schwanger.«

»Wir können das Standardverfahren nicht anwenden. Die Polizei war auf dem Gelände. Die Entsorgung muss auf anderem Wege geschehen.«

»Ich weiß!«

»Hallo, bitte, ich werde nichts sagen. Ich kann mir Gesichter sowieso nicht einprägen. Haben Sie denn kein Herz im Leib? Denken Sie an meine Kinder!«

»Die Unterlagen sind unvollständig«, erkennt der General nüchtern. »Das ist Geigers verdammte Schuld. Der dämliche Pauker hat nicht gut genug recherchiert.«

»Bitte nicht!« Der Leutnant zieht eine Pistole und händigt sie dem Mann aus. »Nein, das könnt ihr doch nicht machen.« *Wammers Stimme ist nur noch ein Schluchzen. »Bitte …!«*

Der Schuss hallt dumpf und rollend durch das Gewölbe. Der Virologe kippt einfach zur Seite. Der General verzieht keine Miene.

»Wenn es ein Gegenmittel gibt, dann hat dieser van Cleef auch das dazu passende Virus geschaffen. Alles andere macht keinen Sinn.«

»Aber die Formel gibt es nicht her.« Der Leutnant nimmt dem General die Waffe ab, zückt ein Papiertaschentuch und wischt Lauf und Griff sauber. »Weißt du noch, was ich gesagt habe, was mir bei der Ansicht der beiden Seiten aufgefallen war? Auf den Seiten stand ganz klein unten rechts jeweils eine drei und eine vier.« Der Leutnant lächelt freudlos. »Wir hielten die Zahlen für einen Bestandteil der Formel.«

»Ja, natürlich.«

»Nun, ich denke, es sind schlichtweg Seitenzahlen.«

»Das heißt also, es existieren noch die Seiten eins und zwei«, stellt der Mann düster fest. Die Leiche zu ihren Füßen haben sie fast vergessen. »Und auf diesen fehlenden Seiten ist die Herstellung des eigentlichen Virus' niedergelegt.«

»Die Vermutung liegt nahe.«

»Stellt sich nur die Frage, wer die anderen beiden damals bekommen hat. Sie waren ja offensichtlich nicht in dem Kurierkoffer, der für Berlin bestimmt war, aber das wusste der unbedarfte Pater natürlich nicht. Der wollte nur etwas schrecklich Böses aus dem Verkehr ziehen. Also, wer könnte in den Besitz der Virus-Formel und einer entsprechenden Probe gelangt sein?«

»Ja, das ist die Frage aller Fragen …«

»Die wir schnell klären müssen.«

»Ich weiß … ich weiß, uns bleibt nicht mehr viel Zeit.«

Kapitel 46

Sechs-Seen-Platte

Donnerstag, 27. Mai 2019, 18:30 Uhr

Nachdem wir eine halbe Stunde zügig marschiert sind, haben wir ein ruhiges, abgeschiedenes Plätzchen gefunden. Eine winzige Bucht, vom Fußweg rund um den Bertasee kaum zu erspähen. Wahrscheinlich wird die Stelle gern von Anglern genutzt. Es ist noch deutlich über zwanzig Grad warm. Sascha hat ihre Sneakers ausgezogen und taucht ihre Füße ins erfrischende Wasser.

»Das war mal 'ne echt gute Idee von dir«, lobt sie mich. »Ist echt schön hier. Wenn das so weitergeht, werde ich noch ein Fan dieser Stadt. Mach mal den Wein auf, ich kümmere mich um den Käse und das Baguette.«

»Sollten wir nicht den ganzen Scheiß nochmal durchgehen?«

»Auch Ermittler brauchen mal 'ne Auszeit, findest du nicht?« Im Gegenlicht wirkt ihre Statur wie ein Scherenschnitt. Die roten Haare leuchten intensiv im Licht der tief stehenden Sonne. Für einen Moment steht die Welt still. Vergessen sind der Fall, die Ermordeten.

»Und?« Sascha lächelt fein. »Gefällt dir, was du siehst?«

»Du bist perfekt.«

»Ich und perfekt, da lachen ja die Hühner in Opa Fietjes Stall.«

»Für mich bist du perfekt, absolut.«

»Okay.« Schon hat sie beide Arme um meinen Hals geschlungen. »Damit kann ich leben.«

»Ich würde dich jetzt gerne …«

Ihr Kuss ist lang, tiefgründig, beruhigend, ein Versprechen.

»Gott, dass ihr Ruhrpötter immer so viel schwatzen müsst.«

»Ich gelobe Besserung.«

»Das werden wir im Laufe des Tages dann sehen, Casanova.« Stirn an Stirn. »Du bist wirklich ein sehr brauchbarer Skipper. Ich könnte mir keinen Besseren vorstellen. Wenn ich bei dir bin, habe ich vor keinem Sturm der Welt Angst.«

»Das ist das schönste Kompliment, das ich jemals bekommen habe«, entgegne ich, tief berührt. Saschas Magen knurrt. Wir müssen beide kichern. »Dann sehen wir mal, was die Kombüse zu bieten hat.«

Bergkäse, ein fruchtiger Tempranillo und ein knuspriges Baguette. Geht doch.

Saschas Handy klingelt. Es ist Jessica. Sascha hört aufmerksam zu.

»Okay, hört sich gut an«, sagt sie nach einer Weile. »Wir melden uns.« Ich sehe sie neugierig an. »Bea Fiedler ist anscheinend bereit auszusagen. Aber sie will erst einen Deal aushandeln, vorher wird sie nicht kooperieren.«

»Das wäre der Durchbruch. Aber wenn sie Melissa erschossen hat ...«

»Sie schwört, dass sie es nicht war.«

»Schwören kann man viel.«

»Jonesy, wenn sie die Wahrheit sagt und wirklich alle Hintermänner kennt, dann sollten wir sehr schnell mit einem Staatsanwalt reden.«

»Na schön. Jess soll einen Termin ausmachen, vielleicht direkt morgen früh. Wir kommen einfach in Fiedlers Büro, so gegen neun. Das ist unauffällig, schließlich gehört sie zum verdächtigen Personenkreis.«

Jetzt brummt mein Handy. »Wenn dieser Fall beendet ist, werde ich einen Monat nicht mehr rangehen«, proklamiere ich. »Diese ewige Erreichbarkeit geht mir gehörig auf die Nerven.« Es ist Adrian Kaczor. Ich lausche seinem Bericht, schließe kurz die Augen. »Okay, wo genau? Biergarten Mühlenweide, ja, kenne ich. Aber das muss ja nichts mit unserem Fall zu tun haben, Adrian. Es ertrinken immer mal wieder unvorsichtige Menschen im Rhein, besonders bei dem schönen Wetter kann man auf dumme Gedanken kommen.« Er berichtet weiter. »Aha ... Warten Sie mal.« Ich aktiviere den Lautsprecher. »So, bitte noch einmal die letzte Info.«

»Hallo, Frau Brinkmann«, Kaczors Stimme klingt steif und genervt. »Ich sagte gerade, dass die angespülte Wasserleiche identifiziert werden konnte. Es handelt sich um Professor Jochen Wammer, neununddreißig Jahre alt, ein überaus angesehener Virologe. Kopfschuss aus nächster Nähe.«

»Mist«, stöhnt Sascha. »Das ist nicht gut, Adrian.«

»Was Sie nicht sagen«, ätzt er. »Laut Aussage seiner Frau war er ungeplant auf einem Kongress. Nur ein kurzer Anruf, danach Sendepause.«

»Entführt«, stelle ich betroffen fest.

»Sehr wahrscheinlich.«

»Entweder konnte er nicht von Nutzen sein, oder aber ...«

»Oder er hat die Entführer zufriedengestellt und war nur noch Ballast.« Kaczor atmet schwer. »Das könnte bedeuten, dass die Bande am Ziel ist.«

»Sie meinen, die haben das Virus?«, fragt Sascha alarmiert.

»Möglich. Wir können nur hoffen, dass Wammer nicht erfolgreich war.« Er lacht freudlos. »Da der Brennofen auf dem Schrottplatz zu unsicher war, haben sie die Leiche einfach in den Fluss geworfen. Dass der Körper direkt in den kleinen Seitenkanal gedriftet ist, konnten sie nicht ahnen.«

»Opfer Nummer sechs«, resümiere ich düster. »Ich hoffe, ihr habt Momsen sicher untergebracht?«

»Na klar, das werde ich aber mal nicht am Telefon verkünden.«

»Okay. Wer weiß davon?«

»Diesmal nur der harte Kern. Diese Location ist im Revier nicht bekannt. Das war doch Ihr Wunsch, nicht wahr?«

»Allerdings. Wir sehen uns morgen im Präsidium. Rufen Sie uns an, wenn sich noch etwas Neues ergeben sollte. Wir haben um neun einen Termin, danach sind wir vor Ort.«

»Darf man fragen ...«

»Dürfen Sie nicht«, beschließt Sascha energisch.

»Natürlich nicht, ich bin ja nur der Laufbursche für die Drecksarbeit.« Kaczor legt einfach auf.

»Das war etwas harsch«, gebe ich zu bedenken.

»Wolltest du ihn etwa über unser Treffen mit Fiedler in Kenntnis setzen?«

»Nein, aber sieh mal, Adrian ist frustriert, aber loyal. Wir hätten ihm das schonender beibiegen können.«

»So machen wir das in Ostfriesland aber nicht, es wird nicht um die heiße Muschelsuppe herumgetanzt. Klare Kante, damit fährt man am besten.«

Irgendwo in Duisburg

Der General hält das zerfledderte Pamphlet wie eine Reliquie in den Händen. Das Undenkbare denken *lautet die Überschrift.* Het Ondenkbare denken *heißt es im niederländischen Original.* De Dood overwinnen. *Der Mann streicht andächtig über die Überschrift.* Den Tod überwinden. Eine Abhandlung von Marius van Cleef, Utrecht 1932.

Es hat unfassbar viel Mühe und Geld gekostet, an die Ausführungen des holländischen Visionärs zu gelangen, aber letztendlich gibt es nicht viele Dinge, die man nicht für Geld kaufen kann. Zum Beispiel ein langes Leben ...

Wieder und wieder hat er die fesselnden Passagen gelesen. Wie eine Offenbarung.

»Aus dem Tode heraus erst kann das reine Leben entstehen. Erst, wenn die schlechten Früchte vom Baum des Lebens entfernt wurden, kann den wenigen übrig gebliebenen die Kraft aus dem Stamm zufließen. Die Kraft, die unser Leben erneuert und bewahrt«

Viele müssen sterben, damit wenige Auserwählte leben können. Das ist einleuchtend. Der General sieht aus dem Fenster. Man muss sich doch nur umschauen. Milliarden Menschen, das Klima, die Kriege … das verkraftet dieser Planet nicht mehr. Das reinigende Feuer muss kommen. Er betrachtet wieder die zwei handgeschriebenen Blätter in der Klarsichthülle.

Wer nur hat die Seiten eins und zwei?

Kapitel 47

BÜRO DER PRIVATDETEKTEI FIEDLER

FREITAG, 28. MAI 2019, 9:00 UHR

Das Handy … was sonst? »Müller«, erkenne ich auf dem Display. Wir nehmen gerade die letzten Stufen in den dritten Stock zu Bea Fiedlers Kanzlei. »Dawson.«

»Wo stecken Sie?« Der Ton ist aufgebracht. »Was ist das für ein Termin, den Sie nicht mit mir abgestimmt haben?«

»Wir berichten nachher …«

»Wo sind Sie?«, brüllt er. »Dawson, ich warne Sie, diese Alleingänge müssen aufhören.«

»Klasse, Kaczor hat gepetzt«, mault Sascha.

»Ich kann Sie kaum verstehen, Herr Hauptkommissar, liegt wahrscheinlich an diesem Gebäude. Wir melden uns beizeiten.«

»Wagen Sie es nicht …« Ich drücke ihn weg.

»Das gibt Ärger, Jonesy.«

»Von mir aus. Er wird sich schon beruhigen.«

»Aber wir haben nichts anzubieten«, gibt sie zu bedenken. »Wir können der Fiedler keinen Deal offerieren. Wir haben nicht mal mit einem Staatsanwalt gesprochen.«

»Ich weiß«, gebe ich zerknirscht zu. »Das holen wir heute Vormittag nach.«

Wir klopfen an die Bürotür. Fiedler öffnet uns. Im Hintergrund sehe ich Jessica relaxt auf einer Couch sitzen. Der Büroraum ist überraschend einladend gestaltet. Zwei bequeme Stühle vor dem Schreibtisch, aber auch eine gemütlich anmutende Sitzecke, in deren Mitte ein flacher Tisch.

»Ah, die Task-Force.« Fiedler wirkt nur oberflächlich gelassen. Ich spüre förmlich ihre Unruhe, Ungeduld und ein gehöriges Maß Angst. Jessica nickt nur sacht. »Was können Sie mir anbieten, Jonathan?«

»Die Frage kann ich gleich zurückgeben.« Ich spiele erstmal auf Zeit.

»Ich kann Ihren beschissenen Fall auflösen, hier und jetzt. Ich kenne die Hintergründe und die Hintermänner, zumindest die meisten, ich kann Ihnen verraten, wer Melissa Nguyen erschossen hat, wer den Priester gefoltert hat, wer Ihren alten Pauker liquidiert hat.«

Ich rieche ihr dezentes Parfum, registriere flatternde Augenlider.

»Aber das hat seinen Preis, Dawson, wie Sie sich sicher denken können. Ich will eine vollständige Kronzeugenregelung, Straffreiheit und eine neue Identität. Natürlich schriftlich mit Stempel und Siegel.«

»Das sind keine Kleinigkeiten.«

»Sollte man meinen bei fünf Opfern.« Sie sieht mich herausfordernd an. »Also, Herr Kommissar, wo stehen wir?« Den toten Virologen scheint sie noch nicht auf dem Schirm zu haben.

»Sie müssen mir irgendwas anbieten, Bea, eine Info, mit der ich die Staatsanwaltschaft überzeugen kann.«

»Sie haben noch mit niemandem gesprochen?«, stellt sie enttäuscht fest. »Das ist Bullshit, Jonathan. Wenn herauskommt, dass ich mit euch kooperieren will, dann bin ich das nächste Opfer, das ist wohl klar wie Kloßbrühe.«

»Wir hatten noch keine Chance, mit der Staatsanwaltschaft zu sprechen.«

»Wieder Bullshit. Sie hatten den ganzen Abend und die ganze Nacht Zeit. Wenn Sie gewollt hätten.« Ihre Mundwinkel zucken verärgert. »Sie spielen mit meinem Leben.«

»Wer hat Melissa Nguyen getötet?«

»Das glauben Sie doch wohl selber nicht.« Spöttisch den Kopf schüttelnd wendet sie sich ab. »Schöner Ex-Freund, Jessica, ein richtiger Arsch.«

Jess grinst belustigt.

»Okay, dann geben Sie uns was anderes«, versucht Sascha zu vermitteln. »Wir können schließlich nicht mit leeren Händen einen Deal für Sie aushandeln.«

»Geiger hat die ganze Kacke ins Rollen gebracht. Er ist im Zuge seiner Forschungen über das KZ Ratingsee auf die Versuchsanstalt Nettetal gestoßen. Dann hat er diese Briefe von einer der Sekretärinnen in die Finger bekommen, hat die ganze verdammte Geschichte rekonstruiert, die einzelnen Teile wie ein Puzzle zusammengefügt.«

»Wie ist er in den Buchclub gekommen?«, frage ich. »Er war doch kein Gründungsmitglied.«

»Er brauchte Geld und Verbindungen, um mit seiner Forschung weiter voranzukommen. Also wandte er sich an Karl von Bönighausen, der wiederum über die bekloppte Wegmeister den Kontakt zur braunen Zelle herstellte. Die alten Säcke sind wie versessen auf alles, was mit der Nazizeit zu tun hat. Als Geiger dann mit seiner Theorie einer biologischen Waffe um die Ecke kam, luden sie ihn regelmäßig zu ihren verkappten Buchclub-Sitzungen ein.«

»Aber was wollen diese ewig Gestrigen denn?«, wundert sich Sascha. »Selbst wenn sie das Virus in die Hände bekämen, würden sie damit keine nationalsozialistische Renaissance heraufbeschwören können. Gut, sie könnten jede Menge Unheil anrichten, aber ich denke, die Forschung ist heutzutage so weit, dass man die Gefahr beherrschen kann.«

»Sie könnten das Dreckszeug meistbietend auf dem Schwarzmarkt oder, neudeutsch, im Darknet verhökern.«

»Na schön, Bea, das ist ein Anfang, aber so weit konnten wir uns das inzwischen selber zusammenreimen.« Ich versuche, möglichst überzeugend zu klingen. »Das wird als Futter nicht ausreichen.«

Sie wendet sich ab und sieht durch das große Fenster hinaus auf die Straße.

»Ich verrate Ihnen jetzt noch etwas über die Struktur der Gruppe, aber dann ist Schluss mit Appetithäppchen. Die Zelle verfügt über einen dominierenden Kopf, den sogenannten General. Er trifft die Entscheidungen, ist Herr über Leben und Tod und hält nach Geigers Ableben alle Fäden in seinen Händen. Darüber hinaus gibt es einen, sagen wir mal: *Vertrauten*, der wohl in alle Details eingeweiht ist. Der Leutnant. Der Rest sind Speichellecker und Jasager, die sich – was, weiß ich nicht – von diesem ganzen Müll etwas erhoffen.«

»Sie sind alle mehr oder weniger pleite.«

»So? Na, wie auch immer.« Bea wendet sich ruckartig vom Fenster ab. »Jetzt macht gefälligst eure Hausaufgaben und besorgt mir einen vernünftigen Deal.«

»Wir können Sie auf Beihilfe zum Mord in mehreren Fällen anklagen.«

Sie lacht herzlich. »Wirklich, Sascha …? Kommen Sie. Das ist unter Ihrem Niveau, oder? Sie haben nicht den geringsten Beweis, also lassen Sie den Blödsinn. Ich will mal nicht so sein. Mir hat ein Vögelchen noch was Interessantes geflüstert. Der General soll einen Wissenschaftler *rekrutiert* haben, der sich ein siebzig Jahre altes Schriftstück mal genauer ansehen soll.«

»Sie haben die Formel für das Virus?«

»Habe ich nicht gesagt.«

»Bea, bitte, Tausende Menschen könnten sterben. Wollen Sie dafür Mitverantwortung tragen?«

»Einen Deal, Jonathan, ich will ein neues Leben, weit weg von dieser Scheißstadt. Also, hopp, hopp! Der frühe Vogel bekommt die saftigsten Würmer.«

Kapitel 48

NETTETAL, VERSUCHSANSTALT »KRIMHILD«
OKTOBER 1944

»Heil Hitler, Herr Standartenführer.« Oberst Konstantin Wegener hat seine gesamte Wachmannschaft antreten lassen. »Wir haben Sie schon erwartet. Berlin hat Ihr Kommen avisiert.«

»Lassen Sie es gut sein. Heute ist nicht des Führers Geburtstag.« Wilhelm von Hasselt wedelt ungeduldig mit den braunen Lederhandschuhen in seiner Hand. »Wo ist dieser holländische Giftmischer?«

»Oh, der hat gestern ein bisschen zu heftig seinen Erfolg gefeiert. Ich fürchte, er liegt noch in Essig, wie man so salopp formuliert.«

»Auch egal, wo ist ... die Ware?«

Gut, denkt Wegener, der macht kein Federlesen. Je eher er sich auf den Weg macht, umso besser. Feierlich überreicht er den Stahlkoffer, der mit mehreren Schlössern gesichert ist. Das eingestanzte Hakenkreuz ist blank poliert. Nicht zu übersehen. Von Hasselt nickt zufrieden. Wahrscheinlich hält er sich jetzt für den wichtigsten Menschen im Reich, sinniert Wegener.

»Die Aufzeichnungen ...«

»Sind gesichert in einer gesonderten Kladde, ebenso die Probe in einer verstärkten Ampulle. Ich darf Sie darauf hinweisen, dass ...«

»Sparen Sie sich die Belehrungen, Herr Major. Ich weiß, um was es geht, und ich werde meine Pflicht erfüllen.«

»Natürlich, Herr Standartenführer, ich bitte um Entschuldigung.«

»Butsche!« Sein Chauffeur nimmt den Koffer in Empfang. »Wir fahren direkt weiter. Der Feind wartet nicht, bis wir ausgeschlafen sind.«

»Natürlich.« Alle strecken die Arme zum Hitlergruß. »Auf den Endsieg.«

Von Hasselt neigt jovial sein Haupt. Der Wagen verlässt das Gelände der Versuchsanstalt, zunächst in Richtung Duisburg.

Eine Stunde später verlässt Wegener in Begleitung von Matti Sniders *Krimhild*. Der Junge zieht einen Bollerwagen hinter sich her.

»Gefreiter Langhans. Ich werde die Frühmesse besuchen.«

»Sehr wohl, Herr Oberst.«

»Der Junge kann die Karre ziehen, ich habe etwas aus unseren Beständen für die Gemeinde abgezweigt. Es macht Sinn, die Bewohner ruhig zu halten, nicht wahr?«

»Aber ja, Herr Oberst.«

»Ich bin gegen Mittag zurück. Lassen Sie van Cleef ruhig schlafen.«

Jürgen Langhans salutiert zackig. Er ist froh, nicht in vorderster Linie eingesetzt zu werden. Man hört schlimme Dinge, insbesondere von der Ostfront.

Matti zittert am ganzen Körper. Unter den Zuckerrüben, den Kartoffeln, dem Mehl und dem halbvollen Bierkasten liegt ein Koffer. Der Junge hat nicht gefragt, was sich darin befindet. Wegener hat ihm nichts gesagt. Worum geht es? Wird man ihn jetzt erschießen, irgendwo im Wald? Aber warum dieser Aufwand, in der Anstalt wäre es doch viel einfacher?

Sie erreichen das Dorf und umrunden das Kirchenschiff. Der hölzerne Wagen rumpelt über den groben Kies. Die Hintertür zur Sakristei steht offen. Wegener sieht sich misstrauisch um. Man kann in diesen Zeiten niemandem mehr trauen.

»Schnell, hilf mir, das Zeug abzuladen.« Matti gehorcht. »Gib mir den Koffer, und dann rein mit dir.« Sie betreten den Vorbereitungsraum. Da ist ein Mann, ganz in Schwarz gekleidet, ein Geistlicher, erkennt Matti.

»Das ist der Junge?« Wegener nickt. Der Mann spricht ein merkwürdiges Deutsch, sein Akzent klingt irgendwie südländisch. Der

Mann ist hoch aufgeschossen, hager, eine große Nase dominiert das Gesicht. »Und das hier ...«

»Die Aufzeichnungen und eine Probe, wie versprochen.«

»Die Unterlagen sind vollständig?«

»Selbstverständlich.« Wegener ist ein guter Lügner. Manchmal denkt er, er hätte Schauspieler werden sollen, aber das war ja eine brotlose Kunst. »Seien Sie vorsichtig, Monsignore Soldi, das Zeug ist pures Gift, ich habe mit eigenen Augen mitansehen müssen, was es mit Menschen macht, die es einatmen.«

»Sie tun ein gutes Werk, Herr Wegener. Gott beschütze und behüte Sie. Ich werde für Sie beten.«

»Wohin bringen Sie den Jungen?«

»Vielleicht ist es besser, wenn Sie das nicht wissen, aber seien Sie versichert, ihm wird es gut gehen. Matti, nicht wahr?« Der Bruder vom Heiligen Grab streicht dem Knaben über den kurz geschorenen Kopf. »Wir müssen jetzt gehen. Sie haben womöglich Tausende Menschenleben gerettet, Oberst. Alles Gute.«

»Leb wohl, Matti.«

Der Offizier reicht dem schmalen Jungen die Hand. Tränen glitzern in Mattis Augen, der noch gar nicht begreifen kann, dass ihm sein Leben zurückgegeben wurde.

Am Nachmittag findet eine Ordonnanz Marius van Cleef in seinem Zimmer. Der Arzt der Wehrmacht attestiert übermäßigen Alkoholgenuss, der zu einem Herzstillstand geführt hat. Der holländische Visionär kann jetzt nur noch posthum das Eiserne Kreuz bekommen. Seine Leiche wird verbrannt, in Kammer eins, in der so viele Probanden ihr Leben lassen mussten. Der Kreis schließt sich, überlegt Wegener. Er hofft, dass er das Richtige getan hat.

Bei einem Zimmerbrand im Büro der Anstalt gehen die Listen der Insassen verlustig. Der Name Matti Sniders verschwindet, zumindest aus den Krimhild-Aufzeichnungen.

Zwei Tage später explodieren nicht entschärfte Fliegerbomben in der Nähe des Wedau-Stadions in Duisburg. Wilhelm von Hasselt stirbt den Heldentod. Pater Gottfried Lange birgt einen stählernen Koffer.

Nur einen Tag danach landet eine Maschine mit den Hoheitszeichen des Vatikans in Rom. Monsignore Soldi trägt eine große Tasche, die einen silbernen Koffer verbirgt. In seiner Begleitung befindet sich ein junger Ministrant.

Die Experten des Heiligen Stuhls sind nach einer Analyse entsetzt. Der Koffer wird versiegelt und zusätzlich gesichert und landet in einem geheimen Bereich der Katakomben unterhalb des Petersdoms.

Kapitel 49

AUF DER STADTAUTOBAHN A 59 IN RICHTUNG INNENSTADT
FREITAG, 28. MAI 2019, 10:30 UHR

Die Eagles singen *Desperado*. Was für ein Meisterwerk, die ganze Platte.

»Ich hatte auf ein bisschen mehr gehofft«, gebe ich freimütig zu.

»Was hast du erwartet, Großer, wir konnten ihr nichts anbieten. Für nix gibt's auch nix. So ist das Leben.«

»Wir müssen Müller ins Boot holen, da bleibt uns wohl nichts anderes übrig, und möglichst heute noch mit der Staatsanwaltschaft sprechen. Ist nicht gerade wenig, was die Fiedler verlangt.«

»Schon, aber sie spielt ein wirklich riskantes Spiel, Jonesy. Wenn die alten Säcke rausbekommen, dass sie aussagen will, ist sie so gut wie tot. Ich sage nur Safe House und Momsen. Die haben keinerlei

Skrupel, das wissen wir doch. Wir haben mindestens eine undichte Stelle im Team, das ist dir doch wohl hoffentlich klar, sonst hätten sie Momsen nicht so schnell gefunden.«

»Auch wieder wahr.«

Mein Handy vibriert. Sascha nimmt es und schaltet auf Lautsprecher.

»Kommissar Dawson, hier ist Anna von Selz.«

»Hier ist Sascha Brinkmann, was können wir für Sie tun, Frau von Selz? Kommissar Dawson hört mit, wir sitzen gerade im Auto.«

»Entschuldigung, ich hätte gestern bereits etwas sagen sollen, aber ich musste noch einmal darüber schlafen. Ich verfüge über Hintergrundinformationen, die Ihnen sicher weiterhelfen werden.« Ein tiefer Seufzer. »Dieser Wahnsinn muss aufhören, es sind genug Menschen für ein Hirngespinst gestorben.« Meine Hände krampfen sich um das Lenkrad. »Können Sie beide vorbeikommen? Am besten sofort, ich bin in meinem Laden in der Innenstadt.«

»Sekunde.« Sascha hält das Mikro verschlossen. »Was sagst du, Jonesy?«

»Ich denke, wir sollten uns aufteilen. Müller und die Staatsanwaltschaft können ebenfalls nicht warten. Such dir aus, was du in Angriff nehmen willst.«

»Bevor du mit Müller aneinandergerätst, nehme ich die Strafarbeit auf mich.«

»Habe ich dir heute schon gesagt, wie sehr ich dich verehre?«

»Spar dir das Süßholzraspeln, du wirst den Rest des Tages mein ergebener Sklave sein.«

»Damit kann ich leben.«

»Okay, hallo, Frau von Selz. Kommissar Dawson wird in zirka einer halben Stunde bei Ihnen aufkreuzen, ich habe leider noch andere Verpflichtungen.«

»Gut, ich muss mir den Scheiß einfach von der Seele reden. Ich schließe den Laden jetzt, ist sowieso so früh nichts los. Kommissar Dawson soll dreimal klopfen, dann mache ich auf.«

»Alles klar.« Sascha legt auf. »Ist das womöglich der erhoffte Durchbruch?«

»Na ja. Zumindest haben wir jetzt zwei Eisen im Feuer. Die Fiedler und die Tochter eines potenziellen Mittäters«, stimme ich zu.

Sie sieht mich nachdenklich an. »Trotzdem traue ich der angeschwemmten Makrele nicht. Ich habe ein richtig ungutes Bauchgefühl.«

»Hm.«

»Schön, dass du meiner Meinung bist.« Sascha lacht erfrischend gelöst. »Meine Güte, ist das ein beschissener Fall. Wo treffen wir uns?«

»Ich komme nach dem Trip ins Präsidium.«

Annas Paradies, Mülheim an der Ruhr, Innenstadt

Das Schaufenster der Weinhandlung ist einladend gestaltet. Zwischen echten, von dezent versteckten Scheinwerfern angestrahlten Lavendelpflanzen liegen und stehen Weinflaschen, deren Etiketten bereits gehobenen Genuss versprechen. Dahinter große Fotowände, die urige Weingüter zeigen. Im Vordergrund Bilder lächelnder Winzer, landestypisch gekleidet, verträumt, gut gefüllte Gläser in den Händen. Alles in allem stimmig, nicht aufdringlich, einfach gelungen. Wer immer die Auslage gestaltet hat, verfügt über ein kreatives Händchen.

Ich klopfe dreimal, die Tür fliegt auf. Anna von Selz sieht übernächtigt aus, dunkle Ringe unter den Augen. Sie trägt ihre schulterlangen rotblonden Haare offen. Eine weiße Jeans, eine hellgrüne Bluse, farblich passende Leinenschuhe.

»Schön, dass Sie so kurzfristig kommen konnten, Herr Kommissar, nur herein.« Links neben der Tür befindet sich eine kleine Bar. Auf der Theke stehen noch jede Menge angebrochene Flaschen, daneben eine Schale mit Erdnüssen und ein Becher mit Salzstangen. Das Ladenlokal ist ein lang gezogener Schlauch, dessen Wände komplett mit

Regalen ausgestattet sind. Mal liegen die Flaschen in Einzelfächern, dann wieder lagern sie in Holzkisten. Ich bin wirklich beeindruckt. Der Raum verströmt ein Flair von Exklusivität und gleichzeitig Bodenständigkeit. »Gefällt es Ihnen?«

»Das ist ein wunderbarer Ort, den Sie hier geschaffen haben. Wirklich, Respekt. Man fühlt sich sofort gut aufgehoben.«

»Nochmal danke. Wissen Sie, was das Tollste an meinem Geschäft ist? Ich habe es ganz allein aufgebaut, ohne Geld von meinem schrecklichen Vater, ohne Vitamin B.«

»Darauf können Sie stolz sein.«

»Kommen Sie, ich zeige Ihnen noch meine geheime Klause.« Sie lächelt einladend. An der Stirnwand stehen wir vor einem geschlossenen Weinregal. »Passen Sie auf, das ist besser als bei James Bond.« Sie schiebt eine der Flaschen ein Stück weiter in das Regal hinein. Leise summend dreht sich ein Teil nach innen und gibt eine schmale Tür frei, die in einen neuen, etwa zwanzig Quadratmeter großen, quadratischen Raum führt. Warmes indirektes Licht flammt auf. »Na, das ist ein Hammer, oder? Willkommen im Paradies!«

»Beeindruckend«, gebe ich unumwunden zu. Gemütliche Sessel, ein kleines Pult, dahinter eine Leinwand. Unter der Decke hängt ein Beamer. »Für besondere Kunden, vermute ich mal.«

»Hier verdiene ich hauptsächlich meine Brötchen. Wussten Sie, dass Mülheim, auf die Stadtfläche hochgerechnet, die meisten Millionäre Deutschlands beherbergt?«

»Nein, wusste ich nicht«, gestehe ich schmunzelnd. »Ich gehe mal davon aus, dass der eine oder die andere zum Kundenstamm gehören.«

»So ist es. Diesen Leuten kann man nicht einfach eine Flasche guten Wein verkaufen, das funktioniert nicht. Den bekommt man im Zweifelsfalle auch beim Discounter. Diese Menschen wollen etwas Besonderes, etwas, was der Nachbar in seiner Villa nebenan nicht hat. Also verkaufe ich eine Illusion. Ich verschwinde immer mal für ein oder zwei Wochen, und wenn ich wiederkomme, habe ich nicht nur Wein von nie gesehenen kleinen Gütern in Frankreich, Italien oder Spanien im Gepäck, sondern auch noch selbst gedrehte Videos mit den Winzern. Meine Promikunden bekommen Einladungen auf Hochglanzpapier. Die sind sowas von geil auf diese Abende, die ich hier veranstalte, das glauben Sie nicht.«

»Oh doch, kann ich mir gut vorstellen. Wenn sich das einmal in den entsprechenden Kreisen herumgesprochen hat, dann will natürlich jeder zu diesem exklusiven Kreis dazugehören.«

Sie klatscht erfreut in ihre Hände. »Genau so funktioniert das Spiel. Bravo!« Sie schwebt zu einem Schrank und nimmt eine Flasche heraus. »Châteauneuf-du-Pape 2010, Château de Beaucastel, eine fantastische Cuvée. Praktisch in jedem Jahr besteht dieser aus dreißig Prozent Grenache und dreißig Prozent Mourvèdre sowie fünfzehn Prozent Syrah. Die übrigen fünfzehn Prozent bestehen aus anderen regionalen Rebsorten, die offiziell in der Appellation zugelassen sind. Darunter auch weiße Rebsorten, soll man nicht meinen, oder?«

»Okay, Sie kennen sich wirklich gut aus, Anna, aber ...«

»Ich habe die Flaschen für siebzig Euro das Stück eingekauft. Ein verdammt guter Preis.« Ihr Gesicht hat jetzt deutlich mehr Farbe bekommen. Anscheinend ist die Tochter des Barons voll in ihrem Element. »Nun raten Sie mal, für wie viele Taler die Pulle hier weggeht.«

Ich muss ob ihrer saloppen Sprache unwillkürlich grinsen. Anna von Selz scheint einen ähnlich gradlinigen Charakter wie Sascha aufzuweisen.

»Ich habe keine Ahnung. Vielleicht für zweihundert Euro?« Sie lacht herzlich. »Zweihundertfünfzig?« Sie prustet geradezu. Gekonnt öffnet sie die Flasche, zaubert zwei riesige Rotweinkelche unter dem Pult hervor. »Okay, dreihundert.«

»Mein lieber Graf von Dawson. Setzen wir uns doch, kostet nichts extra.« Sie streicht sich eine Haarsträhne aus der Stirn. Ihre Stimme hat jetzt einen verführerischen Touch. Anna schlägt ihre langen Beine übereinander, stützt ihr Kinn auf die rechte Faust. Der Blick ist wirklich betörend. »Ich habe lange nach einem solchen Juwel gesucht, dann hat es drei Tage und meiner ganzen Überredungskunst bedurft, um den guten Emile davon zu überzeugen, mir wenigstens zwei Kartons dieses göttlichen Nektars zu überlassen.« Ich lasse mich amüsiert in einen Sessel fallen. Gott, man muss das Leben auch mal genießen. »Nun freue ich mich, Ihnen wenigstens eine Flasche davon anbieten zu können. Da Sie einer meiner Lieblingskunden sind, Herr Kommissar, Sie werden es kaum glauben, aber ich kann den Preis knapp unter tausend drücken. Mit neunhundert Euro sind Sie dabei.«

»Ist ja Wahnsinn. Ehrlich gesagt übersteigt das mein Budget. So eine Flasche ist schnell ausgetrunken. Sorry.«

Anna blinzelt verständnisvoll. »Was gibt Ihr Hungerlohn denn her?«

»Naja, vielleicht zweihundertfünfzig«, biete ich achselzuckend an.

»Deal.«

»Deal?«, wundere ich mich. »Ich möchte nicht, dass Sie draufzahlen.«

»Das geht schon in Ordnung.« Unvermittelt steht sie auf und haucht mir einen Kuss auf die Wange. »Oh, bilden Sie sich darauf nichts ein, das gehört zur Show.« Lächelnd gießt sie einen Fingerbreit Wein in die Gläser. »Ist wirklich ein guter Tropfen.« Wir heben die Gläser an, nicken uns dezent zu. Sehr stilvoll. Ich schnuppere neugierig und nehme einen winzigen Schluck. »Was riechen Sie, was schmecken Sie?« Ihre grünen Augen blitzen aufgeregt.

»Wow, ist ja der Hammer. Ähm, also ... vielleicht rote Früchte, Beeren.«

»Genauer.«

»Kirsche, ja, Kirsche würde ich wohl herausschmecken.«

»Ja, das ist gut, weiter, was noch?« Ich nehme einen zweiten Schluck. »Schließen Sie die Augen.«

»Okay, also ... irgendwas ... Würziges ...«

»Sehr gut. Gewürze, genau, welche, kann man nicht spezifizieren, aber ja, Gewürze auf einem hintergründigen Beet von Kakao.«

»Wenn Sie das sagen.« Irgendwie habe ich gute Laune bekommen, dennoch ermahne ich mich, nicht zu vergessen, warum ich eigentlich hier bin. »Das ist wirklich faszinierend, Anna, aber ich habe ganz nebenbei eine Mordserie aufzuklären.«

»Entschuldigung, natürlich, manchmal vergesse ich die Welt um mich herum, wenn es um Wein geht. Aber kommen wir zum Thema. Ich werde Ihnen mitteilen, was ich im Laufe der ganzen verrückten Aktion mitbekommen habe. Quelle ist natürlich mein Erzeuger, der wiederum seine Weisheiten aus dem Kreis des Buchclubs bezieht. Der Pauker hat den Stein ins Rollen gebracht.«

»Karl Geiger.«

»Genau. Über den alten Bönighausen erfuhr der Rest der Clique von dem Virus der Nazis und die Verbindung über die Padres Gottfried und Hermann.«

»So weit sind wir auch schon.«

»Gemach, gemach. Die Erkenntnis, dass möglicherweise die Formel für das Virus oder gar eine Probe noch existieren könnten, war noch nicht der ausschlaggebende Faktor, um aktiv zu werden.«

»Nicht?« Jetzt bin ich doch überrascht. »Wir gehen davon aus, dass die maroden alten Herren sich mit dem Verkauf der Formel sanieren wollen. Wieso liegen wir da falsch?«

Sie lacht bitter. »Kennen Sie das Pamphlet dieses verrückten holländischen Giftmischers Marius van Cleef?«

»Nein.«

»Dachte ich mir. Der General hat eines der wenigen Exemplare auf dem Schwarzmarkt ersteigert. Geiger und der Rest der Bande waren nach der Lektüre aus dem Häuschen.«

»Was kann da schon Weltbewegendes drinstehen?«

»Das wird der Clou, aber dazu gleich.« Der dunkelrote Wein dreht sich in ihrem geschwungenen Glas. Katzenaugen, grüne Katzenaugen, geht es mir durch den Sinn. Faszinierend. »Inzwischen haben sie die Formel.«

»Scheiße!«

»Nur die Ruhe, halb so wild. Nach dem, was ich aus meinem Vater herausbekommen habe, ist es nur die eine Hälfte der eigentlichen

Aufzeichnungen van Cleefs, und zwar – tada! – der Teil, der die Herstellung eines Gegenmittels beschreibt. Zum Glück ist mein Vater geschwätzig wie ein Waschweib, wenn man die richtigen Knöpfe bedient.« Ihre Ausstrahlung ist spürbar, fast hypnotisch. »Kommen wir zum eigentlichen Anliegen unserer Rentnergang. Was haben sie alle gemeinsam, von Bönighausen, Geiger, die Schräpe Wegmeister, Carlsen, Hoppe und mein Herr Vater? Diese Privatdetektivin lassen wir mal außen vor, die ist wohl nur eine Söldnerin.«

»Sie sind alle pleite, stehen kurz vor dem finanziellen Kollaps.«

Wieder lacht Anna tonlos. »Ja, das mag augenscheinlich so sein, aber ich muss Sie enttäuschen. Die Herrschaften haben alle ihre Schäfchen rechtzeitig ins Trockene gebracht. Die haben alle, bis auf die Wegmeister womöglich, jede Menge Kohle beiseitegeschafft, das meiste in Gold und Silber irgendwo gebunkert, das reicht für die nächsten tausend Jahre ihres so geliebten und verloren gegangenen Reiches.«

»Okay, das wussten wir bislang noch nicht«, muss ich zugeben. »Aber welches Motiv steckt dann hinter diesen grausamen Taten? Wenn sie mit der Formel kein Geld scheffeln wollen, was dann?«

»Aber das liegt doch auf der Hand! Was verbindet die Mitglieder des Buchclubs? Nun, sie sind alt, Jonathan, alt, gebrechlich, krank, wie mein Vater – und übrigens auch Hoppe. Sie haben den Sensenmann schon vor Augen.«

»Aber so ist das Leben.«

»Sicher, aber wenn sich eine Tür auftut, eine Hoffnung, den Prozess aufzuhalten ...«

»Das ist, gelinde gesagt, vollkommener Mumpitz.«

»Leben aus dem Tod. So ist van Cleefs Machwerk wohl aus dem Holländischen zu übersetzen.«

»Was bitte soll das heißen?«

»Mir ist ein kopierter Auszug in die Hände gefallen. Mein Vater wird sehr bald an einem Gehirntumor sterben. Der ist inoperabel. Glauben Sie nicht, dass sich so ein Mensch auch an den allerletzten

Strohhalm klammern wird? Ähnlich geht es wohl Hoppe, und der Rest ... diese Ausbeuter würden alle gern noch sehr viel länger leben. Van Cleef spricht von einer Verdoppelung der durchschnittlichen Lebenszeit.«

»Anna, ich kann einfach nicht glauben, dass halbwegs intelligente Menschen, seien sie auch zweifelhaften Charakters, ernsthaft hoffen, geheilt zu werden oder ihr Leben damit zu verlängern.«

»Und doch ist es so.« Sie gießt noch ein wenig nach. »Hoffnung, mag sie noch so irrwitzig sein, ist ein machtvolles Instrument. Als sie van Cleefs Aufzeichnungen endlich gefunden hatten, wähnte sich die Bande am Ziel.«

»Wo waren die Papiere?«

»In einem Fotoalbum in der Wohnung von Pater Hermanns Schwester.«

»Verdammt, das ist uns durchgegangen.«

»Wie auch immer. Zuletzt hat der General einen Virologen entführen lassen.«

»Jochen Wammer. Seine Leiche wurde in ein Hafenbecken gespült.«

»Oh, sieh mal einer an, da wird geklotzt, nicht gekleckert. Jeder, der im Weg ist oder als Mitwisser gefährlich werden könnte, wird eiskalt abserviert.«

Ich versuche, die Infos zu verarbeiten und in eine logische Reihe zu bekommen. »Aber dann ist der Plan doch jetzt endgültig gescheitert, wenn ich das alles richtig verstanden habe. Der Buchclub hat nur die eine Hälfte der Formel. So idiotisch das Ganze auch sein mag, aber das reicht doch nicht aus.«

»Richtig. Aber ...« Blitzartig beugt sie den Oberkörper vor. Ich kann ihren Atem auf meinem Gesicht spüren. »Dem General wurden gestern Abend die beiden fehlenden Manuskriptseiten angeboten.«

»Das ist ... unglaublich!«

»Damit wären die Herrschaften am Ziel ihrer Wünsche. Sie werden das verdammte Virus generieren, es sich intravenös verabreichen und nach einer Zeitspanne von genau drei Minuten das Gegenmittel spritzen.«

»Ich kann mich nur wiederholen ... Wahnsinn!«

»Na ja.« Sie lächelt süffisant. »Damit erledigt sich das Problem wahrscheinlich von ganz allein, oder? Die ganze Clique wird elendig krepieren. Halleluja!«

»Mag ja sein, aber das Virus könnte sich dennoch ausbreiten und Unschuldige umbringen«, gebe ich zu bedenken. Sie legt mir eine Hand auf die Schulter. »Außerdem bleiben noch unbeantwortete Fragen, Anna.« Die Berührung überfordert mich. Diese grünen Augen sind wie verlockende Seen. Eine faszinierende Frau, keine Frage, aber an Sascha reicht sie nicht heran. »Wer bietet diese fehlenden Seiten an?«

»Weiß ich nicht.«

»Wer ist die undichte Stelle in unseren Reihen?«

»Weiß ich auch nicht.«

»Welche Personen verbergen sich hinter dem ominösen General und diesem ominösen Leutnant?«

»Kann ich nur vermuten, mein Vater hat sich in dieser Beziehung tatsächlich konsequent bedeckt gehalten. Ich tippe mal auf Franz Hoppe als hauptverantwortlichen Drahtzieher. Der ist schließlich auch todkrank.«

»Und der Leutnant, der eigentliche Killer in den Reihen?«

»Caroline Wegmeister, wer sonst?«

»Hm.« Das mag ich kaum glauben.

»Wer hat Melissa Nguyen erschossen?«

Anna schließt kurz die Augen. »Diese Frage kann ich wenigstens mal beantworten. Hat hunderttausend Tacken Sonderzahlung gekostet.«

»Wer, Anna, wer war es?«

»Bea Fiedler.«

Kapitel 50

Polizeipräsidium Duisburg
Freitag, 28. Mai 2019, 14:30 Uhr

»Du müffelst wie ein Weinfass«, beschwert sich meine Partnerin stirnrunzelnd. Wir haben uns im Flur getroffen und sind auf dem Weg zu Hauptkommissar Müller. »Anstrengende Ermittlungen, Herr Kommissar?«

»Anna von Selz hat Bea Fiedler als Mörderin von Melissa identifiziert.« Ich gehe mal lieber nicht auf meine Rotweinfahne ein.

»Die hat aber ein Alibi – Heribert Carlsen.«

»Das ist möglicherweise geschenkt.«

»Was zu beweisen bleibt.« Wir erreichen Müllers Büro. Neben dem BND-Agenten Matthias Kraft sind wir erstaunt über einen weiteren Gast. »Monsignore Maldini! Wir vermuteten Sie längst wieder in Rom.« Der Ritter vom Heiligen Grab hat eine ernste Miene aufgesetzt.

»Es gibt wenig erfreuliche Neuigkeiten«, berichtet Müller angespannt. »Schließen Sie die Tür, und nehmen Sie Platz. Monsignore, bitte …«

Maldini fummelt nervös an einem Kreuz herum, das er sonst wohl unter dem Hemd trägt. »Ich muss leider eingestehen, dass dem Heiligen Stuhl wichtige Dokumente gestohlen wurden.« Innerlich setze ich die Puzzleteile zusammen. Maldinis Ankündigung bestätigt womöglich Annas Hinweis, dass dem General die fehlenden zwei Seiten von van Cleefs Formel angeboten wurden. »Dieses Manuskript darf unter keinen Umständen in die falschen Hände geraten.«

»Worum genau handelt es sich denn?«, will Sascha wissen.

»Das darf ich leider nicht näher ausführen.«

»Oh, aber wenn wir gemeinsam das Abendland retten wollen, dann sollten Sie uns schon über den Deich gucken lassen. Oder sollen wir mal raten?«

»Wie bitte?«

»Es geht um zwei handgeschriebene Seiten eines holländischen Verrückten aus den dreißiger Jahren«, werfe ich ein.

Maldini wird kreidebleich. »Herr Kommissar! Woher ...«

»Ich weiß nicht, wie der Vatikan in den Besitz dieser Unterlagen gelangt ist, aber das ist letztlich auch egal. Tatsache ist jedenfalls, dass die Mitglieder des Buchclubs die anderen zwei Seiten in Luzie Schüsslers Wohnung gefunden haben und nun begierig sind, das Pamphlet zu vervollständigen.«

»Herr im Himmel, Maldini, spielen Sie endlich mit offenen Karten!«, donnert Müller wütend.

Der Kirchenmann schließt stöhnend die Augen. »Na schön, man wird mich wahrscheinlich öffentlich steinigen, aber ... 1944 gelangte die eine Hälfte der Virusformel in die Hände der Kirche, die andere ging offensichtlich auf dem Weg nach Berlin verloren, beziehungsweise gelangte in den Besitz von Pater Gottfried. Die Analyse ergab ein nicht zu unterschätzendes aggressives Potential. Unsere Wissenschaftler rieten aber davon ab, die Papiere oder die Probe zu vernichten.«

»Was, es gibt eine fertige Mischung?« Genau wie Sascha versetzt mir diese neue Information einen Schlag in die Magengegend.

»So ist es. Die Verantwortlichen in Rom folgten der Argumentation der Experten, dass ein Gegenmittel nur dann generiert werden könnte, wenn man die Probe und die Aufzeichnungen genauer untersuchen kann.« Maldini faltet seine Hände. »Also wanderte das Material zunächst einmal in eine geheime unterirdische Kammer. In den Wirren der Endphase des Zweiten Weltkrieges und der Neuordnung Europas gerieten die Funde schlichtweg in Vergessenheit.«

»Bis mein ehemaliger Pauker Karl Geiger die Erinnerung an van Cleefs Errungenschaft wachrief und sich eine Bande alter Männer und Frauen entschloss, sich die Formel und gegebenenfalls die Proben anzueignen. Und dabei, im wahrsten Sinne des Wortes, über Leichen ging.«

Müller fährt mit der Hand über seinen kahlen Schädel.

»Und wozu das Ganze? Wollen die Irren uns erpressen, die Stadt oder gar die Bundesregierung? Und warum mischt sich der Vatikan so vehement ein?«

Ich sehe Maldini durchdringend an. »Ja, das ist doch mal eine gute Frage, finden Sie nicht auch, Monsignore?«

»Wir hätten gerne unsere Besitztümer zurück.«

»Das ist nicht mal die halbe Wahrheit«, kontere ich. »Es geht für die Kirche um sehr viel mehr, nicht wahr? Um nicht zu sagen, um ihre Existenz.«

»Sie übertreiben, Herr Kommissar«, wehrt er sich halbherzig.

»Würden Sie beide mich aufklären! Worüber reden wir hier eigentlich?« Duisburgs neuer Polizeichef schnaubt wie ein abgemagertes Walross.

»*Het Ondenkbare denken* heißt es im niederländischen Original. *De Dood overwinnen.* Darum geht es dem Vatikan. Van Cleef hat in seiner Abhandlung beschrieben, dass man mit seinem Gift nicht nur Massenmord initiieren, sondern auch menschliches Leben verlängern und bestimmte Krankheiten, insbesondere Tumore, heilen kann. Die Wahrscheinlichkeit, dass diese Prozedur mit der Vergiftung und der direkten Heilung funktioniert, ist gleich null, aber ... Sollte da wider Erwarten doch was dran sein, dann werden die Grundpfeiler der Kirche erneut massiv erschüttert. Wer braucht denn noch einen Gott, wenn man mit relativ einfachen Mitteln sein Leben verlängern kann?«

Maldini windet sich. »Unser Herr wird immer gebraucht werden.«

»Da bin ich Ihrer Meinung, aber die Kirche womöglich nicht.« Ich muss müde lächeln. »Deshalb hat man Ihre Task-Force losgejagt, geben Sie es ruhig zu. Diese Errungenschaft, diese Hoheit über das Leben wäre ein weiterer Sargnagel für Ihren dahinsiechenden Verein.«

»Die Einschätzung ist nicht ganz falsch, Herr Kommissar.«

Für einen Moment liegt ein schwer lastendes Schweigen über dem Büro.

»Wer verbirgt sich denn überhaupt hinter diesem General?«, fragt Müller nach einer Weile. »Können wir die Person mit Sicherheit identifizieren?«

»Laut Frau von Selz ist es der Reeder Franz Hoppe.«

»Ist sie sich sicher?«

»Nicht hundertprozentig.«

»Aber einer der Männer des Buchclubs muss es ja sein.« Ich nicke zustimmend. »Wie gehen wir weiter vor? Vorschläge?«

»Wir müssen alle fünf Verdächtigen rund um die Uhr observieren.«

Das ist der erste Wortbeitrag von Melissas Partner, der mir weiterhin wie ein Vulkan kurz vor dem Ausbruch vorkommt. Wortkarg, verbissen. Er hat Melissas Ermordung nicht ansatzweise verarbeitet. Aber wie soll das auch möglich sein?

Krafts Augen verengen sich. »Ich werde mir Bea Fiedler vornehmen.«

»Das kommt nicht infrage«, widerspreche ich sofort. Er starrt mich wütend an. »Matthias, Sie sind persönlich betroffen, noch sehr viel mehr als wir alle. Melissa war Ihre Partnerin. Sie sind von dem Wunsch nach Rache erfüllt, und das kann ich gut verstehen, aber wir müssen unseren Job machen, professionell.«

Er atmet schwer, aber Balthazar Müller ist meiner Meinung. »Suchen Sie sich eine andere Person aus, Agent Kraft, nicht die vermeintliche Mörderin. Es macht keinen Sinn, Selbstjustiz zu üben, Sie versauen die Ermittlungen höchstens.«

»Sie darf nicht davonkommen«, zischt er.

»Das wird sie nicht«, verspricht Sascha. »Ich schlage vor, dass Kommissar Dawson und ich die Überwachung Fiedlers übernehmen.«

»Sie bietet einen Deal an, das werde ich nicht zulassen!« Kraft ist aufgesprungen und baut sich drohend vor meiner Partnerin auf. Sie weicht allerdings keinen Zentimeter zurück.

»Vorsicht, Agent Kraft.« Duisburgs Hauptkommissar ist sofort neben ihm. »Sie sind gerade dabei, eine Grenze zu überschreiten. Noch ein falsches Wort, und ich schließe Sie von dem Fall aus.«

»Die Staatsanwaltschaft weiß noch nicht, dass Fiedler die vermeintliche Mörderin von Agent Nguyen ist.« Sascha berichtet ganz sachlich. »Ausgehend davon, dass sie an keinem der Morde aktiv beteiligt war, wäre ein Deal eventuell möglich, aber die Aussage Anna von Selz' ist nicht verifiziert. Sie kann auch gelogen und Jonathan eine fantasievolle Geschichte aufgetischt haben.«

»Das ist doch alles Scheiße!« Kraft stürmt aus dem Büro.

»Noch ein Problem«, seufzt Müller. »Wir müssen die Sache zu einem Ende bringen. Ich trommele unsere Leute zusammen, dann teilen wir die Arbeit auf.«

»Wie kann ich helfen?« Giacomo Maldini sieht fragend in die Runde.

»Indem Sie uns keine Informationen mehr vorenthalten. Haben Sie einen Verdacht, wer van Cleefs Vermächtnis gestohlen hat?«

»Da kommen leider relativ viele Personen infrage, Kommissar Dawson. Der Vatikan und seine Regeln sind auch nicht mehr, was sie mal waren.«

»Toll.«

»Nutzen Sie Ihren Draht nach Rom. Versuchen Sie, einen Namen für uns herauszubekommen, damit wir eine Fahndung einleiten können«, schlägt Müller vor. Maldini nickt und verabschiedet sich. »Irre ich mich, oder steuern wir auf die Zielgerade zu?«

»Nein, sehen wir auch so.« Sascha wirkt ungewöhnlich nachdenklich. »Was kann schlimmstenfalls passieren? Jonesy?«

»Worst Case?« Ich gehe einen Moment in mich. »Der Buchclub gelangt in den Besitz der Probe. Womöglich hat der ermordete Virologe Wammer das Gegenmittel herstellen können. Sie testen die

Wirkung … vielleicht an von Selz, der den Tod vor Augen hat, oder an einem weiteren unschuldigen Opfer. Es schlägt fehl. Von Selz stirbt, vielleicht äußerst qualvoll, wie die Probanden aus dem KZ Ratingsee.« Ich sehe Sascha und Müller nacheinander an. »Der Rest der Bande hat nichts mehr zu verlieren und setzt das Virus frei.«

»Gute Nacht, Duisburg …«

Irgendwo in Duisburg

»Heute Abend, zwanzig Uhr, Parkhaus Theater am Marientor.«

»Alles klar.«

»Das Geld muss bis dahin auf dem angegebenen Konto gutgeschrieben sein.«

»Natürlich.« Der General fiebert der Übergabe entgegen, kann es kaum erwarten. »Wie erkenne ich Sie?«

Ein heiseres Lachen. »So viele Priester werden sich kaum am Kassenautomaten tummeln.«

Aufgelegt.

»Soll ich gehen?«

»Nein, Leutnant, wir schicken die Kavallerie, ich traue dem Kerl nicht, außerdem rückt uns dieser Dawson langsam auf die Pelle. Leiten Sie alles in die Wege.«

»Vielleicht sollten wir ein Exempel statuieren.«

»Was schwebt Ihnen vor?«

»Wir könnten der Polizei einen weiteren schmerzhaften Schlag versetzen – wir eliminieren ein Mitglied aus dem Ermittlungsteam. Das wird den Haufen aufscheuchen und eine Zeit aus der Bahn werfen. Zeit, die wir nutzen können.«

»Na schön, warum nicht.« Der General leckt sich über die Lippen. »An wen hatten Sie denn gedacht?«

»Lassen Sie sich überraschen.«

Kapitel 51

Appartement Duissern

Freitag, 28. Mai 2019, 18:30 Uhr

Der Sommer hat viel zu früh Einzug gehalten. Reichlich erschöpft schleppe ich mich aus der Dusche, trockne mich ab und lasse mich aufs Bett fallen.

»Das kommt davon, wenn alte Herren schon tagsüber zu tief ins Glas blicken«, feixt Sascha, die mit halb geschlossenen Lidern bereits lang ausgestreckt eine gemütliche Position eingenommen hat.

»Alles im Dienste des Vaterlandes.«

»Hübsche und so zweckdienliche Ausrede.« Sie nimmt meine Hand. »Du weißt schon, dass wir die Fiedler überwachen sollen.«

»Sicher, aber wir brauchen auch mal 'ne Stunde Siesta. Ich habe Kopfschmerzen und fühle mich wie eine ausgelutschte Zitrone.« Ich lehne meine noch nasse Stirn an ihre Schulter. »Wenigstens eine halbe Stunde, okay?«

Saschas Handy meldet sich. Achim Reichel singt *Wir lieben die Stürme* ... Schräg.

»Jessica. Was liegt an?« Ich öffne ein Auge, das muss reichen. »Warte mal, ich stelle auf laut.«

»Ich kann Meryem nicht erreichen, immer nur die Mailbox.« Jessicas Stimme klingt leicht panisch. »Da stimmt was nicht, so lange ist sie sonst nie offline, Reporterinnen müssen doch immer erreichbar sein. Wir waren um achtzehn Uhr im Café im Kantpark verabredet, das war vor mehr als einer halben Stunde. Meryem ist nie unpünktlich. Da stimmt was nicht.«

»Sag mal, Jess, Meryem hat doch hoffentlich ihr Profil auf dieser Dating-Line gelöscht. Wir brauchen diesen Undercover-Einsatz nicht mehr, Bea Fiedler will als Kronzeugin aussagen.«

»Was?« Jessica kreischt förmlich. »Warum wissen wir davon nichts?«

»Haben Müller oder Kaczor dich nicht informiert?«

»Natürlich nicht, ich bin ja nur für Leichen zuständig.«

»Aber würde Meryem dich nicht einweihen, wenn sie vorhätte, sich mit Bea zu treffen?«, schaltet sich Sascha ein.

»Ich weiß nicht«, gibt die Forensikerin unsicher zurück. »Wir hatten einen kleinen … Streit. Meryem wollte gerne unsere Beziehung öffentlich machen.«

»Warum denn auch nicht?«

»Sascha, das ist nicht so einfach für mich, ich bin kein Teenager mehr und vierzig Jahre nur mit Männern zusammen gewesen.«

»Tja, na und? Empfindest du etwas für Meryem oder nicht?«

»Das tue ich.«

»Aber dann ist doch alles furchtbar einfach.« Ich liebe Saschas gradlinige Art einfach. Die Welt mit ihren Augen zu sehen, erscheint so einleuchtend. »Jetzt müssen wir deinen Schatz erst mal finden, und dann bringst du das schleunigst in Ordnung. Jetzt denk nach, Jess. Wenn Meryem wirklich auf eigene Faust handelt – wo würde sie sich mit der Detektivin treffen?«

Parkhaus, Theater am Marientor

Ein wirklich unangenehmer Geruch. Eine Mischung aus Abgasen, Urin, Zigarettenmief und modrigen Abfällen. Pater Salvatore umfasst sein Holzkreuz. Dies ist kein Ort, an dem man länger verweilen möchte. Er ist auf die Minute pünktlich. Das hat er in seiner Zeit im Kloster und später in Rom gelernt. Der Herr verzeiht vieles, aber er hasst Unzuverlässigkeit. Das Theater liegt auf der gegenüberliegenden Straßenseite. Heute ist keine Vorstellung, darauf hat er geachtet. Das mehrstöckige

Parkhaus ist so gut wie leer. Ein dunkelblauer BMW hält vor der Schranke. Ob das sein Kunde ist? Minuten später bestätigt sich sein Verdacht. Ein Mann, vielleicht Mitte dreißig, kommt aus dem Treppenhaus direkt auf ihn zu.

»Sie sind nicht der Mann, mit dem ich verhandelt habe«, stellt Salvatore nüchtern fest. »Sie sind viel zu jung.« Er kennt den Käufer nur von Fotos aus dem Internet. Der Padre bleibt ganz ruhig. »Was soll das also?«

»Ich bin hier, um die Ware in Empfang zu nehmen.« Der Mann sieht sich hektisch um. »Das Geld wurde überwiesen, das können Sie kontrollieren.«

Das Geld, denkt Salvatore, immer dreht sich alles nur um Geld und Macht. Vielleicht ist die Menschheit deshalb dem Untergang geweiht. Er aktiviert sein Handy und ruft die Daten seines Kontos auf. Er gönnt sich ein schmales Lächeln. Drei Millionen Euro. Wie vereinbart.

»Wird das heute noch was?«

Diese Ungeduld. Die Menschen heutzutage tragen keine Muße in ihren Herzen. Immer in Hektik, immer erreichbar, keine Zeit für innere Einkehr. »Einen Moment noch, guter Mann.« Der Padre hat alles vorbereitet. Er überweist das Geld auf das Konto eines von ihm gegründeten Vereins, der sich um die Opfer sexuellen Missbrauchs durch Geistliche der katholischen Kirche kümmert. Ein letztes Tippen auf das Display. Das Geld ist nun sicher verwahrt. Es kann nicht mehr zurückgerufen werden, da hat er sich schlau gemacht.

»Die Formel, die Probe.« Salvatore mag diesen Mann nicht. »Ich warne dich, Pfaffe.« Der Bote öffnet seine Jacke, ein Pistolenhalfter wird sichtbar.

»Im Wagen.« Salvatore macht auf dem Absatz kehrt. »Erstes Parkdeck.« Er nimmt das Treppenhaus, spürt die Ungeduld in seinem Rücken. Zielstrebig hält er auf seinen klapprigen Fiat zu und nimmt eine zerknautschte Plastiktüte von der Rückbank.

»Ist nicht Ihr Ernst, oder? Sie transportieren diese millionenschwere Ware in einer vergammelten Mülltüte?«

Salvatore lächelt nachsichtig. »Ja, warum denn auch nicht?«

»Wenn das ein Fake sein sollte, sind Sie ein toter Mann, verstanden?«

»Wollen Sie mich an ein Kreuz nageln?«

»Es gibt schnellere und wirkungsvollere Methoden, und glauben Sie mir, das wollen Sie nicht ausprobieren.« Der Beutel wechselt den Besitzer.

DITIB MERKEZ MOSCHEE, DUISBURG-MARXLOH

Marxloh verfügt mit der DITIB Merkez Moschee über eines der repräsentativsten muslimischen Gotteshäuser Deutschlands. Im Jahr 2008 wurde die Moschee eröffnet, verbunden mit dem Versprechen, eine Begegnungsstätte für alle religiösen Strömungen zu sein.

»Eine beeindruckende Architektur, nicht wahr?« Meryem Yildiz hat die Privatdetektivin sofort identifizieren können. Bea Fiedler in ihrer Dreiviertel-Jeans und der etwas zu offenherzigen weißen Bluse ist kaum zu übersehen. Meryem hofft, dass die nicht eingehaltene Kleiderordnung nicht zu Ärger führen wird. Sie steht etwas abseits der geführten Besuchergruppe und schaut fasziniert nach oben. Unterhalb der riesigen Kuppel, die mit Millionen farbigen Mosaiksteinen ausgelegt ist, kommt man sich klein vor. Ein Staubkorn im endlichen Universum. Durch die Fenster fällt gleißendes Licht auf die purpurroten Teppiche. Ein gewaltiger Leuchter aus drei goldenen Metallkreisen schwebt scheinbar schwerelos über ihren Köpfen.

»Biene siebenundachtzig?«

Bea Fiedler nickt. Ihr Lächeln wirkt gequält. »NLB neunzig?«

»So ist es.«

»Wofür steht die Abkürzung?«

»*Never Look Back*«, erklärt die Journalistin. »Schau niemals zurück, immer nur nach vorne. Drei Worte, die meine Lebensphilosophie widerspiegeln.«

»Gefällt mir.«

»Hast du genug gesehen, oder möchtest du noch in den Archivraum? Der ist durchaus sehenswert.« Meryem trägt eine hautenge schwarze Jeans und eine hochgeschlossene grüne Bluse, dazu, wie Bea, weiße Sneaker.

»Was? Oh, nein, ich denke, das reicht für heute, sonst erleide ich noch einen Kulturschock. Gehen wir was trinken, oder ... hast du andere Pläne?« Die Avancen der Privatdetektivin sind ziemlich eindeutig.

»Das ist ein bisschen sehr direkt.«

»Das Leben ist kurz. Ich jedenfalls habe keine Zeit zu verschenken. Ich hoffe, das siehst du genauso.«

»Ich dachte, wir könnten uns erst einmal kennenlernen«, wehrt die Lokalreporterin vorsichtig ab. Sie verlassen die Moschee, dann stehen sie vor einem roten Porsche. »Wow, das ist ja 'ne heiße Karre.«

»Nicht so heiß wie ich.« Meryem lacht gezwungen. Beas Augen blitzen spöttisch auf. »Reden ist Silber, Schweigen dagegen Gold, sagt man doch so.«

»Tut mir leid, aber ...«

»Steig ein!« Ohne Vorwarnung presst die Detektivin ihr eine silberne Pistole in den Bauch. »Ich sage es nicht noch mal, Süße.« Wie eine Urgewalt prasseln die Erinnerungen an Meryems ermordete Partnerin auf sie ein, die im letzten Jahr entführt und ertränkt wurde.

»Bitte nicht!«

»Was für eine dämliche Entscheidung, eine Amateurin auf mich loszulassen. Wie verzweifelt sind die Bullen eigentlich?« Bea schüttelt überlegen den Kopf. »Ich habe euch natürlich beobachtet. Duissernstraße, das Appartement, du und deine Liebste, die Pathologin. Wie habt ihr euch das eigentlich vorgestellt? Du liegst zwischen meinen Beinen und ich plaudere fröhlich über die Machenschaften des Buchclubs?«

»Aber wenn Sie doch alles durchschaut haben, warum bin ich dann hier?« Fiedler schiebt die Lokalreporterin auf den Beifahrersitz.

Blitzschnell umrundet sie das Auto. Die Zentralverriegelung rastet hörbar ein. »Frau Fiedler, bitte ...«

»*Frau Fiedler* ...! Wie beschissen sich das anhört.« Der Porsche springt röhrend an. »Du bist meine Lebensversicherung, Täubchen. Falls die Bullerei mir keinen Deal anbietet, habe ich immer noch dich.«

Meryem schließt die Augen. Jonathan behält recht, befürchtet sie, von Angst durchdrungen. Das war eine ganz und gar bescheuerte Aktion.

»Haben Sie die Agentin erschossen?« Meryems Stimme ist leise, zittrig. *Will ich überhaupt eine Antwort?*

Blockhütte im Uhlenhorst

»Hi, Jonathan, nee, bei uns ist alles okay, alles ruhig.« Finya ist bester Stimmung. »Herr Momsen bringt mir gerade das Schachspielen bei. Das macht wirklich Spaß. Außerdem hat er jede Menge Geschichten aus seiner Kindheit parat. Meinem lieben Kollegen Jens ist das zu langweilig, der hängt den ganzen Tag am PC und macht irgendein beknacktes Ballerspiel.«

»Na prima, ich denke eigentlich, dass Herr Momsen angesichts der aktuellen Entwicklung aus der Schusslinie ist, aber bleibt trotzdem wachsam.«

Staatsanwaltschaft Duisburg, Neudorf – Koloniestrasse

Wer ist zuständig? Malte Krause. Ich schätze ihn auf Mitte dreißig. Macht einen lockeren Eindruck. In seinem Büro hängen Zeugnisse und Diplome in schmuckvollen Rahmen an der Wand. Seine hoch aufgeschossene Gestalt steckt in einem grauen Anzug, die Schuhe auf

Hochglanz gewienert, eine blasse, rote Krawatte rundet den distinguierten Auftritt ab.

»Was kann ich für Sie tun? Hat die Fiedler endlich ausgepackt?«

»Es gibt neue Erkenntnisse. Möglicherweise ist sie doch die Mörderin von Melissa Nguyen.«

»Dann nehmen Sie sie einfach fest, wie wäre das?«

»Wir haben keinen handfesten Beweis.«

»Nicht? Himmel, Kommissar Dawson. Was wollen Sie dann hier?«

»Ich will ihr trotzdem einen Deal anbieten.«

»Das müssen Sie mir schon erklären. Wir machen doch keinen Deal mit einer Frau, die eine BND-Agentin erschossen hat.«

»Die Fiedler weiß ja nicht, was wir wissen.«

Er kneift die Augen zusammen. »Nein!«

»Wir wissen noch immer nicht, wer sich hinter dem General und seinem Leutnant verbirgt. Das könnten wir auf diesem Wege herausbekommen.«

»Ich sage es nur noch einmal: Nein!«

»Bitte, Herr Staatsanwalt, wir müssen uns ja nicht an den Deal halten.«

»Ich denke, die Fiedler will was Schriftliches?«

»Der zweite Teil der Formel und eine Originalprobe sind womöglich bereits in den Händen der Verbrecher«, gebe ich zu bedenken.

»Haben wir denn nichts gegen die verdammte Nazibande in der Hand?«

»Nichts, was für eine Verhaftung reicht«, gibt Sascha zu. »Leider. Sie decken sich gegenseitig, keine verwertbaren Erkenntnisse durch die Forensik, keine Zeugen, nur eine vermeintliche Kronzeugin.«

»Hören Sie ... Wie Sie sich sicher denken können, hat dieser ganze Mist für mich auch eine höchst brisante Komponente. Ich bin erst drei Monate im Amt.«

»Das kann ich mir vorstellen.« Sascha bleibt sehr sachlich. »Diese Menschen versuchen, in den Besitz eines Virus zu gelangen.«

»Der wahrscheinlich total harmlos ist.«

»Darum geht es aber nicht, Herr Staatsanwalt. Wir haben bislang sechs ermordete Menschen auf unserer Liste.« Sie ist wirklich eine geschickte Verhandlungsführerin. »Wir stecken in einer Zwickmühle. Bitte, wir brauchen diesen Deal.«

»Keine Straffreiheit, wenn Bea Fiedler einen Mord begangen hat. Ich nehme das in die Erklärung auf. Unter dieser Voraussetzung stimme ich dem Deal zu.«

»Danke.« Sascha nickt ihm offen zu. »Wir müssen jetzt schnell agieren, um Schlimmeres zu verhindern. Wann können wir die Zusicherung bekommen?«

Er sieht auf seine teure Armbanduhr. »Halb acht. Ich formuliere die Vereinbarung und sehe, ob ich noch eine Schreibkraft auftreiben kann. Im Zweifelsfalle schreibe ich selbst.« Er schnauft kopfschüttelnd durch. »Nun gehen Sie schon, bevor ich es mir anders überlege.«

»Wir können gerne warten«, schlage ich vor.

»Lieber Himmel, meinetwegen, unten im Gang ist ein Kaffeeautomat.«

Keine halbe Stunde später halte ich eine hoheitlich verbriefte Kronzeugenregelung in den Händen.

»Das hast du gut gemacht, Sascha, phänomenal.«

»Du hättest ihm womöglich einen Knoten in seinen Schlips gemacht, was natürlich überhaupt nichts gebracht hätte.« Bevor wir in meinen Astra steigen, bekomme ich einen Kuss. »Die Liste der Verbindlichkeiten gegenüber deiner Partnerin wird immer länger.« Sascha zieht die Nase kraus. »Wir sollten sofort zur Fiedler. Wo wohnt die eigentlich?«

»Am Hamborner Altmarkt, glaube ich, und ja, wir protokollieren ihre Aussage, trommeln meinetwegen eine Hundertschaft zusammen und nehmen die ganze verdammte Bande fest. Noch heute Nacht beenden wir dieses Drama.«

»Beim Klabautermann, ich liebe es, wenn du so energisch daherkommst, Käpt'n, mein Käpt'n.« Sascha grinst herzallerliebst. »Das ist echt sexy.«

»Du verarschst mich doch.«

»Her mit dem Schlüssel, ich fahre das Batmobil, du kannst die Mucke aussuchen, aber nichts Melancholisches bitte.«

Ich schiebe Status Quo in den Player, *Mystery Song*. Ach, was waren das doch für herrliche, unbeschwerte Headbanger-Zeiten …

Kapitel 52

Duisburg Hamborn-Altmarkt
Freitag, 28. Mai 2019, 20:30 Uhr

»Da können Se lange bimmeln, die is schon seit heute Mittach wech.« Eine stämmige Mitvierzigerin in einem schreiend bunten Kittel mustert uns unverhohlen misstrauisch. Die toupierten, bläulich eingefärbten Haare wirken wie ein Leuchtturm in rauer dunkler See. »Sind Se von der Sitte?«

»Nein, warum sollten wir?«, entgegnet Sascha entgeistert.

»Na, weil die Fiedler doch andersrum is. Der Heribert, mein Männe, sacht immer, dat is wider die Natur, da muss man doch mal wat gegen tun. Die gehören alle weggesperrt.«

»So, das sagt also Ihr Ehemann.«

»Is schon mein Dritter, wissen Se. Dat dauert halt, bis man den Richtigen finden tut.«

»Das glaube ich Ihnen gern, Frau …«

»Wischnewski, Adelheid Wischnewski.« Aus den Tiefen ihres Kittels fördert sie eine Schachtel Ernte 23 hervor. Ich wundere mich, dass es diese Marke überhaupt noch zu kaufen gibt. Ungeniert zündet sie sich einen Glimmstängel an. »Könnte wohl sein, dat ich jetzt fündig geworden bin. Der Heribert, der weiß, wo dat langgeht im Leben, der könnte echt inne Politik gehen.«

»Wie schön für Sie, Frau Wischnewski. Haben Sie vielleicht eine Idee, wo Frau Fiedler sein könnte?«

»Immer langsam, Fräulein. Wer sind Se denn überhaupt, dat Se hier so einfach auftauchen und rumfragen?« Wir zeigen brav unsere Dienstausweise. »Boah, BKA, dat is ja mal 'n Ding. Wat hat se denn angestellt, die Fiedler?«

»Gar nichts, sie ist nur eine Zeugin, die wir dringend befragen müssen.« Ich setze meine *Es-ist-furchtbar-wichtig-Miene* auf. »Also, Frau Wischnewski, können Sie uns helfen?«

»Gibt dat 'ne Belohnung?« Wäre die Lage nicht so ernst, würde ich mich königlich amüsieren. »So is dat immer inne Krimis. Für Infos gibt dat Scheine.«

»Leider nicht, aber Sie können natürlich überall berichten, wie sehr Sie der Polizei bei den Ermittlungen geholfen haben.«

»Na ja, dat is ja brotlos, aber jut. Man will ja der Obrigkeit helfen, wenn et geht.« Adelheid probiert sich an einem tiefen Lungenzug, was zu einem mittelschweren Hustenanfall führt. »Also, die Mutter von der Fiedler, Gott hab se selig, hatte so 'ne Hütte im Schrebergartenverein ›Kleine Emscher‹ anne Sterkrader Straße. Da is se immer mit ihren Liebchen hin. Sie verstehen schon.«

»Herzlichen Dank für Ihre Hilfe, Frau Wischnewski.«

»Na dann, Tach auch, ich muss noch Frikos braten. Der Heribert hat immer Kohldampf, wenn er vonne Kneipe kommt.«

Irgendwo in Duisburg

»Das ist es also.« Die Hände des Generals zittern vor Erregung. »Die Formel und eine originale Probe. Wir sind endlich am Ziel.« Sein Leutnant ist nicht minder erregt. »Jetzt fehlt uns nur noch das Gegenmittel.«

»Wir hätten Wammer leben lassen sollen.«

»Zu labil, zu unzuverlässig. Ich habe bereits alles in die Wege geleitet.« Der General lächelt überlegen. »Einer der führenden Köpfe vom Institut für Virologie in Düsseldorf ist bereits auf dem Weg hierher. Korrupt durch und durch, ich habe ihn durchleuchten lassen. Für Geld tut der alles. Genau die Person, die wir benötigen. Er wird anhand der Formel, die wir bei Luzie Schüssel gefunden haben, das Heilmittel herstellen und mitbringen.«

»Er hat die Formel bekommen?«

»Per Mail. Was kann er schon damit anfangen? Nichts. Hier spielt die Musik, hier gibt es die dicke Kohle.«

»Wird es funktionieren?«

»Aber ja, davon sind wir doch alle überzeugt. Wir werden leben, lange leben, wir werden genesen und dieses Land auf Vordermann bringen. Was gibt es denn Kostbareres als das Leben an sich? Jeder wird sein Dasein verlängern wollen, aber wir haben die Macht. Sie werden alle zu Kreuze kriechen, die Politiker, die Reichen und Mächtigen, die Kirche. Ein neues Zeitalter, Leutnant, eine Welt, in der wir die Regeln aufstellen.«

Blockhütte im Uhlenhorst

Die Sonne hat sich verabschiedet. In der Hütte, halb verborgen am Rand einer Schonung, werden die Fensterläden zugeklappt. Kein Licht soll nach außen dringen. Man weiß ja nie. Es kursieren Gerüchte über einen Maulwurf im Präsidium. In der nächsten Stunde wird es leiser werden im Wald. Wachwechsel. Die Tiere der Tagschicht begeben sich zur Ruhe, die Nachtschicht übernimmt.

»Schach und … matt!« Gustav Momsen schaut fassungslos auf das Brett – besiegt von einer Anfängerin! Verzweifelt sucht er nach einem Ausweg, um wenigstens ein Remis zu erreichen, aber Finya lässt ihm keine Chance. Der Veteran tippt seinen König an, der geschlagen vom

Brett rollt. Die Polizistin hat den alten Mann in Sicherheit gewiegt, dann erbarmungslos zugeschlagen.

»Bravo, meine Anerkennung.« Sie schütteln einander die Hände wie Großmeister. »Sie sind ein Naturtalent, Finya.«

»Seid mal ruhig!« Jens Klaasen legt sein Handy beiseite und lugt durch einen Spalt des vorderen Fensters. »Licht aus, schnell!« Finya folgt seiner Bitte. »Ich meine, etwas gehört zu haben, kann mich ja täuschen, aber sicher ist sicher.«

»Soll ich die Kavallerie rufen?«

»Nee, warte noch. Ich will mich nicht blamieren, war womöglich doch nur Einbildung.« Klaasen schiebt den schweren Vorhang ein Stück beiseite. Schon ist sie an seiner Seite. »Da, geradeaus, da bewegt sich doch was. Da kommt jemand direkt aus der Tannenschonung auf uns zu.« Es hat in den letzten Stunden leicht genieselt. Ein dunstiger Teppich liegt über der freien Fläche. Eine mystisch anmutende Atmosphäre. Finya zieht ihre Waffe.

»Sag mal, sind wir hier in einem Horrorfilm?« Ihre Stimme klingt belegt. »Das ist doch nicht möglich.«

»Ein Mönch. Das ist ein Mönch, Finya!«

»Zumindest trägt er eine Kutte ... wenn es denn überhaupt ein Mann ist.«

»Ja, was denn sonst?« Mit zittrigen Fingern entsichert Klaasen seine Pistole.

»Wat is 'n los, Leute?«

»Bleiben Sie in Deckung, Herr Momsen!«

»Mein lieber Scholli, ich muss schon sagen, Sie bieten mir aber ganz schön wat. Ich denke, niemand kennt dat Versteck.« Im Gegensatz zu seinen Beschützern scheint Momsen keinesfalls beunruhigt zu sein.

»Was sollen wir tun?«, fragt Klaasen verunsichert.

»Ich gehe raus. Du bist meine Rückendeckung.« Sie geht zur Tür. »Mach hinter mir zu, Jens, dann öffnest du das Fenster, so hast du alles im Blick. Ich bleibe vor der Tür stehen, und du hast im Zweifelsfall freies Schussfeld.«

»Okay, sei vorsichtig.«

Inzwischen hat die hoch aufgeschossene Person die Lichtung zur Hälfte überquert. Sie schreitet gelassen daher, wie bei einer Prozession. Finya ist jetzt sicher, dass sie es mit einem Mann zu tun hat. Eine Eule schwebt majestätisch über die Baumwipfel. Lautlos, ein perfekter Jäger. Finyas Herz schlägt schnell. Der Mönch ist vielleicht noch zehn Schritte entfernt. Seine schwarze Kutte saugt das Restlicht förmlich auf, die Kapuze ist weit ins Gesicht gezogen. Wie der Imperator Palpatine in der Star-Wars-Trilogie.

»Stehen bleiben!« Sie hebt den Waffenarm. Der Mann breitet die Arme aus, fast wie zu einer Segnung. Er scheint unbewaffnet. In ihrem Rücken hört sie, wie sich das Fenster öffnet. Jens ist da, das gibt ihr ein wenig mehr Sicherheit.

»Wer sind Sie, und was wollen Sie hier?«

Der Mönch nimmt die Arme wieder herunter. Bedächtig schiebt er seine Kapuze zurück. Alt, schießt es ihr durch den Kopf. Ein uralter Mann.

»Nun, junge Frau, es ist nicht nötig, eine Waffe ins Spiel zu bringen.« Er spricht einen eigenartigen Akzent, den Finya auf Anhieb nicht zuordnen kann.

»Ich wiederhole meine Frage: Was wollen Sie hier?«

»Einen alten Freund besuchen.«

»Wie bitte?«

»Wenn Sie mich auf einen Tee hereinbitten, kann ich alles in Ruhe erklären. Wissen Sie, ich bekomme langsam kalte Füße.« Der Mann streckt ein Bein aus. In offenen Sandalen stecken nackte Füße. »Das ist in meinem Alter nicht gesund.« Er lächelt. Erst jetzt registriert Finya die langen grauen Haare, die bis auf die Schultern herabreichen. Ganz langsam kommt er näher. »Ich habe Neuigkeiten für Sie und Ihre Kollegen, Frau Jacobsen.«

»Sie ... wieso kennen Sie meinen Namen?«

»Ach, nun ja.« Jetzt kann sie sein Gesicht besser sehen. Es ist freundlich, aber auch entschlossen. Die Augen klar, leuchtend, voller

Leben, Augen, die viel gesehen und erlebt haben. »Ich bin Bruder Salvatore.«

»Sie gehören zu Monsignore Maldinis Truppe«, vermutet Finya.

Er lacht leise. »Der verkommene Möchte-gern-Grabesritter ... Nein, dazu gehöre ich nicht. Ich bin allein, schon immer gewesen, mein ganzes Leben lang. Bitte ... es ist wirklich unangenehm für mich, die Feuchtigkeit zieht vom Boden herauf. Ich versichere Ihnen, dass ich nichts Schändliches im Sinne habe.«

»Gut, gehen Sie voran, schön langsam und die Hände immer da, wo ich sie sehen kann.« Klaasen öffnet die Tür, die Waffe im Anschlag. Licht flammt auf. Der Mönch betritt die geräumige Hütte. Gustav Momsen ist am Tisch gerade dabei, die Schachfiguren für das nächste Match aufzubauen. Er hebt den Kopf. Blicke treffen sich. Über das Gesicht des Mönchs huscht ein warmes Lächeln.

»Hallo, Gustav.«

Momsens Augen werden ganz groß. Er schüttelt ungläubig den Kopf. »Dat kann nich sein«, flüstert er ergriffen. Seine Augen werden feucht. »Is' dat ein Traum? Matti ...? Matti Sniders, bist du et wirklich?«, stammelt Momsen. Der Mönch nickt. Einen Moment zögern sie, dann fallen sich die beiden Senioren in die Arme.

»Siebzig Jahre, Gustav, siebzig Jahre ist es her. Hermann und du, euer Brot, euer Käse und eure Wurstzipfel haben mir das Leben gerettet.« Jetzt weinen sie beide, lautlos. Finya schluckt einen Kloß hinunter, steckt die Pistole weg. Ein Kreis hat sich geschlossen, zwei Menschen, die sich, getrennt durch einen Stacheldrahtzaun, als Kinder kennengelernt haben, finden zueinander.

»Wat machst du denn hier, wie hast du mich gefunden?«, fragt Momsen.

»Die Wege unseres Herrn sind unergründlich, oder?«

»Du bist ein Mönch geworden?«

»Nach der Deportation aus dem Konzentrationslager wurden wir nach Nettetal gebracht. Eine geheime Versuchsanstalt, Krimhild genannt. Hunderte Menschen wurden dort furchtbaren Experimenten geopfert. Dort hat mich ein Offizier gerettet. Ich wurde über die Kirche nach Italien geschleust. Was soll ich sagen … ich bin geblieben, wurde ein Geistlicher. Aus Matti Sniders wurde Bruder Salvatore.«

»Das ist ja alles herzerweichend«, fährt Klaasen dazwischen. »Erklärt aber nicht, was Sie hierhergetrieben hat.«

»Mein unendlicher Dank für diejenigen, die mich gerettet haben. Leider ist nur noch Gustav übriggeblieben.« Der Mönch sieht Jens offen an. »Und um zu verhindern, dass einige wenige Verblendete Unheil über dieses Land bringen.«

»Sie sprechen in Rätseln, Bruder Salvatore.«

»Dann will ich Sie beide jetzt aufklären.«

Kapitel 53

DUISBURG-MARXLOH, SCHREBERGARTEN »KLEINE EMSCHER«
FREITAG, 28. MAI 2019, 19:30 UHR

Bea Fiedler parkt am hinteren Seiteneingang. Von hier aus ist es nicht weit bis zur Laube ihrer Mutter.

»Jessica hat angedeutet, dass Sie mit der Polizei zusammenarbeiten wollen«, sagt Meryem. »Was soll jetzt diese Entführung? Ich verstehe das nicht. Damit machen Sie doch alles kaputt.«

»Ich traue den Bullen einfach nicht, aber machen Sie sich mal nicht ins Höschen. Wenn alles glattläuft, dann liegen Sie schon sehr bald wohlbehalten in den Armen Ihrer Pathologin.«

»Das ist einfach nur dumm«, beharrt die Lokalreporterin.

»Dumm war die Aktion mit der Dating-App, aber genug davon. Wir setzen uns jetzt gemütlich in Mamis Hütte, dann rufen wir den netten Herrn Dawson an und schauen mal, wann die Staatsanwaltschaft mit dem Deal rüberkommt.«

»Und wenn sie das nicht tut, weil Sie mich entführt haben, was dann? Wollen Sie mich dann erschießen?«

»Eins nach dem anderen, okay?« Bea hat Meryems Handgelenke mit Kunststoffband fixiert. Die beiden Frauen stehen vor der Pforte der Kleingartenanlage. »Scheiße, welcher Arsch schließt denn das Tor so früh ab?«

»Kann ich helfen?«

Beide Frauen fahren herum. »Verflucht, haben Sie uns erschreckt! Was treiben Sie denn hier?«

Matthias Kraft, der BND-Agent. Damit hat Bea natürlich nicht gerechnet. Sie sucht verzweifelt nach einer Lösung aus dem Dilemma, aber es ist zu spät, Meryem hält dem Agenten ihre gefesselten Arme unter die Nase.

»Sie hat mich entführt!«

»Das sehe ich.« Noch ehe Bea ihre Waffe ziehen kann, landet Krafts Faust in ihrer Magengrube. Atemlos sackt sie zusammen. Als sie aufblickt, sieht sie in die Mündung seiner Pistole. »Bea Fiedler, Sie sind verhaftet.«

»Oh, dem Himmel sei Dank«, stöhnt Meryem erleichtert. »Diese Irre gehört hinter Gitter.« Kraft schmettert den Griff seiner Waffe an Beas Schläfe. Ohnmächtig bricht sie zusammen. »Aber ... war das denn nötig?«

»Das müssen Sie schon mir überlassen.«

»Na gut, ich kann Ihren Groll verstehen. Können Sie mir diese Kunststofffesseln abnehmen, die schneiden ordentlich in meine Gelenke.«

»Ich denke nicht.«

»Wie bitte?« Verständnislos sieht sie ihn an. Ohne Vorwarnung trifft auch sie der stählerne Kolben der Waffe. Meryem Yildiz verliert das Bewusstsein.

»Hier ist es wohl.« *KGV Kleine Emscher* prangt blank poliert im Gitter des schmiedeeisernen Haupttors des Kleingartenvereins. »Mist, abgeschlossen!«

»Deutsche Gründlichkeit. Wenn in den Statuten steht, ab zwanzig Uhr wird geschlossen, dann ist das eben so.« Ich überlege, wie wir weiter vorgehen sollen. »Die Fiedler hat natürlich einen Schlüssel. So gesehen, ein perfektes Versteck.«

»Na bitte, da kommt jemand, man muss auch mal Glück haben. Hallo, Sie da!« Sascha winkt einem Teenager mit violettem Irokesenschnitt zu. Lässig kommt er angetrabt, die Hände in neonfarbenen Shorts vergraben, die spärlichen Muskeln durch ein löchriges T-Shirt kaum verborgen, an den Füßen ausgelatschte Turnschuhe.

»Was geht, Kleine? Schon was vor heute Nacht? Ich stehe auf rote Matte.«

»Vorsicht, Freundchen, Typen von deinem Kaliber verspeise ich zum Frühstück.« Sascha hält ihm den Dienstausweis unter die Nase. »Lässt du uns bitte rein?«

»Scheiße, ja doch.«

»Was treibt so eine Krabbe wie du auf so einem Rentnerterrain?«

»Hier kann man in Ruhe laute Mucke hören, wenn die alten Säcke weg sind. Der Opa von 'nem Kumpel hat hier 'ne Laube, da dürfen wir mal richtig aufdrehen.«

»Was hörst du denn so?«, frage ich.

»Na, was wohl. Deutsch-Rap natürlich. Alles andere ist doch Verarsche, nur wegen der Kohle machen die Hirnis doch Musik. Was sich so Musik nennt. Alles nur Plastikmüll, das will doch keiner hören.«

»Ah ja, und das ist bei den Deutschrappern natürlich anders.«

»Da können Sie einen drauf lassen. Wir haben eine Message, verstehen Sie, wir sprechen aus, was gesagt werden muss.«

»Jonesy, du solltest jetzt nicht versuchen, diesen jungen Mann musiktechnisch zu bekehren. Das wird sowieso nicht klappen. Wie heißt du überhaupt?«

»Flugmodus.« Er grinst über das ganze Gesicht. »Ist mein Künstlername.« Ich verdrehe gequält die Augen. »Bürgerlich Marvin Cramer. Kacke, oder?«

Ich enthalte mich eines Kommentars. »Okay, Marvin, weißt du, wo wir die Parzelle von Frau Fiedler finden?«

»Na sicher, die Bea ist voll cool, die lässt schon mal 'n Sixpack springen. Aber die ist nicht da.«

»Das weißt du woher?«

»Na, weil ich grad durch den Hintereingang rein bin, und da hab ich Bea in 'ner Karre von 'nem Typen gesehen. Kann sein, dass die was getankt hatte. Sah 'n bisschen bematscht aus, wie nach 'ner Pulle Johnnie Walker auf Ex.«

Schon schrillen meine Alarmglocken. »Was für ein Wagen?«

»Ach, was weiß ich. So 'ne beschissene Bonzenkarre, SUV, also, ein Schuhkarton mit Rädern drunter, dunkelblau, ein BMW, glaube ich.«

»Kennzeichen?«

»Nope.«

»Und du bist sicher, Bea Fiedler saß in dem Wagen?«

»Claro. Ach, da war übrigens noch 'ne scharfe Braut auf dem Rücksitz. Dunkelhaarig, echt süß, würde ich mal sagen. Vielleicht Beas Neue. Wenn ich recht überlege, sah die auch nicht gerade taufrisch aus.«

»Der Fahrer, Marvin, konntest du den sehen?«

»Nee, nicht wirklich. War wohl 'n jüngerer Typ, denke ich. Kann ich aber nicht beschwören, okay?«

»Jünger als ich?«

»Auf jeden Fall, Sie sind doch sicher schon kurz vor der Rente.« Sascha kann ein Prusten nicht ganz unterdrücken. »Kann ich jetzt meinen Kumpel und die beiden Schnallen abholen? Wir haben noch was vor, wissen Sie.« Sascha versetzt dem Halbwüchsigen eine leichte Kopfnuss. »Aua, wofür war das denn?«

»Das war für die Schnallen. Mehr Respekt, Bürschchen.«

»Verdammt, Jonesy, was geht hier ab?«

»Bist du jetzt auch im Flugmodus-Jargon?« Ich schließe den Astra auf. »Denkst du, was ich denke?«

»Jemand hat die Fiedler und Meryem entführt«, spricht Sascha aus, was ich denke. »Schergen des Buchclubs?«

»Anzunehmen«, stimme ich verbissen zu. »Aber was soll das? Da stimmt doch was nicht. Die Puzzleteile passen nicht zusammen. Ruf mal im Präsidium an. Wir sollten wissen, wo sich die Herrschaften gerade herumtreiben.«

»Okay.«

»Was gibt es denn?« Wie immer klingt Kaczors Stimme missmutig. »Ich wollte gerade Schicht machen.«

»Wie ist der Status der Überwachten?«

»Gar nicht.«

»Wir sind nicht zu Scherzen aufgelegt, Adrian«, erwidere ich genervt. »Also.«

»Die Observierung des Buchclubs beginnt morgen früh um acht.«

»Was? Das glaube ich einfach nicht!«, brülle ich. »So war das nicht geplant, verflucht noch eins.«

»Kein Personal, Dawson, wir sind hier in Duisburg, und das ist nun mal kein Wunschkonzert.«

»So, jetzt reicht es mir! Das wird Konsequenzen haben.«

»Das geht mir am Arsch vorbei. Müller hat den Einsatz genauso abgenickt. Schönen Abend noch, Herr Kommissar.«

Ich bin selten sprachlos, aber jetzt ist es so weit. »Das darf alles nicht wahr sein!« Mein Handy klingelt. »Finya. Bitte keine weiteren Hiobsbotschaften.«

»Wie man's nimmt, Jonathan. Gustav Momsen hat hier im Wald gerade lieben und vor allen Dingen unerwarteten Besuch bekommen. Matti Sniders, ehemaliger Insasse des KZ Ratingsee.«

Dieser furchtbare Tag will einfach kein Ende nehmen.

»Wahnsinn«, keucht Sascha. »Der muss doch älter sein als Methusalem.«

»Wird morgen einundneunzig. Dafür hat er sich wirklich prima gehalten, aber ... er hat dem sogenannten General die zwei fehlenden Seiten der Formel und eine Originalprobe verkauft.«

»Nee, oder?«

»Doch. Aber die Sache hat noch einen weiteren, höchst brisanten Haken. Könnt ihr in den Wald kommen ... möglichst schnell?«

»Wir sind unterwegs.«

»Sollen wir die Fahndung nach dem BMW einleiten?«, fragt Sascha.

Ich nicke verkniffen. »Falls die Duisburger Polizei denn tatsächlich mal Personal frei hat ...«

Die Blockhütte im Uhlenhorst, kurz vor 22 Uhr

Matti und Gustav schwelgen in Erinnerungen. »Ich weiß noch, wie wir uns verabschiedet haben, in der Nacht, bevor du abgeholt wurdest. Hermann und ich haben geweint, natürlich so, dat der andere dat nich gesehen hat, wir waren schließlich echte Kerle.«

»Ich habe auch geheult«, gibt der alte Priester zu. »Ich wusste, ich würde euch nie wiedersehen.«

»Aber jetzt sind wir hier.« Momsen schenkt einen Weinbrand ein, es ist bereits der dritte. »Nach siebzig Jahren, in einer Hütte mitten im Wald, und wir müssen uns schon wieder verstecken. Ist irgendwie komisch.«

»Na endlich, da kommen Sascha und Jonathan«, verkündet Finya. Die beiden Polizistinnen umarmen sich kurz. »Hi, Jonathan. Darf ich vorstellen, Pater Salvatore alias Matti Sniders.«

Der Mönch reicht uns seine von Altersflecken übersäte Hand. Er verfügt über eine beeindruckende Aura.

»Sie haben sicher viele Fragen, Kommissar Dawson.«

»Allerdings, aber das Wichtigste zuerst, Pater: Warum haben Sie van Cleefs Unterlagen verkauft?«

»Nun, ich wollte etwas Gutes tun – und drei Millionen für Missbrauchsopfer erschienen mir angemessen.«

»Zweifellos anerkennenswert, aber damit haben Sie diesen Verbrechern ein womöglich tödliches Machtmittel in die Hände gegeben. Jetzt verfügt die Zelle über die vollständigen Unterlagen.«

»Dat is wohl wahr, Matti«, sekundiert Momsen. »Ich bezweifle auch, dat dat eine gute Idee war. Sie könnten jetzt das Virus freisetzen oder zumindest damit drohen, um sehr viel Geld zu erpressen.«

»Aber das ist doch gar nicht deren Begehr.« Pater Salvatore sieht so aus, wie ich mir unseren Eddi in fünfzig Jahren vorstelle. Ein gestandener Altrocker in einer Mönchskutte. »Sie wollen ihr erbärmliches Leben verlängern, sie denken, sie haben den Heiligen Gral entdeckt, die Quelle aller Macht. Diese Menschen sind durch die Bank alt, einige womöglich sehr krank. Sie töten ohne Gewissen, nur um ihr eigenes Dasein zu verlängern. Sie wollen selber Gott spielen, den Staat unterwandern. Die Macht an sich reißen, die Auserwählten bestimmen und sie wie Marionetten an unsichtbaren Strippen dirigieren. Ein langes Leben für Gefolgschaft. Wer könnte da Nein sagen?« Matti Sniders schließt die Augen. »Aber das wird nicht geschehen.«

»Wie können Sie da so sicher sein?«, fragt Sascha zweifelnd.

»Der Offizier, der mich seinerzeit gerettet hat, Wegener, hat mich und den Koffer mit der Probe und den halben Unterlagen an Monsignore Soldi übergeben, der mit mir über die Schweiz nach Italien geflohen ist. Die Franziskaner nahmen mich unter ihre Fittiche, ich wurde ein Novize, dann ein Bruder des Ordens. Ich habe nie vergessen, was in den Katakomben des Vatikans lagerte. Und ich habe nie vergessen, welches unsagbare Leid das Dritte Reich über diese Erde gebracht hat. Man erlaubte mir, Chemie zu studieren, Biochemie, Fachrichtung Virologie.« Wir hängen gebannt an den Lippen des alten Priesters. »Vor einigen Jahren gelang mir der Zutritt in das geheime Archiv.« Er setzt sich wieder neben Momsen, trinkt einen Schluck Weinbrand. »Ich schrieb die Formel ab und entnahm eine winzige Probe.«

»Ich glaube, ich nehme auch einen kleinen Brandy«, verkündet Sascha. »Jonesy?«

»Immer her damit.«

»Finya, Jens?«

»Ähm …«

»Schon okay, Leute«, beruhige ich sie. »Besondere Umstände erfordern besondere Maßnahmen.« Wir stoßen an. »Sie haben unsere uneingeschränkte Aufmerksamkeit, Matti.«

»Ich weihte einen Kommilitonen ein, Bruder Elias. Er war gleichermaßen fasziniert und entsetzt von van Cleefs Pamphlet. ›Den Tod überwinden‹. Wir beschlossen, der Sache auf den Grund zu gehen. Wir waren nicht die Dümmsten, wissen Sie, wir analysierten die Zusammensetzung des Virus' und entwickelten, basierend auf diesen Erkenntnissen, ein Gegenmittel.«

»Und das hat funktioniert?«, will Finya wissen.

»Immer langsam, mein Kind.« Salvatore lächelt nachsichtig. »Es kam der Tag, an dem uns der todkranke Bruder Bertram zu sich rufen ließ. Er litt unheilbar an einem Gehirntumor, der ihm furchtbare Schmerzen verursachte.«

»Er bat Sie beide um Sterbehilfe«, vermute ich.

»So war es, Herr Kommissar. Nur sieht die Lehre der Kirche diesen Schritt nicht vor, weil Sterbehilfe noch immer einem Suizid, beziehungsweise einer Tötung gleichgestellt wird. Damit ist es eine Todsünde.«

»Schlimm genug.«

»Nach Abwägung aller Umstände haben wir dem armen Bertram die Nutzung des Virus' mit der eigentlich nicht existenten Chance auf Heilung vorgeschlagen.«

»Er hat zugestimmt, nicht wahr?« Sascha sieht den Alten durchdringend an. »Eine winzige Chance ist besser als gar keine.«

»Das hätte ich in seiner Lage auch getan.« Matti Sniders faltet die Hände. »Wir brachten ihn bei Nacht und Nebel in einen luftdichten Raum und setzten das Virus frei.«

»Sie haben es nicht injiziert?«, wundere ich mich.

»Das wollte Bertram nicht. Wir gaben ihm eine Spritze mit unserem Gegenmittel mit. Schon nach den ersten Atemzügen verschlechterte sich sein Zustand. Atemnot, Herzrasen, die Motorik versagte vollständig. Für diesen Fall, dass Bertram nicht mehr in der Lage sein würde, sich selbst die Spritze zu setzen, hatte ich eine Atemmaske mitgebracht. Ich stürmte durch die Luftschleuse und verabreichte ihm das Gegenmittel.«

»Dann gibt es nur zwei Optionen«, resümiert Sascha. »Entweder Bertram erfreut sich heute noch bester Gesundheit, oder er starb noch in dieser Nacht.«

»Er ist tot, Frau Brinkmann, das Virus hat ihn innerhalb von drei Minuten dahingerafft. Unser Gegengift war wirkungslos. Immerhin war er erlöst.«

Für einige Augenblicke herrscht betretenes Schweigen. Momsen füllt die Schwenker erneut. Die Flasche ist leer.

»Also kein ewiges Leben.«

»Natürlich nicht, Frau Jacobsen.«

»Womöglich war Ihr Gegenmittel nicht korrekt zusammengesetzt.«

»Möglich, aber höchst unwahrscheinlich.« Matti atmet tief durch. »Allerdings hat uns dieses schreckliche Experiment zumindest eine Erkenntnis gebracht, die van Cleef entgangen ist: Das Virus hat eine unglaublich schnelle Verfallszeit.«

»Aber das ist ja großartig!«, ruft Sascha. »Dann ist es keinesfalls so gefährlich wie befürchtet.«

»Wie lange ist es so wirksam, dass es sich über die Luft weiterverbreiten kann?«, will ich wissen.

»In einem halbwegs geschlossenen Raum ... längstens zehn Minuten.« Matti schmunzelt ob unserer erstaunten Gesichter. »Im Freien ist das Teufelszeug praktisch komplett unwirksam. Da geht es wirklich nur um Sekunden. Selbst ein Infizierter ist nach wenigen Minuten nicht mehr ansteckend.«

»Oh Gott, sechs Tote für gar nichts«, stöhnt Finya. »Der helle Wahnsinn!«

»Aber Sie sind uns immer noch eine Antwort schuldig geblieben, Matti.« Alle Augen richten sich auf Sascha. »Warum haben Sie das Teufelszeug an den Buchclub verkauft?«

»Können Sie das nicht erraten, meine Liebe?«

»Sie wollen, dass die ganze Bande stirbt! Matti ... Salvatore, das ist ein perfider Plan. Sie gehen davon aus, dass sich alle Beteiligten treffen werden, um dann nach van Cleefs Anweisungen die lebensverlängernde Prozedur durchzuführen.«

Der alte Mönch nickt zustimmend.

»Dabei werden sie sich entweder das Zeug spritzen oder aber in einem geschlossenen Raum einatmen, um sich dann unverzüglich das Heilmittel zu verabreichen.«

»Davon gehe ich aus. Diese elenden Neonazis werden sich selbst richten. Sie werden qualvoll sterben. Danach ist das Problem aus der Welt. Das Virus verflüchtigt sich. Wenn die Leichen gefunden werden, besteht schon keine Gefahr mehr, sich anzustecken.«

»Donnerwetter, Matti, dat hätt ich dir nicht zugetraut«, brummt Gustav Momsen verstört. »So viele Tote ...«

»Du weißt nicht, was ich gesehen habe, Gustav. Im KZ – und noch viel schlimmer in Nettetal. Das darf sich niemals wiederholen, diese Verbrecher haben nichts anderes verdient.«

Eiserne Schlingen legen sich um mein Herz. Wie kann man nur so kurzsichtig denken? »Sie haben allerdings etwas übersehen in Ihrer Gleichung, Pater Salvatore, und das macht Sie mit ziemlicher Sicherheit zu einem Mörder.«

»Bitte? Ich verstehe nicht. Ich habe alles bedacht.«

»Das haben Sie keinesfalls. Die Mitglieder des Buchclubs haben augenscheinlich mindestens einen Helfer außerhalb des Zirkels.«

»Nun, dann hat dieser Mensch ebenfalls den Tod verdient.« Er zeigt nicht die geringsten Anzeichen eines schlechten Gewissens. »Oder sind Sie da anderer Meinung, Herr Kommissar?«

»Ich bin grundsätzlich nicht mit diesem Vorgehen einverstanden, aber viel schlimmer als Ihr irrwitziger Plan ist es, dass dieser Außenstehende heute Abend zwei Frauen entführt hat. Die Privatdetektivin Bea Fiedler und die Journalistin Meryem Yildiz.«

»Um Himmels willen, nein!« Finya ist vollkommen geschockt.

»Was denken Sie wohl, wohin die Entführten gebracht werden, Pater?«

»Aber ... aber, das wollte ich natürlich nicht.«

»Was sollte den General, wer immer sich dahinter verbirgt, davon abhalten, das Mittel vorab zu testen? Diese Leute sind skrupellos, aber nicht dumm.«

»Oh Gott!« Matti sieht uns hilfesuchend an. »Ich wollte nur Gerechtigkeit ...«

»Wo sind die Verdächtigen, Jonathan? Wir müssen uns an irgendeinen dranhängen und hoffen, dass diese Person uns in das Hauptquartier führt.«

»Keine Ahnung, Finya. Kaczor und Müller, die Volltrottel, haben wegen fehlenden Personals beschlossen, die Observierung erst morgen früh zu starten.«

»Das kann nicht wahr sein!«, stöhnt Jens.

»Jonesy ...« Sascha sieht mich mit vor Wut feuchten Augen an. »Wir müssen Meryem retten. Was sollen wir nur Jessica sagen?«

»Ich werde helfen«, verspricht ein gebrochener Matti Sniders.

»So? Wie denn?«, frage ich bitter. »Was können Sie denn tun, außer beten?«

Betreten sieht er zu Boden.

»Wir können nur hoffen, dass sich die Bande bei einem der Verdächtigen trifft. Wenn sie eine externe Zuflucht haben, dann haben wir verloren.«

»Der Schrottplatz?«, wirft Finya ein.

»Glaube ich nicht, zu exponiert und vorbelastet.«

»Die Wohnung der Wegmeister fällt weg, zu klein, zu viele Nachbarn.«

»Bleiben von Bönighausens Luxus-Schuppen im Süden, Hoppes Villa in Ruhrort, von Selz' Märchenschloss und Carlsens Reihenhaus in Hochfeld«, stellt Klaasen fest. »Letzteres würde ich ausschließen, da waren Finya und ich vor Ort. Das ist ebenfalls zu eng und zu nah dran am Wohnviertel.«

»Was mit Abstrichen auch für von Bönighausens Residenz gilt. Zwar freistehend, aber doch in relativer Nachbarschaft gelegen«, steuert Sascha bei.

»Bleiben Hoppe und von Selz. Beide sind, laut Aussage der Tochter des Barons, todkrank. Beide verfügen über ein weitläufiges Grundstück, wobei das des Barons riesig ist und von der Straße nicht eingesehen werden kann.«

Sascha nickt. »Lasst uns keine Sekunde mehr verlieren. Jonathan und ich fahren zu von Selz, Finya und Jens nach Ruhrort. Wir bleiben ständig in Kontakt. Wenn bei euch tote Hose ist, kommt ihr sofort nach.«

»Sollten wir das Präsidium verständigen?«, fragt Finya unentschlossen.

»Nein, der Schuss könnte nach hinten losgehen. Keine Ahnung, wem wir überhaupt noch trauen können«, wehre ich ab. »Das müssen wir vier alleine hinkriegen.«

»Was ist mit Jessica, Jonesy? Wenn wir sie nicht miteinbeziehen, wird sie nie wieder mit uns sprechen.«

»Du hast recht, wir rufen sie während der Fahrt an.«

»Und wir, was sollen wir machen?« Gustav Momsen ist mächtig aufgekratzt. »Wir können mithelfen.«

»Lass gut sein.« Matti legt eine Hand auf Momsens Schulter. »Wir bleiben hier, alter Freund. Ich werde nicht fortlaufen, Herr Kommissar. Sie können sich darauf verlassen. Das Gefängnis wird mir wie ein Sanatorium vorkommen.«

»Aber Matti ...«

»Ich werde für meine Sünden bezahlen, Gustav. Mein Plan war nicht durchdacht genug, der Hass hat meine Sinne vernebelt. Dafür muss ich bezahlen.« Zu uns gewandt: »Bitte, retten Sie die beiden Frauen. Ich werde keinen Atemzug mehr genießen können, wenn noch eine unschuldige Seele sterben muss.«

»Dann beschwören Sie am besten alle himmlischen Heerscharen zu unserer Hilfe herauf.«

Kapitel 54

Irgendwo in Duisburg

»Respekt, das haben Sie hervorragend gelöst, Herr Kraft.« Der General nickt jovial. »Dafür haben Sie sich einen Extra-Bonus verdient.«

»Die Fiedler hat die Seiten gewechselt. Sie strebte eine Kronzeugenregelung an.« Matthias Kraft lacht kalt. »Dumme Schlampe, ich habe ihr nie getraut. Was diese Journalistin mit ihr zu tun hat, ist mir allerdings ein Rätsel.«

»Nun, das ist jetzt von sekundärer Natur.« Der General ist sichtlich gut gelaunt. »Sie haben einen hervorragenden Job gemacht, Agent Kraft. Die fünf Millionen habe ich bereits überwiesen. Werden Sie wie verabredet um Ihre Abberufung von dem Fall nachsuchen?«

»So war es abgemacht.« Kraft wirkt unentschlossen.

»Ist noch etwas, mein Guter?«

»Das mit meiner Partnerin ...«

»Ja?« Die Augen des Generals funkeln gefährlich. Aus dem Schatten der Bücherregale taucht unvermittelt der Leutnant auf. »Es war doch Ihr Vorschlag, ihr einen Denkzettel zu verpassen.«

»Aber ich dachte nicht ...«

»Überlassen Sie das Denken den Menschen, die dafür geboren wurden, Herr Kraft. Sie sind ein hervorragender Soldat, mehr aber auch nicht. Wie sehen Sie das, Leutnant?«

»Schon gut. Ich gehe jetzt. Sie melden sich, wenn …«

»Falls wir Ihre Dienste noch einmal in Anspruch nehmen müssen, kontaktieren wir Sie über den üblichen Kanal. Ich gehe allerdings nicht davon aus.«

Matthias Kraft geht langsam zur Tür. Er ist jetzt ein reicher Mann, reicher, als er es jemals in Diensten des Staates hätte werden können. Im Türrahmen dreht er sich um. »Was geschieht mit den beiden Frauen?«

»Guten Tag, Herr Kraft.« Der General und sein Leutnant lächeln überlegen.

»Was werden die mit uns machen?« Meryems Stimme klingt kläglich. Immer wieder sagt sie sich, dass ihr Alleingang total bescheuert war. Das Kellergewölbe, in dem sie aufgewacht sind, hat kein Fenster. Es ist stockdunkel, die Luft ist muffig, abgestanden. Die beiden Frauen lehnen mit dem Rücken an einer Wand.

»Keine Ahnung, Schätzchen.«

»Warum sind Sie so scheißätzend?«

Bea lacht. »Warum bist du so saudämlich? Wir sitzen deinetwegen in diesem Drecksloch. Hättest du mich nicht kontaktiert, wäre alles anders gelaufen.«

»Ich entschuldige mich, das war dumm von mir.«

»Allerdings.«

»Das ändert nichts an der Tatsache, dass Sie mich entführt haben und ein echter Kotzbrocken sind.«

»Lieber Gott, lass doch bitte Vernunft regnen! Anstatt mich weiter zu nerven, solltest du lieber überlegen, wie wir hier rauskommen. Denkst du etwa, die lassen uns laufen, wenn wir ihre fiesen Visagen gesehen haben? Wie naiv bist du eigentlich?« Die Journalistin zuckt betroffen zusammen. »Die gehen über Leichen, das sollte dir klar sein, du minderbemittelte Amateurdetektivin.«

»Scheiße …«

»Fang bloß nicht an zu heulen.« Bea stemmt sich gegen die Wand. Es gelingt ihr, aufzustehen.

»Was machst du denn?«

»Ich suche nach einer scharfen Kante, nach irgendetwas, womit ich diese Plastikdinger durchtrennen kann. Wenn ich doch nur was sehen könnte.« Mit winzigen Trippelschritten arbeitet sich Bea weiter die Wand entlang. »Sag was, Meryem.«

»Wie bitte?«

»Ich hasse Stille. Mit der Dunkelheit kann ich umgehen, aber nicht mit so einer gruseligen Stille. Also, erzähl was, meinetwegen kannst du auch singen. Ah, das ist, glaube ich, ein Tisch.« Bea schiebt sich rücklings auf einen alten Schreibtisch. »Ich höre nichts!«

»Okay, dann also … stehst du schon immer auf Frauen?«

»Seit ich halbwegs vernünftig denken kann. Oh, mein Gott! Ich glaube, ich habe einen Brieföffner entdeckt.«

»Das ist gut, oder?«

»Vielleicht, aber nur, wenn das Ding nicht total stumpf ist. Rede weiter. Was ist mit dir? Wann hast du dich geoutet?«

»Erst vor knapp drei Jahren.«

»Und vorher?«

»Ich habe es verdrängt, wollte es nicht wahrhaben, weißt du, meine Eltern, mein soziales Umfeld …«

»Ja, Eltern sind oft das Hauptproblem. Verdammt, das Mistding flutscht mir immer wieder aus der Hand. Autsch! Aber scharf ist es, zumindest die eine Seite.« Bea flucht unflätig und ausdauernd. Endlich gelingt es ihr, den Griff mit der rechten Hand zu umfassen. »Okay, ich komme jetzt zurück. Wir müssen uns Rücken an Rücken setzen. Vielleicht kriegen wir deine Fesseln durchgesäbelt.«

»Wird das funktionieren?«

»Keine Ahnung, hast du eine bessere Idee?«, giftet Bea Fiedler. »Wohl kaum, also dreh deinen süßen Hintern jetzt zur Seite. Viel Zeit wird uns nicht bleiben.«

»Alles duster.«

Sascha und ich haben den Wagen an der Hauptstraße geparkt. Das Tor vom Anwesen von Selz ist geschlossen, daher sind wir über die Mauer geklettert. So geräuschlos wie möglich schleichen wir durch den dichten Baumbestand entlang des Kiesweges zum Haupthaus. »Sieht so aus, als wären wir falsch, Jonesy. Ich sehe keine Wagen, kein Licht, alles ist unheimlich still.«

»Abwarten, wir sind noch nicht am Ziel. Vielleicht hat sich die Bande in einen Keller verzogen.« Zu meinem großen Verdruss habe ich mir beim Überqueren der Mauer den linken Fuß leicht verstaucht. »Wie viele Reservemagazine hast du mit?«

»Zwei, und du?«

»Auch zwei.«

»Rechnest du mit Wachleuten?«

»Eigentlich nicht. Ich schätze, die Herrschaften wollen so wenig wie möglich Mitwisser haben.« Ich muss jetzt doch die Zähne zusammenbeißen. Der Knöchel fühlt sich ziemlich angeschwollen an. Wir kauern hinter brusthohen Büschen vor dem Eingang. Links und rechts neben der imposanten Tür erhellen auf alt getrimmte Laternen den Eingangsbereich. »Komisch, kein Auto zu sehen, der alte von Selz ist todkrank, man sollte meinen, dass Pflegepersonal da ist.«

»Die können auch mit öffentlichen Verkehrsmitteln herkommen. Was machen wir jetzt? Finya anrufen? Vielleicht sind von Bönighausen und Konsorten doch alle bei Hoppes Reederei.«

»Hm ... warte.« Ein hohes Summen und ein rumpelndes Geräusch zeugen davon, dass das Tor elektrisch aufgefahren wird. »Da kommt ein Wagen die Allee herauf.« Hastig ziehen wir uns hinter die dicken Stämme der Eichen zurück. Ein schneeweißer Mercedes parkt direkt vor unserer Nase.

»Düsseldorfer Kennzeichen«, flüstert Sascha. Ein Anzugträger steigt aus, eine Art Koffer in der Hand. Das Behältnis erinnert mich an diverse Folgen von *Grey's Anatomy*, wenn dort Transplantationsorgane im Krankenhaus angeliefert werden. Die Tür öffnet sich. Für einen Moment stehen zwei Männer im Licht der Laternen. »Von Bönighausen. Womöglich sind wir doch am rechten Ort, Jonesy. Ich denke nicht, dass der Sack so spät einen Krankenbesuch macht.«

»Wohl kaum.« Mein Fuß pulsiert. Ich kann ein Stöhnen nicht unterdrücken.

»Was ist los, Skipper?«

»Umgeknickt, an der Mauer. Tut gerade höllisch weh. Geht aber, keine Sorge.« In Gedanken rechne ich nach, ob Finya und Jens inzwischen in Ruhrort sein können. Ich beschließe, noch zu warten.

»Vielen Dank für die schnelle Lieferung«, bedankt sich von Bönighausen.

»Na, bei der Bezahlung können Sie mich auch nachts um zwei anrufen.« Behälter und ein Umschlag wechseln die Besitzer. »Viel Spaß damit, und einfach anrufen, falls Sie Nachschub benötigen.« Bestens gelaunt besteigt der Bote seine Luxuskarosse und verlässt das Anwesen. Mein Handy summt. Finya.

»Bei Hoppe ist tote Hose. Der Butler meinte, seine Herrschaft wäre außer Haus, und nein, er wisse nicht, wo sich die Herrschaft zurzeit aufhalte.«

»Okay«, flüstere ich. »Bei von Selz turnt zumindest der alte Bönighausen herum. Womöglich ist der Rest auch schon hier.«

»Sollen wir zu euch stoßen?«

»Ja, aber lasst den Wagen draußen stehen. Das Tor ist verschlossen. Passt bloß beim Überqueren der Mauer auf. Wir verstecken uns rechts vom Kiesweg hinter den Bäumen. Beeilt euch. Ich habe ein ganz beschissenes Gefühl.«

»Soll ich noch Verstärkung ordern?«

»Nein, zu gefährlich. Wenn wir Pech haben, warnt der Maulwurf die Bande.«

»Sind unterwegs.« Sascha beäugt mich, wie ich zu ihr humpele. »Von Bönighausen ist mit dem Koffer wieder rein. Du bewegst dich wie ein leckgeschlagener Troller.«

»Halb so wild«, lüge ich. »Wenn einer von denen wegrennt, bist du gefragt. Apropos wegrennen: Wo steckt eigentlich dieser verdammte BND-Fuzzi?«

»Halt still, Meryem, verdammt!«

»Du tust mir weh, das Ding rutscht immer ab. Wenn du weiter daneben zielst, schneidest du mir noch die Pulsadern auf.«

Bea läuft vor Anstrengung kalter Schweiß über das Gesicht. »Nochmal von vorn. Rutsch näher ran, verflucht, ich gehe dir schon nicht an die Wäsche.« Ihre Schulterblätter lehnen aneinander. »So, jetzt warte, bis ich die angeritzte Stelle gefunden habe.«

»Okay.«

»Gut. Ich hab's. Jetzt bewegen wir unsere Oberkörper vor und zurück, so bleibt die Schneide an der richtigen Stelle. Auf mein Kommando, hörst du?«

»Alles klar.«

»Wir dürfen den Kontakt an den Schultern nicht verlieren ... Na bitte, geht doch. Schön im Rhythmus bleiben. Hoffentlich bekomme ich keinen Krampf in der Hand.« Eine Weile wiegen sich die beiden zu einer lautlosen Musik vor und zurück. »Weißt du, wenn du nicht eine so hinterlistige dumme Tusse wärest, dann könnte ich mich glatt in dich verknallen.«

»Was?«

»Weitermachen!«, kommandiert Bea. »Ach, vergiss das sofort wieder, ich labere Dünnschiss. In mich hat sich noch nie jemand verliebt. Ist vielleicht besser so, das erspart einem jede Menge Kummer. Zwischendurch 'ne heiße Nummer, das reicht mir völlig.«

»Das glaube ich dir nicht.«

»Ach nee, was bist du denn, eine Frauenflüsterin, oder was?«

»Jeder Mensch braucht eine Heimat, einen Hafen, einen Menschen, mit dem man alles teilen kann.«

»Vielleicht gibt es diese Person, aber nicht für mich.« Verbitterung schwingt in Beas Stimme mit. »Diese Dating-App ist totale Kacke. Da sucht kein Mädel das große Glück, nur den schnellen Kick.«

»Das tut mir aufrichtig leid, Bea.«

»Nicht deine Schuld. Es wird wohl an mir liegen.«

»Pst, sei mal still. Ich höre Schritte.«

»Scheiße!«

Das Geräusch eines Schlüssels, der ins Schloss geschoben wird.

»Lehn dich wieder an die Wand. Die dürfen den Brieföffner nicht entdecken.«

Die Tür öffnet sich lautlos. Grelles Neonlicht blendet die beiden Gefangenen.

»Sieh mal einer an, Sie haben Ihre Freundin mitgebracht.«

»Baron, was soll der Blödsinn, warum halten Sie uns hier gefangen? Schließlich gehöre ich zu Ihrer Truppe.«

»Ist das so?« Der hagere, eingefallene Mann lächelt zynisch. »Sie sind nichts weiter als eine erbärmliche Verräterin. Denken Sie etwa, wir wüssten nicht Bescheid? Sie wollen die Seiten wechseln, Frau Fiedler? Bitteschön, Sie werden die Seiten wechseln, nur nicht so, wie Sie sich das vorgestellt haben.«

Sie sieht ihn erstaunlich gelassen an. »Na schön, spielen wir mit offenen Karten. Lassen Sie meine Freundin gehen, und ich kooperiere, was immer Sie von mir auch verlangen.«

»Bea, nicht ... ich bin doch gar nicht ...«

»Aber Sie nützen uns nichts mehr, Frau Fiedler. Ihren Edelmut in Ehren, aber Sie hätten einfach Ihrer Wege gehen sollen, und alles wäre gut gewesen.«

»Die Polizei hat mich unter Druck gesetzt«, verteidigt sie sich lahm. »Außerdem sind Sie und Ihre Bande mit den vielen Morden zu weit gegangen.«

»Na, endlich zeigen Sie Ihr wahres Gesicht. Das gefällt mir, ändert aber nichts an Ihrem Schicksal.«

»Was soll das bedeuten? Werden Sie uns auch einfach abknallen, in den Rhein schmeißen oder auf dem Schrottplatz entsorgen?« Bea spürt das Zittern ihrer Nachbarin. »Haben Sie eigentlich gar kein Gewissen, keine Moral?«

»Moral … das ist Luxus, aber wir wollen nicht in eine fruchtlose Diskussion einsteigen. Wir werden Sie nicht liquidieren, jedenfalls nicht sofort, im Gegenteil, eine von Ihnen beiden kann Teil eines weltbewegenden Experiments werden. Klingt das nicht vielversprechend?«

»Für mich klingt das nach Tod.«

»Später, meine Liebe, alles zu seiner Zeit. Zunächst einmal geht es um das Leben an sich.«

»Wie kommen wir da rein, Jonesy? Einfach klingeln? Wir sind schließlich vom BKA.« Sascha kontrolliert zum x-ten Mal ihre Pistole.

»Wir müssen sie überraschen. Wenn wir offiziell anklopfen, werden wir womöglich eiskalt abgewiesen, wir haben keinen Durchsuchungsbeschluss.«

»Du willst irgendwo einsteigen? Einfach ohne Vorwarnung das Flaggschiff entern? Das könnte mächtig Ärger geben, wenn wir falsch liegen.«

»Das müssen wir riskieren. Es geht um zwei Menschenleben.« Immer wieder sehe ich auf meine Uhr. Finya und Jens müssten eigentlich bald da sein. Ich setze mich leise stöhnend auf den Hosenboden.

»Lass mal sehen.« Sascha kniet sich hin und betastet vorsichtig meinen Knöchel. »Glückwunsch, Herr Kapitän, das ist mindestens eine Bänderdehnung, wenn nicht sogar ein Abriss. Das wird jede Minute schlimmer werden.«

»Du bist nicht wirklich aufmunternd.«

»Das ist gerade auch nicht meine Aufgabe.« Im schummrigen Licht der Laternen schüttelt sie verkniffen den Kopf. »Du steigst jedenfalls durch kein Fenster, Jonesy.«

»Verdammt.« Ich höre Zweige rascheln, ein unterdrücktes Fluchen. Finya und Jens stoßen zu uns.

»Der Irre ist gefahren wie ein Henker«, beschwert sie sich. »Aber egal, wir sind da und leben noch. Wie gehen wir vor?«

»Jonathan ist an der Mauer umgeknickt, heißt, nur bedingt einsetzbar.«

»Das geht schon«, knurre ich.

»Ja, ja, Maestro, wir werden sehen.«

»Auf der Rückseite der Villa ist ein großer Wintergarten, wenn ich mich recht erinnere. Dort sollte uns ein Zugang gelingen.«

»Wie jetzt?« Klaasen ist geschockt. »Wir ... brechen ein?«

»Hast du eine bessere Idee?«

»Endlich, endlich sind wir am Ziel.« Caroline Wegmeister ist regelrecht verzückt. In ihrem grauen, hochgeschlossenen Kostüm ähnelt sie einer Fledermaus. »Leben und Tod, so nah beieinander.«

Franz Hoppe macht einen weniger euphorischen Eindruck. »Woher wissen wir, dass uns der Mönch nicht irgendeinen wertlosen Scheiß angedreht hat?« Der Reeder trägt, korrekt wie immer, einen dunkelblauen Anzug und eine lindgrüne Krawatte.

»Wir müssen das Virus und das Gegenmittel testen«, erklärt von Bönighausen. »Ich werde nächsten Monat sechsundsiebzig, ich könnte eine Auffrischung gebrauchen.«

»Schön, aber wer soll es machen?« Heribert Carlsen sieht spöttisch in die Runde. »Na, was ist, Karl, du bist doch heiß darauf, dein Leben zu verlängern. Ich denke, du wärst der geeignete Kandidat.«

»Rede keinen Unsinn, Heribert. Natürlich müssen wir das Zeug an einem ... Probanden testen, das ist ja wohl mal klar.«

»War ja klar, du Schisser. Was ist mit dir, liebste Caroline? Du bist auch nicht mehr taufrisch unterwegs.«

»Immerhin passe ich noch problemlos in Kleidung Größe vierzig. Bei deinen XXXL-Klamotten wäre ich mal ganz vorsichtig mit solchen Äußerungen.«

»Nun beruhigt euch«, schlichtet von Bönighausen. »Der General hat uns nicht umsonst mitten in der Nacht hierher beordert. Ich habe, wie wir alle, meine letzten Reserven in dieses Projekt investiert. Es ist an der Zeit, die Ernte einzufahren.«

»Glaubst du wirklich an einen Erfolg?« Hoppe bleibt skeptisch. »Ein längeres Leben? Heilung? Lieber Gott, das wäre wirklich unglaublich.«

»Geiger hat fest daran geglaubt«, erinnert Carlsen.

»Und wollte uns trotzdem verraten.«

»Ja, und dafür hat er bezahlt, der dumme Hund. Mal gut, dass wir unseren Leutnant für diese Art von Aufgaben an Bord haben.« Der ehemalige Großunternehmer von Bönighausen nimmt seinen ruhelosen Marsch durch das riesige Wohnzimmer wieder auf. »Wenn das schiefgeht, wird bis zu unserem Lebensende keiner von uns mehr frische Luft atmen können.«

»Nun mach dir mal nicht in die Hosen, Karl.« Carlsen füllt seinen Cognacschwenker großzügig. »Schließlich haben wir niemanden umgebracht.«

»Nein, aber wir haben zugesehen, wie sie den alten Pfarrer gefoltert haben, und die restlichen Morde billigend in Kauf genommen.«

»Liebe Güte, Karl.« Wegmeister schüttelt verständnislos den Kopf. »Es ist ein bisschen zu spät für Gewissensbisse, oder?«

Die große Flügeltür öffnet sich. Baron Ferdinand von Selz betritt den Raum. Wortlos legt er einen metallenen Koffer auf den Eichentisch. Die Schlösser schnappen auf. Er hebt den Deckel an. Der Rest des Buchclubs versammelt sich um den Tisch herum. Zwei in Schaumstoff gelagerte Phiolen befinden sich in dem Koffer. Die eine, etwas Größere, schimmert honigfarben, die andere sieht älter aus und birgt eine farblose Flüssigkeit.

»Liebe Caroline, meine Herren ... Diese beiden Wirkstoffe werden die Welt verändern. Im vorgeschriebenen Abstand verabreicht, werden wir unser Leben damit verlängern können.« Die Herzen der Anwesenden schlagen schneller, Augen funkeln gierig. »Wer in den Genuss dieses göttlichen Prozesses gelangen möchte, wird dafür zahlen müssen.« Der Baron lacht genüsslich. »Mit Geld, mit Abgabe von Macht, mit Unterwerfung.«

»Himmel, Ferdinand. Komm zur Sache, wir kennen deine ideologischen Ergüsse zur Genüge. Jetzt sollte es erst einmal um uns gehen.« Hoppe kann seine Ungeduld kaum zügeln. »Hast du für ein Versuchskaninchen gesorgt?«

»Aber sicher. Wir haben sogar eine Auswahl ...«

Das Wasser im Pool reflektiert die bleiche Sichel des Mondes. Der geräumige Wintergarten wird durch eine Lichterkette dezent erhellt. Ich werfe einen Blick auf meine Uhr. Kurz nach elf. Eine Fledermaus huscht über das Wasser. Im ersten Stock brennt Licht hinter verhangenen Fenstern.

»Die Tür sollten wir problemlos aufbekommen«, hofft Sascha. »Aber womöglich gibt es eine Alarmanlage.«

»Sekt oder Selters, wie man so treffend sagt.« Finya bändigt ihre blonden Haare mit einem Band. »Packen wir's?«

»Ich kann mich an dem Schloss versuchen, ich habe da in meiner Jugend ein wenig Erfahrung sammeln können.« Jens Klaasen grinst verlegen.

»Dann los!«

»Warum hast du das getan?«

»Was denn?« Bea atmet konzentriert. Jede Minute ist wertvoll. Niemand weiß, was die Verschwörer geplant haben.

»Dich freiwillig anzubieten.«

Bea lacht trocken. »Keine Ahnung, vielleicht wollte ich einmal in meinem verkorksten Leben was Gutes tun.«

»Aber du kennst mich doch gar nicht.«

»Ich kenne niemanden wirklich. He, nicht aufhören, beweg dich, Meryem. Ich würde diesem alten Drecksack gerne den Brieföffner in den Hals rammen.«

Gehorsam nimmt Meryem das Schaukeln ihres Oberkörpers wieder auf. »Wir werden beide sterben, nicht wahr?«

»Wenn du weiter nur rumlaberst, bestimmt. Komm schon, das verdammte Plastik gibt schon nach. Und vergiss nicht, ich habe eine Nahkampfausbildung. Wenn ich erst mal meine Hände frei habe, nehme ich es notfalls mit der gesamten Rentnergang auf.«

»Ich werde keine große Hilfe sein«, bekennt die Journalistin.

»Das macht nichts. Kleine Pause, okay? Kann ich meinen Kopf ganz kurz an deine Schulter lehnen?«

»Klar.«

Bea schließt kurz die Augen. Sehen kann sie ohnehin nichts. Sie spürt die fiebrige Hitze ihrer Leidensgenossin, eine ungewohnte Vertrautheit. »Ich wünschte, wir hätten uns unter anderen Umständen kennengelernt.«

»Du hättest mich einfach nicht entführen sollen, das wäre ein verdammt guter Anfang gewesen.«

»Na bitte, nichts verlernt.« Klaasen schiebt die Tür zum Wintergarten langsam auf. »Wenn es einen Alarm gibt, dann jedenfalls nicht hier, alles ruhig.«

Finya klopft ihm anerkennend auf die Schulter. »Wie gehen wir vor?«

»Wenn sie Meryem und die Fiedler tatsächlich in ihrem Gewahrsam haben, dann wahrscheinlich im Keller«, vermutet Sascha. »Sollen wir uns trennen?«

»Keine gute Idee«, widerspricht Finya. »Zu viert sind wir eine echte Macht, getrennt könnte man uns leichter ausschalten.«

»Klingt logisch, also abwärts?«

Inzwischen haben wir alle vier unsere Waffen aus den Holstern befreit.

»Stopp!«

»Jonesy, was ist los? Kannst du nicht laufen?«

»Ich meine, knackende Äste im Wald gehört zu haben.« Intuitiv drehen wir uns um ... und tatsächlich, ich erspähe eine Gestalt, die uns offensichtlich entdeckt hat und sich schnell nähert.

»Ein Zwei-Fronten-Krieg geht nie gut aus«, stöhne ich gepeinigt. Mein Fuß will unbedingt aus den engen Schuhen heraus.

»Es ist mir scheißegal, ob wir diese Journalistin nehmen oder die Fiedler, Hauptsache, es passiert endlich was.« Hoppe ist regelrecht aufgebracht.

»Immer mit der Ruhe, Franz«, beruhigt ihn von Bönighausen. »Es ist uns schon klar, dass du auf eine schnelle Lösung dringst.«

»Bauchspeicheldrüsenkrebs, es geht auf das Endstadium zu, Karl. Bald werde ich nicht mehr laufen können. Die Ärzte geben mir maximal noch ein Jahr, davon die Hälfte noch halbwegs erträglich. Für mich zählt jede Stunde.«

»Ich finde, wir sollten die abtrünnige Privatdetektivin nehmen«, schlägt Carolin Wegmeister vor. »Sie hat Strafe verdient.«

»Strafe?«, höhnt der Reeder. »Was soll denn daran eine Bestrafung sein? Ein langes Leben ist wohl kaum beklagenswert.«

»Natürlich können wir sie nicht leben lassen.« Von Selz spricht, als referiere er über die nächste Diner-Abfolge.

»Noch ein Mord?«, ächzt von Bönighausen. »Unser Berg an Schuld wächst langsam in den Himmel.«

»Sei bitte nicht so ein Weichei, Kurt. Du musst es ja nicht selber tun.«

»Nein, dafür haben wir ja unseren Leutnant.«

»Ganz recht. Der Leutnant und ich werden jetzt die Fiedler aus dem Keller holen. Dann kommt endlich der Moment der Wahrheit.«

»Eine Sekunde noch, Ferdinand.« Carlsen deutet auf den Koffer. »Diese Ampullen sind nicht gerade groß. Für wie viele Injektionen reicht denn die originale Viruslösung?«

Einen Moment lang herrscht bedrückendes Schweigen. »Nun, zunächst einmal für zwei Durchgänge.« Eine allgemeine Unruhe entsteht, alle reden durcheinander, bis der Adelige seine Stimme erhebt. »Ruhe! Was soll der Tumult? Wir besitzen jetzt beide Formeln und können jederzeit genug Virusmaterial und das passende Gegenmittel herstellen.«

Hoppe ballt die Fäuste. »Und wenn nur das originale Zeug wirkt, Ferdinand, was dann, hm? Eine Dosis verpulvern wir bei der Fiedler, es bleibt ergo nur eine sichere Option.«

»Das ist doch Unsinn, Franz. Wir können ...«

»Wer bekommt, immer vorausgesetzt, die Fiedler überlebt den Test und es geht ihr gut ... wer, lieber Herr Baron, bekommt dann die zweite Spritze?«

Von Selz' hagerer Körper strafft sich. Seine grauen Augen blitzen gefährlich. »Das dürfte doch wohl klar sein.« Seine Stimme ist kalt wie

Eis. »Du bist mit deiner Erkrankung die Nummer zwei auf unserer Liste. Die hier noch vorhandene Dosis gehört mir.«

»Du egoistisches Schwein.«

»Vorsicht, Franz. Überlege gut, was du jetzt sagst, sonst ...«

»Was sonst? Schickst du mir dann deinen Leutnant auf die Pelle?« Auf Hoppes Stirn steht kalter Schweiß.

»Es gibt eine andere Möglichkeit.« Von Selz' Lächeln ist eine zynische Fratze. »Du kannst dich freiwillig für den ersten Test melden. Da sind wir doch ganz kulant, nicht wahr?« Der Rest des Buchclubs nickt, teils betroffen, teils schadenfroh. »Also, was ist, Franz? Hier ist dein Ticket für Heilung und ein sehr langes Leben. Soll ich die Fiedler jetzt holen oder machst du deinen Arm frei? Wir können sofort beginnen. Hier ist die Stoppuhr. Nach genau einhundertachtzig Sekunden injiziere ich dir höchstpersönlich das Gegenmittel.«

Alle Augen richten sich auf den weißhaarigen Reeder.

»Hol schon die verdammte Schnüfflerin.«

Baron von Selz nickt mitleidig. »Wusste ich es doch.«

»Ist das ein schlechter Traum, oder was?« Ich traue meinen Augen kaum. In geduckter Haltung umrundet der Eindringling den Pool. »Jess, was, um Himmels willen, machst du hier?«, zische ich halblaut.

»Da drin wird meine Freundin gefangen gehalten, also, was mache ich wohl hier?«, entgegnet sie aufgebracht. »Ich will helfen, sie zu befreien, das ist doch wohl sonnenklar.«

»Du bist keine ausgebildete Polizistin.«

»Ich gehöre zum Team, und für alle, die es noch nicht mitbekommen haben, ich liebe Meryem. Und jetzt mach den Mund zu und sag mir, was ich tun soll.«

»Die Breitseite hat gesessen, Jonesy. Ich habe Jessica natürlich informiert.« Sascha blinzelt meiner Ex aufmunternd zu. »Wenn wir hier noch lange in einer Flaute liegenbleiben, geht gleich die Sonne auf.«

»Na schön, bleib hinter uns, okay? Finya und Sascha, geht vor.«

»Eins noch, großer Beschützer der Witwen und Waisen. Sascha hatte mich gebeten, die Buchclubmitglieder, soweit möglich, einem Gesundheitscheck zu unterziehen. Dank der Hilfe eines sehr findigen Winzers aus Nieder-Olm ist mir dies dann tatsächlich gelungen.«

»Hm, na und?«

»Der Reeder Hoppe ist todkrank, Krebs im Endstadium.«

»Das wussten wir von Anna von Selz.«

»So? Na ja, jedenfalls ist der Rest dem Alter entsprechend fit.«

»Was ist mit dem Baron? Ich denke, der hat einen inoperablen Gehirntumor?«

»Kein Befund, der ist kerngesund, oder er hat seine Krankheit nur von Privatärzten behandeln lassen.«

Unvermittelt wird die Tür aufgerissen, das Licht flammt auf. Der Brieföffner rutscht Bea aus den verkrampften Händen.

»Auseinander!« Der Leutnant tritt Meryem hart in die Rippen. Keuchend klappt sie zusammen. »Sieh an. Unsere Detektivin läuft zur Hochform auf.« Eine Pistole zielt auf ihren Kopf. »Na los, hoch mit dir!«

»Und wenn nicht, was dann? Wollen Sie mich erschießen? Dann war es das mit der Versuchsperson.«

»Mir egal. Wir haben ja eine Reservespielerin. Die schleife ich notfalls an den Haaren nach oben. Ihre Entscheidung.«

Beas Blick fällt auf die nach Luft schnappende Lokalreporterin. Das ist jetzt also der Abschied, geht es ihr durch den Kopf. Wir werden uns nicht wiedersehen, oder vielleicht doch? Am anderen Ufer der Nacht? Niemand weiß, was danach kommt, aber sehr viel schlechter als dieses Leben kann es kaum sein. Resignierend richtet sie sich auf.

»Wir sehen uns, Meryem«, sagt sie halblaut.

»Gott, wie schmalzig.« Der Leutnant kichert boshaft. »Na los, Patient Null, da wartet eine Spritze auf dich.«

»So, jetzt reicht's mir aber.« Saschas Gesicht ähnelt im Schein der winzigen Taschenlampe einem Racheengel. »Du wirst mit deinem Gestöhne noch die Geister des Hauses aufwecken.« Das Haus ist riesig, wir müssen uns noch immer orientieren, haben aber den Abgang zu den Kellerräumen gefunden. Die Wände sind dick, ebenso wie die massiven Holztüren. Nur sporadisch hört man leise Stimmen aus dem Obergeschoss. »Du bleibst mit Jessica hier und deckst unseren Rückzug, beziehungsweise schlägst Alarm, wenn sich hier was tut.«

»Aber ...«

»Du kannst kaum laufen und machst zu viel Lärm.«

»Na schön«, gebe ich zerknirscht klein bei. Sie hat ja recht, ich bin nur Ballast. Im Zweifelsfalle muss schnell reagiert werden, und alles, was mit ruckartigen Bewegungen zu tun hat, geht augenblicklich gar nicht. Finya, Jens und Sascha verschwinden hinter der Kellertür. Jessica und ich setzen uns auf eine Kommode.

»Das mutet surreal an«, flüstert meine Jugendliebe. »Ich wünschte, ich hätte eine Waffe. Was machen wir, wenn einer die Treppe herunterkommt?«

»Festnehmen und laut um Hilfe rufen.«

»Das ist dein Plan?« Selbst im Dunkel der Villa leuchtet das Blau ihrer Augen. Die Lichterkette im Wintergarten gönnt uns ein spärliches Licht.

»Ist scheiße, ich weiß.«

Jessica nimmt meine linke Hand. Ich spüre einen warmen, vertrauten Strom. Was sind schon zwanzig Jahre?

Kapitel 55

Das Anwesen von Baron von Selz
Freitag, 28. Mai 2019, 23:30 Uhr

Bea Fiedler sitzt, an Armen und Beinen fest fixiert, in einem voluminösen Ohrensessel. Die Mitglieder des Buchclubs umringen sie in einem Halbkreis. Ihre Augen sind geschlossen. Sie hat mit ihrem Leben abgeschlossen.

»Das hätten Sie sich ersparen können.« Hoppe sieht abschätzig auf sie herab. »Ungehorsam wird bestraft, ebenso wie Fahnenflucht und Verrat.«

»Fick dich, du braunes Stück Scheiße. Ich hoffe, du krepierst elendig.« Er versetzt ihr eine Ohrfeige. »Großartig, ist das alles, was du kannst, eine wehrlose Frau schlagen? So sehen also Helden in eurem neuen tausendjährigen Reich aus?«

Er holt zu einem weiteren Schlag aus, aber von Selz hält seinen Arm fest. »Was soll der Blödsinn, Franz? Lass dich doch nicht provozieren.« Schwer atmend tritt der Reeder einen Schritt zurück. Der Baron schluckt aufgeregt, seine Stimme ist rau. »Es ist nun so weit. Das Experiment kann beginnen.«

»Warum spritzt du dir nicht selbst das Teufelszeug, Arschloch?« Bea nimmt im Angesicht des Todes kein Blatt mehr vor den Mund. »Ihr seid allesamt solch furchtbare Feiglinge. Lasst andere die Drecksarbeit tun. Was seid ihr nur für Menschen? Seid ihr überhaupt Menschen?«

»Warum haben Sie uns verraten, Frau Fiedler?« Von Bönighausen ist sichtlich unwohl. In den Achselhöhlen seines makellosen Anzugs haben sich Schweißflecken durchgesetzt.

»Ich wollte nie, dass ein Mensch stirbt.«

»Aber Sie haben tatenlos zugesehen, als Pater Hermann ... nun ja, befragt wurde.«

»Das ist wahr. Ich habe viel zu lange weggeschaut. Sie haben recht. Diese Schuld habe ich auf mich geladen, daran ist nichts mehr zu ändern. Aber die vielen Morde ...« Sie schaut die Anwesenden der Reihe nach an. »Dafür werdet ihr bezahlen. In der Hölle sind schon Séparées für euch reserviert.«

»Können wir jetzt endlich anfangen?«, murrt Hoppe. »Es muss einfach funktionieren.«

Bea lacht laut. Irritiert starrt der Buchclub die gefesselte Frau an. »Da ihr mich ja sowieso umbringen werdet, hoffe ich doch, dass sich das Virus schnell verbreitet und eure faltigen Ärsche schnurstracks ins Jenseits befördert. Ach, was soll's ... Ich weiß ja, dass es nur Mummenschanz ist.«

»Wovon redet sie?«, kreischt Wegmeister. »Ferdinand, sag doch etwas!«

»Ich habe mit Monsignore Maldini gesprochen, und er hat mir glaubhaft versichert, dass das Ganze ausgemachter Blödsinn ist«, sagt Bea.

»Nein! Sie lügt doch.«

»Na, los. Bringen wir es hinter uns. Ich hab dieses Scheißleben sowieso satt.«

Carlsen nimmt entschlossen das breite Klebeband, reißt einen Streifen ab und verschließt damit Beas Mund. »Genug geschwätzt, los jetzt, Ferdinand.«

Der Baron streift sich blaue medizinische Handschuhe über. Vorsichtig nimmt er das siebzig Jahre alte Röhrchen aus dem Koffer. Aus einem schwarzen Beutel fördert er einen luftdichten Würfel aus Plexiglas zutage, in dem sich eine Haltevorrichtung befindet. Bedächtig klemmt er das Röhrchen in den Halter und schließt den Behälter wieder. Hoppe verteilt Atemschutzmasken. Sicher ist sicher. Die feine Nadel einer Spritze drückt sich durch eine elastische Membran langsam auf die Phiole. Von Selz dirigiert die Apparatur gekonnt, er hat es hunderte Male zuvor geübt. Die durchsichtige Flüssigkeit wird aufgesogen. Kein noch so winziger Tropfen geht verloren. Die Augen der fünf Menschen glühen. Die Spritze ist gefüllt und bereit, ihren Inhalt abzugeben. Die Probe wird erneut versiegelt. Die große Standuhr schlägt drei Mal. Es ist viertel vor zwölf Uhr.

»Zeit, Geschichte zu schreiben, Freunde.«

Irgendwo knarrt eine Tür. Wenn ich doch nur etwas sehen könnte, aber je weiter der Blick ins Innere der gewaltigen Empfangshalle geht, desto schlechter wird die Sicht. Es gibt zwei Aufgänge, wenn ich mich recht entsinne. Einer liegt direkt vor uns, praktisch der Übergang von der Kellertreppe hinauf in den ersten Stock. Die zweite Treppe muss sich am gegenüberliegenden Ende, jenseits der Garderobe, befinden. Es ist eine alte Villa, hohe Decken, eine Galerie empfängt die Besucher am Ende der Stufen im ersten Stock.

»Wo bleiben nur unsere Leute?«, murmelt Jessica.

Knarzende Dielen. Das Geräusch kommt eindeutig von oben. »Es muss jemand auf der hinteren Treppe oder oben auf dem Rundgang sein.« Ich umfasse meine Walther fester. »Wir können hier nicht bleiben. Es ist zwar dunkel, aber hier sitzen wir wie zwei blinde Hühner auf einer Stange. Wir ziehen uns in den Kellereingang zurück.«

Fast geräuschlos gelingt uns der Positionswechsel. Wir setzen uns auf die vierte Stufe. So kann ich zumindest erahnen, wenn sich jemand auf den Wintergarten zubewegt, ohne selbst gesehen zu werden. Jessica zuckt zusammen, als irgendwo im Haus eine Uhr laut dreimal schlägt. Ich spüre ihren Herzschlag an meiner Seite. Das alte Dreamteam noch einmal vereint. Was haben wir nicht schon alles miteinander durchgemacht. Ein Wahnsinn, wenn ich an die letzten beiden Jahre zurückdenke.

»Also, hier weiter in einem Kohlenkasten Blinde Kuh zu spielen, macht keinen Sinn.« Saschas Handy-Taschenlampe enthüllt einen leicht gekrümmten Gang.

»Jede Menge Türen, alle verschlossen.« Finya öffnet die erste Tür links. »Abstellkammer, nur Gerümpel.«

»Wie weit geht das denn noch?«, wundert sich Jens. »Sieht so aus, als wäre das gesamte Grundstück untertunnelt. Da gibt es einen zweiten Aufgang. Man hat also noch von einer anderen Stelle Zugang nach unten.«

»Perfekt, wenn man was zu verbergen hat.« Sascha schiebt die erste Tür rechts auf. »Wow, nicht schlecht.« Der Lichtkegel wandert über unzählige Weinregale. »Wenn Jonathan das sehen könnte, würde er ausflippen.« Weitere Türen lassen sich problemlos öffnen. »Alte Akten, Sonnenliegen ...«

»Ein altes Moped«, staunt Jens. »Mit eingraviertem Reichsadler.« Nach weiteren zwanzig Schritten ist das Ende des Kellergangs erreicht. »Das war ein Schuss in den Ofen.«

»Mist, mein Akku ist leer.«

»Kein Problem, meiner ist noch fast voll.« Im Nu hat Finya Abhilfe geschaffen. »Da ist ja doch noch eine Tür.«

Sascha flucht leise. »Abgeschlossen. Ist massiv, oder, Jens?«

Klaasen fährt mit der Hand über das Metall. »Allerdings, das wird einen Moment dauern.«

»Sag nicht, du bekommst die Büchse auch auf?«

Er grinst schelmisch. »Ich sagte doch, ich hatte ein paar ganz gute Lehrer.«

»Ich wusste gar nicht, dass wir ehemalige Safeknacker einstellen.« Sascha schmunzelt. »Hau rein. Ich habe das ungute Gefühl, als käme es auf jede Sekunde an.« Sie denkt nicht nur an Meryem und die Privatdetektivin, sie macht sich auch Sorgen um Jessica und Jonathan.

Klaasen hantiert mit verschiedenen winzigen Schlüsseln, die an einem Ring hängen. »Na, komm schon«, flucht er verbissen. Nach einer gefühlten Unendlichkeit öffnet sich die Tür mit einem Knacken. Mit den Pistolen im Anschlag betreten sie den letzten Keller. Finya leuchtet einmal ins Rund.

»Da liegt jemand!« Sascha eilt zu der gebundenen, auf der Seite liegenden Person, die offensichtlich bewusstlos ist – oder ... »Mein Gott, das ist Meryem!«

»Bitte sag mir, dass sie lebt«, verlangt Finya panisch. Sascha kniet neben der Journalistin, tastet nach ihrer Halsschlagader.

»Alles klar, nur ein schwacher Puls, aber Meryem lebt.«

Erleichtert atmet die blonde Polizistin auf. »Schneid die Handfesseln durch, Jens. Auweia, da ist eine mächtige Beule am Hinterkopf. Hoffentlich gibt das keine Folgeschäden. Wir müssen Meryem sofort hier rausholen und in ein Krankenhaus bringen. Kannst du sie tragen?«

»Na klar, ihr beide geht vorweg. Finya leuchtet und du sicherst.«

Noch ehe er die Bewusstlose richtig angehoben hat, wird die Kellertür zugezogen und erneut von außen abgeschlossen.

»Ich fasse es nicht«, stöhnt Sascha wütend. »Wie konnten wir nur so dumm sein und uns dermaßen schlecht absichern? Kannst du die nochmal knacken?«

»Mal sehen.« Finya beleuchtet das Schloss, während Sascha Meryems Kopf in ihren Schoß bettet. »Mist, der Schlüssel steckt von außen. Das wird ein Geduldsspiel. Jens muss den Bart ein Stück gedreht bekommen.«

Sascha streichelt die Wange der Journalistin, deren Augenlider sich flatternd öffnen. »He, Süße, wie geht es dir?«

»Bea ... wo ist sie?«

»Keine Ahnung, was ist passiert? Wer hat euch entführt?«

»Kraft.«

»WAS?«

»Erst hat die Fiedler mich eingesackt, dann er uns beide.«

»Agent Kraft?« Finya schüttelt ungläubig den Kopf. »Ich fasse es nicht. Was stimmt nicht mit dieser Welt?«

»Geld, Finya, Geld regiert diese Welt. Wer weiß, was die alten Säcke ihm geboten haben.«

»Hat er etwa Melissa auf dem Gewissen?«

»Nein. Ich denke, nicht. Von Selz sprach von einem Leutnant, der wohl die Drecksarbeit für den Club erledigt. Oh, mein Kopf, alles dreht sich.«

»Ein gekaufter Killer«, stellt Sascha nüchtern fest. »Das passt.«

»Ich glaube, mir wird schlecht«, stöhnt Meryem.

Mit einem Ruck reißt von Bönighausen der Gefangenen das Klebeband aus dem Gesicht. »Sie sollten kooperieren, Frau Fiedler. Bedenken Sie, falls das Virus den erhofften Erfolg zeigt, könnten Sie ebenfalls davon profitieren.«

»Was soll der Scheiß, Karl?«, protestiert Carlsen. »Du glaubst doch nicht ernsthaft, dass die Schlampe erneut die Seiten wechselt. Dazu ist es zu spät. Und jetzt tritt beiseite. Ferdinand, worauf wartest du? Setz endlich die Spritze!«

»Du hast das Gegenmittel?«

»Sicher.« Der Abrissunternehmer hat sein Werkzeug in der rechten Hand. Bea fixiert den ehemaligen Staatsanwalt, aber von Bönighausen fügt sich. Der Rest seines Anstands reicht nicht aus, um sich der Entscheidung der anderen entgegenzustellen. »Ich habe hier eine Vene. Franz, die Stoppuhr!«

»Ist bereit.«

»Ihr werdet alle in der Hölle schmoren«, prophezeit Bea Fiedler gefasst.

»Halt die Klappe, sonst klebe ich sie dir wieder zu«, giftet Caroline Wegmeister. Die Privatdetektivin schließt die Augen. Von Selz findet eine geeignete Ader. Behutsam drückt er den Kolben herunter.

Die Eingangstür öffnet sich, gleichzeitig wird der Lichtschalter betätigt. Die Deckenbeleuchtung flammt auf. Kurz geblendet, reibe ich mir die Augen.

»Jonathan ... Jonathan Dawson?« Anna von Selz schüttelt ungläubig den Kopf. »Was treiben Sie denn mitten in der Nacht, dazu noch im Stockdunkeln, im Haus meines Vaters?« Mit ironisch hochgezogenen Augenbrauen mustert sie Jessica. »Dazu noch mit einem blonden Engel im Schlepptau. Sie überraschen mich immer wieder.«

Irgendwie komme ich mir wie ein Schuljunge vor, den man gerade beim Stibitzen erwischt hat. Hastig stecke ich die Walther zurück ins Halfter.

»Falls es Ihnen entgangen sein sollte, Herr Kommissar, dies ist das Haus meines Vaters.« Ihre Stimme trieft vor belustigter Ironie. »Ich warte noch auf eine Antwort. Was treiben Sie hier, Jonathan?«

»Und Sie, Anna? Die Uhr schlägt gleich zur Geisterstunde. Nicht gerade die übliche Zeit, seinen gehassten Vater zu besuchen.«

»Eigentlich ist es ungehörig, eine Frage mit einer Gegenfrage zu beantworten, aber bitte ... Mein höchst ehrenwerter Erzeuger hat mich vor einer halben Stunde aus meinem wohlverdienten Schlaf geklingelt und mich gebeten, vorbeizukommen. Er hat wohl einen Anfall.«

»Tatsächlich?« Jess und ich haben den Kelleraufgang verlassen. Sie hat den Kopf leicht schräg gelegt. Das tut sie immer, wenn sie meint, jemanden bei einer Lüge erwischt zu haben. »Merkwürdig ist allerdings, dass Ihr Vater laut Unterlagen des Hausarztes kerngesund ist.«

Anna lacht kopfschüttelnd. »Wie kommen Sie denn auf diesen Dampfer? Daddy leidet an einem inoperablen Hirntumor, so viel steht fest.«

»Warum existieren dann keinerlei Krankenakten?«

»Er wird privat behandelt, so einfach ist das. Denken Sie etwa, wir hängen das an die große Glocke? Das ist nicht gut fürs Geschäft. Wer ist denn das blonde Gift überhaupt, Jonathan?«

»Mein Name ist Jessica Wald, Frau von Selz, Leiterin der Forensik der Duisburger Kriminalpolizei.«

»Und zu Ihrem Repertoire gehört Hausfriedensbruch?« Die Miene der Baroness verfinstert sich. »So, nachdem wir uns jetzt vorgestellt haben, möchte ich hören, warum Sie beide in das Haus meines Vaters eingebrochen sind, denn geläutet haben Sie ja offensichtlich nicht.«

»Zwei Frauen sind entführt worden. Es besteht der dringende Verdacht, dass die beiden hier gefangen gehalten werden.«

»Das soll wohl ein Witz sein?«

»Leider nein, Anna, Sie wissen, dass Ihr Vater und die anderen Mitglieder des Buchclubs im Verdacht stehen, fünf Menschen umgebracht beziehungsweise deren Ermordung angeordnet zu haben, um ihre obskuren Ziele zu erreichen.«

»Ja, ja, dieses Geschwafel haben Sie mir bereits vorgetragen.« Sie runzelt die Stirn. »Waren Sie etwa im Keller, nach den Vermissten suchen? Da können Sie sich verlaufen, es gibt mehrere Auf- und Zugänge.«

»Wie wäre es, wenn Sie mit uns einen kurzen Rundgang durch den Keller machen«, schlägt Jessica vor. »Bei der Gelegenheit treffen wir dann auch auf unsere Kollegen, die schon eine Weile in den Katakomben unterwegs sind.«

»Ich erwäge, unsere Anwälte einzuschalten, das ist doch wohl der Gipfel der Unverschämtheit. Ich werde jetzt nicht durch den Keller rennen, das können Sie vergessen. Ihre Gurkentruppe wird wohl allein herausfinden. Wenn Sie nichts dagegen haben, sehe ich jetzt nach meinem bescheuerten Vater.«

»Hören Sie, Anna ...«

»Na los, kommen Sie schon mit, Commissario, dann können Sie live beurteilen, ob mein Vater krank ist oder nicht.«

»Na schön.«

»Was ist mit Ihrer zauberhaften Begleitung? Wollen Sie noch ein paar Kellerasseln zählen oder kommen Sie auch mit nach oben?«

»Jonathan?«

»Komm ruhig mit.«

»Wer turnt denn überhaupt da unten rum? Ich vermute mal, Ihr rothaariger Pumuckl.«

»Kommissarin Brinkmann und zwei weitere Ermittler.«

»Bravo, fünf Polizisten, um einen todkranken Mann zu überfallen.« Anna von Selz wendet sich ab und steigt die hintere Treppe hinauf. Innerlich bin ich hin- und hergerissen, aber was soll den dreien schon passieren? Halb auf Jessica gestützt, nehmen wir die Stufen in Angriff.

Sechzig Sekunden sind seit der Injektion verstrichen.

»Verdammt, Ferdinand, da passiert ja gar nichts!« Hoppe schwitzt aus allen Poren. Seine Hände, die die Stoppuhr halten, zittern. »Tu doch was.«

»Reiß dich zusammen!«, zischt von Selz. »Wie fühlen Sie sich?«

»Bestens, Arschloch.« Bea lacht aufgekratzt, dann erstirbt ihr das Lachen auf den Lippen. Ein brennender Schmerz breitet sich, von ihrem linken Arm ausgehend, im ganzen Körper aus.

Neunzig Sekunden.

»Halt dich bereit, Heribert«, kommandiert von Selz nervös.

Beas Körper zuckt unkontrolliert. Ein schriller Schrei. Von Bönighausen wendet sich entsetzt ab. Wegmeister starrt gierig auf den Körper der Detektivin.

»Noch eine Minute.« Das Herz des alten Reeders hämmert. Seine Augen, fest auf den Zeitmesser gerichtet, tränen. »Es muss klappen, es muss einfach«, stammelt er. »Ich will leben, ich will leben.«

Bea atmet immer schneller, ihre Augen weit aufgerissen. Auf ihrem Gesicht, den Armen und am ganzen Körper bilden sich Beulen und Pusteln.

»Sie kollabiert uns noch.« Von Bönighausen würde am liebsten den Raum verlassen. Er hat die Spirale der Gewalt und der Morde nicht gewollt, aber das ist keine Entschuldigung, das weiß er nur zu gut. Es ist zu spät, um auszusteigen, er kann sich sein Strafmaß selbst ausrechnen. Er weiß, er wird das Gefängnis nicht mehr lebend verlassen. »Gib ihr das Gegenmittel, Heribert.«

»Es ist vor der Zeit!«, kreischt Wegmeister. Sie will sie alle überleben, diese feigen Drecksäcke mit ihren verschrobenen Ideologien. Will Rache für ihre Familie, die bei den Bombenangriffen lebendig verbrannt sind. Sie will nach England reisen, mit der Fähre, quer durchs Land, und

das Virus, wo immer es geht, freisetzen. Das ist ihr Plan, so soll die Vergeltung aussehen. »Wir müssen uns genau an van Cleefs Anweisungen halten.«

»Noch vierzig Sekunden.« Hoppe will dem nahenden Tod ein Schnippchen schlagen. Er will weiterleben und mit Ferdinand von Selz diesen Staat von innen heraus aushöhlen, untergraben, die Mächtigen auf ihre Seite ziehen, diese unsinnige Demokratie auslöschen, die politische Macht erringen, auf welchem Weg auch immer, und dann ein neues Reich erschaffen.

»Sie stirbt, ihr Idioten, seht ihr das nicht!«, brüllt von Bönighausen. Bea Fiedlers Körper erschlafft.

»Zehn, neun, acht ...« Hoppe zählt die Sekunden herunter. Carlsen sticht die Nadel in die Vene. Er will hauptsächlich Geld ... und natürlich ein langes Leben. Die illusorischen Visionen des Barons und des alten Reeders interessieren ihn nicht. »Jetzt!«

Der Abbruchunternehmer verabreicht das frisch generierte Heilmittel und macht einen Schritt rückwärts. Nur weg von diesem Gift. Stille senkt sich über das große Zimmer. Man hört nur das schwere Atmen. Starr sind alle Blicke der Clubmitglieder auf das aschfahle Gesicht der Frau gerichtet.

»Was ist jetzt, Ferdinand?«

»Woher soll ich das wissen, Caroline?«

»Sie ist tot«, jammert Hoppe. »Es war alles umsonst, ich werde sterben.«

»Hör auf zu heulen, du Weichei«, fährt von Selz ihn an. Der Baron legt bedächtig zwei Finger auf Beas Halsschlagader. Von Bönighausen beobachtet die Szenerie fast apathisch. »Da ... da ist ein Puls.«

Kapitel 56

Das Anwesen von Baron von Selz

Freitag, 28. Mai 2019, 23:35 Uhr

Der Kellerraum riecht furchtbar intensiv nach Erbrochenem. Sascha hat sich mit Meryem in die äußerste hintere Ecke verzogen, aber es existiert kein Fenster. Jens Klaasen arbeitet fluchend an dem Schloss. Seine Partnerin hat den Lichtkegel des Handys zielgenau ausgerichtet.

»Eine Sekunde Pause, sonst bekomme ich einen Krampf in der Hand.«

»Okay, nur die Ruhe, du schaffst das«, baut Finya ihn auf. »Soll ich es mal versuchen?«

»Nee, geht schon, es fehlt nur ein winziges Eckchen. Der Bart des Schlüssels muss gerade im Schloss stecken, dann kann ich das Scheißteil rausschieben und das Schloss öffnen, so wie gerade. Ich hoffe nur, dass mir der Hebel nicht abbricht, dann haben wir verloren.« Klaasen knetet seine Finger, strafft sich und geht wieder in die Knie. »Alles klar, Spot an.«

»Jessica ist auch hier«, murmelt Sascha.

»Wirklich? Oh, Mann …« Meryem wischt sich zum x-ten Male mit einem Papiertaschentuch über die Lippen. »Sie werden Bea das Virus verabreichen.«

»Um zu sehen, ob sie überlebt, vermute ich.« Die Journalistin nickt. »Jonathan ist mit Jess da draußen. Die werden sicher gleich runterkommen und uns befreien, wenn wir nicht wieder auftauchen.«

»Hoffentlich ist ihnen nichts zugestoßen.«

»Ja.« Im Dämmerlicht kann Meryem Saschas besorgtes Gesicht nur erahnen. »Das hoffe ich auch.«

Jonathan ist angeschlagen und Jessica hat keinerlei Kampfausbildung. Eine verdammte Sturmflut bricht über uns herein, und ich sitze hier fest.

Zum wiederholten Male versucht Sascha, mit Klaasens Handy Jonathan anzurufen, aber in diesem Verlies ist eine Verbindung nicht möglich.

Anna erreicht deutlich eher als Jessica und ich das Obergeschoss. Kein Wunder, bei meiner eingeschränkten Beweglichkeit.

Dann, aus heiterem Himmel, ein markerschütternder Schrei. Eine weibliche Stimme, zweifellos. Die Baroness reißt die rechte Seite der hohen Flügeltür zum Salon auf. Schon ist sie aus unserem Blickfeld verschwunden. Die Tür schließt sich hinter ihr. So schnell es eben geht, folgen wir.

»Okay, Jess.« Ich ziehe meine Waffe wieder. »Du machst die Tür auf, ich sondiere die Lage, aber du bleibst in jedem Fall hinter mir.«

»Alles klar.«

Sie umfasst den Türknauf. Ich nicke ihr zu, die Walther im Anschlag. Sie öffnet die Tür. Der Anblick, der sich mir bietet, ist erschütternd. Der Baron, Wegmeister, Carlsen, Hoppe und von Bönighausen umringen einen Lehnstuhl, in dem Bea Fiedler sitzt, anscheinend bewusstlos oder tot, mit Klebeband fixiert.

»Was haben Sie nur getan?«, stöhnt Jessica in meinem Rücken.

»Weg von ihr!«, fahre ich die fünf Verbrecher an. »Na los, wird's bald!« Wir machen zwei Schritte in den Saal hinein. »Jess, kümmere du dich um Bea. Und Sie alle ...« Der Lauf meiner Pistole schwenkt einmal die Phalanx ab. »Ich verhafte Sie wegen der Morde an Pater Hermann, Adrian Köllner, Karl Geiger, Luzie Schüssler, Melissa Nguyen und Jochen Wammer.«

»Immer langsam mit den alten Pferden, mein Lieber.« Annas Stimme in meinem Rücken. Ich spüre den Lauf einer Pistole an meinem Hinterkopf.

»Anna ... aber ...«

»Lassen Sie die Waffe fallen, Jonathan. Ich würde Ihnen ungern den Schädel wegblasen, das gibt so eine Sauerei auf dem schönen Teppich.«

Ferdinand von Selz lacht aufreizend fröhlich. »Bravo, mein Schatz, was würden wir ohne dich nur machen.«

»Genau, Sie sind einfach unschlagbar ...«, stimmt Carlsen zu, »Leutnant!«

Dicke Schweißtropfen perlen über Klaasens Gesicht. Seine Hand zittert. Er fühlt den Druckpunkt, die winzige Erhebung am Schlüsselbart, durch seinen Metallstift. »Kontakt.« Er schluckt schwer. »Zum Glück wurde der Schlüssel nicht gedreht, dann wären wir am Arsch ... sorry.«

Finya wagt kaum noch zu atmen. Meryem ist in Saschas Schoß in einen Dämmerzustand gefallen, murmelt unverständliche Worte.

»Okay, jetzt oder nie!« Er presst den Handballen gegen den Metallstift. Der Schlüssel gibt endlich seinen Widerstand auf, fällt aus dem Schloss. Spontan springt Klaasen auf, umarmt seine Kollegin.

»Gute Arbeit, Jens. Wirklich gute Arbeit.«

»Okay, jetzt nur noch das Schloss öffnen, dann sind wir wieder im Spiel.«

»Sie ... Sie sind der Leutnant?« Ich lasse meine Waffe fallen. Von Bönighausen nimmt sie an sich. »Sie haben all die Menschen umgebracht. Anna ... ich kann das kaum glauben.«

Sie lacht schallend. »Überraschung, oder? Mein Vater und ich sind hervorragende Schauspieler, finden Sie nicht auch? Unsere Show war überzeugend, nicht wahr?« Sie dirigiert uns zu den hohen Lehnstühlen. »Bindet sie gut fest.«

»Das übernehme ich.« Carlsen macht uns mit dem silbernen Klebeband praktisch bewegungsunfähig. »Tja, das hätten Sie wohl nicht gedacht, Kommissar Schlaumeier.«

»Warum, Anna, warum?« Ich bin immer noch total entsetzt.

Die Tochter des Barons lässt für einen Moment die überlegene Maske fallen. »Ich will Sie nicht dumm sterben lassen, Jonathan. Nicht mein Vater ist todkrank. Ich bin es, ich leide an einem Hirntumor, der in Intervallen unfassbare Schmerzen verursacht. Ich verbringe ganze Tage in einem abgedunkelten Zimmer, vollgepumpt mit Schmerzmitteln.«

»Das entschuldigt keinesfalls die Morde.«

»Das kann niemand nachvollziehen, der diesen Schmerz nicht am eigenen Leibe erlebt hat«, gibt sie verbittert zurück. »Eine sterbende Seele greift nach jedem Strohhalm, sei er noch so dünn und brüchig.«

»Das ist ja eine kranke Philosophie.« Jessica schüttelt mitleidig den Kopf. »Glauben Sie den Scheiß etwa? Kann ich mir nicht vorstellen. Sie sind eine mega Egoistin, die skrupellos über Leichen geht. So einfach ist das.«

»Halten Sie den Mund!«

»Sechs Leben für eine irrige Hoffnung auf Heilung.« Die Forensikerin lacht trocken. »Sie gehören in eine geschlossene Anstalt.«

»Lass dich nicht provozieren, Schatz«, schreitet von Selz ein. »Sie wollen dich nur verunsichern, das ist nur billige Polizeitaktik.«

»Oh Gott, seht nur«, kreischt Caroline Wegmeister. »Die Geschwüre bilden sich zurück! Das Gegenmittel wirkt, es funktioniert! Wir werden ewig leben!«

Anna lässt uns keine Sekunde aus den Augen, während der Rest des Buchclubs begeistert Bea beobachtet, die tatsächlich ruhiger atmet. Unsere Blicke treffen sich. Da ist eine tiefe Trauer, aber auch ein gieriges Feuer, der unbändige Wille, das schwindende Leben festzuhalten.

»Wie geht es jetzt weiter, Anna?« Ich versuche, gelassen zu wirken, während mein Herz bis zum Hals hämmert und mein Verstand verzweifelt nach einer Lösung sucht. »Werden Frau Wald und ich die Nummern sieben und acht auf der Todesliste sein? Dann sind da noch die drei im Keller, das sind summa summarum elf Morde.« Ich sehe, wie es in ihr arbeitet. *Verdammt, ein Anfall wäre jetzt gut!* »Moment, ich habe ja die entführte Journalistin vergessen. Herrjeh, langsam verliert man die Übersicht. Aber selbst wenn der Plan aufgehen sollte, was nicht geschehen wird, dann stehen elf Leben für eines auf der Rechnung, abgesehen davon, dass Sie und Ihr famoser Verein mit der Nummer nicht durchkommen werden. Sie alle werden schon jetzt von jeder Polizistin und jedem Polizisten Duisburgs gesucht.«

»Was denken Sie, Jonathan, was die Aussicht auf ein langes Leben mit den Menschen machen wird? Den Polizisten, den Richtern, den Ministern, den Lobbyisten, den wirklich Mächtigen in diesem Land? Dann geht die Rechnung auf, Jonathan, dann sind es irgendwann Hunderte, die in den Genuss unseres Mittels kommen. Hunderte an den Schaltstellen dieses Landes.«

»Nicht jeder Mensch ist käuflich.«

»Wir werden sehen. Wie geht es der Detektivin, Vater?«

»Ausgezeichnet, oder?« Von Selz tätschelt Beas Wangen.

»Nimm deine Finger aus meinem Gesicht!«

»Na bitte.« Hoppe lacht wie ein Irrer. »Ferdinand, jetzt, wo wir doch ziemlich sicher sein können, dass wir alle ...«

»Nein!«, donnert von Selz. »Du weißt, was wir vereinbart haben, Franz. Erst Anna, dann der Rest.«

»Was wird Ihr Sohn, der Herr Staatsanwalt, wohl zu den Machenschaften seines Vaters sagen?«, versucht Jessica einen neuen Kurs einzuschlagen. »Oder ist er etwa eingeweiht? Das würde ich ihm glatt zutrauen.«

»Natürlich nicht.«

»Ich dachte immer, Sie seien zwar ein beschissener Durch-und-durch-Kapitalist, aber auch ein Ehrenmann.« Sie bläst eine Strähne aus ihrem Gesicht. »Da habe ich mich wohl geirrt.«

»Ferdinand, bitte, es geht mir nicht gut. Meine Zeit läuft ab. Ich zahle dir, was du willst«, jammert der alte Reeder.

»Ruhe jetzt!«, verlangt Anna.

»Anna, sei gnädig, du bekommst dann die nächste Dosis. Es wird alles gut.«

»Ich sagte doch, du sollst still sein, ich muss nachdenken.«

»Aber Anna, ich ...«

Geschmeidig wie eine Wildkatze wirbelt sie herum. Ein dumpfer Knall. Eine Kugel findet ihren Weg in die Stirn des Reeders. Er sackt in sich zusammen.

»Ich hatte ihn gewarnt.«

»Anna! Musste das denn sein?« Caroline Wegmeisters Augen sind vor Entsetzen ganz groß. »Der arme Franz ...«

»Scheiß auf den armen Franz. Wer sich nicht an die Abmachung hält, muss mit den Konsequenzen leben.«

»Beeindruckend. So kann man Probleme natürlich auch lösen.«

»Seien Sie ruhig, Jonathan.«

»Warum? Sie werden uns doch sowieso erschießen.«

Ich sehe deutlich, wie es hinter ihrer Stirn arbeitet. Die Hand, in der sie die Waffe hält, zittert leicht. Sie schließt kurz die Augen. Wurden meine Gebete womöglich erhört?

»Behalte die zwei im Auge«, weist sie von Bönighausen an. Sie wendet sich der Privatdetektivin zu. »Ich biete Ihnen eine einmalige Chance an, Bea.« Zärtlich streicht sie über ihre Wange. Die roten Pusteln sind fast schon wieder verschwunden. »Sie könnten meine Vertraute werden, Bea, sehr lange leben, kerngesund, an meiner Seite.« Für einige Augenblicke verzerrt sich Annas Gesicht. Sie hält den Atem an, der anschließend stoßweise zurückkehrt. »Na, was sagen Sie?«

»Ich sage ...« Bea lächelt gewinnend, »fahr zur Hölle, du verfluchte Psychopathin.«

»Ah, na ja, ich hatte nichts anderes erwartet. Vater ...«

»Ja, mein Augenstern.«

»Mir bleibt nicht mehr viel Zeit.«

»So schlimm?« Von Selz macht ein bestürztes Gesicht. »Es ist alles vorbereitet. Heribert und Kurt, ihr bewacht die Polizisten und die Fiedler, oder willst du sie ...«

»Später, Dad, später.« Anna kann ihren Schmerz kaum noch verbergen. Die Worte sind abgehackt, verkrampft.

»Gut. Caroline, komm mit. Nimm den Koffer, das Gegenmittel trage ich. Komm, mein Kind, bald hast du es geschafft.« Die vier verlassen den Raum.

Jens Klaasen reißt die Tür auf. Ein Schwall übelriechender Luft entweicht.

»Meryem ist mehr oder weniger bewusstlos. Wir müssen sie tragen«, kommt Saschas Stimme aus dem Dunkeln.

»Ich komme schon.« Sie übergibt ihm ihre Schutzbefohlene. »Geht nur, das Fliegengewicht schaffe ich alleine.«

»Danke, Jens.« Finya und Sascha stürmen durch den gewundenen Gang, dann die Treppe hinauf in die Eingangshalle. »Jonesy und Jessica sind weg!«

»Bestimmt nach oben.« Finya nickt Sascha aufmunternd zu. Die Pistolen im Anschlag steigen sie die hintere Treppe hinauf in den ersten Stock.

Zischend öffnet sich die massive Tür des Panikraums. Von Selz muss seine Tochter stützen, die nur noch ganz flach atmet und die Augen fast geschlossen hat, um den unerbittlich heraufziehenden brennenden Schmerz in Schach zu halten. Anna sinkt stöhnend auf das große Bett. Ihr Vater betätigt einen Schließmechanismus. Mit einem gespenstischen Summen fährt die Tür zurück.

»Muss das sein? Ich leide schnell unter Platzangst, das weißt du doch.«

»Ich gehe auf Nummer sicher, Caroline. Jetzt, da wir am Ziel angelangt sind, darf uns niemand stören. Mein Mädchen leidet, siehst du das nicht?« Konzentriert zieht er zum zweiten Mal eine Spritze in dem Kubus auf. »Hast du die Stoppuhr parat?«

»Sicher.«

»Perfekt.« Er desinfiziert die Einstichstelle. »Alles wird gut, mein Schatz, gleich wird es dir besser gehen.« Seine Tochter schlägt die Augen auf. »Ich liebe dich so sehr, mein Kind. Endlich wird dein Leiden ein Ende haben.«

»He, Arschloch, ich muss mal.« Hoppes Kopf liegt auf Beas Füßen. Blut sickert in ihre Schuhe. »Hallo? Spreche ich Suaheli, oder was?«

Carlsen sieht unschlüssig zu von Bönighausen. »Was sollen wir tun, Kurt?«

»Wenn Sie beide uns jetzt helfen, diesen Wahnsinn zu beenden, werden wir vor Gericht ein gutes Wort für Sie einlegen«, biete ich an. »Noch ist es nicht zu spät.«

»Na sicher, dann bekommen wir statt lebenslänglich fünfzehn oder zwanzig Jahre.« Von Bönighausen schüttelt den Kopf. »Das ist keine Option, Dawson.«

»Am besten erschießen wir die einfach«, krächzt Carlsen. »Dann sind wir sie ein für alle Mal los. Wir verbuddeln die samt Franz.« Wortlos hält von Bönighausen ihm die Waffe hin. »Was ... was soll das denn?«

»Hier, bitte, knall sie ab, alle drei, Heribert. Na los, komm schon, nimm die Pistole. Die können dir nichts tun, ist doch ganz einfach.«

»Aber du hast die Waffe.«

»Oh nein, Heribert, ich werde nicht drei wehrlose Menschen erschießen, das musst du schon auf dich nehmen.« Von Bönighausen packt die Pistole am Lauf und hält sie dem schwitzenden Carlsen unter die Nase. »Na, was ist?«

»Das sollten Sie nicht tun«, insistiert Jessica. »Unser Angebot steht noch. Sie können den Erfolg für sich allein reklamieren, Herr von Bönighausen.«

Für einen Moment erlaube ich mir die Hoffnung, dass er auf den Deal eingeht, aber dann nimmt Carlsen die Waffe. Bea zerrt erfolglos an ihren Fesseln.

»Also gut.« Carlsens rechte Hand führt jetzt meine Walther. »Ich mache es.«

»He, du Möchtegern-Killer, ich muss immer noch pinkeln.«

Ich ahne, was Bea vorhat. Sie will Carlsen von uns ablenken, aber das wird uns nichts nützen. Die verdammten Klebebänder sitzen stramm und fest.

»Hallo, Wichser, ich warte. Entweder du erschießt mich oder du lässt mich zum Klo.«

»Das kannst du haben, du Schlampe.« Carlsen macht zwei Schritte auf sie zu.

»Das wird dem Herrn Baron aber gar nicht gefallen«, rufe ich. Carlsen hält inne. »Frau Fiedler ist praktisch ein einmaliges Forschungsobjekt. Sie hat beide Injektionen bekommen. Sie soll sicherlich weiter untersucht und beobachtet werden. Wenn Sie Bea erschießen, hat der Leutnant sicher sehr zügig auch für Sie eine Kugel parat. Denken Sie nur an den Kollegen Hoppe.«

»Scheiße, da ist was dran. Was sagst du, Kurt?« Carlsen tritt unschlüssig von einem Fuß auf den anderen. »Kurt, so hilf mir doch!« Von Bönighausen schweigt. »Okay, dann also der Bulle, der geht mir sowieso auf den Sack.« Im Nu steht Carlsen neben mir. Die Mündung meiner Waffe drückt sich kalt an meine Schläfe.

Anna zuckt, bäumt sich auf, als würden permanent Stromstöße durch ihren Körper geleitet. Caroline steht links neben dem Bett, die Hände vor den Mund gepresst. »Mensch, Ferdinand, so schlimm war es doch bei der Fiedler nicht.«

Der Baron versucht, Annas Hand zu halten. Die ersten Pusteln und Beulen bilden sich. »Wie lange noch?«, schreit er schrill.

»Eine Minute.«

»Halt durch, mein Kleines, gleich wird es besser.« Er hält die Spritze mit dem Gegenmittel verkrampft in beiden Händen. »Bitte, Schatz, ich liebe dich so sehr.«

»Ich brenne, ich verbrenne. Vater …« Die flehenden Augen unnatürlich groß. »Vater … bitte.«

»Noch dreißig Sekunden.«

»Gleich, Kind, gleich …«

Sascha und Finya stehen vor der hohen Tür, die, wie sich die Ostfriesin erinnert, zu einem großen Saal führt.

»Stimmen«, flüstert sie. *Okay, dann also der Bulle, der geht mir sowieso auf den Sack.* Sie fasst den Türknauf. »Oh Gott, Jonesy. Auf drei, Finya!«

»Okay!«

»Ave Maria! Jungfrau mild, erhöre einer Jungfrau Flehen, aus diesem Felsen starr und wild, soll mein Gebet zu dir hin wehen. Wir schlafen sicher bis zum Morgen, ob Menschen noch so grausam sind. O Jungfrau, sieh der Jungfrau Sorgen, O Mutter, hör ein bittend Kind! Ave Maria!«

Jessica singt laut und voller Inbrunst. Unwillkürlich laufen mir Tränen über das Gesicht. Jeder Ton stimmt, ihre Stimme so fest und wundervoll durchdringend.

»Aufhören!«, brüllt Carlsen dazwischen. »Hör auf, oder du bist die Erste!« Schon dreht sich der Lauf in ihre Richtung. Sie singt unbeirrt weiter.

»Drei!«

Die Tür quietscht, als die beiden Frauen in den Raum stürmen. Sascha erfasst die Situation blitzschnell. Ohne zu zögern feuert sie drei Schüsse auf den verdutzten Carlsen ab. Ungläubiges Entsetzen spiegelt sich auf seinem Gesicht. Eine der Kugeln verfehlt ihr Ziel, die anderen beiden treffen das rechte Knie und die Brust. Carlsen knickt ein, aber sein Finger betätigt im Fallen doch noch den Abzug. Ein Schuss löst sich. In einem Funkenregen explodieren einige elektrische Kerzen des an der Decke befestigten Kronleuchters. Die flackernden Birnen verwandeln das Zimmer in eine apokalyptische Diskothek. Finya tritt meine Pistole beiseite. Ihre deutet unmissverständlich auf von Bönighausen, dessen Hände unaufgefordert nach oben gehen.

»Hilfe, ein Arzt, ich sterbe«, wimmert er, beide Hände auf die Schusswunde gepresst. »Oh Gott, ich verblute.«

»Na hoffentlich, du Dreckschwein!« Beas Augen verschießen höllische Blitze.

»Das war knapp.« Stückchenweise fällt die Anspannung von mir ab.

Sascha grinst befreit, trennt mit einem Taschenmesser unsere Fesseln auf. Ein flüchtiger Kuss, so viel Zeit muss sein, dann befreit sie Jessica.

»*Just in time*, Seemann.«

»Was ist mit Meryem?«, kommt die bange Frage der Pathologin.

»Jens kümmert sich um sie. Sie hat 'ne mächtige Beule, aber das wird schon.«

»Hilfe, warum hilft mir denn niemand?«

»Kurt von Bönighausen, ich verhafte Sie wegen versuchten Mordes in mindestens fünf Fällen.« Finya legt ihm Handschellen an.

»Ich rufe einen Krankenwagen, ach, scheiße, mein Akku ist ja leer. Finya …«

»Warte, Finya«, bitte ich.

»Ich habe den Carlsen übel erwischt«, gibt Sascha zu bedenken. »Er könnte verbluten.«

»Wo sind der Baron und seine Tochter?«, frage ich ihn.

»Keine Ahnung«, zischt er. Sascha hat inzwischen auch Bea von ihren Fesseln befreit. »Ich brauche Hilfe.«

»Keine Info, kein Krankenwagen.«

»Ich sterbe.«

»Schon möglich. Ich höre …« Blut sickert durch seine zuckenden Finger. »Wo stecken Ferdinand und Anna?«

»Die alte Schreckschraube Wegmeister nicht zu vergessen«, ergänzt Bea. Schwer atmend reibt sie sich die Handgelenke.

»Im Obergeschoss befindet sich ein Panikraum«, erklärt von Bönighausen tonlos. »Dort werden die drei wohl sein.«

»Verräter …«, keucht Carlsen.

Finya wählt den Notruf. Jessica nimmt ein Kissen von einer der Couchen.

»Pressen Sie das auf die Wunde.« Sie begutachtet die Verletzungen. »Die Beinwunde ist nur ein Streifschuss, die in der Brust kann ich nicht beurteilen. Wie geht es Ihnen nach den Injektionen, Bea?«

»Erst habe ich gedacht, ich würde verbrennen, der ganze Körper war ein Flammenmeer, dann spülte eine eiskalte Woge durch meinen Körper, und jetzt fühle ich mich, als könnte ich Bäume ausreißen. Bin ich jetzt …« Sie zuckt mit den Schultern, »was auch immer?«

»Das werden Untersuchungen ergeben.«

»Werden Sie mich verhaften, Herr Kommissar?«

Ich nehme meine Waffe wieder an mich. »Sie haben Meryem Yildiz entführt, und Sie haben Verbrechen zumindest billigend hingenommen.«

»Was ist mit meiner Kronzeugenregelung?«

»Wir werden sehen. Finya, Jess … ich denke, ihr habt die Lage hier unter Kontrolle.« Die beiden nicken unisono. »Dann werden wir uns jetzt um unseren feinen Leutnant kümmern.«

Kapitel 57

Das Anwesen von Baron von Selz
Samstag, 20. Mai 2019, 00:20 Uhr

»Jetzt, die drei Minuten sind rum.« Caroline Wegmeister hebt den alten Wecker wie eine Trophäe hoch. Anna von Selz hat den Mund weit aufgerissen. Ihr Vater verabreicht das Gegenmittel.

»Nun wirst du leben, Anna, leben ohne Schmerzen.« Er zittert am ganzen Körper. Seine Tochter sackt in sich zusammen. Er weint. Sie ist sein Ein und Alles. Gesicht und Arme sind verunstaltet, übersät von Beulen und Pusteln, aber sie atmet ruhiger, gleichmäßiger. Ihre Züge entspannen sich. »Es wirkt«, flüstert er andächtig, von dem Erfolg

überwältigt. »Alles wird gut, alles wird gut. Du und ich … wir werden uns diese Welt untertan machen.«

»Was ist mit mir, Ferdinand? Ich will meine Rache, das hast du mir versprochen.«

Von Selz lächelt mitleidig. »Natürlich, Caroline, du wirst genau das bekommen, was du verdient hast.« Anna niest lautstark. Ihr Vater lacht erfreut. Seine Tochter kehrt ins Leben zurück.

»So kann das nicht weitergehen, Jonesy.« Wir hasten, so schnell es mein geschwollenes Fußgelenk zulässt, die Treppe ins nächste Stockwerk hinauf. »Ich hatte so erbärmliche Angst um dich, dass ich fast gelähmt war. Ich habe in diesem Scheißkeller gehockt und nur gedacht: Hoffentlich geht es ihm gut, hoffentlich ist ihm nichts passiert.«

»Mir ging es ja genauso. Als mir Carlsen meine Waffe an die Schläfe hielt, dachte ich nur: Ich hatte zu wenig Zeit mit Sascha, das kann es doch noch nicht gewesen sein.«

Wir durchqueren einen Flur. Indirektes Licht flammt automatisch auf, dann stehen wir vor einer scheinbar fugenlosen Wand. Lediglich ein Tastenfeld in Augenhöhe beweist uns, dass wir am richtigen Ort angelangt sind.

»Die können uns wahrscheinlich über eine Kamera sehen, oder?«, vermutet Sascha. Ich muss mich permanent beherrschen, um sie nicht einfach in den Arm zu nehmen. »Da oben, in der Decke, ein kleiner Knopf.«

Ich nicke. »Ferdinand von Selz, geben Sie auf. Wir haben Ihre Schergen überwältigt. Aus dieser Falle gibt es kein Entkommen, das sollten Sie einsehen. Also öffnen Sie die Tür. Beenden Sie dieses unsägliche Drama in Würde. Ich verspreche Ihnen, dass sich Ärzte um Ihre Tochter kümmern werden.«

»Verschwinden Sie, Dawson, gehen Sie einfach weg.« Die Stimme des Barons schallt aus unsichtbaren Lautsprechern.

»Lassen Sie es gut sein, es sind genug Menschen gestorben.«

»Ferdinand, ich ... mir geht es nicht gut.« Caroline Wegmeister lässt sich auf eine Bank fallen. »Mir ist so heiß, ich bekomme schlecht Luft. Wasser ... bitte.«

Der Baron löst sich widerwillig von seiner Tochter, die in einen tiefen Schlaf gefallen ist. Er stakst steifbeinig zu einem überdimensionalen amerikanischen Kühlschrank. Schwer atmend öffnet er die Tür und nimmt zwei kleine Flaschen Mineralwasser heraus. Kurz wird ihm schwarz vor Augen. An der linken Wand flammt ein kleiner Bildschirm auf. Jonathan Dawson und seine verfluchte rothaarige Partnerin. Er reicht der verbitterten alten Frau das Wasser.

»Verschwinden Sie, Dawson, gehen Sie einfach weg.« Von Selz schaltet den Ton aus, wundert sich, dass ihm das Sprechen so schwerfällt. Sein linker Handrücken brennt wie Feuer. »Nein!«

Entsetzen macht sich breit. Da ist eine Beule ... und sie wird größer, heißer und schmerzhafter. Sein Blick richtet sich auf seine Tochter, deren Blessuren schwinden. Der Kubus, luftdicht, die Spritze, er hat doch alles richtig gemacht. Anna niest noch einmal, dann rollt sie sich wie ein Embryo zusammen.

Das ist es, schießt es dem Baron durch den Sinn. Das Niesen! Die Fiedler hat das nicht getan, auch keine der Pusteln ist aufgeplatzt. Der Körper hat beide Stoffe vollständig assimiliert, ehe etwas von dem Gift in die Luft gelangen konnte. Bei Anna war es anders, sie hat zwei Mal geniest. Hinzu kommt der relativ kleine, geschlossene Raum.

»Ferdinand, mir geht es immer schlechter ...«

Ich werde sterben! Der Gedanke, die Erkenntnis ist glasklar. Wie ein gewaltiger Schlag in den Magen. Der Baron spürt schon, wie die Hitze in seinem Körper aufsteigt. Seine Beine drohen den Dienst zu versagen.

»Anna, meine geliebte Anna.« Er schleppt sich zu ihrem Bett. »Du wirst leben, Kind. Ich habe dein Leben gerettet, wie ich es versprochen habe.«

Das Höllenfeuer brennt in ihm. Da ist kein Rest des Gegenmittels übriggeblieben. Caroline liegt zuckend auf dem Boden, die Augen weit aufgerissen.

Er erinnert sich an van Cleefs Aufzeichnungen. Die Verfallszeit. Wie war das noch? In geschlossenen Räumen circa acht Minuten, an der frischen Luft weniger als eine. Von Selz lacht und weint gleichzeitig. Was für ein Reinfall! Dieses Virus wäre niemals eine wirksame Waffe gewesen, aber der Nebeneffekt, die Erneuerung der Zellen … ein verdammtes Wunder!

Verspielt!

Hoch gepokert – und verloren.

Ferdinand von Selz schreit. Dieses Feuer wird ihn umbringen. Aber Anna, seine geliebte Tochter … Sie wird leben.

Ratlos stehen wir vor dem geschlossenen Panikraum.

»Da kommen wir ohne Hilfe nicht rein«, stellt Sascha nüchtern fest. Die Minuten vergehen. »Willst du mal nach unten humpeln und die Lage checken?«

»Kann ich machen«, gebe ich unentschlossen zurück. Durch die hohen Fenster sieht man Blaulicht näher kommen.

»Jonesy? Was ist los mit dir?«

»Ich dachte immer, ich könnte mich auf meine Menschenkenntnis halbwegs verlassen, aber Anna eine fünffache Mörderin … da lag ich total daneben.«

»Plus den ollen Reeder.«

»Ach ja.«

»Aber jetzt ist es vorbei.« Sascha wirkt geradezu aufgekratzt. »Hier kommt die Bande nicht raus, den Rest haben wir in der ersten Etage eingesackt.«

»Fehlt auf jeden Fall noch Kraft, diese elende korrupte Natter.«

»Wir werden eine bundesweite Fahndung veranlassen. Den erwischen wir, Jonesy, und dann werden wir den so was von kielholen …«

»Ich bewundere deine Energie«, muss ich zugeben. Irgendwie sucht mich eine grenzenlose Müdigkeit heim.

»Ich freue mich einfach auf unser Häuschen. Du hast mir eine ausgiebige Weinprobe versprochen.«

»Eine kleine, ganz intime, nur für uns beide, und ...« Ich hoffe, mir gelingt ein Lächeln. »Eine ganz große Party, mit all unseren Freunden. Die können in Zelten pennen oder sich im Dorf einmieten. Wir werden drei Tage durchfeiern.«

»Ahoi, Käpt'n, so gefällst du mir schon besser. He, was ist das denn?«

Rechts neben dem Tastenfeld wird ein Bildschirm in Handygröße sichtbar. Im dämmrigen Licht war uns diese Vorrichtung nicht aufgefallen.

»Das ist Anna.«

Die Baroness sieht direkt in die Kamera. Es knackt im Lautsprecher. »Ah, natürlich. Jonathan Dawson und sein unvermeidbares Anhängsel.« Sie lacht gewinnend, eine smarte Geschäftsfrau, geht einen Schritt zur Seite. Der Baron und Caroline Wegmeister liegen regungslos am Boden. »Tja, die beiden haben es leider nicht geschafft.«

»Was ist passiert?«

»Möglicherweise habe ich ein wenig von dem Virus freigesetzt.« Sie zuckt mit den Schultern. »Da war dann diese Blechbüchse kontraproduktiv, dennoch ... ich bin meinem Erzeuger natürlich höchst dankbar für seinen Einsatz. Das wird sicher eine bewegende Trauerfeier.«

»Haben Sie gar kein Herz?«, fragt Sascha kopfschüttelnd.

»Wer weiß, Frau Kommissarin. Sehen Sie mich doch einfach als eiskalten Engel, das würde mir gefallen.«

»Ich verständige sofort das Seuchenschutzkommando.«

»Tun Sie, was Sie nicht lassen können. Das Virus ist tot. Fünfzehn Minuten sollten gereicht haben. Es besteht keine Gefahr mehr für Ihre Trachtentruppe.«

»Die Scherze werden Ihnen noch vergehen«, prophezeit Sascha wütend.

»Ach Gott, wie süß. Wissen Sie, Frau Brinkmann, ich bin da guter Dinge. Mir geht es fantastisch, zum ersten Mal seit Jahren. Sie werden mir meine gute Laune nicht vermiesen.«

»Ich vielleicht nicht, aber eine lebenslange Gefängnisstrafe in einem Hochsicherheitstrakt womöglich«, gibt Sascha bissig zurück.

»Aber ich werde noch auf ihrem Grab tanzen, Verehrteste. Ich werde leben, lachen und Wein trinken, wenn ihre Knochen bleichen und verrotten. Aber genug davon, darf ich jetzt rauskommen, damit Sie mir Handschellen anlegen können, oder wollen die Herrschaften auf das ABC-Team warten?«

Kapitel 58

PROVISORISCHE ISOLIERSTATION IM UNTERSUCHUNGSGEFÄNGNIS; MONTAG, 22. MAI 2019, 10:30 UHR

»Auch die letzte Untersuchung war absolut negativ, Herr Kommissar. Beide Frauen erfreuen sich bester Gesundheit, keine Spur von einem Virus oder einer Infektion. Sie können Ihre Schäfchen in normale Zellen verlegen.« Professor Wollscheid macht ein wissenschaftlich-überhebliches Gesicht. Ein eloquenter Mittvierziger mit vollen schwarzen Haaren und Modelfigur, und er ist sich seiner Erscheinung bewusst.

»Es sind erst achtundvierzig Stunden vergangen«, gebe ich zu bedenken. »Ist das nicht etwas gewagt?«

»Mein lieber Herr Kommissar ...« Es hört sich an wie *Mein kleiner unbedarfter Streifenpolizist.* »Wir können gerne weiter meine kostbare Zeit vergeuden, aber Sie dürfen mir schon zutrauen, dass ich weiß, wovon ich rede. Wo soll denn ein neuer Virus herkommen?« Er schnippt mit dem Finger wie einst Catweazle. »Virologie und Gentechnik sind kein Hexenwerk.«

»Wirklich? Bei Ihrem Auftreten könnte man fast das Gegenteil behaupten«, kommentiert Sascha ironisch.

»Wie bitte?«

»Meine Kollegin meint damit: *Sie können uns mal.*« Ich lächele unverbindlich. »In diesen heiligen Hallen haben wir den Hut auf. Die beiden Damen bleiben weitere achtundvierzig Stunden unter Ihrer fachkundigen Beobachtung, dann sehen wir weiter.«

Noch ehe er zurückschlagen kann, geben mehrere Überwachungsmonitore in Beas Zelle Alarm. Der Virologe setzt hastig eine Maske auf, geht durch die Luftschleuse und streift Handschuhe über. Sekunden später wirft er den Atemschutz achtlos zu Boden.

»Was ist da los?«, will ich wissen. Hat sich das Virus zurückgemeldet? Die Reaktion des Arztes spricht allerdings dagegen.

»Frau Fiedler ist in ein Koma gefallen«, höre ich dünn durch die durchsichtigen Plexiglaswände. Zwei Pflegerinnen eilen zu Hilfe. Blut wird abgenommen, Proben für eine Zellanalyse extrahiert. Bea bekommt eine Atemmaske. Aus der Nachbarzelle beobachtet Anna alles mit wachen Augen.

Zwei Stunden später präsentiert Wollscheid ein erstes Ergebnis. »Die Zellen altern rapide.« Er schüttelt ratlos den Kopf. »Das ist vollkommen widersinnig, da zunächst genau das Gegenteil der Fall war. Ihre Zellen strotzten vor Vitalität, man könnte fast sagen, es war wie eine Verjüngungskur, ein Jungbrunnen, und jetzt … ich habe keine Ahnung, warum sich der Prozess umkehrt.«

»Sie wissen, was den beiden Frauen verabreicht wurde.«

»Nein, das weiß ich eben nicht«, giftet er erregt zurück. »Das Zeug aus dem Dritten Reich konnte ich ja bislang nicht analysieren. Es ist ja nichts mehr da.«

»Keine Rückstände in der Phiole oder den Spritzen?«

»Nein! Hören Sie mir eigentlich nicht zu?«

»Was ist mit Anna von Selz? Wird sie ebenfalls von dem Zellverfall betroffen sein?«

»Herrgott, was weiß ich denn? Noch geht es ihr gut, aber das kann sich jede Sekunde ändern, die Wahrscheinlichkeit ist jedenfalls hoch, da sie den gleichen Dreck bekommen hat wie Frau Fiedler.«

»Was können Sie für die Frauen tun?«, fragt Jessica, die, ebenso wie die ganze Soko, inklusive des neuen Behördenchefs, den Weg ins Untersuchungsgefängnis angetreten hat.

»Nicht viel, so wie ich das sehe.« Wollscheid atmet tief durch. »Den Kreislauf stabilisieren, eine Blutwäsche können wir probieren, das könnte uns Zeit verschaffen.« Seine Stirn legt sich in Falten. »Das Gegenmittel ... war das das Original aus den Vierzigern?«

»Nein, es wurde anhand von van Cleefs Formel hergestellt.«

»Nun, es könnte sein, dass nicht alle Komponenten haargenau richtig gemischt wurden. Das wäre zumindest ansatzweise eine Erklärung, aber bitte, das ist nur eine Vermutung. Wahrscheinlicher ist, dass diese Plörre einfach noch nie funktioniert hat – oder aber über die vielen Jahre eine chemische Reaktion stattgefunden hat, die sie unwirksam macht.«

»Können Sie es neu zusammenstellen?«

»Einen Versuch ist es wert. Besser wäre natürlich eine Originalprobe. Existiert so etwas? Wohl kaum, denke ich.«

»Zumindest vor siebzig Jahren existierte eine zweite Phiole.« Adrian Kaczor bemüht mal wieder sein Tablet. »Das Virus landete im Vatikan, das Gegenmittel bei Pater Gottfried.«

»Na, großartig. Dann her mit der Formel«, verlangt Wollscheid.

»Die haben wir nicht«, muss ich kleinlaut zugeben. »Von Selz hat sie irgendwo versteckt.« Ich muss dringend mit Anna sprechen.

»Was ist das hier für ein Affenzirkus?«, herrscht mich der Düsseldorfer Wissenschaftler an. »Wie soll man hier vernünftig arbeiten?«

»Ihr Kollege, der das Gebräu für von Selz zusammengemischt und dann hier abgeliefert hat, der kennt wohl noch die Zutaten.«

»Aber die Mischung war falsch!«, donnert er. »Das nützt uns doch nichts. Das ist nur Fischen im Trüben. So viel Zeit bleibt uns außerdem nicht.«

»Über welchen Zeitraum reden wir hier?«, will Balthazar Müller wissen. Der Polizeichef wirkt müde, ausgelaugt. »Herr Professor?«

Wollscheid nimmt die Auswertungsergebnisse der Blut- und Gentests, überfliegt konzentriert Diagramme und Zahlen. »Vielleicht zwölf Stunden.«

»Oh Gott.« Müller sackt in sich zusammen. Ich springe auf. »Wo wollen Sie denn hin, Dawson?«

»Die Baroness muss uns sagen, wo van Cleefs Aufzeichnungen aufbewahrt werden. Das dürfte in ihrem eigenen Interesse sein.«

Im selben Moment melden sich die Überwachungsgeräte in Annas Raum. Ich kann schon an seinem Gesicht ablesen, was er uns gleich darauf verkündet.

»Zu spät, Frau von Selz ist ebenfalls in ein Koma gefallen.«

Bevor sich vollständige Ratlosigkeit breitmachen kann, stürmt Jens Klaasen in das improvisierte Beratungszimmer. »Monsignore Maldini steht unten. Angeblich hat er wichtige Informationen für uns.«

Der Abgesandte Roms mustert die Anwesenden eingehend.

»Also, wir hören«, breche ich das Schweigen. »Bitte fassen Sie sich kurz, uns läuft die Zeit davon.«

»Ein Update wäre hilfreich.« Kaczor setzt Maldini ins Bild.

»Nun gut, ich habe verstanden. Sie benötigen das Original-Gegenmittel, verbunden mit der Hoffnung, die beiden Frauen damit retten zu können.« Er nickt nachdenklich. »Ich habe die von den Zeugen überlieferten Aussagen Pater Hermanns überdacht. Hauptkommissar Müller war so freundlich, mir diese zugänglich zu machen. Hermann hat seinem Freund Gustav Momsen gegenüber geäußert, dass er sein Geheimnis *nah bei Gott* verborgen hat.«

»Ja, und was hat das zu bedeuten?« Finya sieht Maldini misstrauisch an. »Daran haben wir auch schon herumgerätselt.«

»Wo ist man dem Herrn näher als in einer Kirche?«

»Wir haben in Hermanns Kirche jeden Winkel untersucht«, werfe ich enttäuscht ein. »Da ist nichts. Sie waren doch selbst vor Ort.«

»Womöglich haben wir etwas übersehen, Herr Kommissar. Ein Versteck, für alle sichtbar, und doch nicht als solches zu erkennen, ergo ... perfekt.«

»Hm?«

»In der Krypta befinden sich drei Monstranzen, Sie erinnern sich sicher. Diese liturgischen Schaugefäße verfügen in ihrer Mitte über einen Fensterbereich, in dem man geweihte Hostien oder eine kleine Reliquie aufbewahren kann.« Maldini lächelt. »Ich habe mir die Mühe gemacht, ein wenig zu recherchieren. Eines der drei Exemplare ist eine sogenannte Lebensbaum-Monstranz.«

»Sie meinen ...« Ein eiskalter Schauer verursacht mir eine ausgeprägte Gänsehaut. »Okay, das ist einen Versuch wert. Sascha, Professor ...«

»Wir sollten meinen Wagen nehmen, Herr Kommissar, ich denke, der Ferrari wird Ihren Opel schlagen.«

Kapitel 59

KRYPTA DER KIRCHE ST. EWALDI

MONTAG, 22. MAI 2019, 11:45 UHR

Die drei Monstranzen funkeln geheimnisvoll im spärlichen Licht der unterirdischen Krypta. Monsignore Maldini ist gefahren, als wäre uns ein schwarzer Engel höchstpersönlich auf den Fersen. Aus den Lautsprechern seines Rennwagens dröhnte ein beeindruckender, sehr basslastiger Sound. *Nothing Else Matters* von Metallica. Professor Wollscheids Einwände hinsichtlich der Beschallung ignorierte der Kirchenmann grinsend.

»Für die Monstranz kann jede Art von Hostien verwendet werden, doch werden meist besonders große oder mit einem geprägten Bild verzierte Zelebrationshostien in die Monstranz eingesetzt. Man kann das Gefäß natürlich auch anders nutzen.« Maldini deutet auf die kleinste der drei liturgischen Prunkstücke. »Das ist besagte Lebensbaum-Monstranz.«

Von einem Sockel ausgehend, enden drei goldene Arme links und rechts an einer Stange in einem verspiegelten kreisrunden Auge. Auf dem Auge eine Krone, in deren Spitze ein Rubin eingearbeitet ist. Die schlichte Ausführung ist beeindruckend. Kein unnötiger Firlefanz, keine Schnörkel, kein übertriebener Prunk.

»Ihr Einsatz, Herr Professor.« Sascha spricht unwillkürlich leiser. Die Atmosphäre in diesem fensterlosen Verlies ist düster. Sascha und ich richten unsere Stablampen auf das kreisrunde Glas. »Da ist nichts drin.«

Maldini legt das Gefäß auf den Rücken, sodass das Fenster nach oben zeigt. »Wenn es eine durchsichtige Flüssigkeit ist, dann mag es so scheinen, als wäre nichts in dem Behälter.« An der linken Seite des eingearbeiteten Glases befindet sich der winzige Verschluss. »Bereit, Dottore?«

Wollscheid, eine mittlere Spritze in den Händen, nickt. Der Moment der Wahrheit. Gespannt beobachten Sascha und ich den Vorgang. Maldini klappt den Verschlussdeckel vorsichtig hoch, und wahrhaftig, die durchsichtige Phiole befindet sich im Inneren der Kapsel. »Ich durchsteche jetzt den Verschluss. Setzen Sie bitte alle Ihre Masken auf.« Der Virologe arbeitet hoch konzentriert. »Okay, das war's.« Er versiegelt vorsichtshalber den Körper der Spritze und verschließt das Gefäß wieder. »Was immer das sein mag, vielleicht die Tränen gefallener Jungfrauen, es ist verdammt wenig.«

»Reicht es denn, um es zu analysieren und gegebenenfalls zu replizieren?«, frage ich vorsichtig.

»Das kann Tage dauern, Herr Kommissar. So viel Zeit haben die beiden Frauen nicht, außerdem würde ich einen Teil der Substanz für die Sequenzierung verbrauchen. Da bleibt nichts mehr übrig. Eine genauere Untersuchung wird Tage, wenn nicht sogar Wochen dauern. Sie müssen eine Entscheidung treffen.«

»Na schön, dann müssen wir es einfach versuchen. Eine andere Chance besteht wohl nicht.«

»Nein, allerdings nicht. Jede Stunde ist verlorene Lebenszeit. Die Zellen altern unglaublich schnell. Wir sollten auch jetzt keine Zeit verschwenden, obwohl ich Sie bitten möchte, Monsignore, ein wenig langsamer zu rasen. Und dann dieser schreckliche Lärm ...«

»Über meine Musik wird nicht verhandelt.«

Im Nu sitzen wir wieder in Maldinis Schlitten. Über die Stadtautobahn geht es in Richtung Untersuchungsgefängnis. Der Ordensritter ist gnädig. Balladen von Uriah Heep sind angesagt.

»Wir haben noch ein weiteres gravierendes Problem«, verkündet Wollscheid auf dem Beifahrersitz. Er dreht sich kurz zu uns um. »Die Menge, die ich retten konnte, wird keinesfalls für zwei Injektionen ausreichen. Sie, oder wer auch immer die Entscheidung treffen wird, sollten sich zügig Gedanken machen, wer die Glückliche sein wird.«

»Das ist nicht Ihr Ernst«, stöhnt Sascha bekümmert. »Wir sollen entscheiden, wer leben darf – und wer vorzeitig zur Mumie wird?«

»Das ist in Ihrer blumigen Ausdrucksweise ein wenig befremdlich, aber ja, in der Quintessenz läuft es genau darauf hinaus. Aus medizinischer Sicht wäre das Ergebnis allerdings sehr eindeutig.«

»Was soll das nun wieder heißen?«

»Anna von Selz ist jünger, und der Verfall hat bei ihr später eingesetzt, ergo sind ihre Zellen noch etwas frischer.«

»Aber sie leidet an einem Gehirntumor.«

»Der Scan hat nichts dergleichen nachgewiesen, Frau Brinkmann.«

»Unglaublich. Aber sie ist eine sechsfache Mörderin.«

»Das mag wohl sein, ist aber nicht meine Baustelle.« Wollscheid lächelt unangenehm provozierend. »Ehrlich gesagt, möchte ich nicht in Ihrer Haut stecken.«

»Wie ist das medizinisch zu erklären, dass ein Hirntumor einfach verschwindet?«, frage ich nach seiner Einschätzung.

»Nun, ich bin weder Chirurg noch Onkologe, aber ich würde mal behaupten ... gar nicht.«

»Ein Wunder.« Maldini nickt versonnen. »Es ist ein verdammtes Wunder.«

»Sie plädieren aber jetzt nicht dafür, eine sechsfache Mörderin zu einer Heiligen hochzustilisieren, oder?« Sascha schnaubt wütend. »Das ist dann wohl zu viel des Guten.«

»Die Wege unseres Herrn sind unergründlich.«

»Der Weg von Anna von Selz führt entweder schnurstracks in ein Grab oder auf unabsehbare Zeit in eine Einzelzelle.« Sie nimmt meine Hand. »Jonesy ...« Sie spricht so leise, dass die beiden auf den Vordersitzen nicht mithören können. »Wozu tendierst du? Ich meine, wir sollten versuchen, Bea Fiedler zu retten.«

»Wer sagt denn, dass wir das entscheiden müssen?«

»Willst du die Entscheidung Müller überlassen?«

»Nein, das will ich nicht.«

Da wir uns per Handy angemeldet haben, erwartet man uns schon.

»Wir werden hier keine Showveranstaltung abhalten.« Wir betreten schnellen Schrittes den Krankentrakt. »Ich untersuche beide Damen noch einmal und erwarte dann ihre finale Entscheidung, Herr Kommissar.«

»Ich wäre gerne anwesend, natürlich im Hintergrund«, bittet Maldini.

»Meinetwegen, ohne Sie hätten wir die Chance gar nicht«, stimme ich zu.

Wir eilen in den zweiten Stock, betreten das provisorische Besprechungszimmer. Nur Finya und Jessica sind dort. »Wo ist der Rest, vor allen Dingen Müller?«

»Zurück ins Präsidium, er meint, die Fahndung nach dem abtrünnigen BND-Agenten hat jetzt Vorrang«, berichtet die Pathologin.

»Wenn Entscheidungen hier vor Ort zu treffen sind, dann bist du hiermit autorisiert.«

»Na super, man kann sich das Leben auch einfach machen.« Mit drei Sätzen bringe ich die beiden auf den neuesten Stand. »Also, was jetzt, Mädels?« Ich sehe Sascha, Jessica und Finya der Reihe nach an. »Sollen wir abstimmen?«

»Über Leben und Tod, Daumen rauf, Daumen runter?« Jessica runzelt die Stirn. »Wenn Wollscheid recht hat, und Anna keinen Tumor mehr im Kopf hat, dann …«

»Oh nein!«, fährt Sascha dazwischen. »So einfach ist das nicht, Jess. Hast du vergessen, dass diese Killerin unter anderem unsere Kollegin Melissa auf dem Gewissen hat?«

»Das habe ich sicher nicht vergessen, Sascha, aber wenn die Überlebenschance für sie größer ist …«

»Ich stimme für Bea Fiedler, da beißt der Karpfen keinen Köder ab.«

»Ich ebenfalls, ähm, falls ich gefragt werde«, stimmt Finya zu. »Das kann einfach nicht sein.«

»Aus medizinischer Sicht kann ich euch beiden nicht zustimmen«, seufzt Jessica. »Es muss immer darum gehen, Leben zu retten, und wenn die Chancen bei Anna besser sind, dann muss ich das schweren Herzens akzeptieren.«

»Nun, viele Köche verderben den Brei«, meldet sich Maldini zu Wort. »Aber letztendlich hat der Hauptkommissar die Hoheit der Entscheidung auf Kommissar Dawson übertragen. Sie sollten jetzt nicht weiter zögern. Ich verabschiede mich nun doch, vielleicht lassen Sie mich Ihre Entscheidung wissen, Commissario. Ich wünsche Ihnen alle ein langes Leben und ein glückliches Händchen.«

»Woher rührt denn Ihr plötzlicher Enthusiasmus?«, wundert sich Jessica.

»Es gilt, eine Seele zu retten, Frau Doktor. Aber das liegt nicht in unserer Hand. Man hat mich nach Rom zurückbeordert. Nur noch eine Kleinigkeit zu erledigen. Ciao.«

Eine Krankenschwester steckt den Kopf durch die Tür. »Professor Wollscheid will wissen, wer die Injektion bekommen soll. Es ist wohl dringend.«

Sascha nickt mir aufmunternd zu. »Was immer du entscheidest, Jonesy, wir stehen hinter dir.«

Finya und Jessica nicken zustimmend. Jeder Schritt in Richtung der Quarantäne-Station fällt mir schwerer. Gleichzeitig bin ich stinksauer auf den neuen Duisburger Polizeichef. Überträgt mir einfach die Verantwortung. Herzlichen Dank auch! Aber jetzt noch lange Rücksprachen am Telefon zu halten, ist auch kontraproduktiv. *Vielleicht wirkt das alte Zeug überhaupt nicht.* Doch das ist ein Gedanke, der mir nicht wirklich hilft. Melissas letzte Atemzüge. Ihr schlanker Körper auf meinen Armen. Ein sinnloser Mord. Karl Geiger, mein alter Pauker, kaltblütig hingerichtet.

»Na endlich, Dawson. Das wird aber auch Zeit.« Wollscheid steht in dem Plastikzelt wie eine griechische Gottesfigur an einer Hafeneinfahrt im Mittelmeer. Auf einem silbernen Tablett liegt die aufgezogene Spritze mit van Cleefs Heilmittel. »Ich höre ...«

»Das ist nicht fair.«

»Hören Sie auf, herumzujammern«, blafft er kalt. »Das Leben an sich ist nicht fair. Wenn wir noch länger hier unschlüssig herumhampeln, dann benötige ich keine Entscheidung mehr. Also, bitte ...«

»An der medizinischen Einschätzung hat sich nichts geändert?«

»Nein, Herrgott noch mal.«

»Dann verabreichen Sie Anna von Selz das Mittel«, bringe ich mühsam heraus. Der Virologe nickt zufrieden. Ohne zu zögern, setzt er der Baroness die Spritze. »Wann erwarten Sie eine Reaktion?«

»Bin ich Hellseher?«

Mein Handy meldet sich. Kaczor.

»Endlich mal 'ne gute Nachricht, Kraft wurde geschnappt. Am Flughafen Weeze, hatte ein Ticket nach Paris, dann ein Weiterflug nach Katar.«

»Danke für die Info, Adrian. Was ist mit Carlsen?«

»Wird wohl überleben. Von Bönighausen ist geständig, der redet, ohne dass man ihn fragt, versucht wohl noch das Beste für sich rauszuholen. Was läuft in Sachen Unsterblichkeit?«

»Wird sich in den nächsten Stunden entscheiden.«

»Na denn, wir sehen uns, denke ich.«

Ein sanftes Murmeln. Anna bewegt sich unruhig in ihrem Krankenbett, dann schlägt sie die Augen auf. Wollscheid misst ihren Puls, hört ihr Herz ab. Sie lächelt, scheint in ihren Körper hineinzuhorchen.

»Jonathan, wie schön, Sie zu sehen.« Wahnsinn, als wäre ich ihr bester Freund. »Alles ist ganz wunderbar.«

»Das denke ich nicht, Anna. Man wird Sie wegen sechsfachen Mordes anklagen.« Was ist sie nur für ein Mensch? Zweifellos strahlt sie eine nicht zu leugnende Faszination aus, aber woher rührt diese Gefühlskälte? »Das bedeutet lebenslange Haftstrafe mit anschließender Sicherheitsverwahrung.«

»Ja? Wer weiß. Womöglich kann man aus meinem Blut oder meinen Zellen ein Mittel generieren, welches Langlebigkeit verspricht, das wäre doch denkbar, nicht wahr, Herr Professor?« Sie lächelt den Virologen gewinnend an. »Wenn ich aber meinen so einmaligen, wertvollen Körper der Wissenschaft uneingeschränkt zur Verfügung stelle, nun, dann wird man sicher über den Preis verhandeln müssen.«

»Damit kommen Sie nicht durch, Anna«, prophezeie ich, aber wenn ich Wollscheids gierigen Blick richtig deute, dann verliere ich schon jetzt meine Überzeugung. »Dafür werde ich sorgen.«

»Ach, mein kleiner Jonathan.« Ihr Blick ist fast mitleidig. »Kennen Sie die Menschen so wenig? Machen Sie sich doch nichts vor, die wenigsten verfügen über einen so ausgebildeten moralischen Kompass wie Sie und wahrscheinlich auch Ihr friesisches Mädel. Wie sehen Sie das, mein guter Professor?« Anna von Selz richtet sich im Bett auf, lehnt sich gemütlich an ihr Kopfkissen.

Du hast die falsche Entscheidung getroffen!, rumort es in mir. *Sie wird recht behalten. Ihre Macht ausspielen. Neun von zehn Menschen würden töten für ein langes Leben.* Mir wird ganz schwindelig bei dem Gedanken.

»Ich denke, wir werden Frau von Selz in die Uniklinik nach Düsseldorf verlegen. Ich habe dort Belegbetten«, erklärt Wollscheid.

»Das ist doch schon mal ein Anfang.« Anna schaut mich ironisch lächelnd an.

»Das kommt nicht in Frage. Sie bleibt hier und wird schnellstmöglich dem Untersuchungsrichter vorgeführt.«

»Aber Herr Kommissar, wollen Sie sich einem medizinischen Wunder in den Weg stellen?«, fragt Wollscheid böse. »Das werden Ihre Vorgesetzten ganz sicher anders sehen.«

Die Baroness lacht verhalten.

»Raus hier!«, verlangt eine Stimme in unserem Rücken.

Sascha, Jessica und Finya stehen in der offenen Luftschleuse.

»Sind Sie taub, Professor? Ich sagte, raus hier, aber pronto!« Sascha wirkt überaus entschlossen. »Finya, sollte sich dieser Schamane nicht freiwillig bewegen, darfst du ihm gerne Handschellen anlegen.«

»Mit größtem Vergnügen.«

»Das wird ein Nachspiel haben!« Wollscheids Kopf ist hochrot. »Sie glauben doch wohl nicht …«

Ehe er sich versehen kann, ist Finya bei ihm, dreht ihm die Arme auf den Rücken und legt ihm die eisernen Fesseln an. »Das werden Sie noch bereuen.«

»Du liebe Güte, was für eine Schmierenkomödie, aber bitte.«

»Würdest du den Herrn Professor nach draußen begleiten«, bitte ich sie. »Außerhalb der Mauern kannst du das Ungeziefer wieder freilassen.«

»Sie alle werden sich wünschen, mir nie begegnet zu sein.« Wenn Augen tödliche Blitze verschießen könnten, dann wäre es jetzt um uns vier geschehen.

»Das wünschen wir uns, ehrlich gesagt, schon eine ganze Weile«, gibt Jessica kühl zurück. »Abmarsch.«

Finya und Wollscheid verlassen die provisorische Isolierstation.

»Ich sehe mal nach Bea und rufe meinen Hausarzt an. Wir sind befreundet. Er wird sicher helfen, wenn er kann.«

»Danke, Jess.«

»Kein Ding.« Sie zögert einen Moment. »Du weißt schon, dass das mächtig Ärger nach sich ziehen wird.«

»Ärger ist inzwischen mein zweiter Vorname«, versichere ich seufzend. »Wir sollten so schnell wie möglich den Untersuchungsrichter kontaktieren.«

»Das mache ich, Jonesy.«

»Fragen Sie ihn doch bitte, ob er Interesse an einem sehr langen Leben hat.« Anna blinzelt fröhlich. »Das könnte seine Entscheidungsfreudigkeit beflügeln.«

»Sie sind krank«, meint Sascha kopfschüttelnd.

»Nicht mehr.«

Sascha verlässt grummelnd den Raum. Nebenan untersucht Jess die Privatdetektivin. Durch die Plexiglasscheibe wirken ihre Bewegungen comichaft unnatürlich. »Da wären wir zwei Hübschen wieder allein.«

»Worauf ich liebend gern verzichten würde.«

»Ts, also wirklich. Wie alt sind Sie eigentlich, Jonathan? Vierzig, so um den Dreh?« Anna legt ihren Kopf etwas schief. »Da bleiben noch, wenn's sehr gut läuft, vielleicht zwanzig mehr oder weniger gute Jahre.« Sie beugt ihren Oberkörper nach vorn. »Stellen Sie sich vor, wie es wäre, statt der lächerlichen zwanzig womöglich noch hundert Jahre zu haben. Was man mit dieser gewonnenen Zeit alles anstellen könnte, und dann noch an der Seite einer bezaubernden, visionären Frau.«

»Vergessen Sie es, Anna. Mich werden Sie nicht ködern.«

»Nur eine Frage der Zeit.« Sie kichert belustigt. »Kann ich bitte mal die Wasserflasche bekommen?« Die Baroness trinkt gierig. Jessica kommt aus der Nachbarkabine zu uns zurück.

»Beschleunigter Puls, unregelmäßige Atmung, Fieber. Ihr Körper gibt auf, Jonathan. Es läuft auf ein multiples Organversagen hinaus, da ist wirklich nichts mehr zu machen.«

»He, wollt ihr mich grillen, oder was? Wer hat hier die Heizung hochgedreht?« Die halb leere Wasserflasche entgleitet Annas Händen und platscht auf den Boden. »Was soll das?«

»Hier hat niemand die Temperatur heraufgedreht«, wundere ich mich. »Wozu auch?«

»Meine Brust tut weh, was ist los mit mir?« Panik macht sich in ihrem Gesicht breit, dann sackt Anna in sich zusammen. »Okay, jetzt geht's wieder«, murmelt sie schleppend. »War nur ein kurzer ... Schock. Ich ... oh nein!« Erneut presst sie, mit weit aufgerissenem Mund, die Hand aufs Herz. Wie unter einem Stromschlag bäumt sie sich auf. Ein kurzer, erstickter Schrei.

»Jess?« Ich sehe die Pathologin fragend an.

»Ich bin zwar keine Internistin, aber das war ganz sicher ein Herzinfarkt.«

»Hilfe.« Anna ist kaum zu verstehen. »Es kommt ... schon ... wieder.« Ihr Gesicht ist plötzlich tränenüberströmt, die Farbe ihrer Haut unnatürlich blass. Sie nimmt meine Hand, ihre Augen, die gerade noch so unverschämt siegesgewiss blitzten, spiegeln jetzt ihre Todesangst. Noch einmal gewinnt ihr Herz die Oberhand.

»Sie kämpft. Was können wir tun, Jess?«

»Nichts, Jonathan. Ich vermute, die Zellen haben sich zu schnell regeneriert und verlangen jetzt sehr viel mehr Sauerstoff, als das Herz bereitstellen kann. Die Pumpleistung reicht nicht aus.« Jessica schluckt schwer. »Unfassbar, wie schnell der Prozess abläuft. Der nächste Anfall wird vermutlich der letzte sein.«

Anna lacht leise. »Die letzte Ruhe vor dem letzten Sturm?« Jetzt weint sie. »Das ist also das Ende eines Traums.« Ihre Augen schließen sich. »Also gut.« Resignation. Ein schwer auf uns lastendes Schweigen. Anna von Selz atmet flach, vermeidet jede Anstrengung. Hofft sie immer noch, dem Unausweichlichen zu entgehen, auf ein Wunder? »Was ich doch für ein Glück habe.« Die Worte kommen dünn und angestrengt. »Ich sterbe immerhin nicht allein.« Ihre Augen bannen mich. »Jonathan, würden Sie die Hand dieser ...

Mörderin … festhalten, bis es … vorbei ist. Können Sie so … barmherzig sein?«

»Das werde ich, Anna.«

»Und können Sie verstehen, warum ich so handeln musste?«

»Nein.« Ich schüttele entschieden den Kopf. »Nein, das kann ich nicht. Ich lasse Sie nicht allein sterben, Anna, aber von mir erhalten Sie keine Absolution. Das müssen Sie sehr bald mit einer anderen Instanz verhandeln.«

Sie nickt kaum sichtbar. Ihre Hand verkrampft, die Gesichtszüge verzerren sich. Jessica ist an meiner Seite, hält mich fest umschlungen. Es ist gut, dass sie jetzt hier ist.

Ein letztes Zucken. Der Traum vom ewigen Leben ist ausgeträumt.

Eine Stunde später verliert auch Bea Fiedler den Kampf gegen das Virus. Die Bilanz dieses Falls liest sich wie eine Horrorgeschichte. Sechs ermordete Menschen, vier weitere Tote aus den Reihen des Buchclubs, die Opfer einer Wahnvorstellung geworden sind, der Jagd nach dem ewigen Leben.

Auf der positiven Seite: Gustav Momsen und Matti Sniders, die sich in den Wirren des Zweiten Weltkrieges verloren hatten und nach Jahrzehnten ein Wiedersehen feiern durften. Die schnelle Verhaftung von Matthias Kraft, letztendlich die Aufklärung des siebzig Jahre alten Rätsels, das schale Vermächtnis des Marius van Cleef.

Die akribische Suche nach den beiden Formeln bleibt erfolglos. Die einzigen Menschen, die über den Verbleib Auskunft hätten geben können, sind tot, Anna und Ferdinand von Selz. Die Prozesse gegen Heribert Carlsen, Kurt von Bönighausen und den korrupten BND-Agenten Matthias Kraft stehen noch aus.

Kapitel 60

Rom, Vatikanstadt

Mai 2019

»Das war wirklich sehr gute Arbeit, Monsignore Maldini.« Der Kardinal öffnet eine schwarze Kladde und legt die vier handgeschriebenen Seiten behutsam hinein.

»Vielen Dank, Eminenz.«

»Zum ersten Mal nach über siebzig Jahren ist die Originalformel komplett.« Der Kardinal lächelt süffisant. »Der gute, alte Bruder Salvatore. Natürlich hat er nicht den geringsten Verdacht geschöpft, nachdem wir ihm die leicht abgeänderten Schriftstücke zugespielt haben.« Maldini nickt geflissentlich. »Das war ein guter Plan, Giacomo, wie hätten wir sonst an die zwei Seiten kommen sollen? Wo hatte dieser verrückte Baron denn die Papiere versteckt?«

»Oh, das war simpel, Eure Eminenz, sie befanden sich in einem leicht zu öffnenden Safe in einer Art Schutzraum. Ich konnte mir noch am Todestag der Baroness problemlos Zugang zur Villa verschaffen, ehe die träge Polizeimaschinerie in Gang kam.«

»Ah ja, sehr gut, mein Lieber.« Der Kardinal schließt die Kladde und presst das päpstliche Siegel auf den Verschluss. »Die vereinbarten zehn Millionen befinden sich bereits auf Ihrem Schweizer Nummernkonto.« Maldini ist entlassen, er wendet sich der Tür zu, bleibt dann aber doch noch einmal stehen. »Ja, ist noch etwas? Wir werden Sie bei Bedarf gern wieder kontaktieren.«

»Eminenz, ich habe mit eigenen Augen gesehen, dass die Mixtur zumindest kurzzeitig gewirkt hat.« Die Haltung des Kardinals gleicht umgehend der eines Raubvogels. »Ich frage mich, wenn man van Cleefs Formel korrekt anwenden würde …«

»Wollen Sie ewig leben, mein Lieber?« Die Stimme des Kardinals ist scharf wie eine frische Rasierklinge. »Manche Fragen sollten besser unbeantwortet bleiben, finden Sie nicht auch, Monsignore? Wie leicht gerät man durch ein falsches Zeugnis in die Fänge eines Inquisitors.« Maldini nickt. Er hat die unverblümte Drohung verstanden. »Denken Sie immer daran, Giacomo, Mutter Kirche muss unter allen Umständen geschützt werden. Es gibt keine Wahrheit abseits des Heiligen Stuhls, und ein unendlich langes Dasein in dieser Welt gehört nicht auf die Agenda. Guten Tag, mein Freund.«

Der Ordensritter vom Heiligen Grab in Jerusalem verlässt nachdenklich den Palast. Gemessenen Schrittes schlendert er über den Petersplatz, vorbei am Obelisken. Maldini fühlt sich beobachtet. Hat er schon zu viel gesagt? Er weiß, wie gnadenlos die Maschinerie des Vatikans arbeitet, schließlich ist er selbst ein Teil dieser Struktur.

Unsterblichkeit. Was für ein Wort, welch eine Vision.

Giacomo Maldini, der nie wirklich einer Kirche angehört hat, beschließt, nie wieder einen Fuß auf dieses Gelände zu setzen.

In der Nacht bewegt sich eine Prozession unter der Führung des Kardinalbibliothekars hinab in die Nekropole unterhalb des Petersdomes. Die vier Seiten des Marius van Cleef befinden sich jetzt in einer vergoldeten Schatulle, die mehrfach gesichert in einem lichtlosen Mausoleum gelagert wird. Schon am nächsten Morgen wird die Tür zugemauert, anschließend der Gang mit Erdreich aufgefüllt.

Kapitel 61

RESIDENZ VON SASCHA BRINKMANN & JONATHAN DAWSON IN MOSELKERN; SAMSTAG, 25. MAI 2019, 17 UHR

Alles ist vorbereitet. Der Grill, die Zapfanlage, die Musikanlage, aus der gerade Eric Claptons *Unplugged*-Album dezent über die Lichtung vor unserem Häuschen klingt, die aufgeschichteten Holzscheite für ein späteres Lagerfeuer, Nüsse und Chips in bunten Schalen aus Katalonien, Weiß- und Roséwein kaltgestellt, ebenso wie der Cava. Das Wetter meint es gut mit uns. Noch deutlich über zwanzig Grad, ein paar Schleierwölkchen am Himmel. Sascha trägt ein weißes Leinenkleid, dazu goldene Riemensandalen, die rote Mähne zu zwei frechen Pippi-Langstrumpf-Zöpfen geflochten. Zum Anbeißen.

Die Erlebnisse der letzten Tage sind noch längst nicht verarbeitet. Zwei Frauen sind praktisch in meinen Armen gestorben. Eine ambitionierte BND-Agentin wortwörtlich, und eine sechsfache Mörderin. Ohne Sascha würde ich sicher professionelle psychologische Hilfe benötigen, aber dem ostfriesischen Derwisch gelingt es fast immer problemlos, mich auf andere Gedanken zu bringen.

Der legendäre Eddie Klus und seine Winzerkönigin Isabell kommen als erste an. Stolz hebt er einen USB-Stick in die Luft, ähnlich anmutig wie König Arthur sein Schwert Excalibur.

»Nur geniale Beatles-Coverversionen, Alter, der Hammer.«

»Oh ja, dafür hat er sich tagelang um das Hochbinden junger Rebstöcke gedrückt,« beschwert sich Isabell gutmütig. »Ich denke, wir fangen mal mit einem spanischen Schampus an.«

Meryem und Jessica rollen mit dem Smart der Lokalreporterin auf den Vorplatz. Hand in Hand. Was für ein wunderbares Bild. Mein Herz geht auf. Meryem steckt Sascha eine kleine goldene Anstecknadel an.

»Wow, womit habe ich das verdient?«, freut die sich.

»Du warst für mich da, in diesem beschissenen dunklen Verlies, hast mich in deinen Armen gehalten, als es mir so unglaublich dreckig ging.« Gerührt umarmen sich die beiden. »Dieser Stern soll dich immer beschützen.«

Es folgt eine Überraschung in Form von vier dröhnenden Motorrädern. Ich staune nicht schlecht, als Finya Jacobsen, Jens Klaasen sowie Angelika und Walter Haubrich ihre Helme abnehmen.

»Ja, da guckse aber dumm ausse Wäsche, wat?« Angelika presst mich an ihre lederbewehrte Brust. »Rentner auf Tour, cool, oder? Mensch, Sascha, du siehst ja scharf aus, für den Fummel brauchste ja ’n Waffenschein. Wo gibt dat hier ’ne anständige Zosche?«

Dann treffen auch die letzten Gäste ein. Gustav Momsen und Matti Sniders, alias Bruder Salvatore, beide in gewagt kurzen Shorts, Jesuslatschen und schreiend bunten Hawaiihemden. Ihr Chauffeur tritt unschlüssig von einem Fuß auf den anderen.

»Adrian, wie schön, dass Sie auch kommen konnten«, empfängt Sascha den Kommissar. »Sekt, Wein oder lieber ein Köpi?«

»Gern ein Bier. Nun, jemand musste die beiden Sturköpfe ja herbringen.« Ein verlegenes, nur angedeutetes Lächeln. Immerhin. »Ich hatte gerade Dienstschluss, außerdem gibt es noch ein paar Neuigkeiten aus Duisburg.«

»Wir freuen uns, dass Sie da sind«, bekräftige ich.

Es wird gelacht, endlich wieder, gescherzt, gegrillt, getanzt. Eddie begeistert mit einer John-Travolta-Parodie. *Staying Alive.* Das Motto des Abends. Die beiden Altvorderen sind Zeitzeugen. Sie schildern ihre Erlebnisse rund um das KZ Ratingsee. Wenn Gustav oder Matti reden, ist es still. Wir hören einfach nur zu. Eine Freundschaft, geschmiedet durch einen Stacheldrahtzaun.

Ein Dreiviertelmond geht auf. Strickjacken und Pullover werden verteilt. Für einen Moment ziehen Sascha und ich uns vom Lagerfeuer zurück. Wir schlendern bis an den Bach, der leise murmelnd ein fröhliches Lied in sich trägt.

»Unsere Freunde, alle sind da, ich bin so glücklich, was für eine wundervolle Nacht.« Unsere Nasenspitzen berühren sich. »Dafür lohnt es sich zu leben, oder?« Sascha schlingt beide Arme um meinen Nacken. »Alles gut bei dir?«

»Solange du da bist, ist die Welt im Gleichgewicht.«

»Das war heftig diesmal. So viele Tote. Gut, dass wir jetzt eine längere Auszeit haben. Fünf Wochen, ich kann's gar nicht fassen.«

»Wir haben uns noch gar nichts vorgenommen«, stelle ich erstaunt fest. Der Gedanke an Urlaub und Reisen war ganz weit weg.

»Vielleicht bleiben wir einfach hier.« Saschas blaue Augen funkeln sanft im Mondlicht. »Nur du und ich, wir wandern, trinken Wein, hören Musik, schauen Star Trek, na ja, mal sehen, was uns sonst noch so einfällt. Wenn uns ganz langweilig werden sollte, dann ...« Sie lächelt schelmisch.

»Hm?«

»... machen wir vielleicht ein Baby.« Lachend nimmt sie mein Gesicht in ihre Hände. »Heiliger Friesengeist, du müsstest dich jetzt sehen können. War doch nur ein Scherz.« Sie hakt sich bei mir ein. »Komm, die anderen werden uns sonst suchen.«

»Ein Scherz?«

»Wer weiß ...«

»Kommen Sie, ich glaube, wir haben noch nie ein Bier zusammen getrunken.« Jens Klaasen, der die Zapfanlage unter seine Fittiche genommen hat, reicht Kaczor und mir zwei frische König Pilsener. »Ehe wir alle der deutschen Sprache verlustig gehen, was gibt es denn aus meiner Heimatstadt zu berichten, Adrian?«, frage ich.

»Oh, das. Müller hat hingeschmissen.«

»Was? Ist ja 'n Ding.«

»Meint, dass Duisburg nicht das rechte Pflaster für ihn wäre, hatte sich Stadt und Umfeld wohl gediegener vorgestellt. Versetzungsgesuch nach Mainz, wurde gestern stattgegeben.«

»Das ist ja mal 'n Ding«, meint Sascha, die sich, ein Glas Rotwein in der Hand, zu uns gesellt. »Ist doch super. Dann ist der Weg doch endlich frei, Adrian.« Der säuerliche Gesichtsausdruck des Kommissars lässt bereits Schlimmes vermuten. »Oder etwa nicht?«

»Der Buschfunk trommelt was anderes.«

»So? Welchen Deppen wollen die Ihnen denn diesmal vor die Nase setzen?«

Adrian Kaczor kichert säuerlich. So locker habe ich ihn noch nie erlebt. »Na, den da.« Seine mit einem halbvollen Köpi-Glas bewaffnete Hand deutet unmissverständlich auf mich.

Auf ein Wort …

Liebe Leserinnen und Leser, wie schön, dass Sie auch bei diesem komplizierten Fall Jonathan Dawson und seinem Team zur Seite standen. Ich hoffe, dass es mir gelungen ist die dunklen Zeiten des Dritten Reiches nachvollziehbar zu schildern. Die Recherchen zu diesem Buch haben auch mich als eingeborenen Duisburger fasziniert.

Alle Personen und Ereignisse sind natürlich fiktiv. Das Konzentrationslager in Ratingsee allerdings hat es wirklich gegeben, die Versuchsanstalt in Nettetal ist erfunden.

Eine Frage bleibt offen: Wird Jonathan denn nun tatsächlich auf Dauer nach Duisburg wechseln? Womöglich wissen wir nach dem nächsten Fall schon mehr …

Herzlichen Dank für Ihr Interesse

Uwe Rademacher

P.S.: Sollte Ihnen das Buch gefallen haben, würde ich mich sehr über eine Rezension in einem der Online-Shops freuen.

Die vorherigen 2 Bände:

Der Papiermörder (1. Fall)

Das Ruhrgebiet wird von einer Mordserie erschüttert. Innerhalb eines Monats sind vier Leichen in Duisburg gefunden worden, die nichts bis auf eine grausige Gemeinsamkeit haben: In dem Mund ist jeweils ein Zettel mit einem Gedichtvers enthalten. Als der Profiler Jonathan Dawson und sein Team zu dem Fall hinzugezogen werden, entdecken sie, dass der Vers jeweils einen Hinweis auf die Todesart enthält, die der Mörder für sein nächstes Opfer vorgesehen hat. Bald wird jemand brennen ...

DIE TOTENBRIEFE (2. FALL)

In einer Kleingartenanlage wird der pensionierte Streifenpolizist Wolfgang Gärtner tot aufgefunden. Seine Ermordung gleicht einer Hinrichtung. Noch ahnen Kommissar Jonathan Dawson und seine Partnerin Sascha Brinkmann nicht, dass ein Serienmörder einen persönlichen Rachefeldzug begonnen hat. Erst als weitere Totenbriefe ihre Adressaten erreichen, schöpfen die Ermittler der Sondereinheit des BKA Verdacht. Die Presse stürzt sich gierig auf den Fall, denn ganz oben auf der Todesliste steht nun Kommissarin Sascha Brinkmann ...

Weitere Bücher des Autoren

ARTHUR – Mord und andere katalanische Spezialitäten

Ein spritziger Costa Brava Roman mit Urlaubsfeeling und einer Portion Humor: Bestsellerautor und Eigenbrötler Arthur Crawley hat sich mit seinen fünf Katzen in einem Dorf in Spanien zurückgezogen, um ein neues Buch zu schreiben. Seine beschaulichen Tage enden, als eines Morgens Luisa vor seiner Finca auftaucht. Die Studentin aus Oxford, ein großer Fan seiner Werke, bringt allerdings Unheil mit sich ...

ARTHUR – Die Schwarze Madonna von Montserrat

In seiner geliebten Finca an der Costa Brava hofft Arthur, in Ruhe an seinem neuen Buch arbeiten zu können. Eines Abends schwimmt allerdings eine Leiche in seinem Pool. Arthur, seine Gefährtin Alicia und Adoptivtochter Luisa geraten in das Fadenkreuz von Verbrechern, die es auf einen der wertvollsten Kunstschätze Kataloniens abgesehen haben. Erste Spuren führen in das Kloster von Montserrat. Inspektor Robles kann offenbar niemandem mehr trauen – und ist auf die Hilfe Arthurs und dessen Verbündeten angewiesen ...

ARTHUR Band 3 erscheint demnächst!